K.

Dagmar
von Berlin

Astrid Fritz

Die Vagabundin

Historischer Roman

Kindler

1. Auflage März 2009
Copyright © 2009 by Rowohlt Verlag GmbH,
Reinbek bei Hamburg
Karte auf Vor- und Nachsatz Peter Palm, Berlin
Satz Adobe Garamond, InDesign,
bei Pinkuin Satz und Datentechnik, Berlin
Druck und Bindung GGP Media GmbH, Pößneck
Printed in Germany
ISBN 978 3 463 40507 0

Die Vagabundin

Prolog

Freie Reichsstadt Nördlingen im Ries,
im September 1565

Hier, Adam. Hab ich dir mitgebracht. Zur Stärkung.»

Der Wärter reichte ihr eine dicke Scheibe Hartkäse. Dabei sah er die Gefangene, die er weiterhin hartnäckig Adam nannte, in einer Mischung aus Mitleid und unverhohlener Neugier an.

In schlaftrunkener Verwirrung richtete sich Eva auf. Sie hatte geträumt. Hatte geträumt, dass sie nicht auf die übliche Weise sterben würde: nicht im Kindbett, nicht am Aussatz oder Antoniusfeuer, nicht vor Altersschwäche. Vielmehr durch den raschen Schnitt eines blanken, kalten Stahls an einem Wintertag, hoch über den Köpfen einer Menschenmenge.

Erstaunlicherweise hatte dieser Traum etwas Tröstliches gehabt, denn nach der Kälte des Schwerts hatten Wärme und Licht sie umfangen, und ein Gefühl von Heimat und eine nie gekannte Ruhe waren in ihr aufgestiegen.

Nur: Musste ihr Ende sich wirklich so bald vollziehen? Hier, in dieser fremden Messe- und Handelsstadt? So vieles von der Welt hatte sie doch noch sehen wollen, so vieles erleben – viel zu früh war es für den Tod, wenn man die Liebe eben erst kennengelernt hatte, viel zu bald, wenn man erst achtzehn Jahre zählte. Oder auch neunzehn, so genau wusste Eva Barbiererin aus dem böhmischen Glatz, die gefangen im Ratsgefängnis zu Nördlingen saß und auf ihr Urteil wartete, es selbst nicht.

Teil 1

Die Flucht

♣

Frühjahr 1561 – Frühjahr 1563

I

*W*enn Eva an ihre Kindheit zurückdachte, hatte sie vor allem zwei Bilder vor Augen: zum einen die immer kränkelnde Mutter, wie sie mit geschlossenen Augen im Elternbett lag, bleich wie die Wachsglieder, die in der 14-Nothelfer-Kapelle von der Decke hingen, und zum anderen die wundersame Wiedererweckung ihres toten Schwesterchens. Das war am Ende ihrer Glatzer Zeit gewesen, an einem Sonntag auf Johannis den Täufer. Nach einer qualvoll langen Geburt war der kleine Wurm endlich zur Welt gekommen, nur um sie wenige Atemzüge später wieder zu verlassen. Starr vor Schreck waren sie um das Wochenbett gestanden, ihre Geschwister, ihr Stiefvater, die Familie ihrer Mutter, Dutzende neugieriger Nachbarn: Wussten sie doch alle, dass ein Mensch erst mit dem Sakrament der Taufe vor möglicher Verdammnis geschützt war. Da hatte die alte Wehmutter das reglose Kind genommen, in ein Tuch gepackt und mit durchdringender Stimme erst die Mutter Gottes, dann den heiligen Christophorus, Josef von Nazareth, Johannes den Täufer, den heiligen Nikolaus und wen noch alles angerufen, bis schließlich alle Umstehenden eingestimmt hatten in ihr Flehen und Jammern und Beten. Immer wieder hatte die Alte dem Kind über Augen und Stirn gestrichen, bis es doch wahrhaftig wieder die Augen öffnete, die kleine Brust hob und jeder in der Kammer das Wimmern vernehmen konnte. Rasch war die Taufkerze entzündet und die Nottaufe verrichtet, dann durfte das Kind endlich in Frieden sterben. Von da an suchten Frauen und junge

II

Mädchen scharenweise die Grabstelle der kleinen Maria auf, ob ihrer wundersamen Wiedererweckung, was sich erst verlor, als die Hebamme in der Umgebung weitere Totgeborene scheinbar ins Leben zurückrief und schließlich wegen Betrug und Kindstötung auf dem Scheiterhaufen landete.

Ihre Mutter hatte diese schwere Geburt und den Verlust ihrer Jüngsten wohl nie verwunden. Hatten sonst allein ihr Wille und die Liebe zu ihren vier Kindern sie nach jedem Schwächeanfall wieder auf die Beine gebracht, so schien ihr Vorrat an Kraft hiermit endgültig erschöpft: Für den Rest des Jahres blieb sie liegen, um am Weihnachtstag endgültig die Augen zu schließen. Da war Eva gerade elf Jahre alt geworden und ihre Kindheit zu Ende.

Eine Zeitlang hatten sie noch von Mutters kleinem Erbe, das sie als Tochter einer angesehenen Handwerkerfamilie eisern zusammengehalten hatte, leben können, ihr Stiefvater, sie und ihre Geschwister Adam, Josefina und der kleine Niklas, das einzige leibliche Kind von Evas zweitem Vater. Dessen Badstube hatte nie viel abgeworfen, schon immer war das meiste für seine Spiel- und Wettschulden draufgegangen. Ohnehin hatten die Glatzer Bürger nie verstanden, warum Evas Mutter nach einjähriger Witwenschaft diesen Tunichtgut und obendrein viel zu alten Gallus Barbierer geheiratet hatte, für den Eva, seit sie denken konnte, einen unbestimmten Ekel empfand und dessen Namen sie nun tragen musste. An ihren leiblichen Vater konnte sie sich nicht mehr erinnern. Drei oder vier Jahre war sie bei seinem Tod gewesen, doch in ihrer Vorstellung sah sie ihn als stolzen, aufrechten Mann in spitzenbesetzten Gewändern. Schneidermeister war Hans Portner gewesen und so geschickt in seinem Handwerk, dass man ihn am Ende sogar an den Grafenhof berufen hatte.

«Was hätt ich denn tun sollen mit drei kleinen Kindern?»,

hatte Eva ihre Mutter oft seufzen hören, wenn wieder eine Nachbarin über ihren Stiefvater vom Leder zog und prophezeite, dass er noch den ganzen Hausstand zugrunde richten würde. Tatsächlich war es noch schlimmer gekommen: Gerade mal ein gutes Jahr nach Mutters Tod war Gallus Barbierer vor den Rat der Stadt zitiert worden, und bald ging es durch die Gassen wie ein Lauffeuer: Dieser Schandbube habe in seiner Badstube ein heimliches Hurenhaus betrieben! So ganz verstanden hatte Eva die Aufregung damals nicht, schließlich hatte sie mit eigenen Augen die vielen erlauchten Herren in schwarzer Schaube und Silberbehang, einige Geistliche sogar, mit leuchtendem Blick und geröteten Wangen dort ein und aus gehen sehen, und sie hatte bei sich gedacht, dass es um ihr Ansehen wieder besser stünde bei so viel vornehmer Kundschaft in ihrem kleinen Badhaus.

Stattdessen war Gallus Barbierer auf eine Woche bei Wasser und Brot in den Turm gesperrt worden, um anschließend samt seinen Kindern aus der Stadt gejagt zu werden.

Dies alles lag nun schon über ein Jahr zurück. Monatelang waren sie damals durch die Lande geirrt, fast immer zu Fuß, der kleine Niklas auf den Schultern des starken, großen Adam, Eva selbst festgeklammert an der Hand der ein Jahr älteren Schwester, ihr Vater schließlich mit dem Handkarren, der das Wenige beförderte, was man ihnen gelassen hatte. Nur selten hatten mitleidige Fuhrleute sie aufsteigen lassen. Trotz Blasen an den Füßen ging es immer weiter über mal staubtrockene, mal tief verschlammte Landstraßen, und Eva lernte erstmals brennenden Durst und quälenden Hunger kennen. Schon immer hatten die Geschwister zusammengehalten gegen den Stiefvater, diese endlosen Wochen indes machten sie zu einer verschworenen Gemeinschaft. Einmal des Nachts, als sie zitternd um ein Lagerfeuer kauerten und ihr Vater unterwegs war, um in einer Schäferhütte nach Essensresten zu suchen, hatten sie sich feierlich gelobt, einander nie zu verlassen.

Schließlich waren sie über Ölmütz und Brünn, wo Wegelagerer ihren Karren geraubt hatten, nach Wien gekommen. Die Habsburgerstadt hatte ihr Ziel sein sollen, doch man verwehrte ihnen den Einlass. «Scheißkerle!», hatte der Stiefvater gebrüllt, «verdammtes Schelmenpack!», und dreimal gegen das Torhaus gespuckt. «Dann eben nach Passau, zu meinem Vetter.»

Sein Einfall war es auch gewesen, sich bei Einbruch der Dunkelheit auf einen Zug aus vier langgestreckten Frachtbooten zu schleichen, die am Donauufer vertäut lagen. Allerdings dauerte ihre Schiffsreise nur einen Tag, denn schon am nächsten Abend wurden sie entdeckt, und der Bootsführer warf sie in Ufernähe der Reihe nach über Bord. Nur mit Mühe erreichten Eva und Josefina das Ufer, wo ihr Stiefvater bereits mit eisiger Miene wartete, und wäre Adam nicht gewesen – der kleine Niklas wäre jämmerlich ersoffen.

«Was bist du nur für ein Mensch!» Voller Verachtung hatte Adam die Augen zusammengekniffen. «Deinen einzigen leiblichen Sohn hättst ertrinken lassen!»

«Halt dein dreckiges Maul und lass mich in Ruh!»

Da hatte Adam die Hand gegen den Älteren erhoben und ihm ins Gesicht geschlagen. Und der hatte sich nicht einmal gewehrt, ihn nur mit blödem Ausdruck angestiert. Nie würde Eva diesen Anblick vergessen!

Im Spätherbst endlich waren sie hier, im altehrwürdigen Fürstbistum Passau, gelandet. Womit keiner der Geschwister gerechnet hatte: Gallus Barbierer fand umgehend eine Anstellung. Durch die Vermittlung seines Vetters, eines dickwanstigen alten Nachtwächters, hatte er schon bald seine Dienste als städtischer Büttel antreten dürfen. Eva wusste, als Häscher, als Blutscherge stand ihr Stiefvater nun nahezu auf einer Stufe mit Henker und Abdecker, und auch an seinen Kindern würde nun auf immer der Makel der Unehrlichkeit haften. Was aber weitaus schmerzhafter war: Kaum hatten sie sich einigermaßen in Passau eingerichtet, hatte Adam ihnen verkündet, dass er fortmüsse. Nach Straßburg wolle er, wo selbst Burschen wie er, ohne Vermögen und Rang, an Burse und Fakultät unterkämen. Heimlich und unter Tränen hatte er sich verabschiedet, und Eva war vor Wut und Enttäuschung mit den Fäusten auf ihn losgegangen. Ihr geliebter Bruder, den sie so bewundert hatte, der so stark und klug war, dass er es sogar geschafft hatte, ihr das Lesen und Schreiben beizubringen – ihr Adam brach den Eid und ließ sie alle schmählich im Stich. Dieser Schmerz brannte fast schlimmer als damals der Tod ihrer Mutter, denn das hier war nicht nur endgültiger Abschied, sondern auch Verrat.

«Wenn du gewinnst, trag ich dich huckepack nach Haus!»

Eva stieß ihren kleinen Bruder in die Seite, dann rannten sie beide gleichzeitig los. Immer wieder fiel Niklas auf diesen Trick herein, wenn er den weiten Weg von den Uferwiesen nach Hause nicht laufen wollte. Und wie immer ließ sie ihn, kurz vor dem Severinstor, gewinnen. Von dort trug sie ihn dann das restliche Stück durch die Gassen der Innstadt auf dem Rücken, wie versprochen.

Vor dem Haus des Torwächters rannten sie mitten in einen Menschenauflauf. Ohne zu überlegen, nutzte Eva die Gunst der Stunde und prallte mit voller Wucht gegen einen dickleibigen Herrn, einen Trödler augenscheinlich, der seine Geldkatze allzu offenherzig am Gürtel trug. Der Dicke taumelte, Eva hielt ihn einen Moment lang fest und sah ihn dabei entschuldigend an.

«Verzeiht vielmals, werter Herr, aber mein kleiner Bruder ist mir auf und davon. – Saubazi! Bleibst du wohl stehen!»

«Kinderpack!», knurrte der Mann nur, dann lauter zum Torhüter: «Kann ich meine Ware jetzt endlich in die Stadt bringen?»

Eva lief um den Krämerkarren herum und ergriff ihren Bruder beim Arm. Dabei bückte sie sich mit einem überraschten Aufschrei.

«Habt Ihr das verloren?»

Sie reichte dem Mann die Geldkatze. Dabei lächelte sie treuherzig.

«Sapperment! Das ist in der Tat meine.» Seine Miene wurde freundlich. «Hab vielen Dank, Mädchen. So ehrliche Kinder findet man selten in diesen Zeiten.»

Rasch packte er den Schatz weg, ohne auf Evas erwartungsvollen Blick zu reagieren, hob die Deichsel seines Karrens an und marschierte durch das Tor.

«Alter Geizhals», murmelte Eva enttäuscht. Immer seltener erhielt sie einen Obolus, wenn sie die unbemerkt geklauten Geldbeutel zurückgab. Sie musste sich etwas anderes einfallen lassen.

«Hast du das Tuch mit dem Löwenzahn?», wandte sie sich an Niklas. Dem blieb der Mund offen stehen.

«Ich hab's am Inn liegen gelassen.»

«Du Dummkopf!»

Die Ausbeute eines ganzen Morgens war dahin und ein gutes Stück Leintuch dazu! Jetzt im Frühjahr gaben die Felder noch nichts her, was man hätte stibitzen können, und so pflückten sie täglich nach dem Morgenessen draußen vor den Toren der Stadt Löwenzahn und allerlei Kräuter, damit überhaupt etwas Frisches auf den Tisch kam.

Niklas zog die Nase hoch, ein untrügliches Zeichen dafür, dass er gleich zu weinen beginnen würde.

«Sollen wir zurück?»

16

«Das geht nicht. Die Hoblerin wartet. Und jetzt heul nicht und komm.»

Es tat ihr vor allem für ihren kleinen Bruder leid, dass sie in ihrer neuen Heimat, dieser Handwerkervorstadt vor der alten Brücke hinüber nach Passau, lebten wie die Junker von Habenichts, und das trotz ihres Vaters Anstellung als Büttel. Niklas war viel zu mager und klein für seine acht Jahre, was die anderen Gassenbuben weidlich ausnutzten, und auch sie selbst musste oft genug hungrig schlafen gehen. Dabei tat sie alles, um zum Unterhalt beizutragen: Neben der täglichen Hausarbeit wie Kochen und Putzen, Nachttöpfe-Leeren und Strohmatten-Wenden, Wäscheflicken und Töpfeschrubben bot sie überall in der Nachbarschaft ihre Dienste an. So schleppte sie Wasser und Holz für die alte Hoblerin von gegenüber, klaubte Pferdeäpfel aus dem Straßendreck, um sie gegen einen Kanten Brot einzutauschen, oder verrichtete Botengänge. Letzteres liebte sie fast ebenso sehr wie ihren morgendlichen Gang durch die Wiesen, denn es führte sie heraus aus der engen, stinkenden Vorstadt am Inn, mal über den Fluss in die Bischofsstadt, mal in die Fischersiedlung an der Ilz oder in den Marktflecken Hals mit seiner malerischen Burg. Hin und wieder, an sonnigen Tagen, nahm sie sich die Freiheit und wanderte nach ihren Botengängen hinauf in die grünen Hügel, bis zu einer einsamen kleinen Lichtung – *ihrer* Lichtung. Hier saß sie und sah aus luftiger Höhe auf die alte Residenzstadt herab, die wie ein Schiffsbug in den Zusammenfluss von Donau, Inn und Ilz ragte, in diese Ströme aus bunten Wassern: Blau floss die Donau dahin, smaragdfarbenes Grün brachte der Inn aus den Alpen, moorschwarzes Wasser die Ilz. Oftmals fühlte sie sich bei diesem Anblick so leicht und froh, dass sie lauthals zu singen begann.

Abends dann, wenn ihr Stiefvater eine Schenke nach der anderen aufsuchte, angeblich, um dort seiner hehren Aufgabe als

Rüger in städtischen Diensten, als Hüter von Sittlichkeit und Ordnung nachzukommen, ging ihre Arbeit weiter. Nachdem sie Niklas zu Bett gebracht und noch ein, zwei Abendlieder mit ihm gesungen hatte, machte sie sich an die Küche, bis das Wenige, was sie besaßen, blitzte und blinkte. Oder sie besserte ihre abgetragene Kleidung aus. Manchmal klopfte in diesen Augenblicken die Hoblerin an die Tür, wohl wissend, dass sie allein war, und brachte ein Stück Käse oder einen Krug Milch vorbei.

«Damit euch nicht vor Hunger der Nachtmahr erscheint», sagte sie jedes Mal, bevor sie wieder davonschlurfte. Die alte Witwe war die Einzige hier, die ihnen nicht gleichgültig oder gar abfällig begegnete. Dabei hatte sie es selbst nicht leicht mit ihrem geringen Auskommen und den vielen Gebrechen und Zipperlein.

«Eva?»

Sie schrak aus ihren Gedanken. Niklas hielt ihre Hand fest. «Bist du mir noch böse?»

«Nein, mein Igelchen.» Sie strich ihm über die blonden Haarstoppel. «Außerdem ist heut Viktualienmarkt, und da lässt sich noch viel Besseres auftreiben als irgendwelche Kräuter, wirst sehen.»

Kurz darauf standen sie vor ihrem Haus in der Löwengrube, einem einfachen Handwerkerviertel mit ungepflasterten Gassen und stinkenden Abortgruben an jeder Ecke. Schief und schmal, eingeklemmt zwischen einer Schmiede und dem dreistöckigen Haus eines Rotgerbers, schien das verwitterte Holzhäuschen nur durch die beiden Nachbargebäude am Umfallen gehindert. Wie die ärmlichsten Häusler auf dem Dorf lebten sie hier: Im Erdgeschoss befand sich ein einziger Raum, der als Wohnstube und im hinteren Bereich, zum Hof hin, als Küche diente, Vaters Schlafecke hatten sie mit einem Vorhang abgetrennt. Die

Böden waren aus festgestampftem Lehm, die Fenster klein und unverglast, und im Winter, wenn die Holzläden geschlossen waren, erstickten sie schier im Rauch und in den eigenen Ausdünstungen.

Neben der Tür zum Hof führte eine steile Stiege nach oben auf die Bühne. Dort, zwischen Gerümpel, in dem des Nachts die Mäuse rumorten, schliefen auf einer breiten Strohmatte Eva und Niklas – und bis vor zwei Monaten auch Josefina. Wenn Eva an ihre Schwester dachte, nagte fast so etwas wie Neid an ihr. Um wie vieles besser hatte Josefina es doch getroffen! Sie hatte ein Glück, das Eva wohl nie vergönnt sein würde: Sie wohnte tatsächlich drüben in der stolzen, alten Bischofsstadt, wo die berühmten Passauer Gold- und Klingenschmiede ihre Werkstätten und die Handelsherren ihre prachtvollen Häuser hatten. Ebendort, am Residenzplatz, hatte Josefina ganz plötzlich eine Stellung als Dienstmagd gefunden, mit vier Gulden auf Walpurgis, vier auf Michaelis. Keiner hatte damit gerechnet, dass sie so schnell außer Haus gehen würde – und vor allem eine Anstellung finden würde. Aber ein Mädchen wie Josefina nahm man gerne zu sich, schön und gut gewachsen, wie sie war, mit ihrem blonden, dichten Haar, den hellblauen Augen und dem runden Mund mit feingezeichneten, vollen Lippen. Obendrein hatte Josefina ein freundliches Wesen, und fix im Denken war sie auch.

Eva machte sich nichts vor: Gegen ihre Schwester wirkte sie selbst wie ein ungelenker Knabe. Ihr Körper hatte so gar nichts von den anmutigen Rundungen eines Weibes, viel zu eckig war alles, zu schmal die Hüften, und ihr Busen, der vor einem Jahr zu wachsen begonnen hatte, würde wohl auf ewig so klein und mickrig bleiben. Die Statur hatte sie von ihrer Mutter geerbt, und auch die dunkelbraunen Haare, deren Krauslocken sich in alle Richtungen bogen, und das schmale Gesicht. Das einzig

Besondere an ihr waren vielleicht die tiefblauen Augen, die in auffallendem Gegensatz zu ihrem dunklen Haar standen.

Und dann – ihr Name! Noch allzu gut erinnerte sie sich an die wortgewaltige Predigt des Pfarrers in ihren letzten Tagen in Glatz: Wie hatte der über die Sünde der Wollust gegiftet und vor der Gefährdung des Mannes durch das Weib gewarnt! Mit Eva sei die Todsünde in die Welt gekommen, mit Eva als erster Sünderin und Betrügerin am Mann. Allein deshalb müsse die Frau dem Manne untertan sein, sich von ihm leiten lassen und auf immer ihre Zunge hüten, müsse als Sühne die Schmerzen im Kindbett ertragen. Immer mehr war Eva bei diesem geistlichen Donnerwetter in sich zusammengesunken. Da war es ihr wenig Trost gewesen, zu hören, dass immerhin auch dem Weibe eine unsterbliche Seele zugestanden wurde, die Erlösung erlangen könne, sofern sich die Frau von ganzem Herzen in Tugend übe.

Inzwischen fragte sie sich, ob ihre Schwester damals dieser Predigt mit derselben Angst gelauscht hatte – jetzt, wo Josefina zu einer jungen Frau geworden war, glich sie dem Bild der ersten Frau auf Erden immer mehr.

Eva zog die knarrende Tür hinter sich zu und gab Niklas einen Klaps: «Zur Strafe hilfst mir jetzt beim Aufräumen. Und dann gehn wir auf den Markt.»

An diesem Abend erschien ihr Vater überraschend gut gelaunt zum Essen. Sogar ein Lächeln zeigte sich auf dem sonst so vergrätzten Gesicht, als er den Kräuterduft von Evas Gemüsesuppe roch. Da fiel es ihr ein: Es war Samstag, Lohntag.

«Hier, für die Einkäufe.»

Schwungvoll warf er eine Handvoll Münzen auf den Tisch. Eva verzog das Gesicht. Für die zehn Kreuzer bekam sie nicht mal ein Vierpfünderbrot. Und eines war so sicher wie das Amen in der Kirche: Heute würde er die halbe Nacht in der Schenke bleiben und dabei den Großteil des Verdienstes gleich wieder versaufen und verspielen. Dennoch schwieg sie. Sie wollte sich den Tag nicht verderben, der sich mit dem Bauernmarkt noch als ein wahrer Segen erwiesen hatte. Sie und Niklas waren genau zum richtigen Zeitpunkt zur Stelle gewesen, als ein Eselskarren einen Schragentisch umriss und der Gemüseberg auf das schmutzige Pflaster polterte. Zumindest für die nächsten Tage war ihr Vorratsregal nun gut bestückt. Außerdem freute sie sich auf den Sonntag, wo sie Josefina wiedersehen würde, die jede zweite Woche nach dem Kirchgang ein paar Stunden freihatte.

Nachdem der Stiefvater zu seinem Rundgang durch die Wirtsstuben aufgebrochen war, brachte Eva Stube und Küche in Ordnung. Danach löschte sie die Lampe und legte sich zu Niklas auf ihr Strohlager.

«Du hattest recht wie immer», hörte sie ihn flüstern. «Das mit dem Markt, mein ich. Schad drum, dass wir nicht noch mehr mitnehmen konnten.»

Sie knuffte ihn in die Seite. «Du musst schneller rennen lernen. Beinah hätt uns der alte Bauer erwischt. Und jetzt gute Nacht, Igelchen.»

Mitten in der Nacht erwachte sie schlaftrunken vom Knarren der Holzstiege. Von unten drang das schwache Licht der Lampe herauf. Da schob sich plötzlich das Gesicht ihres Stiefvaters über sie, das schüttere Grauhaar lag verschwitzt über der Stirn. Der Schreck fuhr ihr in alle Glieder: War er gekommen, um sie zu wecken und seine Wut an ihnen auszulassen, weil er wieder den ganzen Abend beim Glücksspiel verloren hatte? Das wäre nicht das erste Mal. Jetzt aber lag kein Zorn in seinem Blick, sondern er starrte sie nur mit aufgerissenen, glänzenden Augen an.

Rasch zog sie sich die Decke über den Kopf, drehte sich zur Seite und gab vor, zu schlafen. Ihr Herz klopfte bis zum Hals. Was tat er hier, so stumm, mit keuchendem Atem? Endlich hörte sie ihn die Stiege wieder hinuntertrampeln, ein Stuhl polterte zur Seite, ein Fluchen – dann wurde es ruhig im Haus.

Am nächsten Morgen weckte Eva ihn erst, als das Essen bereitstand. Sofort erkannte sie, dass ihm vom Saufen mal wieder der Schädel brummte. Sie gab Niklas, der gierig auf den Topf mit Getreidemus starrte, einen Tritt gegen das Bein – als Zeichen dafür, den Vater ja nicht zu reizen.

Übellaunig stieß Gallus Barbierer seinen Löffel in den graubraunen Brei.

«Pfui Teufel! Das schmeckt ja wie Pferdescheiße!»

«Ich find, es schmeckt wie immer», sagte Niklas, der folgsam gewartet hatte, bis sein Vater den ersten Bissen genommen hatte.

«Hab ich dich gefragt? Und überhaupt, wie gschissen du ausschaust! Wie ein damisches Kleinkind, mit deinem geschorenen Schädel. Mein Sohn soll aussehen wie ein richtiger Junge!»

Augenblicklich brach Niklas in Tränen aus.

«Mein Gott, jetzt flennt der Bettseicher auch noch wie ein Kleinkind. Womit hab ich das verdient?»

«Er kann doch nichts dafür», beschwichtigte Eva, «dass er schon wieder Läuse hatte.»

«Dann halt du den Haushalt sauberer!» Gallus Barbierers Gesicht lief veilchenfarben an.

«Aber …»

Ihr Stiefvater schnellte von der Bank, holte aus und versetzte ihr eine deftige Maulschelle.

«Widersprich mir nicht! Was hab ich da nur für Bälger großgezogen! Aber das Lotterleben hat jetzt ein End.» Seine Miene entspannte sich ein wenig. «Eva, leg den Löffel weg und hör mir zu. Und wenn du mich unterbrichst, pfeif ich dir gleich noch eine.»

Er räusperte sich. «Hab gestern Abend einen Weber kennengelernt, aus der Lederergasse, dem ist eine seiner Spinnerinnen verreckt. Hab dich hoch gelobt, wie geschickt du bist. Mach mir also keine Schande.»

«Dann – ist das schon ausgemacht?»

«Nächste Woche bringt er das Spinnrad her und den ersten Packen mit Wollewickeln. Seh ich recht?», brüllte er plötzlich los. «Was ziehst du für ein Gesicht? Soll ich dich lieber ins Waschhaus stecken, den Dreck andrer Leute schrubben?»

Instinktiv hielt Eva sich schützend den Arm vor, doch dieses Mal blieb ihr Stiefvater ruhig sitzen.

«Du bist alt genug, um zu arbeiten. Und damit mein ich nicht das Rumgehaspel für die alte Vettel von Hoblerin. Bis aufs Kochen wird Niklas die Haushaltung übernehmen.»

Eva starrte mit trotziger Miene auf den rußgeschwärzten Herd an der Wand gegenüber. Ihr graute es bei dem Gedanken, den ganzen Tag in diesem Loch zu verbringen, mit tagaus, tagein der gleichen Arbeit. Und das vielleicht auf Jahre.

«Hast mich also verstanden?»

«Ja.»

«Das heißt: Ja, Vater!»

«Ja, Vater!»

«Gut.» Er erhob sich ächzend und trat neben sie. Fast sanft wurde sein Blick mit einem Mal, während sein knotiger Zeigefinger über ihre Wangen strich, dann den Hals entlang.

«Du wirst sehen, auch für deine Zukunft springt was raus. Den Taglohn werd ich einbehalten, aber einen fünften Teil leg ich zurück, für deine Mitgift. Und jetzt macht euch fertig für den Kirchgang, aber gschwind.»

Mitgift! Ans Verheiraten dachte ihr Stiefvater jetzt auch schon!

Nur mit Mühe konnte Eva die Tränen zurückhalten. Wenigstens würde sie den heutigen Tag mit Josefina verbringen.

2

Eva stand mit Niklas und ihrem Stiefvater in der milden April-sonne vor Sankt Gertraud, abseits der anderen. Längst waren sie zum alten Glauben, zur Heiligen Kirche Roms, übergetreten, zu diesen «papistischen Götzenanbetern», diesen «römischen Bluthunden», wie ihr Vater heimlich geschimpft hatte. Als Büt-tel in einer katholischen Bischofsstadt war ihm nichts anderes übriggeblieben, und Eva verstand ohnehin nicht so recht die Unterschiede zwischen dem alten Glauben und dem «lauteren Evangelium» der neuen Lehre. Selbst die Predigten wurden bei den Altgläubigen neuerdings zum Großteil in deutscher Spra-che gehalten, grad so wie früher im protestantischen Glatz.

Suchend spähte Eva zwischen den Kirchgängern hindurch, die jetzt nach dem Gottesdienst müßig und in losen Gruppen herumstanden. Aber statt ihrer Schwester erschien Bomeranz, der alte Nachtwächter – massig und fett wie ein Mastschwein und der Einzige, der sich in der Öffentlichkeit zu ihnen gesellte. Kein Wunder, war er doch grad so ein Geschmähter wie sie.

Gallus Barbierer begrüßte seinen Vetter mit einem derben Schlag gegen die Schulter.

«Na, Bomeranz, alter Katzbalger – endlich ausgeschlafen?»

«Ja mei – du schaust auch nicht grad aus, als hättst viel ge-schlafen.» Der Nachtwächter grinste, wodurch sein schwam-miges Gesicht noch breiter wirkte. «Übrigens warn ich dich hiermit: Wenn du schon nach der zehnten Stunde heimwärts torkeln musst, dann mach's irgendwie leis. Ich kann nicht jedes Mal ein Aug zudrücken.»

Er sah sich suchend um. «Wo ist eigentlich euer Goldschatzl, die Josefina?»

«Wenn du etwa nur wegen der hier bist – die Josefina schlag dir gleich mal aus dem Kopf! Das Madl ist zu Besserem bestimmt, so wie Gott die geschaffen hat.»

«Mir tät ja auch deine Jüngste gefallen – wenn die nur ein bisserl mehr Speck am Arsch hätte. Ah – da kommt ja eure Schöne.»

Niklas hatte Josefina ebenfalls entdeckt und warf sich ihr in die Arme.

«Entschuldigt bitte, dass ich so spät bin. Mein Dienstherr hatte nach dem Kirchgang noch was mit mir zu besprechen.»

«Jessesmaria, wie du daherredst! Grad wie die Herrschaften selber!» Ihr Vater schnaubte, doch sein Blick schweifte voller Bewunderung über die Gestalt seiner hübschen Stieftochter. «Jetzt komm erst mal her und lass dich begrüßen, meine liebe Tochter.»

Er zog sie an sich und tätschelte ihr dabei den Nacken. Wie immer, wenn Josefina von ihm umarmt wurde, drehte sie sich von ihm weg, als hätte er Aussatz. Eva entging nicht das ärgerliche Zucken um seine Mundwinkel.

Dafür breitete nun Bomeranz die Arme aus.

«Und was ist mit deinem lieben Oheim? Krieg ich wenigstens ein Busserl?»

Ihre Schwester verdrehte die Augen, und Eva war sich sicher, dass sie beide dasselbe dachten: Diese alten Männer waren doch alle aus dem gleichen Holz geschnitzt.

«Na, was ist? Ich lad euch Madln dann auch zu einem Krug Bier in den *Ruppen* ein.»

Nur das nicht, dachte Eva. Wenn die beiden Männer zusammen waren, ging es nur noch um Geld und Weiber, über die sie so verächtlich herzogen, dass es ein Graus war, dabeizusitzen.

Viel lieber wäre sie an diesem schönen Tag mit Josefina allein gewesen, wagte indessen nicht, diesen Gedanken auch nur auszusprechen.

Zu Evas Erstaunen wandte sich Josefina jetzt an den Vater und sagte mit fester Stimme: «Wir können ja nachkommen, Eva, Niklas und ich. Ich will jetzt lieber in die Sonne raus.»

Woher nahm ihre Schwester diesen Mut? Gallus Barbierer sah sie nicht minder verdutzt an, und Eva fürchtete schon ein Donnerwetter. Stattdessen räusperte er sich und nuschelte nur: «Dann eben bis später.»

Sie beeilten sich, aus der Stadt zu kommen, im Laufschritt fast, als ob ihr Vater sie im letzten Moment doch noch zurückhalten könnte. Am Innufer zog Josefina einen Ball unter dem Rock hervor. «Hier, Niklas. Hat mir die Haustochter für dich geschenkt.»

Niklas blasses Gesicht begann zu strahlen.

«Herrgottsakra!»

«He, wenn du fluchst, nehm ich ihn dir gleich wieder weg. Und jetzt lauf.»

Glücklich schlenderte Eva mit ihrer Schwester über den sonnigen Uferweg, irgendwann fanden ihre Hände einander.

«Hast du dich jetzt eingewöhnt bei den Lindhorns?»

Josefina zuckte die Schultern. «Die Tochter ist ja ganz nett, ein bisserl affig vielleicht. Und der älteste Sohn ist ein geckenhafter Schnösel, wenn auch ein sehr fescher.» Sie lachte leise auf. «Na ja, und über die Verköstigung darf ich auch nicht klagen. Ich hab inzwischen sogar ein eigenes Bett, jede von uns dreien, auch wenn's jetzt arg eng ist in unserer Kammer.»

«Und wer sind die andern zwei?» Eva wollte alles ganz genau wissen.

«Madlena, die Wäscherin – eine richtig blöde Kuh! Die ist so hinterhältig, die petzt alles an die Herrschaft weiter. Aber dafür ist Anna eine ganz Liebe. Sie ist die Spülmagd und noch jünger als du. Die war erst zehn, als sie aus dem Waldgebirg nach Passau kam.»

Sie hielt inne und beobachtete Niklas, der einen Nachbarbuben entdeckt hatte und jetzt mit ihm Ball spielte. Ihr Blick wirkte auf einmal traurig.

«Und was ist mit den Herrschaften? Sind die freundlich zu dir?»

«Nicht so recht. Beim Hausvater weiß ich nie, woran ich bin. Mal brüllt er mich an, weil ich nicht gleich seine Pantoffeln gefunden hab oder weil in seinem Bücherkabinett ein Buch verstellt ist. Dann wieder bietet er mir höchstselbst ein Stückerl Mandelkuchen an. Aber nur, wenn seine Frau nicht dabei ist. Die scheucht mich von früh bis spät rum, ohne Atempause, und sitzt selber nur den ganzen Tag fett und faul im Lehnstuhl. Und wenn ich nicht schnell genug bin, verpasst sie mir Kopfnüsse, die sich gewaschen haben.» Sie seufzte. «Irgendwie hab ich das von Anfang an geahnt.»

«Aber – warum hast du dann die erstbeste Stellung angenommen?»

«Weil ich rauswollt von daheim, darum!»

Die Antwort kam prompt und war voller Bitterkeit. Ganz plötzlich erinnerte sich Eva wieder daran, wie verschlossen, wie freudlos ihre Schwester in jenen ersten Wochen in Passau gewirkt hatte. Irgendwie war sie nur noch ein Schatten ihrer selbst gewesen. Damals hatte Eva geglaubt, Josefina leide an Heimweh nach Glatz. Doch seitdem sie im Haus des Handels- und Ratsherrn Lindhorn war, der sein Vermögen mit Passauer Stahl gemacht hatte, zeigte sie bald wieder das, was Eva so an ihr liebte und bewunderte: Willenskraft und Entschlossenheit zum einen, liebevolle Wärme gegenüber den Geschwistern zum anderen.

27

«Weg von uns?», flüsterte Eva deshalb jetzt fassungslos.

«Aber nein, du Dummerle.» Josefina nahm sie in die Arme. «Es ist eh blödes Zeug, was ich da fasle. Ich kann zufrieden sein, glaub mir. Alles in allem hab ich's gut getroffen. Stell dir vor, ich hab sogar ein richtiges Kopfkissen, mit Daunenfedern gefüllt!»

Schweigend gingen sie weiter, bis Josefina irgendwann fragte: «Und du? Wie ist Vater zu dir, seit ich weg bin?»

«Wie meinst du das?»

«Behandelt er dich gut?»

«So wie immer – kennst ihn doch.»

«Und – wenn er besoffen heimkommt?»

Eva verstand nicht, worauf ihre Schwester hinauswollte. «Na ja, wenn er sehr wütend ist, dann schlägt er Niklas und mich auch schon mal. Und neulich war er seltsam – aber vielleicht hab ich das auch nur geträumt. Da gibt's was viel Schlimmeres. Stell dir vor, ich soll jetzt als Taglöhnerin arbeiten, spinnen für einen Wollweber. Davor graust mir, das kann ich dir gar nicht sagen.»

Schon am nächsten Tag, am Montag in aller Früh, schleppte ein Knecht das Spinnrad, einen Weidenkorb und den in Sackleinen eingewickelten Ballen an. Kurz darauf erschien der Webermeister selbst, ein buckliger Mann. Er blieb unter dem windschiefen Türsturz stehen, nickte nur zur Begrüßung und belferte dann:

«Das fertige Garn bringst du mir pünktlich zum Abendläuten. Einen Korb voll täglich will ich sehen. Und Krankmachen gibt's bei mir nicht. Alles Übrige hab ich mit deinem Vater besprochen, das geht dich nichts an. Bis heut Abend also. Ach ja – wenn's heut ein bisschen weniger ist, seh ich drüber weg. Morgen aber dann will ich einen vollen Korb!»

Eva starrte abwechselnd auf den Packen mit den Wollwickeln, der unter ihrem Blick immer größer zu werden schien, und auf das Spinnrad. So oft schon hatte sie anderen beim Spinnen zugesehen, aber selbst drangesetzt hatte sie sich nie. Diese eintönige Arbeit war nicht ihre Sache, und um wie viel lieber hätte sie sich als Näherin verdingt, als Zuschneiderin für feine Weißwäsche oder selbst für Flickarbeiten. Darin war sie geschickt!

«Du kommst ganz nach deinem Vater», hatte ihr Oheim, der Bruder ihres leiblichen Vaters, vor langer, langer Zeit immer gesagt, wenn sie ihm zur Hand gegangen war. Der hatte als Geselle bei einem Glatzer Damenschneider gearbeitet und ihr damals bereitwillig gezeigt, was sie wissen wollte.

Aber es half ja alles nichts. Widerwillig öffnete sie den Sack, nahm einen ersten Flausch aus der gekämmten Wolle und steckte ihn auf den Rocken. Dann zog sie ihren Schemel heran und setzte sich. Eigentlich galt es nur mit dem Fuß den richtigen Takt zu finden, der mit dem Zusammenzwirbeln der Wollfasern zusammenpasste. Doch entweder drehte sich das Spinnrad zu schnell, sodass der Faden riss, oder ihre Finger stellten sich so ungelenk an, dass statt eines Fadens ein hässliches Knotengebilde herauskam. Damit brauchte sie dem Weber gar nicht erst zu kommen.

«Tausendsapperment!», fluchte sie. «Niklas, wo steckst du? Lauf rasch zur Hoblerin, ob sie mir helfen kann.»

Mit Unterstützung der alten Witwe surrte nur eine Stunde später das Spinnrad gleichmäßig vor sich hin, während Evas Hände zwischen Zeigefinger und Daumen den Faden zwirbelten.

«Na siehst!» Die Hoblerin strich ihr übers Haar. «Bald wirst gar nicht mehr hinschauen mussen! Dann kannst dir sogar eine Freundin zum Schwatzen einladen.»

Und seufzend fügte die alte Frau hinzu: «Nur jammerschad, dass du jetzt nicht mehr zu mir kommen kannst.»

«Nein, nein, Gevatterin! Ich komme dann ganz einfach sonntags vorbei und an den vielen Feiertagen. Ganz gewiss!»

«Bist ein braves Mädchen. Du hättest einen andern Vater verdient!»

Die ersten Wochen ihres neuen Daseins als Spinnerin waren die ärgsten: Zäh wie Haferschleim zogen sich die Stunden in die Länge, das Abendläuten wollte und wollte nicht näherrücken, der Rücken schmerzte, die Finger, die sich schon ganz pelzig anfühlten, ohnehin, und nur mit Mühe bekam sie ihren Korb in letzter Minute halbwegs voll. Wie festgenagelt hockte sie von früh bis spät auf ihrem Schemel, in dieser dunklen, stickigen Stube, während draußen der Mai die Natur zum Schwellen und Blühen brachte. Manchmal schaffte sie es nicht mal, für sich und Niklas ein Mittagsmahl zu richten, und der einzige Gang an die frische Luft war, wenn sie zum Haus des Wollwebers hetzte.

In den ersten Tagen war es Niklas gewesen, der den Korb mit dem Garn dorthin brachte. So hatte es der Vater befohlen: Damit sich Eva nur ja gleich ans Nachtessen machen könne. Aber wenigstens in diesem einen Punkt hatte sie sich durchsetzen können. Unter dem Vorwand, sie müsse schließlich wissen, ob der Meister etwas auszusetzen oder besondere Wünsche für den nächsten Tag habe, hatte sie sich ausbedungen, selbst zu gehen. Auch wenn der kurze Weg durch die frühlingshaft warmen Gassen nur einen winzigen Lichtblick in ihrem Alltagstrott darstellte – er wurde zum kostbarsten Augenblick des Tages.

Wie konnte Josefina sich nur über ihre Stellung beklagen?, dachte sie immer wieder. Was boten sich ihrer Schwester nicht alles für Abwechslungen: der Gang auf den Markt, die täglichen Besorgungen für die Herrin, die Arbeit in einer großen, wohlhabenden Haushaltung mit prächtigen Möbeln, richtigem Geschirr und allen Gerätschaften, die einem die Arbeit leichter von der Hand gehen ließen. Dazu machte der junge Herr ihr auch noch nette Komplimente – so hatte es Josefina jedenfalls bei einem ihrer Sonntagsspaziergänge erzählt. Was hätte sie, Eva, allein für ein eigenes, richtiges Bett gegeben, oder für geregelte Mahlzeiten, mit Eiern und Speck nicht nur an hohen Festtagen! Nein, ihre Schwester schien ihr reichlich undankbar.

Für sich selbst sah sie schwärzer denn je. Natürlich wusste sie, was von einer Frau gemeinhin erwartet wurde: Nicht rosenrote Lippen und langes Blondhaar waren wichtig, sondern häusliche Tugenden und Mitgift. Sämtliche jungen Frauen, die sie kannte, arbeiteten hart, um später einmal eine ansehnliche Summe in die Ehe mitbringen zu können. Kochen und Putzen, Flicken und Kinderhüten – all diese Fähigkeiten für ihr künftiges Amt als Hausmutter hatten Mädchen wie sie ohnehin von Kindesbeinen an gelernt. Nur – mussten ihre nächsten Jahre ausgerechnet als Spinnerin dahingehen? Hinzu kam, dass sie ihrem Stiefvater zutiefst misstraute. Womöglich würde sie von ihrem Verdienten keinen Heller sehen. Auch ihrer Schwester würde ihr voller Lohn erst bei Dienstende ausbezahlt werden, damit möglichst viel angespart war für eine künftige Ehe. Nur hielt bei ihr ein angesehener Patrizier das Geld unter Verschluss und kein dem Spiel und Suff ergebener Stadtbüttel.

Solcherlei Grübeleien ergriffen mehr und mehr von ihr Besitz und drehten sich, ihrem Spinnrad gleich, im Kreis. Immer häufiger tauchten dabei die Stunden an der Seite ihres Oheims aus der Vergangenheit auf, immer deutlicher hatte sie plötzlich wieder die Schneiderwerkstatt damals in Glatz vor Augen. Dorthin, in diesen hellen Raum voll prächtiger Stoffe und Bänder und Spitzen, hatte sie sich als Kind oft geflüchtet, wenn der Stiefvater wieder mal einen seiner Wutausbrüche gehabt oder am helllichten Tag die Mutter in der Schlafstube bestiegen

31

hatte, mit lautem Grunzen und diesem widerlich klatschenden Geräusch.

In jener Werkstatt hatte sie auch zum ersten Mal ihr Gesicht in einem kostbaren Glasspiegel betrachtet, der dort an der Wand hing. Als viel zu breit hatte sie ihren Mund empfunden, als zu kräftig die gerade Nase. Und dann diese albernen Locken! Warum hatte sie nicht das dichte, glatte Blondhaar ihrer Schwester, das den Männern so gut gefiel?

Sie hatte damals in der Werkstatt ein und aus gehen dürfen, die warmherzigen Meistereltern, die selbst kinderlos waren, hießen sie jederzeit willkommen. Von ihrem Oheim lernte sie Nähen und das Zuschneiden einfacher Schnitte, durfte auch bei den weiblichen Kunden die Anprobe durchführen, und mehr als einmal hatte der alte Schneidermeister ihr gesagt: «Dich würd ich sofort an Kindes statt annehmen – wärest du nur ein Junge!»

Irgendwann dann hatte sie von ihrem älteren Bruder erfahren, dass es im fernen Frankreich tatsächlich Meisterinnen gab, die sich in eigenen Zünften organisierten – angesehene Damenschneiderinnen, Weißnäherinnen, Gold- und Seidenspinnerinnen. Hier in Deutschland hingegen mussten Frauen, die solcherlei Handwerke ausübten, für kärglichen Taglohn arbeiten und wurden dabei von den zünftigen Meistern und Gesellen auch noch angefeindet und geschurigelt, als Störer und Pfuscher geschmäht. Seitdem hatte Eva einen Traum: den Traum von einer eigenen Werkstatt, in der sie selbst das Sagen hatte. Nicht wie die Mehrzahl der Schneider als Kleinmeister, als armes Schneiderlein, sondern als Meisterin über Gesellin und Lehrtochter, mit denen sie feinste Gewänder für vornehme Patrizierfrauen fertigen wollte. Und zwar dort, in jenem fernen welschen Reich, das gleich hinter Straßburg, der neuen Heimat ihres Bruders, begann.

32

Der Sommer endlich machte alles ein wenig erträglicher: An schönen Tagen stellte Eva ihr Spinnrad in den winzigen Hof, in den sich zwar kaum ein Sonnenstrahl verirrte, doch das Morgen- und Abendkonzert der Vögel war zu hören, und sie sah den Wind in den Blättern der Weide spielen, die vom Nachbarhof her ihre Zweige über die Mauer streckte. Hin und wieder kam die Hoblerin auf ein Stündchen vorbei und half ihr beim Garnaufwickeln, und wenn Eva dann wieder allein war, sang sie laut vor sich hin und freute sich auf den Abendspaziergang zum Haus des Webers, den sie längst in Muße unternahm.

So leicht ging ihr inzwischen die Arbeit von der Hand, dass sie wieder einiges an Hausarbeit übernehmen und Niklas ab und an auf die Gasse zum Spielen schicken konnte. Einmal – sie war fast fertig mit ihrer Tagesration Garn – war er schluchzend nach Hause gekommen, Knie und Ellbogen blutig zerschrammt, sein schöner Ball gestohlen. Sie erinnerte sich noch ganz genau an diesen Nachmittag.

«Wer war das?», hatte sie aufgebracht gefragt, während sie ihm die Wunden reinigte. Der Ball war das einzige Spielzeug ihres kleinen Bruders gewesen.

«Diese Scheißkerle vom Severinstor! Die sind alle viel älter als ich und waren zu fünft. Als ich den Ball nicht hergeben wollt, haben sie mich über die Gasse geschleift, bis ich halt losgelassen hab. Au! Das tut weh!»

«Bin gleich fertig.»

«Adam hätt das viel besser gekonnt», maulte Niklas. «Außerdem würd er dieses Schelmengesindel jetzt verprügeln.»

«Adam ist aber nicht hier, sondern weit weg und außerdem ein Verräter!»

«Das ist nicht wahr! Mir hat er gesagt, dass er wiederkommt. Dass er mich besuchen will.»

«Denkst du etwa, dieses Straßburg liegt hier um die Ecke?

Dass er grad mal auf einen Sonntagsspaziergang hier vorbei-
geschneit kommt? O nein! Das hat er nur gesagt, um dich zu
trösten.»

Da wurde Niklas ganz still und sah sie aus großen Augen an.
Schließlich flüsterte er: «Dann hat er uns vielleicht längst vergessen, und wir sehen ihn nie wieder.»

Eva taten ihre harten Worte von eben leid.

«Nein, Niklas, ich hab Unsinn geredet. Adam wird uns nie
vergessen, und dich schon gar nicht, Igelchen. In Gedanken ist
er immer bei dir und beschützt dich, so wie früher. Jetzt bleib
noch einen Moment sitzen mit deinem Knie und mach kurz
die Augen zu!»

Leise schlich sie zum Küchenherd, nahm ein Stück Holzkohle, malte sich auf die Oberlippe ein dunkles Bärtchen, wie
es ihr älterer Bruder trug, und zog sich Vaters alte Mütze tief in
die Stirn. Dann richtete sie sich auf, straffte die Schultern und
bat Niklas, die Augen zu öffnen.

«Niemals würde ich dich vergessen, mein Kleiner», sagte sie
mit tiefer Stimme. In dem leicht wankenden, o-beinigen Gang
ihres Bruders schritt sie auf Niklas zu und legte ihm den Arm
um die Schultern. «Niemals, glaub mir!»

Mit offenem Mund starrte Niklas sie an.

«Und dieses Bubenpack vom Severinstor werd ich mir auch
vorknöpfen, wirst sehen! Bring du nur die Wolle zum Meister.»

«Eva?»

«Nun lauf schon!»

Nachdem Niklas fort war, nahm sie ein dunkles Tuch aus der
Kleidertruhe und machte sich auf den Weg. Wie zu erwarten
an diesem milden Abend, fand sie die Burschen beim Spiel mit
ihrer Beute, nicht weit vom Tor. Sie unterdrückte ein Lachen:
Höchstens ein, zwei Jahre älter als Niklas waren sie. Rasch färbte sie sich auch das restliche Gesicht kohlschwarz, band sich wie

ein Seemann das Tuch um den Kopf und rannte brüllend und mit erhobenen Armen auf sie zu.

«Stracks zur Hölle sollt ihr fahren! Ihr Diebe, ihr Erzlümmel!»

Schon lag der Ball auf der Erde, und die Jungen waren um die nächste Hausecke verschwunden. Dass es so einfach sein würde, hatte Eva nicht erwartet. Bis auf die beiden Torhüter, die sich den Bauch hielten vor Lachen, hatte niemand sie beobachtet, und so beeilte sie sich, zum nächsten Brunnen zu kommen und sich das Gesicht zu waschen, bevor sie jemand in diesem lächerlichen Aufzug erkannte.

Indessen war es nicht dieses nahezu spaßige Erlebnis, das ihr jenen Sommertag unvergesslich ins Gedächtnis gebrannt hatte. Es war vielmehr das, was sie zu Hause erwartete: Ungehalten, mit einer Weidenrute in der Hand, schritt ihr Stiefvater vor dem Esstisch auf und ab.

«Warum ist das Nachtessen nicht gerichtet? Und was ist das für ein Saustall hier?»

Auf den ersten Blick erkannte Eva, dass er angetrunken war – und das bereits am Spätnachmittag.

«Und du?» Er fuchtelte mit der Rute vor Niklas herum, der sich zitternd auf der Bank zusammenkauerte. «Wie schaust du überhaupt aus? Bist vom Hausdach gefallen oder was?»

«Sie haben ihn verhauen, als er seinen Ball nicht hergeben wollte», erwiderte Eva so ruhig wie möglich.

«Ich glaub es einfach nicht! Der Sohn von Gallus Barbierer lässt sich immer noch verprügeln! Kannst du dich nicht wehren wie jeder gestandene Kerl? Ich werd dich lehren, dich nicht mehr wie eine Memme zu benehmen!»

Er ließ die Rute auf Niklas' Rücken schnellen.

«Los, steh auf! Über den Tisch gelehnt und Arsch her!»

Schluchzend gehorchte Niklas, dann klatschte der erste

Schlag gegen sein nacktes Hinterteil. Eva fiel ihrem Stiefvater in den Arm, bevor er ein weiteres Mal ausholen konnte.

«Hör auf! Bitte hör auf!»

Da hatte er sie schon bei Arm und Schulter gepackt und mit aller Wucht gegen die Wand geschleudert. Eva unterdrückte einen Schmerzensschrei, als sie zu Boden sank. Von ihrer Schläfe rann Blut.

Indessen schien Gallus Barbierers Wutausbruch verpufft. Zwei, drei halbherzige Schläge noch trafen Niklas, dann befahl er seinem Sohn, ihm aus den Augen zu gehen.

«Und jetzt zu dir, du kleine Zuchtel!» Seine Augen wurden zu Schlitzen. «Für dich hab ich eine wunderbare Nachricht.»

Er packte sie bei den Händen und zog sie hoch. Dabei umfasste er ungeniert ihre kleinen, festen Brüste.

«Es gibt da einen, dem diese Dinger mehr gefallen, als du ahnst. Ich hab dich heut meinem Vetter Bomeranz versprochen. Sobald du sechzehn bist, wirst du ihn heiraten.»

3

Von der Hoblerin erfuhr Eva, dass ihr Stiefvater sie regelrecht verschachert hatte. Die alte Witwe hatte von ihrem Fenster aus belauscht, wie die beiden Männer handelseinig geworden waren: Gegen Erlass all seiner Spielschulden würde er, Gallus Barbierer, dem Vetter die Tochter überlassen. Im Gegenzug würde er ein Auge drauf halten, dass Eva bis zur Hochzeit ein hübsches Sümmchen aus ihrer Hände Arbeit beisammenhätte.

Als die Tage spürbar kürzer wurden, brachte Eva immer häufiger ihren Korb nicht voll, da das Licht der einzigen Talglampe nicht ausreichte, um ordentlich zu arbeiten. Der ständige Ärger mit dem Webermeister deswegen war das eine, die unberechenbaren Launen des Stiefvaters das andere und weitaus schlimmer. Vor allem: Sie wusste nie, ob er auf dem Nachhauseweg nicht den fetten alten Nachtwächter aufgabelte und mitbrachte. Der sah sie jetzt schon als sein Eigentum, begaffte und begrabschte sie und machte anzügliche Bemerkungen. Ihr blieb nichts anderes, als diese Unflätigkeiten zu erdulden, auch wenn sie innerlich kochte, und zu hoffen, dass ihr Stiefvater irgendwann einschritt. Meist tat er dies auch mit der immer gleichen blöden Bemerkung: «Jetzt aber mal langsam mit den jungen Gäulen.»

Fast war ihr, als trüge sie selbst Schuld an ihrer Lage; so schlecht fühlte sie sich, dass sie ihrer Schwester kein Wort von dieser unglückseligen Heiratsabrede erzählt hatte. Bis die es von Niklas erfuhr, auf einem ihrer Sonntagsspaziergänge.

«Sag, dass das nicht wahr ist, Eva! Nicht dieser Ekelbatzen!»

Sie hatten sich bereits auf den Heimweg gemacht, eiligen Schrittes, da es zu dämmern begann. Eva blieb stehen und schluckte, doch es half nichts: Plötzlich rannen ihr die Tränen übers Gesicht. Sie, die gelernt hatte, sich in gleich welcher Situation zusammenzureißen, zumindest vor ihrem Stiefvater und ihrem kleinen Bruder, konnte nun gar nicht mehr aufhören zu weinen, die Tränen und der Kummer der ganzen letzten Monate und Jahre flossen aus ihr heraus.

Josefina drückte sie fest an sich. «Wir müssen das irgendwie verhindern. Dieser widerliche alte Saubär könnt dein Großvater sein! Was ist unser Stiefvater nur für ein Scheusal!»

Sie strich Eva die Tränen aus dem Gesicht. «Mir wird schon was einfallen, glaub mir. Hauptsache, Vater lässt dich –»

Sie stockte.

«Was?» Eva hatte seit längerem schon das Gefühl, dass ihre Schwester ihr etwas verheimlichte.

«Nichts. Jetzt komm. Ich muss vor Dunkelheit am Brückentor sein.»

Als Eva und Niklas zu Hause eintrafen, war ihr Vater bereits aus der Schenke zurückgekehrt, in der er sich den ganzen restlichen Sonntag verkrochen hatte. Wenigstens hatte er den Herd eingeheizt.

«Auf geht's, ihr Faulpelze, macht das Essen fertig! Und zwar ein bisserl üppiger als sonst, Bomeranz kommt zum Nachtessen.»

Eva verzog angewidert das Gesicht. Es würde ein furchtbarer Abend werden.

«Bleib bloß wach, solange es geht», flüsterte sie dem kleinen Bruder zu, als sie sich ans Schneiden der Kohl- und Rübenstrunke machten.

Tatsächlich wurde der Abend noch schrecklicher, als sie es befürchtet hatte. Nachdem Bomeranz sein Essen schmatzend und schlürfend vertilgt hatte, quetschte er sich neben Eva auf die Bank und legte den Arm um sie.

«Und jetzt trinken wir endlich mal auf unsere Heiratsabrede. Hab nämlich ein wunderbares Wässerchen mitgebracht.» Er zog den prallgefüllten Schlauch heran, der selbst im verschlossenen Zustand nach Branntwein stank. «Was ist, Gallus, hast du keine Becher im Haus? Ein bisserl schicklich sollte es schon zugehn, bei so einem Anlass.»

«Ich hol die Becher», sagte Eva. «Wenn Ihr erlaubt, räum ich auf, bevor ich mich dazusetze.»

Bomeranz nickte gnädig. «So gefällt mir das. Ganz die künftige Hausfrau.»

Eva ließ sich alle Zeit der Welt mit dem Abräumen, dem Spülen der Schüsseln, dem Schrubben der Töpfe und Holzbrettchen, aber irgendwann musste sie doch Platz nehmen neben dem Nachtwächter. Zu ihrem Schrecken sah sie, dass Niklas ebenfalls zum Trinken genötigt worden war. Ganz glasig war sein Blick.

«Auf unsere Zukunft!» Bomeranz schenkte sich und Eva ein, hob den Becher und nahm einen tiefen Schluck. Dann stierte er Eva erwartungsvoll an.

«Na los, trink!»

Sie hasste dieses Zeug, das in Mund und Kehle brannte und die Mannsbilder binnen kurzem zu grölenden, torkelnden Affen machte. Noch widerlicher aber war der Kuss, den Bomeranz ihr jetzt auf die Lippen drückte.

«Was bist du nur für ein goldiges Küken», hauchte er.

Die nächsten beiden Stunden blieb Eva nur zu hoffen, Bomeranz würde bald so sturzbesoffen sein, dass ihr Vater ihn vor die Tür setzte. Sie selbst nippte nur an ihrem Becher. Dennoch bildete sich um sie herum bald eine Art Nebel, der sich immer wieder vor ihre Augen schob, hörte wie aus weiter Ferne die groben Scherzworte, das Gelächter und Gerülpse der beiden Männer, spürte Bomeranz' bärtige Wange, seine nassen Lippen an ihrem Gesicht. Irgendwann presste er seine Rechte an ihre Brust und knetete sie wie der Bäcker den Teig. Eva spürte, wie sich ihr Magen hob.

In diesem Augenblick sank Niklas' Kopf mit einem dumpfen Poltern auf die Tischplatte.

«Jetzt seht euch mal diesen Zimperling an», geiferte Gallus Barbierer. «Aus dem wird nie ein Mann.»

Unter lauten Flüchen packte er den Jungen und schleppte ihn die Stiege hinauf. Da spürte Eva zu ihrem Entsetzen eine fleischige Hand unter ihrem Rock, die ihre nackten Schenkel hinaufwanderte.

«Lasst das!», flüsterte sie heiser und presste die Beine zusammen.

«Aber, aber, mein Täubchen. Ein bisserl kosten vom Hochzeitsbraten werde ich doch dürfen», lallte der Nachtwächter.

«Bomeranz! Du hinterfotziger Lump!»

Eva fuhr zusammen. Hinter Bomeranz stand ihr Stiefvater und schlug dem Vetter hart in den Nacken. «Nimm sofort deine dreckigen Finger da weg!»

«He, he – was soll das? Jetzt sei doch kein Spielverderber.»

«Pfoten weg!»

Mit festem Griff packte ihr Stiefvater den um einiges kräftigeren Bomeranz und zerrte ihn von der Bank.

«Und jetzt raus hier. Hast genug gesoffen, du Scheißkerl! Los, verschwinde!»

Mit stierem Blick schwankte der Nachtwächter nach draußen, wo man ihn Sekunden später sich die Seele aus dem Leib kotzen hörte.

«Danke, Vater», murmelte Eva und stand auf. «Ich geh dann auch zu Bett.»

«Wart noch.» Die Augen ihres Stiefvaters waren gerötet, das schüttere Haar klebte in Strähnen auf der verschwitzten Stirn. «Sollst nicht denken, ich würd dich an den Nächstbesten verscherbeln. Vielleicht überleg ich's mir nochmal mit dem Bomeranz.»

Er trat auf sie zu. Auch er schwankte beträchtlich.

«Bist viel zu schade für den.»

Daraufhin geschah etwas Grauenhaftes. Gallus Barbierer zog sie an sich und presste seine geöffneten Lippen auf ihren Mund, die Zunge suchte fordernd Einlass. Eva wand sich wie ein Aal, würgte und spuckte, doch sie steckte fest wie in einer Schraubzwinge. Die Deckenbalken über ihr begannen zu schwanken, in ihren Ohren rauschte ein Sturmwind, ein stechender Schmerz fuhr ihr in die Brust, als ihr Stiefvater sie plötzlich mit seinem ganzen Gewicht zu Boden drückte und sich auf sie presste. Nun war es statt des Nachtwächters seine Hand, die ihr den Schenkel hinauf bis zum Schoß glitt.

«Keine Angst», keuchte er. «Ich tu dir nichts. Will nur nach-

40

prüfen, ob alles rechtens ist bei dir. Sollst schließlich als Jungfer in die Ehe gehen.»

Was nun folgte, würde ihr nur mehr als eine Folge verzerrter greller Bilder in Erinnerung bleiben, gleich einer nachtschwarzen Landschaft in tosendem Unwetter, die immer wieder durch gleißende Blitze erhellt wird. Die Luft blieb ihr weg, als etwas schmerzhaft mitten in ihre Scham griff, dann wurde ihre Hand gegen den offenen Hosenlatz ihres Stiefvaters gepresst, aus dem eine Rute ragte, wie sie sie noch nie zuvor gesehen hatte, so hart und groß, so unerhört bedrohlich. In diesem Augenblick hörte sie sich selbst schreien aus voller Kehle, schlug und trat um sich, sah den Stiefvater mit einem Mal neben sich am Boden, mit stumpfem Blick und offenem Maul. Nur fort von hier, brüllte es in ihr, nur fort von diesem Ungeheuer, hinaus in die dunkle, eisige Nacht!

Nun kauerte sie mitten auf der menschenleeren Gasse, das Zittern hörte nicht auf, fuhr ihr wie Wellen durch den Körper und ließ ihre Glieder, selbst als sie schon am Boden lag, zucken und beben, als gehörten sie nicht zu ihr. Längst war ihr Schreien in Röcheln übergegangen, Schaum quoll ihr aus dem Mund, die Augäpfel verdrehten sich zum Himmel, alles krampfte und zog und bog sich in ihr. Gerade als ihr Schädel zu bersten drohte, erblickte sie über sich das liebe Gesicht der alten Hoblerin, dann die Fratze ihres Stiefvaters, und noch einmal die Hoblerin, bevor ihr gänzlich schwarz vor Augen wurde.

Auf einem Strohsack mitten in der Stube kam sie zu sich. Ihr Kopf schmerzte, und die Kehle brannte wie Feuer.

«Was … ist mit mir?»

«Es ist vorbei. Alles wird wieder gut.»

Das sagte die Hoblerin, die neben ihr auf einem Schemel saß, während ihr Bruder auf dem blanken Boden hockte. Auf einen Wink der Alten hob Niklas ihren Kopf an und führte einen Becher an ihre gesprungenen Lippen. Das lauwarme Getränk schmeckte bitter, tat aber gut. Da erkannte Eva den Stiefvater, der zusammengesunken auf der Bank saß, und stieß einen Schrei aus.

«Ich sag's euch, Hoblerin» – Gallus Barbierer schüttelte den Kopf –, «das Kind ist toll geworden. Vollkommen narrisch. Gegen den eigenen Vater ist sie gegangen!»

«Redet keinen Blödsinn. Das war ein Anfall von Veitstanz, der kommt vor bei Mädchen in dem Alter. Sie braucht die nächsten Tage Ruhe, nur dann besteht die Aussicht, dass sich der Anfall nicht wiederholt. Spinnen kann sie jedenfalls vorerst nicht, richtet das dem Weber nur gleich aus.»

«Wollt Ihr mir etwa Vorschriften machen? Ihr habt mir gar nichts zu sagen.»

Die Witwe zuckte die Schultern. «Ich sag's nur, wie es ist.»

Barbierer erhob sich und schlurfte zur Tür. «Heut mag sie meinetwegen liegen bleiben, aber ab morgen ist mit dieser angeblichen Leibesblödigkeit Schluss. Und jetzt muss ich zur Arbeit, höchste Zeit.»

Eva begriff kaum, was sie gehört hatte. Veitstanz! Das waren doch diese armen Kreaturen, die man hin und wieder an den Straßenecken fand, mit Schaum vor dem Mund und grässlich verrenkten Gliedern! Denen der Teufel in den Leib gefahren war und denen, wenn überhaupt, nur noch der Priester helfen konnte. Erneut ergriff sie der Schwindel, und sie schloss die Augen. Da tauchte das Entsetzliche wieder auf: das sabbernde Gesicht ihres Stiefvaters, seine Hände auf ihrem Körper, sein riesiges, geschwollenes, rosafarbenes Geschlecht. Sie begann zu schluchzen und zu würgen gleichzeitig, erbrach sich neben dem Strohsack in Krämpfen, die nicht enden wollten, bis nur noch Galle kam.

«Ist der Vater fort?», flüsterte sie, dann verlor sie erneut das Bewusstsein.

An den nächsten Tagen war Eva keineswegs in der Lage, Wolle zu spinnen, denn ein böses Fieber hielt sie im Griff. Tagsüber sah die Hoblerin hin und wieder nach ihr, wusch ihr mit einem Schwamm den Schweiß vom Körper und flößte ihr Kräuterwein ein, den sie selbst angesetzt hatte. Als einstiger Bader wusste Gallus Barbierer ebenfalls um die Versorgung und Behandlung von Kranken, doch kaum kam er von der Arbeit und näherte sich Evas Lager, brach sie in angstvolles Stöhnen aus. So blieb ihm nichts anderes übrig, als ihre Pflege in den Abend- und Nachtstunden Niklas zu überlassen. In ihren wenigen klaren Momenten hörte Eva ihren Stiefvater fluchen und schelten, wie verstockt sie sei, was für ein hundsdummes Narrenkind, und am vierten oder fünften Tag schließlich – sie hatte ihr Lager längst wieder oben auf der Bühne – stand er unten an der Stiege und rief ihren Namen.

«Herrgott, Eva, jetzt gib schon Antwort, wenn du wach bist.»

Eva spürte, wie ihr Herz zu rasen begann. Bis auf den Schein der Tranlampe in der Stube war es dunkel, und sie wusste nicht, welche Tageszeit herrschte. Ihr Arm tastete neben sich, um zu prüfen, ob ihr Bruder dort lag, doch der Platz war leer.

«Eva! Antworte mir!»

Sie presste die Zähne zusammen und schwieg.

«Ich weiß, dass du mich hörst. Was auch immer in deinem Hirn vorgeht – ich habe nichts Unrechtes getan. Wollte bloß mal sehen, ob alles zum Besten steht mit dir. Das ist meine Pflicht als Vater! Schließlich hab ich dich verlobt, und das ist kein Kinderkram, verstehst du?»

Als sie weiterhin schwieg, fuhr er fort, jetzt deutlich lauter und zorniger: «Ich warne dich: Wag es ja nicht, deine Hirngespinste irgendwem zu erzählen! Dann wird alle Welt erfahren, dass du irre geworden bist, und man steckt dich ins Narrenhäusl.

Als Büttel ist es mir ein Leichtes, das zu veranlassen. Und damit würd ich mir sogar noch ein hübsches Zugeld verdienen!»

An diesem Nachmittag tauchte ganz unerwartet Josefina auf. Das Fieber hatte etwas nachgelassen, und zum ersten Mal war Eva, wenn auch schwach, so doch einigermaßen bei sich. Nur der Kopf schmerzte noch immer.

«Was machst du nur für Sachen?» Liebevoll strich Josefina ihrer Schwester über die Stirn. «Ich wär schon früher gekommen, aber die Lindhorns haben mir heut erst freigegeben. Stell dir vor, sie haben mir sogar was mitgegeben für dich.»

Sie zeigte ihr ein Körbchen mit Lebkuchen. Weihnachten stand vor der Tür, das Fest der Liebe und des Friedens, und bei diesem Gedanken brach Eva plötzlich in Tränen aus.

«Nicht weinen, Eva. Du wirst schon wieder gesund. Ich war grad bei der Hoblerin, die hat mir alles erzählt. Dass dich der Veitstanz gepackt hat, muss nichts heißen, sagt sie. Oft kommt er, wenn die Körpersäfte durcheinandergeraten, grad bei jungen Frauen und durch zu viel Anstrengung und Aufregung. Wahrscheinlich hast dich übernommen, mit der Arbeit und der Haushaltung und dem allen. Sie sagt, wenn du wieder bei Kräften bist, soll Vater dich zur Ader lassen.»

«Nein!»

«Jetzt beruhig dich. Werd erst mal gesund. Niklas spinnt übrigens die Wolle für dich, der stellt sich gar nicht dumm an, auch wenn er nur die Hälfte schafft. Und der Webermeister murrt anscheinend nicht mal, er will dich wohl nicht verlieren. Na ja, sonst hätt er sich längst eine andre gesucht.»

Die sanfte Stimme Josefinas tat ihr gut, und so lauschte Eva die nächste Stunde mit halbgeschlossenen Augen, was ihre Schwester Neues aus dem Haus ihrer Herrschaft und aus der Bischofsstadt zu berichten wusste. Zum Abschied nahm Josefina sie fest in den Arm.

«Übermorgen ist Sonntag, da komm ich den ganzen Nachmittag. Und iss die Lebkuchen, du bist viel zu mager.»

Am nächsten Sonntag war Eva wieder halbwegs auf den Beinen. Zwar fühlte sie sich noch zu schwach für den Kirchgang, zumal ihre Familie zu den Leuten gehörte, die während des Gottesdienstes stehen mussten, doch schaffte sie es immerhin, ein wenig Ordnung in Stube und Küche zu bringen. Zu essen fand sie in der Vorratstruhe nur noch hartes Brot, eine Käserinde, einen halbleeren Hafen mit eingesäuerten Rüben und einen Rest Dinkel für den Morgenbrei. Sie würde dringend wieder arbeiten müssen.

Sie stellte Brot und Käse auf den Tisch, dazu das Körbchen mit den restlichen Lebkuchen. Das musste reichen für eine Brotzeit, aus den Rüben würde sie heute Abend ein Mus kochen. Dann setzte sie sich auf die Bank und starrte in den halbdunklen Raum, in den schmale Lichtschlitze durch die verschlossenen Fensterläden fielen. Sie hatte letzte und vorletzte Nacht kaum geschlafen. Albträume hatten sie gequält, sobald sie eingeschlafen war, und die immer gleichen Gedanken, wenn sie wach lag. Wie sollte es weitergehen, jetzt, wo sie wieder bei Kräften war? In der Enge des Häuschens konnte sie ihrem Stiefvater kaum aus dem Weg gehen, und immer wieder stellte sich ihr dieselbe Frage: Würde er es noch einmal wagen? Noch nie hatte sie sich so hilflos und allein gefühlt.

Das schrille Quietschen der Haustür schreckte sie aus den Gedanken. Josefina und Niklas traten mit einem Schwall kalter Luft und über und über weiß gepudert ein.

«Es hat geschneit!» Niklas' helle Augen strahlten, während er Umhang und Mütze über der Schwelle ausschüttelte. «Darf ich nach dem Essen raus?»

«Meinetwegen», erwiderte Eva. «Wo ist …?»

Sie stockte, dann gab sie sich einen Ruck. «Wo ist Vater?»

Josefina hängte die Kleider an den Haken neben der Tür. «Mit Bomeranz in die Schenke. Ich frag mich, wovon er die Zeche bezahlen will. Für euer Essen scheint jedenfalls kein Geld da zu sein.»

Kopfschüttelnd setzte sie sich neben Eva auf die Bank. «Sieht das hier bei Tisch immer so kläglich aus?»

Eva wurde rot. Sie schämte sich, dass sie ihrer Schwester nichts Besseres vorsetzen konnte. «Ab morgen spinne ich wieder. Dann gibt der Weber auch wieder den vollen Lohn.»

«Das mein ich nicht. Es ist eine Schand, dass unser Vater auf dein sauer verdientes Geld angewiesen ist, weil er alles versäuft und verprasst. Er ist ein Nichtsnutz, ein elender Saubär! Ich schwör's dir» – Josefina war vor Erregung aufgesprungen –, «eines Tages wird er seine Strafe bekommen. Für alles, was er getan hat.»

Evas Hände begannen zu zittern, und der Brotkanten fiel ihr aus der Hand. Ihre Schwester setzte sich wieder.

«Tut mir leid. Ich wollt dich nicht erschrecken.»

«Schon gut», murmelte Eva.

«Darf ich jetzt raus?» Niklas stopfte sich den letzten Lebkuchen in den Mund.

«Ja, geh schon.»

Als die beiden Schwestern allein waren, sprach keine ein Wort. Schließlich nahm Josefina Evas Hand und sah sie durchdringend an.

«Eva, sag mir, was wirklich geschehen ist, in jener Nacht. Du hast so laut geschrien, dass die Hoblerin aufgewacht ist. Das hat sie mir jedenfalls erzählt.»

Eva schüttelte nur den Kopf.

«Bitte, erzähl's mir! Ich bin doch deine ältere Schwester. Hat er … hat er sich an dich rangemacht?»

Bestürzt starrte Eva sie an. Wie konnte ihre Schwester das wissen? Da fiel es ihr wie Schuppen von den Augen: Josefina war das Gleiche geschehen. Das also war das Geheimnis um sie und den Stiefvater, der Grund dafür, dass sie so Hals über Kopf das Haus verlassen hatte. Eva entzog ihrer Schwester die Hand und verbarg das Gesicht.

«Es war so furchtbar», flüsterte sie, während ihr die Tränen über die Wangen liefen.

Als sie aufblickte, sah sie, dass auch Josefina weinte. Irgendwann schnäuzte sich ihre Schwester und begann zu berichten, mit leiser, immer wieder stockender Stimme. Erzählte, wie es angefangen hatte mit den Sauereien des Stiefvaters, damals, auf ihrer Reise hierher, am nächtlichen Lagerfeuer, wenn alles schlief. Überall hatten seine widerlichen Hände sie begrabscht, vor allem aber unter dem Rock, und sie hatte ihr Schicksal verflucht, dass sie kein Junge war, der Hosen trug. Allein die Angst, die Geschwister würden aufwachen und das Unerhörte mit ansehen, hatte sie alles still ertragen lassen.

In Passau dann, nachdem ihr ältester Bruder außer Haus gegangen war, hatte er es nicht mehr beim heimlichen Betatschen belassen. Da hatte er sie einmal, als Eva und Niklas schliefen und sie selbst mit der Hausarbeit fertig war, in seine Bettstatt gezwungen und sich ihr in seiner ganzen widerwärtigen Nacktheit gezeigt. Auf die ekelhafteste Art und Weise hatte sie dann seine Lüsternheit befriedigen müssen – allein die Jungfernschaft hatte sie sich bewahren dürfen.

«Jetzt weißt du, warum ich fort bin von daheim.»

«Aber was soll ich jetzt tun?»

«Du musst auch weg von ihm. Er wird's wieder versuchen. Es ist der Teufel, der in ihm steckt.»

Eva schüttelte den Kopf. «Ich kann Niklas nicht alleinlassen.»

«Dann musst du ihm drohen.»

«Drohen?»

«Sag ihm, du würdest alles dem Fürstbischof erzählen.»

«Das glaubt er doch nie und nimmer.» Eva begann wieder zu weinen.

«Dann sag ihm, dass ich alles weiß. Und dass ich es brühwarm den Lindhorns erzählen würd, die gut Freund sind mit dem Bischof. Und das ist nicht mal gelogen. Glaub mir, Eva, dann wird es dieser Hundsfott kein zweites Mal bei dir versuchen.»

4

Das neue Jahr brach an, und alles nahm seinen gewohnten Gang – ohne Abwechslung, aber auch ohne böse Überraschungen. Eva mühte sich von früh bis spät, ihr Pensum an Wollgarn zu spinnen und gemeinsam mit Niklas dafür zu sorgen, dass etwas zu essen auf den Tisch kam und die Stube einigermaßen ordentlich aussah. An den Sonn- und Feiertagen ging es dann in die Kirche, mit dem üblichen Spaziergang danach, und abends fiel sie erschöpft in einen unruhigen Schlaf, aus dem fast jede Nacht irgendwelche Fratzen und Schreckensbilder sie herausrissen. Anfangs, in den ersten Wochen nach ihrer Krankheit, war es vorgekommen, dass sie ihr Laken nass pinkelte und sie es mitten in der Nacht, in aller Heimlichkeit, abziehen und sich auf irgendwelche Lumpen betten musste. Da lag sie dann oft stundenlang wach, beschämt, wütend und verzweifelt zugleich, und war ihrer Angst, die in der Dunkelheit immer am ärgsten war, ausgeliefert.

Dabei hatte sich Gallus Barbierer ihr nie wieder genähert. Seltener denn je hielt er sich zu Hause auf, sie sahen einander eigentlich nur noch während der Mahlzeiten, wobei Eva seinen Blicken auswich, so sehr ekelte ihr vor ihm. Und auf dem Weg zur Messe ließ sie ihn jedes Mal vorausgehen, um sich im Kirchenschiff weitab von ihm einen Platz zu suchen.

Zu ihrer großen Erleichterung war auch der Nachtwächter nie wieder bei ihnen aufgetaucht. Ihr Verlöbnis galt zwar nach wie vor, und wenn sie Bomeranz sonntags vor Sankt Gertraud begegnete, schien er sie mit seinem triefenden Blick zu verschlingen – aber dabei blieb es. Trotzdem wurde Eva diese innere Unruhe niemals los, ihr war, als ob etwas in ihr unablässig zerrte und zog, und an manchen Tagen schlug ihr Herz bis zum Hals, ohne ersichtlichen Grund. Sie fühlte sich wie eine Gefangene, festgekettet in einem Kerker auf Lebenszeit.

Am Sonntag auf Quasimodo, dem ersten warmen Tag des Jahres, erschien ein Trupp Gaukler vor der Stadt. Sie schlugen ihr Lager am Ufer des Inns auf, um an den Nachmittagen ihre Künste in den Gassen der Stadt zu präsentieren. Von den Bürgern als umherschweifendes Gesindel geschmäht, wurden in Windeseile die Wachen an Toren und Mauern verstärkt, dennoch strömten Alt und Jung in Scharen herbei, um die Possenreißer, Akrobaten und Musikanten zu bestaunen. Selbst die Stadtväter waren so begeistert, dass sie den Spielleuten anlässlich des anstehenden Jahrmarkts für ein dreitägiges Gastspiel drüben in der alten Stadt, auf dem Residenzplatz, Lizenz gewährten.

Auch Eva war wie gebannt, aber weniger von den beiden Hauptattraktionen, einem zottigen Tanzbären und einem Riesen, der Steine zerkaute wie andere Leute Honigkuchen – zumal sie nicht einen einzigen Pfennig übrig hatte, den sie für die Darbietungen hätte bezahlen können. Was sie weitaus mehr anzog, war das schrille und bunte Völkchen selbst, das tägliche Treiben zwischen den Karren und Zelten auf den Uferwiesen. Dorthin zog es sie nach ihrem täglichen Gang zum

Webermeister, den gleichermaßen neugierigen wie ängstlichen Niklas dicht an ihrer Seite, auch wenn ihnen das beim Heimkommen einige Male eine kräftige Maulschelle bescherte. Sie sahen den Kindern beim Üben zu, wie sie auf Händen gingen oder in atemberaubenden Saltos durch die Luft wirbelten, lauschten den Trommlern und Pfeifern, beobachteten, wie junge Hunde zu Kunststücken abgerichtet wurden. Was Eva aber am meisten überraschte, waren die Frauen und Mädchen: Wie stolz und selbstbewusst sie sich gaben! Frank und frei taten sie ihre Meinung kund, tauschten Scherzworte aus, die oft ebenso grob und unflätig waren wie die der Mannsbilder. Die Haare trugen sie offen, packten überall mit an, und vor allem ließen sie sich nichts sagen und vorschreiben. Diese Frauen standen den Männern in nichts nach!

Immer häufiger ertappte Eva sich bei Tagträumen, das unglückselige väterliche Haus für immer zu verlassen und mit den Gauklern zu ziehen. Einfach heimlich und unbemerkt abzuhauen und all das Elend hinter sich zu lassen, diese armselige, düstere Stube samt ihrem Stiefvater und dem fetten alten Bomeranz, dem sie dereinst als Frau gehören sollte! In solchen Momenten schalt sie sich selbstsüchtig und dumm: Niemals würde sie den kleinen, schutzlosen Bruder im Stich lassen, niemals ihre Schwester Josefina verlassen, den einzigen Menschen, dem sie ihr Herz ausschütten konnte. So war sie beinahe erleichtert, als die Spielleute eines Tages weiterzogen.

Da erst fiel ihr auf, was sie in den Wochen zuvor vor lauter Traumtänzerei gar nicht bemerkt hatte: Josefina war plötzlich so verändert. Sie fand keine Zeit mehr für ihre gemeinsamen Sonntagsspaziergänge, und wenn sie dann einmal während ihrer Besorgungen untertags hereinschneite, legte sie irgendeine Köstlichkeit wie ein Stück Obst oder einen Kuchenrand auf den Tisch und verschwand wieder mit geröteten Wangen.

«Ich glaub, Josefina ist verliebt», sagte Niklas eines Tages.

Eva starrte ihn an. «Wie kommst du bloß auf so was?»

«Ich hab sie gestern mit dem jungen Herrn gesehen, bei Sankt Salvator, ganz allein. Sie haben die ganze Zeit so gekichert und gegackert, dass sie mich gar nicht bemerkt haben, als ich vorbei bin.»

«Bist du dir da sicher?»

«Aber ja.» Fast beleidigt schob er die Unterlippe vor.

Eva schüttelte den Kopf. Das konnte nicht wahr sein – der Lindhorn-Sohn tändelte mit seiner Dienstmagd! Da erinnerte sie sich plötzlich, wie oft schon Josefina den jungen Konrad erwähnt hatte, scheinbar am Rande, aber immer mit einem leichten Lächeln im Gesicht. Sie würde sich doch hoffentlich nicht ins Unglück stürzen? So blöd konnte ihre Schwester doch gar nicht sein, dass sie nicht wusste, dass all diese Herrensöhnchen gleich waren, sich nur ihren Spaß machten mit dem Dienstpersonal.

Es sollte noch einige Zeit dauern, bis Josefina wieder einmal sonntags nach dem Kirchgang vor Sankt Gertraud erschien. Es war Mitte Mai, und der Duft nach frischem Grün und blühenden Holderbüschen drang bis in die engen Gassen der Innstadt.

«Lässt dich auch mal wieder blicken?», knurrte ihr Stiefvater, nachdem Josefina ihn mit abweisender Miene begrüßt hatte. Als sie keine Antwort gab, hielt er sie am Arm fest.

«He, ich red mit dir! Oder bist jetzt was Bessres, dass du deinem Vater keine Antwort mehr gibst?»

«Du bist alles andre, nur nicht mein Vater», zischte Josefina gerade so laut, dass Eva und Niklas es hören konnten. Wieder einmal wünschte sich Eva, sie könnte ihrem Stiefvater nur halb so mutig die Stirn bieten wie ihre Schwester. Die wurde bestimmt von keinen Albträumen mehr geplagt. Verächtlich sah

Josefina jetzt Gallus Barbierer nach, wie der in seinem schlurfenden Schritt in Richtung *Rappen* abzog, und murmelte: «Soll er sich doch zu Tode saufen.»

Ausgerechnet heute hing Niklas wie eine Klette an seiner ältesten Schwester. Dabei brannte Eva darauf, endlich mit ihr allein zu sein. Schließlich versprach sie dem Jungen ihren Anteil von dem Stück Zuckerbrot, das Josefina mitgebracht hatte, und Niklas trollte sich in Richtung Flussufer.

Josefina nahm Eva beim Arm. «Lässt dich der Alte jetzt in Ruh?», fragte sie leise.

Eva nickte nur. Sie wollte nicht daran denken und schon gar nicht darüber reden. Stattdessen fragte sie: «Geht es dir gut bei den Lindhorns?»

Josefina lachte. «Du siehst ja: so gut, dass sie mir Geschenke für euch mitgeben. Nicht dass du denkst, ich hätt das Zuckerbrot geklaut.»

«Hör mal, Josefina. Stimmt das mit dem jungen Konrad und dir?»

Augenblicklich stieg ihrer Schwester eine flammende Röte in das hübsche Gesicht, und Eva wusste, dass Niklas recht hatte.

«Wer sagt so was?», fragte Josefina.

«Ist doch gleich. Dann stimmt es also.»

«Du verstehst das nicht.» Josefinas Stimme klang plötzlich gereizt. «Konrad ist anders. Er meint es ernst.»

Eva biss sich auf die Lippen. Das war ja noch ärger, als sie befürchtet hatte.

«Stell dir vor», fuhr Josefina fort, «er will nach Wien, zu seinem Oheim. Irgendwann im nächsten Jahr, und dann nimmt er mich mit.»

«Nach Wien?» Fassungslos blieb Eva stehen.

«Jetzt glotz nicht wie ein Schaf! Wenn wir erst geheiratet haben, hol ich dich und Niklas nach.»

«Und das glaubst du ihm alles?»

«Konrad liebt mich wirklich! Er ist der wunderbarste Mann der Welt.»

«Josefina! Du bist nichts als eine armselige Magd! Und er ist der Sohn eines reichen Kaufmanns, eines Ratsherrn obendrein.»

Wieder lachte Josefina – ein wenig zu laut, wie Eva fand. «Ich wär nicht die Erste, die ein feiner Herr geheiratet hätt. Und jetzt freu dich lieber mit mir. Oder bist du etwa neidisch?»

Es war alles andere als Neid, was Eva in jenem Augenblick empfunden hatte. Vielmehr machte sie sich seither ernstliche Sorgen um ihre Schwester, mehr noch als um Niklas und sich selbst.

Als sich dann im Juni dieser Konrad Lindhorn tatsächlich nach Wien davonmachte, allein, nur in Begleitung eines Knechts, ahnte Eva, dass das Verhängnis bereits seinen Lauf nahm. Eines Morgens kam Josefina, mitten in der Woche, bei ihnen in der Löwengrube hereingeschneit, die Augen rot und verheult.

«Er ist einfach weg, von einem Tag auf den andern», schluchzte Josefina, nachdem sie Niklas auf die Straße geschickt hatten. «Und Madlena, die Wäscherin, hat mir zugesteckt, dass er in Wien der Tochter eines steinreichen Gewürzhändlers versprochen ist.»

«Das hättst dir doch denken können! Der Kerl ist nicht wert, dass du um ihn weinst», versuchte Eva zu trösten. «Ein Hallodri ist der, ein elender Lügenbeutel! Sei froh, dass du ihn jetzt los bist und nicht erst, wenn alles zu spät ist.»

Da brach Josefina zusammen. Ihr Oberkörper sank auf die Tischplatte, von Schluchzern geschüttelt, ihren Kopf hielt sie unter den Armen vergraben. In Eva keimte ein entsetzlicher Verdacht.

«Hast du – hast du bei ihm gelegen?» Eva gelang es kaum, das Furchtbare auszusprechen.

Statt einer Antwort heulte Josefina nur noch lauter.

«Herr im Himmel!» Eva zog ihre Schwester fest an sich, als könne sie sie damit vor dem drohenden Unheil beschützen.

«Dabei hat Konrad mir die Ehe versprochen! Bei Gott und allen Heiligen!» Josefinas Stimme wurde zu einem Flüstern. «Sonst hätt ich mich doch nie drauf eingelassen! Und jetzt bleibt meine Monatsblutung aus. Seit vielen Wochen schon.»

«Du musst zu einer weisen Frau, zu einer Hebamme», stotterte Eva. Dabei kannte sie sich in solchen Dingen selbst nicht aus. «Solche Frauen können einem manchmal weiterhelfen, hab ich gehört. Sie können eine Schwangerschaft ungeschehen machen. O Gott, Josefina – niemand darf wissen, was geschehen ist. Im schlimmsten Fall musst du aus der Stadt und irgendwo heimlich niederkommen. Das Kleine kann ja ins Findelhaus, irgendeine Möglichkeit wird's schon geben.»

«Wenn das Kind kommt, bring ich es um! Und mich selbst gleich dazu!»

Erschrocken ließ Eva ihre Schwester los. «Das ist eine Todsünde! Versprich mir, dass du an so was nicht mal mehr denkst. Und jetzt geh rasch nach Haus zu deiner Herrschaft, damit sie nichts merken. Vielleicht wird alles gar nicht so schlimm.»

Dabei war es längst zu spät. Madlena hatte ihrer Herrin brühwarm gepetzt, dass der junge Konrad und die Barbiererin in Unehren beieinandergelegen hätten, bald jede Nacht. Und jetzt bekomme die Magd ihre weibliche Gerechtigkeit nicht mehr. Darum sei der junge Herr auch so überstürzt nach Wien gereist.

Am selben Tag noch musste Josefina ihr Bündel packen und das vornehme Haus am Residenzplatz für immer verlassen. Mit

eingezogenen Schultern, das Gesicht aschfahl, die Augen glanz-
los – so stand Josefina vor ihren Geschwistern im Türrahmen
und hatte gar nichts mehr von der stolzen, selbstbewussten
Schönheit, die Eva immer so an ihr bewundert hatte. Klein und
grau stand sie da und wiederholte ein ums andre Mal mit ton-
loser Stimme: «Ich steig in die Donau!» – bis Niklas schließlich
lautstark zu heulen begann. Da erst wurde Eva bewusst, dass sie
rasch handeln mussten.

«Los, schnell, bevor Vater zurück ist.» Sie packte ihre Schwester beim Arm und zog sie aus dem Haus, quer über die Gasse.
In ihrer Not wusste sie nur einen einzigen Menschen, der ihnen
vielleicht helfen konnte: die Hoblerin.

Die erkannte auf den ersten Blick, wie es um Josefina stand.

«Mädchen, Mädchen, was machst du nur für Sachen?» Energisch schob sie Josefina auf die einzige Bank in ihrer armseligen,
aber blitzblank geputzten Stube und holte einen Becher Wein.

«Jetzt trink erst mal. Weißt, wer der Kindsvater ist?»

«Ja.» Josefina hielt mit zitternden Händen den Becher an die
Lippen. Eine ganze Weile herrschte bedrücktes Schweigen im
Raum. Von unten drangen die Rufe eines Krämers herauf, der
seinen Karren durch die enge Gasse lenkte. Schließlich ergriff
Eva das Wort:

«Es ist der älteste Sohn ihres Dienstherrn, der Sohn vom
Ratsherrn Lindhorn.»

Die Alte runzelte die Stirn. «Das klingt nicht gut. Andrerseits – bei so hohen Herrschaften will man Aufsehen vermeiden.»
Sie sah Josefina eindringlich an. «Ist's mit Gewalt geschehen?»

Josefina schüttelte heftig den Kopf. Erneut liefen ihr die Tränen über die Wangen.

«Oje. Also aus Liebe. Und jetzt, wo der Herrgott euch die
Frucht dieser Liebe schenkt, lässt dich der Kerl sitzen. Ist es
nicht so? Wie lang ging das schon zwischen euch beiden?»

«Seit Weihnachten», schluchzte Josefina. Eva starrte unwillkürlich auf den Rock ihrer Schwester: Wölbte sich da nicht schon deutlich der Bauch unterhalb des Schnürmieders?

«Noch ist die Schlacht nicht verloren.» Die Hoblerin nahm nun selbst einen kräftigen Schluck aus dem Becher. «Ein Kindsvater wird gemeinhin zur Verantwortung gezogen, allein schon, um für das Kind aufzukommen. Ob er nun Lindhorn heißt oder Hans Hungerbein. Daher wird sich der Herr Magistrat hüten, das Ganze zur Anzeige zu bringen, so dumm wird er nicht sein. Eher wird er eurem Vater ein bisserl Geld bieten, damit er stillschweigt. Dafür wird er allerdings wollen, dass Josefina wegzieht und das Kind anderswo zur Welt bringt. Euer Vater sollte also baldmöglichst den alten Herrn aufsuchen und ihm andeuten, dass er mit einem solchen Handel einverstanden ist.»

«Aber – wo soll ich denn hin?» Josefina sah die alte Witwe erschrocken an.

«Ihr werdet doch irgendwo Verwandtschaft haben?»

In diesem Augenblick hörten sie jemanden im Treppenhaus poltern und brüllen. Der Stiefvater!

«Wo ist das verkommene Miststück? Dieses Hurenweib! Ich dreh ihr den Hals um!»

Krachend schlug seine Faust gegen die Wohnungstür. Josefina sprang von der Bank und presste sich in der hintersten Zimmerecke gegen die Wand.

«Mach sofort auf, Hoblerin! Ich weiß, dass meine Töchter hier sind.»

«Nicht, wenn Ihr euch aufführt wie ein Tollhäusler! Das hier sind meine vier Wände.»

«Wart nur, du falsche Schlange – ich hetz dir die gesamte Passauer Scharwache auf den Hals.»

Zu Evas Erstaunen nahm die Alte einen Schürhaken vom

Küchenbord und stellte sich schützend vor Josefina. Eine solche Beherztheit hätte sie der bresthaften Frau gar nicht zugetraut. Dann gab die Hoblerin ihr ein Zeichen, die Tür zu entriegeln. Mit glühend rotem Kopf stürzte Gallus Barbierer herein.

«Halt! Keinen Schritt weiter! Sonst schlag ich Euch ein Loch in den Schädel!»

Die Hoblerin hob den eisernen Haken. Barbierer war nicht minder überrascht über die wehrhafte Alte und verharrte tatsächlich auf der Stelle.

«Du drohst mir? Das hat Folgen, das schwör ich dir! Und jetzt gib mir die Josefina raus, dass ich sie aufs Rathaus bringe.»

«Sagt mir erst, warum!»

«Warum, warum! Geh doch rüber, in die Stadt – da pfeifen's die Spatzen von allen Dächern. Rumgehurt hat sie und sich dann auch noch den Ranzen füllen lassen von irgendeinem geilen Mannsbild. Pfui Schande!»

«Das ist nicht wahr!» Eva ballte die Fäuste. «Dieser Konrad Lindhorn hat sie belogen und betrogen. Vor Gericht gehört der!»

«Halt die Goschn!» Barbierer verpasste ihr eine Maulschelle. «Und jetzt geh mir aus dem Weg, Hoblerin! Oder soll ich dich gleich mit ins Loch nehmen?»

«Ins Loch? Was soll das heißen?»

«Das heißt, was es heißt. Lindhorn hat meine saubere Tochter bei Gericht angezeigt. Wegen mannigfacher Unzucht nämlich und in Unehren empfangener Leibesfrucht. Nicht nur an dieses Herrensöhnchen hat sie sich nämlich rangeschmissen – für zig hergelaufene Mannspersonen hat sie die Haxn breitgemacht! Die Wäscherin kann's bezeugen.»

Da begann Josefina zu schreien. «Diese Lügnerin! Diese dreckige Schlampe!» Ihre Stimme überschlug sich. «Nichts davon ist wahr! Konrad wollt mich heiraten.»

Ihr Stiefvater lachte böse.

«Das kannst dem Richter erzählen. Ich jedenfalls bring dich jetzt zum Ratsgefängnis und werd dich höchstselbst gefänglich einziehen, in meinem Amt als Büttel.» Er spuckte aus. «Hab doch immer gewusst, was für ein verdorbenes Stück du bist.»

Die Hoblerin fasste ihn beim Arm. «Hört zu, Gallus Barbierer. Hört mir zu als Mensch und Nachbar, als Vater dieser beiden Mädchen. Lasst uns zusammen beim Magistrat eine Fürbitte einbringen. Dann kommt sie vielleicht mit einer Geldstrafe davon und mit einer Verbannung ins väterliche Haus. Ich fleh Euch an: Bittet mit mir um Gnade und zeigt Euch bereit, Josefina und ihr Kind, wenn sie denn schwanger ist, bei Euch aufzunehmen.»

«Niemals!» Er schüttelte ihren Arm ab.

«Aber sie ist Eure Tochter!»

«Was gehen den Bock seine Lämmer an? Und von wegen Tochter – sie ist eine Hure, eine ausgestrichene, gottverdammte Erzhure!»

5

*F*ünf Tage musste Josefina im dunklen Verlies des Ratskellers auf einer Schütte Stroh verbringen, fünf endlose Tage bei Wasser und Brot, während über ihr das Schultheißengericht tagte und ihr Fall zum neuen Stadtgespräch wurde. Ein Dutzend ehrbarer Gerichtsherren, darunter auch der Ratsherr und Handelsmann Emmanuel Lindhorn, sahen sich vor die Aufgabe gestellt, die Wahrheit im Fall der Lindhorn'schen Dienstmagd ans Licht zu bringen, über Schuld und Unschuld zu befinden, um danach nach bestem Wissen und Gewissen ein Urteil zu fällen. Der Beweis für das unzüchtige Verhalten der blutjungen Magd war übrigens schnell erbracht: Gleich am ersten Tag hatte man ihr die städtische Hebamme ins Loch geschickt, die nicht lange brauchte, um mit Gewissheit zu verkünden, dass da im Mutterleib ein strammes Kindlein heranwachse.

Ungleich schwieriger gestaltete sich die Ermittlung, wen Josefina Barbiererin alles verführt hatte und wer demnach als Kindsvater in Betracht kam – beharrte die Malefikantin doch darauf, nur dem Kaufmannssohn Konrad Lindhorn, und zwar in reiner Liebe, beigewohnt zu haben. Dem entgegen standen jedoch die glaubwürdige Aussage der Wäscherin Madlena Müllerin über Josefinas zahllose Männerbekanntschaften sowie die Stellungnahme der Hausherrin selbst: Auf sie habe die Magd von Anfang an verdächtig gewirkt – sogar ihrem lieben Gemahl habe sie schöne Augen gemacht, sei ihm nie anders als mit funkelndem Blick und bebendem Busen begegnet – eine Darstellung, die Emmanuel Lindhorn gegenüber seinem Collegium allerdings vehement zurückwies! Er räumte lediglich ein, dass Josefina sich seinem jüngsten Sohn an den Hals geworfen habe wie eine Hübschlerin.

Was diesen Punkt betraf, waren sich die zwölf Gerichtsherren rasch einig: Konrad Lindhorn war, wie jeder gesunde Mann in jungen Jahren, der Triebhaftigkeit einer Frau und deren Leib besonders ausgeliefert. Da war es diesem losen Weib wohl ein Leichtes gewesen, den armen Burschen mit Unkeuschheit zu reizen und zu locken, womöglich gar bis hin zum Eheversprechen. Deutete auf die Verderbtheit des Mädchens nicht auch die Tatsache, dass keine einzige Fürbitte seitens Familie oder Verwandtschaft, seitens Freunden oder Nachbarn eingegangen war? – Von dieser alten, kranken Witwe einmal abgesehen, die der Armenkasse neuerdings schwer zur Last lag und wohl auch nicht mehr ganz richtig im Kopf war.

Dies alles erfuhr Eva aus dem Geschwätz der Leute über

Josefina, die Tochter des böhmischen Büttels, die ihrer Familie solche Schande gemacht hatte. In ganz Passau samt seinen Vorstädten an Inn und Ilz schien es durch die Gassen zu hallen, ein Geschwätz voller Häme und Schadenfreude, in dem noch jede Winzigkeit und Nichtigkeit in den grellsten Farben ausgeschmückt war. Jedes Wort, jedes Grinsen und Feixen diesbezüglich schmerzte Eva wie ein Schlag ins Gesicht. Sie schlief kaum noch in jenen Tagen, aß nichts mehr, sprach nichts mehr, und wären Niklas und ihr Vater nicht gewesen: Sie hätte auch nicht mehr gearbeitet, sondern sich stattdessen von Sonnenaufgang bis Sonnenuntergang vor den winzigen Lichtschacht des Ratskellers gehockt, um ihrer Schwester nah zu sein und ihr Trost zu spenden. Und um auf ein Wunder zu hoffen.

Doch das Wunder blieb aus. Am endlichen Rechtstag, einem windigen, für Ende Juni ungewöhnlich kühlen Markttag, zwängte sich der Schultheiß, als Ankläger und Vorsitzender des Gerichts, in seinen Harnisch, gürtete sein Kurzschwert und ließ das Glöcklein am Rathaus läuten. Da wusste jeder in der Bischofsstadt: Das Urteil über Josefina Barbiererin war gefällt. Die Gerichtsherren warteten, bis sich der Platz vor dem Rathaus füllte, dann ließen sie Josefina aus ihrem Kellerverlies heraufholen und vor das Rathausportal schleppen, wo von der Treppe herab das Urteil öffentlich verlesen werden sollte.

Eva, die sich in die vorderste Reihe gekämpft hatte, wagte die Schwester kaum anzusehen: In verdrecktem Rock stand sie kraftlos neben dem Gefängniswächter, ihr bleiches Gesicht war eingefallen, unter den Augen lagen dunkle Schatten, und vor allem: Eine frevelhafte Hand hatte ihr wunderschönes blondes Haar abgeschnitten. Es reichte nicht mal mehr bis über die Ohren!

Verzweifelt kämpfte Eva gegen die aufsteigenden Tränen an. Was würde man ihrer Schwester als Nächstes antun? Was würde ihr als Strafe blühen für ein Verbrechen, das ein anderer begangen hatte? Würde womöglich der Scharfrichter die Strafe vollziehen? Nicht die Prügel oder Staupenschläge vor aller Augen wären dann das Schlimmste, sondern die Berührung durch den Scharfrichter, eine Berührung, die Josefina für immer ausstoßen, für immer als «Unehrliche» brandmarken würde. Ich bin bei dir, wollte Eva ihr zurufen, du bist unschuldig! Laut herausschreien hätte sie das mögen, vor all diesen Maulaffen, doch ihrer Kehle entrang sich nur ein heiseres Krächzen.

Als die Malefizglocke ein zweites Mal läutete, ging ein Raunen durch die Menge: Neben den Stadtschreiber, der das Urteil in den Händen hielt, war Gallus Barbierer getreten und blickte selbstgefällig, mit fast stolzem Ausdruck in die Runde. Gerade so, als wolle er sagen: Seht her, ich selbst werde sie strafen und meine eigene Tochter ihrer gerechten Sühne zuführen.

Ein Scheusal war ihr Stiefvater, ein herzloses Ungeheuer! Gewiss, der Scharfrichter als Vollstrecker der Strafe blieb Josefina damit erspart, doch darum war es Gallus Barbierer ganz gewiss nicht gegangen. O nein, mit Sicherheit hatte er sich darum gerissen, in aller Öffentlichkeit die eigene Tochter zu demütigen. Schließlich gab es genug andere Schergen und Steckenknechte außer ihm, die sich mit dieser Amtshandlung gerne ein kleines Zugeld verdient hätten.

Wie aus weiter Ferne vernahm Eva die Stimme des Schultheißen, der der Delinquentin befahl vorzutreten. Josefina machte einen unsicheren Schritt nach vorn und blinzelte gegen die grelle Sonne, die sich eben zwischen die grauen Wolkenberge schob. Eva begann lautlos zu weinen.

Derweil lauschten die zwölf Schöffen den Worten des Secretarius, lauschten ihrem eigenen Urteil, als hörten sie es zum ersten Mal:

«... und so erkennet der Ehrsame Rat und sein Gericht die

vormals erwähnte Josefina Barbiererin aus dem böhmischen Glatz, angenommene Tochter des hiesigen Stadtknechts und Gerichtsdieners Gallus Barbierer, leibliche Tochter des Schneidermeisters Hans Portner und der Meisterstochter Catharina Tuchnerin, als überführt der folgenden Fleischesverbrechen: des frühen Beischlafs und der Unzucht in mannigfachen Fällen sowie der in Unehren empfangenen Leibesfrucht.

Nach solchem Bekennen sei die Malefikantin um ihrer Missetaten willen zu drei Tagen bei Wasser und Brot gefänglich einzulegen, was indessen bereits abgegolten ist. Item sei die Malefikantin, der Ehrenstraf halber und andern Weibspersonen zum billigen Exemplum, in Geige und Strohkranz dreimal um den Markt zu führen. Item hernach über die Donau zur Stadt hinauszubringen.

Da nun infolge des unzüchtigen Gebarens der Malefikantin nicht in Erfahrung zu bringen ist, wer ihrer Buhlen das Ungeborene unter ihrem Herzen gezeugt habe, und da des Weiteren der städtische Almosenkasten nicht willens ist, für ein unehelich geborenes Kind aufzukommen, so sei die Malefikantin, zumal unverbürgert und auswärtig, aus unserer Stadt samt ihrer Vorstädte über zehn deutsche Meilen hinaus zu verbannen.

Milde indessen will der Ehrsame Rat walten lassen angesichts Josefinas Jugend, Einfalt und Weiblichkeit. Item angesichts dessen, dass sie sich zuvor nichts zuschulden hat kommen lassen. Item angesichts dessen, dass sie ihren Zustand der Schwangerschaft von vorneherein zugegeben und niemals verheimlicht hat, um etwa die Leibesfrucht oder das Neugeborene heimlich zu töten. Daher verzichte man auf Pranger und Staupenschlag. Als weiteres Zeichen unserer Mildherzigkeit sei ihr erlaubt, nach drei Jahren und drei Tagen in ihr Elternhaus zurückzukehren, sofern sie gute Zeugnisse und guten Leumund mit sich führt.»

Mit gebrochener Stimme, den Kopf gesenkt, kam Josefina der Aufforderung nach, ihr Urteil anzunehmen. «Lauter!», schnauzte der Schultheiß, als sie bei Gott dem Allmächtigen den Eid schwor, niemals für Urteil und Bestrafung Rache zu nehmen an niemandem. Und dann geschah das für Eva immer noch Unfassbare: Der eigene Stiefvater setzte seiner Tochter den Strohkranz aufs Haar, hieß sie, die Hände vor den Kopf zu nehmen, und legte ihr um Hals und Handgelenke die hölzerne Schandgeige. Führte sie an der schweren Kette die Stufen hinunter, mit zwei Wärtern vorneweg, die ihnen eine Bresche schlugen durch die Masse der Gaffer und Geiferer, um bald darauf in Richtung Markt zu verschwinden.

Eva brachte es nicht übers Herz, sich Josefinas schmachvollen letzten Gang durch die Stadt anzuschließen. Leer und leblos fühlte sie sich, als sie eine menschenleere Gasse zur Donaubrücke einschlug, um sich dort von ihrer Schwester zu verabschieden. Sie merkte nicht, wie feiner Regen einsetzte und sich mit ihren Tränen auf den Wangen vermischte, sie bis auf die Haut durchnässte. Als sich schließlich der Menschenstrom dem Brückentor näherte, sah Eva zu ihrer Erleichterung, dass man Josefina die Geige bereits abgenommen hatte. Nur um die Handgelenke hing jetzt lose ein Strick. Eva trat ihrem Vater in den Weg. Sofort hoben die Wächter ihre Knüppel, doch dann ließ man sie gewähren: Sie durfte ihre Schwester zum Abschied umarmen.

Eva suchte nach Worten des Trostes, doch vergeblich. Sie machte sich nichts vor: Das, was Josefina erwartete, war schlimmer als Rutenschlag oder Pranger. Schutzlos und so gut wie mittellos trieb man sie in die Fremde. Nur ein geringer Teil des Lohns war ihr ausbezahlt worden, den Großteil hatte Lindhorn für die zu begleichende Atzung im Gefängnis einbehalten, für ein lächerliches bisschen an Wasser, Brot und Stroh.

Eine unerträgliche Wut stieg in ihr auf. Welch ein Hohn, das

Urteil über Josefina als milde zu bezeichnen! Kam das, was ihre Schwester erwartete, nicht eher einem Todesurteil gleich? War ihr nämlich die Schwangerschaft erst einmal anzusehen, würde sie nirgendwo mehr Unterschlupf finden, da es Wirten wie Bürgersleuten bei Strafe verboten war, eine ortsfremde Kindbetterin aufzunehmen. Und selbst wenn sie ihr Kind auf freiem Feld bekam oder in einem Stall wie dereinst die Heilige Mutter Gottes – was dann? Wie sollte sie sich und das Neugeborene jemals durchbringen? Kein Mensch nahm eine Frau mit einem Säugling in Lohn und Brot, nicht mal als Gänsemagd oder Milchmädchen. Da blieb ihr doch nur das Betteln und Stehlen, falls sie sich nicht entschied, das Kind im Findelhaus abzugeben und sich allein durchzuschlagen.

«Geh zu unserer Muhme Ursula, nach Straubing, die wird dich gewiss aufnehmen», stammelte Eva jetzt, als Gallus Barbierer sie schon beim Arm zog. «Und ich bete für dich. Jeden Tag werd ich für dich beten, bis du wieder bei uns bist.»

«Ich komm nicht zurück. Nie wieder.»

Einer der Wächter gab Josefina einen Stoß in den Rücken. «Los jetzt, aufi!»

Da begann Eva zu schreien: «Sie hat nichts getan! Meine Schwester hat nichts Böses getan! Dieser Konrad hat sie betrogen und belogen, dieser Hundsfott! Dieser Saukerl!»

Ihre Stimme überschlug sich, und sie begann, mit geballten Fäusten gegen ihren Vater und die beiden Wächter zu gehen. Die Umstehenden lachten, einer rief: «Jagt doch diese Geckin gleich mit aus der Stadt!», und es dauerte einige Zeit, bis es den Männern gelang, Eva die Arme auf den Rücken zu drehen und die Hände zu fesseln. Gallus Barbierer schlug ihr einige Male hart ins Gesicht.

«Das hast jetzt davon», sagte er. «Gib nur acht, dass du nicht grad so endest wie deine verhurte Schwester.»

Eva starrte ihn an. Plötzlich wusste sie, wer schuld an allem war: nicht die Richter, nicht dieses Herrensöhnchen Konrad – nein: einzig und allein Gallus Barbierer! In diesem Augenblick empfand Eva nur noch brennenden Hass für ihren Stiefvater.

6

Eva war, als reiße eine dunkle Macht ihr Herz nach und nach in Stücke. Manchmal erwachte sie mitten in der Nacht, weil ihr die Brust schmerzte und die Kehle eng wurde. Dann sah sie in der Dunkelheit des Dachbodens ihre Schwester vor sich, wie sie sich zum Abschiedsgruß vor der Donaubrücke zu ihr umgewandt hatte: in diesem viel zu dünnen blassblauen Leinenkleid, das Schultertuch gegen den Nieselregen über den Kopf gezogen, die weit aufgerissenen Augen rot gerändert und voller Angst.

Erst die Mutter, dann der starke, kluge Adam, dann die geliebte ältere Schwester – alle waren ihr vom Schicksal in wenigen Jahren genommen worden. Und vorgestern schließlich hatten sie die Hoblerin zu Grabe getragen. Nur Niklas, der Zarte und Schwächste von ihnen, war ihr noch geblieben. Zeit ihres Lebens hatte Eva sich niemals unterkriegen lassen, doch plötzlich fühlte sie sich den Widrigkeiten und Unwägbarkeiten des Schicksals schutzlos ausgeliefert.

Müde stellte Eva an diesem milden Frühherbsttag, kurz vor Michaelis, ihr Spinnrad in den kleinen Hof und machte sich an die Arbeit. Seitdem Gallus Barbierer bei seiner alljährlich neu anstehenden Amtsverpflichtung kurzerhand zurückgewiesen worden war, war ihr Alltag noch elender geworden. Wahrscheinlich waren den Stadtvätern seine Trinkgelage und heimlichen Glücksspiele zu Ohren gekommen. Bis auf ein paar Botengänge hin und wieder für den Stadtschreiber hatte er nun keinerlei Verdienstmöglichkeit mehr. Bei gutem Wetter lungerte er tagsüber am Hafen herum, bei schlechtem fläzte er sich bis zum Nachmittag faul auf seinem Strohlager. Eva schlug jedes Mal drei Kreuze, wenn er sich endlich aufrappelte, um in den *Rauen Mann* zu verschwinden, die allerschäbigste und billigste Spelunke hier in der Vorstadt. Denn vom Saufen und Würfeln konnte er nicht einmal jetzt lassen, wo nur noch Evas Spinnarbeit Geld einbrachte.

In einer Jahreszeit, wo die Natur ihre üppigsten Schätze auftischte, wo an den Markttagen die Schragentische sich unter den Bergen an Feld- und Baumfrüchten bogen, da war Schmalhans uneingeschränkter Meister in ihrer Küche geworden und brachte nicht viel mehr als altes Brot und wässrige Suppe auf den Tisch. Fast sehnsüchtig dachte Eva inzwischen an ihre Anfangszeiten in Passau zurück, wo ihr noch die Freiheit gegeben war, durch die Gassen zu ziehen und mit ihren kleinen Gaunereien ein paar Heller zu verdienen. Das Krüglein Milch, das die Hoblerin hin und wieder vorbeigebracht hatte, fehlte nicht minder. Das einzig Gute in dieser Zeit der Not war, dass die Heiratsabrede mit dem alten Bomeranz wohl ein für alle Mal vom Tisch war. Ihr Stiefvater glaubte nämlich zu wissen, wer der Urheber seines schlechten Leumunds war – niemand anders als sein Vetter, mit dem er in letzter Zeit immer häufiger in Streit geraten war und dem er schließlich gedroht hatte, den Schädel einzuschlagen, sollte Bomeranz noch einmal seine Schwelle betreten. Um Geld und gemeine Weiber war es dabei wohl gegangen, so genau wusste Eva es nicht und wollte es auch nicht wissen. Hauptsache, dieser Kelch der Verlobung war ein für alle Mal an ihr vorübergegangen.

Eva streckte den Rücken, der immer häufiger in letzter Zeit zu schmerzen begann. Vom Nachbarhof her hörte sie eine Amsel singen. Früher hatte auch sie manchmal beim Spinnen vor sich hin gesungen, Kinder- oder Liebeslieder, und sich damit die eintönige Arbeit verkürzt. Früher – das war gewesen, als die Hoblerin noch gelebt hatte und sie sonntags mit Josefina am Innufer spazieren gegangen war. Jetzt fand sie keine Lieder mehr, die sie hätte singen können. Alles in ihr fühlte sich an wie ein morsches Stück Holz.

Sie schrak auf, als Niklas vor ihr stand.

«Ist Vater hier?»

Eva schüttelte den Kopf. Da zog er zwei Äpfel unter seinem zerlumpten Wams hervor. Groß, rund und rotgelb leuchtend lagen sie in seiner Hand. Eva lief das Wasser im Mund zusammen.

«Die hab ich gefunden. Für uns beide.»

«Gefunden? Solche Äpfel liegen nicht am Wegrand.»

«Ist doch gleich.»

Gierig biss er hinein, dass der Saft aus seinen Mundwinkeln rann. Ein Gefühl der Mutlosigkeit stieg in Eva auf. Niklas hatte die Äpfel also gestohlen! Von den wenigen Pfennigen nämlich, die er für seine Handlangerdienste bekam, würde er niemals solch kostbare Früchte kaufen können. Sie wusste, wie liebend gern Niklas mehr zum Unterhalt beitragen würde, aber als Holzträger und Karrenschieber war er zu schmächtig, und an die begehrteste Arbeit der Gassenbuben, nämlich die Pferde und Ochsen der Treidelkähne anzutreiben, geriet er höchst selten. Sie seufzte. Warum nur konnten sie nicht von ihrer Hände Arbeit leben wie andere anständige Leute auch?

«Hast du ein bisserl Geld mitgebracht?», fragte sie leise.

«Nein.»

Der freudige Glanz aus seinen hellen Augen verschwand, sein Blick wurde stumpf.

«Aber ab morgen werd ich welches haben, wirst sehen. Der Abdecker sucht noch Kloakenkehrer.»

«Bist du toll geworden? Du willst nachts stinkende Abort-gruben leeren? Dich für immer unehrlich machen? Weißt du, was das heißt?»

Niklas zuckte die Achseln. «Es wird gut gelöhnt. Einen Vier-telgulden auf jede Grube, hab ich gehört. Und besser als Hunde totschlagen ist es allemal.»

«Niemals! Ich verbiete dir das! Und jetzt geh und feg die Stube aus.»

Mit eingezogenen Schultern kehrte Niklas ins Halbdunkel des Hauses zurück. Eva sah ihm nach. Es tat ihr leid, dass sie ihn angefahren hatte. War er doch bereit, die stinkendste und ekel-erregendste Arbeit überhaupt anzunehmen, nur damit sie Kleider statt Lumpen tragen und etwas Warmes zu essen auf den Tisch bekommen würden. Aber trotzdem, niemals würde sie zulassen, dass Niklas sich solchermaßen erniedrigte. Sie würde noch heute mit ihrem Stiefvater reden. Es musste ein Ende haben, dass er alles, was sie verdiente, gleich wieder versoff. Oder noch besser: Sie würde den Wirt vom *Rauen Mann* aufsuchen und ihm ihre Lage schildern, damit er ein Auge auf ihn haben würde.

Eva beeilte sich, ihre Wolle fertigzubekommen, schickte Ni-klas damit zum Meister und machte sich selbst auf den Weg zur Floßlände, in der Hoffnung, dass ihr Vater noch nicht in der Schankstube hockte. Sie hatte Glück. Bis auf einen ein-beinigen Greis und ein paar Flößer, die ihr freche Komplimente machten, war die Stube leer. Hinten beim Ausschank, wo es nach einer Mischung aus Starkbier und Unflat stank, fand sie den Wirt. Er spülte gerade in einer Wanne mit trübem Wasser Becher und Krüge aus.

«Gott zum Gruße, Meister», sagte Eva so höflich als möglich. «Ich bin Eva Barbiererin.»

«Ich weiß», gab der Mann knapp zurück, ohne auch nur auf-zusehen.

«Es geht um meinen Vater, und ich …»

Sie wurde von einem Tumult unterbrochen. Am Tisch der Flößerleute flogen üble Schimpfworte hin und her, Stühle polterten, Holz krachte gegen Holz. Der Schankwirt sah kaum auf; stattdessen wälzte sich hinter dem Ausschank ein riesiges, fettes Weib hervor, schlug mitten hinein in die krakeelende Männerrunde, dass es nur so klatschte, um anschließend zwei der Streithähne am Kragen zu packen und vor die Tür zu setzen.

Der Greis spendete Beifall. «Gut gemacht, Blattnerin!»

«Was willst?», wandte sich der Wirt jetzt an Eva. Er klang alles andere als freundlich.

«Mein Vater, Gallus Barbierer, der kommt doch jeden Abend hierher.»

«Ja und?»

«Ich … ich bin mir sicher, er trinkt mehr, als ihm guttut.»

«Da magst recht haben.» Der Mann verzog das Gesicht zu einem hässlichen Feixen. «Mehr Leut ertrinken im Becher denn im Meer!»

Er reichte der fettleibigen Alten zwei randvoll gefüllte Krüge. Die Angelegenheit schien für ihn erledigt, aber so leicht ließ sich Eva nicht abspeisen.

«Mein Bruder und ich, wir haben kaum was zu essen. Unser Vater verprasst das ganze Geld. Könntet Ihr nicht …?»

«Ich wüsst nicht, was mich das angeht», unterbrach er sie.

«Vielleicht doch. Würfeln und wetten tut er nämlich auch, hier bei Euch. Ihr wisst, dass das verboten ist!»

«Potzhunderttausend Sack voll Enten», mischte sich die Frau jetzt ein, «die kleine Metze will uns drohen! Schau dich besser nach einer Ehegefährtin für deinen sauberen Vater um. Das meiste Geld haut er nämlich für lose Weiber auf den Kopf! Und jetzt verschwind, sonst fliegst arschlings hier raus.»

Hilfesuchend blickte Eva auf den Wirt, doch der kniff nur böse die Augen zusammen und wies mit dem Kopf zur Tür.

«Raus hier! Kannst froh sein, wenn wir deinem Vater nichts von deinem Besuch hier ausposaunen.»

Irgendwer indessen musste ihrem Stiefvater doch davon erzählt haben, denn im Morgengrauen weckte er sie mit einem groben Tritt.

«Du bleibst im Bett», befahl er seinem Sohn. «Ich hab mit deiner Schwester ein Hühnchen zu rupfen.»

Dann zerrte er Eva die Stiege hinunter, hinter den Vorhang seines Verschlags. Sein Atem stank nach Branntwein.

«Dass dir Donner und Hagel in die Goschn schlagen!», stieß er hervor. «Mir vor aller Welt eine Schelle anhängen!»

Sie unterdrückte einen Schrei, als er ihr rechts und links eine Ohrfeige verpasste.

«Vielleicht bin ich ja nicht dein leiblicher Vater, aber noch bin ich hier der Hausherr, hast verstanden?»

«Ja, Vater. Ich wollte doch nur –»

Sie zitterte am ganzen Leib, vor Kälte in ihrem dünnen Hemdchen, aber auch vor Angst. Denn in dem fahlen Dämmerlicht erkannte sie plötzlich wieder diese Gier in seinen Augen. Seine dürren Finger krallten sich in ihre Brüste, die sich unter dem Stoff abzeichneten, zugleich warf er Eva mit seinem ganzen Gewicht rückwärts gegen die Wand.

«Ihr Weiber seid doch alle gleich.» Sein Atem ging in ein stoßweises Keuchen über. «Ein Fluch ist's mit euch. Nichts wert seid ihr und Huren allesamt!»

Seine Rechte fuhr ihr unter das kurze Hemd, die Finger krallten sich in ihren Schoß. Ein brennender Schmerz durchfuhr sie wie ein Dolchstoß. Sie schrie auf. Da presste er seine Brust gegen ihr Gesicht, dass sie kaum noch Luft bekam, und versuchte zugleich, die Kordel seiner Hose zu lösen.

«Jetzt kriegst, was du verdienst. Ein für alle Mal!»

«Nein!»

Sie wusste selbst nicht, woher sie in diesem Augenblick die Kraft nahm. Ihr Knie schnellte mitten in seinen Schritt. Ein viehisches Gebrüll – dann sackte Gallus Barbierer vor ihr zusammen und krümmte sich gotterbärmlich auf dem Boden. Einen Moment stand sie wie gelähmt, dann rannte sie hinüber zur Stiege, wo sie ihren Umhang vom Haken riss und in ihre Holzpantinen schlüpfte. Von oben hörte sie unterdrücktes Schluchzen: Niklas' entsetztes Gesicht schob sich über die Bodenluke.

«Gehst du fort?»

Eva ließ den Umhang sinken und schüttelte schweigend den Kopf. Niemals würde sie den Kleinen allein zurücklassen. Wohin sollte sie auch gehen? Sie hatte ja niemanden mehr in dieser Stadt.

«Das Täubchen wollt wohl ausfliegen?»

Eva fuhr herum. Ihr Stiefvater hatte sich vor der Haustür aufgebaut, halb nackt und noch immer mit gekrümmtem Oberkörper. In der Faust hielt er die Weidengerte, mit der er Niklas den Hintern zu versohlen pflegte.

«Komm nur her und hol dir ab, was dir gebührt. Und du Scheißkerl dort oben, sperr deine Glotzer auf. Ja, schau nur zu, was ich gleich mit deiner Schwester machen werd.»

Er ließ die Rute durch die Luft schnellen.

«Los, an den Tisch und ausziehen! Wird's bald?»

Er kam breitbeinig auf sie zu, Eva wich Schritt für Schritt zurück. In ihren Ohren begann es zu rauschen, wie damals, als der Veitstanz sie gepackt hatte. Sie versuchte, ruhig durchzuatmen, ihrer Kehle entrang sich dabei ein Wimmern wie bei einem verletzten Tier.

«Heul nur, es nutzt dir alles nix.» Gallus' Stimme hatte längst wieder den verhassten wollüstigen Beiklang. Und tatsächlich:

Sein halblanges Hemd begann sich zwischen den Lenden zu wölben. Dann brüllte er:

«Zieh dich aus!»

Plötzlich wusste Eva, was zu tun war. Nie wieder sollte ihr Stiefvater an sie gehen, nie wieder! Ihre Muskeln spannten sich, dann war sie mit einem Satz in der Küchenecke und riss das Fleischmesser vom Haken.

«Wenn du mich anlangst, stech ich zu», fauchte sie.

Gallus Barbierer stutzte, dann brach er in Hohnlachen aus.

«Du elendes Hurenbalg, das wirst nicht wagen. Gib das Messer her.»

«Keinen Schritt weiter!»

Aber es war zu spät. Er stand dicht vor ihr und holte mit der Gerte weit aus. Blitzschnell duckte sie sich und stach zu, einmal, zweimal, vielleicht ein drittes Mal. Blut schoss aus dem nackten Oberschenkel des Stiefvaters, sein Leinenhemd färbte sich rot. Gallus Barbierer schwankte wie ein Mast im Sturm, die Weidengerte fiel ihm aus der Hand, dann kippte er lautlos zur Seite.

Heulend kam Niklas die Stiege heruntergestolpert. Eva ließ das Messer fallen und starrte mit offenem Mund auf den leblosen Mann. Sie hatte ihn getötet, den eigenen Vater hatte sie erstochen! Das war das Ende!

Niklas wischte sich die Tränen aus dem Gesicht. «Was hast du bloß getan?»

«Schnell, zieh dich an. Wir müssen verschwinden.»

Wenige Minuten später trugen sie alles auf dem Leib, was sie an Kleidung besaßen, dazu die Geldkatze, die Eva von ihres Vaters Gürtel abgeschnitten hatte. Als sie den Riegel von der Haustür zurückschob, hörte sie hinter sich ein lautes Stöhnen: Gleich einer riesigen Blindschleiche, die nach Luft schnappt, wälzte sich ihr Vater über den Lehmboden auf sie zu, einen Arm ausgestreckt, als wolle er sie packen.

«Ich – mach – dich – tot», keuchte er.

Selbst in dieser Düsternis sah sie die Blutspur glänzen, die Gallus Barbierer hinter sich herzog. Das hier war schlimmer als der schlimmste Albtraum. Fort, nur fort von hier, schrie es in ihr. Sie riss Niklas mit sich hinaus und ließ die Tür krachend ins Schloss fallen. Dann rannten sie los durch die noch menschenleere Gasse.

7

«Wohin gehn wir?»

«Weiß nicht.»

Sie saßen am Rande einer Waldlichtung, auf einem umgestürzten Baumstamm. Trotz der wärmenden Strahlen der Morgensonne fror es Eva bis ins Mark. Nur erst mal fort aus der Stadt hatte es sie getrieben, hinauf in den Schutz der Wälder, wo man sich notfalls vor irgendwelchen Verfolgern verstecken konnte. Doch bislang war keine menschliche Stimme durch den lichten Buchenwald gedrungen. War ihre Tat womöglich noch gar nicht entdeckt worden? Vielleicht war ihr Vater ja längst verblutet.

«Ich will nach Haus!»

«Nach Haus, nach Haus – das nennst du ein Zuhause? Diese armselige, dreckige Hütte? Willst du wirklich zurück in das Haus eines Vaters, der dich dein Lebtag lang nur geprügelt hat? Der jetzt wahrscheinlich tot in seinem Blut liegt? Willst du das?»

Sie hatte ihn bei den Schultern gepackt und schüttelte ihn jetzt wütend.

«Au! Du tust mir weh!»

Sie hielt inne. Dann nahm sie Niklas in den Arm und streichelte sein Haar.

«Es tut mir leid, Igelchen. Wenn du willst, geh zurück. Aber ich kann mich dort nie wieder blicken lassen. Man würd mich auf der Stelle einsperren, verstehst du? Man würd mich in einen Sack stecken und in die Donau schmeißen.»

«Aber du kannst doch nichts dafür. Du hast dich doch nur gewehrt. Außerdem hast du ihn ja nur ins Bein getroffen, ich hab's genau gesehen, das schwör ich dir. Ganz gewiss lebt er noch.»

Sie schüttelte den Kopf. Selbst wenn Niklas bezeugen würde, dass es Notwehr war: Sie wusste, wie es vor den Richtern lief. Immer lag die Schuld beim Weib, wie bei Josefina. Erst neulich hatte man drunten in Linz ein junges Mädchen gebrandmarkt, weil es den eigenen, leiblichen Vater verführt haben sollte!

«Du hast doch gesehen», sagte sie leise, «wie es Josefina ergangen ist. Sie hat was viel Geringeres getan, und trotzdem hat man sie aus der Stadt gejagt. Nein, Niklas, ich muss weg von hier, so weit wie möglich.»

«Dann geh ich mit dir.» Er drückte fest ihre Hand. «Ganz gleich, wohin.»

In diesem Augenblick wusste Eva, wohin sie gehen würden. Dass sie daran nicht gleich gedacht hatte! Sie drückte ihrem Bruder einen Kuss auf die Wange und stand auf.

«Hör zu, Igelchen. Wir gehn zu unsrer Muhme nach Straubing. Und dort ist auch Josefina.»

Niklas sah sie zweifelnd an. «Bist du dir sicher?»

«Ganz sicher. Wohin sollte sie denn sonst gegangen sein? Unsere Mutter hat nur diese eine Schwester. Und wenn Josefina dann erst ihr Kind hat, suchen wir uns alle zusammen ein Dorf, wo uns keiner kennt, und du gehst als Hütejunge und wir als Mägde.»

«Das ist schön! Wie viele Tage müssen wir laufen bis Straubing?»

Eva dachte kurz nach. «Drei!»

Das war schlichtweg erfunden. Sie wusste nur zwei Dinge über diese Stadt: dass sie wie Passau am Donaustrom und dass sie im Bairischen lag. Demnach mussten sie also der Donau nur stromaufwärts folgen. Ob sie dafür allerdings drei Tage oder drei Wochen oder gar drei Monate brauchen würden, davon hatte sie keine Vorstellung. Und es war ihr auch gleichgültig. Hauptsache war, dass auch Josefina diesen Weg, diesen Ausweg, eingeschlagen hatte.

Lieber Gott, betete sie, mach, dass wir uns alle in Straubing wiederfinden.

Bis zum Mittag zogen sie im Schutz der bewaldeten Hügel weiter, immer in der Angst, verfolgt zu werden. Dann hatten sie plötzlich den silbrig glänzenden Strom aus den Augen verloren.

«So ein Bockmist», murmelte Eva und blieb stehen. Wenn sie sich nicht verirren wollten, mussten sie umkehren und den nächsten Pfad hinunter ins Tal nehmen. Außerdem wurde ihr die Einsamkeit hier oben langsam unheimlich.

«Ich hab Hunger», jammerte Niklas.

«Ich auch.» Sie hatten den ganzen Tag nichts als Waldbeeren, Nüsse und wilde Kräuter gegessen. «Aber du musst schon noch Geduld haben. Wenn wir unten im Tal sind, kehren wir ins nächste Dorf ein und fragen nach Brot.»

Unwillkürlich tastete sie nach der Geldkatze unter ihrem Rock. Viel war nicht drin. Und doch genug, das wusste sie, um Opfer von Wegelagerern und Beutelschneidern zu werden. Hier im Wald würde ihnen keine Menschenseele beistehen können, wollte ihnen einer die Kehle durchschneiden. Sie lauschte. Wie still es plötzlich rundum war. Nicht mal der Wind raschelte mehr in den Blättern. Schwarz und bedrohlich umgab sie der

Wald, als wolle er sie im nächsten Moment verschlingen. War sie völlig verrückt geworden, sich so fernab der Landstraße zu bewegen? Als es neben ihnen im Unterholz raschelte, zuckte sie zusammen.

«Komm!» Sie packte Niklas' Hand und eilte den schmalen Waldweg zurück.

«Eva», flüsterte Niklas. «Ich hab Angst.»

«Musst keine haben.» Dabei zitterte ihr selbst die Stimme. «Bete nur zu deinem Namenspatron. Er schützt die Kinder, Alten und Schwachen.»

Endlich fanden sie die gesuchte Abzweigung und stolperten den holprigen Pfad talwärts. Nie wieder durfte sie sich und den Bruder in solch unnötige Gefahr bringen. Sie würden sich einer Gruppe Wanderer anschließen müssen, wollten sie ihr Ziel heil erreichen.

Als der Wald sich lichtete und sie vor sich im Dunst das glänzende Band der Donau entdeckten, verlangsamte Eva ihren Schritt und klaubte vom Wegrand ein paar Äpfel für unterwegs auf. Da erst merkte sie, dass ihr kleiner Bruder am Ende seiner Kräfte war.

«Schau, da vorn beim Kreuz ist ein Fahrweg. Da setzen wir uns hin und warten, bis jemand vorbeikommt.»

Erschöpft ließen sie sich ins Gras am Wegrain sinken, Niklas im Arm seiner Schwester, und schlossen die Augen. Kein Ave-Maria später waren sie beide eingeschlafen. Als lautes Geschnatter sie weckte, stand die Sonne längst nicht mehr im Mittag. Ein barfüßiger, braungebrannter Bauernjunge in Niklas' Alter betrachtete sie neugierig inmitten seiner Schar Gänse.

Eva richtete sich auf. «Wie weit sind wir von Passau?»

«Drei, vier Wegstunden wohl.»

Eva war enttäuscht. Da waren sie nicht allzu weit gekommen.

«Hast du Brot?»

Der Junge schüttelte den Kopf. «Dort drunten, an der Straße nach Vilshofen» – er deutete Richtung Donau –, «gibt's einen Flecken mit einem Dorfbäcker.»

«Ist das weit?»

«Schon.»

«Und wo wohnst du?»

«Da am Waldrand. Auf dem Einödhof. Aber meine Eltern gebn nix. Die lassen keine Fremden auf'n Hof.»

Eva war drauf und dran zu sagen, dass sie Geld hätten für Brot und Unterkunft, aber dann ließ sie es bleiben. Wer sagte ihr, dass sie diesem Bengel trauen konnte?

«Weißt du, wie weit es nach Straubing ist?»

«Kenn ich net. Ich kenn nur Vilshofen, und von da geht's nach Regensburg. Aber das ist ganz arg weit.»

Sie schöpfte wieder Hoffnung. Das musste die große Handelsstraße längs der Donau sein, von der sie schon gehört hatte.

«Komm!» Sie zog Niklas mit sich in die Höhe. «Gehn wir.»

Der Junge nahm eine Gänsefeder von seinem Filzhut und reichte sie Niklas. «Für dich. Ich muss jetzt heim.»

Mit Tränen in den Augen, die Feder fest in der Hand, sah ihm Niklas nach. Eva wusste genau, was ihr Bruder in diesem Moment empfand: Dieser Junge durfte nach Hause, wo Eltern und Geschwister und vielleicht ein Topf Milchbrei auf ihn warteten.

Am späten Nachmittag erreichten sie die Handelsstraße und stießen dort auf ein Dutzend einfach gekleideter Männer und Frauen. Ihr Gewand – Filzhut, Stab, Pilgerflasche und Reisesack – wies sie als Wallfahrer aus. Obwohl in der neuen Lehre des lauteren Evangeliums aufgewachsen, hatte Eva die Altgläubigen doch immer um ihre Mittel und Wege beneidet, sich von ihren Sünden reinzuwaschen. Aber waren ihr auch Ablass, Reliquienverehrung und Wallfahrt verwehrt, so hatte sie doch nie den Glauben an die Macht der Mutter Gottes und sämtlicher Heiligen verloren, an die sie häufiger noch als an Gott ihre Gebete richtete. Jetzt fragte sie sich, ob sie sich nicht am besten diesen Menschen anschließen und mit ihnen an ihre heilige Stätte wandern sollte. Hatte sie nicht eine Todsünde begangen? Auch wenn ihr Stiefvater vielleicht nur verletzt war – als Bader wusste er sehr wohl eine Stichwunde zu behandeln –, so hatte sie doch im Augenblick der Tat den einzigen Wunsch gehabt, ihn zu töten. Aber ergab es Sinn, Gott um Verzeihung zu bitten, wenn sie doch nicht den geringsten Funken Reue empfand? War es vielleicht das, was ihre Mutter auf dem Sterbebett gemeint hatte? Ganz deutlich hörte sie wieder deren Worte an sie: *Ich mach mir solche Sorgen um dich, Eva – du bist so anders als meine anderen Kinder.* War sie das wirklich? Fehlten ihr vielleicht Demut, Bescheidenheit und Gottesfurcht – all die Tugenden, die ein gutes Weib ausmachten?

Nachdem sie der Gruppe eine Zeitlang in gebührendem Abstand gefolgt waren, blieb einer der Männer stehen und sprach sie an. Auf seinen Hut war vorne eine große Muschel genäht.

«Was seid ihr für welche?», fragte er misstrauisch. «Wie Pilger seht ihr mir nicht aus.»

Eva schluckte und presste die Augenlider zusammen, bis ein, zwei Tränen hervorquollen. Als Kind hatten die Geschwister sie um diese Kunst immer grenzenlos beneidet.

«Wir sind zwei arme Waisenkinder», erwiderte sie schließlich mit belegter Stimme. «Unsere Eltern sind von Mordbrennern erstochen worden, und unser Haus liegt in Asche.» Niklas riss erschrocken die Augen auf, und Eva trat ihm auf den Fuß. «Jetzt sind wir unterwegs zu unsrer Muhme in Straubing.»

«Gott sei den armen Seelen gnädig», murmelte der Mann

und bekreuzigte sich. Sein schwarzbärtiges Gesicht wurde freundlicher. «Dann kommt nur mit uns, damit euch kein Leid geschieht. Unser Weg führt an Straubing vorbei.»

«Hättet ihr vielleicht auch eine Brotzeit für uns? Im letzten Dorf hat man uns einfach fortgejagt.»

«Aber sicher.»

Er war ganz offensichtlich der Anführer, denn auf sein Handzeichen hin und ein kurzes «Halt!» scharten sich alle um ihn.

«Wir machen eine Rast. Unsere jungen Freunde hier sind arme Waisen und völlig ausgehungert. Jeder gibt ein klein wenig ab.»

«Seid ihr überhaupt Katholische?», fragte eine hagere, grauhaarige Frau misstrauisch.

Eva schüttelte den Kopf und sah bekümmert zu Boden.

«Dann habt ihr bei uns auch nix zu suchen. Wir füttern doch keine Ketzer durch, bei dem Wenigen, was wir haben.»

«Ich dachte, wir sind fromme Leut?» Ein junger Bettelmönch, barfuß und in zerlumpter Kutte, hob seinen Wanderstab, ein mannshohes Kruzifix. «Gilt da nicht das Barmherzigkeitsgebot: Du sollst die Hungrigen speisen? Selbst mit Heiden und Mamelucken will ich mein Brot teilen. Kommt nur her, ihr beiden.»

«Recht hat er.» Der Schwarzbärtige nickte. «Wer dagegen ist, dass diese armen Kinder bis Straubing bei uns bleiben, hebe die Hand.»

Da niemand sich meldete, fügte sich auch die Frau. Eva gab sich alle Mühe, ihr ein dankbares Lächeln zuzuwerfen.

Nach zwei Tagen Fußmarsch fragte sich Eva, ob dies die richtige Gesellschaft war, um möglichst bald nach Straubing zu kommen. Vor jedem Wegkreuz, jedem Marienbildstock hielten sie inne, um zu beten, oder machten gar riesige Umwege, bergauf, bergab, zu irgendwelchen Kapellen. Dort ließen sie nach dem feierlichen Credo stundenlang den Rosenkranz durch die Finger gleiten und murmelten halblaut und immer wieder aufs Neue ihr Paternoster, Ave-Maria und Lobpreis. Davon abgesehen erging es Niklas und ihr so gut wie seit langem nicht mehr. Man begegnete ihnen halbwegs freundlich, die einen eher gleichgültig, die anderen voller Mitleid, und teilte Brot und Wasser mit ihnen. Nachts kehrten sie in Pilgerherbergen ein, wo sie gegen Gotteslohn ein sauberer Strohsack und ein einfaches Nachtessen erwartete. Nicht zuletzt war die kleine Pilgergruppe durch ihre Tracht den Gefahren der Landstraße weit weniger ausgesetzt als andere Wanderer, ihre Schutzbriefe und Pilgerpässe öffneten ihnen Tür und Tor und befreiten sie von Wege- und Brückenzoll.

Eva hatte bald erfahren, dass die meisten aus dem Bregenzer Land stammten und auf dem Weg zum Grab des heiligen Jakobus von Compostel waren. Bantelhans, ihr Gönner, hatte die heilige Stätte schon einmal in jungen Jahren aufgesucht und war daher zum Führer auserkoren. Ein paar wenige hatten sich den Pilgern unterwegs angeschlossen, wie der Bettelmönch Anselm und eine dickliche Frau mit einem steifen linken Arm. Sie waren aus den unterschiedlichsten Gründen unterwegs: Den einen war die lange Reise von den Kirchenoberen als Sühne auferlegt, andere taten diesen Bußgang aus freien Stücken oder weil sie sich vom heiligen Jakobus ein Wunder erhofften. So auch die Frau mit dem verkrüppelten Arm. Als Eva hörte, dass sie aus Passau stammte, hielt sie Abstand zu ihr, denn den Wallfahrern gegenüber hatte sie behauptet, sie stammten droben aus den Waldbergen. Dazu hatte sie einen falschen Familiennamen genannt, zur Vorsicht, falls in den umliegenden Orten bereits nach ihr gesucht wurde. Doch sie konnte sich nicht helfen! Seit Vilshofen hatte sie den Eindruck, dass dieses Weib sie beobachtete.

Noch einem ging sie schon bald aus dem Weg: dem Bettelmönch. Irgendwas stimmte nicht mit Bruder Anselm, denn sie
hatte beobachtet, wie nachlässig er jedes Mal seine Gebete her-
unterleierte und wie er am Vortag, nachdem sie Vilshofen verlassen hatten, heimlich in seinem prallen Beutel gekramt hatte.
Ganz deutlich hatte sie das Geklimper von Münzen gehört.
Außerdem warf er ihr zunehmend begehrliche Blicke zu.

Als an diesem Spätnachmittag das schöne Herbstwetter umschlug und ein plötzlicher Wind Regen brachte, suchten sie
Schutz in einem Wäldchen. Eva und Niklas kauerten sich unter
einen umgestürzten Baumstamm.

«Ist es gestattet?»

Ausgerechnet Bruder Anselm quetschte sich zu ihnen unter
ihr Obdach.

«Sackerment – was für ein gschissener Regen. Aber dahinten
wird's wieder hell.» Er deutete in Richtung Donau.

Eva wunderte sich nicht wenig über seine Ausdrucksweise
und rückte, so weit es ging, weg von seiner feuchten Kutte.
Doch jetzt stieß Anselm sie mit dem Ellbogen in die Seite.

«Hand aufs Herz: Ihr zwei seid gar nicht aus dem Waldgebirg.»

Eva erschrak bis ins Mark. «Was wollt Ihr damit sagen?»

«Die Torwärter in Vilshofen – die haben den Bantelhans aus-
gefragt, wer in seiner Truppe mitlaufe. Ob da eine Eva Barbiererin aus Passau dabei wär. Die hätt nämlich versucht, den eignen
Vater abzustechen. Wenn auch ohne Erfolg.»

Er grinste ihr frech ins Gesicht.

Jetzt ist alles aus, dachte Eva im ersten Augenblick. Doch
dann versuchte sie sich zu beruhigen. Hätte der Bantelhans Verdacht geschöpft, dann säße sie längst nicht mehr hier, sondern
in Vilshofen im Turm.

«Keine Angst», fuhr der junge Mann fort, als habe er ihre

Gedanken gelesen. «Unser Führer scheint dir eine solche Frevel-
tat nicht zuzutrauen, denn er hat dem Wächter versichert, dass
wir allesamt fromme Jakobspilger seien.»

«Was redet Ihr für einen Schmarrn», platzte Eva schließlich
heraus. «Wenn ich diese Eva sein soll, dann seid Ihr ein falscher
Mönch.»

Da begann der andere lauthals zu lachen.

«Da liegst du gar nicht so falsch. Aber wenn du dein Maul
hältst, halte ich meins. Hör zu – ich hab diese Papistenbande
von Herzen satt. Ewig dieses Gebrabbel und Gesabbel vor jedem
Bildstock! Morgen werd ich wieder meiner eignen Wege gehen.
Und ich rat dir mitzukommen, samt diesem kleinen Bengel
hier. Ich verspreche dir Sicherheit und kommodes Reisen» – er
klimperte mit seinem Beutel –, «und dafür verwöhnst mich a
wengerl.»

Seine Hand glitt über ihre Brüste.

«Niemals!» Sie schlug seine Hand weg.

«Überleg es dir.»

Zum Glück hatte es mittlerweile zu regnen aufgehört, und
ihr Führer rief zum Weitermarsch. Ihr Herz klopfte bis zum
Hals, als sie Niklas packte und zu den anderen eilte. Immer
wieder sagte sie sich, dass dieser falsche Mönch nichts gegen sie
in der Hand hatte. Dennoch: Sie musste auf der Hut sein.

So hielt sie sich für den Rest des Tages an der Seite eines Wan-
derhandwerkers namens Wenzel Edelman, seines Handwerks
ein Schneider, der sich in Vilshofen zu ihnen gesellt hatte und
eine freundliche und gutmütige Art zeigte. Da kein Dorf, kein
Städtchen in Sicht war, suchten sie Unterschlupf in einem leer-
stehenden Schafstall, der zwar nach einer Seite hin offen stand,
doch immerhin vor Wind und Regen Schutz bieten würde. Es
war noch hell, und so bat Bantelhans den Schneiderknecht um
eine Demonstration seiner Künste.

«Mein Mantel hat einen Riss unterm Ärmel – ein ordentliches Batzerl Käse und fünf Kreuzer würd ich dafür springen lassen.»

«Gern.»

Aufmerksam beobachtete Eva, wie Wenzel Edelman seine Utensilien aus der Rückenkraxe zog und vor sich auf einem Tuch ausbreitete: ein Kästchen mit Nadeln, Hefteln und Garnen, zwei Scharnierscheren, Elle, Schnüre und Papierstreifen zum Maßnehmen, verschieden große Pfrieme und ein schweres Hohleisen zum Ausbügeln der Nähte. Dann hockte er sich mit gekreuzten Beinen nieder, steckte den Fingerhut auf und nahm den Mantel entgegen. Flink verrichteten seine Finger die Arbeit, während er konzentriert die Unterlippe vorschob. Keine halbe Stunde später war er fertig.

«Gute Arbeit, Meister», lobte Bantelhans.

«Nicht Meister», wehrte Wenzel Edelman bescheiden ab. «Ich bin nur ein einfacher Geselle, der auf der Stör sein Brot verdient.»

«Meine Joppe hat ein Loch.» – «I hätt da au noch ebbs.» – «Ich auch.»

Einer nach dem anderen drängte sich um den Schneiderknecht. Der lächelte bedauernd. «Das verschaff ich heut nicht mehr. Es wird bald dunkel.»

«Vielleicht» – Eva räusperte sich –, «vielleicht könnt ich Euch zur Hand gehen.»

Alle Blicke waren auf sie gerichtet.

«Kannst du denn nähen?», fragte Wenzel Edelman erstaunt. «Für eine gelernte Näherin scheinst mir reichlich jung.»

«Mein Vater war Schneidermeister.»

Fast hätte sie gesagt: aus dem böhmischen Glatz, biss sich aber noch rechtzeitig auf die Lippen.

«Na, dann setz dich her. Wollen mal sehen, was du kannst.»

Bis Einbruch der Dunkelheit verrichtete sie, ebenso konzentriert wie Wenzel Edelman, ihre Arbeit, nähte hier einen losen Saum, dort einen abgerissenen Kragen an. Als sie zur Nacht ihr Lager richtete, trat die Frau aus Passau neben sie.

«Ich dacht, du bist aus einem Dorf im Bairischen Wald? Würd mich grad wundern, wenn es da einen Schneidermeister gibt.»

«Gibt's auch nicht», gab Eva schnippisch zurück. «Wir haben zuvor in Wien gelebt.»

«Seltsam. Ich könnt schwören, ich hätt dich schon mal in Passau gesehen.»

«Dann müsst Ihr mich verwechseln.»

Als sie am nächsten Morgen ihr Lager abbrachen, sah Eva das Weib aus Passau mit dem Bantelhans tuscheln. Dabei blickte sie immer wieder zu ihr herüber. Die Kehle wurde ihr eng. Was, wenn sie nun entlarvt war? Wenn man sie in der nächsten Stadt dem Büttel auslieferte? Sie hatte gehört, dass sie nur noch einen Tagesmarsch von der Donaustadt Deggendorf entfernt waren. Sollte sie nicht besser das Angebot dieses Schwindlers und Bauernfängers Anselm annehmen, zumindest vorübergehend? Denn als junge Frau allein, das war ihr längst klar, dazu noch mit einem hilflosen Knaben an der Seite, würde sie niemals sicher durch die Gegend ziehen können.

Eva zuckte zusammen, als sich ihr eine Hand auf die Schulter legte.

«Und? Hast dir's überlegt?»

Anselm tätschelte ihr den Nacken.

«Warum sollt ich?»

«Weil dir bald der Boden unter den Füßen heiß werden könnt. Das Weib dort» – er wies mit dem Kopf zu der Passauerin – «glaubt dich nämlich zu kennen.»

«Lasst mich in Ruh.»

«Ich würd nicht so leichtfertig mit dem Schicksal umgehen, schon um deines Bruders willen nicht. Morgen früh werd ich mich von dieser Gesellschaft verabschieden. Bis dahin solltest dich entschieden haben.»

Eva wandte sich ab und nahm Niklas bei der Hand. Der Junge, der alles mit angehört hatte, zitterte am ganzen Leib.

«Hab keine Angst», flüsterte sie. «Ich find schon einen Ausweg.»

Ohne recht zu wissen, warum, suchte sie wieder die Nähe des freundlichen Schneidergesellen. Dessen ernstes Gesicht leuchtete auf, als sie neben ihm herging. Sie fragte sich, wie alt er wohl sein mochte. Fünfunddreißig Jahre bestimmt. Vielleicht wirkte er aber auch nur so alt, mit seinem ordentlich gestutzten Ziegenbärtchen.

«Wollt Ihr noch länger mit uns wandern?», fragte sie ihn.

Wenzel Edelman schüttelte den Kopf. «Da vorn, bei der Burgruine, werd ich abbiegen, in die Waldberge rauf. Ich will in meinem Dorf vorbeischauen.»

«Schade», entfuhr es Eva.

«Das dacht ich eben auch. Du wärst mir eine gute Hilfe bei der Arbeit, geschickt, wie du bist. Aber es wird höchste Zeit, dass ich mal wieder heimkomm, zu meinen Kindern.»

«Ihr habt Kinder?»

«Ja. Zwei Jungen und ein Mädchen. Kleiner noch als dein Niklas.»

Eine Zeitlang stapften sie schweigend nebeneinanderher. Eva wusste, dass die Stör- und Wanderhandwerker in der schönen Jahreszeit von Hof zu Hof zogen, um ihre Kunst anzubieten, und dann im Winter nach Hause zurückkehrten, wo die Frauen und Kinder während ihrer Abwesenheit alles am Laufen hielten. Was für ein Pech für sie, dass Wenzel Edelmans Reise schon zu Ende ging. An seiner Seite hätte sie sich sicher gefühlt, zudem hätte sie sich mit ihrer eigenen Hände Arbeit ihr Brot verdienen können.

«Dann bleibt Ihr also für den Rest des Jahres in Eurem Dorf?», fragte sie schließlich.

«Nein.» Edelman lächelte. «Dazu ist's noch zu früh im Jahr. Ich will daheim nur nach dem Rechten schauen, dann geht's weiter durch die Berge, bis der Schnee kommt.»

Er blieb stehen. «Willst du nicht mit mir kommen? Ich bessre die Kleider aus und du die Wäsche, wie es üblich ist für Schneider und Näherin. Die Bäuerinnen werden froh sein, wenn sie alles in einem Aufwasch bekommen. Und dein Niklas kann sich auf den Höfen gewiss auch irgendwie nützlich machen.»

«Das geht nicht. Wir müssen nach Straubing, zu unserer Muhme.» Und zu unserer Schwester, fügte sie im Stillen hinzu.

«Nun ja, das eine schließt das andre nicht aus.»

«Wie meint Ihr das?»

«Wenn du es nicht allzu eilig hast und einen Umweg durch die Berge in Kauf nehmen würdest, dann komm doch einfach für drei, vier Wochen mit mir. Du kannst ein anständiges Geld verdienen, und später dann würd ich euch in Straubing vorbeibringen, wohin ich eh längst mal wieder wollte.»

«Und wann wäre das?»

«Auf jeden Fall vor Wintereinbruch.»

Das ist ja noch ewig hin, dachte Eva. Andererseits: War nicht genau das die Lösung? Damit würde sie sowohl den Aufdringlichkeiten dieses falschen Mönchs entgehen als auch der Gefahr, an den nächstbesten Büttel verraten zu werden. Was machten schon ein paar Wochen aus? Außerdem war dann vielleicht Gras über die schreckliche Sache gewachsen und man hatte die Suche nach ihr längst aufgegeben. Ihr Blick fiel auf Niklas, der ihr nur noch Haut und Knochen zu sein schien. Wenn sie an

Edelmans Seite tatsächlich wieder zu anständigen Mahlzeiten kommen würden, dann war es den Umweg allemal wert.

«Wir kommen mit.»

«Das ist fein!»

Auf Evas Bitte hin versprach der Schneidergeselle, dass sie sich ohne Vorankündigung und Aufhebens von ihren Weggenossen trennen würden. Sie kamen zu einer Marienkapelle, wo ein Sträßchen zu der Burgruine oben im Wald abzweigte. Eva fiel mit den anderen vor dem kleinen Altar auf die Knie. Mit einer Inbrunst wie lange nicht mehr erflehte sie von der Mutter Gottes Segen und Kraft, für alles, was noch vor ihr lag. Da entdeckte sie plötzlich inmitten der Fürbittzettel, Kerzen und anderen Opfergaben, die rund um den Altar lagen, ein grün-weißes Tüchlein, fein bestickt. Sie hielt den Atem an: Genauso ein Tüchlein hatte Josefina besessen! Es war ihr größter Schatz gewesen, denn es hatte einst ihrer Mutter gehört. Und dann erkannte sie auch schon die beiden Buchstaben in der Ecke: C T – für Catharina Tuchnerin, der Name ihrer Mutter!

Eva war, als würde das Schicksal sie umarmen. Sie war auf der richtigen Spur – ihre Schwester hatte tatsächlich den Weg nach Straubing eingeschlagen! Jetzt gab es für sie keinen Zweifel mehr, dass sie sich bei der Muhme wiedersehen würden.

Ihr Herz zog sich vor Sehnsucht nach Josefina zusammen, und für einen kurzen Moment war Eva drauf und dran, nun doch mit den Jakobspilgern weiterzuziehen. Aber nach ihrem letzten Ave-Maria, das sie mit einem erleichterten Amen beschloss, traf sich ihr Blick mit dem Anselms, der sie grinsend betrachtete, neben sich die Passaucrin. Nein, sie durfte es nicht drauf ankommen lassen. Den beiden war nicht zu trauen. Als Wenzel Edelman ihr zunickte, erhob sie sich und folgte ihm zusammen mit Niklas nach draußen.

«Gehen wir», sagte ihr neuer Weggefährte feierlich.

8

Wenzel Edelman kannte die Berge wie seine Wohnstube. Es war eine wilde Gegend, mit schroffen Felsen und dunklen Wäldern, die sich nur zu den Dörfern, Einödhöfen und Flussläufen hin lichteten. Gleich hinter der Burgruine waren sie steil bergan gewandert, und schon bald hatte Edelman den Hauptweg verlassen und war gewundenen Pfaden gefolgt, die mitten hinein in den undurchdringlichen Wald führten. Sie mussten über umgestürzte Bäume klettern und auf den von Riesenhand hingeschleuderten Steinbrocken schäumende Bergbäche überqueren. Hoch über sich hörten sie die Baumwipfel im Wind rauschen, während längs des Pfades sich kein Blatt rührte. Irgendwann führte ihr Weg sie durch einen Weiler, dann entlang einer Ansammlung verlassener Köhlerhütten, bis sie den ersten Bergkamm erreichten. Am Hang gegenüber erkannte Eva eine großflächige Lichtung mit einem einsamen Hof mittendrin.

Ihre Beine waren von dem strammen Marsch wie Blei, zugleich fröstelte ihr. Hier oben war es viel kühler als in der lichten Donauniederung. Während der kurzen Rast zog sie ihren und Niklas' Umhang aus dem Reisebündel.

«Euch beiden ist es wohl schon länger nicht gut ergangen», sagte Edelman mit Blick auf die mehrfach geflickten Umhänge. «Aber das wird sich bald ändern, glaubt mir.»

Er deutete mit der ausgestreckten Hand auf den Einödhof.

«Dort werden wir unser erstes Nachtquartier finden. Der Bauer ist ein guter Kerl und splendid obendrein. Also freut euch schon mal auf ein üppiges Nachtmahl.»

Niklas' Gesicht begann augenblicklich zu strahlen, und Eva versuchte sich mit ihm zu freuen. Obwohl ihr längst der Magen knurrte, gelang es ihr nicht so ganz, denn ihr wurde klar, dass sie in dieser einsamen, dunklen Bergwelt auf Gedeih und Verderb dem Wanderschneider ausgeliefert waren. Was, wenn er gar nicht der herzensgute Mann war, für den sie ihn hielt?

Als ihnen eine gute Stunde später auf dem Einödhof ein rotznäsiger Knabe die Tür zur Küche öffnete, verflogen ihre Zweifel. Die Wärme des Herdfeuers umfing sie wie ein Willkommensgruß, die mit dicken Polstern versehene Eckbank lud zum Ausruhen ein. Dazu zog ihnen der Duft kräftiger Fleischbrühe in die Nase.

«Na, alter Freund, lässt dich auch mal wieder blicken? Mein Weib wird sich freuen.»

Im Türrahmen stand eine massige Gestalt, mit grauem Vollbart und unzähligen Lachfältchen in dem vom Wetter gegerbten Gesicht.

«Das hoff ich doch», erwiderte Edelman, und die beiden Männer schlugen sich zur Begrüßung auf die Schulter, wobei der schmächtige Schneider fast in die Knie ging.

«Und wen hast da mitgebracht? Hast endlich eine Frau gefunden? A bisserl jung vielleicht, was?»

«Nein, nein – das ist Eva, meine Näherin. Und Niklas, ihr Bruder. Ich sag dir, Eva ist die schnellste Näherin, die du je gesehen hast. In ein, zwei Tagen bessern wir dir deine gesamte Kleiderkammer aus.»

«Na so was.» Der Bergbauer schüttelte lächelnd den Kopf. «Dann hol ich doch gleich mein Weib aus dem Stall, damit sie euch ein paar Sachen bringt. Bis zum Nachtessen ist noch Zeit, da könnt ihr schon einiges wegschaffen. Hier, Kerlchen» – er nahm einen Apfel aus einer Schüssel mit frischem Obst und drückte ihn Niklas in die Hand –, «damit du nicht vorher verhungerst. Bis gleich also.»

Eva war wie vor den Kopf geschlagen. Sie war felsenfest überzeugt gewesen, dass im Dorf von Wenzel Edelman Frau und Kinder auf ihn warteten. Und nun musste sie erfahren, dass er ganz offensichtlich auf Freiersfüßen wandelte. In was war sie da nur wieder hineingeraten?

«Hattet Ihr nicht gesagt, Ihr wolltet heim zu Euren Kindern?», fragte sie leise. Ihre Stimme zitterte leicht.

«Aber ja. Sie sind in der Obhut meiner Schwester.»

«Und – Eure Frau?»

Wenzel Edelmans Blick verdüsterte sich. «Sie ist im Kindbett gestorben, Gott hab sie selig.»

«Genau wie unsere Mutter», entfuhr es Niklas.

Erstaunt zog der Schneider die schmalen Brauen in die Höhe. «Ich dachte, eure Eltern sind durch Mordbrenner umgekommen?»

Eva warf ihrem Bruder einen finsteren Blick zu. «Unser Vater und unsere Stiefmutter», beeilte sie sich zu sagen und fügte hinzu: «Ihr seid also auf der Suche nach einer Frau.»

Für einen Augenblick blickte er verständnislos drein, dann klärten sich seine Züge: «Aber doch nicht darum hab ich euch mitgenommen! Um Himmels willen, nein! Du bist schließlich noch ein halbes Kind. – Ah, da kommt ja die Herrin des Hauses!»

Beladen mit einem Stapel Kleider und Tücher, trat die Bauersfrau ein. Sie war ebenso kräftig wie ihr Mann, nur war ihr Gesicht glatt und rosig. In jungen Jahren musste sie eine sehr schöne Frau gewesen sein. Jetzt reichte sie, nachdem sie ihre Last auf dem Tisch abgelegt hatte, Edelman und Eva die Hand. Niklas strich sie übers Haar.

«Das freut mich, dass du eine Näherin mitgebracht hast. Unser Bettwerk hat's bitter nötig, geflickt zu werden. Habt ihr denn überhaupt noch die Kraft zu arbeiten, nach dem langen Marsch zu uns herauf?»

«Aber ja, Hauflerin. Kennst mich doch.»

«Na dann … Ich mach mich solang ans Kochen.»

Als die Hauflerin den dampfenden Eintopf auf den Tisch stellte, begann es draußen bereits zu dämmern. Zu den Bauersleuten gesellten sich noch Magd und Knecht, dazu die beiden Söhne, beide ungefähr in Niklas' Alter. Eva konnte es kaum fassen: In dem Eintopf schwammen neben Steckrüben, Kohlblättern und Pastinaken unzählige fette Wurstscheiben und Fleischbrocken! Wann hatten sie das letzte Mal Wurst und Fleisch gegessen?

Nachdem die Holzschüssel leer gekratzt war, füllte die Bäuerin nach.

«Esst euch satt, alle mitnander. Danach zeig ich dir und dem Kleinen euren Schlafplatz unter der Stiege. Du, Wenzel, bekommst wie immer deine Kammer.»

«Nein, nein, lass mich nur unter der Stiege schlafen», protestierte Edelman. «Die beiden brauchen mal ein richtiges Bett, hab ich den Eindruck.»

So hat sich doch noch alles zum Guten gewendet, dachte Eva, als sie wenig später mit Niklas im Bett lag. In einem richtigen Bett, mit dicker Daunendecke und einem Kopfkissen, das nach Kräutern duftete – sie konnte ihr Glück noch immer nicht fassen! Sie warf einen letzten Blick auf das kunstvoll geschnitzte Kruzifix, das im Mondlicht schimmerte, legte den Arm um Niklas; dann schlief sie ein, in wohliger Erschöpfung.

Zwei Tage und drei Nächte blieben sie auf dem Einödhof. Eva verbrachte die Zeit mit Zuschneiden, Nähen und Flicken, während sich Niklas im Stall und auf der Weide nützlich machte. Um seinetwillen hatte sie noch ewig hierbleiben wollen, schon allein der herzhaften Mahlzeiten wegen. Darüber hinaus hatten die beiden Bauernjungen offensichtlich wenig Abwechslung in der Einsamkeit des Hofes, und so hatten sie ihren Bruder sofort in ihrer Mitte aufgenommen. Stolz zeigte Niklas Eva am

zweiten Abend allerlei Kniffe beim Raufen, die die Brüder ihm
beigebracht hatten: Jetzt würde ihn niemand mehr so schnell
zu Boden zwingen, hatte er ihr verkündet, als sie schließlich
lachend und um Luft ringend auf dem Dielenboden ihrer Kammer lagen.

Wenzel Edelman war ein eher bedächtiger Mensch. Während
der Arbeit verlor er kein Wort zu viel, bei den Mahlzeiten indessen, nach dem ersten Krüglein Starkbier, taute er auf. Dann erzählte er, in seiner ruhigen Art, von seinen Kindern oder seinen
Reisen, die ihn bis ins Böhmische geführt hatten. Eva mochte
ihn immer mehr.

Viel zu bald kam der Morgen des Abschieds vom Einödhof.
Es war ein nebliger Oktobertag, als die Hauflerin vor der Haustür einen nach dem anderen in ihre fleischigen Arme nahm.
Eva musste ihr noch versprechen, eines Tages wieder bei ihnen
vorbeizuschauen, dann zogen sie los.

«Wie weit ist's noch bis in Euer Dorf?», fragte Eva, als die
Lichtung mit dem Einödhof im Morgennebel verschwunden
war.

«Zwei Tagesmärsche von hier, im Bischofsmaiser Winkel.
Aber wenn wir gute Arbeit finden, kann es länger dauern.» Er
lächelte fast entschuldigend. «Ich muss es doch ausnutzen, eine
so tüchtige Näherin zur Seite zu haben. Und dir hat es ja auch
ein paar Kreuzer eingebracht.»

Dann erklärte er ihr, dass sie bald auf den Böhmweg sto-
ßen würden, den uralten Handelspfad der Säumer. Das seien
wandernde Händler, die auf ihren Pferden und Maultieren vor
allem Salz, Korn und Felle zwischen Baiern und Böhmen austauschten.

«Dieser Säumerpfad führt von Deggendorf über Bischofsmais und Zwiesel bis nach Prag, quer durchs Gebirg», schloss er
seine Ausführungen.

«Stimmt es», fragte Niklas, «dass es dort von Wölfen und Bären wimmelt?» Er war den ganzen Weg schweigsam und mit traurigem Gesicht neben ihnen hergetrottet. Ihm schien der Abschied vom Einödhof am schwersten gefallen zu sein.

«Das haben dir wohl die Hauflerbuben weisgemacht!» Wenzel Edelman lachte leise. «Keine Angst, das sind scheue Tiere, die uns Menschen wohlweislich aus dem Weg gehen. Der einzige Braunbär, dem ich je begegnet bin, lag tot in einem Bachbett. Und die Wölfe heulen dich höchstens in den Schlaf.»

«Müssen wir denn draußen im Wald schlafen?», fragte Niklas ängstlich.

«Aber nein! Am Wegrand sind überall Saumstationen, zum Wechseln der Lasttiere. Da findet sich immer ein Plätzchen zum Übernachten.» Er zupfte sich am Bart. «Viel schlimmer sind die Wegelagerer, die den Händlern auflauern. Deshalb müssen wir uns einer Reisegruppe anschließen. Aber jetzt genug mit dem Gerede! Ich würd sagen, da vorn unter dem Bergahorn machen wir Rast, die Hauflerin hat uns eine köstliche Brotzeit eingepackt.»

Als sie nach einem letzten steinigen Aufstieg den Handelsweg erreichten, bot sich ihnen ein atemberaubend schöner Ausblick: Wie die Rücken schlafender Tiere lagen die Berge ringsum, von der Sonne beschienen, über dem weißen Nebel im Tal. Zum Staunen blieb wenig Zeit, denn sie reihten sich sogleich ein in eine Gruppe von Kornhändlern mit schwerbepackten Mauleseln, die unterwegs nach Zwiesel waren. Die fünf Männer erwiesen sich als maulfaule Gesellen, dafür waren sie gut bewehrt mit ihren Langmessern und Katzbalgern. Nicht zum ersten Mal wunderte sich Eva, wie viele Menschen noch in den einsamsten Gegenden unterwegs waren und die Gefahren der Landstraße auf sich nahmen. Als Kind, in ihrer Glatzer Zeit, hatte sie immer geglaubt, dass alle Welt im Schutz der Dörfer und Städte lebte und sich nur Ehrlose, Räuber und andere verdächtige Gesellen hinauswagten Jetzt wanderte sie selbst von einem Ort zum anderen und fand gar nichts dabei.

Der Böhmweg führte sie bergauf, bergab, mitten durch die Welt des bairischen Nordwalds, mal steil und steinig, mal in sanften Schlangenlinien, vorbei an heckenbesäumten Waldweiden und Fischteichen, dann wieder durch enge, dunkle Schluchten, wo sich die Wasser der Bergbäche in die Tiefe stürzten. Die zahlreichen Kapellen und Bildstöcke ließen sie links liegen, die Männer, mit denen sie wanderten, schienen für Gebet und innere Einkehr keine Minute übrig zu haben. Nicht einmal zum Rasten, denn ihre Wegzehrung stopften sie sich im Gehen in den Mund. So war Eva froh, als sie gegen Abend endlich ihre Unterkunft erreichten. Sehr viel länger hätte ihr kleiner Bruder diese Hatz nicht durchgehalten.

Die Saumstation lag am Rande eines Hochmoors, eines Filzes, wie die Leute hier sagten. Das flache, langgestreckte Holzhaus duckte sich in eine Senke, die nur von Krüppelfichten und Latschen bestanden war. Eigentlich war das Ganze nichts weiter als ein Stall mit Remise, von dem ein Teil mit einer Bretterwand als Nachtlager abgetrennt war, mit einigen Dutzend Strohsäcken auf speckigem Dielenboden. Auf den Holzbänken rundum saßen bereits etliche Reisende, die Beine weit von sich gestreckt, und genossen ihren ersten Krug Bier.

«Wartet hier», wies Edelman sie an, als sie eintraten. «Ich will uns beim Wirt anmelden.»

Als Eva merkte, wie die anderen sie anstarrten, wurde ihr bewusst, dass sie die einzige Frau in dieser Gesellschaft war. Einige der Männer stießen Pfiffe aus, ein anderer schürzte die Lippen, um einen schmatzenden Kuss in ihre Richtung zu schicken, ein dritter, der an der Wand lehnte, grinste breit und schwenkte sein Becken vor und zurück. Eva hätte am liebsten kehrtgemacht. Stattdessen senkte sie wütend den Blick. Diese Kerle waren doch alle gleich!

Ewig später kehrte Wenzel Edelman mit einem Becher Weißbier für jeden zurück.

«Wir können dort hinten in der Ecke schlafen. Eva am besten ganz an der Wand», sagte er mit Blick auf die gaffende Männerrunde.

«He, Meister», rief einer mit schweinslederner Haube, den das abgeschnittene linke Ohr als Dieb oder Betrüger brandmarkte. «Ist das nun deine Tochter oder deine Metze? Reichlich jung für den Liebesdienst, scheint mir.»

«Halt dein lästerliches Maul», gab der Schneider ruhig zurück, «und lass uns in Frieden.»

Sie setzten sich auf die Bank nahe ihres Schlafplatzes.

«Mach dir keine Sorgen, Eva. Der Wirt hier führt ein strenges Regiment. Anderswo ist es schlimmer.» Fast verlegen wirkten seine Worte. «Morgen finden wir vielleicht Arbeit beim Waldmüller, da ist es dann wieder ein bisserl kommoder.»

«Ist schon recht. Solche Mannsbilder machen mir keine Angst.»

In Wirklichkeit war sie heilfroh, Wenzel Edelman zur Seite zu haben, auch wenn der Schneidergeselle nicht gerade der Kräftigste war. Aber er schien sich nicht so schnell ins Bockshorn jagen zu lassen.

Nachdem sie ihre Schüssel warmes Hafermus leer gegessen hatten, legten sie sich auf ihre Strohsäcke. Eva dachte an Josefina. Wo sie wohl war in dieser Nacht? In einem behaglichen Bett bei ihrer Muhme oder draußen in der Kälte der Nacht? Hatte sie ihr Kind womöglich schon bekommen? Sie zog die schwere, nach Schweiß stinkende Pferdedecke über beide Ohren, um nicht den unflätigen Zoten der Männer lauschen zu müssen, und begann leise zu beten.

Tatsächlich hatte der Waldmüller mehr als genug Arbeit für sie, und so blieben sie drei Tage in der Schneidemühle, inmitten einer nebligen Talmulde. Das hier war kein Vergleich zu den Tagen beim Hauflerbauern: Kein einziges Bröckelchen Fleisch bekamen sie zu Gesicht, in die Suppe schauten mehr Augen hinein als hinaus, und das Brot, das gereicht wurde, war steinhart. Darüber hinaus hatte der Müller ein aufbrausendes Gemüt, das er an seiner Frau und beiden Töchtern ausließ, vor allem abends, wenn er zu viel gesoffen hatte. Es ist fast schon wie daheim, dachte Eva bitter. Nur dass das Geld, das sie mit ihrer Hände Arbeit verdiente, in ihren eigenen Beutel wanderte. Des Nachts schliefen sie alle drei in einem einzigen durchgelegenen Bett, Niklas in der Mitte, aber immerhin allein in der Kammer. Von nebenan drang hin und wieder das Muhen der beiden Kühe herüber, von oben das Gezeter des Hausherrn, ab und an brünstiges Gestöhn. In solchen Augenblicken begann Edelman schnurstracks zu schnarchen, und Eva fragte sich, ob er sich damit schlafend stellte oder die Liebesgeräusche übertönen wollte. Jedenfalls war sie heilfroh, als sie endlich weiterzogen.

Auf dieser letzten Etappe ihrer Reise war es mit dem sonnigen, ruhigen Herbstwetter zu Ende. Kalter Wind kam auf, als sie sich dem Markt Bischofsmais näherten, der sich unter ihnen ins Tal schmiegte. Wenzel Edelman deutete auf eine Burg, die sich auf weißem Fels vor dem Hintergrund eines langgezogenen Bergkamms in die Wolken schob.

«Mein Dorf liegt dort hinten, in Richtung der Burg. Weissenstein ist eine der mächtigsten Festungen hier im Nordwald, ihren Namen hat sie von dem hellen Quarzstein, der über etliche deutsche Meilen als schnurgrader Streifen das Gebirge durchschneidet. Mancherorts» – seine Augen hatten zu leuchten begonnen – «erhebt sich der Pfahl, wie wir das nennen, Hunderte Fuß hoch über die Wiesen und Wälder.»

96

Er atmete tief ein. «Jetzt bin ich zu Hause angekommen.»

Kurze Zeit später führte der Säumerpfad zu einem Bach, den sie auf einem wackligen Holzsteg überquerten. Dahinter befand sich, inmitten eines Buchenhains, eine Holzkapelle. Eine Schar Menschen drängte sich vor dem Eingang. Eva erkannte einige Gesichter aus ihrer ersten Unterkunft wieder.

«Das ist die Klause von Sankt Hermann. Er ist der Schutzherr der Säumer auf ihren gefährlichen Reisen und wacht auch über das Vieh und die Felder der Bauern hier. Gehen wir hinein – ich will Gott danken, dass er mich gesund heimgeführt hat.»

Es kostete sie einige Mühe, zwischen all den Heilssuchenden zu dem schlichten Altar vorzudringen, wo jeder von ihnen eine Kerze entzündete und zu beten begann.

«Gib, lieber Gott, dass es Josefina gutgeht, und auch Adam und unserer Mutter im Himmel. Amen», schloss Eva ihre Fürbitten. Ihren Stiefvater hatte sie mit keiner Silbe bedacht, zu heftig brannten noch Hass, Angst und Scham in ihr.

Als sie mit Niklas die Kapelle verließ, hatte leichter, steter Regen eingesetzt. Der Schneider wartete bereits unter dem Schirm einer Buche auf sie.

«Kommt, ich will euch noch was zeigen.»

Nur einen Steinwurf von der kleinen Kapelle entfernt sammelten sich wiederum Menschen jeglichen Alters und Standes, darunter jetzt etliche bresthafte.

«Der heilige Hermann», erklärte Edelman leise, «war mit der Gabe des Wunders und der Weissagung begnadet. Die Quelle da hatte er dem Boden entlockt, um die Menschen, die zu ihm kamen, zu stärken, zu trösten und zu heilen. Nehmt euch reichlich Wasser. Ich denk, ihr könnt es brauchen.»

Er betrachtete sie prüfend und einen Augenblick zu lange, wie Eva fand. Wusste er womöglich etwas über sie? Unsinn, sagte sie sich. Geduldig wartete sie, bis man sie an eine mit Stein

eingefasste Quelle vorließ. Vor sich erkannte sie den Malefizkerl mit der Lederhaube, der sich eben mit demütig gesenktem
Haupt niederkniete. Sankt Hermann wird dir dein Ohr auch
nicht zurückgeben, dachte sie gehässig.

Als sie an der Reihe war, schloss sie die Augen, um sich zu
sammeln, dann nahm sie einen kräftigen Schluck und wusch
sich die Augen mit dem heiligen Wasser. Seltsam, das kühle
Quellwasser lag lauwarm und weich wie eine Salbe auf der Haut.
Ein einziges Wunder nur erflehte sie von Sankt Hermann: dass
Josefina ein gesundes Kind zur Welt bringen und ein neues Zuhause finden würde.

Der Regen wurde stärker, als sie ihren Weg fortsetzten. Bischofsmais ließen sie rechter Hand liegen und folgten auf halber Höhe einem Feldweg, die Kapuzen tief ins Gesicht gezogen.
Niklas lief barfuß, denn seine Holzpantinen waren ihm mittlerweile zu klein geworden. Immerzu mussten sie auf ihn warten,
wenn er sich mal wieder in den Kuhfladen, die rechts und links
auf den Weiden lagen, die Füße wärmte.

«Was hast du dir denn bei der Quelle gewünscht? Neue
Schuhe?», fragte Eva ihn.

«Nein! Dass wir bald wieder daheim sind.»

Beinahe trotzig klang seine Antwort, und im ersten Moment
machte sie das wütend. Niemals würden sie nach Passau zurückkehren. Hatte Niklas das denn nicht begriffen? Dann aber erfasste sie Mitleid. Nur wegen ihr musste der Junge auf nackten, grün
verfärbten Füßen durch den kalten Herbstregen wandern, ohne
zu wissen, ob sie jemals wieder ein Zuhause finden würden. Das
Schlimmste: Sie hatte ihm den eigenen Vater genommen. War es
nicht reiner Eigennutz, dass sie ihn nicht im Elternhaus gelassen
hatte? Dort, wo ein neunjähriger Junge auch hingehörte?

Ihr fielen keine tröstlichen Worte ein, und so stapfte sie
schweigend weiter, durch Wiesen und Waldstücke, vorbei an

Höfen, Mühlen und ärmlichen Weilern. Irgendwann führte ein steiler, tief eingeschnittener Hohlweg sie auf eine Kuppe, und Wenzel Edelman blieb stehen. Burg Weissenstein schien zum Greifen nahe, unter ihnen, etwas abseits des Weges, duckte sich eine Handvoll Häuser im nassen Grau des Regens.

«Wir sind da.» Ihr Weggefährte räusperte sich und sagte nach einer längeren Pause: «Was ihr noch wissen sollt: Meine Schwester ist – nun ja, ein wenig grob vielleicht. Aber ihr müsst keine Angst haben, sie meint es nicht so. Und es ist ja auch nur für eine Woche. Dann mach ich mich auf meine letzte Wanderung, bevor der Winter kommt, und bring euch zwei nach Straubing. Auf mein Ehrenwort.»

9

Odilia Edelmanin war tatsächlich eine grässliche alte Jungfer, zumindest auf den ersten Blick. Als junge Frau, im ersten Ehejahr, war sie bereits Witwe geworden und hatte sich nie wieder für einen Mann erwärmen können. Jetzt führte sie im Haus ihres Bruders ein strenges Regiment, herrschte über seine drei Kinder, eine Milchkuh und eine Schar Federvieh.

Schon bei der Ankunft hatte Niklas aus Angst vor ihr zu weinen begonnen.

«Was schleppst du da für Zigeunerpack an?», hatte die Frau zur Begrüßung geschnauzt. «Bist du narrisch geworden?»

Eva würde dieses Bild nie vergessen: wie die hagere, viel zu groß gewachsene Frau da in der Haustür stand, in Leinenschürze und ausgetretenen Pantoffeln, die Mundwinkel herabgezogen, die Arme in den Türrahmen gestemmt, um ihnen doch tatsächlich den Einlass zu verwehren. Und das, obwohl sie bis auf die Haut durchnässt waren und Niklas vor Kälte zitterte.

«Lass uns vorbei!» Edelman schob sie zur Seite und nahm den schluchzenden Niklas bei der Hand. «Komm nur mit rein. Wirst sehen, gleich wird's dir bessergehen.»

Die Edelmanin bedachte Eva mit einem giftigen Blick, als sie sich an ihr vorbeidrängte, und warf krachend die Tür hinter ihnen ins Schloss. Gütiger Gott im Himmel, dachte Eva, bei diesem Weib halte ich es nicht einen einzigen Tag aus.

Sie standen in einem schmalen, düsteren Hausflur, von dem eine Treppe ins obere Stockwerk führte. Begleitet von der Schimpftirade der Hausfrau, zogen sie ihre triefenden Umhänge aus.

«Und wer wischt jetzt den Boden auf? Diese beiden Haderlumpen etwa?»

«Ach, Odilia», sagte der Schneider besänftigend, «kannst du dich denn nicht ein bisserl freuen über meine Rückkehr?»

Er blickte nach oben und breitete die Arme aus. «Na los, ihr Hasenherzen, kommt runter. Die beiden beißen nicht.»

Da erst entdeckte Eva die drei neugierigen Kindergesichter, die vom obersten Treppenabsatz zu ihnen herunterstarrten. Im nächsten Augenblick schon kamen sie mit lautem Geschrei angepoltert. Alle drei hatten sie lustige, sommersprossige Gesichter und rötlich braunes Haar. Das ältere Mädchen warf sich ihrem Vater in die Arme.

«Das ist Lisbeth, meine Älteste», erklärte Wenzel Edelman zwischen den Begrüßungsküssen seiner Tochter. Sein Gesicht strahlte voller Vaterstolz. «Sie ist sechs. Die Zwillinge heißen Bartholomä und Christopherus und sind vier.»

«Deine Tochter ist sieben», schnaubte die Edelmanin. «Aber wie sollst das auch wissen, wenn du dauernd unterwegs bist? Und kein Mensch nennt die Kleinen Bartholomä und Christopherus.»

Dann knurrte sie noch etwas Unverständliches vor sich hin

und verschwand mit den nassen Umhängen durch eine Tür, die offenbar in den Stall führte.

Edelman lachte gutmütig. «Na gut, dann eben Bärtel und Stoffel. Und jetzt ab in die Küche, da ist es schön warm.»

Eine Stunde später drängten sie sich in trockenen Sachen um einen Topf mit dampfender Gemüsesuppe, Eva im Arbeitskleid von Edelmans verstorbener Frau, Niklas in einem viel zu großen Hemd, das ihm fast bis zu den Fußknöcheln reichte. Ihre sämtlichen Kleidungsstücke hingen nebenan im Kuhstall über einer Leine.

Nach dem Tischgebet verteilte Odilia Edelmanin die Löffel für die Suppe.

«Wie lang also wollen diese zwei sich hier einnisten?», fragte sie.

«Red nicht so daher. Eva ist die beste Näherin, die ich kenne. Mit ihr hab ich letzte Woche so viel verdient wie sonst in zwei Wochen. Sie soll dir im Haus helfen. Und Niklas kann Lisbeth beim Viehzeug zur Hand gehen. Wenn ich hier alles für den Winter gerichtet und geregelt hab, geh ich auf meinen letzten Rundgang in diesem Jahr und liefere die beiden bei ihrer Muhme in Straubing ab.» Und nach einer kurzen Pause fügte er hinzu: «Sie sind nämlich Waisen.» Offenbar hoffte er, ein wenig Mitleid bei seiner Schwester zu erregen.

«Du hast doch einen Sparren zu viel! Straubing ist viel zu weit, jetzt, mitten im Herbst! Wie willst du heimkommen, wenn's zu schneien anfängt?»

«Bislang bin ich immer heimgekommen. Und jetzt lasst uns essen, wir sind völlig ausgehungert.»

Gar so schlimm, wie es Eva sich bei ihrer Ankunft ausgemalt hatte, wurde es im Haus der Edelmans dann doch nicht. Die Hausfrau scheuchte sie zwar von früh bis spät herum, maulte und schimpfte dabei ohne Unterlass, aber Eva merkte bald, dass das gar nicht ihr galt. Odilia Edelmanin schimpfte nämlich auch, wenn sie sich allein glaubte. Dieses ewige Maulen gehörte zu ihr wie ihre Ordnungsliebe und ihre unglaublichen Kochkünste. Noch aus den einfachsten Zutaten konnte sie die köstlichsten Mahlzeiten bereiten. Und ganz nebenbei lernte Eva, wie man butterte, Käse und Quark machte, Fleisch räucherte und einsalzte, wie man für den Winter Obst, Pilze und Hülsenfrüchte dörrte oder Gemüse sauer einlegte. Ansonsten war sie damit beschäftigt, Küche, Wohnstube und die Schlafkammern von Wenzel Edelman, seiner Schwester und den Kindern, wo auch sie nächtigten, sauber zu halten. Kein Staubkörnchen, kein Strohhalm durfte auf den Böden und Ablagen zu finden sein, alles musste an seinem Platz stehen, wenn sie sich abends zu Bett begaben. Eva gefiel das nicht schlecht, denn obwohl der Schneidergeselle und seine Schwester recht sparsam lebten, erinnerte hier so gar nichts an das armselige Leben, das sie in Passau geführt hatten.

Sorgen machte sie sich nur um Niklas. Die Hausherrin jagte ihm nach wie vor große Angst ein. Hinzu kam, dass die beiden Kleinen ihn ärgerten, wo sie nur konnten, und er es wegen des Altersunterschieds nicht wagte, sich zu wehren. Lisbeth, mit der er die meiste Zeit zusammen war, im Stall, im Gemüsegarten oder drüben am Waldrand beim Nüsse- und Pilzesammeln, begegnete ihm mit Eiseskälte – sie schien eifersüchtig zu sein auf dieses neue Kind, das ihr da ins Haus geschneit war. Gleich nach der ersten Nacht hatte sie durchgesetzt, dass sie aus der Kinderkammer zu ihrer Muhme ins Bett wechseln durfte. Niklas schwatze und heule im Schlaf, hatte sie sich beschwert, und die Zwillinge hatten sich darüber auch noch lustig gemacht.

«Sei doch froh drum», hatte Eva versucht, den kleinen Bruder zu trösten. «So haben wir viel mehr Platz in dieser engen Kammer.»

Wenzel Edelman schien von alldem nichts mitzubekommen. Die Vormittage über war er damit beschäftigt, den Holzvorrat anzulegen und Winterfutter für die Tiere zu beschaffen, die Nachmittage dann saß er in der Wohnstube, die von der Küche her notdürftig beheizt wurde, und nähte und flickte an der Winterkleidung seiner Familie.

Im Großen und Ganzen hatten sie es gut getroffen, fand Eva. Doch mit jedem Tag, der verging, wurde ihre Unruhe größer. Alles in ihr drängte danach, endlich die Schwester zu finden. Als Edelman nach zehn Tagen immer noch keine Anstalten machte, nach Straubing aufzubrechen, wurde es Eva zu bunt. Sie hatten bald Martini, und draußen wurde es Tag für Tag kälter. So suchte sie ihn kurz vor dem Nachtessen in der Stube auf.

«Warum sind wir immer noch hier?», fragte sie ohne Umschweife.

«Weil ich mit meiner Arbeit noch nicht fertig bin.» Er ließ Nadel und Faden sinken und sah sie aus seinen hellen Augen an. «Gefällt's dir denn nicht bei uns?»

«Doch – schon. Aber Ihr hattet versprochen, uns nach längstens einer Woche zur Muhme zu bringen.»

Wenzel Edelman seufzte. «Nun gut – dann sag ich es dir halt. Es hätt eine Überraschung geben sollen. Hier» – er breitete den dunkelgrünen Lodenmantel, an dem er gerade arbeitete, auf der Tischplatte aus –, «der ist für dich. Ein Wintermantel, warm und regenfest. Er hat meiner lieben Frau gehört, und ich hab ihn für dich umgearbeitet.»

Wortlos starrte Eva auf den Mantel. Noch nie hatte sie ein solch wertvolles Stück besessen. Sie war hin und her gerissen zwischen Freude, Dankbarkeit und Ärger darüber, dass sich wegen dieses Mantels ihr Aufbruch verzögerte.

«Das – das kann ich nicht annehmen. Niemals», sagte sie.

«Aber ja. Das gute Stück liegt nur unnütz in der Truhe herum.»

«Ihr könntet es verkaufen.»

«Solche Dinge verkauft man nicht. Er ist für dich, keine Widerrede. Und für Niklas hab ich einen alten Überwurf von mir umgearbeitet. Nicht besonders schön, aber aus flauschigem, warmem Grautuch. Damit kommt ihr zwei gut durch den Winter.»

Angesichts dieser Großzügigkeit schämte sie sich nun fast über ihren Ärger. «Wann also reisen wir?», wagte sie dennoch zu fragen.

Er sah zum Fenster. Es war längst dunkel draußen, Vollmond herrschte, und eben jetzt schob sich dichtes Gewölk vor das leuchtende Rund.

«Übermorgen früh. Ganz gewiss.»

Als Eva am übernächsten Morgen aufstand und ans Fenster trat, lag das kleine Dorf unter einer dicken Schneedecke begraben. Tränen der Enttäuschung schossen ihr in die Augen, als sie beobachtete, wie die Flocken unaufhörlich vor dem kleinen Dachfenster hin und her wirbelten. Sie hatte ihr Bündel am Vorabend also völlig umsonst gepackt.

Niklas trat neben sie.

«Müssen wir jetzt hierbleiben?», fragte er.

«Ich weiß nicht. Vielleicht hört's ja wieder auf mit Schneien.»

Aber dem war nicht so. Fast ohne Unterbrechung schneite es die nächsten Tage, und Eva wurde klar, dass damit der Marsch durch die Berge unmöglich wurde.

Wenzel Edelman beteuerte ein ums andere Mal, kein Mensch habe mit einem so frühen Wintereinbruch gerechnet, und seine

Schwester kam nicht aus dem Schelten heraus, was er da jetzt angerichtet habe: zwei hungrige Mäuler mehr zu füttern – wie er sich das vorstelle!

10

*I*n diesem Winter wurde Eva zur Frau. Schon seit einiger Zeit hatte sie gespürt, dass da etwas geschah mit ihrem Körper. An manchen Tagen stach und zog es in ihren Brüsten, dann wieder erwachte sie des Nachts, weil ihr Unterleib sich schmerzhaft verkrampfte. Hinzu kam, dass sie gegenüber ihrem Bruder immer gereizter wurde: Dessen langsame, bedächtige Art, vor allem bei der täglichen Arbeit, konnte sie zur Weißglut treiben. Und jedes noch so kleine Missgeschick ließ sie beinahe in Tränen ausbrechen.

Eines Morgens dann entdeckte sie den hässlichen rotbraunen Fleck auf ihrem Laken. Sie hatte es geahnt, schließlich war ihre Schwester noch jünger gewesen, als diese Geißel des weiblichen Geschlechts sie getroffen hatte. Dennoch erschrak sie zutiefst. Irgendwie hatte sie in dem irrigen Glauben gelebt, der Herrgott würde sie damit verschonen.

Sie wusste nur ganz vage Bescheid um diese Dinge, andere Mädchen in ihrer Lage würden jetzt die Mutter oder ältere Schwester um Rat fragen. Aber sie hatte keine Menschenseele. Und sie wollte um Himmels willen nicht, dass irgendwer hier im Haus davon erfuhr.

Vergeblich versuchte sie, als sie allein in der Schlafkammer war, den Fleck mit Wasser und Schwamm zu entfernen. Er wurde zwar heller, dafür so groß wie ein Topfdeckel. Wütend zerrte sie das Laken von der Bettstatt, knüllte es zusammen und stopfte es sich unter die Schürze. Dann schlich sie die Treppe hinunter, vorbei an der Küche, aus der das Stimmengewirr der Kinder drang, hinüber in den Stall. Dort, in einem kleinen Vorraum, stand der Korb mit der Schmutzwäsche. Sie nahm das kleine Messer, das neben anderem Werkzeug am Haken hing, und trennte säuberlich einen schmalen Streifen des Leintuchs ab. O Gott, dachte sie, wenn jetzt jemand hereinkam! Mit zitternden Händen drehte sie das Leinen zu einer Wurst und band es sich zwischen die Schenkel. Sie hatte nicht die geringste Ahnung, wie lange sie sich auf diese Weise würde reinlich halten können.

Als sie Schritte hörte, zwängte sie das restliche Tuch zuunterst unter den Wäschehaufen. Zum Glück kam heute die Waschfrau des Dorfes und würde den ganzen Packen mitnehmen.

«Was treibst du da?»

Eva fuhr herum. Im Türrahmen stand Odilia Edelmanin. Ehe sich Eva versah, hatte sie das vermaledeite Leintuch aus dem Korb gezogen.

«Der Niklas – der hat wohl heute Nacht –»

«Das war nicht dein Bruder», unterbrach die Hausherrin sie barsch. «Grutzefix! Und ich dacht immer, du wärst noch nicht so weit.»

«Es ist das erste Mal», flüsterte Eva und senkte den Kopf. Sie schämte sich unendlich.

«Geh jetzt rüber zum Essen, wir reden nachher miteinander.»

Nach der Morgensuppe schickte Odilia Edelmanin die anderen hinaus. Noch immer außer sich, sagte sie: «Wenn ich das geahnt hätte! Wie alt bist du überhaupt?»

«Eben fünfzehn.»

«So schaust net grad aus.» Sie schüttelte den Kopf. «Das tut nicht gut, eine Jungfer und ein Witwer unter einem Dach. Du schläfst ab heut bei mir, Lisbeth soll wieder zu den Jungs.»

Dann erklärte sie Eva alles, was sie über die weibliche Gerechtigkeit wissen musste, über die Waschungen in den Tagen der Unreinheit, den Umgang mit den Binden und vor allem die Gefahren, die ihr jetzt drohten.

«Lass dich ja nicht mit Kerlen ein! Das würd mir noch fehlen, eine in Unehren beschlafene Dirne im Haus! Ich könnt Wenzel den Hals umdrehen, dass er dich hier angeschleppt hat.»

So erniedrigend dieses Gespräch mit ihrer Gastmutter auch war, wenigstens wusste Eva jetzt Bescheid. Was nichts an der Tatsache änderte, dass sie sich in den nächsten Wochen ziemlich elend fühlte. Hinzu kam, dass sie nachts von bösen Träumen geplagt wurde. Mal jagten Wegelagerer Niklas und sie über verschneite Bergpfade und sie kamen nicht vom Fleck, mal sah sie ihren Stiefvater vor sich, wie er mit klaffenden, blutenden Schnittwunden auf sie losging. Und immer häufiger träumte sie von Josefina, die ein winziges verhungertes Wesen mit sich herumschleppte und laut wehklagte. Wenn Eva dann erwachte, quälte sie das Gefühl tiefer Schuld. Niemals hätte sie ihre Schwester allein gehen lassen dürfen. So, wie sie nun mit Niklas durch die Fremde irrte, hätten sie ebenso gut damals mit Josefina gehen können, sich gegenseitig helfend und beschützend. Und wer weiß: Vielleicht hätten sie es gemeinsam sogar bis Straßburg geschafft, zu ihrem ältesten Bruder.

Aber nein, damals war sie zu feig gewesen, viel zu feig!

So verging die Zeit in diesem kleinen Bergdorf, und der Winter schien kein Ende zu nehmen. Als im neuen Jahr steter Frost wenigstens die Wege zu den Nachbardörfern begehbar machte, begann Edelman die umliegenden Höfe abzuklappern, um sich Arbeit nach Hause zu holen. Hin und wieder nahm er Eva mit, gegen die heftigen Proteste seiner Schwester.

«Soll ich die Weißwäsche, die Eva näht, etwa alleine schleppen?», fragte er schnippisch.

«Kannst ja den Handkarren nehmen.»

«Und über die Schneewege zerren? Nein, das kommt nicht in Frage. Überhaupt – was machst du mir solche Vorschriften?»

Im Gegensatz zu dem ahnungslosen Wenzel Edelman wusste Eva genau, warum dessen Schwester sie nicht mitgehen lassen wollte. Dabei hätte sie ihr am liebsten offen ins Gesicht gesagt, dass ihr der Sinn nach allem anderen stand als danach, ihre weiblichen Reize zu erproben. Im Gegenteil: Die Veränderungen, die in diesem Winter ihr Körper erfuhr, verunsicherten sie zutiefst. Es gab Tage, da hätte sie sich am liebsten in Sack und Asche gehüllt. Wie konnte die Hausherrin an so etwas nur denken? Hinzu kam, dass der Schneidergeselle in Evas Augen viel zu alt war. Nichtsdestoweniger mochte sie ihn inzwischen umso mehr. Ihr gefiel es, wie selbstvergessen er sich in seine Arbeit versenkte oder wie ruhig und freundlich er mit den Kindern umging. Und dass er so gar nichts von dem üblichen großmäuligen Gehabe der Mannsbilder hatte, die Eva sonst kannte. Oftmals fragte sie sich, warum er keine neue Frau gefunden hatte. Es lag sicher nicht daran, dass er kein schöner Mann war, mit seinem leicht gebeugten Gang, dem farblosen, dünnen Haar und den Blatternnarben im Gesicht – so sahen schließlich viele Männer in seinem Alter aus. Vielleicht war er einfach zu schüchtern. Dabei war Wenzel Edelman genau der Mensch, den sie sich als Vater gewünscht hätte.

Jedenfalls war Eva froh über jeden Tag, an dem sie an Edelmans Seite aus dem Haus kam. Gerade jetzt, in der dunklen Jahreszeit, hatte sie manchmal das Gefühl, sie würde ersticken in dem kleinen Häuschen am Dorfrand. Wenn sie dann hinaustrat in die eisige Winterluft, in warmen Wollstrümpfen und dem neuen Mantel, wenn ihr Blick über die weiße Berglandschaft schweifte, die in der Morgensonne glitzerte, dann spürte sie einen Hauch von Glück. Wie herrlich war es, diesen Duft nach Tannenholz und Schnee einzuatmen, in der Stille der verschneiten Wiesen und Wälder nur das Knirschen der eigenen Schritte zu hören, um dann ein, zwei Stunden später in einer wohlig beheizten Küche einzukehren. Meist erwartete sie dort neben einem Korb voll Wäsche und Kleidung ein Krüglein heißer Kräuterwein.

Wenzel Edelman war allseits beliebt und willkommen. Die Leute hier schätzten nicht nur seine Arbeit, sondern auch seine besonnene Art, und so wurde er nicht selten bei allen möglichen Angelegenheiten um Rat gefragt. Auf dem Heimweg dann besprach er sich mit Eva über diese Dinge wie mit einer erwachsenen Frau. Einmal hatte ihn einer der Bauern gebeten, Taufpate seines Nächstgeborenen zu werden, aber Edelman hatte mit aufrichtigem Bedauern abgelehnt. Einer wie er, der die meiste Zeit im Jahr unterwegs sei, tauge nicht für diese verantwortungsvolle Aufgabe. Eva glaubte einen Anflug von Wehmut aus seinen Worten herauszuhören, und so fragte sie ihn, als sie sich wieder auf den Heimweg machten:

«Warum lebt Ihr eigentlich hier in diesem abgeschiedenen Weiler und verdient Euer Brot auf der Stör? Warum geht Ihr nicht nach Bodenmais, als zünftiger Schneider? Da hättet Ihr Eure Familie immer um Euch.»

«Ganz einfach: Weil die Zunft dort keinen reinlässt. Aber glaub mir, so schlecht ist mein Leben gar nicht. Ich bin gern unterwegs, da bekomm ich was zu sehen von der Welt. Um ehrlich zu sein, brenne ich jetzt schon wieder drauf, dass es losgeht mit dem Wandern.»

Er blieb stehen und sah sie an. Auf seinem Spitzbart hatten sich Eiskristalle gebildet, die in der Nachmittagssonne glitzerten. «Wär da nur nicht der Abschied von dir und Niklas. Ihr seid mir sehr ans Herz gewachsen.» Seine Stimme zitterte ein wenig, als er fortfuhr: «Könntest du dir vorstellen, bei mir in

109

Lohn und Brot zu bleiben? Ich glaub, du bist aus ähnlichem Holz geschnitzt; dir macht es nichts aus, von Ort zu Ort zu ziehen.»

Für einen kurzen Moment sah es aus, als wolle er ihre Hand nehmen. Dann aber griff er sich an den Umhang und schlug sich die Kapuze über den Kopf. «Was wollt ihr bei eurer Muhme? Ebenso gut könntet ihr bei meiner Schwester und mir eine Familie finden. Selbst Niklas hat sich eingewöhnt. Hast du bemerkt, dass er und Lisbeth in letzter Zeit ein Herz und eine Seele sind?»

«Es ist – es ist alles recht gut gemeint von Euch. Aber ich muss nach Straubing. Ich hab die Hoffnung, dass unsere Schwester dort ist. Es ist allein wegen meiner Schwester.»

«Hör zu, Eva, machen wir es doch folgendermaßen: Nach der Schneeschmelze bring ich euch nach Straubing, wie versprochen. Wenn deine Schwester dort gar nicht ist, bleibt ihr beide bei mir, du als meine Näherin. – Was hältst du davon?»

Aber Eva schwieg. Sie mochte nicht einmal daran denken, dass ihr Weg nach Straubing umsonst sein könnte.

«Weißt du, was Lisbeth mir versprochen hat?» Niklas, der Eva beim Auskehren der Schlafkammern half, strahlte.

«Was?»

«Dass sie mir den Teufelstisch zeigt.»

«Den Teufelstisch?»

«Das ist ein Tisch aus Felsbrocken, höher als jeder Baum. Der Teufel hat ihn sich gebaut, weil er Mahlzeit halten wollt. Ein ganz gruseliger Ort, und Lisbeth sagt, da braucht's schon einen Scheffel Mut, dorthin zu gehn. Da spukt es nämlich noch immer.»

«Und wo soll das sein?»

«Drüben bei Bischofsmais. Sobald es warm ist, im Frühjahr, will sie mit mir dorthin.»

«Ach, Niklas, hast du denn vergessen, dass wir im Frühjahr gar nicht mehr hier sind?»

Niklas starrte sie an. «Ich will aber gar nicht fort!»

«Blödsinn. Du willst doch auch Josefina wiedersehen.»

Er stampfte mit dem Fuß auf. «Nein, ich will hierbleiben! Lisbeth ist meine Freundin.»

Eva seufzte. Sie konnte den kleinen Bruder nur zu gut verstehen. Kaum hatte er sich irgendwo eingewöhnt, riss sie ihn schon wieder fort. So war es bei den Hauflerbuben gewesen, und so war es hier. Allein ihm zuliebe hoffte sie, dass ihr Wanderleben bald ein Ende finden würde. Einmal noch mussten sie sich auf den Weg machen. Dabei war ihr selbst mulmig zumute, wenn sie daran dachte, dass es bald so weit war. Die Tage wurden spürbar länger, und der Schnee in den Tälern begann zu schmelzen. Jetzt brauchte es nur noch ein paar windige Tage, damit die verschlammten Wege trockneten, dann konnten sie losziehen. Sie würde Wenzel Edelman vermissen, selbst dessen ewig grantelnde Schwester. Ein warmes Nest war dieses Haus ihnen geworden. Was sie hingegen in Straubing erwartete, war völlig ungewiss.

«Du wirst neue Freunde finden», sagte sie lahm. «Und jetzt mach hin. Wir müssen noch Rüben schneiden fürs Mittagessen.»

An diesem Abend bat der Schneider Eva in die Wohnstube. Odilia Edelmanin war bereits zu Bett gegangen, ein leichter Katarrh hatte sie erwischt.

«Trink einen Schluck mit mir.»

Er goss Eva einen Becher von dem starken Märzenbier ein, das er heute als Lohn für ein neues Wams erhalten hatte, dann füllte er seinen eigenen halbleeren Krug wieder voll und trank.

«Wunderbar, dieses Bier! Hör zu, Eva, ich habe mir was überlegt. Morgen geh ich nach Bodenmais und schicke einen Boten nach Straubing. Dann wissen wir, ob deine Schwester dort ist.»

Erwartungsvoll sah er sie an.

Statt einer Antwort nahm sie einen Schluck. Das Bier schmeckte würzig und frisch.

«Es fällt mir einfach schwer», fuhr Edelman fort, «euch beide gehen zu lassen. Wir könnten es so gut miteinander haben. Und weißt du etwa, ob ihr bei eurer Muhme willkommen seid? Hier jedenfalls seid ihr es.»

Als Eva immer noch schwieg, rückte er neben sie auf die Eckbank und nahm ihre Hand. «Hast du mich denn nicht ein bisserl gern?»

«Doch, ja», stotterte sie verunsichert, was nicht einmal gelogen war.

«Bitte, Eva, bleib hier bei uns!» Seine Stimme nahm jetzt einen anderen Klang an, sie wirkte weicher und jünger. «Merkst du nicht, wie ähnlich wir uns sind, du und ich? Ich – ich schätze nicht nur deine Fertigkeiten als Näherin, auch als Mensch stehst du mir nah – als Frau!»

Eva riss erschrocken die Augen auf. Was redete der Schneider da? Er musste verrückt geworden sein!

«Ich weiß, du bist noch jung, aber Odilia hat mir verraten, dass du sechzehn wirst, Ende des Jahres schon. Wir könnten dann heiraten, und alles hätt seine Richtigkeit!»

Ungeschickt legte er seinen Arm um ihre Schultern und näherte sein bärtiges Gesicht ihren Wangen. Da stieß sie einen spitzen Schrei aus.

«Weg! Lasst mich los!»

Sie sprang auf, zitterte am ganzen Leib. Sah plötzlich wieder den stieren Blick ihres Stiefvaters vor sich, dessen grabschende

Hände, den alten Männerleib. Sie rannte zur Tür. Als sie sich noch einmal umdrehte, hockte Wenzel Edelman mit hängenden Schultern am Tisch, Tränen standen in seinen Augen.

In der Dunkelheit ihrer Schlafkammer holte sie tief Luft. Hierher würde er ihr wohl nicht folgen. Sie zwang sich, ruhiger zu werden. Von der Bettstatt her hörte sie die regelmäßigen Atemzüge der Kinder. Sie mussten fort von hier, noch heute Nacht.

So leise wie möglich packte sie ihr Bündel zusammen, während sie aus der Stube den Dielenboden unter Wenzel Edelmans Schritten knarren hörte. Kaum konnte sie die Hand vor Augen sehen, aber es war ohnehin nicht viel, was sie besaß. Zuletzt band sie den Beutel mit ihrem Ersparten an ihren Gürtel. Sie zögerte, schließlich nahm sie einen Teil der Münzen heraus. Sie würde das Geld für Kost und Unterkunft, wie jede Woche, auf die Schwelle zur Küche legen. Dann zog sie ihren schönen Lodenmantel über und legte die Kleider für Niklas zurecht. Das alles kam ihr so elendig bekannt vor – schon wieder musste sie Hals über Kopf fliehen.

Als endlich alles still war im Haus, weckte sie ihren Bruder.

«Kein Wort», warnte sie ihn im Flüsterton, «sonst setzt es was. Zieh das da an, wir müssen fort.»

Eine knappe Stunde später hatten sie die Bergkuppe erreicht, über die der Böhmpfad führte. Zum Glück kannte Eva den Weg auch im Finstern. Sie zog ihren Bruder in einen Unterstand für Holzfäller, an dem sie auf ihren Runden mit dem Schneider manchmal vorbeigekommen war.

«Hier warten wir, bis es hell wird.»

Niklas rieb sich den Knöchel, den er sich in der Dunkelheit an einer Wurzel gestoßen hatte. Trotzdem hatte er den ganzen Weg über tapfer keinen Ton gesagt, und Eva war ihm unendlich dankbar dafür. Jetzt aber begann er leise zu wimmern.

«Keine Angst, Igelchen. Es wird alles gut.» Sie zog ihn fest an sich. «Bald sind wir bei Josefina.»

«Aber warum?», stieß er hervor. «Warum mitten in der Nacht? Und ganz allein!»

«Weil wir bei diesen Leuten nicht bleiben können, deshalb!»

«Aber was haben sie uns getan?» In seiner Stimme lag tiefe Verzweiflung.

«Die Hausherrin glaubt, wir hätten sie bestohlen», log Eva. «Deshalb müssen wir schleunigst von hier weg.»

Als sich von Morgen her der Himmel aufhellte, kamen die ersten Wanderer vorbei, und Eva und Niklas schlossen sich drei jüdischen Tändlern an. Ein letztes Mal wandte sie sich um und sah hinunter auf den Weiler, dessen Häuser sich in die Lichtung des Berghangs schmiegten. Mittendrin schimmerte rosafarben im Morgenlicht das Dach des kleinen Hauses, in dem sie den Winter verbracht hatten. Ganz plötzlich ahnte sie, dass sie bei Wenzel Edelman womöglich zum letzten Mal ein Zuhause gehabt hatte. Mit einer warmen Küche, in der immer ein Topf Suppe auf dem Feuer stand, einer gemütlichen Wohnstube und einer sauberen Schlafkammer. Ein Haus, in dem dafür gesorgt war, dass alle zusammenkamen, miteinander arbeiteten, schwatzten und lachten und des Abends satt und zufrieden einschliefen.

Teil 2

Die Suche

♣

Frühjahr 1563 – Frühjahr 1564

11

Acht Stunden lang marschierten sie strammen Schrittes, über raue Hochlagen, wo der Wind ihnen um die Ohren pfiff, bis sie schmerzten, durch lichte, freundliche Mischwälder, dann wieder durch feuchtkalte Talmulden, in denen sich der Schnee des scheidenden Winters in graubraune Matschsuppe verwandelt hatte und durch Schuhe und Strümpfe drang. Einmal waren sie auf die Spur eines Luchses gestoßen, ein andermal hörten sie aus der Ferne Wolfsgeheul, und jedes Mal war Eva gottfroh um ihre Reisebegleitung. Am späten Nachmittag endlich stiegen sie hinunter nach Deggendorf, dem weithin bekannten Tor zum bairischen Nordwald. Oder, aus Evas und Niklas' Sicht, zum Donaustrom hin.

Die Juden hatten sich als angenehme Weggenossen erwiesen. Am Ende hatte sich der völlig erschöpfte Niklas sogar auf eines ihrer Maultiere setzen dürfen.

«Wenn ihr uns begleitet», sagte der Älteste, als sich Eva vor dem Stadttor gerade von ihnen verabschieden wollte, «müsst ihr keinen Obolus berappen. Wir kennen die Wächter vom Kramtor gut.»

Eva überlegte. Eigentlich hatte sie um Deggendorf einen Bogen machen wollen, um unangenehme Fragen der Torwächter nach Herkunft und Begehr zu vermeiden. Zu nahe lag die Stadt an Passau. Aber Niklas war am Ende seiner Kräfte, und auch sie selbst sehnte sich nach dem weiten Weg und der durchwachten Nacht nach Erholung. Sie gab sich einen Ruck. Die schreckliche Geschichte mit ihrem Stiefvater lag nun über ein halbes Jahr zurück – wer würde jetzt noch nach ihr suchen?

«Gern, Gevatter, habt vielen Dank. Wisst Ihr vielleicht auch, wo wir nächtigen können?»

«Im Katharinenspital nehmen sie Wanderer und Pilger auf. Aber nur für eine Nacht.»

Eva nickte. «Morgen wollen wir eh weiter.»

Im Schlepptau der Trödler passierten sie das Tor der alten Markt- und Handelsstadt und gelangten zum Rathaus. Es war zauberhaft bemalt und an einen Stadtturm von schwindelerregender Höhe gebaut. Niklas legte den Kopf in den Nacken und blinzelte.

«Wie gern wär ich Türmer! Da würd ich hoch über allen andern wohnen und könnt jedem auf den Kopf spucken.»

«Kindskopf.» Eva stieß ihn in die Seite, dann verabschiedete sie sich von den Trödlern. Der Ältere wies nach links:

«Das Spital ist nicht zu verfehlen. Immer gradaus die Marktstraße runter, vorbei an Peter und Paul, bis zum Pferdemarkt. Da seht ihr dann schon das Spitaltor. Behüt euch Gott, unser Herr.»

«Behüt Euch Gott!»

Eva hatte weder Blicke für die prächtigen Fassaden der Bürgerhäuser, die hier die breite Straße säumten, noch für die ehrwürdige alte Grabkirche Peter und Paul. Nach nichts anderem als einem Teller Suppe und einem Lager, wo sie alle viere von sich strecken konnte, stand ihr jetzt der Sinn. Energisch klopfte sie gegen die Pforte des Spitals, wieder und wieder, bis sich eine hölzerne Luke öffnete. In dem kleinen Viereck zeigte sich ein Augenpaar unter zottigen Brauen, das sie müde anblickte.

«Was wollt ihr?», fragte eine Männerstimme. Sie war tief und klang ziemlich unfreundlich. Eva ließ sich nicht beirren.

«Mein kleiner Bruder und ich suchen Unterkunft für eine Nacht.»

«Habt ihr Wäsche oder Hausrat dabei?»

«Nein.»

«Leidet ihr an Leibesblödigkeit? An Aussatz, Antoniusfeuer, Pestilenz?» Sie schüttelten beide den Kopf. «Und du, Weib – stehst du vor einer baldigen Niederkunft?»

Eva zuckte bei diesen letzten Worten zusammen, doch dann wurde es ihr zu bunt.

«Macht doch einfach die Augen auf: Sieht so eine Hochschwangere aus?», entgegnete sie frech. «Warum lasst Ihr uns nicht einfach ein?»

«Weil da jeder kommen könnte. Ortsfremde Bettler zum Beispiel, die unseren eigenen Hausarmen die Almosen wegschnappen.»

«Guter Mann, wir sind keine Bettler. Wir sind auf dem Weg zu unsrer Muhme in Straubing, nichts weiter.»

«Gut, gut.» Die Luke schloss sich, die Pforte sprang auf. Der Spitalknecht stand nun in seiner ganzen Leibesfülle vor ihnen. Ein runder, speckwangiger Kopf klemmte ohne Hals zwischen den mächtigen Schultern, das lange, dunkle Haar hing in Strähnen über den Rücken. Jetzt streckte er die geöffnete Hand aus und grinste.

«Macht einen Pfennig für jeden.»

«Ich dachte, Arme und Bettler werden im Spital um Gottes Lohn aufgenommen?»

«Du sagst, ihr seid keine Bettler. Also könnt ihr auch bezahlen, bitt schön! Und falls du noch länger herumfeilschen willst wie ein Fischweib, dann schlag ich die Tür einfach wieder zu.»

Was für ein Dummkopf sie war! Widerstrebend legte ihm Eva die zwei Münzen in die Hand. Der Spitalknecht nickte zufrieden: «So folgt mir denn unter das schützende Dach meiner

Herberge, wo ihr nächtigen dürft und gespeist werdet mit Suppe und Brot.»

Mit schweren, schlurfenden Schritten führte er sie durch ein Labyrinth dunkler Gänge, Höfe und Stiegenhäuser, vorbei an mehreren Krankenstuben, aus denen Gestöhn und Geschrei drang, dass es einem angst werden konnte, an Küchen und Vorratskammern, Hühnerställen, Wasch- und Badstuben und sogar an einer Sargtischlerei. Eva fiel auf, dass alle Türen offen standen.

Unterwegs fragte sie den Dicken, ob ihm zufällig eine Josefina Barbiererin aus Passau oder auch Glatz bekannt sei.

«Warum sollte sie?» Misstrauisch sah er sie an.

«Weil sie hier vielleicht Obdach gesucht hat. Und Hilfe; sie war schweren Leibes.»

«Glaubst du etwa, wir lassen schwangere Weiber rein? Damit die sich hier einnisten, ihr Bankert werfen und dann die Armenkasse für zwei Mäuler aufkommen muss? Nein, solche Metzen schicken wir gleich weiter, es sei denn, sie gebären auf der Türschwelle. Hier hinauf.»

Der Spitalknecht geriet vor Anstrengung ins Schnaufen, als sie über eine steile Stiege in den Schlafsaal gelangten. «Da – unterm Fenster – euer Strohsack.»

«Ich seh nur einen.»

«Kinder kriegen keinen eigenen Schlafplatz.»

«Ich hab aber für meinen Bruder mitbezahlt.»

Der Knecht zuckte die Schultern und wandte sich ab.

«Warme Suppe gibt's Schlag sechs, Schlag acht ist Nachtruhe.» Damit war er auch schon treppabwärts verschwunden. Keinen Wimpernschlag später streckte sich Niklas auf ihrem Nachtlager aus und schlief ein. Eva setzte sich zu ihm. Immerhin lag der Strohsack auf einem Bettgestell, unter dem sich Mäuse und Ratten erfahrungsgemäß verkrochen, sodass man nachts

Ruhe vor ihnen hatte. Sie blickte sich um. Jetzt, zur frühen Abendstunde, begann sich der Raum zu füllen. Das ganze Volk der Landstraße schien sich hier ein Stelldichein zu geben: Wanderkrämer, Kesselflicker und Scherenschleifer, darunter etliche Welsche und Savoyer, junge Knechte und Mägde auf der Suche nach Arbeit, drei, vier Pilger und Wanderprediger, dazu Bettler und anderes herrenloses Gesindel. Manche trugen nur noch zerlumpte Fetzen auf dem Leib, einem hatte die Franzosenkrankheit die oberen Lefzen und die halbe Nase weggefressen, sodass man kaum verstand, was er vor sich hin brabbelte.

Eine feine Gesellschaft!, dachte Eva. Übler noch als damals in der Saumstation. Sie würden ihre Siebensachen nicht aus den Augen lassen dürfen.

Wenigstens war der Schlafsaal sauber gekehrt, und das Nachtmahl, das kurze Zeit später ausgeteilt wurde, schmeckte nicht übel. Jeder erhielt einen großen Napf Gemüsesuppe, in der eine Speckseite schwamm, dazu einen Krug Weißbier. Dann, pünktlich mit dem Ruf des Nachtwächters, löschte der Spitalknecht die Lampe und ließ den bunt zusammengewürfelten Haufen in der Dunkelheit zurück.

Eva stopfte sich ihre Habseligkeiten unter den Kopf und lauschte dem Stimmengewirr rundum, das nur langsam abebbte und hier und da in Geschnarche überging. Binnen kurzem stank die Luft nach Schweiß und Fürzen. Irgendwann flüsterte eine Männerstimme ganz in ihrer Nähe:

«He, Madl! Du da, mit dem kleinen Rotzlöffel! Kannst dir was verdienen, wenn du unter meine Decke kommst.»

Eva wusste genau, dass sie gemeint war, und ihr Herz schlug augenblicklich schneller. Immer wieder hörte sie die leisen, lockenden Rufe. Sie versuchte, in den Schlaf zu finden, doch jedes Mal, wenn sie die Augen schloss, sah sie das traurige Gesicht von Wenzel Edelman vor sich.

«Dann halt nicht, dumme Kuh», hörte sie von nebenan, danach war Ruhe.

Fest umklammert hielt sie ihren kleinen Bruder, als wolle sie ihn beschützen. In Wirklichkeit war sie selbst es, die Angst hatte: Angst vor dem Dunkel der Nacht und den fremden Menschen ringsum, vor allem aber vor dem, was in den nächsten Tagen auf sie zukommen würde.

Noch vor Sonnaufgang wurden sie von schlagenden Topfdeckeln geweckt.

«Los, los, auf, auf! Raus mit euch nach altem Gebrauch!», rief der dicke Knecht ein ums andere Mal, bis auch der letzte aufrecht auf seinem Bett saß. Kaum blieb ihnen die Zeit, den Becher Milch zu leeren, den ein verwachsener Knabe ihnen austeilte. Anschließend gab es noch einen Kanten Brot auf die Hand, und der Knecht trieb sie wie eine Schafherde durch die verwinkelten Gänge und Flure hinaus auf die Gasse, weiter durch die Vorstadt bis vor die äußere Stadtmauer.

«Und jetzt fort mit euch» – er klatschte in die Hände –, «geht mit Gottes Segen.»

Eva blinzelte gegen die aufsteigende Morgensonne. Einige aus ihrer Gruppe schlugen, kaum dass der Spitalknecht verschwunden war, den schmalen Pfad längs der Stadtmauer ein, der sie zum Kramtor und damit erneut zurück in die Stadt führte. Die Mehrheit allerdings blieb auf dem Hauptweg stadtauswärts.

«Ich bin noch so müde», jammerte Niklas.

«Das geht vorüber. Wenn nichts dazwischenkommt, sind wir in zwei, drei Tagen am Ziel.»

Das zumindest hatte man ihr im Katharinenspital gesagt. Leider war der kürzere Fußweg durch die Donauauen jetzt, nach der Schneeschmelze, überflutet, und sie mussten die Handelsstraße auf halber Höhe entlang der Berghänge nehmen. Vor ihnen marschierten drei junge Frauen, nur wenig älter als Eva. Neugierig blickten sie sich immer wieder nach ihnen um. Schließlich blieben sie stehen.

«Wohin seid ihr des Wegs?», fragte eine von ihnen. Alle drei waren sie wie Mägde gekleidet, in knöchellangem, braunem Rock mit heller Leinenschürze und einem wollenen Schultertuch über dem Schnürmieder. Dazu trugen sie einfache Holzpantinen. Der Morgen war kalt und windig, und Eva spürte die begehrlichen Blicke, die die drei auf ihren schönen warmen Mantel warfen.

«Nach Straubing», entgegnete sie knapp.

«Genau wie wir. Suchst du auch eine Stellung?»

«Nein. Wir wollen zu Verwandten.»

Eine Zeitlang blieb es still zwischen ihnen, denn sie mussten einer Kolonne von Fuhrwerken ausweichen, die sich auf der schmalen Fahrbahn rücksichtslos ihren Weg zwischen den Fußgängern bahnten.

«Wir sind aus dem Nordwald», nahm das Mädchen, das sie angeredet hatte, das Gespräch wieder auf und klopfte sich den Staub aus dem Rock. «In Deggendorf hatten wir kein Glück, da sind zu viele aus dem Wald, und alle suchen sie eine Stellung. Jetzt ziehn wir halt weiter. Ich heiß übrigens Theres, und das hier sind Susanna und Christina.»

Theres war ein hübsches Mädchen mit blonden Locken unter der Haube und heller Haut. Die beiden anderen waren dunkler und schmächtiger, ganz offensichtlich Schwestern. Eva verspürte wenig Lust, sich den dreien anzuschließen, und sagte daher eher widerwillig:

«Ich bin Eva, das hier ist Niklas. Mein kleiner Bruder.»

«Fein! Dann bleiben wir also beinand. Da ich die Älteste bin, bestimme ich, wo wir rasten und übernachten. Hast du Geld?»

Eva schüttelte den Kopf. «Nur ein paar Heller.» Dieser vorlauten Theres würde sie gerade noch verraten, wie viel Geld sie im Beutel hatte!

«Das wundert mich aber. Schaust net grad aus, als wärst eine Jungfer vom Hungerberg. Dieser Mantel – und die Lederschuhe von dem Kleinen, die sind doch niegelnagelneu!»

«Ich bin Näherin», erwiderte Eva stolz und blieb stehen. «Das war der Lohn für meine Arbeit. Aber wenn's dir nicht passt, müssen wir ja nicht zusammen gehen.»

«Ach, du liebes Mäuschen! Jetzt sei doch nicht so empfindlich. Komm schon, fünf sind allemal besser als drei, wenn man unterwegs ist. Und wir Weiber müssen eh zamhalten. Andrerseits …» Sie lachte plötzlich hell auf.

«Was – andrerseits?»

«Könnst dich auch als Mann verkleiden, als fahrender Scholar oder Handwerksbursche, dann wagt sich keiner so schnell an uns ran. Du hast nämlich was Knabenhaftes, weißt du das?»

«Du spinnst wohl!», fauchte Eva.

«Lass sie doch in Ruh», mischte sich nun Susanna ein.

Theres hob beschwichtigend die Arme. «War ja nur so ein Einfall. Dort vorne kommt das Kloster Metten, da holen wir uns eine Stärkung.»

Sie verließen die Straße und näherten sich einer weitläufigen Klosteranlage, die sich in der grünen Hügellandschaft stolz über einen kleinen Marktflecken erhob.

«Ihr beide haltet euch hinter uns», wandte sich Theres an Eva, als sie an die schmale Pforte neben dem Klostertor traten. «Sonst glaubt uns keiner, dass wir Almosen nötig haben.»

Eva erinnerte sich dunkel, dass sie damals auf ihrer Reise von Glatz nach Passau ebenfalls den Brauch des Abspeisens in Anspruch genommen hatten: Um Vaganten und Bettler von den Städten, Burgen oder Klöstern fernzuhalten, waren die Torwächter vielerorts angewiesen, Brotgaben zu verteilen und die Menschen dann weiterzuschicken.

Die Aussicht auf ein kräftiges Stück Klosterbrot ließ Eva ihre Widerworte herunterschlucken, und sie stellte sich gehorsam mit Niklas hinter die Mädchen. Dann läutete Theres die Glocke, bis sich die Tür öffnete. Sofort senkte sie demütig den Kopf.

«Gelobt sei Jesus Christus!»

«In Ewigkeit. Amen», erwiderte der alte Mönch. Dann fragte er streng: «Was wollt ihr?»

«Es ist eine teure Zeit, und wir sind arme Mägde ohne Arbeit. Als Zeichen der Barmherzigkeit bitten wir Euch demütigst um eine Stärkung.»

Die Tür fiel ins Schloss, öffnete sich wenig später erneut, und der Alte erschien mit einem Korb unterm Arm. Darin lagen tatsächlich fünf kleine runde Laibe.

«Nehmt das und geht mit Gott.»

«Vergelt's Gott, ehrwürdiger Vater.»

Theres schenkte dem Mann noch ein ergebenes Lächeln, dann zogen sie davon mit ihren Gaben.

«Das Brot ist uralt», maulte Theres, als sie außer Sichtweite des Klosters waren. «Der Alte würd sich seinen letzten Zahn dran ausbeißen.»

«Mir schmeckt es», sagte Eva mit vollem Mund. Sie fand ihre neue Weggefährtin reichlich undankbar, gleichzeitig konnte sie sich ihre Bewunderung für Theres' selbstsicheres Auftreten nicht verhehlen. Von ihr könnte man einiges lernen.

Es ging gegen Mittag, als sie wieder auf der Handelsstraße marschierten, die sich jetzt ein großes Stück vom Donaustrom entfernt hatte. Der Himmel zog sich schiefergrau zusammen.

«Hoffentlich hält das Wetter bis heut Abend.» Theres sah mit finsterem Blick nach oben. «Hab keine Lust, mich bei den Herrschaften im schlammbespritzten Rock vorzustellen.»

Doch sie hatten kein Glück. Sie kamen gerade bis zum nächsten größeren Dorf, das im Schutz eines mächtigen Burgschlosses lag, als die ersten dicken Tropfen vom Himmel prasselten. Eva war froh um ihren kostbaren Mantel, Niklas um seinen viel zu langen Umhang, die drei Mädchen hingegen fluchten: Sie waren in kürzester Zeit nass bis auf die Haut. So blieb ihnen nichts anderes, als der großen Schar der Wanderer zu folgen, die in den Schutz einer Fremdenherberge strömten.

So schmuck und wohlhabend die Häuser, Klöster und Burgen entlang dieser berühmten Handelsstraße wirkten, so schäbig zeigte sich diese Unterkunft. Ganz offensichtlich profitierte der Wirt von den Nöten der Reisenden, die schlechtes Wetter oder andere Unbill in seine Arme trieben, denn freiwillig würde in seiner halbverfallenen Hütte wohl niemand übernachten, wollte er sich nicht die Krätze oder Schlimmeres holen. Die flache, zugige Bretterhütte teilte sich in zwei Räume auf: einen größeren Schankraum mit grobgezimmerten Tischen und Bänken und einen kleinen Schlafsaal, aus dem es nach ungeleertem Nachtgeschirr stank. Der Holzboden war mit gehackten Binsen bestreut und hätte längst wieder ausgemistet gehört, so übersät war er mit abgenagten Knochen, mit Rotz- und Speichelbatzen. Dazu kroch unter den beiden einzigen Fenstern der Schimmel die Wände hoch, und hinter der Theke tropfte es durch das undichte Dach in einen Eimer.

Theres verzog das Gesicht, und selbst Eva, die keinerlei Ansprüche an die alltäglichen Gegebenheiten stellte, grauste es davor, hier womöglich nächtigen zu müssen.

«Vielleicht hört's wieder auf mit Regnen und wir können noch ein Stück weiterwandern.»

Theres nickte. «Setzen wir uns so lang dort in die Ecke.»

Sie ergatterten gerade noch rechtzeitig eine freie Bank, auf die sie sich alle fünf nebeneinanderquetschten, dann gab es kein einziges freies Plätzchen zum Sitzen mehr. Binnen kürzester Zeit war die Luft geschwängert von den Ausdünstungen der Gäste, ihrer nassgeregneten Kleidung und dem stinkenden Fell der Hunde und Ziegen, die sich zwischen den Tischreihen herumdrückten. Unterhalten konnten sie sich nur noch schreiend, so gewaltig war der Lärm rundum angeschwollen.

«He, Wirt, wo bleibt unser Weißbier?», brüllte der Mann, der ihnen gegenübersaß.

«Kommt schon.» Krachend setzte der Wirt, ein kahlköpfiger Mann in der speckigen Lederschürze eines Hufschmieds, zwei Krüge auf dem Tisch ab.

«Was ist mit euch?», wandte er sich an Theres.

«Wir warten noch ab.»

«Nichts da! Entweder ihr bestellt was, oder ihr fliegt arschlings vor die Tür.»

«Hast du Geld für uns?», flüsterte Theres Eva ins Ohr. «Du kriegst es zurück, Ehrenwort.»

Eva kämpfte mit sich, ob sie etwas von ihren kostbaren Ersparnissen herausrücken sollte, als der Mann vor ihnen eingriff.

«Bring den feschen Madln einen Krug auf meine Rechnung. Gehört der Kleine auch zu euch?»

Eva nickte.

«Also: Starkbier für die Madln, Dünnbier für den Zwerg. Gestatten: Mein Name ist Vinzenz Fettmilch, und wer darüber lacht, dem hau ich eine in die Goschn.» Dabei lachte er selbst so laut, dass es dem Getöse eines Donners gleichkam. Obwohl er sich so grob gab und von massiger, hünenhafter Gestalt war, hatte sein Äußeres doch etwas Gefälliges. Gekleidet war er wie ein Handwerksmeister: aus gutem Barchent sein Wams mit blütenweißer Halskrause, über den Schultern ein kurzer schwarzer Überwurf. Auf dem kinnlang gestutzten schwarzen Haar trug er einen hohen Hut mit weißem Federschmuck, den er auch bei Tisch nicht abnahm. Sein bartloses, ebenmäßig geschnittenes Gesicht war erstaunlich glatt, ohne jede Narbe von Pocken oder bösem Grind, das ausgeprägte Kinn und die blitzenden dunklen Augen ließen ihn wirken wie einen, der sich in der Welt auskennt und jeder Gefahr gewachsen ist.

«Das hier ist meine Schwester Eusebia.» Er wies auf die Frau an seiner Seite, die gutmütig lächelte. Sie war von ganz anderer Art: Rundlich und rosig, strahlte sie etwas Mütterliches aus. Auch ihre Kleidung war die einer Bürgersfrau, ohne Fleck und Makel. Eva fragte sich nur, wie es solche Leute in diese Kaschemme verschlagen konnte.

«Nennt mich einfach Gevatterin», ergriff die Frau jetzt das Wort. «Was treibt ihr so allein unterwegs?»

«Wir sind auf dem Weg nach Straubing», antwortete Theres und stellte sich und ihre Weggenossen vor. «Wir hoffen, bei Straubinger Bürgersleuten eine Anstellung zu finden.»

«Ich nicht. Mein Bruder und ich wollen zu unserer Muhme.» Eva ärgerte sich, dass Theres sich so in den Vordergrund drängte. Überhaupt: Die plusterte sich plötzlich auf wie ein Pfau! Saß da mit hervorgestrecktem Busen, die runden Augen strahlten, vornehmlich in Richtung des Mannes, und ihre Stimme hatte den Klang eines Singvögelchens angenommen. Ganz offensichtlich buhlte sie darum, zu gefallen. Was nicht ohne Wirkung blieb, denn Vinzenz Fettmilchs Blick schien sich förmlich an ihr festzusaugen. Seine Schwester Eusebia hingegen musterte Eva.

«Habt ihr denn keine Eltern, die für euch sorgen?»

Eva senkte den Blick und entgegnete mit bebender Stimme: «Die sind umgekommen, durch Mordbrenner.»

«Ihr Ärmsten. Die Welt ist doch ein Jammertal.»

Eusebia erhob sich halb und strich Niklas über das inzwischen seidig lange Haar.

«Dann habt ihr also niemanden mehr als eure Verwandten in Straubing?»

«So ähnlich», murmelte Eva. Ihr entging nicht der kurze Blickwechsel zwischen ihr und ihrem Bruder, und für einen kurzen Moment fragte sie sich voller Misstrauen, warum die beiden Wildfremden so neugierig waren.

Als hätte Eusebia ihre Gedanken gelesen, lachte diese leise. «Mein Gott, da schwatz ich und schwatz, dabei habt ihr doch sicher einen Bärenhunger. Was haltet ihr davon, wenn mein Bruder euch eine Brotzeit spendiert? Vielleicht eine große Platte mit Speck und Süßkraut?»

«Au ja, bitte!», rief Niklas. Es war das erste Mal, dass er den Mund aufmachte.

«Das ist sehr großherzig von Euch.» Nun warf Theres auch der Frau ihr strahlendes Lächeln zu. Die tätschelte ihr sogleich die Hand.

«Ja, esst euch nur satt, meine Kinder. Ihr habt schließlich noch ein gutes Stück Wegs vor euch.»

Das Kraut schmeckte fad, und der Speck war zäh wie Schuhleder, doch es lag nicht daran, dass Eva trotz ihres Hungers nur lustlos aß. Irgendwas war seltsam mit den beiden, sie vermochte nur nicht zu sagen, was.

Als der Wirt eine zweite Platte auftrug, fragte Vinzenz Fettmilch: «Ihr müsst also nach Straubing? Wenn ihr wollt, könnt ihr mit uns fahren, wir sind nämlich auf dem Heimweg dorthin.»

«Mein Bruder führt dort eine Schlosserei, und ich mach ihm den Haushalt», warf Eusebia ein.

«Danke, nicht nötig», wehrte Eva ab. «Wir kommen schon allein zurecht, nicht wahr, Theres?»

Aber Theres beachtete sie gar nicht. «Ihr sagtet: fahren? Habt Ihr denn einen Wagen?»

«Aber ja.» Der Mann grinste breit. «Einen Leiterwagen mit

zwei Maultieren davor. Sogar mit einer Plane gegen den Regen. Wenn ihr also nicht warten wollt, bis dieser verdammte Regen aufhört, kommt mit. Wir haben Platz für euch alle.»

«Bitte, Eva, sag ja.» Niklas sah sie flehentlich an. «Ich hab keine Lust mehr zu laufen. – Sind wir dann heut Abend schon in Straubing?»

«So schnell mahlen die Mühlen auch wieder nicht. Eine Übernachtung müssen wir schon einrechnen. Aber schneller als zu Fuß seid ihr allemal, und ihr habt es kommod.»

«Außerdem» – Eusebias Augen leuchteten – «kennen wir sämtliche Bürgersfamilien dort. Sucht nicht der alte Messerschmied eine Kindsmagd?»

Fettmilch nickte. «Und mein Freund Birkelnuss braucht gleich zwei tüchtige Madln für den Haushalt. Ein rechtes Wort von mir, und er nimmt euch mit Freuden.» Er lachte glucksend, mit erwartungsvollem Blick auf Theres. «Also, was ist?»

«Euch schickt wirklich der Himmel! Christina, Susanna, habt ihr das gehört? Was sind wir nur für Glückspilze.»

Widerstrebend willigte auch Eva ein. Wenn sie nicht in diesem Saustall nächtigen wollten, war dies die einzige Möglichkeit, fortzukommen. Noch immer nämlich prasselten die Regentropfen in den Eimer neben der Theke.

Fettmilch erhob sich.

«Na, dann will ich mal die Zeche zahlen und nach den Viechern schauen. Sobald der Regen ein bisserl nachlässt, geht's los.»

Keine Stunde später krochen sie unter die dunkle Plane des Leiterwagens. Der Regen hatte tatsächlich nachgelassen, im Westen hellte sich der Himmel bereits auf. Allzu bequem hatten sie es allerdings nicht. Eingezwängt zwischen Kisten, Körben und allerlei Gerümpel, kauerten sie auf einer Lage Stroh unter der Plane, die so niedrig hing, dass sie ihre Köpfe berührte. Bei jedem Schlagloch prallten sie gegeneinander, es war dunkel und stickig. Aber sie hatten es wenigstens trocken und einigermaßen warm.

Niklas kuschelte sich an seine Schwester.

«Was weißt du eigentlich über unsre Muhme?»

«Nicht viel. Aber sie ist die Schwester unserer Mutter. Sie ist ganz bestimmt eine sehr liebe Frau.»

«Aber warum kennen wir sie gar nicht? Warum lebt sie so weit weg und nicht bei uns in Passau?»

«Dummerchen! Hast du denn vergessen, dass wir aus dem böhmischen Glatz stammen?» Eva musste lächeln. Wahrscheinlich konnte sich Niklas an seine Geburtsstadt gar nicht mehr erinnern. Zärtlich legte sie den Arm um seine knochigen Schultern und sagte:

«Also, gib acht: Unsere Muhme Ursula ist aus Glatz fort, da warst du, glaub ich, noch gar nicht auf der Welt. Ich selbst war noch ein kleines Kind. Ich kann mich nur erinnern, dass ihr blasses Gesicht mit dem dunklen Haar grad so aussah wie das Marienbildnis von Sankt Georg. So schön war sie! Irgendwann ist sie einem bairischen Kaufmann begegnet, der hat sie geheiratet und mit sich genommen. Er soll sogar Ratsherr sein in Straubing. Und sie haben Kinder, ich hab mal gehört, dass …»

Sie unterbrach sich, denn ihr Bruder war eingeschlafen. Hoffentlich hatte ihre Muhme tatsächlich etwas von der gütigen, großherzigen Art ihrer Mutter. Niklas nämlich brauchte mehr als alles andere ein neues Zuhause.

Neben sich hörte sie Christina wohlig seufzen.

«So splendiden Leuten bin ich ja noch nie begegnet. Dass wir einfach so mitfahren dürfen! Normalerweise muss man dafür ordentlich berappen.»

«Normalerweise», sagte Eva leise, «nehmen solche Leut auch einen Obolus, wenn sie eine Anstellung vermitteln. Das weiß ich von meiner Schwester. Hoffentlich kommt das dicke Ende nicht nach.»

Sie blickte nach vorn zum Kutschbock, wo sich, gleich einem Scherenschnitt, die Umrisse der beiden gegen die einzige Öffnung nach außen abzeichneten. Jetzt steckten sie die Köpfe zusammen, doch zu hören war bei dem Gerumpel hier hinten nichts.

«Mein Gott, was bist du schwarzgallig.» Das war Theres, deren Gesicht Eva im Dunkeln nur erahnen konnte. «Kannst du unser Glück nicht einfach genießen?»

In diesem Moment kam ihr Wagen zum Halten, und man hörte von draußen Männerstimmen. Schon wieder eine Zollstelle. Es wimmelte auf dieser Handelsstraße nur so davon. Noch wer mit dem kleinsten Karren unterwegs war, musste alle naselang Wegegeld und Brückenzoll, Ufer- und Saumzoll, Grenz-, Wiesen-, Schutz- und Passzoll, Stadt- und Pflasterzoll abdrücken. Dazu kamen für die Fuhrwerke noch, wenn es bergig wurde, die Vor- und Beispannkosten. Da musste es einen nur noch mehr wundern, dass der Schlossermeister keinen einzigen Heller verlangte.

«Es geht gleich weiter», rief Vinzenz Fettmilch nach hinten. «Falls ihr Durst habt, liegt da irgendwo im Korb ein großer Lederbeutel mit Wasser. Nehmt euch nur.»

Als Niklas wieder erwachte, teilte Eva mit ihm ihr letztes Stück Brot. Draußen dämmerte es bereits. Die Mädchen packten einen Kanten Käse aus, dessen Duft ihr verführerisch in die Nase stieg, aber sie verkniff es sich, um einen Bissen zu betteln. Eine knappe Stunde später hielten sie erneut.

«Wir übernachten hier», rief Eusebia. Mit steifen Gliedern kletterten sie nach draußen. Sie befanden sich vor einer großen Scheune, hinter der sich ein zweistöckiges Bauernhaus gegen den nächtlichen Himmel erhob. Er war sternenklar.

«Wenn Engel unterwegs sind, macht sich der Regen davon», lachte Eusebia und deutete nach oben. Dann verschwand sie in Richtung des Hauses.

«Ihr könnt entweder in der Scheuer schlafen oder im Wagen. Wir bleiben bei unseren Freunden im Haus», sagte Vinzenz Fettmilch. «Morgen früh bringen wir euch einen Topf Milchbrei raus, dann geht's weiter.»

Er machte sich daran, die Maultiere auszuspannen, und Eva und Niklas beeilten sich, ihm zu helfen. Nachdem sie die Tiere in die Scheune geführt hatten, fragte Eva:

«Wenn Ihr Schlossermeister in Straubing seid, dann kennt Ihr doch gewiss unsere Verwandten.»

«Mag sein. Wie heißen sie?»

«Ursula und Endress Wolff.»

«Wolff? Wartet mal – meint ihr den Nachtwächter Wolff?»

Eva schüttelte enttäuscht den Kopf. Schade, sie hätte gern mehr über ihre Verwandten erfahren.

«Straubing ist halt kein Dorf.» Fettmilch warf den Tieren einen Arm voll Heu vor die Nüstern. «Da kennt man nicht Hinz und Kunz.»

«Aber mein Oheim ist nicht irgendwer», mischte sich jetzt Niklas ein. In seiner Stimme schwang Stolz mit. «Er ist ein reicher Kaufmann.»

«So? Na dann – warte mal – Wolff, Wolff? Ach ja, da gibt es einen, ja natürlich! Aber weißt du, mein Junge, der ist viel unterwegs als Kaufmann, daher bin ich ihm kaum begegnet. Jetzt aber genug der Plauderei. Ich bin rechtschaffen müde. Schlaft wohl, ihr beiden.»

Damit verschwand auch Vinzenz Fettmilch in Richtung Haus, aus dessen Fenstern im Erdgeschoss ein heimeliger Lichtschimmer drang.

«Scheuer oder Wagen?», fragte Niklas.

«Wie?»

«Wo wir schlafen sollen.»

Angesichts der kichernden Mädchen, die sich in der Nähe der Maultiere ein Lager richteten, fiel Eva die Entscheidung leicht.

«Im Wagen.»

Immer noch in Gedanken über das, was Fettmilch gesagt hatte, nahm sie ihren Bruder bei der Hand und kletterte in den stockdunklen Wagen zurück. Sie war ein Stadtkind und wusste darum genau, wer unter den Bürgern das Sagen hatte: eben die Handwerksmeister und die Kaufleute, sofern sie einigermaßen angesehen und erfolgreich waren. Und die kannten einander gut. Konnte es sein, dass ihre Muhme gar nicht mehr in Straubing lebte? Oder dass ihr Mann nur ein armer, unbedeutender Höker war? Eine dritte Möglichkeit drängte sich ihr mehr und mehr auf: dass nämlich Eusebia und Vinzenz Fettmilch gar nicht aus Straubing stammten.

Am nächsten Morgen erwachte sie, als Theres sie an den Beinen zog.

«Los, Essen fassen, ihr Schlafmützen. Es geht gleich weiter.»

Eva hatte wider Erwarten wie ein Stein geschlafen. Noch ganz benommen, richtete sie sich auf und kroch zum Kutschbock, wo eine Schüssel Milchbrei auf sie wartete. Nach dem Morgenmahl verschwanden noch einmal alle hinter der Scheune und den umliegenden Büschen, dann brachen sie auf.

Eva griff nach Niklas' Hand. Heute würden sie am Ziel ihrer Reise sein. Was danach kam, stand in den Sternen. Das anfänglich fröhliche Geplapper der Mädchen verstummte, nachdem sie Stunde um Stunde unterwegs waren, ohne zu wissen, wo sie sich befanden. Durch den schmalen Lichtstreifen, der vom Kutschbock her nach innen drang, konnten sie lediglich erkennen, dass es gegen Mittag zuging. Hin und wieder hielt der Wagen kurz an, manchmal streckte ein Zöllner den Kopf unter die Plane, zweimal reichte Eusebia ihnen Brot nach hinten.

«Ich muss bieseln», jammerte Niklas irgendwann. Auf Evas Bitten hin zügelte Vinzenz Fettmilch kurz darauf die Maultiere.

«Gut, gut, machen wir Rast, die Tiere müssen eh saufen. Aber dass jeder von euch sein Geschäft verrichtet – ich kann nicht alle Paternoster lang anhalten.»

Eva streckte die Glieder, als sie neben dem Wagen stand, und atmete tief durch. Nach den vielen Stunden unter der stickigen Plane tat die frische Luft gut. Weiße Schäfchenwolken zogen über einen blitzblanken Himmel, die Nachmittagssonne wärmte jetzt, Ende April, bereits. Ihr Wagen stand auf einer Wiese dicht bei der Straße, ein Bach floss gemächlich durch das frische Grün, dahinter erhoben sich die Berge des Baiernwalds. Sie befanden sich jetzt fast in der Talsohle, der Weg führte schnurstracks in Richtung Donaustrom, wo im fernen Dunst die Türme einer Stadt zu erkennen waren.

«Ist das Straubing?», fragte sie Eusebia, die ihrem Bruder half, die Tiere zu füttern und zu tränken. Die Geschwister tauschten einen raschen Blick aus.

«Ja, ja, gewiss. Es geht nicht mehr lang.»

Endlich, dachte sie erleichtert und trat hinter einen dichten Busch, um Wasser zu lassen. Niklas stand mit den anderen Mädchen am Bach, um sich zu erfrischen. Da bemerkte sie, wie die beiden Fettmilchs miteinander tuschelten und kicherten. Die Neugier packte sie und zugleich die Gewissheit, dass die beiden über sie sprachen. Sie schlich sich hinter der Wegböschung bis auf Höhe der Maultiere und spitzte die Ohren.

«Die süße Blonde – wird dem Birkelnuss gefallen.» – «Wahrlich ein guter Fang …» – «Und der Pfaffe aus Kaltenbach …» –

«Nie und nimmer – dem hat der Bischof neulich erst eins auf die Mütze gegeben …»

Eva fuhr herum. Hinter ihr stand Niklas und sah sie fragend an. Sie legte ihm die Hand auf den Mund und zog ihn von der Böschung weg.

«Was haben die da geredet?», fragte er, als sie sich vom Bach her wieder dem Wagen näherten.

«Ich weiß es nicht», entgegnete sie. Dabei hatte sie bereits eine Ahnung.

12

Zwei Stunden später wurde die Ahnung zur furchtbaren Gewissheit. Längst hätten sie die Stadt, deren Umrisse Eva in der Ferne gesehen hatte, erreichen müssen.

Sie stieß Theres in die Seite.

«Hier stimmt was nicht. Die führen uns am Narrenseil – wir müssten schon lange da sein.»

Ihre Stimme zitterte, jede Faser ihrer Muskeln war angespannt.

«Affengeschwätz!» Theres schnaubte verächtlich. «Was bist du immer so misstrauisch?»

Eva schüttelte den Kopf. «Du hättest hören sollen, wie sie über uns getuschelt haben, vorhin, bei der letzten Rast.»

Sie warf einen Blick in Richtung Kutschbock. Zwischen den Umrissen der beiden Fettmilchs war nur ein kleines Stückchen Himmel zu sehen. Da spürte sie, dass der Wagen leicht bergauf zog, als ob es wieder in die Berge ginge.

«Ich will jetzt wissen, wo wir sind.»

Entschlossen kroch sie über die rüttelnde Ladefläche nach vorn. Und traute ihren Augen nicht: Da war keine Flussniederung mehr! Stattdessen ging es links der Straße eine Böschung hinunter, rechter Hand zog sich dichter Wald den Berghang hinauf. Noch etwas anderes entdeckte sie: Fettmilch hatte sich das Haar hinters Ohr gestrichen, ganz deutlich sah sie nun das geschlitzte Ohrläppchen. Dieser Mann war gar kein ehrbarer Schlossermeister! Wegen irgendeines Vergehens hatte man ihn aus der Zunft ausgeschlossen und als sichtbares Zeichen hierfür den Ohrring ausgerissen.

«Das ist doch die falsche Richtung!», stieß sie hervor.

Vinzenz Fettmilch fuhr herum. Er wirkte erschrocken, brach dann aber in schallendes Gelächter aus.

«Aber nein, meine Süße, wir sind schon richtig hier.»

Im nächsten Augenblick schnellte seine Faust gegen ihre Brust, sie fiel ins Dunkel des Wagens zurück, krachend schlug ihr Kopf gegen etwas Hartes. Für kurze Zeit wurde ihr schwarz vor Augen, dann hörte sie die Schreie der anderen Mädchen, dazwischen lautes Fluchen von Eusebia. Sie spürte, wie ihr die Hände auf dem Rücken gefesselt wurden.

«Los, bring das Miststück nach hinten, zu den anderen», hörte sie den Mann rufen. Unter geräuschvollem Schnaufen schleifte Eusebia sie über die Ladefläche, Evas Knie krachten gegen irgendeine Kiste, ihr Hinterkopf dröhnte. Sie wollte schreien, doch ihre Kehle war vor Entsetzen wie zugeschnürt. Jetzt erst bemerkte sie, dass der Wagen zum Halten gekommen war.

Als ihre Augen endlich die Dunkelheit durchdrangen, erkannte sie, dass auch die anderen mit den Händen auf dem Rücken gefesselt waren. Vinzenz Fettmilch hockte zwischen ihnen.

«So, Ihr Schönen, reden wir nicht länger um den heißen Brei.»

In seinen Händen blitzte ein Dolch auf.

«Wenn wer schreit, schlitz ich dem Zwerg hier den Bauch auf.»

«Nein», flüsterte Eva tonlos.

«Das wär nicht das erste Mal.» Sein drohender Tonfall wurde sanfter. «Was seid ihr doch für dumme Hennen! Zu glauben, wir würden euch um Gotteslohn durch die Welt kutschieren! Wollen doch mal sehen, was wir uns als Belohnung holen können.»

Er riss Niklas die neuen Schuhe von den Füßen und stopfte sie in einen Sack. Als der Junge zu schluchzen begann, verpasste ihm Eusebia augenblicklich eine Maulschelle.

«Hör auf zu flennen, Rotznase. Mein Bruder spaßt nicht mit seinem Dolch!»

«Genau!»

Als Nächstes zog Fettmilch den Mädchen ihre Wolltücher von den Schultern und knüllte sie zu den Schuhen in den Sack.

«Ja, was haben wir denn hier für ein Meisterstück! Das bringt uns sauber zwei bis drei Gulden ein.»

Damit war Evas Lodenmantel gemeint, der auf einer der Kisten lag.

«Bitte, Gevatter!» Eva brachte kaum einen Ton heraus. «Wir geben Euch alles, was wir haben. Wenn Ihr uns nur freilasst!»

«Halt die Goschn! Und jetzt zu euren Geldkatzen! Bah, die sind ja schlapp wie Greisenschwänze. Bis auf einen.» Er kicherte und riss mit einem Ruck Evas Beutel vom Rock. Ohnmächtige Wut stieg in ihr auf, als er in ihrem mühsam erarbeiteten Geld kramte.

«Lasst ihr uns jetzt gehen?», fragte Theres mit dünner Stimme.

Fettmilch lachte. «Glaubst im Ernst, dass wir euch wegen dieser erbärmlichen Ausbeute mitschleppen? Nein, nein, ein viel größeres Geschäft versprechen wir uns mit euch Süßen. Aber keine Angst, es wird euch gut ergehen, wenn ihr euch nur ein wengerl anstellig zeigt.»

138

«Die Schmale hier» – Eusebia tippte mit ihren Wurstfingern gegen Evas Brustbein und grinste –, «die wird dem Pfaffen gefallen! Die erinnert ihn gewiss an seine Ministranten.»

Wie ein Dolchstoß durchfuhr es Eva: Sie waren einer Kupplerin in die Hände gefallen. Sie waren tatsächlich einem dieser teuflischen Weiber auf den Leim gegangen, die in Not geratene Mädchen als Dienstmägde anlockten und dann gewaltsam in ihr Winkelbordell in irgendeiner fernen Stadt verschleppten! Und dort mussten sie geifernden, geilen Mannsbildern zu Diensten sein.

Auch Susanna schien zu begreifen. Ihr gellender Aufschrei zerriss die Stille. «Nein!»

Da schlug ihr Eusebia so heftig rechts und links ins Gesicht, dass das Mädchen ohnmächtig zur Seite kippte.

«Treibt bloß keine Possen mit uns!», schnauzte Fettmilch. «Und wer an den Zollstellen das Maul aufreißt, erlebt den nächsten Tag nicht mehr. Du kutschierst, Eusebia. Ich geb auf unsere Madln acht. Los geht's, auf nach Nürnberg!»

Das, was jedem Trödler, jedem Kaufmann ein Graus war, diese ständigen Schlagbäume und Zollhäuschen, wurde zu Evas ganzer Hoffnung. Vielleicht würde einer der Mauteintreiber merken, dass sie hier gefangen waren. Doch ihr heimliches Flehen wurde nicht erhört.

Bei jedem Halt hörten sie Eusebia denselben Sermon säuseln: Sie seien Trödler, die mit ihren Kindern und einem Haufen alten Eisens unterwegs ins Fränkische seien. Dann beglich sie ohne Murren ihre Maut, während Vinzenz Fettmilch hinten auf der Ladefläche seinen Dolch bereithielt. Einmal, als ein Zollbüttel den Kopf ins Halbdunkel der Plane steckte, um Eusebias Angaben zu überprüfen, sah Eva die Gelegenheit gekommen.

«Helft uns! Bitte! Wir ...»

Weiter kam sie nicht.

«Au!» Ein kurzer, stechender Schmerz fuhr ihr in die Seite, während gleichzeitig Fettmilch mit seinem dröhnenden Organ zu jammern begann.

«O meine arme Tochter, meine arme geliebte Tochter! Hast du wieder diese Gesichte? Verzeiht, Herr, meine Tochter ist mit Blödigkeit geschlagen, seit sie letzten Winter von einer Brücke ins eiskalte Wasser gestürzt ist. Jetzt beruhige dich doch, mein Liebes.»

Er legte den Arm um Eva und zog sie an sich. «Wenn du noch einen Laut gibst», flüsterte er, «fährt dir die Klinge bis ins Gedärm.»

«Na dann – nichts für ungut, Meister. Pfiad's Euch Gott und gute Weiterfahrt.»

Der Kopf des Zöllners verschwand. Ein Rucken ging durch den Wagen, und sie fuhren an.

Fettmilch lockerte seinen Griff.

«Euer Evchen hat jetzt einen hübschen Kratzer in der Seite und einen Riss im Kleid. Für nichts und wieder nichts. Ich hoff, ihr andern lernt daraus.»

«Tut es sehr weh?», flüsterte Niklas.

«Nein, Igelchen. Es ist schon wieder vorbei.»

Dabei brannte die Einstichstelle wie Feuer. Erschöpft schloss sie die Augen. Niemals würden sie heil hier herauskommen. Und wenn sie dann erst in Nürnberg waren, in dieser riesigen, fremden Stadt, würden sie ihren Entführern erst recht ausgeliefert sein. Denn sie besaßen nur mehr das, was sie auf dem Leib trugen. Den anderen Mädchen hatten sie sogar die Briefe mit den Zeugnissen ihrer Dienstherren abgenommen.

Zwei Tage und zwei Nächte hockten sie gefesselt in ihrem dunklen, engen, rumpelnden Gefängnis, bei Wasser und trocken Brot. Des Nachts band Fettmilch ihnen die Füße aneinander, um sich selbst dann irgendwo zur Ruhe zu legen.

Am dritten Tag kamen sie an Regensburg vorbei, wie sie aus den Wortfetzen zwischen den beiden heraushörten, ohne dass sich irgendeine Gelegenheit zur Flucht geboten hätte. Dabei trennte nur eine dünne, schmutzige Plane sie von der Außenwelt, marschierten, ritten, fuhren andere Menschen nur wenige Schritte entfernt an ihnen vorbei. Schmerzhaft nah hörten sie fremde Stimmen, Rufe, Lachen, ohne dass sie es gewagt hätten, ihre elende Lage laut herauszuschreien. Eva hatte längst alle Hoffnung aufgegeben. Dass sie nicht, wie die anderen Mädchen, in dumpfer Teilnahmslosigkeit versank, lag einzig an ihrem kleinen Bruder. Niklas brauchte sie jetzt mehr denn je. Wenn er wach war, presste er sich an sie, meist zitterte sein schmächtiger Körper vor Angst. Dann erzählte sie ihm kleine Erlebnisse aus der Glatzer Kindheit oder erfand irgendwelche albernen Geschichten, bis er sich beruhigte. Vinzenz Fettmilch ließ Eva gewähren, ermunterte sie sogar manchmal, weiterzumachen, wenn Niklas eingeschlafen war. Überhaupt zeigte er sich erstaunlich friedfertig, solange sie sich still in ihr Schicksal fügten.

In der dritten Nacht lagen sie wieder, mit den Füßen aneinandergebunden, auf ihrer inzwischen grauenhaft stinkenden Strohschütte und versuchten, in den Schlaf zu finden. Da hörte Eva irgendwann die beiden Fettmilchs miteinander flüstern. In der Stille der Nacht verstand sie jedes Wort.

«Was machen wir eigentlich mit dem kleinen Bettseicher?» Das war Eusebias Stimme.

«Wieso? Der ist doch ein gutes Faustpfand. Keine der Metzen will, dass ihm ein Leid geschieht, also halten sie das Maul.»

«Ich mein, in Nürnberg.»

«Hab ich noch nicht drüber nachgedacht. Aber du hast

recht, da ist er uns nur im Weg. Wir sollten ihn vorher loswerden.»

Eusebia kicherte leise. «Die Wasser der Altmühl wären tief genug!»

Am liebsten hätte Eva laut geschrien in ihrer Not. Wie konnte Gott so viel Boshaftigkeit zulassen? Waren sie nicht genug gestraft? Und wenn einer gestraft gehörte, dann sie selbst. Lieber Herrgott im Himmel, verschone Niklas, flehte sie in ihrem Innern. Ich weiß, ich hab vielmals gesündigt, aber schenk mir nur noch ein einziges Zeichen deiner Güte, beschütze meinen kleinen Bruder, um Jesus Christus willen!

Als Niklas sie erschrocken mit der Schulter anstieß, merkte sie, dass sie laut zu schluchzen begonnen hatte.

Mit einem heftigen Ruck hielt der Wagen an. Eva schreckte aus ihrem Dämmerzustand. Die Sonne stand schon tief und erreichte mit ihren Strahlen fast ihr Lager. Mehrere Männerstimmen waren zu hören, dazwischen die von Eusebia. Es klang, als sei man sich nicht einig über die Weiterfahrt.

«Was ist los, Weib?» Vinzenz Fettmilch richtete sich stöhnend neben Eva auf und kroch in Richtung Kutschbock. «Keinen Mucks, ich warn euch», zischte er noch, dann kletterte er neben seine Schwester.

«Jetzt stell dir vor», schimpfte Eusebia, «da wollen die von uns eine Brückenmaut über zwölf Pfennige, dabei ist hier nichts als ein dreckiger Acker! Oder siehst du irgendwo einen Fluss?»

«Bist narrisch?», schnauzte Fettmilch. «Gib das Geld raus und halt's Maul.»

«Genau!», belferte einer der Männer. «Sonst könnt Ihr mit Eurem gschlamperten Wagen gleich wieder umkehren.»

«Kenne ich Euch nicht?» Eva horchte auf. Diese Stimme war ganz jung.

«Bin ich Euch nicht», fuhr dieselbe Stimme fort, «letztes Jahr auf der Hofmark meines Vaters begegnet?»

«Nicht dass ich wüsste», entgegnete Fettmilch mürrisch.

«Ich bin mir aber sicher. So schnell vergesse ich kein Gesicht.»

«Und wer soll Euer Vater sein, bitt schön?», fragte Eusebia schnippisch.

«Herrgott, sei doch still!», zischte Fettmilch.

«Roderich von Ährenfels. Ein Ministeriale des Baiernherzogs Albrecht.»

«Kennen wir nicht, den edlen Herrn.»

«Dann deckt doch mal Eure Plane vom Wagen. Damit wir genauer sehen können, was Ihr so durch die Gegend fahrt.»

«Was soll das?» Eva hörte eine Mischung aus Angst und Wut aus Fettmilchs Stimme heraus. Ihr stockte der Atem. War das ihre Rettung?

«Meint Ihr nicht, Junker Moritz, wir sollten die beiden ziehen lassen? Jetzt, wo sie bezahlt haben?» Das war offenbar der Zöllner, der sich Zeit und Mühe einer genaueren Untersuchung sparen wollte.

«Das denk ich auch.» Fettmilch bekam wieder Oberwasser. «Wir sind ehrenhafte Händler, auf dem Weg nach Nürnberg. Außerdem habt Ihr als bairischer Junker hier auf dem Boden des Pfälzers gar nichts zu sagen.»

«Pass bloß auf, du großgoscherter Lumpensammler!», blaffte jetzt der Zollbüttel. «Ich hau dir gleich meinen Spieß in die Rippen, wenn du vor dem Junker das Maul so aufreißt. Im Namen des Pfalzgrafen und Herzogs Wolfgang von Pfalz-Zweibrücken: Mach sofort die Plane auf!»

143

13

Eva rieb sich die schmerzenden Handgelenke, auf denen die Fesseln dunkelrote Abdrücke hinterlassen hatten, dann zog sie Niklas in ihre Arme.

«Wir sind gerettet, mein Kleiner», flüsterte sie.

Der Zöllner stand breitbeinig vor ihnen auf der Ladefläche, deren Plane zurückgeschlagen war. Über ihnen leuchtete ein tiefblauer Himmel, von dem die Abendsonne wie zum Hohn über ihre Dummheit lachte. Nie wieder, schwor sich Eva in diesem Augenblick, würde sie auf die Freundlichkeit fremder Leute hereinfallen.

«Ihr brauchts keine Angst mehr haben», sagte der Zöllner. «Und jetzt runter von dieser Mistkarre.»

Er half ihnen vom Wagen und führte sie nach vorn zur Deichsel. Dort bot sich ihnen ein seltsames Bild: An einem Schlagbaum lehnten Vinzenz und Eusebia Fettmilch, die Hände an das Holz gebunden, er mit wutverzerrtem Gesicht, sie mit zitternden Mundwinkeln und rotgeheulten Augen. Rechts und links von ihnen hatten sich zwei mit Spießen bewehrte Männer aufgepflanzt, dahinter, in gebührendem Abstand, glotzten sich Gaffer jeglichen Alters die Augen aus dem Kopf.

Eva holte tief Luft. Sie konnte immer noch nicht glauben, dass dieser Albtraum ein Ende hatte. Schwindel und ein Gefühl der Schwäche erfassten sie. Dazu war ihr fast schlecht vor Hunger.

«Was geschieht nun?», hörte sie jemanden fragen und wandte sich zur Seite. Aus dem Schatten eines Baumes löste sich eine schlanke, hochgewachsene Gestalt und kam in schlaksigem Gang auf sie zu. Wie bei einem hochbeinigen jungen Pferd, dachte Eva, und dann: wie bei Adam. Sie sah das schmale, glatte, noch sehr junge Gesicht, die dunkelbraunen, welligen Haare, die bis zur Schulter reichten, das Bärtchen über den vollen Lippen und flüsterte: «Adam!»

Dann warf sie sich mit einem unterdrückten Schluchzen in seine Arme.

«Ist ja gut», hörte sie eine tröstende Stimme. «Es ist vorbei.»

Eva hob den Kopf und blickte in ein lächelndes Gesicht, auf dessen linker Wange sich eine dunkle Narbe abzeichnete. Die Augen waren, ganz anders als bei ihrem älteren Bruder, von einem selten klaren Grün.

«O Gott, verzeiht mir», stammelte sie. «Ich dachte, Ihr wärt Adam, mein älterer Bruder Adam.»

«Nein, ich bin leider nur Moritz.» Er lachte. «Moritz von Ährenfels.»

Sie wollte sich aus seinen Armen lösen, da gaben ihre Beine unter ihr nach, und sie sank schlaff auf die staubige Straße. Der Fremde beugte sich hinunter, hob sie auf und trug sie an den Wegesrand, wo er sie vorsichtig ins Gras legte. Dann hockte er sich neben sie.

«Gütiger Herrgott, du bist ja völlig entkräftet. Du hast sicher Hunger und Durst.»

Er band seine Wasserflasche vom Gürtel und hielt sie an ihre Lippen. Der Wein, den sie schmeckte, war süß und stark.

«Es geht schon wieder, edler Herr. Habt vielen Dank», sagte sie und richtete sich auf. Wie hatte sie nur so kreuzblöd sein können – diesen Junker in seinem dunkelblauen Samtumhang und dem kunstvoll bestickten Wams für Adam zu halten! Sich diesem Fremden mir nichts, dir nichts in die Arme zu werfen! Am liebsten wäre sie vor Scham im Erdboden versunken.

Sie gab sich einen Ruck. «Wo sind wir hier, Herr?»

«In der Jungen Pfalz, nicht weit von Neumarkt.»

Eva sagte weder das eine noch das andere was. Sie wollte nur noch fort von hier, fort von diesem schäbigen Leiterwagen, in dem sie so endlos lange Stunden gefangen waren, fort von all diesen Leuten, die längst neugierig zu ihr herüberstarrten. Verlegen ließ sie sich von dem jungen Edelmann auf die Beine helfen. Für einen kurzen Augenblick nahm sie den Geruch von frisch gemähtem Gras und Pferden wahr, der von ihm ausging, dazu ganz zart der Duft nach Zimt und Honig.

«Ihr wart unsere Rettung», sagte sie mit rauer Stimme. «Ich weiß wirklich nicht, wie ich Euch danken soll.»

Der Junker schüttelte den Kopf. «Das war nur unsre Pflicht. Solchem Kupplerpack muss das Handwerk gelegt werden.»

Sie trat einen Schritt zurück. Dabei trafen sich ihre Blicke. Die leuchtend grünen Augen betrachteten sie durchdringend. Eva senkte den Blick und strich sich durch die Locken. Meine Güte, wie dreckig und zerlumpt musste sie auf diesen jungen Vornehmen wirken!

Der Zöllner trat auf sie zu.

«Verzeiht die Störung, Junker Moritz. Es ist beschlossne Sach, diese Erzlumpen nach Neumarkt zu bringen. Und der Wagen ist beschlagnahmt.»

«Recht so. Ist Diebesgut darauf?»

«Ja. Das meiste aber wertloses Glump.»

«Uns hat er auch bestohlen», wagte Eva einzuwerfen. Dabei hielt sie den Blick weiterhin gesenkt. Allerdings nicht aus einem Gefühl der Ergebenheit heraus, sondern weil dieser Moritz von Ährenfels, der nur wenige Jahre älter war als sie selbst, sie verwirrte. Und das lag nicht nur an der verblüffenden Ähnlichkeit mit ihrem Bruder Adam.

«Dann komm.» Moritz von Ährenfels legte seine Hand auf ihre Schulter – warm und leicht spürte Eva sie durch den Stoff ihres Kleides – und führte sie zurück zum Wagen. Dort hockte Niklas auf der Deichsel und kaute mit vollen Backen. Auf seine Wangen war Farbe zurückgekehrt, und seine hellen Augen strahlten, während er vor dem guten Dutzend Menschen, das ihn umringte, von seinem Abenteuer prahlte.

Eva musste lächeln.

«Ist das dein Bruder?»

«Ja, Herr.»

«Ein netter Kerl. Und die anderen Mädchen – sind das deine Schwestern?»

«Nein, Herr. Ich hab sie unterwegs getroffen.»

«Unterwegs?»

«Ja. Wir waren auf dem Weg nach Straubing, zu unserer Muhme.»

«Straubing! Das ist ja unendlich weit weg von hier. Habt ihr denn keine Eltern?»

«Nein, Herr.»

Der Junker betrachtete sie in einer Mischung aus Erstaunen und Mitleid. Dann bot er ihr den Arm, um ihr auf den Wagen zu helfen – so galant, als sei sie ein Edelfräulein.

«Nimm dir, was dir gestohlen wurde. Und was du sonst noch brauchen kannst», fügte er leise hinzu und zwinkerte verschwörerisch. «Das tut keinem weh.»

Eva brauchte nicht lange, um den Sack zu finden, in dem Niklas' Schuhe, ihr Mantel und ihre Geldkatze lagen. Dazu nahm sie noch einen kleinen, mit Wein gefüllten Wasserschlauch an sich, den sie unterwegs gut würde brauchen können, und ein Eckchen Schinken samt einem Kanten Brot, die als kläglicher Rest in Fettmilchs Vorratskiste lagen. Mehr wollte sie nicht von all diesem schmutzigen Kram.

Inzwischen waren auch ihre Weggenossinnen auf den Wagen gestiegen und begannen, voller Raffgier in den Kisten und Körben zu wühlen. Angewidert kletterte Eva vom Wagen. Moritz von Ährenfels schien auf sie gewartet zu haben.

«Mir ist da ein Gedanke gekommen», sagte er und wirkte

nun seinerseits fast verlegen. «Ich nehm dich und deinen Bruder mit nach Neumarkt. Es gibt dort einen Ratsherrn, einen guten Freund von mir. Er wird euch beiden für eine Weile Obdach geben, zumindest so lang, bis ihr euch erholt habt.»

«Liegt dieses Neumarkt auf dem Weg nach Straubing?»

«Nein, gerade entgegengesetzt.»

Sie schüttelte den Kopf. «Dann habt vielen Dank, aber wir müssen nach Straubing.»

Sie wollte davon, Niklas holen, doch der Junker hielt sie zurück.

«Ich kann dich nicht gehen lassen. Es wird bald dunkel.»

Seine grünen Augen sahen sie flehend an.

«Junker Moritz!» Einer der Wächter winkte herüber. «Euer Pferd steht bereit. Wir müssen los.» Dann grinste der Mann breit. «Das Madl da nehmt nur mit, es hat noch Platz auf dem Wagen. Wer hätt gedacht, dass Ihr heut gleich zu vier feschen Madln kommt?»

Hatte Eva eben noch einen Atemzug lang gezögert, so stand ihr Entschluss jetzt fest: Niemals würde sie sich in die Obhut dieser fremden Leute begeben. O nein – das Schicksal hatte sie ein für alle Mal gelehrt, wohin kindisches Vertrauen führen konnte.

«Komm, Niklas!», rief sie. «Wir müssen los.»

Mit einem prallen Tuch voller Proviant schlenderte Niklas auf sie zu. «Fahren wir denn nicht mit den andern?»

«Nein, Igelchen. Das ist die falsche Richtung.»

Sie nahm seine Hand. «Gott schütze Euch», wandte sie sich an Moritz von Ährenfels. Der starrte sie jetzt fassungslos an. Er wirkte plötzlich wie ein enttäuschter kleiner Junge.

«Und wer beschützt dich, außer unserm Herrgott?»

«Ich selbst. Das ist allemal das Beste.» Ihre Stimme zitterte leicht. Vom Kutschbock her trötete ungeduldig ein Horn.

148

«Dann nimm wenigstens das hier.»

Der Junker zog unter seinem Umhang ein Jagdmesser hervor, und unwillkürlich zuckte Eva zusammen. Die Klinge funkelte in der Abendsonne, in den Knauf aus Horn war ein Wappen eingraviert: drei Ähren über einer gezackten Felsspitze.

«Es ist aus bestem Damaszenerstahl. Und hier – das Lederetui. Bind es dir unter die Schürze; damit es niemand sieht. Drei, vier Ackerlängen bergab findest du einen Unterstand für Jäger, dort seid ihr sicher für die Nacht.»

Eva nickte nur stumm, dann lief sie los.

«Halt, warte doch. Wie heißt du überhaupt?»

Sie war nahe daran zu lügen, dann aber rief sie über die Schulter zurück: «Eva.» Sie würden diesen Mann ohnehin nie wiedersehen.

Als sie mit großen Schritten der Straße hügelabwärts gefolgt waren bis zum Saum eines Wäldchens, wandte Eva sich noch einmal um. Oben, im fahler werdenden Abendlicht, stand Moritz von Ährenfels und sah ihr nach.

«Ich will nicht im Wald schlafen», maulte Niklas. «Und überhaupt: Warum sind wir nicht bei den freundlichen Männern geblieben?»

«Das verstehst du nicht. Und jetzt gib Ruh, da vorn ist schon der Unterstand.»

Als sie es sich auf dem Bretterboden der Hütte einigermaßen bequem gemacht hatten, kauerte sich Eva unter ihrem Mantel zusammen, ohne auch nur ein Krümchen ihrer Vorräte anzurühren, so erschöpft fühlte sie sich plötzlich. Fast augenblicklich schlief sie ein, mit dem tröstlichen Duft nach frischem Gras, Honig und Zimt in der Nase.

Sie erwachten von dem Geräusch knarrender Wagenräder, das von der nahen Landstraße herüberdrang. Eva wunderte sich, wie lange sie geschlafen hatten, denn die Sonne stand bereits recht hoch am Himmel.

«Jetzt hab ich Hunger», sagte sie und breitete ihre Schätze vor sich aus: den Schinken und das Brot, dazu von Niklas noch einige Äpfel, halb zerkrümelte Kuchenränder und zwei hartgekochte Eier. So reichhaltig war ihr Morgenmahl schon lange nicht mehr ausgefallen. Aber ihr Bruder schüttelte nur den Kopf. «Mir ist übel.»

«Du wirst doch nicht krank? Gütige Mutter Gottes, du darfst jetzt bloß nicht krank werden!»

Schmerzvoll verzog Niklas das Gesicht und hielt sich den Bauch. Da begriff Eva: Niklas hatte sich am Vortag schlichtweg überfressen! Beinah musste sie lachen.

«Das geht vorbei. Hier, trink von dem Wein, der Hunger kommt von allein.»

Eine halbe Stunde später machten sie sich auf den Weg. Eva wusste: Sie waren weiter entfernt von ihrem Ziel denn je, doch sie wollte sich nicht entmutigen lassen. In sicherem Abstand folgten sie einer Gruppe von Knechten und Mägden. Die schmale Straße schlängelte sich durch eine Hügellandschaft, die viel lichter und freundlicher wirkte als der bairische Nordwald. Jetzt schmückten sich die Magerwiesen rundum mit den gelben, blauen und weißen Blütenglocken der Kuhschelle, dazwischen leuchtete purpurrot das Knabenkraut.

Eva hatte ihren kleinen Bruder angewiesen, sich auf keinerlei Gespräche mit Fremden einzulassen, am besten solle er ganz den Mund halten. Zudem wollte sie die größeren Städte umgehen. Allzu sehr fürchtete sie, wieder irgendwelchen Blutsaugern und Bösewichtern auf den Leim zu gehen. Was sie stattdessen vorhatte, war, die kleinen Flecken und Dörfer rechts und links der Landstraße aufzusuchen, um dort gegen ein Almosen zu singen. Schließlich hatte sie eine begnadete Stimme, wie man ihr schon oft genug geschmeichelt hatte. Dazu würden sie vielleicht auch hin und wieder etwas aus den Gärten und von den Feldern stibitzen, wenn sich die Gelegenheit bot. Das dürfte auch für Niklas und seinen kindlichen Gerechtigkeitsglauben keine allzu große Sünde sein.

In der Mittagszeit entdeckten sie den ersten Weiler etwas abseits der Straße. Die Handvoll Häuser lag von einem niedrigen Palisadenzaun umfriedet, dahinter tummelten sich etliche Hühner, Gänse und Schweine.

«Hier wohnen keine Hungerleider», murmelte Eva befriedigt und gab Niklas Anweisung, ein freundliches Gesicht aufzusetzen. Sie stellten sich dicht an den Zaun. Sofort kam ein alter Mann in dem kurzen, grauen Nestelkittel der Bauern, barfuß und mit nackten Beinen, auf sie zugeschlurft.

«Was wollt ihr?»

«Wir täten gern was singen, wenn Ihr erlaubt», erwiderte Eva höflich.

«Eine Musikantentruppe», gackerte der zahnlose Alte und kratzte sich unter seinem losen Kittel ungeniert am Gemächt. «Das hatten wir schon lang nicht mehr. He, Matthes, Hannes, Kathrin, aufi, aufi! Da will wer für uns singen!»

Eine jüngere Frau mit zwei Knaben kam neugierig näher, und Eva stieß ihren Bruder in die Seite.

«Los, das Trinklied der Scherenschleifer», zischte sie.

Doch sie kamen nicht mal bis zur letzten Strophe. Niemals hätte Eva gedacht, dass Niklas dermaßen falsche Töne von sich geben würde. Aus dem Kreis ihrer Zuhörer, der schnell auf ein gutes Dutzend angewachsen war, drang das erste Gelächter, bald schrie jemand: «Aufhören!», ein anderer: «Haut bloß ab, das hält ja keiner aus!», und der Alte bückte sich gar und streckte ihnen den blanken Hintern zu.

Eva sang schneller, verhaspelte sich in den Worten, schließlich rief ein halbwüchsiger Bursche: «Ich lass die Köter raus, das wird ihnen Beine machen.»

Und wirklich öffnete sich jetzt mit lautem Knarren das Holztor, und zwei struppige Hunde rasten kläffend auf sie zu. Eva zog Niklas fest an sich: «Bleib ruhig stehen, um Himmels willen. Dann beißen sie nicht.»

Dabei zitterte sie selbst vor Angst angesichts der hochgezogenen Lefzen der beiden Biester.

«Ruf die Hunde zurück. Wir gehn ja schon», bat sie den Burschen, der dem Ganzen mit verschränkten Armen zusah.

«Am besten auf Nimmerwiedersehen.» Er pfiff die Hunde zu sich heran. «Und jetzt verschwindet. Vagantengesindel!»

Unter dem Hohngelächter der Dörfler trotteten sie zur Straße zurück. Niklas kämpfte deutlich sichtbar gegen die Tränen an.

«So wird das nichts.» Eva schüttelte wütend den Kopf. «Das nächste Mal singe ich allein, und du wirst dazu tanzen.»

«Ich will aber nicht den Affen machen!»

«O doch, das wirst du. Wie kann man nur so grässlich falsch singen!»

14

Die nächsten Tage kamen sie nur langsam voran. Erst zwang sie ein Gewitter, in einem Buchenhain Schutz zu suchen, dann vertrat sich Niklas den Knöchel, und sie verbrachten einen halben Tag am Ufer eines Baches, wo er seinen Fuß kühlte.

Immerhin verliefen ihre kleinen Auftritte nicht mehr ganz so erfolglos. Niklas wirkte zwar eher wie ein Veitstänzer, wenn er so ungelenk von einem Bein aufs andere hüpfte und dabei in die Hände klatschte, aber Evas klare, kräftige Stimme schlug die Zuhörer in ihren Bann. Manchmal gingen sie leer aus oder wurden schon von vornherein weggejagt, nicht selten aber hielten sie nach ihren Darbietungen zum Lohn ein Stück Brot oder gedörrtes Obst in den Händen.

Inzwischen war es fast sommerlich warm geworden, und in den Nächten, die sie in Heustadeln oder in Unterständen für das Vieh verbrachten, wurden sie nicht mehr von klirrender Kälte im Morgengrauen geweckt. Eva hätte guter Dinge sein mögen, wäre da nicht plötzlich das Gefühl gewesen, in die Irre zu gehen. Ein Wanderkrämer hatte ihnen gleich zu Anfang erklärt, wenn sie nach Straubing wollten, müssten sie sich zunächst in Richtung Regensburg halten, von dort sei es dann ein Leichtes, stromabwärts der Donau zu folgen.

Vor zwei Tagen nun waren sie an eine Gabelung gelangt, und in ihrer Unsicherheit hatte Eva zwei fahrende Schüler nach dem Weg gefragt. Die Scholaren hatten sie mit frechen Blicken gemustert und sie, ohne eine klare Antwort zu geben, auf einen Umtrunk am Wegesrand eingeladen. Der eine hatte sie sogar «schöne Frau» genannt und ihr mit allerlei Komplimenten geschmeichelt. Selbstredend hatte Eva ihr Angebot abgelehnt, hatte sich schließlich sogar mit harschen Worten und geballten Fäusten gegen ihre zweideutigen Scherzworte wehren müssen. «Zickige Jungfer», hatte der eine gemault und ihr endlich mit verächtlichem Gesicht den Weg gewiesen – zu Evas Erleichterung die entgegengesetzte Richtung von deren eigenem Reiseweg.

Steil und steinig war es bergauf gegangen, bis die Gegend immer unwirtlicher und einsamer wurde. Wiesen und Viehweiden wichen dunklen Wäldern, die von steinigen Schluchten und Wildbächen durchschnitten wurden und in die kein Sonnenstrahl einzudringen vermochte. Hier verkehrten keine Kaufleute mehr, nicht einmal mehr Wanderkrämer oder Höker mit ihren Buckelkraxen. Überhaupt schien es irgendwann, als seien sie ganz allein auf der Welt. Eva wäre wohl vor Angst vergangen, hätte sie nicht das Messer unter der Schürze gehabt. Immer wieder umfasste sie den Hirschhorngriff, der glatt und warm in ihrer Hand lag. Mehr als einmal sah sie dabei deutlich das junge, lächelnde Gesicht des Junkers vor sich; ihr war, als würde er sie in diesem Augenblick beschützen. Hieß er nicht Moritz?

«Da stimmt was nicht», sagte sie, als vor ihnen der Weg wieder einmal im Dunkel eines dichten Waldstücks zu verschwinden drohte. «Das kann unmöglich die Straße nach Regensburg sein.»

Niklas ließ sich ins Gras der Wegböschung sinken. «Ich geh nicht mehr weiter. Außerdem hab ich Hunger.»

Sie schüttelte den Kopf. Ihre kärglichen Vorräte waren längst aufgebraucht.

«Wir haben nur noch Wasser. Hör zu, Igelchen: Wir kehren um. Ein oder zwei Wegstunden vorher hab ich im Tal einen Weiler gesehen. Dort fragen wir nach dem Weg. Und zu essen gibt's da sicher auch was für uns. Los jetzt, steh auf.»

Doch Niklas blieb sitzen. Böse kniff er die Augen zusammen. «Ich will nicht mehr tanzen. Nie wieder.»

So störrisch kannte Eva ihren kleinen Bruder gar nicht.

«Und wie willst du durchhalten, bitt schön? Meinst du, das Brot wächst auf den Bäumen?»

«Wir können ja Holz sammeln und verkaufen. Das liegt hier doch eh überall rum.»

Eva sah ihn erstaunt an. Dass sie da nicht selbst draufgekommen war!

«Gut, versuchen wir's. Und jetzt komm, es wird bald dunkel.»

Sie hatten Glück. In dem Flecken, den Eva von weitem gesehen hatte, trafen sie auf eine freundliche Bauersfrau, die offenbar ganz allein mit einer Schar Kinder auf ihrem kleinen Hof lebte. Sie nahm ihnen die gesamte Ausbeute an Kleinholz ab.

«Da hat euch einer recht verscheißert», sagte sie, als sie Eva und Niklas einen Topf Gerstenbrei reichte. Sie hockten auf der Türschwelle, umringt von den barfüßigen, zerlumpten Kindern, die sie aus großen Augen anstarrten.

«Ihr seid gradwegs in der falschen Richtung unterwegs.» Die Frau machte eine Pause und sprach dann bedächtig weiter, als müsse sie jedes Wort neu bedenken. «Am besten gehts ihr von hier aus nach Amberg, dann alleweil die Vils abwärts in Richtung Donau. Und bleibt bloß auf dem Weg, wandert ja nie allein. Hier im Nordgau wimmelt's von Wegelagerern. So, genug gegessen – schlafen könnt ihr im Ziegenstall.»

Niklas' Einfall mit dem Holzsammeln erwies sich als ein wahrer Segen. Die nächsten Tage klaubten sie immer so viel Kleinholz auf, wie sie in Evas Mantel und Niklas' Tuch bündeln konnten, und tauschten es gegen eine Brotzeit oder eine Strohschütte zum Schlafen ein. Der Menschenschlag in dieser rauen Gegend war knorrig und wortkarg, nichtsdestoweniger wurden sie nicht ein einziges Mal der Tür verwiesen. So wanderten sie mit ihren Holzbündeln über der Schulter von Hof zu Hof, von Flecken zu Flecken, immer darauf bedacht, sich unterwegs irgendwelchen Bauersleuten oder Knechten anzuschließen. Von einer alten Frau nämlich hatten sie erfahren, dass erst wenige Tage zuvor bei einer Hammerschmiede ein Kessler überfallen worden war. Splitternackt und mit gespaltenem Schädel hatte man ihn unter einem Busch gefunden.

Am vierten Tag dann fand ihre Glückssträhne ein Ende. Gegen Mittag hatten sie sich ein gutes Stück in den Wald hineingewagt, da am Wegesrand kein Brennholz mehr zu finden war, als ein Brüllen sie aufschreckte: «Lumpenpack!»

Im nächsten Moment krachte eine Feuerbüchse, so laut und so nah, dass ihr der Herzschlag aussetzte.

«Lauf, Niklas!», schrie Eva. «Zurück zum Weg!»

Noch zwei Mal hörte sie es krachen, während sie durchs Unterholz hetzte, dann hatte sie den Weg erreicht und warf sich in den schützenden Graben. Ihre Ohren schmerzten, als habe man ihr mit einem Prügel draufgeschlagen, Rocksaum und Schürze waren zerrissen.

Sie hob den Kopf. «Niklas?»

Ihr kleiner Bruder war nirgends zu sehen.

«Niklas!»

Da hörte sie es aus einem nahen Fischweiher plätschern, und kurz darauf tauchte Niklas vor ihr auf, mit schreckgeweiteten Augen, das Haar mit Moos und Schlick verklebt. Bis auf ein zerschrammtes Knie schien er unverletzt.

Sie weinte vor Erleichterung, als sie ihn in die Arme schloss. Dann zog sie ihm die nassen Kleider vom Leib und hängte sie in einen Baum zum Trocknen.

«Ich hab solche Angst», flüsterte er, als sie sich neben ihn in die Sonne setzte. «Das waren Mordbrenner. Eine ganze Bande.»

«Nein, mein Kleiner. Das war der Flurschütz. Das mit dem Holzsammeln hat nun jedenfalls ein Ende.»

«Aber was sollen wir jetzt machen?»

Eva zuckte die Schultern. «Ich weiß nicht.»

Vielleicht sollte sie ihren kostbaren Mantel verkaufen. Jetzt im Sommer brauchte sie ihn eigentlich nicht, und was danach kam, stand ohnehin in den Sternen. Hatte dieser widerliche Fettmilch nicht was von zwei bis drei Gulden gefaselt? Damit würden sie, ohne zu hungern, ganz gewiss bis Straubing kommen. Dann aber hörte sie Wenzel Edelmans Stimme: *Solche Dinge verkauft man nicht!*

Mit einem Mal hatte sie alles gründlich satt. Warum nur waren sie nicht bei Wenzel Edelman geblieben? Wäre das denn die schlechteste Zukunft gewesen? Niklas hätte es gut gehabt, und der Schneider war kein schlechter Mensch, auch wenn er viel zu alt für sie war. Im Gegenteil: Er war der freundlichste, warmherzigste Mann, der ihr in den letzten Jahren begegnet war. Aber er war eben doch ein Mannsbild, mit all den schrecklichen Eigenschaften, die sie damit verband. Andererseits: Sollte sie nun zeit ihres Lebens eine ledige Jungfer bleiben? Wer würde sie versorgen, wenn sie krank wurde? Sie unterstützen in Alter und Einsamkeit? Wie ungerecht war doch diese Welt! Die Männer standen für sich selbst, durften über Frau und Kind herrschen, sich nehmen, was sie begehrten. Und sie als Frau durfte nicht einmal auf Erlösung nach dem Tod hoffen, wenn sie sich nicht als Mutter und Ehefrau bewährt hatte.

Am übernächsten Abend erreichten sie mit knurrendem Magen die fürstliche Residenzstadt Amberg. Bereits Stunden zuvor hatte sich die Straße nach und nach mit Fuhrwerken und Handkarren, Reitern und Fußgängern gefüllt. Das Gedränge wurde immer dichter, und Eva, die eine kleine Stadt erwartet hatte, in der sie um ein Obdach und ein Almosen bitten würden, ahnte, wie bedeutsam Amberg sein musste. Als dann hinter den Wolken von aufgewirbeltem Staub, der in der Abendsonne goldgelb leuchtete, die Türme und Mauern auftauchten, staunte sie nicht schlecht: Wie eine gigantische Festung lag die Stadt vor ihnen, schützte sich mit Wassergraben und einer Doppelreihe aus Wehr- und Zwingermauern, mit befestigten Toren und unzähligen Türmen, die sich alle paar Steinwürfe über dem Mauerring erhoben. Und mitten hinein floss die Vils, durch ein mächtiges Brückenbauwerk, das den Fluss in drei Bögen überspannte.

Niklas drückte sich dicht an seine Schwester, als sie sich in die Schlange vor dem äußeren Stadttor einreihten und geduldig warteten, bis sie an der Reihe waren.

«Woher und wohin?», fragte einer der beiden Torwächter knapp und musterte sie geringschätzig.

«Wir sind auf dem Weg zu unsren Verwandten und suchen ein Unterkommen für eine Nacht.»

«Bettler also – dacht ich's doch. Wo habt ihr euer Blech?»

Eva sah ihn verständnislos an. «Welches Blech?»

«Seids ihr blöd oder was? Das Heiligsblechl natürlich, das Zeichen der Hausarmen. Ich seh schon, ihr habt keins. Los, machts euch fort, bevor ich euch meine Helmbarte durchs Fell zieh.»

«Aber wir wollten doch nur …»

«Hast du Gülle im Ohr? Verschwindet! Ohne Zeichen und Bettelstab lassen wir keinen rein. Nicht mal auf eine Nacht.»

Grob schob er Eva mit dem Schaft seiner Hellebarde zur Seite und winkte den Nächsten heran. Die Sache schien für ihn erledigt.

Eva stand da wie Lots Weib. Niemals hätte sie damit gerechnet, dass man ihnen den Einlass in die Stadt verwehren würde. Irgendwann zupfte sie jemand am Rock.

«Komm mit.»

Der Bursche vor ihr, kleiner und jünger als sie selbst, nickte ihr auffordernd zu. Alles an ihm war dreckig: die nackten Füße, der halblange, zerrissene Bauernkittel über den dürren Beinen, das sommersprossige Gesicht, vor allem die ungekämmten hellroten Haare, die ihm bis weit über die Schultern reichten. Aber seine Augen blitzten klar und frech in die Welt.

«Ich bin der Pfeifergeck», fuhr der Junge fort und blinzelte Niklas verschwörerisch zu. «Ich zeig euch, wo ihr schlafen könnt.»

Eva hatte von Anfang an kein gutes Gefühl, als sie dem Burschen folgten, aber irgendwo mussten sie ja nächtigen. Er führte sie weg von der Menschenmenge, geradewegs in eine Gasse zwischen schäbigen Schuppen und verwilderten Gärten. Kurz darauf gelangten sie wieder an die Stadtmauer. Hier allerdings bot sich ein ganz anderes Bild als eben vor dem Tor: Entlang der Mauer, an der allerlei Gerümpel lehnte, flackerten kleine Feuer in der einbrechenden Dämmerung, drumherum kauerte ein gutes Dutzend verwahrloster Gestalten, Männer wie Frauen, Alte wie Kinder, die mit Zechen und Würfeln beschäftigt waren. Irgendwer spielte auf einer Flöte, Hunde kläfften um die Wette. Beim Näherkommen erkannte Eva zu ihrem Schrecken, dass sich hier offenbar der Bodensatz der Menschheit gefunden hatte. Einigen ragte ein Beinstumpf aus den Lumpen, andere hatten nur einen Arm oder hässliche, blatternarbige Haut, abgefressene Haarschöpfe oder dunkle Klumpen statt Händen. Keiner beachtete die Neuankömmlinge.

Es fiel Eva schwer, gegen den Ekel anzukämpfen, der in ihr aufstieg. Wie gern hätte sie Niklas die Gesellschaft dieses Gesindels erspart, doch jetzt gab es kein Zurück mehr.

«Hab keine Angst», flüsterte sie ihm ins Ohr.

«Hab ich doch gar nicht.»

Niklas schüttelte ihre Hand ab und gesellte sich zu ihrem Begleiter.

«Da vorn sitzt der Meister, dem stell ich euch vor.»

Pfeifergeck schleppte sie zu einem älteren Mann, dem ein kostbares Samtbarett auf dem verfilzten Haar thronte.

«Hab zwei Schlafgänger mitgebracht, Meister.»

Der Mann sah auf und grinste. Er hatte keinen einzigen Zahn mehr im Mund.

«Schönes Madl bist. Kommst aus besserem Stall als wir. Wie heißt du?»

«Eva. Und das ist Niklas, mein Bruder.»

«Hockt euch her und esst und trinkt.»

«Aber wir haben kein Geld.»

«Macht nichts. Wir halten's wie die frommen Brüder vom heiligen Franz: Wir teilen auch das Geringste miteinander.»

Das Weib neben ihm, nur wenig jünger, reichte ihnen Brot und einen Weinschlauch. Ihr Blick war voller Missgunst.

«Habt Dank», murmelte Eva. Sie biss in das Brot, das frisch und würzig schmeckte, nahm einen tiefen Schluck von dem Wein und blickte sich um. «Wo habt ihr eure Herberge?»

«Herberge!», gackerte das Weib los. «Ach, du grünes Mäuschen, was ist die blöd! Nein, so was!»

«Halt dein ungefragtes Maul, Savoyerin!»

Der Meister stieß sie grob in die Seite, dann fuhr er lächelnd fort: «Unsere Herberge ist die Stadtmauer, ihre Nischen und Pfeiler. Schau's dir nur an, was für kommode Schlafkammern wir haben!»

Eva kniff die Augen zusammen. Das, was sie für Gerümpel gehalten hatte, waren löchrige Buden aus Brettern und Tüchern, die wie Vogelnester an der Mauer klebten.

«Und da wohnt ihr?», fragte sie ungläubig.

«So lang halt, bis die Mauerwächter und Grabenreiter alles wieder einreißen. Dann suchen wir uns eine andre Stelle. Oder eine andre Stadt. Aber vorerst bleiben wir hier. Amberg ist eine Goldgrube. Hier tritt ein Pfeffersack dem andern auf die Füße. Da fällt so manches Krümchen für uns ab.»

Niklas, der die ganze Zeit aufmerksam zugehört hatte, sagte mit vollen Backen:

«Aber die lassen einen doch gar nicht rein in die Stadt.»

«Ihr habt's falsch angestellt», mischte sich jetzt der Pfeifergeck ein. «Ihr müsst halt unerkannt rein, durch die heimlichen Breschen und Schlupfpforten. Oder durchs Ziegeltor. Der Gugelhans lässt gegen eine Handsalve jeden Krüppel ein.»

«Narrengeschwätz», knurrte ein kahlköpfiger Kerl, der bislang stumm ins Feuer gestarrt hatte. «Musst gar nicht in die Stadt. Vor den Toren findest genug reiche Säcke.»

Der Verlauf des Gesprächs gefiel Eva immer weniger, zumindest schien es ihr nicht für Niklas' Ohren bestimmt.

«Woher seid Ihr?», fragte sie deshalb den Meister.

«Von überall und nirgendwo. Wir sind eine große Familie, die der liebe Herrgott zamgführt hat.»

Das Weib neben ihm grinste. «Eine ganz ehrwürdige Familie, Herzelchen. Aus Bastardkindern und Krüppeln, aus Knochensammlern, Abdeckern und Hundeschlägern …»

«Pfui, schäm dich, Savoyerin! Unsre neuen Freunde so zu erschrecken.» Der Meister nahm den Schlauch und trank genüsslich. «Aber es ist, wie es ist. Gottes Schickung hat uns alle hart geprüft. In alten Zeiten war das Leben für die Armen einfacher. Ohne Stocken die Zehn Gebote aufgesagt, dazu ein Ave-Maria und ein Gratias – und schon gab's Blech und Bettelschelle. Damit ging's von Haus zu Haus, vom Kirchentor zur Klosterpforte, die gute Gabe war Christenpflicht! Heute heißt's, wir würden die Pest einschleppen, und man tritt uns in den Arsch.»

Er seufzte herzerweichend, dann nickte er dem Kahlkopf zu und blinzelte.

«Hol neuen Wein.»

«Den guten?»

«Natürlich den guten, Dummkopf!»

Die nächsten Momente blieb es still am Feuer. Jetzt, wo Hunger und Durst gestillt waren, fühlte Eva, wie ihr die Erschöpfung in die Glieder kroch. Dennoch glaubte sie nicht, in einem dieser seltsamen Verschläge an der Stadtmauer auch nur ein Auge zutun zu können.

Als der Kahlkopf aus der Dunkelheit zurückkehrte, reichte der Meister ihr den Schlauch: «Trinkt nur, ihr beiden, das ist unser bester Tropfen. Nur für hohe Gäste.» Er lächelte freundlich. «Einen weichen Strohsack können wir euch leider nicht anbieten, aber ihr werdet sehen, noch a wengerl vom Würzwein, und ihr schlaft wie auf Wolken.»

Wieder kicherte das Weib. Wer von uns beiden ist hier wohl blöde, dachte Eva abfällig. Dumme Kuh!

Eine halbe Stunde später bat sie den Meister, ihr den Schlafplatz zu zeigen. Der süße Wein hatte tatsächlich Wirkung gezeigt. Sie konnte den Gesprächen um sie herum kaum noch folgen, und Niklas lehnte mit geschlossenen Augen an ihrer Schulter.

«Pfeifergeck bringt euch.»

Der Verschlag bot überraschenderweise reichlich Raum für zwei. Irgendwer hatte sogar eine dicke Lage frischen Strohs aufgeschüttet, und Niklas streckte sich mit einem zufriedenen Grunzen darauf aus.

«Ich schlaf nebenan, falls was ist heut Nacht», sagte Pfeifergeck.

«Danke.» Eva war gerührt über die Gastfreundschaft dieser Leute. «Sag deinem Meister nochmals unseren herzlichsten Dank. Er ist ein guter Mensch!»

«Ich weiß.» Pfeifergeck lachte fröhlich. «Schlaft wohl.»

Am nächsten Morgen erwachte Eva aus tiefem, traumlosem Schlaf. Es war noch still im Lager der Wanderbettler. Etwas kitzelte sie an der Wange, und sie schlug die Augen auf. Ihr Kopf schmerzte. Es dauerte einen Augenblick, bis sie begriff: Sie lag auf dem blanken Stroh, das nun an allen Stellen pikste. Und der Mantel, in den sie sich eingehüllt hatte, war weg!

Mit einem Ruck schnellte sie in die Höhe. «Niklas! Mein Mantel ist weg!»

Schlaftrunken richtete sich ihr Bruder auf. Nein, auch er hatte ihn sich nicht genommen. Verdutzt starrte er auf seine bloßen Füße: «Meine Lederschuhe auch. Die hatte ich doch angelassen in der Nacht.»

Langsam begriff Eva, was hier geschehen war: Die Gastlichkeit der Bettler war nichts als geheuchelt und gelogen! Diese Dreckskerle hatten sie beide mit dem Würzwein betäubt, um sie anschließend zu berauben. So tief mussten sie geschlafen haben, dass man ihr unbemerkt den kostbaren Mantel vom Leib und Niklas die Schuhe von den Füßen hatte ziehen können. Selbst ihre alten, abgestoßenen Holzpantinen waren geklaut und Niklas' Umhang. Sie griff unter ihre Rockschürze – dem Himmel sei Dank, das Messer steckte noch im Schaft, gleich neben der schlaffen, seit Tagen leeren Geldkatze.

Wie konnten Menschen nur so hinterhältig sein? Gehörten sie und Niklas nicht selbst zu den Bedürftigen? Schlimmer noch: Zu den Ärmsten der Armen gehörten sie fürderhin, zum Hudel- und Bettelvolk, denn sie besaßen nichts mehr als die schmutzige, abgerissene Kleidung, die sie auf dem Leib trugen.

Sie ballte die Fäuste.

«Na warte», zischte sie. «Wenn ich die erwische! Diese Schandbuben! Dieses verhurte Schelmendiebsgesindel!»

Mit einem wütenden Fußtritt katapultierte sie die vordere Bretterwand nach außen. Gleißendes Sonnenlicht fiel auf ihr Lager. Eva blinzelte. Der schmale Wiesenstreifen lag wie ausgestorben vor der Stadtmauer. Bis auf die erloschenen Feuerstellen kündete nichts davon, dass sich hier gestern Abend noch eine Horde Bettler versammelt hatte.

«Sie sind alle weg», flüsterte Niklas.

«Das seh ich auch! Komm jetzt, steh auf, wir versuchen nochmal, in die Stadt zu kommen.»

Ein Krachen und Poltern ließ sie zusammenzucken. Ein Stück weit mauerabwärts fiel einer der Verschläge in sich zusammen wie ein Kartenhaus. Kurz darauf der nächste. Dann entdeckte

Eva die beiden Männer – der eine war der Torwächter vom Vortag –, die mit ihren Äxten und Spießen den Bettelquartieren zu Leibe rückten. Auch sie selbst waren entdeckt worden. Evas erster Impuls war, davonzulaufen, dann aber siegte der Trotz in ihr. Schließlich hatten sie sich nichts zuschulden kommen lassen, im Gegenteil.

«Halt, stehen bleiben!»

Die Männer ließen Axt und Spieß fallen, rannten zu ihnen herüber und packten sie beim Arm, der eine Eva, der andere Niklas, so gewaltsam, als seien sie gefährliche Straßenräuber.

«Kommen also doch noch ein paar Ratten aus den Löchern», blaffte der Ältere, offensichtlich ein städtischer Büttel.

Der Torwächter runzelte die Stirn. «Potztausendsapperment – die kenn ich doch. Das Bettlergesindel von gestern Abend.»

«Gesindel sind die Hundsfotte, die Euch entwischt sind», gab Eva ärgerlich zurück. «Die haben uns nämlich beklaut!»

«Das ich nicht lach! Jetzt beklaut sich das Lumpenpack schon selbst.»

«Es ist aber so. Nicht mal die Schuhe haben sie uns gelassen.» Eva starrte auf ihren zerrissenen Rocksaum, unter dem ihre nackten Zehen hervorschauten. Dann straffte sie die Schultern und sagte mit fester Stimme:

«Ich bitt Euch, lasst uns in die Stadt. Wir sind keine Unehrlichen. Wir sind arme Waisen aus Passau und müssen weiter zu unserer Muhme nach Straubing. Mein kleiner Bruder hat Hunger, und wir müssen wieder zu Schuhen kommen, wenn wir weiterwollen. Als Waisen haben wir ein Recht auf Almosen, auch als Fremde.»

«Recht auf Almosen – was für ein Gewäsch! Ein Recht auf acht Tag im Turm habt ihr, sonst nix! Ich sag euch, was ihr seid.» Der Mann holte tief Luft. «Ausgfuchste Schlitzohren seid ihr, falsche Bettler, die gutherzigen Leuten das Geld aus der Taschn ziehen. Vor der Kirch schlagt ihr zu Boden und krampft euch dann, als hättet ihr das fallende Weh. Oder reißt euch die Kleider vom Leib, damit man eure falschen Schwären und Eiterbeulen sieht. Dabei tut ihr ächzen und jammern zum Herzzerreißen, bis ihr schließlich mehr Heller nach Hause tragt als unsereins mit harter Arbeit.»

«Das ist nicht wahr!» Niklas stampfte auf.

Der Torwächter gab ihm mit der freien Hand eins gegen den Hinterkopf. «Halt die Goschn, Bettseicher. Und jetzt marsch, marsch. Ab in den Turm!»

«Ich weiß was Bessres», sagte der andere. «Kommt heut nicht die Bettelfuhr vorbei? Damit wären wir die Schmarotzer los.»

«Hast recht.»

«Wartet, nicht so schnell», rief Eva und verdrehte die Augäpfel. «Mir ist plötzlich so schummrig vor Augen.»

«Willst wohl Possen reißen mit mir?», brummte der Torwächter, blieb aber immerhin stehen.

«Was bedeutet das – Bettelfuhr?», fragte Eva mit schwacher Stimme.

«Das bedeutet, ihr werdet auf einen Karren verfrachtet, auf einen hübschen, alten Maultierkarren, der hier in der Gegend alle fremden Bettler einsammelt und an ihren Heimatort bringt. Soll sich doch der Passauer Armenkasten um euch kümmern.»

«Ich will nicht nach Passau!» Diesmal war das Entsetzen in ihren Augen nicht gespielt.

«Zu wollen gibt's da nix. Von dem Karren kommt keiner runter, weil man nämlich festgebunden ist.»

Eva musste nicht einen Augenblick nachdenken, was zu tun war. Blitzschnell griff ihre fiele Rechte unter die Schürze und zog das Messer hervor. Bevor sich der überraschte Torwächter auch nur rühren konnte, hielt sie ihm die Klinge gegen die Kehle.

«Lasst uns los!», fauchte sie.

Die Männer gehorchten.

«Lauf, Niklas. So schnell du kannst. Rüber zum Torplatz.»

Niklas ließ sich das nicht zweimal sagen. Doch bevor er weg-rannte, tat er etwas Verblüffendes: Er trat seinem Aufpasser in die Kniekehlen, sodass der umknickte wie ein gefällter Baum. Eva ihrerseits ließ ihr Knie mitten ins Geschlecht des Torwäch-ters schnellen und rannte ebenfalls los. Ohne sich noch einmal nach den brüllenden Männern umzudrehen, hetzten sie durch die Gasse, durch die sie gekommen waren, überquerten den be-lebten Torplatz und schlugen einen Pfad zum Ufer der Vils ein. Im Schutz eines Wäldchens hielten sie inne, keuchend und mit schmerzenden Fußsohlen. Niemand war ihnen gefolgt.

Noch völlig außer Atem, schlug Eva ihrem Bruder auf die Schulter. «Das hast du großartig gemacht! Und wie du rennen kannst! Viel schneller als früher.»

«Ich bin ja auch gewachsen.»

Sie betrachtete ihn erstaunt. Tatsächlich – wieso war ihr das nicht früher aufgefallen? Niklas reichte ihr plötzlich bis an die Nasenspitze.

«Dass ich das nie bemerkt hab», murmelte sie. «Mensch, Niklas – da darf ich jetzt gar nicht mehr Igelchen sagen!»

Niklas grinste stolz und zufrieden zugleich.

«Doch, das darfst du.»

15

Wo hast du das eigentlich gelernt?», fragte Niklas.

Sei saßen an der Uferböschung, füllten ihre Wasserflasche auf und kühlten ihre Füße.

«Was meinst damit?»

«Na ja, das, was du in Passau manchmal gemacht hast. Als du den Leuten was geklaut und wieder zurückgegeben hast.»

Eva starrte ihn an. Sie hatte immer geglaubt, Niklas hätte sich damals ebenso täuschen lassen wie die gefoppten Opfer.

«Das hast du gewusst?»

«Aber ja.» Er lachte.

«Das darfst niemals wem erzählen, hörst du? Sonst land ich am Galgen.»

«Am Galgen?» Niklas erbleichte. Dann schüttelte er den Kopf und hob die Hand zum Schwur. «Ehrenwort! Ich erzähl's keinem. Und jetzt zeig es mir. Ich will es auch lernen.»

Eva zögerte. Das, was sie damals getan hatte, war eindeutig Diebstahl gewesen, wenn auch nie zum Schaden der Beklauten. Doch selbst auf solche Schelmereien standen die härtesten Leibesstrafen. Andererseits: Sie mussten schleunigst Geld auftreiben. Der Kanten Käse oder Brot, den man ihnen aus Mitleid hie und da zusteckte, hielt sie zwar gerade so auf den Beinen, aber wenn sie in den Städten nicht wieder als Haderlumpen geschmäht werden wollten, mussten sie zu Schuhen und neuer Kleidung kommen. Vor allem aber wollte Eva nicht wie elende Landstörzer bei ihrer Verwandtschaft auftauchen. Was würde das für einen Eindruck machen? Vielleicht war die Sache gar nicht so dumm, es wieder mal mit einer kleinen Gaunerei zu versuchen. Bewies ihr Niklas in letzter Zeit nicht immer wieder, dass er kein kleines Kind mehr war? Und so richtig satt essen müsste er sich auch mal wieder, so, wie sein Magen beim Einschlafen immer knurrte.

Den dritten Tag seit der Nacht in Amberg waren sie nun schon durch die Wiesen und Uferwälder der Vils gewandert, die sich hier in zahlreichen Nebenarmen und Flutmulden malerisch durch die Talaue schlängelte, rechts und links von bewaldeten Hügeln und Bergrücken begleitet. Jetzt im Frühsommer waren

die Uferwege gut abgetrocknet. Meist nahmen sie die Treidel-
wege dicht am Flusslauf, von den Leuten hier Treppelpfade
genannt. Bewusst hielten sie sich von der größeren Handelsstraße fern, die als Firstweg den Höhenzügen folgte – nicht nur
der Bedrohung durch Straßenräuber wegen, sondern falls die
Amberger Büttel doch nach ihnen suchen würden. Der größte
Vorteil aber bot sich ihnen, ohne dass sie es geahnt hätten, bei
den Übernachtungsmöglichkeiten. An fast jeder Anlegestelle
fanden sich leere Boote, in die man sich nach Einbruch der
Dunkelheit hineinschleichen konnte, um ungestört die Nacht
zu verbringen.

«Also was ist? Zeigst du's mir?»

Erwartungsvoll sah Niklas seine Schwester an.

«A geh, ich weiß nicht …»

Eva betrachtete das glänzende Band des Flusses, das sich
dem Menschen um diese Jahreszeit so friedlich und geduldig als
Fahrstraße anbot – als würde sich dort die Antwort finden. Ein
Lastkahn nach dem anderen zog an ihnen vorbei, langgestreckte, flachbodige Zillen und einfache, kastenförmige Plätten, ohne
Aufbauten oder Dach, dafür mit hocherhobenem Spitzbug, was
aussah, als müsse das Boot krampfhaft die Nase über Wasser
halten. Flöße tauchten nur selten auf, dafür immer wieder lange
Schiffszüge, dessen einzelne Boote, wie in einem Rosenkranz
aneinandergefädelt, dem Ordinarischiff folgten. Schwer beladen
lagen sie flussabwärts im Wasser, flussaufwärts musste die Fracht
gesegelt oder gerudert, gestakt oder getreidelt werden.

«Also gut.» Eva sprang auf und glättete ihren Rock. «Versuch, mir die Geldkatze abzunehmen.»

Langsam näherte Niklas seine Hand ihrer Schürze, fuhr
unter den Stoff und zog und zerrte an dem Strick, an dem der
Beutel hing.

«Das kitzelt!» Eva musste lachen und schlug ihm auf die

Hand. «So wird das nie was! Hör zu: Das Wichtigste ist, den andern abzulenken oder zu beschäftigen. Das Zweite, dass du blindlings einen lockeren Knoten lösen kannst. Ist er zu fest oder spürst du einen doppelten Knoten, musst sofort die Hand wegziehen. Das schaffst du nämlich nie. Am besten ist's, du hast eine Scherbe oder Klinge in der Hand. Dann kannst die Schnur durchschneiden. Und das Dritte, das Schwierigste: Der andre darf keinen Fliegenhauch von dir am Körper spüren.»

«Aber wie soll das gehen?»

«Das ist Übungssache. Ich war grad so alt wie du, als ich immer zum Schneideroheim in die Werkstatt bin. Damals durft ich bei den Glatzer Bürgersfrauen die Anprobe durchführen. Die feinen Damen sind äußerst empfindlich, hatte der Oheim mir immer gepredigt. Geh so vorsichtig vor, als wärst du ein Taschendieb. Das hab ich getan und wurd immer besser dabei.»

«Unglaublich!» Niklas sah sie bewundernd an.

«Ach was, so großartig ist das gar nicht.»

«Ich will's nochmal versuchen, bitte! Zähl die Schiffe auf dem Fluss, so laut, dass ich's höre.»

«Na gut.»

Sie zählte mit lauter Stimme vor sich hin, und tatsächlich: Sie spürte Niklas' Hand erst, als er reichlich ungeschickt an ihrer Geldkatze zupfte.

«Schon besser», sagte sie. «Aber den Beutel lösen musst du noch üben.»

Den ganzen restlichen Tag über nötigte Niklas sie immer wieder, stehen zu bleiben, um dann mit geschlossenen Augen an ihrem Geldbeutel zu hantieren. Sie ließ ihn gewähren, obwohl sie das Ganze inzwischen recht albern fand. Weit mehr beschäftigte sie die Sorge, wie sie die nächsten Tage überstehen sollten. Von einem der Bootsleute hatte sie erfahren, dass sie nicht mehr weit von dem Marktflecken Schmidmühlen waren,

169

wo sich Vils und Lauterach vereinten, und damit immer noch gut zwei Tagesmärsche von Regensburg entfernt. Von dort nach Straubing würden es noch einmal zwei, eher drei sein, falls das Wetter umschlug. Und das sah ganz danach aus: Ein kühler Wind hatte die sommerliche Wärme vertrieben, grau und schwer zog sich der Himmel im Westen zusammen.

Das Schlimmste aber: Sie fühlte sich selbst zunehmend kraftlos. Seit jenem verfluchten Abend in Amberg hatte sie so gut wie nichts mehr gegessen, da sie von ihren kärglichen Rationen immer einen Großteil an den ewig hungrigen Bruder abgegeben hatte. Und das rächte sich jetzt. Immer häufiger schwindelte ihr, begann es ihr vor den Augen zu flimmern. Mal waren ihr die Beine schwer wie Blei, dann wieder gaben sie unter ihr nach, dass sie strauchelte.

Am Nachmittag gelangten sie an eines der vielen Wehre, die den Fluss für die Schifffahrt anstauten. Sie hätten noch gut zwei Stunden bei Tageslicht weiterwandern können, aber Eva war am Ende ihrer Kraft. An den Stauschleusen mit ihren Anlegestellen für die Schiffe fanden sich immer genügend Menschen, von denen sie sich einen kleinen Mundvorrat erbetteln konnten. Zumal wenn sich, wie hier, eine Mühle am Wehr befand, in der sich die Schiffer und Bootsleute mit Proviant eindeckten.

«Lass uns hierbleiben», sagte sie zu Niklas und ließ sich vor dem Mühlengarten auf eine steinerne Bank sinken. Es duftete nach Rosen und Kräutern. Müde schloss sie die Augen und hielt ihr Gesicht in die Sonne, die gerade noch über die dunkle Wolkenwand lugte. Es würde gewiss bald regnen.

Niklas setzte sich neben sie. «Ist dir nicht wohl? Du bist ganz bleich.»

«Bin nur müde, sonst nichts.»

Er legte ihr den Arm um die Schultern und lehnte sich an sie. Da plötzlich fühlte sie eine unermessliche Liebe für diesen schmächtigen Jungen, der sich so tapfer an ihrer Seite durch die Welt schlug. Ihr Bruder brauchte nichts dringender als ein Zuhause, den Schutz einer Familie, in der er heranwachsen konnte, ohne ständig Hunger oder Angst haben zu müssen. Sie sah ihn vor sich, als stattlichen jungen Mann, der sich lachend nach dem Morgenessen verabschiedete, um in seine Werkstatt zu gehen, wo er als Geselle sein Brot verdiente. Sah ihn an der Seite einer jungen Frau, die einen Säugling auf dem Arm hielt. Sah ihn die junge Frau zärtlich küssen. So tröstlich war dieses Bild, das ihr wie aus einem fernen Traum vor dem inneren Auge stand. Dann hörte sie eine Stimme. Nicht die von Niklas, sondern eine Stimme, warm und weich wie Samt. *Ich kann dich nicht gehen lassen. Es wird bald dunkel*, hörte sie ganz deutlich die Worte. Wer sagte das zu ihr? Wer hielt sie da so fest im Arm, als wolle er sie nie wieder loslassen?

«Ich hab's geschafft!»

Eva schrak aus ihrem Dämmerzustand und blickte verwirrt um sich. Niklas hielt ihr die Geldkatze unter die Nase. Seine Augen blitzten vor Stolz.

«Und du hast überhaupt nichts gemerkt!»

«Ach, Niklas.» Ihr Kopf schmerzte. «Vielleicht hab ich ja geschlafen.»

«Nein, nein, du hast ja die ganze Zeit über irgendwas geredet. Warum freust du dich nicht?»

«Ich freu mich ja.» Sie strich ihm übers Haar. «Und jetzt seh ich mich mal um, wie wir zu unserem Abendbrot kommen. Rühr dich nicht weg, verstanden?»

Die Mühle erwies sich als ein riesiges Anwesen, mit mehreren Nebengebäuden, Gemüse- und Blumengärten und einem weitläufigen, gepflasterten Hof, der sich zur Schiffslände hin öffnete. Hier war ein Schragentisch aufgebaut, an dem Bier, Backwaren und Feldfrüchte feilgeboten wurden. Evas Aufmerksamkeit

hingegen war von etwas anderem gefangen: Ein wenig abseits
der Mühle, auf einer flach ansteigenden Uferwiese, lagen etliche
Leintücher und Wäschestücke zum Bleichen ausgebreitet. Eine
Magd schickte sich eben an, sie einzusammeln, als ein junger
Bursche vom Waldrand her auftauchte und ihr zuwinkte. Die
beiden verschwanden im Buschwerk, ganz offensichtlich zu einem heimlichen Stelldichein.

Langsam schlich Eva das Ufer entlang bis zu einer Stelle, wo
mächtige Steine im Wasser lagen. Das Waschbrett und die Wei-
denkörbe verrieten, dass hier die Wäsche gewaschen wurde. Eva
blieb stehen und warf begehrliche Blicke auf die blütenweißen
Tücher, die auf dem Grün der Wiese leuchteten. Eines war aus
Damast, mit feinen Spitzen. Ein solches Tuch würde sie um ein
Leichtes gegen zwei paar Holzschuhe eintauschen können!

Sie kämpfte mit sich. Noch immer war sie unbeobachtet.
Sie könnte das Tuch unter ihrer Schürze verstecken und mit
Niklas von hier verschwinden. Waren sie auf dem Hinweg nicht
an einem Zigeunerlager vorbeigekommen? Bei solchen Leuten
konnte man doch jederzeit Diebesgut verhökern.

Aber was würde sie dann Niklas erzählen? Noch nie in ihrem
Leben hatte sie wirklich gestohlen. Da fiel ihr Blick auf einen
der Körbe, in dem mehrere Bröckelchen Seife lagen. Das war
die Lösung! Rasch langte sie in den Korb, nahm das kleinste
Stück heraus und eilte zurück zu Niklas. Der lag dösend auf
der Bank.

«Los, komm. Wir holen uns ein Almosen drüben am Ausschank. Ich hab einen guten Einfall. Versprich mir nur eins: Du
musst betteln, ganz gleich, was geschieht.»

Vor dem Schragentisch hatte sich inzwischen eine Menge
Volk angesammelt. Ohne dass Niklas es merkte, steckte sich Eva
die Seife in den Mund. Es schmeckte grauenhaft. Sie bewegte
Zunge und Lippen, bis es schäumte, dann sackte sie mitten in

dem Menschenauflauf in die Knie. Sie warf den Kopf in den Nacken, verdrehte die Augen, verrenkte Arme und Beine in wilden Zuckungen, heulte und wimmerte dabei wie von Sinnen. Niklas schrie vor Schreck auf.

Aus dem Augenwinkel sah Eva, wie die Menschen sie anstarrten, entsetzt, aber auch voller Mitleid.

«Dreiheiligemadln – helft!», riefen die einen, andere: «Haltet sie fest, damit sie sich nicht verletzt.»

Als sich auch Niklas über sie beugte, mit Tränen in den Augen, zwinkerte sie ihm zu. Da endlich hatte er begriffen.

«Schnell, meine Schwester braucht was zu trinken, am besten Starkbier!»

Jemand brachte einen großen Becher, und Eva zuckte noch drei-, viermal heftig mit den Gliedern, dann brach sie ermattet zusammen. Niklas strich ihr den Schaum von den Lippen und gab ihr zu trinken. Selbst nach dem dritten Schluck schmeckte das Bier noch nach Seife, aber Eva spürte, wie sich ihr Magen mit dem nahrhaften Trank füllte. Sie leerte den Becher fast in einem Zug. «Hunger», murmelte sie schließlich.

Niklas wandte sich an die Umstehenden. Noch immer liefen ihm die Tränen übers Gesicht.

«Seid barmherzig und helft uns, um Sankt Vitus und Sankt Valentin willen! Seit Tagen sind wir unterwegs. Wir wurden ausgeraubt und sind halb verhungert, und jetzt werden die Wehtage meiner armen Schwester immer schlimmer.»

Der Bursche hinter dem Tresen brachte ihnen eine Schüssel voller Kuchenstücke. «Nehmt das, ich schenk es euch. Hauptsache, das Madl kommt wieder zu sich. Vielleicht hat ja das Antoniusfeuer sie erwischt.»

Letztlich hatte Eva mit dieser Schmierenkomödie den größten Erfolg ihres Lebens. Nicht nur, dass sich Niklas endlich einmal wieder satt essen konnte und sie im Heustadel des Müllers ein warmes und weiches Nachtlager bekamen – auch einige Münzen hatten den Weg in ihre leere Geldkatze gefunden. Für ihre weitere Reise zum Regensburger Stadtarzt hatten die Spender ihnen das zugedacht.

«Du hättest mich vorher warnen müssen», schimpfte Niklas leise, als auf dem Mühlenhof die Stille der Nacht eingekehrt war. «Richtig gemein war das!»

«Es tut mir leid, Igelchen. Aber denk doch mal nach – hättest du gewusst, was ich vorhab, hättest du niemals so wunderbar weinen können.»

Am nächsten Morgen erwachten sie spät. Von der Lände her drangen die Rufe der Bootsleute zu ihnen herauf, die bereits am Beladen und Ablegen ihrer Schiffe waren.

Eva streckte sich. Trotz ihres kommoden Nachtlagers hatte sie schlecht geschlafen. Die halbe Nacht hatte ein Gewitter getobt, dazu hatten Albträume sie heimgesucht, in denen immer wieder ihr Stiefvater und ihre Schwester aufgetaucht waren, der eine blutüberströmt, die andere bleich und gel wie eine Leiche.

Sie trat an die kleine Dachluke. Hinter dem Schleier feinen Nieselregens sah sie auf die Schuttkegel am Ufer, die den Flussschiffen zum Auflaufen dienten. Die meisten der Kähne hatten zum Laden die Bugklappe geöffnet und sahen aus wie riesige Karpfen mit offenen Mäulern. Augenblicklich begann ihr Magen zu knurren. Sie hatte am Vorabend kaum etwas zu sich nehmen können, so ekelhaft hatte alles nach Seife geschmeckt.

«Haben wir noch von den Kuchenstücken?», fragte sie Niklas, der verschlafen neben sie getreten war.

Der schüttelte den Kopf und sah verlegen zu Boden. «Nur noch ein paar Apfelringe», murmelte er. «Ich hatt heut Nacht nochmal solchen Hunger. Sei mir nicht böse. Bitte!»

Eva seufzte. In letzter Zeit schien ihr Bruder – wenn er denn etwas bekam – Berge verdrücken zu können, ohne jemals satt zu werden.

«Schon recht», sagte sie und griff in ihre Geldkatze. «Geh runter und schau, dass du ein bisserl Brot und Käse bekommst. Und falls du den Müller triffst, bedank dich nochmal bei ihm.»

Nachdem Niklas die Leiter hinuntergeklettert war, spähte sie wieder nach draußen. Alles schimmerte in feuchtem Grau: die Biegung des Flusses, die Wiesen dahinter und die Auwälder, der schwere Himmel, der die Berge im Hintergrund nur erahnen ließ. Es sah nicht so aus, als würde es in nächster Zeit zu regnen aufhören. Vielleicht sollten sie den Müller bitten, ihnen auf eine weitere Nacht Obdach zu gewähren. Ihr fiel ein Lied ein, dass ihre Schwester sie einst gelehrt hatte: *Es geht ein dunkle Wolk herein, mich deucht, es wird ein Regen sein, ein Regen aus den Wolken, wohl in das grüne Gras.*

Niklas ließ sich unendlich Zeit. Eva fragte sich, was er so lange draußen trieb bei diesem Mistwetter. Ungeduldig kletterte sie nach unten und ging im Halbdunkel des Stadels auf und ab. Endlich öffnete sich die Holztür.

«Hast du das Brot erst backen müssen?», fragte sie unwirsch.

Niklas grinste zufrieden. Sein Haar klebte nass an der Stirn, in den Armen hielt er einen gutgefüllten Leinenbeutel.

«Hier, fass an. Es ist frisch aus dem Ofen, noch ganz warm. Dazu Käse und Wurst.»

Sie setzten sich auf eine Kiste. Das Brot schmeckte herrlich, der Käse war würzig und die Wurst fett. Das Warten hatte sich wahrhaftig gelohnt.

«Mei, war das gut!» Eva strich sich zufrieden über den Bauch. «Ich sag dir, Igelchen, ich war kurz vor dem Verhungern. Hast du das ganze Geld ausgegeben?»

Er nickte. Dabei blitzte es in seinen Augen triumphierend auf.

«Aber ich habe neues. Mindestens zehn Batzen.»

«Was hast du?»

«Hier!» Er zog einen kleinen Lederbeutel aus dem Hosenbund. «Es hat keiner gesehen, ich schwör's dir.»

«Bist du von Sinnen?»

Sie holte aus und watschte ihm eine, dass es klatschte.

«Mach das nie wieder! Hörst du? Nie wieder!»

Erschrocken starrte Niklas sie an. Seine linke Wange war dunkelrot angelaufen.

«Ich dachte – ich dachte, du freust dich», stotterte er. «Dass ich es jetzt auch kann. Dass wir jetzt Geld für Schuhe und Proviant haben – wo ich dir doch heut Nacht alles weggefressen hab», fügte er kleinlaut hinzu.

«Pack den Rest in den Beutel! Wir müssen sofort verschwinden.»

«Aber der Mann hat's wirklich nicht gemerkt.»

«Wie dämlich bist du?» Sie musste sich Mühe geben, zu flüstern und nicht zu schreien. «Spätestens wenn er es merkt, fällt der Verdacht auf uns. Los, nichts wie weg hier!»

Vorsichtig öffnete sie einen Spaltbreit die Tür und streckte den Kopf nach draußen. Der Heustadel stand etwas nach hinten versetzt am Hof, rechts grenzte er an den Stall, links davon gab es einen schmalen Durchlass in den Obstgarten.

«Hier lang.»

Sie zerrte ihn um die Ecke in den Durchgang, kletterte, ohne ihn loszulassen, über ein verschlossenes Holztörchen und rannte durch das kniehohe Gras den Hang hinauf. Im Schutz des Gehölzes, in dem gestern die Magd mit ihrem Freier verschwunden war, blieb sie stehen und ließ Niklas' Hand los. Noch immer war sie wütend.

«Wegen dir müssen wir weiter bei diesem Scheißwetter. Dabei wollte ich den Müller fragen, ob wir noch bleiben können. Und bei den Bootsleuten am Fluss können wir uns auch nicht mehr blicken lassen.»

«Es tut mir so leid, Eva. Ich wollt doch nur, dass es uns wieder gutgeht.»

«Aber doch nicht mit Klauen! Mein Gott, man kann auch anders zu Geld und Almosen kommen.»

Niklas schluckte. «Aber nicht so wie gestern.»

«Was meinst du damit?»

«Das mit dem Veitstanz. Das hat mir solche Angst gemacht. Deine Augen – der Schaum vorm Mund – schrecklich!»

Ihr Zorn verrauchte augenblicklich, als sie Niklas' verzweifeltes Gesicht sah.

«Versprochen. Und jetzt komm, wir müssen die Landstraße finden.»

Sie irrten den halben Tag durch Wiesen, Felder und Waldstücke, bis sie endlich auf die Straße nach Regensburg stießen. Mittlerweile waren sie völlig durchnässt, ihre Kleider klebten auf der Haut, barfuß stapften sie durch die Pfützen und mit Schlamm gefüllten Furchen der Landstraße. Inzwischen fragte Eva sich immer häufiger: Wollte sie eigentlich wirklich in Straubing ankommen? Wollte sie überhaupt irgendwo ankommen? Eigentlich fühlte sie sich längst verloren, als ewiger Wanderer, als Vagabundin zwischen fremden Welten, nirgendwo mehr zugehörig. Nur eines noch zog sie zu ihrer Muhme: die Hoffnung, Josefina zu finden.

Bei diesem Hundewetter waren kaum Menschen zu Fuß unterwegs, dafür, so schien es, umso mehr Esels- und Pferdekarren und mehrspännige Fuhrwerke, die sie rücksichtslos zur Seite drängten und mit Matsch bespritzten. Sehnsüchtig blickte

Niklas jedem einzelnen Wagen nach. Aber um nichts in der Welt hätte Eva die Kutscher gefragt, ob sie hinten aufsteigen dürften.

«Mir ist kalt», jammerte Niklas.

«Lauf schneller, dann wird dir warm.»

Am Spätnachmittag erreichten sie einen Marktflecken, der sich auf einer Art Insel zwischen einem Netz gewundener Flussläufe ausbreitete. Das musste Schmidmühlen sein, von dem einer der Bootsleute gesprochen hatte. Geradewegs vor einem mächtigen Brückentor, durch das man in den Markt gelangte, erhob sich ein stattlicher Gasthof. In seinem gepflasterten Innenhof spannten Fuhrleute Pferde und Maultiere aus, Karrenkrämer brachten ihre Ware in einen Schuppen, vornehme Herren staksten unbeholfen durch die Pfützen. Unschlüssig betrachtete Eva das prächtige Eingangsportal, über dem ein aus Bronze gegossenes Hirschgeweih hing. Neben ihr stand Niklas mit zitternden Gliedern. Hier einzukehren würde sie sicherlich einen gut Teil ihrer Habschaft kosten. Aber Niklas musste sich dringend aufwärmen und stärken, und sie hatten den ganzen Weg über keine einfache Pilgerherberge entdecken können.

«Gehn wir da jetzt rein?», fragte Niklas. Sogar seine Stimme zitterte beim Sprechen. Sie gab sich einen Ruck. Eine Schüssel heiße Suppe und einen Krug Bier mussten sie sich einfach gönnen.

Die große Stube, mit holzgetäfelter Decke und unzähligen Geweihen an den Wänden, empfing sie mit wohliger Wärme. Alles wirkte sauber, die brennenden Kerzenstumpen überall auf den Tischen tauchten den Raum in ein heimeliges Licht. Noch nie hatte Eva in einem so noblen Wirtshaus gespeist, und auch die Kundschaft wirkte alles in allem recht vornehm. Wahrscheinlich würde man sie ohnehin gleich wieder vor die Tür setzen, so abgerissen, wie sie beide aussahen!

Unsicher nahmen sie an einem langgestreckten Tisch Platz, an dem noch alle Stühle frei waren. Sofort näherte sich ein Bursche in Evas Alter, er hatte lustige Sommersprossen auf der Nase. Eva nahm ihr Schultertuch vom Kopf und strich sich mit den Fingern ihre Locken zurecht.

«Der Tisch hier ist leider nimmer vakant», sagte der Junge freundlich, fast entschuldigend. «Eine Gesellschaft hat sich angekündigt. Aber da hinten ist noch Platz, bei den Gesellen.»

Die feixten längst unverschämt herüber, einer war aufgestanden und winkte Eva einladend zu.

«Nein, danke», erwiderte Eva. «Dann gehn wir vielleicht doch besser wieder.»

«Schmarrn! Ihr seid tropfnass. Wart mal, bin gleich wieder da.»

Kurz darauf kehrte er mit einem wollenen Tuch zurück und reichte es Eva mit einem strahlenden Lächeln. Seine Augen waren fast ebenso grün wie die des Junkers Moritz.

«Damit könnt ihr euch ein bisserl abtrocknen. Bleibt einfach hier sitzen. Wenn die Gesellschaft kommt, find ich allemal ein Plätzchen. Was also darf's sein?»

«Gemüsesuppe und Bier, bitte. Habt vielen Dank für Eure Freundlichkeit.»

«Sag doch Alois zu mir, ich bin nur der Schankbursche. Wie heißt ihr?»

Dabei sah er sie unverwandt an, und Eva fragte sich, ob dieser Bursche jedem Frauenzimmer so schöne Augen machte.

«Ich bin Eva, und das ist mein kleiner Bruder Niklas.»

Fast war sie froh, als er verschwunden war, um die Bestellung aufzugeben.

«Ich glaub, du gefällst ihm», flüsterte Niklas. In seine Wangen kehrte langsam die Farbe zurück.

«So ein Schmäh. Der bandelt doch mit jeder an!»

179

Sie trocknete Niklas' Gesicht und Haare ab.

«Doch, doch. Wie der dich anschaut! Fast so, wie dich dieser vornehme Junker dazumal angeschaut hat.»

«Halt den Mund!», zischte sie. Der Schankbursche kam eben mit zwei Krügen Bier und zwei Löffeln zurück.

«Zum Wohlsein. Die Suppe kommt auch gleich.» Er zwinkerte Eva zu. «Wie nett du ausschaust, mit deinen dunklen Krauslocken.»

«Die sehen immer so wild aus, wenn sie nass sind», kicherte Niklas.

Eva spürte, wie sie vor Verlegenheit rot wurde.

«He, Alois, soll ich dir Beine machen?», rief vom Ausschank her der Wirt. «Wir haben noch andre Gäste!»

«Aber nicht so hübsche», flüsterte der Schankbursche Eva zu und ging lachend weiter zum nächsten Tisch.

Eva betrachtete vor sich die dunkle Maserung der Tischplatte. Die nette, wenngleich reichlich freche Art des Jungen gefiel ihr, auch wenn sie sich noch so sehr dagegen verwahrte. Das war so ganz anders, als sie es sonst erlebt hatte mit den Mannsbildern. Je älter sie waren, desto brünstiger wurde doch ihr Blick, zumindest den Jungfern gegenüber. Für ältere Weiber hatten sie dann nur noch Verachtung und wüste Worte übrig. Dieser Alois hingegen lachte und strahlte einfach, ohne dass sie darin auch nur einen Anflug von Lüsternheit entdeckte. Dazu diese Aufmerksamkeit, diese Fürsorge – außer vonseiten ihrer Brüder hatte sie solches noch nie erfahren. Und von diesem Junker Moritz, schoss es ihr durch den Kopf.

Geistesabwesend nahm sie einen Schluck Bier, dann sagte sie, mehr zu sich selbst und fast trotzig: «Ich bin nicht schön.»

«Bist du wohl!» Niklas' Blick war ernst wie der eines Erwachsenen. «Vor allem dein Mund und deine blauen Augen sind wunderschön. Wenn ich groß bin, soll meine Frau grad so aussehen wie du!»

Wider Willen musste sie lachen. «Ach, Niklas, wenn ich dich nicht hätt!»

«Darf ich mitlachen?»

Alois stellte die Schüssel mit dampfender Suppe auf den Tisch. Sie duftete köstlich nach Bohnen und gebratenem Speck.

Eva schüttelte den Kopf. «Das war nicht für deine Ohren bestimmt.» Sie kostete. Die Suppe war fett und nahrhaft, dabei wunderbar gewürzt. Von Niklas hörte man nur noch leises Schmatzen und Schlürfen. Gierig schob er sich einen Löffel nach dem anderen in den Mund.

«Wollt ihr über Nacht bleiben? Ein Bett mit zwei Decken wäre noch frei. Ihr müsstet euch aber gleich entscheiden. Bei dem Sauwetter sind die Schlafräume schnell belegt.»

So verführerisch der Gedanke an ein richtiges Bett war, so war sie doch fest entschlossen, ihr Geld für Kleidung und Schuhe aufzusparen. Nicht weit von hier hatte sie nämlich eine einsame Scheune gesehen, etwas abseits der Straße am Feldrand. Das musste als Schlafstätte genügen.

«Nein, danke.»

Fast besorgt sah er sie an. «Es ist dir zu teuer, was? Und wenn ich dir mein Bett überlass? Ganz umsonst, ehrlich.»

«Das ist gut gemeint, aber wir wissen schon, wo wir unterkommen.»

«Schade!»

«Aber hast du vielleicht eine alte Decke gegen den Regen für uns? Wir haben keine Mäntel. Natürlich bezahlen wir dafür», fügte sie hinzu.

Er nickte und verschwand.

«Bist du dumm?», maulte Niklas mit vollem Mund. «Wieso schlafen wir nicht beim Alois?»

181

«Das verstehst du noch nicht. Iss jetzt, wir müssen weiter!»

Nachdem sie die Schüssel bis zum Boden ausgekratzt hatten, erschien der Wirt mit dem Zahlbrett und bestätigte ihre schlimmsten Befürchtungen: Zwei Weißpfennige musste sie auf den Tisch legen – dafür hätten sie in einer einfachen Kaschemme eine ganze Platte voll Speck und Wurst bekommen!

Am Ausgang fing Alois sie ab und steckte ihnen ein zusammengefaltetes Bündel zu.

«Hier. Hab ich gefunden. Musst nichts bezahlen.»

«Danke!», sagte Eva und drückte ihm nach kurzem Zögern einen Kuss auf die Wange. Dann beeilte sie sich hinauszukommen. «Komm doch mal wieder, Eva», hörte sie ihn noch rufen, als sie den halbdunklen Hof durchquerte und einen widerwilligen Niklas hinter sich herzerrte. Die Decke, die sie vom Wirt erhalten hatte, hielt sie unter ihrem Rock fest.

«Es regnet immer noch», schimpfte ihr Bruder.

«Aber nicht mehr so arg. Wirst sehen, morgen scheint wieder die Sonne.»

«Und wo sollen wir schlafen?»

«Eine viertel Wegstunde von hier ist eine Scheuer.»

Dabei betete sie, dass sie dort tatsächlich übernachten konnten. Womöglich war die Scheune verriegelt, oder andere Wanderer hatten sie schon als Unterschlupf besetzt. Doch sie hatten Glück. Der Ort wirkte zwar verfallen, dafür war die Tür nur angelehnt und keine Menschenseele zu sehen.

Sie waren gerade wieder so nass wie vor dem Abendessen, aber immerhin war die dünne Pferdedecke unter ihrem Rock trocken geblieben. Eva schob die schmutzigen Heu- und Strohreste in die einzige Ecke, in der es nicht hereinregnete.

«Zieh dich aus und gib mir deine Kleider», sagte sie zu Niklas. Während ihr Bruder sich splitternackt und mit klappernden

Zähnen in die Decke einwickelte, warf sie sein schmutziges Hemd und die zerschlissenen Beinkleider über den Deckenbalken, in der vagen Hoffnung, dass das Zeug bis zum Morgen einigermaßen trocken sein würde. Dann zog sie sich selbst aus, bis auf ihr Leinenhemd, das feucht und kalt auf der Haut klebte. So ungeniert sie sich früher den Geschwistern gezeigt hatte: Seitdem die Natur sie zur Frau gemacht hatte, schämte sie sich vor Niklas.

«He, lass mir auch noch einen Zipfel Decke», schalt sie, als sie sich neben ihm ausstreckte und den Arm um ihn legte. Aber Niklas war schon eingeschlafen.

In der Nacht erwachte sie aus ihrem unruhigen Schlaf, weil Niklas neben ihr hustete. Es war ein tiefer, trockener Husten. Erschrocken berührte sie seine Stirn: Er hatte Fieber! Das hatte gerade noch gefehlt, dass er kurz vor dem Ziel krank wurde. Ausgerechnet in dieser feuchten, zugigen Scheuer!

«Ich will nach Haus», jammerte er zwischen seinen Hustenanfällen. «Ich will zu unsren Eltern zurück.»

Obwohl ihr selbst bitterkalt war, rollte sie Niklas vollständig in die Decke ein, dann schmiegte sie sich eng an ihn, um sich an seinem fiebrigen Körper wie an einem Ofen zu wärmen. Heilige Elisabeth, heiliger Nikolaus, flehte sie still, bittet für uns, dass Niklas morgen wieder gesund ist!

Doch am nächsten Morgen glühte Niklas' Stirn noch immer. Stöhnend wälzte er sich auf seinem Lager herum, während Eva ihm mit ihrer feuchten Schürze den Schweiß von der Stirn wischte. Er schien nicht bei sich zu sein, denn immer wieder aufs Neue rief er nach ihrer Mutter, zwischendurch auch nach Josefina und Adam. Eva erhob sich und zog ihre feuchten Kleider über. Sie musste ins Dorf, einen Bader aufsuchen. Unschlüssig stand sie in der offenen Scheunentür. Konnte sie den kranken Bruder allein lassen? Draußen hatte es endlich zu regnen aufgehört, doch der neue Tag war noch immer windig und grau verhangen.

«Geh nicht weg!»

Sie fuhr herum. Niklas hatte sich aufgerichtet und sah sie mit glasigen Augen an. Im nächsten Moment wurde sein magerer Körper von einem heftigen Hustenanfall geschüttelt, und er fiel wieder ins Stroh zurück. Es half alles nichts, sie musste bei ihm bleiben.

So verbrachte Eva diesen Tag mit nichts anderem, als ihren Bruder immer wieder aufs Neue zuzudecken, ihm den Schweiß vom Körper zu wischen und hin und wieder etwas Bier einzuflößen. Zum Glück hatte sie im Wirtshaus ihren kleinen Wasserschlauch mit Dünnbier auffüllen lassen. So hatte Niklas zumindest etwas zu trinken, und ein wenig nahrhaft war das Bier auch. Sie selbst nahm überhaupt nichts zu sich, den letzten Kanten aufgeweichtes Brot wollte sie aufheben, bis Niklas wieder zu sich kommen würde. Sie betete zu allen Heiligen, die sie kannte, flehte sie an, ihre schützende Hand über den kleinen Bruder zu halten, als sie sich in ihrem dünnen Leinenhemdchen zu ihm legte und selbst am ganzen Körper zitterte.

Irgendwann wich das Dämmerlicht in der Scheune nächtlicher Dunkelheit, und endlich schlief auch Eva völlig erschöpft ein.

Am übernächsten Morgen schien die Sonne durch die Ritzen der Bretterwand, als Eva von lautem Vogelgezwitscher erwachte. Mit einem Ruck fuhr sie herum: Ganz still lag Niklas neben ihr, die Decke hatte er sich halb um den Kopf gewickelt. Mutter Maria im Himmel – ihr Bruder war tot!

«Niklas!» Sie schüttelte ihn bei der Schulter und riss ihm die Decke vom Kopf. Da sah sie, dass sein halbgeöffneter Mund atmete. Vor Erleichterung begann sie zu weinen.

«Mein Igelchen, mein kleiner Niklas», schluchzte sie. Immer wieder strich sie ihm über die Wangen, bis er die Augen öffnete.

«Wo bin ich?», flüsterte er.

«Bei mir, mein Kleiner. Ich geb auf dich acht.»

«Ich bin so müde, Eva.»

Im nächsten Augenblick war er schon wieder eingeschlafen. Sie hätte laut singen mögen vor Freude. Niklas hatte sie erkannt, er war wieder bei sich! Und so heiß und nassgeschwitzt war er auch nicht mehr.

«Schlaf du nur», murmelte sie. «Schlaf, bis du ganz gesund bist.»

Sie zog die Kleidungsstücke, die sich noch immer klamm anfühlten, vom Balken und trat hinaus. Der Morgen war klar. Wie blank geputzt und zum Greifen nah lagen vor ihr die Wiesen und bewaldeten Berge, zu ihrer Rechten die Häuser des Marktfleckens. Dicht bei der Scheune hob eine Linde ihr Geäst in den wolkenlosen Himmel. Dorthin brachte Eva die Kleider und hängte sie zum Trocknen auf.

«Was treibst du hier, Bettelweib?»

Erschrocken fuhr Eva herum. Vom nahen Weg her kam eine Bauersfrau mit gezückter Mistgabel auf sie zu.

«Wir wollen nichts Böses, Gevatterin. Nur unsere Sachen zum Trocknen aufhängen.»

Jetzt erst wurde ihr voller Scham bewusst, dass sie halb nackt in der Landschaft stand.

«Wer wir? Sag bloß, da drinnen steckt noch mehr von dem Gesindel.» Die Frau pflanzte sich dicht vor Eva auf und wandte misstrauisch den Kopf in Richtung Scheune.

«Nur mein kleiner Bruder und ich. Er ist krank.»

«Krank? Schert euch bloß fort! Uns die Pestilenz anschleppen – wird ja immer schöner!»

Bedrohlich stieß sie mit der Gabel gegen Evas Schulter.

«Seid barmherzig, Gevatterin.»

«Fort, hab ich gesagt. Sonst hol ich den Feldhüter mit seinen Hunden.»

«Eva?»

In der offenen Scheunentür lehnte Niklas, eingewickelt in die Decke, das Gesicht leichenblass. Die Frau kniff die Augen zusammen.

«Was hat das Bürschchen?»

«Bloß einen Sommerkatarrh. Wenn wir nur unsere Kleider trocknen dürften, danach ziehen wir weiter.»

«Hm.» Die Bäuerin schien nachzudenken. «Also gut. Aber ich warn dich: Zum Mittagsläuten schick ich meine Söhne her. Wenn ihr dann immer noch hier rumlungert, werden die euch gehörig das Fell gerben.»

«Habt Ihr vielleicht ein Stückerl Brot?»

«Ich glaub, dir schwillt der Kamm! Eine Tracht Prügel kannst haben, sonst nix!»

Sie wandte sich um und marschierte zurück zum Feldweg. Aber Eva gab nicht nach.

«Oder wenigstens frisches Wasser? Unsre Flasche ist leer.»

Ohne ein weiteres Wort wies die Frau in Richtung Waldrand, dann war sie hinter einer Weißdornhecke verschwunden.

Eva sah ihr nach, enttäuscht zwar, aber ohne Zorn. Sie konnte der Frau ihre Feindseligkeit nicht verdenken. Schließlich wirkten sie und Niklas wirklich wie das ärgste Lumpenpack, lagerten einfach nächtelang als Wildfremde in ihrer Scheuer und trugen nicht mal Kleider auf dem Leib.

«Leg dich wieder hin und schlaf noch ein bisserl», sagte sie zu Niklas und führte ihn zurück auf das Stroh. Er war noch sichtlich schwach auf den Beinen. «Ich geh nur frisches Wasser holen. Bin gleich wieder zurück.»

«Aber – wenn der Feldschütz mit dem Hund kommt?»

«Keine Angst. Bis Mittag dürfen wir bleiben, die Frau hat's versprochen.»

Frisches Wasser gab es wahrhaftig. Nur ein kleines Stück die Wiese hinauf fand Eva eine steinerne Viehtränke mit klarem Quellwasser. Sie füllte den Schlauch, dann wusch sie sich gründlich Gesicht und Hände. Zurück bei der Scheune, setzte sie sich auf die sonnenbeschienene Schwelle, kaute Löwenzahnblätter und wartete. Nach und nach gab die Wärme ihr die Kraft zurück.

Die Sonne stand schon recht hoch am Himmel, als Niklas erwachte. Er hatte im Schlaf kaum noch gehustet.

«Was meinst – kannst du weiterwandern?», fragte sie und reichte ihm das letzte Stück Brot.

«Bestimmt.»

Während sich Niklas Hemd und Hose überstreifte, band sie ihre Geldkatze vom Rockbund und schüttete ihren kleinen Schatz aus. Acht Batzen, alles in allem – das musste reichen für einfache Holzpantinen und ein neues Hemd für Niklas. Vielleicht sogar für eine hübsche Schürze, mit der sie die ärgsten Flecken und Risse in ihrem Rock überdecken konnte.

«Bist du fertig? Dann komm rasch. Besser, wir sind weg, bevor die Bauersleut auftauchen.»

16

Na, wie seh ich aus?»

In eleganter Manier drehte sich Eva auf den Fußspitzen einmal um sich selbst.

«Wie eine junge Bürgersfrau!»

«Jetzt übertreibst aber.»

Dabei war sie selbst überrascht, mit welch geringen Mitteln es ihnen gelungen war, wie zwei andere Menschen auszusehen. Niklas trug ein neues, frischgestärktes Leinenhemd, dazu eine fast makellose Hose, die nur ein wenig zu groß war. Sie selbst hatte eine lindgrüne Schürze mit Spitzenbesatz erstanden und dazu ein großes Schultertuch aus dunkelgrünem Wollstoff, mit dem sich die gröbsten Flecken auf ihrem Mieder überdecken ließen. Die Holzschuhe von ihr und Niklas waren zwar gebraucht, aber sie hatten sie mit einer jungen Zwiebel, die sie aus dem Acker gezogen hatten, so lange eingerieben und poliert, dass sie jetzt glänzten wie die Speckschwarten. Zur Feier des Tages hatten sie schließlich in dem einsamen Fischweiher, an dessen Ufer sie jetzt standen, ein Bad genommen und sich die Haare gewaschen. Mit den Fingern hatte Eva ihre Locken aus der Stirn gekämmt und mit einem rostroten, breiten Haarband nach hinten gebunden. Zum Schluss hatte sie ihrem Bruder mit Hilfe ihres kostbaren Messers die Haare zu einem ordentlichen Rundschnitt gestutzt.

Eva holte tief Luft. «Jetzt hält uns keiner mehr für Bettler.»

Ihr Bruder nickte. Er war noch immer sehr blass und wirkte bereits völlig erschöpft, obwohl sie an diesem Tag kaum marschiert waren. Besser gesagt, waren sie keinen Deut vorangekommen, denn es war schon später Nachmittag, und sie befanden sich gerade mal eine Wegstunde hinter Schmidmühlen.

Dort nämlich hatte eine Dult für allerlei gebrauchte Waren stattgefunden, und als Eva nach ihrem Aufbruch aus der Scheune davon erfahren hatte, hatte sie beschlossen, Nägel mit Köpfen zu machen. Nur: Wie sollten sie hineinkommen in den Flecken, als Fremde, so abgerissen, wie sie aussahen? Da war ihr Alois eingefallen. Der kannte sicher Gott und die Welt. Mit ihm zur Seite würden sie unbehelligt ihre Besorgungen machen können.

Der Schankbursche war nicht wenig überrascht gewesen, sie so schnell wiederzusehen. Da es noch vor der Mittagszeit war und die Gaststube daher fast leer, erbat sich Alois vom Wirt, der sich als sein Oheim herausstellte, für eine halbe Stunde Ausgang. Ohne Schwierigkeiten brachte er sie durch das Tor auf den Markt. Zudem kannte er einen Tändler, der einen ganzen Berg voll Kleidungsstücke auf seinem Schragentisch feilbot. Alois hatte mit dem Mann so lange verhandelt, bis der für Schuhe, Hemd, Schürze und Schultertuch um den halben Preis heruntergegangen war und das Haarband noch als Dreingabe verschenkte. Dennoch war Evas Beutel nach diesem Einkauf so gut wie leer. Es reichte gerade noch für ein halbes Vierpfünderbrot und einen Kanten Käse.

Als sie schließlich wieder vor dem Gasthaus standen, bat Alois sie zu warten. Kurz darauf war er zurück mit einer wollenen Strumpfhose für Niklas, wie sie die Bauern im Winter trugen. Lediglich an der Innenseite war sie gestopft.

«Die ist mir zu klein. Und das da» – er drückte Niklas eine halbe Hartwurst in die Hand – «hab ich aus der Vorratskammer. Meinem Oheim tut das gewiss nicht weh.»

«Ich weiß gar nicht, wie ich dir danken soll», hatte Eva ihm zum Abschied gesagt.

«Ich schon. Mit einem Busserl mehr als beim letzten Mal.»

Da umarmte Eva ihn herzlich und drückte ihm rechts und links einen Kuss auf die Wange. Ohne sich noch einmal umzusehen, eilte sie zur Landstraße. Erst als die Häuser des Marktfleckens hinter einer Biegung verschwunden waren, hatte sie ihren Schritt verlangsamt. Niklas war kaum nachgekommen.

«Warum rennst du so? Jetzt hast gar nicht gesehen, wie der Alois uns nachgewunken hat.»

«Ist auch besser so. Lass uns noch ein Stück gehen, dann suchen wir uns ein schöne Stelle zum Rasten.»

So waren sie an diesen Weiher gelangt, der Eva einsam genug erschien, um beim Baden und Umkleiden nicht überrascht zu werden.

«Jetzt hab ich Hunger.» Niklas setzte sich ins Gras.

«Ich auch.»

Sie breitete Niklas' altes Hemd, in das sie ihre Vorräte gewickelt hatte, vor sich auf dem Boden aus und zerteilte alles in mundgerechte Stücke.

Ihr Bruder zögerte. «Iss du zuerst. Du hast heut noch gar nichts gehabt.»

«Gestern und vorgestern auch nicht.» Sie lachte. «Jetzt schau nicht so erschrocken. Es wird schon reichen.»

Kein Krümchen war mehr übrig, als sie aufbrachen, und erneut überkam Eva diese Unruhe. Würden sie es schaffen bis Straubing? Und was erwartete sie dort? Wieder besaßen sie nur das, was sie auf der Haut trugen. Sie machte sich nichts vor: Niklas war noch längst nicht wieder bei vollen Kräften. Zwar würden sie heute Nacht, wenn alles gutging, auf dem Einödhof Herberge finden, den Alois ihnen genannt hatte. Aber dann?

Am nächsten Morgen verließen sie kurz nach Sonnenaufgang den Einödhof, nachdem ihnen die Magd noch einen Becher warme Milch gebracht hatte. Bei ihrer Ankunft dort hatten sie dem wortkargen Hausherrn die besten Grüße von Alois und dessen Oheim ausgerichtet, und das hatte wahrhaftig ausgereicht, um im Kuhstall übernachten zu dürfen.

Die Sonne wärmte bereits mit ihrer ganzen sommerlichen Kraft, als sie eine gute Stunde später, nach einem beängstigend einsamen Marsch durch einen Föhrenwald, endlich wieder auf die Landstraße nach Regensburg stießen. Dort rumpelte gerade ein Tross von fünf schwerbeladenen Gespannen vorbei, begleitet von einem guten Dutzend bewaffneter Reiter. Einige machten nach vorne zu den Weg frei, indem sie mit ihren Langwehren Fußgänger und Karrenbesitzer unbarmherzig in den Straßengraben drängten, während andere schützend die Wagen flankierten. Auch Niklas und Eva mussten warten, bis die Fuhrwerke mit ihrer kostbaren Fracht – und kostbar musste sie sein, sonst würde sich ein Kaufmann niemals einen solchen Schutztrupp leisten können – an ihnen vorbeigezogen waren. Eva erkannte sofort, dass dieser Kaufmannszug für sie beide ein Glücksfall war: Solchermaßen bewacht, war auch für ihre Sicherheit gesorgt. Sie mussten nur dicht dahinterbleiben.

Es war ein Leichtes, Schritt zu halten, denn die schwerfälligen Wagen kamen auf der holprigen Straße nur mühsam voran. Unangenehm war nur der Staub, den sie aufwirbelten, und bald schon begann Niklas wieder zu husten.

Irgendwann blieb er stehen.

«Ich – ich kann nicht mehr.» Er schnappte nach Luft. Vor lauter Husten war sein Gesicht rot angelaufen.

«Gut, halten wir Abstand.»

Doch von nun an mussten sie immer häufiger innehalten, bis schließlich der Tross in der Ferne verschwunden war. Es half nichts – Niklas brauchte eine längere Rast. Gottlob füllte sich die Straße zusehends, ein Zeichen dafür, dass sie der berühmten und freien Reichsstadt Regensburg näher kamen.

Sie setzten sich ans Ufer der Vils und kühlten ihre Beine. Eva hörte ihren Magen knurren – oder war es der ihres Bruders? Außer dem Becher Milch hatten sie heute noch nichts zu sich genommen. Wenn jetzt Niklas nur nicht zu jammern anfing, er habe Hunger!

«Ich hab Hunger!», hörte sie ihn im selben Augenblick sagen.

«Sackerment», entfuhr es ihr ärgerlich. «Siehst du hier irgendwo das Tor zum Schlaraffenland? Wo soll ich was zu essen herkriegen?»

Es war wie verhext: Hielten sie sich an eine belebte Straße, konnten sie nicht einfach Früchte von den Feldern und Gärten stehlen, wählten sie einsamere Wege, liefen sie Gefahr, überfallen zu werden. Und ihre Geldkatze enthielt mittlerweile keinen Heller mehr.

Am Nachmittag dann erreichten sie den Markt Calmunz, wo das Vilstal sich mit dem Tal der Naab vereinigte. Inzwischen klagte Niklas auch noch über Schwindelgefühle. Eva führte ihn in den Schatten eines Ahornbaums, der nahe einer kleinen Kapelle stand, und setzte sich mit ihm ins Gras.

«Mach die Augen zu und ruh dich aus.» Sie legte ihm den Arm um die Schultern und zog ihn an sich. Vor ihnen, im Mündungswinkel der beiden Flüsse, lag einer der schönsten Orte, die sie auf ihren Wanderungen zu sehen bekommen hatten:

An das fast weiße Gestein schroffer Felswände, die aus großer Höhe zum Fluss hin steil abfielen, schmiegte sich eine Handvoll Häuser, verbunden über Treppchen und steinerne Terrassen, und spiegelte ihre buntgestrichenen Fassaden im Wasser wie eitle Frauenzimmer. Eine einzige Brücke führte von hier aus hinüber, aus grauem Stein und mit einem Tor versehen, und hoch über den Häusern, dort, wo der helle Fels von kräftigem Grün überwuchert war, thronte eine eindrucksvolle Burganlage.

Fieberhaft überlegte Eva, wie sie ihrem Bruder in diesem Calmunz eine kräftige Mahlzeit verschaffen konnte. Sie könnte die Bootsleute anbetteln, die nicht weit von ihnen eben ihren Kahn vertäuten. Aber mehr als ein Stück Brot oder Speck würde dabei sicher nicht herausspringen.

Plötzlich kam ihr ein Gedanke. Sie stieß Niklas in die Seite.

«Steh auf! Wenn wir Glück haben, können wir uns gleich richtig satt essen.»

Ungläubig sah er sie an. «Wennst meinst», murmelte er nur und erhob sich mühsam.

Sie nahm ihn bei der Hand und schleifte ihn hinter sich her zu der kleinen Kapelle. Wie Eva es sich erhofft hatte, war die Tür unverschlossen. Sie schob den Riegel zurück und trat in das dunkle Innere, das höchstens zwölf Schuh in der Länge und neun Schuh in der Breite maß. Die Wände waren mit Fresken von Heiligen geschmückt, deren größte die Mutter Gottes mit dem Jesuskind im Schoß zeigte. Das Licht, das durch die geöffnete Tür hereinfiel, schien geradewegs auf das Gesicht der heiligen Maria, ihre mandelförmigen Augen unter den zart geschwungenen Brauen schienen Eva mit ihrem Blick zu durchbohren. Eine Mischung aus Vorwurf und Enttäuschung lag darin.

«Bitte vergib mir, heilige Mutter Gottes», murmelte Eva und senkte den Kopf. «Es ist doch auch nur eine Art von Almosen.»

Rasch legte sie das Bündel aus ihren abgetragenen Kleidern in eine Ecke, bekreuzigte sich nach altem Glauben vor Maria und verließ die Kapelle.

«Warum hast du unsere Sachen da reingelegt?», fragte Niklas.

«Das erklär ich dir gleich. Jetzt komm.»

Sie gingen hinunter zum Ufer, wo die Bootsleute gerade dabei waren, ihre Fracht abzuladen.

«Grüß Euch Gott», sagte Eva höflich. «Wisst Ihr, wo meine Herrschaften in diesem Ort gut speisen und nächtigen können?»

«Am besten im *Löwen*», entgegnete einer der Männer. «Aber da müssen deine Herrschaften schon ein paar Goldgulden parat haben.»

«Das haben sie, mit Sicherheit. Wo find ich den *Löwen*?»

«Einfach über die Brücke weg und dann gleich links.»

Sie bedankte sich und beeilte sich weiterzukommen.

«Was faselst du da?» Niklas war nun vollkommen verwirrt.

«Lass mich nur machen. Am besten hältst du einfach den Mund, wenn wir im *Löwen* sind. Nach dem Essen schicke ich dich zur Anlegestelle am Fluss. Ich spreche so laut, dass es der Wirt hört. Du aber gehst schnurstracks zu der Kapelle und wartest da auf mich. Hast mich verstanden?»

Sie musterte ihn streng, und er nickte verunsichert.

Zu Evas Erleichterung kümmerte sich der Brückenwächter nur um die Leute, die Waren mit sich brachten, und würdigte Niklas und sie keines Blickes. Je weniger Menschen sich später an sie erinnerten, umso besser.

Als sie vor dem Gasthaus standen, beschlich Eva dann doch heftiges Bauchgrimmen. Mit dem, was sie vorhatte, konnten sie im Turm enden. Andererseits blieb ihr keine andere Wahl. Und letztlich wäre eine Turmstrafe nicht einmal das Schlimmste. So kämen sie wenigstens für ein paar Tage zu Wasser und Brot, bevor man sie aus dem Ort jagen würde.

Der *Löwe* war ein ähnlich stattlicher Steinbau wie der Gasthof von Alois' Oheim. Auch hier waren Remise und Stallungen angebaut, auch hier führte eine blankgeputzte Freitreppe zu der zweiflügeligen Eingangstür. Nur dass darüber ein in Gold gestickter Löwe als Banner aushing. Nach der Hitze des Tages empfing die großzügige Diele sie mit angenehmer Kühle. Links führte eine Treppe nach oben, wahrscheinlich zu den Schlafräumen, rechts eine kunstvoll geschnitzte Tür in die Gaststube.

Eva legte sich ihr Schultertuch zurecht, strich die Schürze glatt und trat ein. Nur ein einziger Tisch in dem großen, sauber gekehrten Raum war besetzt.

«Ist der Löwenwirt zu sprechen?», fragte sie das Schankmädchen, das eben die Tische für die Abendmahlzeiten abwischte. «Es geht um eine größere Reisegesellschaft.»

Das Mädchen nickte nur und verschwand in der Küche. Gleich darauf erschien der Wirt, ein untersetzter Mann mit tiefen Pockennarben im Gesicht. Er sah sie erwartungsvoll an.

«Gott zum Gruß, Meister.» Eva deutete einen vornehmen Knicks an und setzte ihr strahlendstes Lächeln auf. «Ich bin die Hausmagd eines reichen Regensburger Kaufmanns und auf der Suche nach einem kommoden Nachtquartier für meinen Herrn und seine Männer. Ordentlich zu speisen wünschen sie natürlich auch, und da hat man mir Euer Haus sehr empfohlen.»

Der Mann nickte eifrig und rieb sich die Hände.

«Wie groß ist denn die Gesellschaft?»

«Zum Essen werden es recht viele sein.» Sie warf einen prüfenden Blick in den Raum, als ob sie bezweifelte, dass darin eine so große Gesellschaft Platz finden würde. «Mein Herr kommt flussaufwärts mit einem Zug aus vier Schiffen, sie führen wertvolles Salz mit sich.»

Die Augen des Wirts leuchteten begehrlich.

«Lasst mich also nachdenken», fuhr Eva fort, «neben meinem Herrn sind da noch der Schiffsmeister, der Kondukteur und zwölf Bootsleute. Ach ja, beinahe hätte ich die Führer der Treidelpferde vergessen. Das sind noch einmal zwölf an der Zahl.»

«Siebenundzwanzig», murmelte der Mann und stieß einen leisen Pfiff aus. Dann sagte er laut: «Ich nehm an, die Bootsleute übernachten auf den Schiffen?»

Eva nickte. «Seid Ihr denn gerüstet für eine solch große Gesellschaft? In etwa zwei Stunden werden sie hier anlegen.»

«Aber ja, keine Sorge. Ich lass die drei Tische dort beim Ofen zusammenstellen. Setzt euch nur schon dorthin.»

Dann stutzte er. Sein Blick war auf Niklas gefallen, der seine Schwester aus runden Augen und mit offenem Mund anstarrte.

«Was ist mit dem da?», fragte der Wirt leise.

«Das ist der Sohn des Schiffsmeisters. Er ist stumm und daher ein bisserl seltsam – Gott sei ihm gnädig.» Sie warf ihrem Bruder einen warnenden Blick zu.

«Das arme Kerlchen. Wollt ihr so lange einen Krug Bier?»

«Sehr gern, habt vielen Dank.»

Kurz darauf saßen sie an einer langen Tafel und genossen das würzige, dunkle Bier. Aus der Küche hörten sie aufgeregte Stimmen und lautes Rumoren, bald drangen köstliche Düfte zu ihnen heraus.

«Gut gemacht, Igelchen», flüsterte Eva. Doch Niklas sah aus, als würde er jeden Augenblick zu heulen anfangen. Bestimmt verging er vor Heißhunger, und auch sie selbst spürte, wie ihr leerer Magen zog und zerrte. Dennoch: Sie durften nichts übereilen.

Nach und nach trafen die ersten Gäste ein, und das Schankmädchen musste immer wieder jemanden von ihrer Tafel abweisen. Als der Wirt den Kopf aus der Küche herausstreckte und fragte, wie viele Gänge die Herrschaften wohl wünschten, sah Eva die Gelegenheit gekommen.

«Vier, fünf Gänge sollten genügen. Aber von allem reichlich. Ach – und wenn Ihr vielleicht so freundlich wärt, uns eine Kleinigkeit vorab zu bringen? Sobald mein Herr hier ist, werde ich mich nämlich um sein Gepäck und sein Nachtlager kümmern müssen.»

«Selbstverständlich, keine Frage. Wie wär's mit gebratenen Eiern und Speck? Die sind schnell gemacht.»

«Wunderbar.»

Wenig später brachte der Küchenjunge eine Platte, auf der sich Eier und Unmengen von Speckscheiben eine halbe Elle hoch türmten. Ganz offensichtlich wollte der Wirt sich von seiner großzügigsten Seite zeigen, denn der Junge legte noch vier Stücke Brot dazu und schenkte ungefragt Bier nach.

Eva fühlte sich wie im Paradies. Die geschlagenen Eier waren gut angebraten und mit Kräutern gewürzt, der Speck knusprig. Eine so üppige Mahlzeit würde lange vorhalten.

Sie waren beide mehr als satt, als die Platte leer war und sie mit dem Brot das Fett auswischten.

«Trink aus und steck das restliche Brot unters Hemd», flüsterte sie Niklas zu. «Ich schick dich gleich fort. Aber sprich kein Wort, verstanden?»

Dann rief sie laut nach dem Wirt.

«Ich schick den Buben jetzt zur Anlegestelle, damit er dort wartet. Nicht dass mein Herr zornig wird, wenn wir zu spät kommen.»

«Recht so.»

Als Niklas verschwunden war, unterdrückte sie einen Seufzer der Erleichterung. Alles war bisher glattgegangen und Niklas schon mal in Sicherheit. Sie wunderte sich nur, wie leicht ihr dieses Possenspiel gefallen war und wie einfach sich diese Menschen doch täuschen ließen. Jetzt musste sie sich nur noch selbst unbemerkt davonstehlen.

Auch das gelang leichter als gedacht. Inzwischen war die Schankstube überfüllt mit hungrigen Gästen, die keinen Sitzplatz mehr fanden. Die ersten begannen zu fluchen und zu schelten, dass man sie nicht an der einzigen leeren Tafel sitzen ließ, andere fielen mit ein, und bald brach ein Tumult aus. Der Wirt hatte alle Mühe, den drohenden Raufhändel zu unterbinden, und stand jetzt umringt von einigen Fuhrleuten, die ihre Fäuste schwangen.

Eva drängte sich mitten hinein.

«Sie sind da, Herr! Ich hab eben die Hörner unserer Schiffe gehört.»

«Dem Himmel sei Dank.» Er wischte sich die Schweißperlen von der Glatze.

«Habt Ihr im Hof einen Abtritt? Ich müsste mal kurz hinaus.»

«Ja, ja, neben dem Stall.»

Eva huschte durch die Tür, hörte noch einen der Männer schnauzen: «Ist mir völlig wurscht, wer da kommt! Ich hock mich jetzt an den freien Tisch», dann ein Gepolter, als würde eine Bank umfallen. Nur weg von hier!

Sie musste an sich halten, nicht zu rennen, schließlich durfte sie um keinen Preis auffallen. Ihr Herz schlug bis zum Hals, als sie die Brücke überquerte, doch niemand pfiff sie zurück, kein Büttel, kein Scharwächter verfolgte sie.

Die Kapelle, in der Niklas auf ihrem Kleiderbündel kauerte und verängstigt auf sie wartete, lag bereits im Schatten des Waldrands. Bald würde es dunkel werden, dann würde niemand mehr nach ihnen suchen.

17

Das war nicht recht. Der arme Wirt hat alles umsonst gekocht.»

Im Morgengrauen hatten sie ihre Zuflucht in der Kapelle verlassen. Jetzt schlugen sie sich durch dichtes Unterholz, die Zweige zerkratzten ihnen die Beine.

«Dummerchen!» Eva musste fast lachen. «Da waren am Schluss so viele Gäste, die werden schon alles aufgegessen haben.»

Dabei hatte sie am Vorabend selbst das schlechte Gewissen geplagt. Nachdem Niklas eingeschlafen war, eingerollt in ihre alten Kleidungsstücke, hatte sie noch lange vor der Stelle gekniet, wo sie Marias Bildnis wusste, und in völliger Dunkelheit inbrünstig gebetet.

«Trotzdem.» Niklas schob die Unterlippe vor. «Außerdem hast du dem Wirt gesagt, ich wär blöde. Das war gemein.»

«Seltsam. Ich hab gesagt: seltsam.» Sie blieb stehen und küsste ihn. «Dafür gab es das beste und fetteste Essen seit langem. Das war's doch wert, oder nicht?»

Sie blinzelte gegen die Sonnenstrahlen, die das Laubdach der Bäume durchdrangen.

«Ich denk, wir können jetzt auf die Straße zurück. Ich glaub nicht, dass der Wirt uns groß suchen lässt. Sonst müsst er ja zugeben, dass ihn ein junges Mädchen übers Ohr gehauen hat.»

Die Landstraße verlief dicht am Fluss, der sich durch ein weites und blühendes Tal wand. An seinem breiten Lauf reihte sich Mühle an Mühle, eine wohlhabender als die nächste, oben auf den Höhen ragten Burgen und Ruinen in den Sommerhimmel. Dazu luden saubere, freundliche Gasthäuser zur Rast ein. Nur das Marschieren war hier, wie immer auf solchen Straßen in feuchtem Talgrund, mühsam: Der Knüppelweg, der äußerst nachlässig mit Sand und Erde aufgefüllt war, ließ einen stolpern, hielt man die Augen nicht auf den Weg. Eva wunderte sich, wie wenige Menschen heute unterwegs waren. Als sie erfuhren, dass Sonntag war, verspürte sie ganz plötzlich den Wunsch, einmal wieder, nach langer Zeit, einen Gottesdienst zu besuchen.

Niklas schien davon nicht eben begeistert. «Wir haben noch gar nichts gegessen.»

«Ach, Igelchen, du denkst nur noch ans Essen! Also gut. Aber im nächsten Dorf gehn wir dann in eine Kirche.»

Sie setzten sich an den Brunnenrand vor einer der Herbergen, füllten ihren Wasserschlauch auf und aßen das restliche Brot. Steile Felswände schoben sich hier seitwärts gegen das Tal, die Straße war auf einmal menschenleer.

«Wie weit ist's noch nach Regensburg hin?», fragte Eva ein

Mädchen, das gerade Wasser aus dem Brunnen schöpfte und sie dabei immer wieder misstrauisch beäugte.

«Drei Wegstunden», entgegnete es unwillig. «Übrigens kann mein Vater es nicht leiden, wenn Leute vor seinem Haus die Brotzeit nehmen. Verschwindet also besser.»

«Wir sind gleich weg», beschwichtigte Eva und lächelte so freundlich, wie sie es vermochte. Nach ihrem Schelmenstreich vom Vortag wollte sie jeden Ärger vermeiden. Andererseits verspürte sie auch einen gewissen Stolz darüber, wie gut er ihr gelungen war. «Sag mir nur noch eins: Weißt du, wo man in Regensburg übernachten kann – gegen Gotteslohn natürlich?»

«Solche seid ihr also. Dacht ich mir's schon.» Das Mädchen rümpfte die Nase. «Hungerleider und Habenichtse werden erst gar nicht dort reingelassen. Na ja, ihr könnt's ja mal in Stadt am Hof versuchen, auf der andern Seit von Regensburg. Da gibt's ein Spital.»

«Danke.»

Doch das Mädchen hatte schon auf dem Absatz kehrtgemacht und verschwand nun grußlos in der Herberge. Im selben Augenblick bog ein Mann um die Ecke, etwa Mitte zwanzig und in der Tracht eines Handwerksgesellen. Trotz der sommerlichen Wärme trug er einen kurzen schwarzen Mantel, unter dem eine Pluderhose mit grellroten Strumpfbändern zu sehen war, die er zu großen, albernen Schleifen gebunden hatte. Dazu saß ein hoher Hut mit Pfauenfeder schief auf seinem Langhaar. Er zerrte einen knochigen Maulesel am Strick hinter sich her.

«Ihr wollt also nach Regensburg», sagte er und grinste breit.

«Habt Ihr was dagegen?», gab Eva schnippisch zurück. Es ärgerte sie, dass der Mann sie belauscht hatte.

«Im Gegenteil. Will ja selber dorthin. Eine nette Begleitung tät mir gefallen. Ich kenn auch eine Abkürzung, oben durch die Hügel.»

So einer fehlt uns grad noch, dachte Eva. Der Kerl sah mit seinem verschlagenen Gegrinse alles andere als vertrauenserweckend aus. Außerdem machte er den Eindruck, als habe er schon am frühen Morgen dem Branntwein zugesprochen, so wie er die Worte zerkaute. Jetzt setzte er sich auch noch neben sie auf den Brunnenrand.

«Bist eine Dienstmagd, was?», nuschelte er.

Eva gab keine Antwort, was den Burschen nicht zu kümmern schien.

«Ja, fürwahr ein hartes Brot. Den ganzen Tag Wäsche schrubben, Holz schleppen, die Scheißhafen der feinen Herrschaften ausleeren – eine elende Plackerei! Da hab ich's besser getroffen. Ich kann in einer Stunde so viel verdienen wie du in sieben Jahren. Und muss nicht mal dafür arbeiten.»

«Wie das?», fragte Niklas mit großen Augen, und Eva trat ihn gegen das Schienbein.

«Das würdst gern wissen, du kleiner Wunderfitz», kicherte der Mann. «Aber ich verrrat's dir nicht. Außer ihr kommt mit mir. Ich würd euch auch …»

«Wir brauchen keine Begleitung», unterbrach Eva ihn barsch. Der Mann wurde ihr immer widerwärtiger. «Wir warten hier auf unseren Oheim.»

«Dann betet nur, dass er gut bewaffnet ist. Hier in der Gegend wimmelt es nämlich von Mordbrennern und Gartknechten. Die schneiden dir schon um eine Handvoll Pfennige das Gedärm raus.»

Eva spürte, wie sich Niklas' Finger vor Schreck in ihren Arm krallten. Niemals war dieser Kerl ein Handwerker, eher ein ausgekochter Spitzbube oder noch Übleres. Einer dieser Schnapphähne, die die Reisenden auf der Straße ausplünderten. Sie musste ihn so schnell wie möglich loswerden.

«Jetzt kriegt ihr Angst, was?», fuhr der Fremde fort, als hät-

201

te er Evas Gedanken gelesen. «Ich kannte mal einen Schelm, der hat in nur acht Wochen drei Dutzend Häusern den roten Hahn aufs Dach gesetzt und den Sackmann gemacht. Er hat eine Feuerspur gelegt vom Elsass über den Schwarzwald bis ins Schwäbische. Das war ein Malefizkerl! Nur leider hat man ihn in Reutlingen aufs Rad geflochten.»

Über ihnen klappte ein Fenster auf.

«Hatt ich dir nicht gesagt, du sollst von meinem Grund und Boden verschwinden, du Saubazi?»

Eva und Niklas sprangen erschrocken auf. Über ihnen lehnte ein Mann über dem Sims und hielt einen dampfenden Kessel bereit.

«Bevor ich Amen gesagt hab», brüllte er, «bist du weg. Sonst verseng ich dir und deinem Schindesel das Fell!»

Schon hatte sich der Fremde auf sein Reittier geschwungen und trieb es mit einem Prügel in hastigen Trab.

«Wart nur», schrie er über die Schulter zurück. «Dich setz ich auch auf mein Kerbholz, du hinterfotziger Scheißhaufen!»

Niklas sah ihm nach.

«So ein großgoscherter Prahlhans!»

«Vielleicht auch nicht», sagte Eva leise.

«He, ihr zwei Daumendreher, das gilt auch für euch!»

Rasch zerrte Eva ihren Bruder vom Brunnen weg und rannte zur Landstraße. Dort blieb sie mit klopfendem Herzen stehen.

«Was machen wir jetzt?», fragte Niklas mit ängstlicher Stimme.

«Wir warten, bis jemand vorbeikommt, und dann nichts wie weiter.»

Wenig später zogen vier Händler des Weges, ordentlich gekleidet und mit schwerbepackten Maultieren. Ihnen schlossen sie sich nach einem kurzen Gruß an. Die Männer kümmerten sich nicht weiter um sie, und Eva war das gerade recht.

«Wirst sehen, in zwei, drei Tagen haben wir es geschafft. Dann sind wir bei unserer Muhme. Und bei Josefina», setzte sie hinzu und wusste selbst nicht, ob sie daran noch glaubte.

Sie waren nicht allzu weit gekommen, hatten zwischen sich und den Händlern einen kleinen Abstand gelassen, um ungestört schwatzen zu können, als hinter einem Felsen ein Mann hervorgesprungen kam. Er fuchtelte aufgeregt mit den Armen.

«Helft mir, um Gottes willen! Mein alter Vater ist schwer gestürzt.»

Vielleicht hatten die Schauergeschichten jenes Prahlhanses Evas Sinne für die Gefahren der Landstraße wieder geschärft und damit ihr Gutes gehabt – jedenfalls erkannte sie sofort, dass da etwas nicht stimmte. Ohne nachzudenken, nahm sie ihren Bruder bei der Hand und zog ihn hinter das dichte Buschwerk, das am Wegrand, zwischen Fahrstraße und Felswänden, wucherte. Gerade noch rechtzeitig, denn im nächsten Moment ertönten laute Rufe und wütende Befehle, es klang nach einer ganzen Horde von Männern. Eva verstand so etwas wie: «Los, her damit!» – «Aber schnell!» – «Bitte nicht!» – «Erbarmen!» Dann wurden gellende Schreie von den nackten Felswänden zurückgeworfen und hallten durch das Tal, wieder und wieder, Schmerzensschreie, immer qualvoller, immer lauter, obwohl Eva sich die Hände gegen die Ohren presste.

Sie hätte nicht sagen können, wie lange das so ging. Irgendwann sah sie durch das Laubwerk die Umrisse von einem halben Dutzend Reitern vorbeisprengen, hinter ihnen die bepackten Maultiere der Händler. Die hatten die Köpfe hochgeworfen, das Weiß blitzte aus ihren Augen. Damit war der Spuk vorbei. Eva ließ die Hände sinken. Alles war still, nicht einmal die Vögel zwitscherten mehr in den Zweigen. Neben ihr kauerte Niklas und hatte seinen Kopf in den Armen vergraben.

Eva wurde klar, dass sie an dem Schauplatz des Verbrechens vorbeimussten, ohne zu wissen, was sie erwartete.

Vorsichtig löste sie Niklas aus seiner Erstarrung.

«Wir müssen weiter», sagte sie. «Es hilft alles nichts.»

Was sie dann sahen, war noch entsetzlicher als erwartet. Vier Körper krümmten sich reglos am Boden, zwei dicht beieinander, einer am Wegrand, der vierte halb auf der Böschung hinunter zum Fluss. Der Sand rundum war dunkel gefärbt von Blut, mittendrin lag ein abgetrennter Arm, ein Stückchen weiter eine Hand, zwei der Leichen fehlten die Schuhe, der dritten am Wegrand gar die Füße. Dazu lag ein schwerer, süßlicher Geruch in der Luft.

«Schau nicht hin», flüsterte sie und hielt ihrem Bruder die Hand vors Gesicht. «Lauf nur immer vorwärts, ich führ dich.»

Im selben Augenblick flatterten zwei Rabenvögel dicht vor ihnen auf, und sie stieß einen Schrei aus. Dem Mann zu ihren Füßen waren die Augen ausgestochen worden! Seine Augenhöhlen, sein ganzes Gesicht waren nur mehr ein schwarzroter Brei. Da fiel ihr Blick auf seinen Rockschoß: Ein winziger Lederzipfel ragte aus den Stofffalten heraus.

«Weiter! Komm!» Sie schob Niklas vorwärts, bis der Weg um einen Felsen bog und das grausige Schlachtfeld außer Sichtweite war.

«Wart hier. Ich bin gleich zurück.»

Niklas nickte nur. Noch immer hielt er die Augen fest zusammengepresst, sein Gesicht war kreideweiß.

Es kostete sie größte Überwindung, zu dem verstümmelten Leichnam zurückzukehren, aber was sie vermutet hatte, bestätigte sich: Die Meuchelmörder hatten in der Eile eine Geldkatze übersehen. In ihren Ohren begann es zu rauschen, als sie mit einem raschen Schnitt ihres Messers den prallen Beutel auftrennte und sich eine wahre Flut von Geldstücken in ihre Schürze ergoss. Mit zitternden Fingern füllte sie die Münzen in ihre eigene Geldkatze, einige Heller fielen auf die blutgetränkte Erde, doch um nichts auf der Welt hätte sie sie angerührt. Schwankend erhob sie sich, kam gerade noch bis zu dem Felsen an der Biegung, als ihre Beine nachgaben und sie sich in heftigen Krämpfen erbrechen musste. Was hab ich nur getan?, dachte sie immer wieder, bin ich des Teufels? – bis sie sich endlich einen Ruck gab und tief Luft holte. Sie mussten schleunigst verschwinden, vielleicht kehrten die Wegelagerer ja zurück.

Niklas stand so da, wie sie ihn verlassen hatte – reglos, mit hängenden Schultern und gesenktem Kopf. Sie nahm ihn bei der Hand.

«Mach die Augen wieder auf, Igelchen. Es ist vorbei.»

Stumm marschierten sie weiter, bis sie an eine Weggabelung gelangten. Der Hauptweg schob sich weiter durchs Tal, linker Hand schlängelte sich ein schmaler Pfad längs eines Bachlaufs den Hügel hinauf. Ganz oben erhob sich eine Kirchturmspitze über den Bergkamm in den immer noch wolkenlosen Himmel.

Eva blieb stehen.

«Gehen wir in die Kirche. Wir sollten Gott danken, dass er uns vor diesen Mördern beschützt hat.»

Während sie die Treppen zum Portal der Dorfkirche hinaufstiegen, wurde ihr nach und nach leichter ums Herz. Vielstimmiger Gesang schallte ihnen entgegen, dann eine kräftige Männerstimme. Hier würde sie sicherlich Trost finden, wie schon in der kleinen Kapelle von Calmunz, vielleicht sogar den Beistand eines Beichtvaters. Denn was sie getan hatte, war ein übles, schändliches Unrecht, davon war sie überzeugt, auch wenn sie es, wie schon im Löwenwirtshaus, nicht um ihretwillen getan hatte – und der Mann ohnehin schon tot war.

Das Kirchenschiff war gut gefüllt. Auf der rechten, der «guten» Seite standen die Männer, auf der linken die Frauen mit ihren Kindern. Einige hatten sich ihren Schemel von zu Hause mitgebracht, denn die Bänke vor dem Altar waren hier wie überall für die Vornehmen und Reichen bestimmt. Es herrschte ein ständiges Kommen und Gehen, kaum einer hörte richtig zu, Hunde kläfften und rauften sich, Säuglinge quäkten.

Eva gesellte sich, mit Niklas an der Hand, zu einer Gruppe alter Weiber, die sie argwöhnisch angafften. Die Schmucklosigkeit des Gotteshauses und sein bilderloser Altar verrieten ihr sofort, dass der Pfarrer hier nach dem neuen Glauben lehrte. Keine einzige Darstellung des Gnadenstuhls, keine geschnitzte Mutter Gottes war zu entdecken. Die Fresken der Heiligen waren mit weißer Tünche zugeschmiert, nur hier und da schimmerten noch bunte Flecken hindurch. Selbst aus den Glasfenstern hatte man einige Bildnisse herausgeschnitten. Eva spürte so etwas wie Enttäuschung, erst recht, als ihr Blick auf die schlichte Holzkanzel fiel.

Dort breitete eben der Pfarrer die Arme über seine Gemeinde aus und donnerte die Worte heraus, als müsse er gegen den Lärm einer Heeresattacke ankämpfen. Er war alt, sein gelbweißer Bart hing ihm lang und wirr über den sackartigen Talar, der Schweiß stand ihm in dicken Tropfen auf der hohen Stirn.

«Wehe dem, der sich in Sicherheit wiegt, der sich von Schuld und Sünde frei fühlt: Verderbt seid ihr alle, ein jeder von euch» – die Stimme bebte jetzt vernehmlich –, «und verdammt obendrein, sofern ihr nicht fest im Glauben steht und bereut. Tut Buße, tut schmerzhafte Buße, denn sie ist die reinigende Kraft des Heiligen Geistes, um die Sünden wegzuwaschen, um Erlösung zu erlangen. Wappnet euch also gegen die Versuchung, jeden Tag, jede Stunde, denn Satan ist allgegenwärtig! Aber nicht nur Satan, auch der Antichrist ist über uns gekommen! Der Antichrist höchstselbst!»

Gleich einem Veitstänzer zuckte er jetzt an Armen und Beinen, die Augäpfel rollten hin und her. Plötzlich herrschte im Kirchenschiff Totenstille. Auch Niklas, mit offenem Mund, erstarrte.

«Aus dem Sündenbabel Roms streckt der papistische Antichrist seine eklen Fühler in alle Welt. So öffnet endlich die Augen, ihr armseligen Schafe Gottes, und erkennet: Ein kosmischer Kampf tobt zwischen Gott, Teufel und diesem Antichristen. In jedem Winkel der Welt offenbart sich uns heute dieser Kampf, in all seinen grausigen Geschehnissen: in China, wo ein Erdbeben das halbe Land verschlang, im Hispanischen mit seinem tagelangen Blutregen, in Afrika mit einer Sonne, die sich schwarz verfärbte und die Milch der Mütter zu Blut werden ließ. Nicht zu vergessen die Abertausenden von Missgeburten allüberall – kam nicht neulich erst im Nachbardorf ein Monstergeschöpf zur Welt, ganz ohne Arme und Beine, dafür mit einem Maul bis zwischen die Augen?»

Er raufte sich das spärliche Haupthaar, um sogleich wieder die Fäuste zu schütteln und weiterzugeifern:

«Ich sage euch: Das Weltende ist nahe! Das Weltende ist näher denn je, und dann wird über eure Sünden gerichtet werden! Über eure und die eurer Nachbarn, eurer Brüder und Kinder. Denn die Verderbten sind mitten unter uns. Die Satansanbeter sind unter uns und die Unholde, die Huren und die Hurenböcke, die Diebe und die Mörder …»

Niklas schluchzte plötzlich laut auf und rannte hinaus. Unter den missbilligenden Blicken der Umstehenden folgte Eva ihm, so rasch sie konnte. Auch sie hatte längst genug von den niederschmetternden Worten des Predigers. Draußen auf dem Kirchhof holte sie ihren Bruder ein.

«Er hat dir Angst gemacht, der Pfarrer, nicht wahr?» Sie wischte ihm zärtlich die Tränen aus dem Gesicht. «Jetzt hör auf zu weinen. Nur weil Sonntag ist, müssen wir nicht in den Gottesdienst. Wandern wir lieber weiter.»

«Ich will nicht mehr!» Niklas stampfte mit dem Fuß auf. «Ich will nicht mehr betteln und hungern müssen und nachts frieren. Ich will nicht mehr von früh bis spät marschieren und immer Angst haben. Ich ...»

«Das musst du auch nicht», unterbrach sie ihn. «Von hier kann es nicht mehr weit bis zur Donau sein. Dort quartieren wir uns auf einem der Lastkähne ein und fahren bis vor die Tore von Straubing.»

«Uns nimmt eh keiner mit! Wir sind doch nur Bettler, Haderlumpen, dreckige Vaganten!»

«O nein!» Sie schwang ihre gefüllte Geldkatze hin und her. «Damit können wir auf jedem Schiff aufsitzen. Die Schiffsmeister werden sich um uns reißen. Und wir suchen uns das schnellste und bequemste aller Boote aus.»

18

Eva vermochte es nicht zu fassen. Was für ein herrschaftliches Haus! Dabei war es nicht einmal das größte der Bürgerhäuser hier am Stadtplatz, dennoch: Bis zur Traufe reichte es drei Stockwerke über den Erdboden, die Fenster waren sämtlich mit Butzenscheiben verglast, im zweiten und dritten Stock wölbte sich ein mit vielfarbigen Ornamenten bemalter Erker über die Eingangstür, zu der breite, blankpolierte Stufen führten. Neben der Tür, in deren dunkles Holz von Künstlerhand das Relief eines Einhorns geschnitzt war, führte ein breites Tor in den Hof. Eben jetzt kam ein Einspänner herausgefahren, dahinter schlossen sich die beiden Torflügel gleich wieder wie von Geisterhand.

Kaum wagte sie es, den bronzenen Türklopfer auch nur zu berühren. Ihrem Bruder schien es ebenso zu gehen.

«Was, wenn die uns gar nicht einlassen?»

«Das werden sie schon.»

Niklas tastete nach ihrer Hand. «Wenn aber nicht», sagte er leise, «gehn wir zurück zu Alois. Weißt du, was ich denk? Der wär der richtige Mann für dich.»

«Was redst du da? Der ist doch viel zu jung für mich!»

Sie versuchte zu lächeln. Was ihr kleiner Bruder sich manchmal so zusammenspinnte! Im Leben nicht würde sie den liebenswerten Schankburschen wiedersehen. Genauso wenig wie Junker Moritz von Ährenfels.

«Was steht ihr hier rum und glotzt?»

Die Stimme kam vom Hoftor her, das sich einen Spalt weit geöffnet hatte. Im Schatten der Einfahrt war nicht zu erkennen, wer da sprach, doch es musste eine ältere Frau sein.

«Ist das hier das Haus des Kaufmanns Endress Wolff und seiner Frau Ursula?»

«Wer will das wissen?», schnauzte die Frau unfreundlich zurück und schob jetzt ihren Kopf ganz heraus. Ihr breites Gesicht war von Falten durchzogen, das Haar vollständig von einer Leinenhaube mit Kinnband verdeckt. Gewiss war das die Hausmagd.

Eva musste an sich halten, höflich zu bleiben. «Ich bin Eva Barbiererin aus Glatz, und das ist mein Bruder Niklas. Wir sind die Schwesterkinder der Hausherrin.»

«Dass mich der Hagel erschlag!» Eine Zeitlang blieb es still, bis die Frau beffzte; «Warret hier und rührt euch nicht.»

Die nächsten Minuten kamen Eva wie Stunden vor. Sie konnte sich kaum noch auf den Beinen halten, so sehr hatten sie die letzten Tage und Wochen erschöpft. Zwar waren sie, wie sie es geplant hatte, auf einem Frachtkahn bis hierher nach

Straubing gekommen, aber unterwegs hatten sie nichts als Brot und mit Wasser angematschten Brei zu essen bekommen. Und das, obwohl sie dem Schiffsmeister ihr gesamtes Vermögen hatte abdrücken müssen! Hinzu kam, dass sie den Trubel einer großen Stadt nicht mehr gewohnt war. Wahre Menschenmassen drängten sich an diesem schönen Sommernachmittag hier in den Gassen, aus den offenen Toren und Türen drang das Hämmern und Klopfen der Werkstätten, vermischte sich mit dem Stimmengewirr der Leute, dem Knarren und Ächzen der Wagenräder, dem Geschrei tobender Kinder. Und über allem lastete ein furchtbarer Gestank nach Pferde- und Schweinemist und aus den Gruben der Abtritte. Wo war bloß der Duft nach frischen Wiesenblumen geblieben, nach dem Harz der dunklen Wälder, wo das Gezwitscher der Vögel, das Rascheln der Blätter im Wind?

Eva holte tief Luft und rieb sich die Schläfen. Sie waren schweißnass. Und das, obwohl sie sich auf dem Weg hierher an einem Brunnen Gesicht und Hände gewaschen hatte. Unruhig zupfte sie Niklas an Hemd und Gürtel herum, strich ihm zum wiederholten Male die Haare glatt.

Da hörte sie hinter der Tür Stimmen und Kinderlachen und vernahm auch die Alte von eben, barsch und unerbittlich. Als sich gleich darauf die Tür weit öffnete, blieb Eva fast das Herz stehen: Einen Lidschlag lang glaubte sie, ihre Mutter stünde vor ihr! Doch allzu rasch war dieses Gefühl der Vertrautheit verflogen, denn das vornehme Äußere der Hauherrin schüchterte Eva vollends ein. Die zierliche Frau trug ein kostbares grünes Samtkleid mit hohem Stehkragen und engem Mieder, an den Schultern waren kleine Puffen in die angenestelten Ärmel gesetzt, was ihre Schultern viel zu breit erscheinen ließ. Das glatte, dunkle Haar war streng zurückgekämmt und mit einem durchsichtigen Perlennetz bedeckt.

«Ihr seid es also wirklich!»

Die Worte ihrer Muhme kamen mehr gehaucht als gesprochen, dabei flatterten ihre hellbraunen Augen wie ein ängstlicher Vogel zwischen Eva und Niklas hin und her.

Eva vermochte nur zu nicken. Nach ihren Überlegungen konnte Ursula Wolffin noch keine dreißig Jahre zählen, doch diese Frau wirkte um einiges älter. Vielleicht, weil sie so müde aussah.

«Nun – dann kommt erst mal herein. Nun kommt schon.»

Niklas presste sich an seine Schwester, während sie die Eingangshalle betraten. Es roch nach gewachsten Dielen und dem zurückliegenden Mittagessen. Erbsensuppe mit Wurst und Speck, stellte Eva im Stillen fest, und sofort meldete sich der Hunger wieder. Hinter der Tür, aus der der Essensgeruch drang, hörte sie es leise tuscheln und kichern.

Stumm folgten sie ihrer Muhme die Treppe hinauf. Eva ließ ihre Hand auf dem zierlich gedrechselten Treppengeländer entlanggleiten, als suche sie Halt. Durch einen breiten Flur, von dem etliche schwere Holztüren abgingen, gelangten sie in die Wohnstube. Der Raum wirkte trotz der dunklen Kassettendecke freundlich, denn er ging auf ebenjenen mit Buntglasfenstern besetzten Erker hinaus, den sie schon von außen bewundert hatte. Ein langgestreckter Tisch stand mitten im Zimmer, er war aus demselben walnussbraunen Holz wie Stühle und Anrichte. Von draußen drangen gedämpft die Geräusche der Straße herauf.

«Setzt euch.»

Ursula Wolffin wies auf die Steinbank im Erker, auf der weinrote Sitzkissen lagen. Sie selbst nahm in einem gepolsterten Lehnstuhl Platz, wobei ihrer Brust ein unterdrückter Seufzer entfuhr. Ihr Blick blieb an Eva hängen.

«Ich hab dich gleich erkannt, Eva. Du warst sieben oder acht

Jahre alt, als ich von Glatz wegging. Schon damals hattest du diese blauen Augen, das dichte Haar, die wunderschönen dunklen Locken. Genau wie meine Schwester – Gott hab sie selig. Und du, du musst Niklas sein», wandte sie sich an den Jungen. «Damals warst du gerade zur Welt gekommen, ein kräftiger kleiner Bub mit weißem Flaum auf dem Kopf.»

Sie sprang unvermittelt auf.

«Was bin ich doch für eine schlechte Gastgeberin! Ihr seid gewiss hungrig und durstig. Ihr Armen, ihr seht ja völlig ausgehungert aus.»

Mit einem Mal wirkte Ursula Wolffin angespannt. Sie hastete zur Tür, öffnete sie einen Spaltbreit und rief hinaus: «Agatha, bring unsern Gästen Wein und Kuchen.» Dann schritt sie im Zimmer hin und her, bis die alte Dienstmagd mit einem Tablett erschien.

«Stell alles auf das Tischchen am Fenster.»

Das tat Agatha, nicht ohne ihrer Herrin einen missbilligenden Blick zuzuwerfen, und verließ dann wortlos den Raum.

«Jetzt greift zu und erzählt, was euch nach Straubing führt!»

Gierig stopfte sich Niklas große Stücke von dem buttrig glänzenden Mandelkuchen in den Mund, bis Eva ihn in die Seite stieß.

«Iss anständig», zischte sie. Ursula Wolffin war zwar ihre Muhme, die Schwester ihrer eigenen Mutter, aber Eva hatte längst erkannt, dass diese Frau an Wohlstand und gewisse Umgangsformen gewöhnt war. Und Niklas – das fiel ihr erst in dieser vornehmen Umgebung auf – war die letzten Monate doch reichlich verwahrlost, was sein Benehmen betraf.

«So lass ihn doch.» Ihre Muhme lachte etwas gekünstelt. Da nahm auch Eva sich Wein und Kuchen, aß und trank lustlos, trotz des Hungers. Keine Spur von Josefina, nichts, was darauf deutete, dass ihre Schwester hier war – und so quälte sie eine einzige Frage: War Josefina jemals hier aufgetaucht? Doch der Mut zu fragen, hatte sie plötzlich verlassen.

Endlich setzte sich Ursula Wolffin wieder. Dabei betrachtete sie ihre zarten weißen Hände.

Es war Niklas, der das Schweigen brach. «Waren das vorhin hinter der Tür Eure Kinder?», fragte er mit vollem Mund.

«Ja, ich lass sie nachher holen. Drei Mädchen haben wir. Aber sag doch du zu mir, ich bin schließlich deine Muhme.»

«Und wo ist der Hausherr?», fragte Eva.

«Mein Gemahl ist bis heute Abend unterwegs. Oh, der wird Augen machen, wenn er euch sieht!»

Eva bezweifelte, dass dies freundlich gemeint war. Allzu verunsichert wirkte ihre Muhme mit einem Mal.

«Wenn wir zur falschen Zeit gekommen sind, dann – dann sag es nur», murmelte sie.

«Nein, nein, um Himmels willen! Ich bin nur überrascht. Es ist doch sehr weit von Passau herüber. Oder lebt ihr gar nicht mehr in Passau?» Jetzt überschlugen sich ihre Worte. «Das habe ich nämlich durch Zufall erfahren, dass ihr von Glatz nach Passau gezogen seid. Oder stimmt das gar nicht? Wie geht es eurem Herrn Vater, dem Gallus? Ach Gott, es tut mir so leid, dass sich unsere Familien ganz aus den Augen verloren haben. Ihr seid doch die Kinder meiner einzigen Schwester.»

Tränen schimmerten in ihren Augen, und Eva tat die Frau auf einmal leid. Ihr Besuch schien sie völlig durcheinanderzubringen. Ob es doch etwas mit Josefina zu tun hatte?

In diesem Moment sprang die Tür auf, und drei Mädchen stürmten herein, alle gekleidet wie vornehme kleine Damen.

«Ist es wahr, dass das da unsere Base und unser Vetter sind?», fragte die Älteste, die nur wenig jünger als Niklas und ein Abbild ihrer Mutter war. Jetzt musterte sie mit unverhohlener Neugier die Gäste.

«Ja, mein Schatz. Das sind Eva und Niklas, die Kinder meiner verstorbenen Schwester. Und das hier ist Aurelia, unsere Älteste. Die beiden anderen heißen Apollonia und Anastasia.»

Aus dem Augenwinkel konnte Eva sehen, wie sich ihr Bruder ein Grinsen verkneifen musste, wahrscheinlich ob der absonderlichen Namen.

«Bleiben die jetzt bei uns?», fragte Anastasia, die Kleinste der drei, und schob abschätzig die Unterlippe vor.

«Nun – das müssen wir alles noch besprechen. Jetzt geht wieder runter in die Küche. Ihr könntet Zenzi beim Gemüseputzen helfen.»

Murrend zogen die Kinder davon, und Ursula Wolffin richtete sich in ihrem Lehnstuhl auf.

«Es hat doch gewiss seinen Grund, dass ihr fort seid aus Passau? So ganz allein, ohne Begleitung.»

Niklas hielt mit dem Kauen inne und blickte zu Boden, während Eva unruhig auf ihrem Sitzkissen hin und her rutschte. Was sollte sie antworten? Dass sie ums Haar den eigenen Stiefvater gemeuchelt hatte?

«Wir sind gekommen, weil – weil.» Sie stockte. Es war ihr plötzlich unmöglich, auch nur annähernd die Wahrheit zu sagen. Zu ihrer Überraschung hob Niklas den Kopf und sagte mit fester Stimme: «Unser Vater hat uns vor die Tür gesetzt. Einfach rausgeworfen. Seitdem sind wir ganz allein unterwegs, fast ein Jahr schon.»

«Gütige Mutter Gottes!» Die Muhme riss entsetzt die Augen auf, schließlich murmelte sie: «Nein, so etwas, nein, so etwas – dieser Gallus, dieser garstige Mensch – ich hab es immer gewusst!»

Jetzt hatte Niklas wahrhaftig Tränen in den Augen, als er fortfuhr: «Bitte, liebe Muhme! Schick uns nicht gleich wieder weg. Ihr seid doch unsre einzige Verwandtschaft.»

«Keine Angst, mein lieber Junge, keine Angst.» Sie beugte sich vor und ergriff Niklas' Hand. «Ich werd heute Abend alles mit meinem Gemahl besprechen.»

«Was willst du mit mir besprechen?», dröhnte eine tiefe Stimme. Den Türrahmen füllte eine mächtige Gestalt im erlesenen Gewand eines Handelsmannes. Das dichte blonde Haar, das an den Schläfen silbergrau schimmerte, fiel bis auf die breiten Schultern, ein sorgfältig gestutzter Vollbart bedeckte das rötliche Gesicht. Umso mehr stachen die blauen Augen hervor, die jetzt fast böse in die Runde blitzten.

«Du bist schon zurück?» Ursula Wolffins Worte waren kaum zu verstehen.

«Was also willst du mit mir besprechen?», wiederholte Endress Wolff.

«Verzeih, lieber Mann, du weißt ja gar nicht – sieh nur, wer gekommen ist: zwei meiner Schwesterkinder, Eva und Niklas Barbierer aus Passau. Ist das nicht eine Überraschung?»

Der stattliche Mann schien keineswegs erfreut. «Das ist es, fürwahr. Und was wollen die beiden hier?»

«Sie haben kein Zuhause mehr. Ihr hartherziger Vater – ich hab dir von ihm erzählt – hat sie weggejagt. Schau doch nur, wie abgemagert die beiden sind.»

«Was hat das mit uns zu tun?»

«Sie brauchen ein Dach überm Kopf. Zumindest vorübergehend. Bitte!»

Eva sprang auf. Sie hatte die Nase voll.

«Habt vielen Dank für Kuchen und Wein. Wir machen uns dann wieder auf den Weg. Ich hätt nur noch eine Frage …»

«Sitzen geblieben», befahl Endress Wolff. Tonfall und Blick verrieten, dass er gewohnt war, dass seinen Befehlen unmittelbar Folge geleistet wurde. «So, wie ihr ausseht, braucht ihr Erholung und eine anständige Mahlzeit. Ursula, zeig ihnen das

Gästezimmer. Agatha soll es herrichten. Wir sehen uns dann zum Nachtessen.» Ohne dass seine Stimme eine Spur freundlicher geworden wäre, verließ er die Stube.

«Kommt, ihr beiden.» Ihre Muhme wirkte erleichtert.

Als sie kurz darauf die Schlafkammer ein Stockwerk höher betraten, stellte Eva endlich die alles entscheidende Frage:

«War unsere ältere Schwester hier? Josefina?»

«Josefina?» Das ohnehin blasse Gesicht ihrer Muhme erbleichte vollends. «Aber nein. Wie kommst du nur darauf?»

Evas Knie gaben nach, und sie sank auf das Bett. Alles Hoffen war umsonst gewesen!

19

*D*iesen ersten Abend im Haus ihrer Muhme erlebte Eva wie hinter einem Schleier. Es war der Hausherr selbst, der an die Kammertür klopfte und sie und Niklas zum Essen holte.

«Der Tisch ist gerichtet. Zuvor aber» – mit ernstem Blick musterte er Eva – «will ich eines wissen: Was soll diese Frage nach deiner Schwester? Warum sucht ihr sie? Warum bei uns?»

Der heftige Kopfschmerz, der Eva die letzten zwei Stunden gequält hatte, pochte erneut gegen ihre Schläfen.

«Josefina hat Passau verlassen müssen.»

«So wie ihr zwei ja wohl auch. Es tut mir von Herzen leid, dass dieser ungehobelte Mensch, der sich euer Vater nennt, euch vor die Tür gesetzt hat. Warum aber wisst ihr nicht, wo eure Schwester steckt? Was ist da vorgefallen?»

Eva hielt dem durchdringenden Blick des Oheims kaum stand. Was sollte sie ihm erzählen? Dieser stolze, selbstgefällige Mann würde doch rein gar nichts von dem Elend ihrer Familie verstehen.

«Josefina hat lange vor uns die Stadt verlassen.» Sie stockte.

«Weiter!»

«Sie war – sie war in ein großes Unglück geraten – ohne eigenes Verschulden. Der Sohn ihres Dienstherrn hatte sie belogen und betrogen –» Eva ärgerte es, dass sie ins Stottern geriet. «Er hat ihr ein Kind gemacht, und sie wurde aus der Stadt gejagt.»

Endlich war es heraus.

«Dachte ich mir so was doch», murmelte Endress Wolff. Dann fuhr er in seinem tiefen Bass fort: «Und warum sollte sie ausgerechnet zu uns gekommen sein?»

«Weil ihr die einzigen Verwandten unserer Mutter seid.»

«Glaubst du im Ernst, dass ein angesehener Kaufmann und Ratsherr wie ich ein gefallenes Mädchen ins Haus holen würde? Eine, der Anstand und Ehre keinen Pfifferling wert sind?»

«Aber sie hat ihn geliebt! Und dieser Mistkerl hat ihr die Ehe versprochen!»

«Schweig! Sie hat sich weggeworfen, das allein zählt. Selbst die eigene Tochter würde ich in solch einem Fall von der Schwelle weisen, dass du es nur weißt.» Die Verachtung stand ihm jetzt ins Gesicht geschrieben. «Hier in Straubing braucht du also gar nicht erst suchen. Sie war niemals hier und wird hoffentlich auch nie hier aufkreuzen. Im Übrigen denke ich, dass sie längst in einem Winkelbordell gelandet ist, wie die meisten solcher Zuchteln, die Schande über sich und ihre Familie gebracht haben. Und jetzt kommt zu Tisch.» Sein Tonfall wurde milder. «Ihr sollt Gast sein in meinem Haus, es soll euch an nichts fehlen. Das ist schließlich Christenpflicht, wo ihr zur Familie gehört.»

Niklas brachte immerhin ein undeutliches «Danke» heraus, während sich Eva auf die Lippen biss. Irgendetwas an den Worten ihres Oheims hatte ihr Misstrauen geweckt. Sie vermochte nur nicht zu sagen, was.

Unten in der Wohnstube wartete bereits die restliche Familie. Eva wurde ein Platz neben Ursula Wolffin zugewiesen, während sich Niklas zwischen die Kinder zwängte. Mitten auf dem Tisch stand eine Suppenschüssel, aus der es nach Fleischbrühe duftete, daneben ein Körbchen mit hellem, feinem Semmelbrot, auch Herrenbrot genannt. Hier wurde augenscheinlich nicht aus einem Topf gegessen, denn für jeden war ein eigener Teller gedeckt. Löffel und Speisemesser lagen auf sauberen Leinentüchlein, die wohl zum Mundabwischen gedacht waren.

In jeder anderen Situation hätte sie ihrem Bruder einen warnenden Blick zugeworfen, sich nur ja zu benehmen. Aber inzwischen war ihr alles gleichgültig, in ihrem Kopf drehte es sich nur noch.

«Habt ihr euch ein bisserl erholt?», fragte die Muhme und legte ihre Hand auf die von Eva. Ihre Besorgnis war nicht gespielt, das spürte Eva.

«Es geht schon wieder, danke», erwiderte sie matt und blickte hinüber zu ihrem Bruder. Dem schien die Enttäuschung darüber, dass Josefina nicht hier war, nicht besonders zugesetzt zu haben, im Gegenteil. Gierig löffelte er seine Suppe, zwischendurch grinste er in einer Mischung aus Neugier und Verlegenheit immer wieder seine älteste Base an.

Als Agatha die Platte mit kaltem Braten auftrug, hatte Eva ihren Teller noch immer halb voll.

«Nun iss schon, Kind», forderte Ursula Wolffin sie auf.

«Dir schmeckt's wohl nicht bei uns?» Der Hausvater lachte, doch sein Blick verriet Ärger. «Na ja, wirst dich schon an die fette Kost hier im Straubinger Gäu gewöhnen. So wie Niklas – der haut rein, wie es sich für ein Mannsbild gehört. Was, mein Junge?» Er wischte sich mit dem Tüchlein den Bratensaft aus dem Mundwinkel. «Nun – wo wir hier so beinand sind, will ich besprechen, wie es weitergehen soll mit euch beiden. Möchtest du was dazu sagen, Eva?»

Die Maserung der Tischplatte begann vor Evas Augen zu schlingern. «Morgen früh werden wir aufbrechen. Wir möchten euch nicht zur Last fallen.»

«Und wohin, bitt schön? Ihr wollt doch wohl nicht zurück nach Passau zu eurem Vater.»

«Nein.» Eva schüttelte langsam den Kopf. Sie hatte wirklich nicht die leiseste Ahnung, wohin sie gehen konnten. Dazu kamen diese abgrundtiefe Müdigkeit und eine plötzliche Kälte, die ihr eisig in die Glieder fuhr.

«Hör zu, Eva, ich mach dir einen Vorschlag. Ihr bleibt ein paar Tage bei uns, meinetwegen auch ein, zwei Wochen, bis ihr wieder bei Kräften seid. Danach schauen wir weiter, wo wir euch unterbringen können. Ich kenne einen Getreidehändler, nicht weit von hier, in Bogen. Er ist ein ehrenwerter Mann mit Weib und fünf Kindern und sucht händeringend ein Dienstmädchen für die Haushaltung. Niklas könnte vorerst bei mir aushelfen, er scheint mir ein aufgeweckter Bursche.»

Endress Wolff lächelte erwartungsvoll in die Runde.

Eva lächelte zurück. Dann kippte sie lautlos vom Stuhl und verlor das Bewusstsein.

Vier Wochen lang lag Eva im Haus des Kaufmanns Endress Wolff mit kaltem Fieber danieder. Im Wechsel peinigten sie eisiger Frost, dass ihr die Zähne klapperten und Hände und Füße gefühllos wurden, und Hitzeanfälle, die sie binnen Sekunden in Schweiß ausbrechen ließen. Dazwischen gab es Stunden und Tage, wo sie in dumpfer Teilnahmslosigkeit dahindämmerte, während ihr irgendjemand einen Trank aus Heilkräutern einflößte – alles andere würgte sie sofort wieder heraus –, und das Wechselweh ihren Körper aufs Neue packte.

Endlich ließen Frost und Fieber wie durch ein Wunder nach, und Eva war nur noch Haut und Knochen. Als sie zum ersten Mal bereit war, etwas zu sich zu nehmen, und in winzigen Bissen salzigen Gerstenschleim herunterzwang, ließ der Stadtmedicus den Bader holen: Der setzte Schröpfköpfe an Beine und Schultern, um die Körpersäfte wieder ins Gleichgewicht zu bringen.

An diesem Tag hielt Eva für längere Zeit die Augen offen. Nachdem der Bader seine Gläschen wieder von ihrer Haut gepflückt hatte und die Matula des Arztes für die Urinschau gefüllt war, versammelte sich die gesamte Familie in der kleinen Gästekammer.

Die Muhme setzte sich auf den Bettrand und nahm Evas Hand. Sie war sichtlich erleichtert.

«Der Medicus ist sehr zufrieden mit der Untersuchung. Und wir hatten schon solche Angst, dass du von der Landstraße eine pestilenzische Seuche angeschleppt hättest. Aber es war nur der hitzige Frörer. Der kommt schon mal vor nach den heißen Sommern hier bei uns in den Donaumarschen.»

«Es tut mir so leid», sagte Eva mit rauer Stimme. Das Sprechen fiel ihr noch schwer. «Bin euch nur eine Last, als Kranke, und all die Kosten – Medicus und Bader –»

«Dafür hast du ja all die Zeit nix gegessen», platzte Niklas heraus und strahlte über das ganze Gesicht. Eva hätte ihn gern zurechtgewiesen für diese vorlaute Bemerkung, doch erstens fehlte ihr die Kraft, und zweitens begann der Hausherr, zu Evas größter Überraschung, lauthals zu lachen:

«Wo er recht hat, hat er recht, unser Schlaufuchs. Hast schon richtig kaufmännisch denken gelernt in diesen vier Wochen, was, Niklas?»

«Vier Wochen?» Eva hob erschreckt den Kopf, und sofort packte sie wieder heftiger Schwindel.

«Ja, meine Liebe.» Ursula Wolffin strich ihr über die Wangen.

«Du hast uns ganz schön in Sorge versetzt. Aber jetzt wird alles gut, wirst sehen. In ein paar Tagen bist du wieder beinander.»

Indessen dauerte es weitaus länger, bis Eva wieder zu Kräften kam. Als sie das erste Mal aufstand und auf schwankenden Beinen zum Fenster tappte, sah sie zu ihrem Erstaunen, dass der Ahorn im Hof seine Blätter bereits golden färbte.

«Du bist auf?»

Ihre Muhme war eingetreten, in der Hand einen Krug heiße Milch. Sie stellte ihn auf dem einzigen Tischchen im Raum ab und trat neben Eva ans Fenster. Schweigend sahen sie hinaus.

«Es wird Herbst», murmelte Eva schließlich. Ihre Gedanken kreisten um eine einzige Frage: Wo war Josefina in diesem Augenblick? Plötzlich erschien alles, was in den letzten Monaten geschehen war, so unsagbar sinnlos. Wie hatte sie nur dem Irrglauben verfallen können, ihre Schwester in Straubing wiederzufinden? Hier, in diesem viel zu großen, viel zu vornehmen Haus des selbstgerechten Oheims?

Verstohlen wischte sie sich eine Träne aus dem Augenwinkel.

«Bevor es Winter wird, ziehen wir weiter, Niklas und ich.»

«Nein, Eva. Tu mir das nicht an. Du weißt nicht, was sich in den letzten Wochen alles getan hat. Niklas ist glücklich hier, und für Endress ist er so etwas wie ein Sohn geworden. Der Sohn, den er sich immer gewünscht hat. Ich hab ihm ja leider immer nur Mädchen geboren, der einzige Junge ist im Kindbett gestorben, und seither ist es aus und vorbei für mich mit Mutterfreuden», fügte sie bitter hinzu. Dann lächelte sie, und ihre Augen blickten voller Wärme. «Was dich betrifft: Du glaubst nicht, wie sehr ich mit dir gelitten habe, als du krank warst. So blass und zerbrechlich, wie du da im Bett lagst, hatte ich manchmal geglaubt, meine liebe Schwester vor mir zu sehen. Jetzt weiß ich erst, was Blutsbande bedeuten. Bleibt bei uns!»

«Aber was soll ich hier? Ich – ich gehöre nicht hierher.»

«Weißt du denn, wohin du gehörst?»

Eva schüttelte den Kopf.

«Na also. Ich kann mir denken, dass dich die Art meines Mannes erschreckt, aber er ist nicht so hartherzig, wie du vielleicht denkst. Zumindest nicht in jeder Beziehung. Er mag seine Grundsätze haben, aber wer sich daran hält, kommt gut mit ihm hin. Und noch nie hat er sich gegen einen von uns zur Gewalt hinreißen lassen – ganz im Gegensatz zu deinem Stiefvater.»

Eva schluckte. «Was – was weißt du davon?»

«Einiges. Ich will dir was verraten, wovon nicht einmal mein eigener Mann etwas ahnt. Im letzten Herbst, als Endress mit seinen Fuhrleuten im Böhmischen unterwegs war, kam ein Stadtbote aus Passau hierher, mit zwei Bütteln. Er wollte wissen, ob ich deine Muhme sei und du hier Zuflucht gesucht hättest. Du hättest nämlich ums Haar Gallus Barbierer erstochen.»

Bei diesen Worten begann Eva augenblicklich zu zittern, und Ursula Wolffin legte ihr den Arm um die Schultern.

«Keine Angst, jetzt sucht keiner mehr nach dir. Ich habe dem Mann nämlich versichert, dass ich dich umgehend nach Passau bringen lasse, solltest du hier auftauchen. Damit war er's zufrieden. Und ich schwöre dir, niemand war Zeuge dieses Gesprächs. Nur eine einzige Frage habe ich dazu, und ich wäre froh, wenn du sie mir ehrlich beantwortest: Was hat dein Stiefvater dir getan, dass du gegen ihn gegangen bist?»

Einen Moment lang war Eva versucht, sich loszureißen und davonzustürmen – vor Scham, vor Schrecken und vor der Qual der auf sie einstürzenden Erinnerungen. Dann aber spürte sie den Arm, der warm und mütterlich um ihre Schultern lag, spürte die Zuneigung, die von dieser Frau ausging. So berichtete sie in stockenden Worten von der Hölle im Haus ihres Stiefvaters.

«An Josefina hatte er sich auch rangemacht», schloss sie.

«Genau das dachte ich mir.» Ursula Wolffin schüttelte den Kopf. «Gütiger Herrgott, was habt ihr da nur durchgemacht.»

Sie schwieg lange Zeit. So lange, dass Eva ihre Offenheit schon wieder bereute.

«Da ist noch etwas, Eva», begann ihre Muhme wieder zu sprechen. Dabei blickte sie zu Boden.

«Wir haben dir nicht die Wahrheit gesagt. Deine Schwester war hier!»

20

Nur schwerlich kam Eva darüber weg, was sie an jenem Tag Anfang Oktober von ihrer Muhme erfahren hatte – dass Josefina nämlich in ihrer Not tatsächlich bei den Straubinger Verwandten um Hilfe gebeten hatte. Es war an einem schwülen Sommertag letzten Jahres gewesen, an einem Sonntag, und Ursula und Endress Wolff waren eben vom Kirchgang zurück, als ein Stadtwächter sie aufgesucht hatte: Eine junge Fremde warte am Passauer Tor und begehre Einlass. Sie hätte sich als Nichte des ehrenwerten Ratsherrn ausgegeben, sehe aber gar zu abgerissen aus, sodass man entschieden habe, den Fall zunächst zu prüfen.

Ihre Muhme hatte erst geglaubt, es handele sich um einen üblen Scherz, als sie und ihr Mann dem Wäiter hinüber zum Torhaus gefolgt waren, aber dann hatte sie in dem blassen, abgemagerten Mädchen, das drinnen auf der Bank saß, sofort ihre Nichte Josefina erkannt. Und noch etwas hatte ihr Blick auf Anhieb erfasst: dass Josefina schweren Leibes war.

Über die Begegnung selbst hatte Evas Muhme kaum ein Wort herausgelassen, nur so viel gab sie Eva gegenüber preis, dass ihr Mann sich, mit Hinweis auf seine Stellung und Reputation in der Stadt, geweigert hatte, Josefina bei sich aufzunehmen, und sie selbst habe sich dem fügen müssen. Immerhin aber habe sie sich ausbedungen, das Mädchen nicht mittellos ziehen zu lassen, und ihr ein Bündel mit sauberer Kleidung und Wegzehrung ins Torhaus gebracht. Dabei habe sie ihr auch heimlich einige Silberstücke zugesteckt und ihr geraten, sich zum Zeitpunkt der Niederkunft an ein Spital zu wenden.

«Etliche Wochen lang hat mich das schlechte Gewissen nicht mehr schlafen lassen», hatte Ursula Wolffin ihren Bericht beendet. «Du kannst dir meinen Schrecken vorstellen, als dann ihr beide hier aufgetaucht seid. Glaube mir, Eva, ich bete jeden Tag für deine Schwester, aber ob ich damit etwas wiedergutmachen kann, bezweifle ich. Kannst wenigstens du mir verzeihen?»

Im Grunde hatte Eva das schon während des Geständnisses ihrer Muhme getan – welche Mittel besaß eine Frau schon gegen den eigenen Mann? Die Wut auf Endress Wolff hingegen ließ nur langsam nach. Liebend gern hätte sie ihm ins Gesicht gesagt, was sie von ihm hielt, doch um des Hausfriedens willen hatte sie ihrer Muhme versprochen, kein Wort mehr über Josefina zu verlieren, auch nicht ihrem Bruder Niklas gegenüber.

So vergingen diese ersten Wochen nach ihrer Genesung in einem Wechselbad der Gefühle. Ohnmächtiger Zorn und Enttäuschung wechselten sich ab mit tiefer Dankbarkeit für die Wärme und Fürsorge, die Ursula Wolffin ihr entgegenbrachte. Wo immer sich Eva im Haushalt nützlich machen wollte, achtete die Muhme darauf, dass die Arbeit nicht zu anstrengend wurde, und beste Kost gab es im Hause Wolff ohnehin. Dass der Rats- und Handelsherr uneingeschränkter Herrscher über sein kleines Reich hier am Stadtmarkt war und keine Widerworte duldete, merkte sie schon bald. Und auch, wie sehr ihre Muhme manchmal darunter litt. Nicht einmal in der Erziehung ihrer Kinder oder im Umgang mit Agatha und dem Küchenmädchen Zenzi hatte sie freie Hand.

Was Eva daher umso mehr verblüffte, war das Verhältnis des Hausvaters zu Niklas: Ihr Bruder war ihm tatsächlich wie ein leiblicher Sohn geworden. Ihm hörte Endress Wolff zu, ihm erteilte er das Wort zu diesem oder jenem, bei ihm konnte sein strenges Gesicht plötzlich weich werden und strahlen, wie es bei den eigenen Töchtern niemals der Fall war. Niklas selbst nahm das hin wie ein kostbares Geschenk, ohne Dünkel, aber auch ohne falsche Demut oder Unterwürfigkeit. Zugleich hatte er in seiner unbeschwerten, lustigen Art auch die Herzen der drei Mädchen erobert, vor allem das von Aurelia, der Ältesten. Kurzum: Niklas hatte das Zuhause gefunden, nach dem er sich gesehnt hatte. In dieser kurzen Zeit war er sichtlich aufgeblüht und schien alles Kindliche und Ängstliche verloren zu haben.

Die Vormittage verbrachte er in der Regel im Kontor oder im Warenlager, die sich beide zum Hof hin im Erdgeschoss befanden. Dort half er entweder dem alten Gesellen, dessen Augenlicht nachließ, die Ein- und Ausgänge der Waren zu erfassen, oder er sah Buchhalter Pfefferlein, einem gutmütigen, freundlichen Mann, ein wenig über die Schulter. Dass Niklas bereits seinen Namen schreiben konnte, hatte Eva gewusst, nicht aber, dass er fließend lesen konnte.

Es war ausgemachte Sache, dass Eva bis spätestens Martini, wenn sich die Mägde und Knechte gemeinhin in Stellung begaben und hierzu in allen größeren Flecken Gesindemärkte stattfanden, bei Wolffs Freund, dem Getreidehändler, vorstellig werden sollte. «Wenn er dir gar zuwider ist, finden wir was anderes für dich», hatte Ursula Wolffin ihr versprochen, aber Eva bezweifelte, dass ihr Mann sie überhaupt nach ihrer Meinung fragen würde.

Als sich dann der erste Novembernebel über die Donauniederung legte und Bäume und Häuser hinter kalten, weißlichen Schwaden verschwinden ließ, musste Eva mit sich kämpfen, nicht in Schwermut zu versinken. Längst war sie wieder vollkommen gesund. Sie und Niklas waren so wohlgenährt wie nie, und sie trugen feine Kleidung und Lederschuhe. Nie zuvor hatten sie einen solchen Wohlstand genossen. Auf den Gassen grüßte man sie mit respektvoller Freundlichkeit, gerade so, als seien sie die leiblichen Kinder dieses angesehenen Kaufmanns. Umso mehr grauste ihr davor, schon bald für einen wildfremden Mann die Dienstmagd spielen zu müssen. Hätten sie dieses Straubing nur gleich nach der ersten Nacht wieder verlassen, dachte sie immer häufiger. Jetzt aber war es zu spät – jetzt konnte sie Niklas nicht mehr aus seiner neuen Familie herausreißen.

Wenige Tage vor Martini versammelte sich die Familie zum Abendessen in der wohlig beheizten Stube. Niklas hatte an diesem Tag zum ersten Mal seinen Oheim zu einem Kunden begleiten dürfen, einem Weinhändler, der schwere rote Weine aus dem Ungarischen über die Donau hierher nach Straubing transportierte. Diesen Wein ließ Endress Wolff dann neben anderen Waren wie Tuche und Öle über den Baierweg ins Böhmische schaffen, bis hin nach Prag.

«Dieser habsburgische Beutelschneider wird jedes Jahr unverschämter», polterte der Kaufmann los, nachdem er seinen ersten Becher Bier geleert hatte. «Jetzt verlangt er zwanzig Goldgulden auf den Eimer Tokajer. Zwanzig Goldgulden! Das ist der Wert von zwei Milchkühen. Und warum? Weil angeblich die Hafen-, Schiffs- und Grenzzölle erneut angestiegen seien, das zweite Mal in diesem Jahr. Da hab ich auf dem Heimweg meinen kleinen Kompagnon hier gefragt, ob ich das nun glauben soll. Und wisst ihr, was er geantwortet hat?»

Lachend gab er Niklas einen Klaps gegen den Hinterkopf. Der wurde rot bis unter die Haarwurzeln.

«Warum ich denn meine Waren nicht selbst auf dem Schiffsweg verfrachten würde – damit hätte ich die Kosten im Blick. Dieses Teufelskerlchen! Grad mal elf Jahre alt und redet daher wie ein alter Hase. Genau das, liebe Ursula, habe ich mir nämlich für das nächste Jahr vorgenommen: Endress Wolff wird sich vergrößern und verändern.»

Der Blick ihrer Muhme wirkte eher ängstlich denn erfreut. «Wie meinst du das, lieber Mann?»

«Nun – die Art Handel, die mein Vater und mein Großvater betrieben haben, ist nicht mehr zeitgemäß. Der Saumhandel bringt nicht genug ein. Die Säumer werden in ihren Forderungen immer unverschämter, und der Baierweg mit dem vielen Räubergesindel im Nordwald wird immer unsicherer. Zudem lassen sich per Schiff weitaus größere Mengen transportieren. Ich werde also im nächsten Jahr einen Schiffszug anschaffen!»

Sein Blick ruhte auf Niklas, voller Wohlwollen.

«Und du wirst ab Jahreswechsel die Deutsche Schule besuchen. Mit dem Schulmeister ist schon alles besprochen. Schließlich sollst du mich und Pfefferlein einmal würdig ersetzen können, wenn wir auf Reisen sind, und dafür hast du noch eine Menge zu lernen.»

«Ist das wirklich wahr? Ich darf auf die Deutsche Schule?»

«Aber ja! Und samstags und nach den Schulstunden nehmen Pfefferlein und ich dich unter die Fittiche. Wirst sehen, wir machen aus dir einen gestandenen Kaufmann.»

Eva konnte ihrem Bruder ansehen, dass er seinem Oheim am liebsten um den Hals gefallen wäre. Allerdings waren solcherlei Gefühlsbekundungen Endress Wolff höchst zuwider, das hatte

auch Niklas gelernt, und so beschied er sich damit, ein mehrfaches «Danke!» zu stammeln.

«Darf Niklas dann für immer bei uns bleiben?», fragte Aurelia mit glänzenden Augen. Für dieses Mal sah Wolff darüber
hinweg, dass eines seiner Mädchen ungefragt das Wort ergriffen
hatte, und entgegnete beinahe feierlich: «Ja, das darf er.»

Von ganzem Herzen gönnte Eva ihrem Bruder diese Aner-
kennung, diese glückliche Fügung seines Schicksals. Zumal der
Hausvater ein Mann war, der zu seinem Wort stand – ob es sich
nun um ein Versprechen oder ein Verbot handelte. Trotzdem
konnte sie nicht verhindern, dass ein leiser Gram in ihr nagte.
Den eigenen Töchtern brachte er nicht halb so viel Zuneigung
entgegen wie seinem Neffen – dass die drei Mädchen nicht vor
Eifersucht platzten, war geradezu ein Wunder. Und was aus ihr,
Eva, wurde, schien ihn schon überhaupt nicht zu kümmern.
Nur noch wenige Tage würden ihr an der Seite ihres Bruders
bleiben, in der Obhut dieser sanften, lieben Frau, die ihrer
Mutter so ähnlich war. Zwar lag dieses Bogen nur zweieinhalb
Wegstunden entfernt, hatte sie von Ursula Wolffin erfahren,
aber dennoch! Sie hatte nicht die geringste Lust, den Dreck
irgendwelcher fremden Leute wegzuschaffen.

Indessen kam alles anders: Einen Tag vor Martini lief Zenzi,
das Küchenmädchen, auf und davon. Ursula Wolffin war wie
vor den Kopf geschlagen. Sie stand gerade mit Agatha und Eva
in der Küche, um das Morgenmahl zu richten.

«Dieses undankbare Ding! Wie kann sie uns nur von heut
auf morgen im Stich lassen?»

«Vom Brotgeld und von den Vorräten hat sie auch was mitgehen lassen, die Satansmetze», fauchte Agatha. «Euer Gemahl
sollte das vor Gericht bringen.»

Ursula Wolffin seufzte. «Das wird nichts nützen. Die ist doch
längst über alle Berge, und morgen wird sie sich irgendwo auf

einem Gesindemarkt bei neuen Herrschaften verdingen. Was sollen wir jetzt bloß machen?»

Da öffnete sich die Tür, und der Hausvater erschien mit Niklas im Schlepptau. Nachdem er von der bösen Nachricht erfahren hatte, runzelte er die Stirn.

«Hört bloß auf mit dem Gejammer! Das Luder war keinen Pfifferling wert. Faul war sie und dumm obendrein. Ursula, du gehst morgen mit Agatha auf den Markt und schaust dich nach einem neuen Mädchen um. Derweil marschieren Niklas und ich mit Eva nach Bogen. Was ist mit dir, Niklas – warum guckst du so entgeistert? Hast du etwa keine Lust mitzukommen?»

«Doch, schon – aber warum bringen wir Eva weg und holen einen fremden Menschen ins Haus? Meine Schwester kann wunderbar kochen und einmachen, das hat sie bei Odilia Edelmanin gelernt. Warum also die Katze im Sack kaufen?»

Für einen kurzen Moment wirkte Endress Wolff verärgert über diesen vorlauten Einwand. Dann kratzte er sich den Bart: «Hm, so ganz unrecht hast du eigentlich nicht. Ich muss zugeben, dass deine Schwester fleißig und verlässlich ist. Andererseits hab ich meinem Freund versprochen, Eva vorbeizubringen.»

«Lässt sich das nicht rückgängig machen?», fragte seine Frau vorsichtig.

Der Hausvater musterte seine Nichte von oben bis unten, und Eva kam sich vor wie bei einer Fleischbeschau.

«Nun gut. Neue Umstände erfordern neue Beschlüsse. Ich miete zu Mittag ein Pferd und reite nach Bogen. Und du, Eva, machst ab heute die Küchenarbeit. Worauf wartest du noch?»

Dieses Mal konnte Niklas nicht an sich halten und fiel seinem Oheim mit einem unterdrückten Jauchzen um den Hals.

Ungewöhnlich früh und mit eisigen Krallen legte sich der Winter über den Gäuboden. Evas sechzehnter Geburtstag – zwei

Wochen vor Weihnachten – verlief als ein ganz gewöhnlicher Tag, denn die Wolffens hingen wie die große Mehrheit in der Stadt dem alten Glauben an. Inzwischen konnte Eva über das allerorts übliche Glaubensgezänk nur noch den Kopf schütteln. Es schien ihr, als hänge ein jeder mal dieses, mal jenes Fähnchen in den Wind, gerade wie es passte. So hatte sie es in ihrer eigenen Familie erfahren, so war es auch hier in Straubing. Was wohl der Herrgott von all diesem Hin und Her hielt?

Von ihrer Muhme wusste sie, dass die Donaustadt noch bis vor wenigen Jahren ein Zentrum der Reformierten gewesen war, die sich in der Demut Christi übten und den Lehren Luthers folgten – bis der Baiernherzog aus dem fernen München dagegen polterte und den neuen Glauben als Adelsverschwörung und Landesverrat geißelte. Als er schließlich immer mehr Jesuiten ins Land holte und die ersten Lutheraner Straubing verlassen mussten, kippten die Zunft- und Ratsherren einer nach dem anderen um, und flugs wurden wieder die Rosenkränze und Madonnenbilder aus den Kisten gekramt. So auch im Haus von Endress Wolff, wo nun nach alter Tradition der Tag des Namenspatrons statt des Geburtstags gefeiert wurde.

Daher gedachte an diesem Morgen auch nur Niklas ihrer, mit einer herzlichen Umarmung und einem Sträußchen getrockneter Herbstblumen.

«Du siehst manchmal so traurig aus», sagte er ihr dabei. «Geht's dir nicht gut?»

«Schmarrn! Alles ist bestens.» Sie strich ihm übers Haar und versuchte zu lächeln. «Und jetzt lass mich in die Küche, ihr wollt schließlich alle was zu essen.»

Längst hatte Eva begriffen, warum Zenzi von hier weggelaufen war: Mit der alten Agatha war es nämlich kaum auszuhalten. In alles mischte sie sich ein, an allem fand sie etwas auszusetzen. Dabei hatte Eva die Küchenarbeit sehr wohl im Griff, es zahlte sich nämlich aus, was sie bei Odilia gelernt hatte. Doch kaum kam ihrer Muhme oder, wenn auch höchst selten, dem Hausherrn ein Lob über ihren goldgelb geschmälzten Haferbrei oder die Art ihrer Kräuterwürze über die Lippen, versuchte Agatha, sie schlechtzumachen. Einmal hatte die Alte ihr gar unterstellt, etwas vom Marktgeld unterschlagen zu haben. Da war Eva drauf und dran gewesen, alles hinzuwerfen. Zum Glück hatte sich dieser üble Verdacht schnell als nichtig herausgestellt, denn es war der Hausherr selbst gewesen, der Geld für einen Boten aus dem Kästchen genommen hatte. In aller Form hatte sich Agatha daraufhin bei ihr entschuldigen müssen, mit verkniffenem Gesicht, nur um ihr kurz darauf zuzuraunen: «Halt dich bloß nicht für was Bessres, nur weil du das Schwesterkind der Herrin bist!»

Das mit Agatha war das eine. Das andere war, dass sie sich zunehmend wie in einen Käfig gesperrt fühlte. Außer mittwochs und samstags, den Markttagen, setzte sie keinen Schritt vor die Tür. Ihr Bereich beschränkte sich auf Küche und Vorratskammer unten im dunklen Erdgeschoss und auf die Wege treppauf, treppab in die Wohnstube. Immer häufiger verharrte sie dort am Fenster, starrte hinaus auf den Stadtplatz, auf dem zwischen den bunten Lauben und vollbepackten Schrannen das Leben pulsierte, reckte den Kopf nach links, hin zum Passauer Tor, hinter dem die Welt begann. Auch wenn sie dankbar war, dass sie in dieser kalten, dunklen Jahreszeit ein Dach über dem Kopf hatte und versorgt mit allem war, was der Mensch brauchte: mit Arbeit, gesunder Kost und warmer Kleidung, so sehnte sie sich doch immer mehr nach dem Anblick von sattigen Wiesen unter einem endlosen Himmelszelt, nach dem Gefühl von Wind und Sonne auf der Haut und den mannigfaltigen Lauten der Natur.

Einen Tag nach Weihnachten, einem Sonntag, überraschte

Endress Wolff seine Familie mit dem Vorschlag, alle zusammen einen kleinen Ausflug zu unternehmen. Eva hatte die letzten Tage von früh bis spät in der Küche verbracht, um die sieben Gänge des Festessens vorzubereiten, war hierzu am Weihnachtstag sogar halb in der Nacht aufgestanden, um vor der heiligen Messe noch ein letztes Mal Hand anzulegen – jetzt freute sie sich umso mehr auf diese Abwechslung. Endlich einmal würde auch sie aus der Stadt herauskommen!

Rasch packte sie mit Hilfe ihrer Muhme zwei Körbe voll Mundproviant, dann versammelten sich alle vor dem Haus, samt Buchhalter Pefferlein, Agatha und dem alten Gesellen. Dick eingemummelt in Mäntel, Pelzkappen und wollene Handschuhe, vor den Gesichtern weiße Atemwölkchen, stapften sie los. Es ging in Richtung Wachturm, der die langgestreckte Marktstraße in zwei Hälften teilte, von dort dann weiter zum Spitaltor. Es waren erstaunlich viele Menschen unterwegs an diesem sonnig kalten Wintertag, und alle schienen dasselbe Ziel zu haben: das Altwasser der Donau, auf das der harte Frost der letzten Wochen eine dicke Eisschicht gezaubert hatte.

Eine halbe Stunde später erreichten sie die mit Erlen bestandenen Uferwiesen. Die Gräser und Blätter, mit Raureif überzogen, glitzerten in der Sonne, ein zartblauer Himmel spannte sich, ohne eine einzige Wolke oder Schliere, über die gleißende Fläche des Eises.

«Ist das nicht herrlich?», sagte Ursula Wolffin und breitete die Arme aus.

Aurelia strahlte ihren Vetter an. «Im Sommer kann man hier Boot fahren, auf kleinen Zillen. Das ist erst schön!»

Sie traten näher ans Ufer, wo sich inzwischen ein Haufen Volk drängte, jeglichen Alters und jeglichen Standes. Alle wollten sie das schier Unfassbare erproben – einmal wenigstens den Fuß aufs Eis setzen oder gar den Altarm des mächtigen

Donaustroms überqueren. Manche zogen einander auf kleinen Holzschlitten, andere schlitterten mit viel Schwung über die glattesten der Flächen und fanden sich dann nicht selten auf dem Hintern wieder.

«Also, mich kriegt da keiner drauf», knurrte der Geselle, nahm Pfefferlein beim Arm und zog ihn mit sich auf eine der Holzbänke. Agatha folgte ihnen mit missmutigem Gesicht.

«Schaut mal! Schaut mal!» Aufgeregt deuteten die beiden jüngsten Mädchen auf eine Gruppe junger Burschen, die schwerelos wie Daunenfedern über das Eis glitten und dabei elegante Kreise zogen. Andere stießen sich mit langen Stöcken ab, erreichten damit eine atemberaubende Geschwindigkeit und rasten wie Lanzenreiter aufeinander zu.

Eva kniff die Augen zusammen.

«Wie kann das gehen?», fragte sie ihre Muhme.

«Sie haben Gleithilfen», antwortete an deren Stelle Endress Wolff. «Schweinsfußknochen, die mit Lederriemen unter die Schuhe geschnallt sind.»

«Das würd ich auch gern mal versuchen.»

Wolff lachte. «Das ist nichts für euch Frauen. Da würdet ihr euch nur alle Knochen brechen. Geht ihr lieber schön vorsichtig zu Fuß aufs Eis und haltet euch fest. Ich werd derweil schon mal den heißen Gewürzwein kosten. Bis später dann!»

Eva sah ihm nach, wie er in Richtung der Brettertische davonschritt, wo allerlei Leckereien feilgeboten wurden und süßer Wein in Kesseln überm Feuer dampfte. Jetzt grüßte er nach links und rechts, grad so, als sei er ein Landgraf, der die Reihen seiner Untertanen abschreitet. Wie gern hätte sie ihm erwidert, dass sie in ihrem Leben schon ganz andere Sachen geschafft hatte, als auf dämlichen Knochenstücken übers Eis zu rutschen.

Ihr Blick fiel auf das Herzogsschloss, das sich zu ihrer Rechten trutzig aus dem Mauerring der Stadtbefestigung bis dicht ans Ufer schob. Obwohl sich die bairische Herzogsfamilie höchst selten hier aufhielt und die goldene Zeit des Unterlands längst vorbei war, präsentierte sich Straubing als schmucke kleine Residenzstadt: Plätze und Straßen waren gepflastert, die Fassaden der Häuser stets sauber und Mauerwerk wie Tore und Türme in bestem Zustand. Die Donaubrücke, drüben vor dem Schloss, hatte eine eher traurige Bekanntheit erlangt: Hier hatte vor über hundert Jahren die Baderstochter Agnes Bernauer ihren grausamen Tod gefunden. Um der unstandesgemäßen Liebe zwischen ihr und dem Herzogssohn Albrecht ein für alle Mal ein Ende zu setzen, hatte man sie in einen Sack gebunden und in die Fluten geworfen. Angeblich war es ihr gelungen, die Beinfesseln zu lösen und ans Ufer zu schwimmen. Dort habe der Henker auf sie gewartet und mit einer Stange ihren Kopf so lange unter Wasser gedrückt, bis sie ertrunken sei. Als späte Sühne dann hatte ihr der alte Wittelsbacher Herzog eine Kapelle am Petersfriedhof gebaut, worin ihre Gebeine nun ruhten.

Jeder hier in Straubing kannte diese Geschichte, und für Eva war sie einmal mehr ein Sinnbild dafür, dass letztlich immer nur die Frauen für ihre Taten büßten – sogar für ihre Liebe. Wie zum Exempel sah sie in diesem Augenblick die junge, bildhübsche Patriziertochter Catharina an die Seite ihres Oheims treten, Schulter an Schulter ließen sie sich einen Krug Gewürzwein einschenken, lachten sich an mit geröteten Wangen. Eva warf einen verstohlenen Blick auf Ursula Wolffin, die, umringt von ihren Kindern, an der Uferböschung stand. Konnte es sein, dass ihr das Geschwätz der Ratschkatln vom Markt noch gar nicht zu Ohren gekommen war? Diese ungeheuren Gerüchte von einer heimlichen Liebschaft zwischen dem Rats- und Handelsherrn und der Amman'schen Catharina? Oder wollte sie davon gar nichts hören? Längst hatte Eva nämlich erfahren, dass der ach so gestrenge Endress Wolff ein rechter Schürzenjäger war.

«Was ist? Kommst du nun mit aufs Eis?» Niklas zog sie beim Arm. «Oder hast du Angst?»

«Ich werd dir gleich! Von wegen!» Eva drehte sich lächelnd zu ihrer Muhme um und fragte: «Kommst du auch?»

«Ich weiß nicht – wird uns das Eis denn tragen?»

«Aber ja. Wenn einer einbricht, dann zuerst der fette Kerl dort hinten.»

Vorsichtig kletterten sie die Böschung hinunter und wagten die ersten Schritte auf der eisglatten Fläche, aus der hier und da Büschel von Riedgras ihre frostigen Spitzen streckten. Es war ein seltsames Gefühl, auf diesem unbekannten Grund zu wandeln, auf diesen gefrorenen Wassern des mächtigen Stroms. Manche Stellen waren weiß wie Schnee, andere so glasklar, dass man die Steine und Pflanzen darunter erkennen konnte.

«Ich bleib mit den Mädchen lieber hier beim Ufer», sagte Ursula Wolffin. «Du auch, Aurelia!»

Eva knuffte ihren Bruder in die Seite. «Na, dann komm!»

Sie rannte los. Mit den glatten Sohlen ihrer Schuhe ließ es sich herrlich rutschen, so herrlich, dass es sie alsbald auf den Hintern schlug. Lachend ließ sie sich von Niklas aufhelfen.

«Weiter hinaus?», fragte der.

Sie nickte. «Weiter!»

Auf der Mitte des Flusses hielten sie inne. Wenn man lange genug lauschte, konnte man das Eis knistern und knacken hören. Bis hierher hatten sich nur ein paar wenige Knaben und Männer gewagt. Jetzt warfen sie Eva anerkennende Blicke zu.

«Du bist ganz schön mutig», flüsterte Niklas ihr ins Ohr.

«Blödsinn. Was soll uns schon geschehen, an solch einem herrlichen Wintertag! Es ist grad so, als würde sich der Herrgott mit uns freuen.»

«Hör zu, Eva, ich muss dir ein Geheimnis verraten, ein ganz unglaubliches. In der Heiligen Nacht hab ich gehört, was unser Oheim zur Muhme gesagt hat. Ich schwör dir, ich wollt nicht lauschen, aber die Tür war halt nicht verschlossen. Ich wär auch weitergegangen, aber da hatt ich meinen Namen gehört.»

«Jetzt red schon.»

Niklas holte tief Luft. «Endress Wolff will mich an Sohnes statt annehmen. Ich soll einmal sein Erbe und Nachfolger werden!»

«Das ist – das ist wunderbar. Wirklich, Igelchen, ich freu mich für dich.»

Jetzt war es Eva, die so tief Luft holte, dass ihr die eisige Kälte in die Lungen stach. Für ihren Bruder hatte sich also alles zum Guten gewendet, eine glänzende Zukunft tat sich ihm auf, voller Sicherheit und Wohlstand.

Ihr Blick schweifte erst nach Norden über die Hügel des Vorwalds, hinter denen sich blau und mächtig die Berge erhoben, dann gegen Süden über die schier endlose Ebene des fruchtbaren Gäubodens. Dazwischen schlängelte sich das glitzernde Band der Donau verheißungsvoll in Richtung Horizont. Keine Mauern, keine Tore stellten sich dem Auge in den Weg, alles war Weite und Klarheit, Himmel wie Landschaft. Alles schien unendlich.

«Gehn wir zurück», sagte sie schließlich mit rauer Stimme. «Unsere Muhme macht sich gewiss schon Sorgen.»

Der Winter blieb kalt und frostig, und als er Ende März den ersten milden Frühlingstagen weichen musste, stand Evas Entschluss fest: Sie würde weiterziehen, und mit einem Mal wusste sie auch, wie sie halbwegs gefahrlos durch die Lande kam. Mochte es ihr auch noch so schwerfallen, Niklas in der Obhut der Verwandten zu lassen – nichts hielt sie mehr im Haus ihres

Oheims, dem Frauen nichts anderes waren als Arbeitstiere oder schmückendes Beiwerk der Mannsbilder. Sie konnte nur hoffen und beten, dass Niklas von dieser Art nichts annehmen würde.

21

*W*eißt du überhaupt, wohin du willst?», fragte Niklas mit erstickter Stimme.

Sie hatten eben das Obere Tor durchquert, von wo es nach Regensburg und weiter nach Westen ging, und schlugen den Fußweg zur großen Handelsstraße ein. Eva blieb stehen. Über alles Mögliche hatte sie in den letzten Tagen nachgedacht, auch wie sie Josefina vielleicht doch noch ausfindig machen könnte – nur darüber nicht. Aber Niklas hatte recht: Der Mensch brauchte ein Ziel, sonst war er nur ein vertrocknetes Blatt im Wind.

«Ich will nach Straßburg zu unserem Bruder Adam.»

«Spinnst jetzt? Weißt du, wie weit das ist? Die Fuhrleute brauchen dafür drei bis vier Wochen!»

«Ach, Niklas, ich hab doch alle Zeit der Welt. Und jetzt geh zurück. Sonst wird der Oheim nur noch zorniger.»

«Das ist mir gleich.»

Wie in alten Zeiten, als Niklas noch der schmächtige Knabe mit den ewig kurzgeschorenen Haaren gewesen war, schob er trotzig die Unterlippe vor, und der Anblick versetzte Eva einen Stich. Eines Tages, das schwor sie sich, würde sie ihn besuchen kommen. Es durfte kein Abschied auf immer sein!

In diesem Moment begann es aus dem dunklen Gewölk über ihnen herunterzuprasseln. Eva nahm ihren Bruder bei der Hand und rannte mit ihm unter das Vordach eines nahen Schuppens. Zu ihren Füßen bildeten sich die ersten Pfützen.

«Bitte, Eva, bleib hier.» Niklas wischte sich mit dem Ärmel über das nasse Gesicht. «Ich werd mit dem Oheim reden, dass du nicht mehr die ganze schwere Arbeit im Haus allein machen musst und er diese falsche Schlange Agatha vor die Tür setzt. Glaub mir, ich werd ihn überreden können!»

Sie schüttelte den Kopf. «Es ist nicht nur wegen Agatha oder weil mir das Kreuz wehtut vom Wasser- und Holzschleppen. Da ist so was in mir, das ich nicht recht erklären kann. Eine Unruhe, so eine Unrast – als würde mir ein Stück in der Seele fehlen, der Teil der Seele, mit dem andre Menschen Wurzeln schlagen. Verstehst du, was ich meine?»

«Nein, kein bisschen. Hast du vergessen, wie schrecklich es manchmal war auf der Straße? Wie gefährlich? Wie oft wir gefroren und gehungert haben? Wie wir nass bis auf die Haut wurden bei solch einem Scheißwetter wie heute?»

«Hunger hattest vor allem du, und der Regen hört gleich wieder auf, das ist nur ein Aprilschauer.» Eva versuchte zu lachen. «Nach allem, was wir erlebt haben, weiß ich heute besser denn je, wo Gefahren lauern und wo nicht.»

«Ach ja?» Jetzt wurde Niklas wütend. «Und gegen Wegelagerer und Meuchelmörder wehrst du dich dann mit den Fäusten und mit deinem lächerlichen Jagdmesser? Ich bin kein kleines Kind mehr, Eva. Ich weiß genau, was Männer mit wehrlosen Frauen machen, was sie ihnen antun.»

«Hör zu, Niklas. Ich wollt es dir eigentlich nicht sagen, weil du mich sonst für verrückt erklärst. Aber jetzt verrate ich es dir eben: Ich werd nicht als Frau unterwegs sein.»

Niklas blieb der Mund offen stehen.

«Jetzt schau nicht so entgeistert. Ich wär nicht die erste Frau, die sich als Mann verkleidet. Wahrscheinlich kannst du dich nicht erinnern, aber in Glatz hatte mal eine Kompanie Pikeniere ihr Lager vor der Stadt aufgeschlagen. Durch Zufall war rausgekommen, dass einer von den Fußknechten eine Frau war. Jahrelang war sie unerkannt Soldat gewesen!»

Dass man die arme Frau nach der Entdeckung mit zwölf Rutenstreichen auf den nackten Rücken halb totgeschlagen hatte, verschwieg sie wohlweislich.

«Du bist – du bist wirklich verrückt», stammelte Niklas.

«Ich hab alles durchdacht. Beim nächsten Markt besorge ich mir Mannskleider, dann geh ich als Schneidergeselle und werd mir durch ehrliche Arbeit mein Geld verdienen. Du musst dir wirklich keine Sorgen machen. Ich werd nicht klauen noch betteln, sondern abends in anständigen Wirtshäusern essen und in Herbergen übernachten. Siehst du? Der Regen lässt schon nach. Komm her, mein Kleiner, und gib mir einen Kuss. Ich muss los.»

Als sie unter dem Vordach hervortraten, brach die Sonne durch das nasse Grau und ließ die Welt in warmen Farben leuchten. Diesmal waren es keine Regentropfen, die sich Niklas aus dem Gesicht wischte.

«Ich werd dich so vermissen», schluchzte er.

«Ich dich auch, mein Igelchen.» Sie kämpfte schwer mit sich, nicht ebenfalls in Tränen auszubrechen, und nahm ihren Bruder in die Arme, ein letztes Mal.

Als sie einander endlich losließen, spannte vor ihnen ein Regenbogen sein riesiges Halbrund über die Ebene des Straubinger Gäus, in so kräftigen und klaren Farben, wie es Eva nie zuvor gesehen hatte.

«Wie wunderschön», sagte sie mit leiser Stimme. «Es ist grad, als ob er für uns zum Abschied gemacht wäre.»

Niklas nickte. «Man möchte drauf hinaufklettern, bis hoch in den Himmel.»

«Weißt du, was, Niklas? Immer wenn wir einen Regenbogen sehen, denken wir aneinander. Dann stellen wir uns vor, dass

wir dort oben sitzen, dicht beisammen, und hinunterschauen
auf die Welt.»

Als sich Eva zum ersten Mal wieder umwandte, waren die Türme
Straubings, die sonst weit hinein in die fruchtbare Ebene grüß-
ten, im Dunst verschwunden. Eine gute Stunde war sie marschiert, im Stechschritt eines Landsknechts, der in die Schlacht
zieht, hatte sich jeden Gedanken an den kleinen Bruder verboten und dennoch nicht verhindern können, dass ihr die Tränen
unablässig übers Gesicht rannen. Erst als sie die Handelsstraße
nach Regensburg erreichte, verlangsamte sich ihr Schritt. An
einem steinernen Flurkreuz dicht bei der Straße machte sie halt
und öffnete ihren Beutel mit der Wegzehrung. Dabei stieß sie
auf ein schmales Lederbändchen mit einem kostbaren Marderzahn daran. Kühl und glatt lag das Amulett in ihrer Hand. Sie
lächelte gerührt – Niklas musste es ihr unbemerkt in den Beutel
gelegt haben. Ganz gewiss würde dieser Talisman ihr Kraft und
Schutz geben.

«Danke, Igelchen», flüsterte sie und knotete sich das Band
um den Hals. Sie fühlte sich in zwei Hälften zerrissen: die
eine verging fast vor Abschiedsschmerz und Einsamkeit, die
andere frohlockte angesichts der Weite der Landschaft und der
Freiheit, die sich vor ihr auftat. Zu Adam nach Straßburg zu
wandern war gar keine dumme Idee. Noch immer – oder vielmehr erneut – war sie von dem Traum erfüllt, sich im welschen
Franzosenreich als Schneidermeisterin niederzulassen, und da
lag das berühmte Straßburg geradezu auf dem Weg. Zuvor aber
musste sie als Wandergeselle Erfahrungen sammeln. Ihr Plan
war, hierzu die schöne Jahreshälfte zu nutzen und kreuz und
quer durch die Dörfer und Flecken zu ziehen, um dort und
auf den Einödhöfen ihre Dienste anzubieten – ganz so, wie sie
es einst an der Seite von Wenzel Edelman getan hatte. Zudem

konnte sie alte Kleidung aufkaufen, ausbessern und zu einem höheren Preis wieder verkaufen. Dass sie die Städte, wo das Handwerk fest in der Hand der Zünfte steckte, würde meiden müssen, tat ihr nicht weiter weh: Sie hatte vorerst genug von der Enge hinter Mauerring und Wehrtürmen.

Der einzige Nachteil bei solch einem Leben auf der Stör war, dass sie sich abseits der großen Handels- und Fahrstraßen bewegen musste. Insofern hatte sie Niklas angelogen, als sie ihm versprach, niemals allein zu wandern. Aber war sie erst einmal als Mann verkleidet, so drohten ihr unterwegs weitaus weniger Gefahren. Außerdem besaß sie noch immer ihr Jagdmesser.

Nachdem sie sich vergewissert hatte, dass sie niemand beobachtete, zog sie ihren kostbaren Schatz unter der Rockschürze hervor. Die Klinge blitzte und funkelte im Sonnenlicht wie fürstliches Geschmeide. Fast zärtlich fuhr ihr Finger über den kühlen Stahl, dann über den Knauf mit dem hübschen Wappen. So vieles, was in den letzten Jahren geschehen war, hatte sie vergessen, und längst brachte sie Namen und Orte durcheinander. Eines aber war wie in ihrem Inneren wie festgebrannt: der Name Moritz von Ährenfels. Ob der Junker sich wohl noch an sie erinnerte?

Sie gab sich einen Ruck. Statt sich in Träumereien zu verlieren, musste sie schleunigst einen der Ostermärkte hier in der Gegend erreichen, denn die Sonne stand schon hoch. Gleich am heutigen Tag, das hatte sie sich geschworen, wollte sie einen Schneiderknecht aus sich machen. Hierzu würde sie ihre Weibskleider gegen Mannskleider eintauschen. Allerdings konnte sie nicht mir nichts, dir nichts an einen Marktstand treten und sagen: Gebt mir doch bitte diese Mannskleider, Ihr bekommt dafür jene, die ich am Leibe trag. So ging das selbstredend nicht, und erst an ihrem letzten Abend in Straubing war sie darauf gekommen, wie sie vorgehen konnte, ohne Verdacht zu erregen.

Auf dem Weg in das Dorf, das sich unterhalb eines Burgschlosses gegen den Berghang schmiegte, schlich sich Eva zu
einem der zahllosen Weiher hier in der Gegend und versteckte
sich im Unterholz. Dort kauerte sie sich ins Gras, lange Zeit
reglos und starr wie ein altes Stück Holz, endlich murmelte sie
ein Ave-Maria und gab sich einen Ruck.

Aus ihrem Reisesack zerrte sie ein mehrfach geflicktes
Leinenhemd sowie Niklas' alte Hose – jene löchrige, fußlose
Strumpfhose, die Alois ihm einst geschenkt hatte und die Eva
wie angegossen passte. Im Schutz der Büsche und Bäume zog
sie sich aus, presste ihre kleinen Brüste mit einem Leinenwi-
ckel platt und schnürte sich bis zur Taille hinab. Dabei hielt sie
immer wieder voller Sorge Ausschau, ob nur ja niemand Zeuge
ihrer Verwandlung wurde. Sie streifte sich hastig die zerlumpten
Kleider über, bückte sich und rieb sich die Hände kräftig mit
der dunklen Walderde ein. Zufrieden sah sie, wie sich unter ihren Fingernägeln dicke Trauerränder bildeten, und beschmierte
sich grad noch obendrein das Gesicht. Dann trat sie ins seichte
Wasser des Weihers, wobei ihre Rechte den Knauf des Jagd-
messers umklammerte, und beugte ihr Gesicht über den stillen,
moosgrünen Wasserspiegel. Kurz zögerte sie, während sie ihr
Konterfei betrachtete. Nein, es gab kein Zurück mehr. Entschlossen griff sie in ihr dichtes Haar und schnitt Strähne für
Strähne, Locke für Locke bis auf Höhe der Ohren ab. Wie
dunkle Schiffchen schaukelten die Büschel im Wasser davon.

Eva unterdrückte einen Seufzer. Viele Monate würde es
dauern, bis ihr Haar wieder so lang sein würde. Aber es half ja
nichts – schulterlang trug nur ein Edler und Vornehmer sein
Haar, nicht aber ein Handwerker und schon gar nicht der reichlich zerlumpte Hirtenknabe, in den sie sich soeben verwandelt
hatte.

Barfuß, ohne Kittel, ihr Kleiderbündel über der Schulter

und einen Stock in der Faust – so kehrte Eva auf den Weg zurück, der geradewegs ins Dorf führte. Jetzt würde sich zeigen, ob sie ihr Narrenspiel durchhalten konnte. Wenn nicht, wäre alles aus.

Gerade noch rechtzeitig erreichte sie den Markt. Der einzige Altkleidertrödler, der seine Warenbank im Schatten der Pfarrkirche aufgebaut hatte, war gerade im Begriff, alles zusammenzuräumen. Sein Gesicht war mürrisch. Offensichtlich hatte er bisher kein allzu gutes Geschäft gemacht.

«Wartet, Meister», rief Eva, um dann, mit wesentlich tieferer Stimme, zu wiederholen: «Wartet bitte!»

«Was willst du?»

Sie breitete ihr Bündel auf dem Schragentisch aus. Nur den wollenen Umhang nahm sie wieder an sich, den wollte sie für kühle Tage behalten.

«Seht Ihr dieses schöne Kleid mit der hübschen Halskrause? Die zierliche Schürze dazu? Und das Schultertuch erst – es ist aus echter Atlasseide.»

Der Tändler verschwendete nicht mal einen Blick dafür.

«Ich kauf nix an heut, von niemandem», brummelte er.

«Schaut es Euch wenigstens an.»

Doch statt der Kleider musterte der Mann Eva, mit einem so durchdringenden Blick, dass ihr der kalte Schweiß ausbrach. Hatte er ihren Mummenschanz durchschaut? Ihre Muskeln spannten sich, sie war drauf und dran, sich aus dem Staub zu machen.

«Was bist du für ein Vogel?», fragte der Mann schließlich misstrauisch. «Hast das alles geklaut?»

«Herr im Himmel – nein!» Eva fiel augenblicklich ein Stein vom Herzen. Sie setzte ein treuherziges Lächeln auf.

«Das sind die Kleider der Dienstmagd meines Herrn, Gott hab sie selig. Grad an Karfreitag ist sie verstorben, nach dem

Kirchgang, stellt Euch das vor! Vom Heuboden ist sie gestürzt und war sofort mausetot, und nur, weil sie das entlaufene Hündchen unserer Herrschaft suchen wollte. Ihr könnt Euch vorstellen, welch bittere Vorwürfe sich mein gnädiger Herr macht, weil er doch …»

«Was willst dafür?», unterbrach der Trödler ihren Redeschwall unwirsch. Er war an den Tisch getreten und strich jetzt über den Stoff des Kleides, drehte und wendete es sorgfältig. Sein Blick verriet, dass ihm gefiel, was er unter den Händen hielt.

«Eintauschen soll ich's, hier bei Euch. Mein Herr sagt, Ihr hättet die beste Ware im ganzen Straubinger Land. Gerade richtig für seinen Sohn, der Wams, Hose und leichte Halbschuhe braucht.»

«Und warum kommt der Bazi dann net selber her?»

«Weil's ihm das Herz zerreißen würde. Der hatte nämlich ein Aug auf das Mädchen gehabt, aber das darf keiner wissen. Weil der junge Herr gleich gebaut ist wie ich, hat er mich geschickt.»

Evas Geschmeichel zeitigte Erfolg. Ohne weitere Fragen legte der Tändler einen Stoß Kleider vor ihr aus.

«Für dein Glump da kannst Wams und Hose haben. Schuhe nicht, die musst in barer Münze berappen.»

«Was? Die abgewetzten Halbschuhe da soll ich bezahlen?»

«Hast doch gehört.»

«Dann nehm ich halt das Schultertuch wieder mit. Das ist viel mehr wert als deine Latschen.»

Dem Gefeilsche machte der Marktmeister ein Ende, der pünktlich mit dem Mittagsläuten herangeschlendert kam.

«Was soll das, Stadlersepp? Warum stehst noch hier rum? Wenn du dich nicht an die Bestimmungen hältst, brauchst gar nicht erst wieder aufkreuzen. Rasch jetzt, pack deinen Krempel weg!»

Wenige Minuten später war Eva im Besitz eines hellen Leinenwamses auf französische Art mit schwarzen Glasknöpfen, dazu hatte sie kurze, schwarze Pluderhosen aus Schwabentuch sowie rostbraune Wollstrümpfe und einfache Halbschuhe erstanden. Die Hosen hatten für Evas Geschmack einen viel zu stark gepolsterten Beutel im Schritt – andererseits verlieh ihr eine solch auffällige Schamkapsel vielleicht die nötige Männlichkeit.

Jetzt fehlte nur noch ein hoher Hut mit schneeweißer Feder. Aber den würde sie sich auch noch beschaffen.

Teil 3

Adam – Eva

Frühjahr 1564 – Dezember 1565

22

Alsdann – pfiadi Gott, schönes Madl!»

Eva zwinkerte dem Schankmädchen noch einmal mit einem strahlenden Lächeln zu und eilte dann rasch nach draußen, weil sie sich das Kichern kaum verkneifen konnte. Der blanke Übermut hatte sie in der kleinen Waldschänke dazu verführt, der Jungfer schöne Augen zu machen, vielleicht war auch der süße Rotwein schuld, den sie sich zur Feier des Tages zur Brotzeit gegönnt hatte. Jedenfalls war ihre Vorstellung gelungen. Sogar errötet war das Mädchen unter Evas Scherzen und Schmeicheleien.

Es war aber auch alles unsagbar glattgegangen an diesem heutigen Tag. War das wirklich erst vor wenigen Stunden gewesen, dass aus einem schutzlosen Mädchen ein frecher Bursche geworden war, aus dem Küchenmädchen Eva Barbiererin der Wanderschneider Adam Portner? So hatte sie sich dem netten Schankmädchen vorgestellt; es war ihr auf die Schnelle nichts Besseres eingefallen. Als sie jetzt den Waldweg entlanghastete, wusste sie, dass dies der einzig richtige Name für ihr neues Leben war: Adam, nach ihrem ältesten Bruder, und Portner, nach ihrem leiblichen Vater und dessen Bruder, beide begnadete Schneider.

Der Wald wich einer weitläufigen, offenen Hügellandschaft, und ganz plötzlich hatte Eva es nicht mehr eilig. Der ungewohnt schwere Wein verursachte ihr Kopfschmerzen, ihre Beine trugen sie nur schleppend voran, und vor allem fühlte sie sich einsam und verlassen wie noch nie. Jegliches Triumphgefühl war verschwunden, ihre Stimmung schlug ins dumpfe Gegenteil um. War sie auf dieser Landstraße etwa der einzige Mensch, der allein unterwegs war? Wo war die Hand, die sich sonst nach wenigen Schritten in ihre schob, wo das quengelnde «Ich hab Hunger!» ihres kleinen Bruders, sein helles Lachen, seine neugierigen Fragen? Welcher Teufel hatte sie eigentlich geritten, in diesem lächerlichen Aufzug durch die Lande zu vagieren, ohne Begleitung, ohne Schutz, ohne rechtes Ziel, nur mit einem kläglichen Rest an Pfennigen im Beutel, die ihr die Muhme unter heftigem Schluchzen beim Abschied noch zugesteckt hatte, nachdem Eva ihr gesagt hatte, dass sie fortmüsse, Josefina suchen?

Mit einem Mal wusste Eva, dass sie ihre Schwester niemals ausfindig machen würde – das hieße, die Nadel im Heuhaufen zu finden. Verstohlen wischte sie sich eine Träne aus dem Augenwinkel. Sie würde Josefina vergessen müssen. Und nicht nur Josefina – auch die anderen. Sie selbst hatte schließlich sämtliche Familienbande zerschnitten, damit musste sie sich jetzt abfinden. Musste sie das wirklich? Noch war sie nicht allzu weit gekommen, befand sich höchstens drei, vier Wegstunden von Straubing entfernt. Noch konnte sie zurück. Ihre Muhme würde sich freuen, und selbst der gestrenge Ratsherr wäre froh, kein neues Küchenmädchen einstellen zu müssen.

«He, pass doch auf!»

Hart prallte sie mit der Schulter gegen einen Esel. Das Tier machte einen Satz zur Seite und brachte damit seinen Reiter, einen Bauern in grauem Kittel und mit grauer Kappe, fast zu Fall.

«Damischer Depp!», blaffte der jetzt und schlug mit seiner Weidenrute in ihre Richtung. «Bist du blind oder was?»

«Selber», murmelte Eva. Dicht hinter dem Esel schlurfte eine Frau in zerrissenem Schuhwerk aus Rindenstreifen. Ganz krumm ging sie unter dem Gewicht der mit Holz gefüllten Rückenkraxe.

«Lieber Mann», keuchte sie in diesem Augenblick. «Ich muss verschnaufen.»

«Spinnst du? Daheim warten die Bälger aufs Essen.»

«Hast ja recht.»

Eva war stehen geblieben und sah den beiden nach. Nicht so sehr die Rücksichtslosigkeit des Bauern ärgerte sie, der fett und faul auf seinem Esel thronte, als vielmehr die kleinmütige Art seiner Frau. Alles klaglos hinnehmen, die eigenen Wünsche zurückstecken – genau so sah gemeinhin das Los einer Ehefrau und Mutter aus. Diese beiden Bauersleute erschienen Eva wie ein Sinnbild dessen, was sie im letzten halben Jahr im Hause Wolff erlebt hatte. Rein gar nichts war in den Augen des Hausherrn das Tun der Frauen wert, niemals wäre ihm so etwas wie Lob oder Anerkennung über die Lippen gekommen. Schlimmer aber noch – und das hatte Eva kaum noch mit ansehen können – war, wie klein sich ihre Muhme tagtäglich machte, nur um des lieben Friedens willen. So pflegte sich Ursula Wolffin, noch bevor ihr Mann eine Rüge überhaupt aussprechen konnte, bereits zu entschuldigen, ganz gleich, was vorausgegangen war. Wie ein unterwürfiges Hündchen, hatte Eva dann jedes Mal gedacht, das sich seinem Herrn winselnd vor die Füße warf. Selbst die Eskapaden ihres Mannes mit blutjungen hübschen Mädchen nahm Ursula Wolffin klaglos hin, jeder in der Stadt klatschte und tratschte schon darüber, und einmal hatte sich der Ratsherr sogar an Eva rangemacht. Damals war ihre Muhme krank zu Bett gelegen, kurz nach Mariä Lichtmess, und Wolff war reichlich angetrunken von einem Kunden heimgekehrt. Gelacht und gescherzt hatte er mit Eva in der Küche, um ihr dann unvermittelt an den Busen zu grabschen. Da hatte Eva ihm auf die Finger geschlagen und gedroht, es brühwarm seiner Frau zu erzählen.

Unwillkürlich ballte sie jetzt die Fäuste und setzte ihren Weg fort. Wer gab all diesen Männern eigentlich das Recht hierzu? Der Herrgott selbst etwa? O nein, auch wenn die Pfaffen in der Kirche solcherlei unermüdlich predigten – man musste nur ein wenig seinen Verstand gebrauchen, um zu erkennen, dass das nicht gottgegeben sein konnte. Denn nicht einmal in der Tierwelt fand sich etwas Derartiges. Da brauchte Eva nur an die dreifarbige Katze zurückzudenken, die sie einst in Glatz gehabt hatten: Die hatte jeden Kater, der sich an sie ranmachen wollte, erst einmal ordentlich verdroschen. Und die Schneiderwerkstatt ihres Glatzer Oheims war von einer Hündin bewacht, die sämtlichen Gassenhunden als Rudelführerin vorstand. Wenn nun aber Gott die Menschheit als Krone seiner Schöpfung ansah, wie konnte er da die Frau unter den Rang einer Katze oder einer Hündin stellen? Und wie war zu erklären, dass Frauen, die doch angeblich schwach waren und weniger klug als Männer, ebenso geschickt und mutig kämpften, kaum vermummten sie sich als Landsknecht?

Eva hatte über solche Dinge noch nie mit jemandem gesprochen. Nun aber, in ihrer Einsamkeit mitten unter Menschen, auf dieser holprigen Straße quer durch die Donauniederung, waren ihre Gedanken so klar, dass sie sie hätte einem Gelehrten vortragen können. Vielleicht sollte sie sich ja als Scholar verkleiden, dachte sie und lächelte bitter. Dann würde man ihr wenigstens zuhören.

Zwischen den Feldern tauchten die Mauern der Benediktinerabtei Oberaltaich auf. Das Schankmädchen hatte ihr das Klostergasthaus als saubere und wohlfeile Reiseherberge empfohlen, in der Frauen und Männer in getrennten Kammern schliefen. Das zumindest versprach eine angenehme Nachtruhe. Und morgen früh dann wollte Eva entscheiden, in welche Himmelsgegend sie weiterziehen würde. Denn dass sie weiterzog, darüber gab es für sie nun keinen Zweifel mehr. Nicht nur, dass ihre Mannskleider Schutz und Bewegungsfreiheit versprachen – sie verliehen ihr als Frau auch die einzigartige Gelegenheit, an den Vorrechten der Mannsbilder teilzuhaben. Und nicht zuletzt hielt sie sich mit dieser Aufmachung aufdringliche Kerle vom Leib. Von denen hatte sie nämlich ein für alle Mal die Nase voll.

In diesem Augenblick donnerte es. Eva fuhr herum. Dort, wo Straubing lag, hatten sich die Wolken schwarz zusammengezogen, und grelle Blitze zuckten über den Himmel. Also weiter, dachte sie, weg von Straubing. Und dann: Gott will mir ein Zeichen geben. Er ist einverstanden mit meiner Entscheidung.

Der Gasthof erwies sich als ein sauber verputztes, zweistöckiges Steinhaus vor dem Tor einer riesigen, befestigten Klosteranlage. Auch innen wirkte alles freundlich und kommod. Unter der wuchtigen Balkendecke wartete ein gutes Dutzend Tische auf die Gäste, kein Krümchen fand sich auf dem mit Ziegeln gepflasterten Boden. Neben dem Türbogen zur Küche hin stand ein mächtiger Steinofen, in dem ein Knecht eben das Feuer schürte.

Da es noch früh am Nachmittag war, gehörte Eva zu den Ersten, die um ein Nachtlager baten. Nachdem sie ihren Obolus entrichtet hatte, führte der Klosterwirt sie hinauf in die größere der beiden Dachkammern. Die Strohmatten lagen nicht auf dem Boden, sondern auf massiv gezimmerten Bettgestellen.

«Du hast noch die Wahl. Ich kann dir ein Bett unterm Fenster empfehlen, da ist die Luft frischer. Weiberbesuch ist verboten. Essen gibt's in einer Stunde, unser gutes Klosterbier steht jetzt schon bereit.»

Eva bedankte sich einmal mehr mit viel zu hoher Stimme! Erschrocken sah sie den Wirt an – es musste an der Müdigkeit liegen, die ihr plötzlich wie eine Lähmung in die Glieder fuhr.

Dem guten Mann indessen schien nichts aufgefallen zu sein. Als Zeichen, dass die Bettstatt belegt war, schlug er die Decke zurück, legte ein Holzplättchen mit ihrer Nummer aufs Kopfkissen und ging hinaus.

Eva sah sich um. Außer ihr waren nur noch zwei ältere Männer im Raum, von nebenan hörte sie helles Frauengelächter. Hungrig war sie nicht, nach der üppigen Brotzeit in der Waldschenke, außerdem wollte sie ihr weniges Geld zusammenhalten. Sie würde sich einen Krug Bier bestellen und frühzeitig schlafen gehen.

Nachdem sie ihr Bündel unter dem Bettgestell verstaut hatte, zog sie die Papierrolle aus der Rocktasche, auf der ihr Ursula Wolffin ein hervorragendes Zeugnis hatte schreiben lassen. Ein halbes Jahr, stand darin in gestochen scharfen Buchstaben zu lesen, habe sie im Haus des ehrbaren Ratsherrn und Kaufmanns Endress Wolff zu Straubing in Diensten gestanden und sich in solcher Zeit überaus fleißig, friedsam und ehrlich gezeigt. Jeder neuen Haushaltung sei sie deshalb aufs höchste anzuempfehlen, als Köchin wie als Dienstmagd.

Als Köchin wie als Dienstmagd, wiederholte Eva halblaut und schüttelte den Kopf. Dieses Papier würde sie nicht mehr brauchen können, ebenso gut konnte sie es zerreißen! Sie war drauf und dran, es zu tun, als sie erneut Gekicher aus der Frauenkammer hörte. Himmel, wie dumm wäre sie beinahe gewesen! Wenn sie selbst den Brief nicht verwenden konnte, dann doch vielleicht ein anderes Weib. Irgendeine Magd auf der Suche nach einer Anstellung. Schließlich ließ sich der Name auf solcherlei Papieren leicht fälschen, davon hatte sie gehört.

Beinahe zärtlich strich sie das Papier glatt und rollte es wieder zusammen. Für ein so gutes Zeugnis würde sie einiges verlangen können. Zumindest so viel, um davon ihr erstes Handwerkszeug zu kaufen. Und einen hohen Hut mit schneeweißer Feder!

23

*I*mmer wieder aufs Neue wunderte sich Eva, wie leicht der Mensch sich blenden ließ. Die Leute wollen genarrt werden!, dachte sie jedes Mal mit einem Kopfschütteln, wenn in den Schenken, Herbergen oder auch in den Häusern der Bauern, denen sie ihre Dienste anbot, jeder sie für einen Burschen hielt. So einfach war das: Eine Frau musste sich nur einen Hut auf den Kopf setzen, Beinkleider anlegen und ein hübsches Wams über das Hemd streifen, und schon ging sie als Handwerksgeselle durch!

Sie musste sich nicht mal einen Bart auf die Oberlippe malen, wie sie es anfangs noch getan hatte und was ihr schließlich allseitiges Gespött eingebracht hatte, als sie sich einmal nach einem Sturzregen mit anderen Wanderern untergestellt hatte. «Seht her, dieser Grünschnabel will sich als Mannsbild aufspielen – und jetzt saut ihm der Bart davon!», hatte einer gerufen, und alle waren in Gelächter ausgebrochen. Mit vor Scham brennenden Wangen war sie davongerannt, um sich in einem einsamen Winkel die Holzkohle von der Haut zu rubbeln.

Inzwischen wusste sie, dass eine solch plumpe Maskerade gar nicht nötig war. Ihr einstudierter Gang, aufrecht, schwer und leicht krummhaxig, reichte aus, um zusammen mit der Kleidung das andere Geschlecht vorzugaukeln.

Dafür war schon bald ein ganz anderes Problem aufgetaucht: Der Handel mit Altkleidern, den sie sich recht einträglich vorgestellt hatte, kam nicht in Gang. Auf den kleinen Dörfern und Gehöften, die Eva aufsuchte, waren die Menschen zumeist arm. Man besaß nur das Nötigste an Kleidungsstücken, und was nicht mehr passte, wurde an andere Familienmitglieder weitergegeben, auch wenn der Stoff noch so schäbig und zerschlissen war. So bot sich Eva allenfalls die Gelegenheit, Kleider gegen Kost und Unterkunft umzunähen und auszubessern. Die wenigen Münzen, die sie hin und wieder einnahm, gingen allesamt für den Kauf ihrer Handwerksutensilien, für Borten, Garne und Nadeln, drauf.

Zum Glück wurden die Nächte kürzer und milder, und so begann sie wieder, wenn sie nicht in Arbeit war, in Scheunen und Stadeln zu übernachten, und auch, Früchte von den Feldern zu stibitzen. Jetzt, wo kein Niklas mehr an ihrer Seite war, dem sie hätte zum Vorbild gereichen müssen, tat sie dies, wann immer sie hungrig war und sich die Gelegenheit bot. Ihr schlechtes Gewissen beruhigte sie damit, dass sie niemals mehr nahm, als sie in dem jeweiligen Augenblick essen konnte, und keinen Schaden anrichtete. Für alle Fälle bat sie jedes Mal um Gnade beim heiligen Nikolaus, dem Schutzpatron der Kinder und Jungfrauen, der Pilger und Reisenden – und auch der Diebe und Betrüger.

Weitaus schwerer fiel es ihr, gegen die Pforten der Klöster und Pfarrhäuser zu klopfen und um ein Stück Brot zu betteln. Das waren dann auch die Augenblicke gewesen, wo sie vor Kummer fast vergangen wäre, wo die Einsamkeit und eine unbestimmte Sehnsucht ihr das Herz zerrissen. Doch zum Glück wurden diese Augenblicke seltener, und sie gab nicht auf. Sie wollte etwas lernen. Und sie wollte Schneiderin werden!

Bis in den Sommer hinein wanderte sie kreuz und quer durch die lichten Hügel des Vorwalds und die Täler des schattigen Gebirges. Sie hatte sich für diese Gegend entschieden, da sie hier die Lage der Straßen und größeren Orte einigermaßen im Kopf hatte. Den Gäuboden hingegen mied sie, obwohl in dieser fruchtbaren Ebene die reichsten Bauern lebten. Aber zu groß war dort die Gefahr, jemandem aus Straubing zu begegnen. Und zumindest anfangs saß die Angst davor, entdeckt zu werden, ihr tagtäglich im Nacken.

Nach und nach erwarb sie sich beim Nähen und Zuschneiden ein Geschick, das ihr, wenn sie denn Arbeit fand, von allen Seiten Lob einbrachte. Mit der wachsenden Anerkennung ihrer Fähigkeiten wurde sie selbstbewusster. Einmal, zur Zeit der Heuernte, gelangte sie an eine große Ölmühle. Das Anwesen protzte vor Reichtum, angefangen bei den kostbaren Buntglasscheiben sämtlicher Fenster über die geschnitzten Tür- und Fensterrahmen bis hin zu dem aufwendig gepflasterten Hof. Eva straffte die Schultern, als sie das bronzene Einhorn gegen die Eingangstür schlug. Hier würde sie sich, falls es Arbeit gab, nicht mit einem Strohsack und einem Teller Suppe abspeisen lassen.

Eine junge Magd öffnete, und Eva setzte ihr bezauberndstes Lächeln auf.

«Grüß di Gott, Jungfer. Adam Portner mein Name, meines Zeichens Schneider. Ich wollte –»

«Ach! Schickt Euch Meister Wohlleb aus Calmunz? Na endlich – die Herrin wartet schon seit letzter Woche!»

«Das tut mir leid.»

«Los, los, rein mit Euch.»

Die Magd zerrte Eva in den Hausflur und rief mit gellender Stimme: «Wohllebs Geselle ist da, Meisterin.»

«Schick ihn herein.»

In der Wohnstube beim Fenster saß die Müllerin, eine dralle Frau mittleren Alters, und war gerade damit beschäftigt, ein Brusttuch mit zierlichen Stickereien zu versehen. Der Raum war vollgestopft mit kostbaren Truhen und Anrichten, mit zierlichen Tischchen und Stühlen, hier stand ein bemaltes Krüglein, dort ein Zinnteller, darüber hingen Rehgeweihe und ausgestopfte Vögel. Alles war mit einer hellen Staubschicht bedeckt. Eine ordentliche Putzmagd wäre in diesem Haus weit nötiger als ein Schneider, dachte Eva.

«Was meint Ihr, Schneiderlein», sagte die Hausherrin, ohne Eva zu begrüßen, «soll ich für die Rosen gelbes oder rubinrotes Garn nehmen?»

«Seid gegrüßt, Meisterin.» Eva verneigte sich. «Wenn Ihr mich so offen fragt: keines von beiden. Lieber das zartrosafarbene hier. Das Blattwerk ist schon recht dunkel, und falls das Tuch für Euch selbst gedacht ist, eignet sich zartes Rosa ganz wunderbar zu Eurem schönen blonden Haar und den blauen Augen.»

«Danke für die Schmeichelei», gab die Frau ungerührt zurück und sah auf. «Warum ist Wohlleb nicht selbst gekommen?»

«Er lässt sich untertänigst und vielmals entschuldigen. Er wollte ja bereits letzte Woche kommen. Aber ein hartnäckiger Katarrh lässt ihn nicht aus dem Haus.»

Sie zog eine einzelne Augenbraue hoch. «Ich hoffe doch, du bist kein Anfänger.»

«Was glaubt Ihr? Bin zwar noch nicht lang bei Meister Wohlleb, hab aber davor bei den berühmtesten Damenschneidern im welschen Frankreich gearbeitet. Ihr müsst mich auch nur ausbezahlen, wenn Ihr zufrieden seid. So hat es mein Meister mir aufgetragen. Allerdings dann gleich auf die Hand, wegen seiner Auslagen für Apotheker und Bader.»

«So sei es. Zwei Tage wirst du allerdings beschäftigt sein, und ich dulde keine Trödelei. Ich hoffe, der Meister kann dich so lange entbehren.»

Hauptsache, der taucht hier nicht auf, dachte Eva und musste sich ein Grinsen verkneifen. Zum zweiten Mal verhalf ihr dieses Calmunz zum Glück! Allerdings würde sie bei ihrer Weiterreise besser einen großen Bogen um den Marktflecken machen.

Sogar drei Tage blieb Eva in der Mühle, und zu ihrem Glück ließ sich der Schneidermeister nicht blicken, ebenso wenig wie der Hausherr oder die Hausherrin. Von frühmorgens bis zum

Schlafengehen saß Eva beim Gesinde in der Küche, eine alte Magd brachte ihr Kleider, Stoffe, Borten und Bänder, und Eva nähte und flickte und besserte aus. Zur Nacht dann sank sie mit schmerzendem Rücken und brennenden Augen auf ihren schäbigen Strohsack. Reichlich ungastlich hatten die beiden Müllersgatten sie nämlich aufgenommen. Nicht nur, dass sie im Flur unter der Stiege schlafen musste wie ein gemeiner Knecht, auch die Kost war anfangs mehr als karg. Daher hatte sie sich gleich am zweiten Tag einen Festpreis für ihre Arbeit ausbedungen.

Zu besserem Essen verhalf ihr wieder einmal eine Begabung, die sie jetzt erst, in ihrem neuen Leben als Wandergeselle, entdeckt und vervollkommnet hatte: Sie erzählte Geschichten. Gerade so wie früher für Niklas schmückte sie kleine Erlebnisse zu wahren Abenteuergeschichten aus, verwob Wahres und Erfundenes, ließ die Zuhörer zittern über Bestien und Monster, über mordbrennerische Buben und Unholde, ließ sie mit großen Augen staunen und weinen über wundersame Errettungen.

So saß sie auch hier, in dieser Küche, kaum jemals allein bei ihrer Arbeit. Nicht nur die Köchin und die junge Spülmagd, die ihr die Tür geöffnet hatte, hingen an ihren Lippen. Auch die Knechte des Müllers, der Hirtenjunge und die reichliche Kinderschar der Meistersleute steckten immer wieder mal den Kopf zur Tür herein.

Doch da war noch etwas, was sie anfangs sehr verunsichert hatte: Die Frauenwelt war von ihr fasziniert. Eva konnte sich diese Wirkung nicht recht erklären, vielleicht lag es daran, dass sie so gar nichts Gockelhaftes, noch Rohheit oder Großmäuligkeit ausstrahlte, sondern ihr männliches Gehabe eher scherzhaft und frech daherkam und somit keinerlei Bedrohung darstellte. Die Jungfern jedenfalls begannen fast immer irgendwann mit ihr zu kokettieren, und die Alten brachten ihr mütterliche Wärme entgegen. So auch die Köchin, die ihr ab dem zweiten Tag heimlich die fettesten Bissen zusteckte.

Beinah zu schnell vergingen die Tage in der Ölmühle. Am Ende bekam sie einen Gulden und sechs Batzen auf die Hand gezählt, so viel wie noch nie zuvor. Auch wenn das, wie Eva fand, rechtmäßig verdientes Geld war, machte sie sich vorsichtshalber gleich nach der Morgensuppe aus dem Staub. Womöglich war dieser Wohlleb aus Calmunz schon unterwegs hierher, und so schien es ihr das Beste, die Straße nach Calmunz ganz und gar zu meiden. Es gab, so hatte sie erfahren, nicht weit von der Mühle einen Abzweig, quer durch die waldigen Hügel, hinüber in den Nordgau und in die Junge Pfalz, und zwar über Schmidmühlen, jenen Marktflecken, wo Alois sich einst so nett um sie gekümmert hatte. Vielleicht sollte sie ihm ja einen Besuch abstatten? Das wäre eine handfeste Probe ihrer Verkleidung. Wenn er sie nicht als Frau erkannte, dann würde nicht mal mehr ihre eigene Muhme sie erkennen! Außerdem: Sie hatte gutes Geld gemacht und könnte sich eigentlich die Freude gönnen, in der noblen Hirschenwirtschaft einmal so richtig herrschaftlich zu speisen!

Mit großen Schritten stapfte sie den schattigen Waldweg hinauf, wo die Luft des Sommertags noch kühl war, und pfiff mit gespitzten Lippen Trink- und Soldatenlieder, die sie unterwegs aufgeschnappt hatte. Ihre Geldkatze war gut gefüllt, ihr Magen auch, und heute Abend würde sie in einem weichen Bett einschlafen. Das Leben konnte so schön sein, so einfach und leicht, wenn man sich morgens nach dem Aufstehen Hosen und Wams über das Hemd zog. Wie eine zweite Haut war ihr diese Verkleidung inzwischen geworden.

Doch an diesem Tag beging sie einen verhängnisvollen Fehler. Im Nachhinein fragte sie sich, ob sie die Erfolge der letzten Wochen zu leichtsinnig und unbesorgt gemacht hatten. Niemals nämlich hätte sie sich zu früheren Zeiten einem Gartknecht angeschlossen, einem dieser geurlaubten Landsknechte, die in Zeiten, wenn der Krieg ein Loch hatte, von Bauer zu Bauer zogen, um zu betteln. Sie pflegten ans Fenster zu klopfen und um den Zehrpfennig zu bitten, auf dass sie weiterzögen. Und wer nichts gab, an dem wurde nicht selten grausam Rache genommen. Töten und Feuerlegen hatten solche Leute ja im Kriegsdienst gelernt.

Sie hätte es wissen müssen, dass sich so etwas bitterlich rächen konnte. Am Rande einer Waldlichtung hatte sie ihn getroffen, den einzigen Menschen, der außer ihr an diesem Morgen unterwegs zu sein schien. Er hatte auf einem Baumstumpf seine Brotzeit eingenommen und sie freundlich gegrüßt. Nachdem er sich als Sebald Ochsenhensel vorgestellt hatte, hatte er sie allerhöflichst gefragt, ob er sich ihr anschließen dürfe, da es hier in diesem Wald ja gar zu einsam sei.

«Da habt Ihr wohl Angst?», hatte sie ihn frech gefragt.

«He, he, Grünschnabel!», hatte der Mann gelacht. «Gib acht, dass dir mein Kurzschwert nicht eins hinter deine zarten Ohren pfeift.»

Dass er ein Landsknecht war, verriet schon seine auffällige Kleidung: Aus den geschlitzten Ärmeln und Beinen seiner Kniehose leuchtete blutrot und grellgelb der Futterstoff heraus, ein Strumpf war blau, einer grün, und auf dem blonden Haar saß eine Kappe mit buntgefärbtem Federschmuck.

Seit dem Kampf um Siena sei er geurlaubt, hatte Sebald Ochsenhensel geklagt, und jetzt auf dem Weg ins Fränkische. Vielleicht würde man dort seine Dienste brauchen können. Allzu vertrauensselig hatte Eva ihm daraufhin erklärt, sie selbst wolle nach Schmidmühlen, in den *Hirschen*.

Erstaunt verzog er da sein vernarbtes Gesicht. «Da musst

aber reichlich Kies dabeihaben. Der *Hirschen* ist das teuerste Wirtshaus weit und breit.»

«Aber nein», wehrte sie erschrocken ab. Sie hätte sich ohrfeigen können. «Ich kenn den Neffen des Wirts recht gut, das ist alles.»

«Den Alois? Den kenn ich auch. Hast aber Pech, der ist im Winter auf und davon, mit einem verheirateten Weib. Dem schönsten vom ganzen Flecken.» Er stieß einen anerkennenden Pfiff aus. «Ein rechter Malefizkerl!»

Die Nachricht versetzte Eva einen Stich. Sie hätte den Schankburschen wirklich gern wiedergesehen. Sebald erhob sich.

«Gehen wir. Vielleicht finden wir oben einen Bauern, wo wir anklopfen können. Ich hab nämlich bald schon wieder Hunger.»

Dann hob er lauthals zu singen an:
Die Trommeln klingen weit und breit:
Wohlauf, wohlauf zum Streit!
Doch gibt's kein Krieg und gibt's kein Sold,
Der Landsknecht sich es selber holt.

Gegen Mittag erreichten sie die Höhe, wo sich der Wald lichtete. Auf den Feldern waren die Bauersleute dabei, die Ernte vorzubereiten. Als sie an einer Gruppe Männer vorbeimarschierten, kniff Sebald die Augen zusammen.

«Verdammt, den Hurensohn da vorne kenn ich doch.»

Er stieß Eva in die Seite. «Los, komm. Statten wir seiner Hütte einen kleinen Besuch ab.»

«Was hast du vor?»

«Wirst schon sehen.»

«Wenn's was Unrechtes ist, dann ohne mich.»

«Jetzt piss dir nicht ins Hemd. Ich hol mir nur, was mir noch zusteht.»

«Nein!»

«Hör zu, du Hosenscheißer.» Hart packte er Eva beim Arm, während seine Augen böse blitzten. «Ich verlang nur, dass du ein Paternoster lang Schmiere stehst, sonst nix.»

Eva spürte, wie Angst in ihr aufstieg. Die nächstbeste Gelegenheit würde sie ergreifen, um von diesem Schelmenhals loszukommen. Sie schluckte.

«Gut. Aber sag mir wenigstens, worum es geht.»

Sebalds Gesicht wurde freundlicher, und er ließ ihren Arm los.

«Der Saubär hat mir letzten Herbst den Zehrpfennig verweigert. Und das, obwohl ich fast am Verhungern war. Hat mir stattdessen einen Kübel Jauche über den Kopf geschüttet und mich obendrein einen Schelm geheißen. So was macht man mit einem Sebald Ochsenhensel nur ein Mal, das schwör ich dir.»

Widerwillig folgte sie dem Gartknecht, bis sie an einen einsam gelegenen, schäbigen Hof gelangten. Ein mageres Maultier stand in einem halboffenen Verschlag, eine Handvoll Hühner pickte im Staub, Menschen waren keine zu sehen.

Sebald zog sie in den Schatten eines Baumes gegenüber der Haustür.

«Ich geh da jetzt rein und hol mir, was mir zusteht. Keine Angst, kriegst auch was ab. Du hältst ein Aug auf den Weg. Wenn wer kommt, pfeifst du, verstanden?»

Eva nickte. Mit klopfendem Herzen beobachtete sie, wie Sebald das Ohr an die mit einem plumpen Holzstück verriegelte Tür presste und lauschte. «Keine Sau da», murmelte er, «umso besser.» Dann holte er aus und ließ mit einem einzigen Fußtritt die Tür ins Innere krachen.

Eva war kurz davor, in Richtung Wald davonzustürzen, als sie einen gellenden Schrei voller Angst und Verzweiflung hörte, danach immer wieder die Worte: «Erbarmen!» Es war die Stimme einer jungen Frau.

263

Ohne nachzudenken, stürzte Eva in die Hütte. Was sie im Halbdunkel vorfand, ließ ihr den Atem stocken: Auf dem Boden lag ein Mädchen, blutjung noch, das Schnürmieder aufgerissen, Sebald mit seinem ganzen Gewicht auf ihm. Das Mädchen zappelte und wehrte sich unter Schreien, immer wieder schlug dieser Dreckskerl ihr ins Gesicht.

«Wirst wohl die Haxn breitmachen!», fluchte er jetzt.

«Hör auf!», brüllte Eva und schüttelte ihn an der Schulter. «Hör sofort auf!»

«Halt die Goschn, Adam.»

Sebald holte mit der Rechten aus und versetzte Eva einen Schlag gegen die Brust, der sie zu Boden taumeln ließ. In diesem Moment sah sie hinter einem Vorhang ein Gesicht hervorlugen, die Augen vor Entsetzen weit aufgerissen. Es war das Gesicht eines Knaben in Niklas' Alter. Von ihm bis zur offenen Haustür waren es höchstens drei Schritte.

«Hol Hilfe!», rief Eva ihm zu. «Lauf!»

Der Junge hatte noch nicht die Schwelle erreicht, da war Sebald schon auf den Beinen und hetzte ihm nach. Auch Eva hatte sich aufgerappelt, ihre Hand griff nach dem Messer, das sie am Hosenbund trug. Sie würde diesen widerwärtigen Kerl umbringen!

Das gleißende Sonnenlicht draußen stach ihr wie Feuer in die Augen, als sie gegen den Körper des Jungen prallte, den der Landsknecht zu Boden gerissen hatte und jetzt im Schwitzkasten hielt. Einen Atemzug lang gewahrte sie Sebalds erstaunten Blick, als sie ausholte, um ihm ihr Messer in den Hals zu rammen – indessen zu langsam. Mit einer einzigen Drehbewegung seines Armes schlug Sebald ihr in hohem Bogen das Messer aus der Hand, dann krachte seine Faust ihr mitten ins Gesicht, und ein jäher Schmerz riss sie in die Bewusstlosigkeit.

Etwas Warmes umgab ihre Hand. Sie spürte, wie ihre Finger an dem sandigen Boden klebten. Eva öffnete die Augen, blinzelte, bis das Bild klarer wurde: Ihre rechte Hand lag in einer dunklen Lache. Ihr Herzschlag stockte. Woher kam all das Blut? Was um Himmels willen war geschehen? Lag sie im Sterben?

Mühsam hob sie die schmerzende Stirn, wandte den Blick zur Seite und erkannte, dass es nicht ihr Blut war. Vor ihr lag mit verrenkten Gliedern der kleine Kerl – oder das, was von ihm übrig war. Sein Kopf nämlich war mit einem Schwertstreich fast gänzlich abgeschlagen.

Vom Magen an aufwärts krampfte sich ihr ganzer Körper zusammen und ließ sie spucken und würgen, dass sie fast erstickte. Keuchend kam sie endlich auf die Beine, zu ihren Füßen der halbzerstückelte Leichnam des Jungen. Wieder würgte es sie in Hals und Kehle, doch es troff nur noch bittere Galle aus ihrem Mund.

Sie war schuld am Tod dieses Knaben! Wäre er in seinem Versteck geblieben, wäre er vielleicht noch am Leben. Sie allein hatte Schuld! Das Wort hämmerte in ihrem schmerzenden Schädel und ließ sie laut aufheulen. Plötzlich hielt sie inne – das Mädchen! Sie schwankte ins Innere der Hütte und fand es auf derselben Stelle wie zuvor am Boden liegen: mit zertrümmertem Schädel und zerfetztem Rock. Die gespreizten Beine gaben den Blick auf ihren nackten, blutigen Schoß frei.

«Warum nur hast du dich gewehrt?», schluchzte Eva immer wieder, während sie aus der Schlafecke eine Decke hervorzerrte und über den Leichnam des Mädchens breitete. Dann trug sie den Körper, der leicht war wie eine Feder und dennoch so schwer, dass sie in die Knie ging, hinaus zu dem Jungen, bettete beide nebeneinander, deckte sie zu, bis nichts mehr zu sehen war von den malträtierten Leibern, zeichnete mit der Fußspitze ein Kreuz in den Sand und begann zu beten.

Vom Weg her hörte sie Stimmen. Die Bauern kehrten zurück, und sie stand hier bei zwei Leichen, mit aufgeplatzter Stirn und die Hände bis zum Ellbogen mit Blut verschmiert. Sie musste sofort verschwinden! Jetzt erst entdeckte sie, dass auch der Verschlag aufgebrochen war und das Maultier fort. Damit war der Meuchelmörder ganz gewiss längst über alle Berge.

Ihr Blick fiel auf den Baum nahe der Hütte. Am Stamm lehnte ihr Lederbeutel mit den Werkzeugen, als sei nichts geschehen. Dem Himmel sei Dank, er war tatsächlich noch da. Sie stolperte hinüber, sah dabei ihr Messer im Gras aufblitzen, bückte sich, riss alles an sich und rannte, so schnell sie konnte, auf ihren kraftlosen Beinen hinüber in den Wald, mitten hinein ins Unterholz. Sie rutschte bergauf, bergab, die Zweige peitschten ihr Gesicht, als wollten sie sie strafen, aus der Ferne vernahm sie irgendwann die entsetzten Schreie der Bauern.

Immer weiter trieb es sie, immer vorwärts, bis ihr ein Fluss den Weg versperrte und sie schlaff in sich zusammensank wie ein Haufen Lumpen. Mochte man sie auch verfolgen – sie war am Ende ihrer Kraft. Warum nur hatte Sebald sie nicht gleich mitgemordet? Mit zitternden Fingern steckte sie das Messer zurück in den Schaft, dorthin, wo sonst ihre Geldkatze festgebunden war und jetzt nur noch das Lederband baumelte. Ihr Geld, ihr ganzes Vermögen, auf das sie so stolz gewesen war – auch das hatte dieser Bluthund mit sich genommen! Erschöpft schloss sie die Augen und empfand dennoch eine gewisse Zufriedenheit: So hatte sie wenigstens für ihre grenzenlose Dummheit bezahlt.

Ihre Hand tastete nach dem Marderzahn am Hals. Dass sie überhaupt mit dem Leben davongekommen war, hatte sie gewiss nur dem schützenden Zauber von Niklas' Amulett zu verdanken.

24

Sie musste den ganzen restlichen Tag und die folgende Nacht wie ein Stein geschlafen haben, denn als sie erwachte, schob sich die Morgensonne eben über die Baumwipfel und ließ den Fluss vor ihr glitzern wie ein Band aus Kristallen.

In schmerzvollen Schüben kehrte die Erinnerung zurück. Ob sie die Augen nun offen oder geschlossen hielt – stets sah sie die blutigen und geschändeten Leichname vor sich. Sie versuchte sich einzureden, dass die beiden auch ohne ihr Beisein zu Tode gekommen wären, dass auch sie selbst ein Opfer dieses Schandbuben war, aber es gelang ihr nicht.

Obwohl ihre Glieder von der Kühle der Nacht noch klamm waren, suchte sie sich eine seichte Stelle am Ufer, streifte sich die Kleider vom Leib und stieg in die eisigen Fluten. In der Mitte des Flusses tauchte sie ein bis zum Hals, zitternd und mit klappernden Zähnen, wusch und schrubbte sich, als könne sie sich damit von aller Schuld reinwaschen. Als das kalte Wasser ihr Gesicht berührte, schrie sie auf vor Schmerz. Kaum wagte sie die Wunde auf ihrer Stirn zu ertasten, auch der Nasenrücken musste etwas abbekommen haben, und ihr linkes Auge, das merkte sie erst jetzt, war fast zugeschwollen. Wahrscheinlich sah sie grauenhaft aus!

Unwillkürlich blickte sie sich um, lauschte auf Stimmen, auf Hufgetrappel. Aber außer ihr war keine Menschenseele in diesem gottverlassenen Stück Wald. Unter Zähneklappern holte sie ihre Siebensachen, trug sie mit erhobenen Armen quer durch den Fluss und kleidete sich am anderen Ufer an. Sie spürte eine große Leere in sich, und als sie sich langsam auf den Weg machte, fühlte sie sich ausgehöhlt wie ein fauliger Baumstamm.

Dem Sonnenstand nach marschierte sie geradewegs gegen

Abend, durch eine vollkommen einsame Landschaft mit bewaldeten Kuppen, mageren Wiesenhängen und jähen Felseinbrüchen, die hier und da mit schwarzen Spalten und Löchern gespickt waren. Sie setzte Schritt vor Schritt, gleichmäßig wie das Räderwerk einer Turmuhr, ohne Furcht vor Überfällen, ohne Hunger oder Durst, überhaupt ohne jegliches Gefühl. Bald schon zog sich der Himmel schwer zusammen, und die Luft flimmerte vor Hitze, irgendwann zuckten die ersten Blitze. Doch sie marschierte weiter, ohne zu wissen, wohin, schrak nicht einmal zusammen, als Donnerschlag auf Donnerschlag die Stille ringsum erschütterte. Erst als der Regen in Sturzbächen auf sie herunterprasselte, kletterte sie in eines der Felslöcher, rollte sich auf dem sandigen Boden zusammen und schlief augenblicklich ein.

Am nächsten Tag beruhigte sich das Wetter allmählich wieder, und gegen Nachmittag führte ihr Weg sie zurück in bewohnte Gegenden. Einzelnen Köhlerhütten und Einödhöfen folgten alsbald Weiler und umfriedete Dörfer, die sich zwischen den sanften, fruchtbaren Hügeln verteilten. Als Eva auf einer Bergkuppe aus dem Schatten eines Buchenwäldchens trat, thronte auf dem flachen Hügel gegenüber ein herrschaftlicher Gutshof, umgeben von einer weißgekalkten Mauer mit wehrhaften Rundtürmen in den Winkeln. Zwischen den Strohdächern von Schuppen, Stallungen und niedrigen Hütten erhob sich in strahlendem Gelb das mehrstöckige, aus massivem Stein errichtete Herrenhaus. Mit seiner Fahne auf dem First und den zahlreichen Erkern und Türmchen wirkte es fast schon wie ein richtiges Burgschloss.

Beim Anblick des Landguts verspürte Eva plötzlich Hunger und Durst, zum ersten Mal seit jenem grauenhaften Geschehen auf dem Bauernhof. Und sie sehnte sich, nach zwei Nächten auf dem blanken Erdboden, nach einem Strohsack. Auch wenn sie sich am liebsten dagegen gewehrt hätte: Ihre Lebensgeister kehrten zurück. Sie würde bei dem Herrenhof nach einem warmen Essen und nach Unterkunft fragen und im Gegenzug ihre Dienste anbieten. Obwohl sie keine Ahnung hatte, ob eine solch vornehme Herrschaft, wie sie hier zweifelsfrei wohnte, nicht ihren eigenen Schneidermeister hatte.

In eiligem Schritt stieg sie talwärts. Da sie keine Toreinfahrt entdecken konnte, umrundete sie in gehörigem Abstand die weitläufige Anlage. Zur anderen Seite hin, einer Talmulde, durch die sich ein Bach schlängelte, fand sie das mit einem Wehrgang besetzte Tor. Nicht weit davon, am Ufer des Baches, lagerte zu Evas großem Erstaunen eine Sippe Zigeuner: Splitternackte Kinder mit dunkler Haut und dichtem pechschwarzem Haar tobten unter den gespannten Wäscheleinen herum, Hunde dösten in der Abendsonne, und eine Handvoll Weiber in grellbunten Stoffen, behängt mit schwerem Silberschmuck, war gerade dabei, den Kessel fürs Abendessen zu füllen.

Eva kniff unwillig die Augen zusammen. Wollte sie zum Tor des Gutshofs, musste sie mitten hindurch zwischen den schmuddeligen Planwagen und Handkarren, zwischen diesen fremdartig anmutenden Frauen und Kindern. Männer waren keine zu sehen. Sie straffte die Schultern, hielt ihren Ledersack mit beiden Händen fest umklammert und setzte sich mit großen Schritten in Bewegung. Doch sie kam nicht mal bis zu dem gepflasterten Vorplatz.

«He, du! Weg, weg! Verschwind!»

Erschrocken starrte Eva auf die drei jungen Burschen, die sich jetzt vor ihr aufbauten. Sie waren dunkel wie die Nacht, einer von ihnen richtete drohend einen Holzbengel gegen sie.

«Was soll das?», fragte sie mit so männlicher Stimme wie möglich. «Lasst mich vorbei.»

«Nix da. Weg, verschwind!», wiederholte der mit dem Prügel, offensichtlich der Anführer, in seiner fremdartigen, kehligen Aussprache.

Da platzte Eva der Kragen. Dieses Tatarenpack! Die hatten ihr gar nichts zu sagen! Sie schleuderte dem Wortführer ihren Ledersack gegen das Kinn, sodass der mit einem Aufschrei hintenübersackte, und lief los in Richtung Tor – bis sie ein Schlag in beide Kniekehlen straucheln ließ. Als die Zigeuner sie packen wollten, brüllte und raste und fluchte sie, schlug um sich, kratzte und biss, was sie erwischen konnte, sodass es den Kerlen kaum möglich war, sie festzuhalten. Ein Faustschlag in die Magengrube schließlich ließ sie zusammenklappen.

«Was soll das Getös?»

Eva sah keuchend auf. Im Tor zum Gutshof hatte sich eine Klappe geöffnet, durch die ein rotbärtiges Gesicht glotzte.

«Ist dreckiger Landstörzer», erklärte einer der Angreifer mit frechem Grinsen. «Wollte betteln. Krieg i Belohnung jetzt?»

Da erst begriff Eva. Sie hatte davon gehört, dass mancherorts der landsässige Adel Vaganten und sogar Zigeuner auf seinen Gütern wohnen ließ, mit dem Auftrag, auf Fremde achtzugeben und alles fernzuhalten, was nach Bettlern und anderem Gesindel aussah.

Der Rotbärtige spuckte aus. «Dafür, dass du mir solche Haderlumpen vor die Tür schleppst, statt sie zu verjagen? Bist narrisch?»

Wieder schlug Eva um sich. «Bin kein Landstreicher. Ich bin Schneider und such Arbeit gegen Kost und Unterkunft.»

«Willst mich vergackeiern? Schneider – ha! Und woher hast du dann deine verschrammte und verblutete Goschn? Bist wohl kopfüber vom Schneidertisch gefallen, was?» Der Wächter lachte keckernd über seinen eigenen Spaß. «Hau ab jetzt, sonst stech ich dir meinen Sauspieß in die Rippen.»

Eva sah den Mann verblüfft an. Daran hatte sie gar nicht mehr gedacht: Wahrscheinlich sah sie aus wie der übelste Gartknecht, der eben einer Wirtshausschlägerei entkommen war. Und ihr Gewand war dazu völlig verstaubt und fleckig.

«Verdammt, tu deine dreckigen Pfoten weg.» Wütend biss sie einem ihrer Peiniger in den Handballen. Der jaulte auf und schlug ihr hart ins Gesicht.

«Was ist das nur für ein Affentanz!» Der Rotbart geriet nun ebenfalls in Harnisch. «Drei Burschen schaffen es nicht, dieses halbe Hemd hier wegzuschaffen.»

Er warf einen Strick heraus. «Hier, fesselt ihm die Hände. Wenn ihr jetzt keine Ruh schafft, könnt ihr morgen allesamt von hier verschwinden, verstanden?»

Ehe Eva sich's versah, waren ihre Handgelenke aneinandergebunden.

«Das wirst du mir büßen», schrie sie den Torwächter an. «Du Mistkerl! Du grindiger, rothaariger Flohbeutel!»

«Dir werd ich das freche Maul schon noch stopfen! Los, bringt ihn her!» Die Luke wurde krachend zugeschlagen, kurz darauf öffnete sich neben dem Haupttor eine schmale Pforte. So grob wurde Eva durch den Spalt ins Innere des Hofes gestoßen, dass sie strauchelte und zu Boden ging. Als sie den Kopf hob, stand über ihr der Wächter, ein Bär von einem Mannsbild, daneben zwei Knechte, die sie neugierig anglotzten.

«Das macht mindestens zwanzig Peitschenhiebe.» Der Rotbärtige grinste voller Häme. «Holen wir also den Alten, der wird sich freuen über diese Abwechslung.»

«Er ist nicht da», sagte einer der Knechte. «Ist unterwegs zum Ständetag. Und die jungen Herren sind noch auf der Jagd.»

«Dann bringt ihn halt so lang runter ins Loch.»

Eva hatte keine Kraft mehr. Ohne weitere Gegenwehr stolperte sie den Knechten hinterher, quer über den riesigen Hof,

271

vorbei am Herrenhaus, das jetzt aus der Nähe mit seiner abgeblätterten Farbe schon etwas schäbiger aussah, vorbei an Remise und Stall bis zu einem langgestreckten Wirtschaftsgebäude. Dort, im Steinsockel des Erdgeschosses, führte eine Rampe abwärts, durch einen Rundbogen geradewegs in das kalte Dunkel des Gewölbekellers.

Eva fragte sich, wie sie aus diesem Schlamassel wohl wieder herauskäme. Als einer der Männer einen Kienspan entzündete, entfloh eine fette Ratte ihren Füßen, huschte den Gang hinunter und quetschte sich unter einem Eisengitter hindurch, das einen winzigen Raum abtrennte.

«Da hast gleich die richtige Gesellschaft», lachte der Mann und öffnete das Gittertor. Die schwere Eisenkette an der Wand und der Haufen Stroh davor verrieten Eva, dass sie am Ziel angelangt waren: im Verlies des Herrenhofs.

«Was geschieht jetzt?», fragte sie mit dünner Stimme.

Der mit dem Kienspan zuckte die Schultern. «Wirst wohl warten müssen bis heut Abend.»

«Ich hab Durst.»

«Essen und Trinken gibt's auch erst später. Hättest es dir halt früher überlegen müssen, ob du dich mit dem Rotbart anlegst. Andrerseits – hat dem mal ganz recht geschehen.»

Er warf einen Blick auf die Eisenkette. «Wenn du mir versprichst, keinen Aufstand mehr zu machen, dann lass ich das mit der Kette.»

«Ich versprech's.»

Sie konnte kaum noch die Tränen zurückhalten, als sie sich auf das schmutzige Stroh sinken ließ. Von der Wand gegenüber fiel durch eine winzige Luke ein Streifen Tageslicht herein. Ihr blieb nichts anderes übrig, als zu warten. Zu warten, bis man sie holen ließ und mit Peitschenschlägen vom Hof jagte.

Sie musste eine Weile geschlafen haben. Als das Knarren der Kellertür sie auffahren ließ, war das Licht draußen völliger Dunkelheit gewichen.

«Steh auf, der Herr ist da.» Das war einer der Knechte von vorhin. Eine Lampe flammte auf und tauchte die Kellerwände in unruhigen Schein. Hinter dem Licht bewegten sich die Umrisse zweier Männer auf sie zu.

«Schließ das Gitter auf», vernahm Eva eine junge Stimme. Eine Stimme, die zu einer schlanken, hochgewachsenen Gestalt gehörte und Eva den Atem nahm. Vor Schreck, vor Erstaunen und auch vor Glück. Als sich dann das schmale Gesicht in den Lichtkreis der Lampe schob, gab es keinen Zweifel mehr: Vor ihr stand kein anderer als Moritz von Ährenfels!

25

Als Eva wieder halbwegs einen klaren Gedanken fassen konnte, öffnete sich abermals das Gitter, und ein zweiter Edelmann betrat das Verlies. Er war einiges älter als Junker Moritz, die Ähnlichkeit war aber unverkennbar.

«Das also ist der Störenfried, mit dem drei Zigeuner nicht fertiggeworden sind.» Der Ältere begann schallend zu lachen. «Einen rechten Herkules hab ich mir vorgestellt, und jetzt find ich dieses Häuflein Elend. Was meinst du, Bruderherz – hat da unser Rotbart nicht wieder mächtig übertrieben?»

Moritz von Ährenfels, der Eva bislang schweigend angestarrt hatte, entgegnete: «Vor allem hat er den Jungen übel zugerichtet. Eine Schweinerei ist das. Wie heißt du?»

Sein prüfender Blick ließ sie nicht los. Es war, als suche er etwas in ihrem Gesicht. Oder in seiner Erinnerung, dachte Eva. Sie durfte sich keinesfalls verraten, sonst war alles aus.

«Adam Portner, Ihr gnädigen Herren, und ich bin weder
Bettler noch Landstreicher, sondern ein Schneiderknecht.» Sie
konnte nicht verhindern, dass ihre Stimme zitterte.

«Ein Schneiderknecht, so, so», sagte der Ältere. «Dann bin
ich der Herzog von Baiern.»

Eva sah zu Boden – weniger aus Demut, als um zu vermeiden, dass der Schein der Lampe ihr Gesicht traf.

«Wenn Ihr erlaubt, möchte ich das erklären», murmelte sie.

«Nur zu, aber fass dich kurz.» Der Bruder des Junkers verschränkte die Arme. «Unser Nachtessen wartet.»

«Ich verdien mein Brot auf der Stör, mit Schneiderarbeiten.
Hier bei Euch wollte ich meine Arbeit anbieten, um wieder auf
die Beine zu kommen. Ein Landsknecht nämlich hatte mich
niedergeschlagen und ausgeraubt. Es waren also nicht Eure
Leute, das mit meinem Gesicht, meine ich.»

«Und das sollen wir glauben?»

«Warum nicht, Kilian?», mischte sich Junker Moritz ein.
Sein Blick war jetzt voller Sorge. «Statt den Jungen hier im Ver-
lies schmoren zu lassen, hätte man ihn lieber verarzten sollen.
Du hast sicher Hunger und Durst, oder?»

Eva nickte.

«O mein kleiner Bruder! Spielt wie immer den barmherzigen
Samariter.» Kilian schüttelte den Kopf. «Vielleicht noch ein
Federbett auf die Nacht? Und zuvor zur Stärkung ein Krüglein
Tokaier und ein Scheibchen Entenbrust an Honigpastinaken?»

«Warum nicht?» Moritz blieb ungerührt. «Wenn er doch
unschuldig ist?»

«Du hast wirklich einen Sparren zu viel. Der Kerl bleibt hier,
bis Vater zurück ist. Gehen wir.»

«Nein!» Moritz stellte sich seinem Bruder in den Weg. «Wenn
er Schneider ist, wird er das auch beweisen können. Wo hast du
dein Werkzeug?»

Diese Frage traf Eva bis ins Mark. In dem ganzen Tumult hatte sie überhaupt nicht mehr auf ihre Sachen geachtet. Wo war ihr Reisebeutel? Ihr Messer? Ihre Hand tastete unter das Wams: Das Messer war weg!

«Verzeiht, Herr», wandte der Knecht ein, «aber er hatte tatsächlich einen Sack bei sich. Der Rotbart hat alles in Verwahrung genommen.»

Eva fiel ein Stein vom Herzen. «Und – und mein Messer?»

«Da war kein Messer.»

«Nun gut, wir werden ja sehen, was in dem Beutel war.» Kilian stieß seinen jüngeren Bruder in die Seite. «Besprechen wir alles Weitere beim Essen. Der Knecht kann unserem Schneiderlein ja einstweilen etwas Brot und Wasser kredenzen.»

Fast erleichtert hörte Eva, wie sich der Schlüssel im Schloss drehte, dann ließen die Männer sie allein in der Dunkelheit zurück. Jetzt erst wagte sie wieder den Kopf zu heben. Dem Himmel sei Dank, Junker Moritz hatte sie nicht wiedererkannt. Und wenn das Messer verschwunden blieb – umso besser. Wie hätte sie schließlich erklären sollen, woher sie es hatte?

Eva beruhigte sich damit, dass das Schlimmste überstanden war. Dennoch hörte ihr Herz nicht auf, fast schmerzhaft gegen die Brust zu hämmern.

Es verging keine halbe Stunde, als der Knecht mit einer Fackel zurückkehrte. Er brachte weder Becher noch Brot, stattdessen öffnete er das Gitter und ließ sie hinaus.

«Wohin gehen wir?»

«Ins Gesindehaus. Befehl der Herren Landjunker.»

Als Eva auf den menschenleeren Hof trat, glitzerten die Sterne über ihr. Der Abend war warm und windstill.

«Darf ich mich waschen?», fragte sie, als sie an einem Brunnen vorbeikamen, auf dessen Rand ein voller Eimer stand.

«Meinetwegen. Aber mach hin!»

Das kühle Wasser an Händen und Armen tat gut. Vorsichtig benetzte sie auch ihr verschwollenes Gesicht. Als sie die Augen wieder öffnete, fiel ihr Blick geradewegs auf ein erleuchtetes Fenster im Erker des nahen Herrenhauses. Moritz von Ährenfels stand dort und beobachtete sie.

«Ich bin fertig», sagte sie und beeilte sich, aus dem Blickfeld des Junkers zu kommen.

Der Knecht führte sie zu einer langgestreckten Hütte aus Lehm und Holz und mit Stroh gedecktem Dach, wo offenbar das Gesinde wohnte. Einige Weiber lehnten an den offenen Fensterluken und glotzten ihr nach.

«Da aufi!»

Über eine Stiege gelangten sie in eine winzige Dachkammer, in der gerade so eben ein Bettgestell mit Strohsack und ein Schemel unter der Schräge Platz fanden. Auf dem Schemel hatte jemand einen Krug Wasser nebst einem Kanten Brot abgestellt, darunter lag, wohlbehalten und unbeschädigt, ihr Reisesack.

Wortlos machte der Knecht auf der Schwelle kehrt, ließ die Tür hinter ihr zufallen und schob von außen den Riegel vor. Eva streckte sich in Kleidern auf dem Bett aus. Sie war also noch immer eine Gefangene. Aber das war ihr für den Augenblick herzlich egal. Mit einem Mal taten ihr alle Knochen weh, und sie spürte die Müdigkeit wie eine schwere, warme Decke auf sich niedersinken. Das Letzte, was sie hinter ihren geschlossenen Lidern wahrnahm, waren leuchtend grüne Augen und ein warmherziges Lächeln, das ihr zu sagen schien: Hab keine Angst.

«Guten Morgen.»

Eva fuhr in die Höhe. Wie gleißende Lichtspeere schoben sich die Sonnenstrahlen durch die Dachluke gegen die Tür, in deren Rahmen Moritz von Ährenfels lehnte. Er blinzelte gegen die Sonne. Sein dunkles, welliges Haar sah frisch gewaschen aus, das schmale Bärtchen hatte er wegrasiert, was seine Lippen noch voller und weicher wirken ließ, die Augen lächelten freundlich. Lediglich die Narbe auf der linken Wange verhinderte, dass sein Gesicht makellos schön war.

Dies alles dachte Eva, während sie sich aufrappelte, und im nächsten Augenblick: Bin ich von Sinnen? Was soll das, was schert mich dieser Mann? Laut sagte sie:

«Euch auch einen guten Morgen, gnädiger Herr.»

Der Junker wies hinter sich durch die offene Tür. «Du kannst gehen, wohin du möchtest. Oder auch bleiben. Wir könnten für die nächsten ein, zwei Wochen nämlich ganz gut einen Schneider brauchen. Kost und Unterkunft wären frei, dazu noch gutes Geld je nach Qualität deiner Arbeit.»

Eva verneigte sich tief. «Das ist kein schlechtes Angebot, habt vielen Dank. Aber …»

Sie stockte. Noch nie hatte ein Mann sie solchermaßen aus der Fassung gebracht. Noch dazu einer von edlem Stand – und sie selbst stand da in diesem lächerlichen Mummenschanz! Am besten, sie suchte schleunigst das Weite.

«Was ist? Hast du es dir anders überlegt? Oder soll sich der Rotbart bei dir entschuldigen? Warte, ich lass ihn gleich herholen. Zu seinem Glück sieht dein Auge heut schon wesentlich besser aus!»

Sie schüttelte verwirrt den Kopf. «Nein, nein, das braucht Ihr nicht. Gebt mir einfach eine Stunde Bedenkzeit, ich bitte Euch.»

Der Junker lachte. «Gut. Aber auf leeren Magen denkt es sich schlecht. Ich hab schon unten in der Küche Bescheid gegeben. Da wartet ein warmer Milchbrei auf dich.»

«Danke!»

«Eine Frage hab ich doch noch. Schon gestern hab ich die ganze Zeit darüber nachgedacht: Sind wir uns schon einmal begegnet?»

Eva erstarrte vor Schreck. Schließlich strich sie sich das kurze Haar in die Stirn, räusperte sich tief und erwiderte: «Nicht dass ich wüsste.»

«Seltsam – ich hätte es beschwören können. Nun denn» – er schien nicht wirklich überzeugt –, «wir sehen uns dann in einer Stunde.»

Nachdem sich Eva in der Küche satt gegessen hatte, nicht ohne eine Flut neugieriger Fragen seitens des Gesindes über sich ergehen zu lassen, fühlte sie sich wieder sicherer. Auch hier zweifelte keiner ihre Identität als Schneiderknecht an. Im Gegenteil: Wie gewohnt stand sie bald im Mittelpunkt der Gespräche, zumal sie jedem, der eintrat, aufs Neue erklären musste, wer ihr so hart ins Gesicht gefahren war. Das tat sie in der ihr eigenen mitreißenden Art, die Männer wie Weiber voller Mitleid auf ihre Seite schlug.

«Wie ich sehe, fühlst du dich schon ganz daheim.» Junker Moritz war eingetreten und lächelte. «Dann können wir also mit deinen Handwerkskünsten rechnen?»

Sie holte tief Luft.

«Sehr gern, gnädiger Herr. Wo soll ich arbeiten?»

26

In den nächsten Tagen bekam sie Moritz von Ährenfels nicht mehr zu Gesicht, da er den Brückenbau über ein nahegelegenes Flüsschen zu beaufsichtigen hatte, und das war ihr ganz recht so. In aller Ruhe arbeitete sie sich durch den Stoß von Beinkleidern und Hemden, von Kitteln und Wämsern der Dienerschaft. Sollte sie alles zur Zufriedenheit erledigt haben, würde sie sich an die Kleidung der Herrschaften machen dürfen.

Man hatte ihr einen Tisch in der kleinen Werkstatt zugewiesen, den sie, um das Licht der warmen Sommertage zu nutzen, nach draußen unter das Vordach geschafft hatte. Von hier hatte Eva alles im Blick, was sich zwischen Wirtschaftsgebäuden und Hintereingang des Herrenhauses so tat. Sie sah die Wäscherinnen ihre schweren Körbe zum Ufer des Bachs hinausschleppen oder die Spülmagd frisches Wasser vom Brunnen holen, sah mehrmals täglich den Küchenjungen zum Backhaus tänzeln und mindestens ein Mal, wie er dort verstohlen eine der jungen Mägde küsste. Frühmorgens wurden die Schweine herausgelassen und in den Wald getrieben, dann die Reit- und Kutschpferde vor dem Stall angebunden und geputzt, bis ihr Fell in der Sonne glänzte. Gegen Abend kehrten die Knechte und Mägde von der Feldarbeit zurück.

So verliefen ihre Tage höchst abwechslungsreich, und alle naslang gesellte sich jemand zu ihr an den Tisch, um einen Schwatz zu halten. Schon nach kurzer Zeit wusste sie Bescheid um alles Mögliche: etwa dass der alte Roderich von Ährenfels seine Gemahlin mit seiner ewigen Nörgelei und seinen Weibergeschichten ins Grab gebracht hatte und auch jetzt noch ein alter Hurenbock sei, vor dem sich jeder Rock in Acht nehmen müsse. Dass er seine beiden Töchter glänzend verheiratet hatte, die eine ins nahe Ingolstadt, die andere an den Wittelsbacherhof in München. Und dass er auf seinen dritt- und jüngstgeborenen Sohn Moritz überhaupt nicht gut zu sprechen sei – vielleicht, weil der gar zu wenig nach dem Ebenbild des Alten geraten war.

Der Zweig der Adelsfamilie, der hier auf der Hofstatt wohnte, war nicht allzu groß. Außer den beiden Brüdern Moritz und Kilian waren das nur noch Kilians kränkelnde Frau und deren beiden Töchter im Kindesalter, dazu eine unverheiratete,

greise Schwester des Hofherrn, die so gut wie nie ihre abge-
dunkelte Kammer verließ, und einige halbwüchsige Vettern, die
den Sommer hier verbrachten. Der erstgeborene Sohn des alten
Roderich, Hilprand von Ährenfels, lebte im Übrigen mit Frau
und sieben Kindern auf der Stammburg, zwei Tagesritte von
hier, und Roderich selbst pendelte zwischen Gut und Stammburg hin und her. Damit glaubte er wohl, seine Hofmark besser
im Griff zu haben.

Anfangs wunderte sich Eva, wie wenig herrschaftlich es hier
zuging. Genau genommen nicht viel anders als auf den Höfen der reichen Bauern, die Eva von ihren Wanderungen her
kannte. Scharen von Hühnern, struppigen Katzen und Ziegen
liefen einem vor den Füßen herum, überall stank es nach deren
Hinterlassenschaften und von den Abortgruben her, die außen
vor den Mauern lagen und viel zu selten geleert wurden. Jeder
Schritt über den Hof wirbelte jetzt im Hochsommer Staub auf,
im Herbst und Winter dann würde man im Morast versinken,
da nur die Auffahrt vom Haupttor zum Portal des Herrenhauses
gepflastert war. Überhaupt gaben sich, bis auf das Herrenhaus
und die mächtige Ringmauer, die Gebäude äußerst einfach und
schmucklos, waren allesamt aus Holz, Lehm und Stroh und
würden erfahrungsgemäß beim ersten Herdbrand oder Blitz-
schlag in Flammen aufgehen.

Einen beträchtlichen Unterschied zum Hof eines reichen
Bauern gab es dennoch: die große Anzahl von Bediensteten. Da
waren der Leibkoch mit der Spülmagd und dem Küchenkna-
ben, der Stallmeister und der Jagdgehilfe, zwei Wäscherinnen,
die Hennenmagd und die Schweinemagd, der Torwächter mit
seinen beiden Mauerknechten sowie ein gutes Dutzend Mägde
und Knechte für die Feld- und Gartenarbeit.

Als Aufwarter drüben im Haus verdingten sich zwei Kam-
merdiener und zwei Kammerfräulein, dazu Mundschenk,

Tischdiener und Schürknecht. In der kleinen Kanzlei des Edlen von Ährenfels schließlich residierten der Kämmerer, der sich zugleich als Schreiber verdingte, und, in uneingeschränkter Herrschaft über alle anderen, der Hofmeister, ein kurzatmiger Dickwanst, dem Eva möglichst aus dem Weg ging. Von Anbeginn an nämlich war Hartmann von Zabern ihr mit unverhohlener Abneigung begegnet – warum auch immer.

Fast ebenso zuwider blieb ihr der Torwächter, von allen nur Rotbart gerufen. Mit den beiden Mauer- und Kellerknechten hingegen freundete sie sich, trotz des unschönen ersten Zusammentreffens, bald an. Sie waren vielleicht nicht gerade die Hellsten, auf ihre Art aber gutmütig und freundlich.

Auch was Kleidung und Äußeres der Leute betraf, fühlte man sich eher in ein ganz normales Dorf versetzt als auf einen Herrenhof. Bei der täglichen Arbeit überwogen, zumal bei den Männern, Kleider aus groben, zweckmäßigen Stoffen, und wer nicht barfuß ging, trug plumpes Schuhwerk mit dicken Sohlen. Nicht einmal Hofmeister und Kämmerer unterschieden sich wesentlich von ihrer Dienerschaft. Nur an Sonn- und Feiertagen oder wenn hoher Besuch eintraf, legten sie ein vornehmes Gewand an.

Es gab nur einen, der tagaus, tagein herumstolzierte wie ein aufgeputzter Affe, und das war Kilian von Ährenfels. Er hätte wahrhaftig eher in eine Residenz wie München gepasst, schon allein seines hochnäsigen Gesichtsausdrucks und seiner blasierten Ausdrucksweise wegen. Ansonsten aber fluchte und lachte man hier in derselben Sprache wie der einfache Landmann, schnäuzte sich am Ärmel, spuckte auf den Boden und grölte abends beim Weißbier dieselben Lieder wie in jeder Dorfschenke. Vielleicht ging es ja drinnen im Saal etwas gesitteter zu, doch außer der prächtigen Eingangshalle hatte Eva von dem Herrenhaus noch nichts zu Gesicht bekommen.

Auch die Umgebung des Landguts kannte sie kaum, denn bis auf den Kirchgang bot sich ihr keine Gelegenheit herauszukommen. Die Herren von Ährenfels besaßen keine eigene Kapelle, und so wurde, auf gut Katholisch, in der nächstgelegenen Dorfkirche gebetet.

Schon der erste Kirchgang ließ Eva mit dem jungen Herrn zusammentreffen. Es war zu Mariä Himmelfahrt, und bereits in der frühen Morgenstunde stand die Luft vor Hitze. Moritz von Ährenfels nahm, wie der Hofmeister und die übrigen Mitglieder seiner Familie, den Weg ins Dorf hoch zu Ross. Als er Eva erblickte, stieg er sofort ab und führte seinen Rappen neben sich her.

«Ich hab gehört, du hast dich gut eingefunden.» Er strahlte sie an. «Nächste Woche kommt unser Vater zurück. Ich bin sicher, er wird zufrieden sein mit deiner Arbeit. Und wenn der erst seine und Kilians Kleidertruhen öffnet, dann hast du Arbeit auf Wochen. Hättest du denn die Zeit, oder musst du weiter?»

«Nein, nein, mich treibt nichts.»

Eva spürte, wie die Verlegenheit ihr fast die Stimme raubte. Warum nur musste der Junker ausgerechnet neben ihr gehen? Und warum diese Freundlichkeit? Was hatte ein Edelfreier schon mit einem Schneiderknecht zu schaffen? Jetzt wischte er sich den Schweiß von der Stirn.

«Was für eine Hitze am frühen Morgen. Hoffentlich gibt das kein Gewitter. Wir wollen morgen mit der Kornernte beginnen.»

«Wir?» Eva vermochte den Spott in ihrer Stimme nicht zu verbergen.

«Auch wenn du es nicht glaubst: Ich helfe mit.» Er lachte. «Schneiden, Garben binden, kutschieren – es macht mir Spaß. Die meisten Menschen haben ein grundfalsches Bild von uns Kleinadligen. Letztlich haben wir mehr mit dem Landvolk gemeinsam als mit den Grafen und Fürsten. Ich kann mich noch erinnern, wie wir Kinder, vor dem Neubau des Herrenhauses, mit dem Gesinde in einem Raum geschlafen haben. Weißt du, im Grunde unterscheidet uns vom reichen Bauern nur der Grundbesitz. Und natürlich Burgbann und niedere Gerichtsbarkeit. Aber was schwatz ich da – das interessiert dich als Schneider gewiss gar nicht.»

«Doch, doch.» Eva errötete. «Sprecht nur weiter. Bitte!»

Aber in diesem Moment rief Junker Kilian ihn zu sich, herrisch und mit sauertöpfischer Miene.

«Auf ein andermal.» Moritz hob die Hand zum Gruß und schwang sich mit der Leichtigkeit einer Feder auf sein Pferd.

Zwei Tage später war Sonntag und damit wiederum Kirchgang. Diesmal erschien Moritz ganz ohne Pferd und gesellte sich bereits vor dem Hoftor zu Eva.

«Erzähl mir ein wenig von dir», bat er. «Woher kommst du? Was hast du vor, wenn du von hier weggehst?»

«Aus Wien bin ich», log sie. Die Habsburgerstadt schien ihr weit genug weg und groß genug, als dass sie sich damit keine Falle stellte.

«Sag bloß! Aus dem schönen Wien?» Er riss seine smaragdgrünen Augen auf. «Das hört man gar nicht heraus. Du sprichst fast wie die Leute hier.»

«Bin ja auch schon lange fort von da.»

«Ich war zweimal in Wien: letzten Monat erst, als Kaiser Ferdinand starb, und dann als Kind, beim Einzug des Thronfolgers. Das hättest du sehen sollen – auf einem riesigen Elefanten kam der junge Maximilian angeritten! Die ganze Reise von Spanien her soll er darauf geritten sein. – Aber warum nur bist du weg aus dieser herrlichen Stadt? Ich meine, du bist ja noch so jung, hast kaum einen Bart ums Maul.»

«Es lief nicht gut zwischen mir und meinem Stiefvater.» Das wenigstens war nicht gelogen. Hinter der Wegbiegung tauchte der Turm der Dorfkirche auf. Schade, schoss es Eva durch den Kopf. Schade, dass ihr Zusammensein gleich ein Ende finden würde.

«Und was hast du vor?»

Auch hierzu wollte sie nicht lügen und erzählte von ihrem Vorhaben, ein wenig Erfahrung auf der Stör zu sammeln, um dann ihren Bruder in Straßburg aufzusuchen.

«Dort will ich die Sprache der Welschen lernen, meinen Meister machen und dann eine eigne Werkstatt im Franzosenreich eröffnen.»

Der Junker sah sie ungläubig an und schüttelte den Kopf. «So was hab ich ja noch nie gehört. Warum machst du's dir so beschwerlich?»

Wider Willen musste Eva lächeln. «Beschwerlich? Ich will nur was von der Welt sehen. Ihr Herren von edlem Stand zieht doch auch in der Weltgeschichte herum. Ich wette, Wien ist nicht die einzige berühmte Stadt, die Ihr kennt.»

«Gut, gut, du hast gewonnen! Aber ein komischer Kauz bist du trotzdem. Wenn ich nur wüsste, wo ich dich schon mal gesehen habe. Ich bin mir darob ganz sicher. Irgendwo auf meinen Reisen.»

Eva verbarg ihre Hände hinter dem Rücken, die zu zittern begannen. Jetzt wünschte sie sich nichts sehnlicher, als endlich in der Kirche zu sein.

«Ich hab's!»

Eva schrak zusammen.

«Du hast gewiss eine Schwester! Vielleicht ein, zwei Jahre älter als du, mit wilden, dunklen Locken.»

«Aber nein! Ich hab nur diesen einen Bruder in Straßburg. Ihr müsst Euch irren.»

Sie waren auf dem Kirchhof angelangt. Moritz von Ährenfels maß sie mit einem letzten prüfenden Blick.

«Seltsam, wirklich seltsam. So schnell irre ich mich bei Gesichtern sonst nicht.»

Dann betrat er den Seiteneingang, der zur Familienempore führte. Eva stand mit gesenktem Kopf und wartete, bis sie an der Reihe war, das Kirchenschiff zu betreten. Sie war sich sicher, dass sie Moritz' letzten Satz schon mal aus seinem Mund gehört hatte.

Als der Junker gleich nach dem Gottesdienst von Hartmann von Zabern zur Seite genommen wurde, nutzte sie die Gelegenheit und machte sich, so schnell sie konnte, aus dem Staub. Auch wenn sie ihn brennend gern gefragt hätte, warum ihm denn dieses Mädchen mit den dunklen Locken so lange im Gedächtnis geblieben sei.

27

Roderich von Ährenfels, Ministeriale des Baiernherzogs Albrecht, war ein ganz und gar widerwärtiger Mensch. Von jenem Tag an, als der kleine, untersetzte, wie ein Pfau aufgedonnerte Edelmann vom Ständetag zurück war, war es vorbei mit dem alles in allem behaglichen Alltag auf dem Herrenhof. Nicht dass unter Roderich generell ein strenges Regiment geherrscht hätte – es waren vielmehr seine Unberechenbarkeit und sein aufbrausendes Wesen, die die Stimmung lähmten wie ein drohendes Gewitter. Das Geplapper und Geschnatter der Mägde verstummte, jeder schlich mit eingezogenen Schultern und gesenktem Kopf seiner Wege, selbst das Kleinvieh schien sich in den Winkeln und Nischen des Hofes zu verstecken. Die bleierne Stille, die plötzlich über dem Landgut lag, wurde nur

hin und wieder von den herrischen Befehlen des Alten durch-
brochen. Ungehalten, im Tonfall eines Feldhauptmanns, beffte
und belferte er dann seine Anweisungen durchs Haus oder quer
über den Hof. Fast noch ärger wurde es gegen Abend, wenn
er ausreichend Bier und Wein in sich hineingeschüttet hatte:
Dann grölte er unflätige Soldatenlieder oder vergnügte sich mit
losen Weibern.

Die hatte er nämlich mit sich gebracht, im Gefolge seines
kleinen Trosses. An jenem Nachmittag hatte Eva zunächst geglaubt, Spielleute oder Gaukler würden auf dem buntbemalten
Maultierkarren Einzug halten. Als dann aber, in Begleitung einer alten Vettel, drei gackernde Mädchen vom Wagen kletterten,
allesamt grell geschminkt und in allzu offenherzigen Kleidern,
war es Eva wie Schuppen von den Augen gefallen: Eine Kupplerin mit ihren Hübschlerinnen quartierte sich im Herrenhaus
ein – eine Kupplerin wie dazumal die widerliche Eusebia Fettmilch. Nur dass die gemeinen Weiber hier den Eindruck machten, als hätten sie auch noch Spaß an ihrem Gewerbe.

Im Schatten des Badhäuschens war Eva in jenem Augenblick
gestanden, zusammen mit der Spülmagd, die für den Abend
hier ein heißes Bad bereiten sollte. Von dieser Hütte aus blickte man ungehindert auf Zufahrt und Portal des Herrenhauses.
Und eben jetzt sah man, wie der Hausherr mit ausgebreiteten
Armen und schmatzenden Küssen ein Mädchen nach dem anderen in Empfang nahm.

Eva mochte es kaum glauben, wie unverblümt und schamlos
hier der Sünde gefrönt wurde. Kopfschüttelnd fragte sie Franzi,
mit der sie sich ein wenig angefreundet hatte, was für gemeine
Weiber das seien. Die Spülmagd bestätigte ihren Verdacht völlig
ungerührt.

«Der Alte hat immer irgendwelches Hurenvolk da. Das
kennt man schon. Was meinst, warum ich heut ein Bad bereite?

Und glaub nur nicht, dass der Alte allein in den Zuber steigt.» Franzi grinste, dann zuckte sie die Schultern. «So lässt er unsereins wenigstens in Ruh. Kannst grad froh sein, dass du ein Kerl bist. Der hat's schon bei jeder von uns versucht.»

In diesem Moment kam Junker Moritz durchs Tor getrabt. Sein Blick fiel auf den grellbunten Karren, und Eva glaubte eine Mischung aus Ärger und Verachtung auf seinem Gesicht zu erkennen. Dann entdeckte er Eva – und wurde im selben Augenblick puterrot.

Evas Herz begann heftig zu pochen.

«Und – Roderichs Söhne und Neffen?», flüsterte sie. «Sind die da auch mit dabei?»

«Weiß nicht. Kann schon sein. Obwohl – der Moritz ist anders, eher schüchtern mit Weibern. Aber grad den Huren gefällt das ja.»

Die Antwort ließ Eva zusammenzucken. Sie besaß ausreichend Phantasie, um sich das Treiben vorzustellen, das nach Einbruch der Dunkelheit dort im Herrenhaus vor sich ging. Aber Moritz von Ährenfels mittendrin? Nein, das passte nicht zu ihm. Schließlich war er es damals gewesen, der sie aus ihrer Gefangenschaft gerettet hatte und mit aller Schärfe gegen Eusebia und Vinzenz Fettmilch vorgegangen war – ein anderer hätte vielleicht sie, Niklas und die drei jungen Mägde ihrem Schicksal überlassen.

Plötzlich hatte Eva wieder im Ohr, was der Junker damals gesagt hatte. *Kenne ich Euch nicht?,* hatte er die beiden Kuppler gefragt. *Bin ich Euch nicht auf der Hofmark meines Vaters begegnet?* Und dann, nachdem Fettmilch abgewiegelt hatte: *Ich bin mir aber sicher. Ich vergesse kein Gesicht.*

Die Spülmagd stieß sie in die Seite.

«He, Adam! Statt Maulaffen feilhalten könntst mir auch helfen. Da stehn noch zwei Eimer, die warten auf dich.»

Ledereimer für Ledereimer voll Wasser schleppten sie vom Brunnen in die Badhütte, bis der riesige Holzzuber gut halb voll war. Danach füllten sie noch die beiden Kessel über der Feuerstelle auf.

«Hol mich, wenn das Wasser kocht», sagte Eva. «Ich helf dir dann.»

«Danke, Adam. Weißt, was? Du bist so ganz anders als die Kerle, die ich sonst kenne.»

Franzi ließ ihre Eimer fallen und drückte ihr einen Kuss auf den Mund. Ganz deutlich spürte Eva die warmen Lippen des Mädchens auf ihren. Erschrocken drehte sie das Gesicht zur Seite.

«Schon recht!»

Jemand räusperte sich. «Verzeiht, wenn ich euch bei eurem Stelldichein störe!»

Eva fuhr herum. Herr im Himmel – vor ihr stand mit reichlich schiefem Lächeln Junker Moritz. Höchstwahrscheinlich glaubte er jetzt, sie habe eine Liebschaft mit Franzi!

«Es ist nicht, wie Ihr denkt», stotterte Eva. «Ich hatte Franzi nur beim Wasserschleppen geholfen und wollte eben an meinen Schneidertisch zurück.»

«Dann werd ich dich begleiten.»

Eva hatte Mühe, mit dem Junker Schritt zu halten. Ihre Wangen brannten vor Verlegenheit.

«Wie alt bist du eigentlich?», fragte Moritz von Ährenfels.

«Fünfzehn.»

Sie wusste, dass sie als Knabe verkleidet um einiges jünger wirkte, aber fünfzehn Jahre schien ihr für einen jungen Schneiderknecht passend. Wie alt sie in Wirklichkeit war, hätte sie inzwischen ohnehin nicht mehr auf Anhieb sagen können.

«Also reichlich jung.» Sein Schritt wurde langsamer. «Gib acht mit Franzi. Sie ist bildhübsch, hat eine freundliche Art, aber sie spielt mit den Mannsbildern wie Kinder mit ihren Glasmurmeln.»

«Aber – ich scher mich keinen Deut um die Magd!»

Eva war vollkommen verwirrt über die Wendung des Gesprächs und vor allem über den finsteren Gesichtsausdruck des Junkers. Grad so, als sei er eifersüchtig. Aber er hatte doch wohl kein Aug auf die Spülmagd geworfen?

«Ich wollt nur sagen: Verlier nicht dein Herz an sie. Nimm's einfach als Rat eines großen Bruders.» Dabei schlug er ihr betont grob gegen die Schulter. «Darüber wollt ich aber gar nicht mit dir reden. Mein Vater hat deine Arbeit geprüft. Er will, dass du bleibst. Erst soll die Weißwäsche ausgebessert werden und dann unsere Winterbekleidung, auf dass alles gerüstet ist für die kalte Jahreszeit.»

Während dieser Worte waren seine Züge wieder weicher geworden. Am Ende sah er ihr mit einem warmen Lächeln in die Augen und fragte:

«Freust du dich nicht?»

«Aber ja, sicher.» Eva war noch immer wie vor den Kopf geschlagen, sowohl über Franzis Kuss als auch über Moritz' vertrauliches Gebaren, das jeglichen Standesunterschied zwischen ihnen zu verwischen schien.

«Im Übrigen», fuhr er leise fort, «finde ich, die Spülmagd hat recht. Du bist wirklich anders als sonst die jungen Burschen.»

Oftmals dachte Eva, dass Roderich von Ährenfels aus demselben Holz geschnitzt war wie ihr Stiefvater und dessen Vetter Bomeranz, und sie konnte nur drei Kreuze schlagen, dass der Alte in ihr nicht das Weib erkannte. War eine Frau nur halbwegs hübsch und von der Natur gut ausgestattet, stand ihm schon der Geifer im Mundwinkel. Und mehr als einmal war sie des Nachts von wollüstigem Gestöhn und Geschrei erwacht:

Jetzt im Sommer schien er es mit Vorliebe draußen im Hof mit seinen Weibern zu treiben!

Das alles konnte ihr von Herzen gleichgültig sein, da er sie nie anders denn als jungen Knecht und Diener behandelte. Die Kehrseite der Münze aber war: Wer nicht zum Ziel seiner Begierde gereichen konnte, dem begegnete er voller Dünkel und Boshaftigkeit. Ganz besonders schien er die Jugend zu hassen, vielleicht, weil seine besten Jahre so unwiederbringlich dahin waren. Allein dieses faltige, ledrige Gesicht mit den zwei, drei braunen Zahnstummeln im Mund – voller Ekel dachte Eva daran, wie es wohl für die jungen Huren sein musste, dem Landedelmann schönzutun und zu Diensten zu sein.

Auch in seiner Härte gegen andere, nur nicht gegen sich selbst, glich er ihrem Stiefvater. Wo er ging und stand, trieb er seine Bediensteten zur Arbeit an. Außerhalb der viel zu kurzen Mahlzeiten duldete er keine Rast und kein Schwätzchen. An allem hatte er etwas auszusetzen, und wer schluderte und schlampte, der bekam sein Reitstöckchen zu spüren. Er schnauzte jeden an, ganz besonders gehässig aber vermochte er sich gegenüber seinem jüngsten Sohn zu zeigen. Nichts konnte Moritz ihm recht machen, und wenn Roderich sich einen rechten Rausch angesoffen hatte, kam es vor, dass er ihn vor aller Augen demütigte und wegen läppischer Nichtigkeiten mitten im Hof herunterputzte. Dass Moritz dabei niemals das Haupt beugte, sondern vielmehr seinem Blick standhielt, voller Stolz und voller Verachtung, machte den Alten nur noch wilder.

Mit Eva hielt Roderich von Ährenfels es etwas vorsichtiger, da er wohl fürchtete, sie könne vor der Zeit den Hof verlassen. Aber auch sie bekam den neuen Wind zu spüren: Am selben Tag, als die beiden Kammerfräulein körbeweise Bettwerk und Tischwäsche aus dem Herrenhaus zu ihr herüberschleppten, wies Roderichs Hofmeister sie an, ihren Schneidertisch zurück in die Werkstatt zu schaffen.

«Aber da drinnen ist das Licht viel zu duster», wagte Eva dagegenzuhalten. «Und damit komm ich viel langsamer voran.»

«Hier draußen kommst du gar nicht voran», blaffte Hartmann von Zabern. «Hab doch lang genug beobachtet, was für eine Ratschkatl du bist. Und jetzt marsch an die Arbeit, Schneiderlein, oder ich hol den Alten her.»

Unter anderen Umständen hätte Eva ihre Siebensachen gepackt und wäre weitergezogen. Aber dafür war es zu spät: Sie hatte sich längst, mit jeder Faser ihres Herzens, in Moritz von Ährenfels verliebt.

War es nun Fügung des Schicksals, ein Fingerzeig Gottes, dass sie hier auf diesem Herrenhof gelandet war? Dass sie Moritz von Ährenfels wahrhaftig nach so langer Zeit wiedergefunden hatte, ihn, dessen Gesicht sie niemals vergessen hatte?

Die Stunden und Tage wurden ihr mehr und mehr zu einem Wechselbad der Gefühle. Wenn es ihr gelang, bei kühlem Verstand nachzudenken, wurde ihr klar, wie aussichtslos jeder Funken Liebe war, der in ihrem Innern für Moritz entbrannte. Zum Verlöschen verdammt waren sie allesamt, denn sie weilte hier als Mann und würde ihr wahres Geschlecht niemals zeigen dürfen, wollte sie nicht als Betrügerin vor Gericht landen. Das einzig Richtige wäre gewesen, weiterzuziehen und Moritz ein für alle Mal zu vergessen. Allein – das vermochte sie nicht. Wie festgewurzelt saß sie hier auf diesem Gutshof, wie gelähmt, ein Spielball ihrer Stimmungsschwankungen. War Moritz nicht bei ihr, sehnte sie sich bar jeder Vernunft nach ihm, war er bei ihr, ertrug sie es kaum noch, ihren albernen Mummenschanz, ihr Fatzwerk aufrechtzuerhalten.

Warum nur machte er es ihr so schwer? Warum suchte er

immerfort ihre Nähe, das Gespräch mit ihr? Manchmal war sie nahe daran, ihn bei den Schultern zu packen und zu schütteln. Kein Tag verging, an dem er nicht in der Werkstatt auftauchte, um sich mit dem Stallmeister über das neue Geschirr oder mit dem Dorfschmied über den Beschlag der Pferde auszutauschen. Am Ende hockte er sich dann jedes Mal zu ihr, wie sie selbst mitten auf den Boden mit gekreuzten Beinen, und verwickelte sie in Gespräche über Gott und die Welt. Immer häufiger allerdings hielt er mitten im Reden inne, verhaspelte sich, lief rot an, sprang auf und verabschiedete sich eilig. Wenn er dann fort war, dauerte es unendlich lange, bis sich Evas Herzschlag wieder beruhigt hatte.

Des Nachts lag sie inzwischen schlaflos in ihrer winzigen Kammer, mal rasend vor Glück über eine liebevolle Bemerkung, ein gemeinsames Lachen oder gar eine flüchtige Berührung, mal den Tränen nah über die Aussichtslosigkeit ihrer Liebe. Tagsüber arbeitete sie oft fahrig, vergaß Anweisungen oder verlor sich in Träumereien. Das Gesinde zog sie schon auf deswegen, und einige nannten sie, halb scherzhaft, halb missgünstig, Junkerhündchen – zumindest so lange, bis sie dem Erstbesten die Faust auf die Nase geschlagen hatte. Und dann gab es da noch Hartmann von Zabern, diesen intriganten Hofmeister, dem der ungezwungene Umgang zwischen dem Junker und einem Schneiderknecht ein rechter Dorn im Auge war. Bald schon erfuhr Eva, dass er sie drüben im Herrenhaus schlechtmachte, wo er nur konnte.

Als der Erntemonat zu Ende ging und ihre vierte Woche auf dem Landgut anbrach, war sie nahe daran, dem Junker die Wahrheit zu gestehen. Nur, dass damit alles vorbei wäre! Was anderes als Geringschätzung konnte er für sie übrig haben, wenn er, als Edelfreier, erfuhr, aus was für einem schäbigen Stall sie stammte und was für ein Leben sie die letzten Jahre geführt hatte? Mochte Moritz sich, als brüderlicher Freund, für den gewitzten Schneidergesellen Adam Portner erwärmen – mit der Stieftochter eines hergelaufenen Tunichtguts, mit einer Betrügerin und Landfahrerin würde er ganz gewiss nichts mehr zu tun haben wollen.

28

$\mathcal{E}$va füllte gerade glühende Holzkohle in das schwere Hohleisen, um sich ans Ausbügeln der Hosennähte zu machen, als sie von draußen wütendes Gezeter hörte.

«Ich bin kein Dieb! Lass mich los!»

Sie erkannte die Stimme des Torwächters, dann das Geblöke Hartmanns von Zabern. Seitdem der alte Ährenfels hier Aufenthalt genommen hatte, kam es ständig zu Zank und Hader, und daher kümmerte sich Eva nicht weiter darum. Im nächsten Augenblick allerdings stand der Hofmeister bei ihr im Türrahmen. Das rote Gesicht und sein schwerer Atem zeugten von großer Aufregung.

«Los, Schneiderlein, raus mit dir!»

Die grelle Mittagssonne im Hof ließ sie blinzeln. Sie sah den Rotbart am Brunnenrand stehen und im selben Moment ein blitzendes Etwas in der Faust des Hofmeisters: ihr Jagdmesser!

Das schleuderte Hartmann von Zabern ihr jetzt vor die Füße.

«Wiederhole, was du mir eben gesagt hast», schnauzte er den Wächter an.

«Es ist von dem da!» Der Rotbart deutete auf Eva. «Ich hab es damals bei seinen Sachen gefunden.»

«Dann hast *du* es also gestohlen, Schneiderlein.» Von Zabern baute sich vor Eva auf. Er war kaum größer als sie, dafür dreimal so breit. Verächtlich kniff er die Augen zusammen. «Deshalb also schleimst du dich so an unsern jungen Herrn ran. Glaubst, so könntest du ab und an was mitgehen lassen. Wart nur, Bürschchen, bis der Alte über dich den Stab bricht. Mit Vergnügen streich ich dir dann die Ruten über den Buckel.»

«Aber das ist nicht wahr! Ich hab das Messer nicht gestohlen.»

«Also gibst du zu, dass es deins ist!»

Eva biss sich auf die Lippen. Wenn sie jetzt etwas erwiderte, würde sie sich in Teufels Küche bringen.

«Was ist hier los?»

Mit seinen langen, schlaksigen Schritten kam Moritz von Ährenfels herangeeilt.

«Mit Verlaub, Junker: Ich hab dieses Jagdmesser da im Torhäuschen gefunden, auf dem Tisch von unserem Rotbart. Er behauptet, es gehöre dem Schneider. Der ja wiederum seines seit geraumer Zeit vermisst.»

«Na und? Was schert Euch das, Hartmann von Zabern?»

Der Hofmeister entblößte seine gelblichen Zähne vor Schadenfreude.

«Es wäre mir in der Tat vollkommen wurscht – trüge der Knauf nicht das Wappen Eures Geschlechts.» Er bückte sich und klaubte das Messer vom Boden auf. «Insofern ist dies ein Fall für Euren Herrn Vater, den Haus- und Hofherrn und Richter hier. Soll ich ihn gleich holen lassen?»

«Nein, wartet.»

Moritz starrte abwechselnd auf das Messer und auf Eva.

«Also, Adam: Ist das das Messer, das du verloren hast, als du zu uns kamst?»

Wie liebend gern hätte Eva diese Frage verneint, um den Kopf aus der Schlinge zu ziehen – indessen konnte sie es nicht.

Nicht unter dem Blick aus diesen Augen, deren Grün sich jetzt verdunkelte.

«Ja, gnädiger Herr.»

«Und woher hast du es?»

In ihrer Not begann sie, Lüge und Wahrheit miteinander zu vermengen.

«Meine Base hat's mir geschenkt, als ich auf Wanderschaft ging. Sie selbst hat es gefunden, am Wegesrand, bei dem Städtchen Neumarkt.»

«Neumarkt?» Moritz hob überrascht die Augenbrauen.

«Ja.» Eva unterdrückte ein Seufzen. Herr im Himmel, wie dumm sie war!

«Nun – somit hat sich der Knoten gelöst. Ich erinnere mich: Eben solch ein Messer hatte ich verloren, als ich einem Gaunerpaar auf die Pelle gerückt war. Und das war bei Neumarkt, genau wie du sagst.»

Er wandte sich an den Hofmeister.

«Was ist, Hartmann von Zabern? Ihr könnt wieder Eurer Wege gehen. Und du auch, Rotbart.»

Als Eva und Moritz schließlich allein am Brunnen standen, reichte er ihr das Messer.

«Hier, nimm. Es ist deins.»

«Aber nein.» Eva schüttelte den Kopf. «Wenn Ihr es doch» – ihre Stimme wurde rau –, «wenn Ihr es doch verloren habt.»

«Ich habe es nicht verloren. Ich habe es verschenkt.»

Er schien ganz weit weg. Plötzlich packte er ihr Handgelenk, so fest, dass es schmerzte.

«Eva! Sie hieß Eva! Und ich hab sie aus einem gottverdammten Hurenkarren befreit!»

Es war, also wolle der Sommer die Herrschaft um keinen Preis abgeben. Obwohl die Tage längst kürzer wurden, wurde es gegen Mittag heiß wie im Hochsommer, und den Menschen wurde die Arbeit zur Qual. Endlich war die Ernte unter Dach und Fach, das Korn auf der Tenne gedroschen. Dem Gesinde des Herrenhofs wurde an diesem Samstag auf Mariä Geburt ein freier Tag vergönnt, bevor am Montag dann mit der Vorbereitung der Winteraussaat begonnen werden sollte. Dass Roderich von Ährenfels abgereist war, um seine Stammburg aufzusuchen, erhöhte die Stimmung beträchtlich.

Rasch war es unter den Dienstboten ausgemachte Sache, dass man sich nach dem Dankgottesdienst am nahen See zum Baden treffen und auch die Brotzeit dort einnehmen würde. Für Eva war selbstredend allein der Gedanke, mit einem Rudel halbnackter Menschen im See herumzutoben, ein Alb. Sie würde irgendeine Ausrede finden müssen, wie schon einige Male zuvor, als die anderen sie zum Baden hatten mitnehmen wollen.

Gleich nach dem Kirchgang versuchte sie, sich klammheimlich in die Werkstatt davonzustehlen, aber Franzi und der Küchenjunge hielten sie auf:

«He, wo rennst denn hin? Hilf uns lieber das Glump für die Brotzeit aufladen.»

«Tut mir leid, ich kann nicht mit zum See. Ich hab noch zu tun.»

«Bist du damisch? Alle gehn heut zum See. Sogar die Herrschaften. Und der junge Moritz hat ein Fasserl Bier gestiftet!»

«Ich weiß nicht. Ich kann auch gar nicht schwimmen.»

Letzteres war selbstverständlich gelogen.

«Ja mei, dann kommst halt so mit! Oder willst hier allein mit dem lädscherten Rotbart versauern?»

Eva schüttelte den Kopf. Sie wusste selbst nicht, was sie wollte. Seit jenem Zwischenfall mit dem Jagdmesser hatte sie den Junker nicht mehr gesehen, und sie fragte sich, ob das nun ein gutes oder ein schlechtes Zeichen war. Auf jeden Fall hatte sie den Eindruck, als ginge er ihr aus dem Weg. Er tauchte nicht mehr in der Werkstatt auf, und wenn sie Kleidungsstücke ins Herrenhaus brachte oder dort abholte, war er nirgends zu sehen, auch wenn sie zuvor seine Stimme gehört hatte.

«Alsdann – komm jetzt!»

Franzi nahm sie beim Arm und zerrte sie mit sich ins Küchenhaus. Eine halbe Stunde später erreichten sie mit ihrem vollbepackten Maultierkarren das Seeufer, eine mit Weiden und Erlen bestandene Wiese, die zum Wasser hin in mannshohes Schilf überging. Dort, wo sie den Karren abstellten, war das Schilf abgeschlagen, und eine breite Bahn aus aufgeschüttetem Sand führte in den See hinaus. Der halbe Herrenhof tummelte sich an dieser Stelle bereits im Wasser, alles kreischte, spritzte und tobte.

«He, Franzi, Adam!», rief eines der Kammerfräulein, nur mit einem losen Hemd bekleidet, das in nassem Zustand mehr preisgab als verhüllte. «Aufi, ins Wasser! Es ist warm wie Saichbrüh.»

Franzi und der Küchenjunge ließen sich das nicht zweimal sagen und stürzten sich, halb nackt wie die anderen, unter Geschrei in die Fluten.

«Ich versorg das Maultier!», rief Eva ihnen nach, froh, eine Ausrede gefunden zu haben.

Nachdem sie das Tier ausgespannt und getränkt hatte, führte sie es in den Schatten, wo sie es an einem Baum festmachte. Ihr Blick schweifte über Ufer und See. Moritz von Ährenfels war nirgendwo zu entdecken, auch nicht drüben beim Pavillon, einem achteckigen, blauweiß gestrichenen Holzbau, wo sich die herrschaftliche Familie während der Badeausflüge aufzuhalten pflegte. Nur die Frauen und Kinder waren dort zu sehen.

Auch gut! Eva streifte Wams, Strümpfe und Schuhe ab und schlenderte barfuß über die Wiese, weg von der umtriebigen

Badestelle. Das übermütige Kreischen wurde bald leiser, und nachdem sie ein Bachbett und einen Erlenbruch durchquert hatte, gelangte sie zu einem schmalen, sattgrünen Wiesenstreifen direkt am Ufer. Dort ließ sie sich ins Gras sinken und schloss die Augen. Die warme Sonne auf Gesicht und Beinen tat wohl. Bis zum Abend war es an diesem friedlichen Flecken wunderbar auszuhalten.

«Hier also steckst du!»

Eva schrak auf. Über ihr schob sich eine schlanke Gestalt vor das Sonnenlicht, die Stimme war ihr nur allzu vertraut.

«Ich hab dich überall gesucht. Es gibt bald eine Brotzeit. Kilian und ich haben kühles Bier mitgebracht.»

Moritz ließ sich neben ihr im Gras nieder. Zu Evas Befremden trug er nur seine alte Arbeitshose, die er bis über die Waden hochgekrempelt hatte, sonst nichts. Sie musste sich zwingen, den Blick von dem jungenhaft glatten und muskulösen Oberkörper abzuwenden, dessen Haut wie heller Kieselstein schimmerte.

«Verzeiht – ich muss eingeschlafen sein. Sollen wir gleich zurück?»

«Nein, so schnell schießen die Türken auch wieder nicht.» Obwohl er lachte, blieb sein Gesicht angespannt. «Ich will vorher noch ein Bad nehmen. Kommst du mit?»

«Ach – ich hab's nicht so mit dem Baden. Ehrlich gesagt, kann ich gar nicht schwimmen.»

«Musst du auch nicht. Hier ist das Wasser ganz flach. Übrigens hast du mit dieser Stelle meinen Lieblingsplatz gefunden. Schon als Knabe bin ich hierher, wenn ich meine Ruh haben wollt. Also, was ist?»

Bei den letzten Worten war er aufgesprungen und begann, die Kordel an seiner Hose zu lösen. Vor Schreck blieb Eva fast das Herz stehen: Moritz von Ährenfels stand splitternackt vor

ihr in der Sonne, er war schön wie eine heidnische Götter-
figur!

Sie brachte kein Wort heraus. Nicht dass ihr der Anblick
nackter Burschen fremd gewesen wäre – schließlich war sie ja
mit Geschwistern und einer Horde Gassenkinder aufgewachsen. Aber es war doch ganz etwas anderes, wenn es der Körper
desjenigen war, an den man sein Herz verloren hatte.

So hockte sie da im Gras und starrte den Junker an, der
plötzlich seinerseits verlegen wirkte wie ein kleiner Junge. Wortlos rannte er mit Riesensprüngen los und hechtete kopfüber ins
Wasser.

Und blieb verschwunden. Dort, wo er eingetaucht war, begann sich die dunkle Oberfläche bereits wieder zu glätten, und
noch immer keine Spur von ihm.

«Junker Moritz! Wo seid Ihr?»

Bis zu den Knien im Wasser, tappte Eva hin und her, und mit
jedem Atemzug wuchs ihre Verzweiflung. Was, wenn Moritz
mit dem Kopf gegen einen Stein geprallt war? Wenn er bewusstlos auf dem Seegrund trieb? Wie lange sollte sie noch warten,
bevor sie nach Hilfe rufen musste?

Immer tiefer hatte sie sich hineingewagt, das Wasser stand
ihr schon bis zur Hüfte, als vor ihr der glänzende Körper
des Junkers in die Höhe schnellte, um gleich darauf in einer
Gischtfontäne dicht neben ihr ins Wasser zu klatschen. Damit
war Eva endgültig von oben bis unten nass.

Prustend tauchte er wieder auf.

«Los, du Hasenfuß! Komm schon.»

Mit diesen Worten packte er sie bei Schulter und Hüfte und
zerrte sie ins Wasser. Sie wehrte sich mit all ihrer Kraft. Was
der Junker vielleicht als spielerische Rauferei ansehen mochte,
wurde für sie zu einem bitterernsten Kampf.

«Lasst mich los!» Sie schnappte nach Luft, während ihr

Tränen des Zorns in die Augen schossen. «Lasst mich los, um Himmels willen!»

Da geschah das Schlimmste: In dem Gerangel musste sich ihre Brustbinde gelöst haben, plötzlich wand sie sich wie eine weißliche Schlange an die Wasseroberfläche, während ihre kleinen, runden Brüste sich überdeutlich unter dem nassen Hemdstoff abzeichneten.

Als habe er sich die Hände verbrannt, ließ Moritz sie los.

«Eva! Ich hab's geahnt. Ich habe es immer geahnt.»

Sie stieß ihn von sich weg, griff nach der Binde und stolperte über glitschige Steine, durch grünes Geschlinge zum Ufer zurück, packte dort ihre restlichen Kleidungsstücke ein, lief über die Wiese, quer durch den Erlenhain, einen Hang hinauf bis zu dem Feldweg, der sich in Richtung Herrenhof schlängelte. Dort blieb sie mit keuchendem Atem stehen.

Alles war aus. Wie hatte es nur so weit kommen können? Im Schutz eines dichten Buschwerks legte sie sich wieder die Binde um, so fest diesmal, dass es schmerzte, und machte sich auf den Heimweg. Den See umging sie, ohne Eile jetzt, in einem großen Bogen, nur der Lärm verriet ihr, wo in diesem Augenblick das Fass Bier angestochen wurde und der Spaß erst richtig losgehen würde.

Mit mürrischem Gesicht öffnete der Rotbart ihr die Pforte. Bis auf einen Wächter, der, mit Kurzschwert bewaffnet, vor dem Herrenhaus patrouillierte, war der Hof wie ausgestorben und empfing sie mit gespenstischer Stille. Auch die Werkstatt war menschenleer. Sorgfältig legte sie die Wäsche- und Kleidungsstücke zusammen, sortiert nach drei Stapeln: fertigen, halb fertigen und unberührten. Dann stopfte sie ihr Werkzeug in den Lederbeutel und verließ den Raum, ohne sich noch einmal umzudrehen. Auch auf die Gefahr hin, dass ihr kein einziger Heller ausbezahlt würde, wollte sie morgen früh ihren Abschied einreichen und sich erneut auf Wanderschaft machen. Und damit einmal mehr etwas zurücklassen, was ihr fast zu einem Zuhause geworden war.

In ihrer Kammer warf sie sich aufs Bett und starrte an die Dachschräge über ihr. Sie war unfähig, einen klaren Gedanken zu fassen. Immer wieder erschien ihr das Gesicht des Junkers. Seine in heillosem Schreck aufgerissenen Augen, die auf ihre Brüste starrten. Oder war es gar nicht der Schreck, der ihn so starren ließ? Hatte er nicht gesagt, er habe es geahnt? Hatte er diese Situation womöglich willentlich herbeigeführt?

Bei Einbruch der Dämmerung hörte Eva, wie sich unter Knarren und Ächzen das Haupttor öffnete, kurz darauf drangen laute Stimmen und ausgelassenes Gelächter über den Hof. Sie wartete noch einen Augenblick, bis sich der Lärm gelegt hatte, dann schlich sie auf Umwegen, um niemandem zu begegnen, hinüber ins Herrenhaus und klopfte an das Gesindetürchen. Einer der Diener öffnete.

«Was willst?»

«Ich muss zum Kämmerer. Es geht um meinen Lohn.»

«Wart hier.»

Als sie kurz darauf in die kleine Kanzlei geführt wurde, erwartete sie dort nicht der Kämmerer, sondern Moritz von Ährenfels.

«Was tut Ihr hier?», stammelte Eva. «Wo ist der Kämmerer?»

«Im Dorf.»

«Und der Hofmeister?»

«Besoffen in seiner Kammer.» Er trat auf sie zu. Für einen Moment sah es aus, als wolle er ihre Hände nehmen, doch dann verschränkte er die Arme vor der Brust.

«Ich war eben in der Werkstatt.» Er stockte. «Du willst also fort?»

«Ja. Ich kann ja nun unmöglich länger bleiben.» Eva blickte zu Boden. «Ihr habt das mit Absicht getan!»

«Was?»

«Mich ins Wasser gezerrt. Mit mir – gerauft.»

Moritz wandte sich zur Seite und ging mit schwerem Schritt vor dem Schreibtisch des Kämmerers auf und ab.

«Was glaubst du, wie ich mich gequält hab die letzten Wochen? Was mir für wunderliche Gedanken gekommen sind! Und dann die Sache mit dem Messer, mit deiner angeblichen Base. Ja, ich habe es mit Absicht getan. Ich hab dir am See aufgelauert, weil ich es wissen musste!»

«Was für wunderliche Gedanken?» Eva trat ihm in den Weg. Das war ohne Zweifel unverschämt angesichts des Standesunterschieds, aber jetzt war schließlich alles einerlei. Doch bevor der Junker etwas entgegnen konnte, öffnete sich die Tür, und Kilian von Ährenfels trat ein.

«Was ist denn hier los?»

Moritz stieß hörbar die Luft aus.

«Adam will uns verlassen.»

«Warum das denn? Solltest du nicht warten, bis unser Vater zurückkehrt?»

Eva schüttelte den Kopf. Ihre Stimme zitterte, als sie antwortete.

«Verzeiht, gnädiger Herr, aber ich kann nicht länger bleiben. Ich muss heim nach Wien, gleich morgen früh. Mein Oheim ist verstorben, und ich soll sein Erbe antreten.»

Als sich Eva am nächsten Morgen kurz vor Sonnenaufgang zur Abreise rüstete, fand sie ein Papier, unter der Tür durchgeschoben. Sie faltete es auseinander und hielt es unter der Dachluke gegen das fahle Licht der Morgendämmerung. Es brauchte einen Moment, bis sie erfasste, dass so etwas wie eine Landkarte aufgemalt war. Die Umrisse des Sees waren zu erkennen, der Bach, der hineinmündete, der Erlenbruch. Ein Stück südlich davon das große Waldstück, das sich gegen die Berge hin erstreckte. Und dort, mittendrin und mit einem dicken Pfeil versehen, war ein Haus eingezeichnet.

Das musste das alte Jagdhaus der Edlen von Ährenfels sein. Eva hatte gehört, dass es leer stand, seitdem der alte Roderich sich ein kleines Schlösschen nicht weit von der Burg hatte erbauen lassen. Sie sah erneut auf die Zeichnung. Ein einziges Wort stand darunter, in schwungvollen Lettern: Moritz.

29

Die Hufspuren auf dem Waldweg verrieten Eva, dass hier vor kurzem ein Pferd entlanggegangen sein musste. Ihr Herz schlug heftiger. Wenn im Jagdhaus tatsächlich Moritz von Ährenfels auf sie wartete – was wollte er dann noch von ihr? Hatte er etwa Mitleid? Weil sein Bruder ihr nicht mal einen Bruchteil des vereinbarten Lohnes ausbezahlt hatte? Oder wollte er sich einfach von ihr verabschieden? Aber dazu hätte er sie nicht ins Jagdhaus bestellen müssen.

Wahrscheinlich beging sie einen aberwitzigen Fehler, indem sie seiner Aufforderung folgte. Sie wollte weder aus Mitleid eine Handvoll Groschen zugesteckt bekommen noch irgendwelche Freundschaftsbekundungen zu ihrem Abschied – schon gar nicht von einem Mann, von dem sie sich wider alle Vernunft den Kopf hatte verdrehen lassen!

Als sie unter dem Begrüßungsgebell von Moritz' Jagdhund den Hof vor dem verwitterten Holzhaus betrat, war es zur Umkehr zu spät: Der Junker stand im Türrahmen und sah sie mit festem Blick an.

«Eva!»

Ganz ernst sprach er ihren Namen. Dann pfiff er seinen Hund heran, fasste Eva beim Arm und führte sie ins Haus, hinein in die kleine, holzgetäfelte Stube, in der schon ein Feuer im Kamin flackerte.

Dort betrachtete er sie stumm.

«Was wollt Ihr noch von mir?», fragte sie mit rauer Stimme. Etwas in ihrem Inneren zog sich schmerzhaft zusammen. So nah bei ihm zu sein, sie beide ganz allein in einem Raum – das war kaum auszuhalten.

Er deutete auf einen Tisch in der Ecke, und jetzt erst sah Eva das weinrote Kleid aus glänzender Atlasseide mit feinem Spitzenkragen und offenem, dunkelgrün unterfüttertem Rock, das über die Tischplatte gebreitet lag. Daneben fanden sich ein Paar zierlicher Lederschuhe mit silbernen Schnallen sowie ein mit Perlen besticktes Samthütchen, wie es adlige Damen bei der Jagd trugen.

«Zieh das an, bitte.»

Eva trat an den Tisch und strich über den weichen Stoff des Kleides. Es war wundervoll gearbeitet, das sah sie auf den ersten Blick.

«Es gehört dir.»

Sie fuhr herum. «Aber warum? Was soll das?»

«Bitte, Eva!», sagte er mit flehendem Blick. «Tu es mir zuliebe. Ich möchte dich endlich sehen als das, was du bist – eine Frau. Ich will mich nicht länger mit Trugbildern quälen müssen. Du ahnst nicht, in welche Abgründe du mich gestürzt hast. Seit deiner Ankunft habe ich mich jeden Tag mehr als widernatürliche Kreatur empfunden, als abartiges, sodomitisches Ungeheuer. Nur, weil ich mich zu dir hingezogen fühlte! Und dabei habe ich doch die ganze Zeit die Wahrheit geahnt.»

Er drehte sich zur Wand.

«Bitte, zieh es an», wiederholte er.

Zögernd entkleidete sie sich bis auf ihr dünnes Leinenhemd, dann streifte sie sich das Kleid über. Es saß wie angegossen. Sie schlüpfte in die Schuhe, die nur ein wenig zu groß waren, und setzte sich das Hütchen auf die Locken.

«Ihr dürft Euch umdrehen.»

«Endlich!» Moritz von Ährenfels sank vor ihr auf die Knie, und Eva wurde rot vor Verlegenheit. Plötzlich musste sie lauthals lachen.

«Bitte, Junker Moritz, steht wieder auf. Ihr tut grad so, als sei ich ein Edelfräulein. Dabei ist dieses kostbare Kleid genauso eine Mummerei wie meine Schneidertracht.»

Moritz von Ährenfels schüttelte heftig den Kopf.

«Für mich bist du ein Edelfräulein. Nein, mehr noch – eine Prinzessin! Und hör endlich auf, mich Junker zu nennen.» Er umkreiste sie in seinen langen Schritten. «Weißt du eigentlich, wie schön du bist? Allein dein Mund, deine Lippen – so fein gezeichnet! Und deine blauen Augen unter den dunklen Brauen!» Er blieb stehen. «Ich schwör dir, schon nach unserer ersten Begegnung konnte ich dich nicht vergessen. So stark und stolz bist du mir damals vorgekommen, wie eine wilde Katze, und zugleich so verletzlich! Und als du schließlich hier bei uns auftauchtest, glaubte ich, eine Erscheinung zu haben.»

Er nahm ihr Gesicht in beide Hände.

«Sag mir nur eins: Hast du auch manchmal an mich gedacht?»

Sie nickte, wollte etwas erwidern, da umschlossen seine Lippen ihren Mund. Ganz zart nur, als einen allerersten Versuch der Annäherung, küsste er sie. Eva spürte, wie ein nie gekanntes Feuer in ihr aufloderte. Brüsk riss sie sich los.

«Was tut Ihr da? Wenn Ihr glaubt, Ihr könntet es ausnutzen,

dass wir allein sind, dann kennt Ihr mich schlecht. Ich weiß mich zu wehren.»

Sie sah, wie er erschrocken, ja beinahe schmerzhaft das Gesicht verzog, und hätte sich am liebsten selbst geohrfeigt. Warum stieß sie diesen Menschen von sich, wo sie sich nichts sehnlicher wünschte, als in seinen Armen zu liegen? Alles war so anders mit Moritz, ihm vertraute sie grenzenlos, ihm gegenüber verspürte sie keine Angst mehr vor dem, was das männliche Wesen ausmachte, was sie sonst nur als hässlich und gewaltsam erfahren hatte. Im Gegenteil: Nicht nur seine Lippen, seine Küsse wollte sie spüren, sondern alles! Alles, was zwischen Weib und Mann möglich war!

«Verzeih, Eva. Verzeih mir vieltausendmal!» Er nahm ihre Hand. «Was bin ich nur für ein Esel! Wahrscheinlich denkst du, ich sei wie mein Vater. Denkst, der Apfel fällt nicht weit vom Stamm. Aber glaub mir, ich will nichts ausnutzen. Ich wünsche mir nur eines: dass du nicht wieder davonrennst, wie dazumal bei Neumarkt. Komm!»

Er führte sie an den Tisch, hob einen ledernen Knappsack vom Boden auf und packte Weinschlauch, Brot, Käse und Schinken aus, dazu zwei Zinnbecher, die er randvoll goss. Dann setzte er sich ihr gegenüber.

«Du hast gewiss noch keinen Bissen gegessen heut.» Er hob seinen Becher. «Auf dich, Eva. Darauf, dass du wahrhaftig hierher ins Jagdhaus gekommen bist. Ich hatte es gar nicht mehr zu hoffen gewagt.»

Längst lächelte er wieder, und seine Augen strahlten sie an.

«Jetzt iss und erzähl mir von dir. Ich möchte noch so viel über dich erfahren.» Er nahm einen tiefen Schluck. «Bis jetzt weiß ich rein gar nichts, außer dass du einen kleinen Bruder hast, der damals mit auf dem Karren saß, und dass du aus Wien kommst.»

306

Wider Willen musste Eva lachen. «Aus Glatz komm ich in Wirklichkeit, allenfalls noch aus Passau. Von Wien kenn ich nur das Stadttor von außen. Aber den kleinen Niklas» – der Name versetzte ihr einen schmerzhaften Stich –, «den gibt es tatsächlich.»

«Siehst du! Nichts weiß ich. Und das mit dem großen Bruder in Straßburg – das war dann wohl auch geflunkert?»

«Nein. Auch den gibt es. Adam besucht in Straßburg die Universität.»

«Adam?»

«Ja. Ich hab mir seinen Namen ausgesucht, für mein Leben als Schneidergesell. Und dazu Portner, nach meinem leiblichen Vater. Der war seinerzeit ein bekannter Schneidermeister am Glatzer Grafenhof.»

Sie nahm einen Schluck von dem Wein, der wie Samt auf der Zunge lag. Von klein auf habe sie keinen anderen Wunsch gehabt, als ihr Brot mit Schneidern zu verdienen. Da eine Frau allenfalls als Näherin gehen dürfe, sei ihr vor einiger Zeit der Gedanke gekommen, sich als Bursche zu verkleiden. Zudem komme sie als Mann auch einigermaßen sicher über Land. Ihr Ziel sei Frankreich, wo ein solches Gaukelspiel dann nicht mehr vonnöten sei.

«Dort gibt es sogar Frauenzünfte. Das weiß ich von Adam.»

Moritz hatte ihr aufmerksam zugehört.

«Fühlst du dich denn nicht manchmal einsam, wenn du so mutterseelenallein unterwegs bist?»

«Ach – ich finde schnell Gesellschaft. Nur meine Geschwister vermisse ich schrecklich, vor allem den Kleinen, den Niklas. Ich denk eigentlich jeden Tag an ihn. Wir hatten beim Abschied ausgemacht, dass wir jeden Regenbogen als Gruß vom andern sehen und uns dann vorstellen, dort oben beinanderzusitzen und auf die Welt zu schauen. Und letzte Woche, wisst Ihr noch?,

307

als sich dieser wunderschöne Regenbogen über die Hügel hinterm Gutshof zog, da war ich dann ganz nah bei Niklas. Es gibt sie bloß viel zu selten, diese Regenbögen.»

Kopfschüttelnd betrachtete Moritz sie.

«Noch nie zuvor bin ich einer Frau wie dir begegnet.»

«Ist das nun geschmeichelt oder geschmäht?»

«Weder das eine noch das andre.» Verstohlen strich er über ihre Hand, dann schenkte er ihr und sich selbst von dem Wein nach. «Ich bewundre deinen Mut, Eva, aber ich darf mir gar nicht vorstellen, was dir alles hätt zustoßen können auf deinen Wanderungen. Ein klein bisserl narrisch bist du wirklich, das musst du zugeben.»

Eva verzog trotzig den Mund. «Narrisch ist das doch nur in den Augen von euch Mannsbildern. Schließlich habt ihr gut reden: Ihr könnt von Alpha nach Beta wandern, grad wie es euch zupasskommt. Als Bürger könnt ihr das Schneiderhandwerk lernen oder Goldschmied oder Tuchmacher oder was weiß ich. Aber gottgewollt ist das alles keineswegs, sonst würde Gott auch bei den Welschen keine Frauenzünfte dulden.»

Sie holte Luft. Wieder griff Moritz nach ihrer Hand, doch sie entwand sie ihm.

«Ich will Euch noch was sagen. Ich bin nämlich nicht das einzige Weib, das so narrisch ist. Immer wieder hab ich von Frauen gehört, die sich als Mann verkleidet haben, und zwei- oder dreimal bin ich in letzter Zeit Kerlen begegnet, da war ich mir ganz sicher, dass es keine waren. Auch wenn Ihr mir das jetzt nicht glaubt.»

«Doch, ich glaub dir. Ich weiß sogar, dass es zu anderen Zeiten und in anderen Weltgegenden immer schon Frauen gab, die den Männern in nichts nachstanden. Sogar Fürstinnen und Königinnen, die ihr Land vorbildlich regierten. Hast du jemals von den geschworenen Jungfern vom Balkan gehört?»

«Nein.» Warm und wie eine weiche Höhle legten sich Moritz'
Hände über ihre, und diesmal zog Eva sie nicht zurück.

«Dort im Balkangebirge leben Bergvölker mit kriegerischer
Kultur, mit blutigen Fehden zwischen den Sippen. Wie überall
untersteht die Frau dort erst dem Vater, dann dem Ehemann.
Aber es steht ihr frei, einen Schwur abzulegen, das Gelübde, auf
ewig Jungfrau und unverheiratet zu bleiben. Als geschworene
Jungfrau dann hat sie das Recht, Mannskleider anzulegen und
sogar Waffen zu tragen. Und sie kann den Platz eines verstorbenen Vaters oder Bruders als Familienoberhaupt einnehmen.»

«Ist das wahr?»

«Wenn ich's doch sage.»

Sie hatte das Gefühl, in Moritz' Blick zu versinken wie in einem dunklen Waldweiher. Heilige Elisabeth, wohin würde das
alles noch führen? Sie entzog ihm ihre Hände und versteckte sie
in den Falten ihres Rocks. Dann räusperte sie sich.

«Wisst Ihr, was ich mich oft frage? Warum eigentlich macht
man uns Frauen das Leben so schwer? Arbeiten sollen wir genauso wie die Männer, uns plagen mit Wasserschleppen und
Holzschleppen, wir sollen Wäsche und Töpfe schrubben, die
Felder pflügen, das Vieh melken. Und zwischendurch mal eben
Kinder gebären und großziehen – aber immer dürfen wir nur
das tun, was uns von den Männern bestimmt wird. Warum soll
eine Frau nicht Meister werden können, warum nicht zur See
fahren, warum nicht in den Krieg ziehen? Doch nicht etwa,
weil sie es nicht vermag! Denn all die Frauen, die sich als Männer verkleiden, beweisen ja grad das Gegenteil. Genau wie Eure
geschworenen Jungfrauen.»

«Schon – aber manches ist einfach wider die Natur. So wie
ein Mann ja auch keine Kinder gebären kann.»

«Mag sein. Aber ist es etwa wider die Natur, dass die Frau
zwar schneidern und nähen darf, aber nur die Weißwäsche, kei-

nesfalls Hosen und Gewänder? Das ist schlichtweg so festgelegt, und zwar nicht von Gott, sondern von den Zünften!»

In gespielter Verzweiflung verdrehte Moritz die Augen.

«Was bist du nur für eine Rebellin!»

Er stand auf und ging hinüber zum Kamin, um neues Holz auf die Glut zu legen. Nachdem es Feuer gefangen hatte, drehte er sich zu Eva um.

«Warum bist du mir in den See gefolgt und hast nach mir gerufen? Hattest du dir Sorgen gemacht?»

Sie antwortete nicht. Stattdessen erhob auch sie sich und trat zu der Reisetruhe, auf der sie ihre Kleider abgelegt hatte. Sie würde jetzt diese Kleider nehmen und von hier verschwinden. Und zwar augenblicklich. Ein leichter Schwindel erfasste sie. Das musste von dem schweren Rotwein rühren.

«Hattest du Angst um mich?» Seine Stimme war plötzlich dicht an ihrem Ohr. Seine Lippen berührten ihre Schläfe, sie spürte seinen Atem auf ihrer Haut, seinen Arm, der sich um ihre Schultern legte und sie an seine Brust zog. Sie schloss die Augen.

«Ja, ich hatte Angst. Große Angst!»

Als er sie jetzt küsste, war ihr, als würde ihr ganzer Leib sich nach und nach in Wellen auflösen. Nichts in ihr hatte mehr Bestand, alles wurde weich und warm, zerfloss, verging, löste sich auf in wogende Zärtlichkeiten. Die Zeit zählte nicht mehr, die Welt zählte nicht mehr, es zählte nur noch, dass Moritz bei ihr war und sie bei ihm, ohne jede Lüge, ohne jedes Spiel, und dass sie sich endlich gefunden hatten.

Als Eva nach vielen Stunden, wie ihr schien, wieder halbwegs zu sich kam, als sie die Welt außerhalb wieder wahrnahm, lag sie in Moritz' Armen vor dem Kaminfeuer, auf einem Lager aus weichen Fellen. Beide waren sie nackt, wie Gott sie geschaffen hatte. Sie hatten alles miteinander erkundet und erfahren, ohne jede Scham, ohne Vorbehalte, bis auf das Letzte, bis auf die eheliche Beiwohnung. Und dafür war Eva ihm dankbar. Nichts gab es somit zu bereuen, nichts zu befürchten – ganz im Gegenteil: Noch nie hatte sie sich sicherer und geborgener gefühlt, noch nie so sehr im Reinen mit sich selbst.

«Eva?»

«Ja?»

«Ich liebe dich.»

«Ich liebe dich auch, Moritz.»

Ihr Herz zog sich zusammen. Durfte sie so etwas überhaupt sagen? Sie, ein Weib einfacher Herkunft, der Stiefvater vom Vollbürger zum unehrlichen Büttel herabgesunken, sie selbst nicht mehr als eine Umschweiferin, eine Landstörzerin? Hinzu kam die bittere Erfahrung, die ihre eigene Schwester gemacht hatte: Durfte sie diesem Mann seinen Liebesschwur glauben? War er nicht von edlem Stand und daher von klein auf gewohnt, sich zu nehmen, was er begehrte? War es womöglich die reinste Dummheit, zu hoffen, dass sie Moritz mehr bedeutete als nur ein vorübergehendes Vergnügen? Dass er anders war als jener schändliche, aufgeblasene Bürgerssohn Lindhorn?

Andererseits: Wenn er sie so mit leuchtenden Augen betrachtete, so voller Zärtlichkeit und so voller Behutsamkeit berührte, nichts fordernd, was sie nicht zuließ – dann konnte das nichts Falsches sein. Nur – wie lange konnte so eine Liebe währen? Konnte sie überhaupt Bestand haben in einer Welt, in der jedem Mann, jeder Frau sein Stühlchen fest zugewiesen war?

«Was denkst du?», unterbrach er ihre Grübeleien. «Du siehst plötzlich so traurig aus. Du zitterst ja!»

Er sprang auf und zerrte eine Wolldecke aus einer der Truhen. Dabei entdeckte sie, dass sich auch über sein linkes Schulterblatt eine Narbe zog, ganz ähnlich der auf seiner Wange. Er breitete die Decke über sie, dann schlüpfte er ebenfalls darunter.

«Komm ganz dicht, damit ich dich wärme.»

Mit einem kleinen Seufzer schloss Eva die Augen.

«Wenn man uns nun hier entdeckt?», fragte sie leise.

«Außer mir kommt kein Mensch hier heraus. Schon seit Jahren nicht mehr. Und meinem Bruder und dem Hofmeister hab ich gesagt, ich sei nach Ingolstadt geritten, kleinerer Geldgeschäfte wegen.»

«Und wenn doch?»

Moritz grinste.

«Dann sag ich: Tretet ein, nur herein! Darf ich meine Braut vorstellen?»

«Du machst dich lustig über mich.»

«Aber nein. Es ist mir ernst mit dir. Ich kann es immer noch nicht fassen, dass du in meinen Armen liegst.» Er küsste ihre Stirn. «Erzähl mir mehr von deiner Familie. Von deiner Kindheit, von deinen Geschwistern.»

«Ein andermal.»

«Ein andermal? Heißt das, du bleibst?»

«Ich weiß es nicht.»

Sie öffnete die Augen.

«Du hast eben gesagt, es sei dir ernst mit mir. Wie ernst?»

«So ernst, dass ich dich, wenn du mich in einem Jahr immer noch liebst, zur Frau nehmen werde!»

«Weißt du, was du da redest? Das geht gar nicht! Du kannst doch nicht einem Mädchen von niederem Stand die Ehe versprechen.»

«Und ob! Ein Vetter meines Vaters hat im letzten Jahr eine Wirtstochter geheiratet. Bei uns Landjunkern bröckeln die Standesgrenzen längst. Ich glaube ohnehin, dass die große Zeit der Ritter auf immer vorüber ist. Der reiche Stadtbürger, der Patrizier – der hat das Wort! Diese Pfeffersäcke haben längst mehr Macht als wir, und mehr Reichtümer sowieso. Mit uns,

312

den landsässigen Edelfreien, geht es bergab. Wir landen wieder dort, wo wir einst herkamen: beim Bauernstand.» Er hielt inne. «Verzeih mir, Eva. Da red ich und red ich von Dingen, die für dich furchtbar langweilig sein müssen.»

Sie strich ihm das lange Haar aus dem Gesicht. «Nein, überhaupt nicht. Erzähl mir mehr von deiner Familiengeschichte.»

Während der Tag draußen langsam zu Ende ging, erfuhr Eva, dass Moritz' Ahnen vor Generationen noch unfreie Bauern waren, einfache Grundholde. Bis einer seiner Vorväter schließlich zum Meier der herzoglichen Güter hier in der Gegend ernannt wurde und damit zum Dorfführer und Fronherrn über die Bauern: Statt wie früher Abgaben und Frondienste zu leisten, forderte man nun selbst die Zinsen und Fronen ein.

«Unser Landgut war also über lange Zeit nichts andres als ein Fronhof der Wittelsbacher zu Landshut gewesen. Bis zu dem großen, blutigen Krieg um die Landshuter Erbfolge. Da hatte mein Urgroßvater dann rasch die Seiten gewechselt und wurde für seinen Treueid auf den neuen Baiernherzog, den Wittelsbacher zu München, mit dieser Hofmark belehnt und zum Freiherrn ernannt. Er war es auch, der die Burg Ährenfels erbaute.»

Damit habe, fuhr er fort, die Glanzzeit der Herren von Ährenfels begonnen, als getreue Dienstleute und Ministeriale der Baiernherzöge. Die Grundherrschaft samt Niedergericht über die hörigen Bauern wurde an die Söhne weitervererbt, bald zählten zehn Dörfer mitsamt den dazugehörigen Gütern zu ihren Besitzungen.

«Doch diese Glanzzeit währte nur allzu kurz – dank unserem Vater.» Moritz lachte bitter. «Er hat sich nie mit dem wenig vornehmen Landleben des Niederadels begnügen können, hatte immer nur Spott übrig für die engen Bande zu den Bauern, von denen man sich in Sprache und Alltagsbrauch kaum unterschied. Partout wollte er etwas von der höfischen Eleganz einer Münchner oder Landshuter Residenz hierherzaubern! Seine Kinder sollten nicht länger die Kammer mit dem Gesinde teilen, und für die geplanten Festlichkeiten musste ein Rittersaal her, die alte, gemütliche Kemenate reichte nicht mehr aus. Und so hat er vor zehn Jahren Unsummen in den Bau des neuen Herrenhauses gesteckt, hat ein wahres Schloss daraus gemacht. Und ein neues Jagdhaus musste auch noch her.»

Er schüttelte verächtlich den Kopf. «Doch hohe Gäste sind nie gekommen, anstelle von Sängern und Spielleuten werden Huren zum Zeitvertreib geladen! Dafür sind wir heut ganz bitterbös verschuldet, bei den Degenbergern drüben im Baiernwald. Die sind selber Ministeriale unsres Herzogs und verstehen es, andere Hofmarksherren als Dienstgefolgschaft einzusetzen, wo es ihnen grad beliebt. Auch wir sind ihnen mit Haut und Haar verpflichtet. Im Frühjahr zum Beispiel musste Kilian hier alles liegen und stehen lassen, nur weil es einem der jungen Degenberger, einem achtjährigen Grünschnabel, einfiel, nach Prag zu reisen, und er hierzu einen Begleiter suchte! Stell dir vor, nicht mal mehr das Schildgeld können wir heuer aus eigener Schatulle begleichen.»

«Schildgeld?» Eva bemerkte, wie seine Mundwinkel vor Empörung zitterten.

«Früher mussten die Ritter und Vasallen dem Landesherrn Heerfolge leisten, jetzt kauft man sich durch ein hohes Schildgeld frei, für das der Herzog Söldner anwirbt.»

Fast tat Moritz ihr leid. Hatte es da Niklas nicht viel, viel besser getroffen, an der Seite seines Straubinger Oheims? Eva fiel der Leitspruch ein, den Endress Wolff so gern zum Besten gegeben hatte: Das Glück ist bei den Tüchtigen. Nur: Was tat einer wie Moritz, dessen Vater das Glück seiner Vorväter und die Zukunft seiner Söhne verspielt hatte?

«Hast du schon mal dran gedacht fortzugehen?», fragte sie.

«O ja, immerzu! Am besten weit fort, weg aus Baiern, außer Reichweite meines Vaters. Dorthin, wo das Leben mehr verspricht. Zum Kaiser nach Wien vielleicht, um den Habsburgern meine Dienste anzubieten. Oder gar an den spanischen Königshof. Für mich als Drittgeborenen ist hier ohnehin kein Platz, und wenn ich nächstes Frühjahr achtzehn werde, hat mir mein Vater rein gar nichts mehr vorzuschreiben. Und dann …» Er zog sie an sich und fuhr ihr zärtlich durch das viel zu kurze Haar. «Dann werden wir heiraten. Bis dahin können wir hier im Jagdhaus wohnen, nur wir beide. Du kannst nähen und sticken und schneidern, was und wie du willst – alles, was du hierzu brauchst, will ich dir beschaffen. Und dann im Frühjahr, wenn dein schönes Haar wieder so lang ist wie damals, als ich dich das erste Mal sah, werde ich dich erneut fragen: Willst du meine Frau werden?»

«Ach, Moritz – bis zum Frühjahr hast du dir längst eine Grafentochter geangelt!»

Moritz lachte. «Ich hätte schon viele haben können. Seitdem ich denken kann, werden mir irgendwelche affigen Jungfern vorgeführt, von hohem Stand, aus bestem Hause. Ich wollte sie alle nicht, und jetzt endlich weiß ich, warum: Weil das Schicksal dich vorgesehen hat für mich! Willst du also?»

Sie schmiegte sich in seine Armbeuge. Dies alles klang nach einer dieser wundersamen Geschichten, die sie Niklas immer so gern erzählt hatte. Die so vollkommen waren, dass ihr selbst manchmal die Tränen kamen – Tränen deshalb, weil sie genau wusste, dass die Welt für solche Wunder nicht geschaffen war. Andererseits: Warum sollte sie sich nicht, nach einem solch herrlichen Tag, diesem Traum hingeben dürfen?

Und so küsste sie ihn und sagte mit fester Stimme: «Ja.»

30

Drei Tage und drei Nächte verbrachten Moritz und Eva miteinander, schliefen vor dem Kaminfeuer, liebten und umarmten sich, erzählten sich gegenseitig aus ihrem Leben. Ab und an verließen sie ihr Lager, um zu essen und Hund und Pferd zu füttern oder um mit den Tieren durch den Wald zu streifen und sich die Beine zu vertreten.

Moritz wollte alles über sie erfahren, und so kostete es sie immer wieder große Überwindung und so manche Träne, ihm von den elenden Tagen ihrer Kindheit oder vom Schicksal ihrer Schwester zu berichten. Ihm gegenüber beschönigte sie nichts, gab auch ihre Schuldgefühle preis, die sie noch immer gegenüber Josefina und auch wegen des schrecklichen Todes des kleinen Jungen und des Mädchens in der Bauernkate empfand.

Nur eines verschwieg sie: was ihr Vater ihr angetan hatte und wie sie drauf und dran gewesen war, ihn dafür zu töten. Diese Geschehnisse hatte sie wie in einer eisernen Kammer in ihrem Inneren verschlossen und wollte nie wieder daran rühren.

Dafür ließ sie ihrerseits nicht locker, bis Moritz ihr nach langem Zögern endlich berichtete, woher seine Narben kamen. Das war nach der ersten gemeinsamen Nacht gewesen: Sie waren eben von den Strahlen der Morgensonne erwacht, die durch das geöffnete Fenster geradewegs auf ihr Liebeslager schien und die Narbe auf Moritz' Rücken zum Schimmern brachte.

Es war so, wie Eva es vermutet hatte: Roderich von Ährenfels hatte ihn als Kind brutal geschlagen.

«Mein Vater wollte uns Söhne immer zur Härte erziehen. Bei Hilprand, meinem ältesten Bruder, ist es ihm auch mehr als gelungen. Seine Frau und seine Kinder zittern vor ihm. Einmal hat Hilprand seinen Ältesten einen Monat lang in den Kerker der Burg gesperrt. Er hat ihn anketten lassen und ihm nichts als Wasser und Brot gegeben. Du kennst Hilprand nicht, zum Glück – ich glaube, ihr wärt schon am ersten Tag aneinandergeraten. Bei Kilian liegt die Sache anders, er hat sich Vaters Erwartungen angepasst. Er redet ihm nach dem Mund, ganz nach der Losung: Hauptsache, mir selbst geht es gut. Andere Menschen kümmern Kilian nicht. Er ist oberflächlich, genusssüchtig und voller Dünkel. Aber dafür ist er wenigstens nicht gewalttätig.»

«Aber warum hat dein Vater dich so übel geschlagen, dass du Narben hast? Was war der Grund?»

«Ein Junge aus der Küche hatte geklaut, eine einzige lächerliche Wurst! Und dafür sollte er ausgepeitscht werden, im Hof, vor aller Augen.» Moritz stockte. «Ich war damals elf, der Junge sicher noch ein gutes Jahr jünger als ich. Zwölf Peitschenhiebe sollte er bekommen: die ersten vier von Hilprand, die nächsten von Kilian, die letzten vier von mir.»

Er sah zum Fenster und schwieg, und Eva ahnte, was kommen würde.

«Du hast dich geweigert, ihn zu schlagen», sagte sie leise. Moritz nickte.

«Er hing mit dem Oberkörper über den Brunnenrand, die Haut auf seinem Rücken war längst aufgeplatzt, überall war Blut, und der Junge heulte und würgte und spuckte gleichzeitig. Als mir Kilian die Peitsche in die Hand drückte, hab ich sie einfach fallen gelassen und mich umgedreht.»

«Und dann bist du weggelaufen?»

«Nein. Ich stand da wie gelähmt. Bis mich mein Vater gepackt und neben den Küchenjungen gezerrt hatte. ‹Dann nimm du die vier Schläge›, hatte er nur gesagt und ausgeholt. Ich werde nie den Blick des Jungen neben mir vergessen. Unentwegt hatte er mir in die Augen geschaut und bei jedem Schlag leise und unter Tränen ‹Danke!› gesagt. Der letzte Schlag war der schlimmste – von dem rührt auch die Narbe her.»

«Und die auf deiner Wange?»

«Ich musste mich wieder umdrehen und sollte meinem Vater geloben, seinen Befehlen künftig Folge zu leisten. Als ich ihm sagte: ‹Solchen Befehlen niemals›, da zischte die Peitschenschnur quer über mein Gesicht.»

«O Gott.»

«Jetzt schau nicht so entsetzt! Ein Gutes hatte das Ganze gehabt: Mein Vater hatte mich wahrhaftig nie wieder für derlei Aufgaben herangezogen.»

«Was war dann mit dem Küchenjungen geschehen?»

«Er wurde natürlich vom Hof gejagt. Soweit ich weiß, hatte ihn sein Oheim bei sich aufgenommen, der einen großen Gasthof führt. Ich hatte eigentlich immer mal bei ihm vorbeischauen wollen, um zu sehen, was aus ihm geworden ist. Aber irgendwie kann ich mich nicht dazu durchringen – es ist fast so, als würd ich mich für meinen Vater schämen. Dabei ist das Gasthaus gar nicht so weit – in Schmidmühlen, nur zwei, drei Tagesritte von hier.»

«Alois», entfuhr es ihr. Sofort hatte sie das kesse, lustige Gesicht des Schankburschen mit seinem unbekümmerten Lächeln vor Augen, und ein Gefühl schwesterlicher Zuneigung stieg in ihr auf. Hoffentlich war er glücklich mit seiner großen Liebe.

«So hieß er, ja!» Moritz sah sie erstaunt an.

«Einer mit Sommersprossen und fast so grünen Augen wie du?»

«Du kennst ihn?»

«Wie klein ist doch die Welt! Er hatte Niklas und mir einmal aus der Not geholfen.» Und auch ein Stückerl Wurst gestohlen, dachte sie gerührt. «Ist das nicht seltsam? Als ob das Schicksal es so vorgesehen hätte: Du hast ihm Gutes getan, und uns hat er es vergolten.»

«Ich weiß nicht, ob das eine mit dem andern zu tun hat.» Er strich ihr zärtlich über die Wange. «Aber schön ist es allemal, was du erzählst.»

Bei anderer Gelegenheit fragte Eva ihn, ob er jemals mit den Hübschlerinnen seines Vaters zusammengetroffen sei. Moritz war bei dieser Frage knallrot geworden und hatte zu stottern begonnen.

«Gib es ruhig zu. Es macht mir nichts aus.» Ihr letzter Satz war allerdings gelogen.

«Ein Mal nur. Glaub mir, ein einziges Mal nur. Du musst wissen, dass das bei Knaben von adligem Stand ganz und gar üblich ist.»

«Was?»

«Nun ja – dass sie von erfahrenen Frauen in die Künste der Liebe eingeführt werden.»

«Und wie war das bei dir?»

Er sah sie an, erst voller Verlegenheit, dann lachte er. «O nein, diesen Gefallen tue ich dir nicht. Ein Geheimnis musst du mir schon lassen.» Er zog sie in seine Arme und küsste sie. «Aber ich hab hoffentlich damals so viel gelernt, dass ich mit dir nichts falsch mache!»

Für Eva waren diese Stunden und Tage das Paradies auf Erden. Nichts und niemand störte sie in ihrem Glück, in ihrer innigen Zweisamkeit, die schon jetzt so vertraut war, als würden sie sich seit Jahren kennen.

Nur einmal wurden sie aufgeschreckt, gleich am zweiten Abend: Sie hatten eben begonnen, die Fensterläden rundherum zu schließen, da glaubte Eva, draußen auf dem Hof Schritte zu hören. Wladimir, der auf einer Decke bei der Türschwelle zu liegen pflegte, begann zu knurren und zu bellen und war kaum mehr zu beruhigen. Schließlich war Moritz mit ihm in die

319

Dämmerung hinausgetappt, halb nackt und mit einer Fackel in der Hand. Doch er konnte nichts Auffälliges entdecken.

«Wahrscheinlich Schwarzkittel. Von denen wimmelt es hier.»

Am vierten Tag waren ihre Essensvorräte so gut wie zur Neige gegangen. Ohnehin musste Moritz sich, wollte er zu Hause kein Misstrauen erregen, aus Ingolstadt zurückmelden. So hatte er beschlossen, gleich nach dem Morgenessen auf das Gut zu reiten.

«Weißt du, was?», sagte er, als er im Stall das Pferd sattelte. «Du kommst am besten gleich mit. Wir stellen meine Familie vor vollendete Tatsachen. Schließlich will ich meine künftige Frau nicht vor aller Welt verstecken müssen!»

Eva hatte Mühe, ihm das auszureden.

«Und was willst du ihnen sagen? Seht her, unser Schneiderlein ist zufällig gar kein Kerl, sondern ein Weib, und das will ich obendrein heiraten?» Sie schüttelte heftig den Kopf. «Nein, so geht das nicht. Du musst erst mal in Ruhe mit deinem Vater und deinen Brüdern sprechen. Wahrscheinlich fängt dein Vater ohnehin an zu toben. Und mich würde er dann gleich vom Hof jagen!»

Nachdenklich strich Moritz dem Pferd über die Nüstern.

«Vielleicht hast du recht. Ich sollte erst alles klären. Und wenn ich dich dann hole, dann nur als meine Braut!»

Sie begleitete ihn noch über den Hof. Die Luft war heute bedeutend kühler als die letzten Tage. Am Holzgatter des Hoftors umarmten sie sich ein letztes Mal, und Moritz stieg auf. Ihr war, als zöge er in eine Schlacht, schutzlos, ohne Waffe und Wehr.

«Was willst du tun, wenn dein Vater dagegen ist? Wenn er dir die Verbindung mit mir verbietet?»

«Das kann er nur, solange ich minderjährig bin. In diesem Fall werde ich ihm gar nicht erst verraten, wo unser geheimes

Nest ist. Wir treffen uns weiterhin hier, und kein Mensch wird davon erfahren.» Voller Zärtlichkeit betrachtete er sie. «Im allerschlimmsten Fall werden wir zusammen fliehen – wohin, wird mir dann schon einfallen.»

«Wann bist du zurück?»

«Spätestens morgen Abend. Aber du hast ja den Hund, du musst also keine Angst haben. Nur lass den Riegel trotzdem vorgeschoben, hörst du? Sicher ist sicher.»

Die erste Stunde ohne ihn war die schlimmste. Eva war, als sei sie nur noch halb, als habe eine Riesenaxt eine Hälfte von ihr abgetrennt. Tatsächlich fühlten sich bald schon ihre linke Hand, ihr linker Arm und ihr linkes Bein taub an. Dann kam, ganz langsam und schleichend, doch so etwas wie Angst auf. Das war ihr neu. Schließlich hatte sie auf ihren Wanderungen etliche Stunden einsam und allein zugebracht, und zwar an sehr viel unwirtlicheren Orten als diesem hier.

Im schützenden Beisein des Jagdhundes ging sie gegen Mittag ein letztes Mal nach draußen, holte körbeweise Brennholz aus dem Schuppen, dann Trinkwasser von der Quelle, verriegelte die Tür, schob den Tisch davor, schloss im oberen Stockwerk alle Fensterläden, sodass nur noch wenige schmale Lichtstreifen eindrangen, und zuletzt sogar die Dachluke auf der Bühne. Dann kletterte sie wieder nach unten, hockte sich vor das Kaminfeuer und starrte in die Flammen. Moritz hatte versprochen, auf keinen Fall länger als eine Nacht fortzubleiben. Sollte er seinen Vater nirgendwo erwischen, würde er erst mal mit ausreichenden Vorräten zurückkehren; dann würden sie weitersehen.

Obwohl sie Moritz voll und ganz vertraute, spürte sie eine merkwürdige Unruhe in sich. Sie schalt sich ein Hasenherz, ein elendes Schlotterbein, als sie begann, auf jedes Geräusch zu achten, auf jedes Knistern und Knacken herinnen, auf jedes

Rascheln von draußen. Dann beruhigte sie sich damit, dass der Hund schon achtgeben würde, mit dem einzigen Ergebnis, dass sie ihn fortan unablässig beobachtete und jedes Zucken seiner Ohren, jeden unregelmäßigen Atemzug für ein Gefahrenzeichen nahm.

Sie beschloss, aufzuräumen und zu putzen. Irgendwie musste sie schließlich die Zeit rumkriegen, auch wenn sie solcherlei Dinge eher hasste. Also suchte sie sich die notwendigen Utensilien zusammen und machte sich an die Arbeit. Wenigstens war sie hiermit einige Zeit beschäftigt, obwohl das Jagdhaus nur spärlich möbliert und recht überschaubar war mit seinen drei kleinen Schlafkammern im oberen und der Stube, der Küche und der Vorratskammer im unteren Stockwerk. Aber da Moritz selten genug hier herauskam, hatten sich in sämtlichen Winkeln und Ritzen dicke Dreckflusen angesammelt, und von den Geweihen der Jagdtrophäen hatte wohl seit Menschengedenken keiner mehr den Staub abgewischt.

Als das Licht fahler wurde, entzündete sie die beiden Tranlampen, die auf der Anrichte standen, und brachte Besen und Schaufel zurück in die Küche. Seltsam, seit einiger Zeit schon hatte sie das Gefühl, beobachtet zu werden. Ihr Blick fiel auf den Hund. Auch er lauschte, schien dabei aber nicht sonderlich beunruhigt. Dennoch wagte sie nicht, den Kehricht nach draußen zu schaffen. Stattdessen verrammelte sie jetzt auch hier im Erdgeschoss sämtliche Fensteröffnungen und beschloss, sich schlafen zu legen. Und zwar, wie schon die Nächte zuvor, vor dem Kamin, wo sie Tür und Hund im Blickfeld hatte.

Als sie an die Waschschüssel trat, zuckte sie vor Schreck zusammen: Direkt unter dem Fenster vor ihr hatte es in den Zweigen geknackt! Irgendwas stimmte da nicht, denn auch Wladimir hatte leise zu knurren begonnen, sich dann aber wieder entspannt. Warum aber wurde sie das Gefühl nicht los, dass jemand sie beobachtete, selbst durch die geschlossenen Fensterläden und die dicken Holzwände hindurch?

So wagte sie nicht einmal, sich beim Waschen das Hemd auszuziehen, und schlüpfte angezogen unter die dicke Decke. Endlos lange lag sie wach, lauschte dem Ruf der Käuzchen, dem Schrei einer wilden Katze, schließlich dem Wind, der nächtens stärker und stärker wurde und die Baumwipfel rauschen ließ.

Irgendwann musste sie schließlich doch eingeschlafen sein, denn sie hatte einen seltsamen Traum. Moritz hatte sie in das neue Jagdschloss geführt, in dem sie fortan wohnen sollten. Alles dort war aus Gold: der gefließte Fußboden, die Deckenbalken, die Wandteppiche, das Mobiliar, die Säulchen und Gesimse der Rundbogenfenster, der mächtige Kachelofen am Eingang des Saales, selbst die Jagdtrophäen überall an den Wänden – alles glänzte und strahlte in reinem Gold. Und sie stand mittendrin, Hand in Hand mit Moritz; ein goldener Lautenspieler schwebte herein und spielte ihnen lautlos zum Tanz auf, goldene Tauben und Pfauen segelten über ihren Köpfen, goldene Äffchen tanzten zu ihren Füßen, als mit einem Mal alles um sie herum zu zerfließen begann und dabei einen Geruch fast beißender Süße verströmte. Da erkannte sie: Alles war zu Honig geworden und verging zu einem klebrigen Brei, und sie selbst steckte mittendrin, gefangen, festgeklebt, unfähig, sich von der Stelle zu rühren, während Moritz, umschlungen von schweren Eisenketten, von ihr fortgezogen und von schwarzen Schlachtrössern durch das offene Portal in eine pechschwarze Nacht hinausgeschleift wurde, unter dem bellenden Hohngelächter seines Vaters …

Es war das Bellen und Jaulen des Hundes, das sie aus diesem grauenhaften Alb riss. Von draußen drang helles Tageslicht durch die Ritzen. Das arme Tier kratzte an der Türschwelle, wollte nichts wie raus. Wahrscheinlich zerriss es ihm schon fast die Blase.

«Ich komm ja schon», beruhigte sie ihn, schlüpfte in ihr Kleid und schob den Tisch vom Türrahmen weg. Kaum hatte sie die Tür einen Spaltbreit geöffnet, drängte das Tier nach draußen und durchquerte den Hof in eiligem Zickzack, die Nase immer dicht am Boden, als folge es einer Fährte. Kopfschüttelnd blickte Eva ihm nach. Wahrscheinlich suchte Wladimir sich ein Plätzchen, wo er in Ruhe seinem Geschäft nachgehen konnte.

Sie stand in der offenen Tür, bis ihr fröstelte. Obwohl der Wind nachgelassen hatte, zog eine kühle Feuchtigkeit durch die Luft. Ganz eindeutig wurde es nun Herbst. Sie schloss die Augen. Wo würden sie und Moritz wohl den Winter verbringen?

«Träumerin», schimpfte sie leise mit sich selbst und beschloss, sich etwas zu essen zu bereiten. Seitdem Moritz fort war, hatte sie nichts mehr zu sich genommen. Schon machte ihr Herz einen kleinen Sprung, als sie daran dachte, dass sie sich heute wiedersehen würden.

Zwei Stunden später war Wladimir noch immer nicht zurück. Eva stand auf der Schwelle nach draußen, rief laut seinen Namen, versuchte, Moritz' Pfiff nachzuahmen – doch nichts rührte sich. Verunsichert trat sie einige Schritte auf den Hof hinaus, dann stutzte sie: Am anderen Ende, vor dem Gatter zum Waldweg hin, lag ein dunkler Haufen. Als sie näher kam, wurde ihr schrecklicher Verdacht zur Gewissheit: Seltsam verrenkt, mit verdrehten Augen und gelblichem Schaum vor den Lefzen, lag Wladimir mitten auf dem Weg und gab keinen Laut mehr von sich. Er musste vergiftet worden sein!

«O Gott! Wladimir!»

Sie beugte sich über den Kadaver, wunderte sich im selben Augenblick, dass das nahe Hoftor offen stand, als auch schon etwas von hinten gegen ihren Schädel krachte und sie das Bewusstsein verlor.

Als sie wieder zu sich kam, spürte sie das vertraute weiche Schaffell unter ihrer Wange, hörte das Knistern des Kamins, roch den Geruch von harzigem, feuchtem Brennholz. Alles war in bester Ordnung, sie musste geträumt haben. Sie hob den schmerzenden Kopf, da sie jemanden flüstern hörte.

«Moritz? Bist du zurück?»

Sie wandte den Blick zur Seite. Es dauerte seine Zeit, bis sich ihr Auge schärfte und zwei Gestalten auf der Fensterbank zu erkennen gab: Die eine, klein und untersetzt, war in grellbunte Stoffe gekleidet, die andere, massig und schwer, klebte wie ein riesiger grauer Mehlsack auf der Bank.

«Sie kommt zu sich», japste der Mehlsack.

«Das seh ich selbst.» Das Gesicht des anderen beugte sich zu ihr herunter, die Furchen und Falten wurden deutlicher, dazu die Zahnstummeln im grinsenden Mund – da endlich wusste Eva, wem das ledrige Greisengesicht gehörte: Roderich von Ährenfels! Und neben ihm saß niemand anders als sein Hofmeister Hartmann von Zabern.

Mit einem kraftlosen Stöhnen ließ sie den Kopf wieder sinken.

«Hast du gut gemacht, Hofmeister», hörte sie den Edelmann sagen. «Ein bisserl fest zugeschlagen vielleicht.»

«Ach was, das Weibsstück ist zäh. Sollen wir noch einen Augenblick zuwarten?»

«Ja. Gib ihr erst mal was zu trinken.»

Das kühle Wasser tat ihrer ausgedörrten Kehle gut und schien auch ihren Kopf wieder klarer zu machen. Zu ihrem Entsetzen bemerkte sie jetzt, dass eine Fessel ihre Fußgelenke zusammenhielt und sie sich nur in winzigen Schritten fortbewegen konnte. Was hatten die beiden mit ihr vor? Womit wollten sie zuwarten? Und wo blieb Moritz? Er war der Einzige, der sie hier herausholen konnte.

«Bitte, hört mich an», begann sie mit dünner Stimme. «Ich wollte niemanden betrügen. Nur mein Brot wollte ich mir verdienen, als Schneiderknecht. Und Ihr wart doch auch zufrieden mit der Arbeit, oder nicht? Ich bitt Euch, edler Herr – lasst Gnade walten und gebt mich frei.»

«Von mir aus hättest dich als lutherischer Prädikant verkleiden können, das schert mich einen Dreck. Aber ich muss zugeben, dein Possenspiel war nicht schlecht. Hoffentlich spielst du deine nächste Rolle ebenso gut.» Der Alte gluckste leise, dann wurde sein Lachen immer lauter. «Du hast also keinen Schimmer, warum wir hier sind?»

Sie richtete sich auf. «Nein.»

Dabei ahnte sie längst, dass es nicht gut um sie stand. Ihre heimliche Liebe war entlarvt – man hatte sie hier im Jagdhaus also tatsächlich beobachtet. Deshalb hatte sich der Hund auch nicht sonderlich aus der Ruhe bringen lassen: weil er Roderich von Ährenfels und seinen Hofmeister gut kannte! Nur: warum die Fußfesseln? Warum jagte man sie nicht einfach davon?

«Gut, mein Schätzelchen, dann sperr deine hübschen Ohren auf.»

Der Edelmann zog Eva vom Boden hoch und schob sie zwischen sich und Hartmann von Zabern auf die Bank.

«Wir freuen uns nämlich ungemein, dass sich unser Schneiderknecht aus heiterem Himmel in eine Jungfer verwandelt hat. Noch dazu in solch eine bildhübsche!» Mit seinen spitzen Fingern hob Roderich von Ährenfels ihr Kinn und sah ihr tief in die Augen. Sein Blick war wässrig und lauernd zugleich. «Du bist doch hoffentlich noch Jungfrau? Oder hat dieser Bengel von Moritz etwa ernsthaft zugestochen?»

Diese Worte fuhren ihr wie ein Dolchstoß ins Herz. «Was soll das? Was wisst Ihr von Moritz und mir? Ich will sofort zu ihm.»

«Er aber nicht zu dir, mein Kind.» Wieder kicherte der Alte. «Er ist längst auf dem Weg zu seiner Verlobten, einer Wittelsbacher Prinzessin.»

«Ihr lügt! Er hat gar keine Verlobte. Ich bin seine Braut!» Damit war es heraus. Doch der Edelmann schien von dieser Nachricht nicht sonderlich beeindruckt.

«Was weißt du schon von meinem jüngsten Sohn? Hast ihm wohl all das Gesülze von Liebe und Heirat abgenommen und geglaubt, er würd so ein armseliges Ding wie dich zur Frau nehmen wollen?» Er zwinkerte seinem Hofmeister zu. «Das hat er wieder sehr gut gemacht, unser Moritz. Er wird immer besser beim Anbeißen leichtgläubiger Jungfern.»

«O ja, in der Tat! Bleibt nur zu hoffen, dass er rechtzeitig vor der Scheuer abgeladen und keine Frucht eingefahren hat! Einen Bastard wär das Letzte, was wir brauchen könnten.»

Eva konnte nicht glauben, was sie da mit anhören musste. Sie wollte etwas erwidern, aber ihr blieben die Worte im Hals stecken.

«Und jetzt, liebes Kind, kommen wir mal zur Sache: Dein Moritz ist nicht der, für den du ihn hältst. Er ist verdorben bis ins Mark, hat einen Heidenspaß daran, uns junge Mädchen zuzuführen. Du bist fürwahr nicht die Erste, die er mit seinem Zauber eingewickelt und ein bisserl gefügig gemacht hat für weitere große Taten. Du hast nun die Wahl: Entweder kommst du mit uns nach Burg Ährenfels, wo schon ein hübsches Turmzimmerchen für dich bereitsteht, oder wir verkaufen dich an ein Kupplerpaar, das dich weit weg außer Landes bringt. Ich schätze, dort wird es dir nicht so gut ergehen wie bei uns.»

Roderichs Hand glitt über den Stoff ihres Kleides zu ihren Brüsten hin. «Moritz hatte übrigens recht mit der Farbe des Kleides. Ich wollte ja, dass er dir das blaue Kleid schenkt, aber dieses Dunkelrot steht dir wahrhaftig besser.»

Hass und Wut stiegen in ihr auf. «Nehmt Eure Pfoten da weg!», schrie sie. «Was Ihr da redet, ist alles erstunken und erlogen. Niemals würde Moritz so etwas tun. Bringt ihn doch her, damit er's mir selber sagt.»

Jetzt zitterte sie am ganzen Körper.

«Sie will's nicht wahrhaben.» Roderich von Ährenfels schüttelte mit einem bekümmerten Lächeln den Kopf. «Sie will's einfach nicht wahrhaben.»

Im nächsten Augenblick griff er mit der Linken in ihr Haar und drehte es so fest über der Kopfhaut zusammen, dass ihr die Tränen in die Augen schossen.

«Sieh selbst!» Er zog sie an den Haaren zu sich herüber, in der rechten Hand hielt er ein Blatt Papier. «Oh, ich vergaß – du bist ja nur eine Frau. Also, hör zu!»

«Nein! Ich kann selber lesen! Wenn Ihr nur meine Haare loslasst.»

Der Alte lockerte seinen Griff, und ihr Blick fiel zuerst auf die schwungvolle Unterschrift. *Moritz* stand dort in großen, glänzend schwarzen Buchstaben. Es war dieselbe Unterschrift wie die auf dem Lageplan. Dann begann sie zu lesen:

Werter Vater und allerliebster Herr!

Da ich Euch nicht in persona vorgefunden habe, hier nun in aller Eile die Lage der Dinge: Diese Eva scheint mir ganz die Richtige für Eure Belange, sie stellt sich in Liebesdingen wahrlich nicht ungeschickt an. Den letzten Schliff aber vermögt Ihr selbst ihr am besten zu geben, da bin ich mir sicher, und ich wünsche Euch dabei großes Vergnügen!

So holt sie denn baldmöglichst aus dem Jagdhaus, bevor sie womöglich Verdacht schöpft.

Mit ergebenem Gruße, Euer Sohn
Moritz

Eva schlug die Hände vors Gesicht, und das Papier segelte zu Boden wie welkes Herbstlaub. Das hier war schlimmer noch als der schlimmste Nachtmahr!

«Ich denke, sie ist so weit», hörte sie Roderich sagen. «Gehen wir.»

31

Als die beiden Männer sie aus dem Haus führen wollten, ballte sich in Eva eine letzte, außerordentliche Kraft zusammen und entlud sich in Faustschlägen, die erst den Alten, dann den Dickwanst gegen die Wand schleuderten. Gleich einer Tollhäuslerin schlug sie um sich, trotz ihrer Fußfesseln, bis sie schließlich selbst ins Straucheln geriet. Kaum war sie zu Boden gegangen, stürzten sich die Männer auf sie. Ein letztes Mal versuchte sie sich zu wehren, wand sich und zappelte, spürte dann, wie sich kräftige Hände um ihren Hals legten und drückten, bis sie würgte und spuckte und kaum noch Luft bekam. Da gab sie auf.

«Na also! Wurde aber auch Zeit.»

Roderich stülpte ihr einen schweren Sack über den Kopf, der beißend nach Hühnerschiss stank, und zog ihn unten am Saum zu. Danach löste er die Fußfesseln, die er ihr stattdessen um die Handgelenke schlang, und schleifte sie hinter sich her nach draußen.

«Sind die Tiere bereit?», hörte Eva ihn fragen.

«Ja, Herr.»

Das war die Stimme von Bartlome, einem der beiden Mauerwärter des Landguts. Mit ihm hatte Eva zwei, drei Male nach Feierabend gewürfelt. Ein winziger Funken Hoffnung keimte in ihr auf. Der Mann war zwar nicht gerade der Hellste, aber

329

er war ehrlich und ein ergebener Bewunderer von Moritz von Ährenfels.

«Was machen wir mit ihrem Kram?», fragte Hartmann von Zabern.

«Den nehmen wir mit. Das Werkzeug wird Hilprands Schneidergesell gut brauchen können. He, Bartlome, glotz nicht so dämlich! Beeil dich, binde den Beutel der Metze hinter den Sattel, wir sind spät dran.»

Grob wurde Eva auf das Reittier bugsiert. Ihre Füße tasteten nach den Steigbügeln, die Finger umkrampften den Sattelknauf, als das Tier sich in Bewegung setzte. Sie hatte keine Erfahrung in den Reitkünsten, und umso unheimlicher war ihr das Geschaukel, zumal sie mit ihrer Vermummung rein gar nichts erkennen konnte. Schwindelgefühle packten sie; oben und unten, rechts und links flossen ineinander, und sie glaubte, sich übergeben zu müssen.

«Haltet an», rief sie. «Mir ist übel.»

«Dann kotz halt!», war Roderichs knappe Antwort.

Tränen stiegen ihr in die Augen. «Lieber Gott im Himmel, Jesus und Maria», begann sie leise zu beten, «bleib bei mir! Zeigt mir einen Ausweg! Lasst mich nicht bei diesen Ungeheuern! Lasst mich nicht zur Hure werden!»

Sie gab sich jetzt keinerlei Mühe mehr, die Tränen zurückzuhalten. Es sah sie ja niemand hinter dem groben, stinkenden Sackleinen ihrer Kapuze, die ihr in diesem Moment fast zum Schutz und Trost wurde. In lautlosen Schluchzern begann sie zu weinen – nicht etwa über ihre aussichtslose Lage, sondern über den Verrat, über die unfassbare Hinterlist jenes Mannes, den sie zu lieben geglaubt hatte.

Eva schrak aus ihrem Dämmerzustand. Fast wäre sie vornüber aus dem Sattel gekippt, als ihr Reittier ganz plötzlich zum Ste-

hen kam. Sie hörte vor sich Stimmen, die sich fröhliche Gruß-
worte zuwarfen, dann die Frage: «Was führt Ihr denn da für ein
Nachtgespenst mit Euch, Roderich von Ährenfels?»

«Eine Betrügerin», gab Roderich zur Antwort. «Eine Diebin
und Betrügerin. Ich will oben auf der Burg Gericht über sie
halten.»

«Recht so! Haltet nur all das Gesindel fern von unsrer schönen Hofmark. Grüß Euch Gott und kommt gut heim.»

«Grüß Euch Gott, Herr Pfarrer.»

Damit setzte sich die seltsame kleine Karawane wieder in
Bewegung.

Wie gern hätte sie dem Pfarrer entgegengeschrien, dass er
sie von seinen Gottesdiensten her kannte, dass sie der Schnei-
derbursche vom Herrenhof war. Und dass der Ährenfelser sie
entführt hatte, mit den abscheulichsten und allersündigsten
Absichten. Aber der Pfarrer würde ihr kein Wort glauben.

Nein, mit Mutwillen und Gewalt erreichte sie im Augenblick gar nichts. Sie musste in kleinen Schritten vorgehen. Erleichtert spürte sie, wie die Hoffnung in sie zurückkehrte. Hatte
sich nicht bislang aus jeder Zwickmühle ein Törchen für sie
geöffnet?

«Edler Herr von Ährenfels», rief sie, so freundlich es ihr möglich war. «Könntet Ihr mir wenigstens den Sack vom Kopf nehmen? Ich will auch keinen Aufstand mehr machen, ich schwör's
Euch.»

«Aha, unser falsches Schneiderlein wird vernünftig. Bartlome, nimm ihr den Sack weg und gib ihr ein Batzerl Brot. Aber
keine Zicken, mein liebes Kind, ich warne dich.»

Das grelle Licht stach ihr in die Augen, als Eva sich um-
blickte. Hier war das Land um einiges bergiger und waldiger
als beim Gutshof, und dem Stand der Sonne nach ging es in
Richtung Norden. Vor ihr, auf zwei kraftvollen, edlen Rössern,

ritten der Alte und sein Hofmeister. Dicht neben ihr, wie sie selbst, schwankte auf einem knochigen Maultier der Knecht.

Hungrig verschlang sie den Kanten Brot, den Bartlome ihr gereicht hatte. Die Verlegenheit stand dem Mauerwächter qualvoll ins Gesicht geschrieben.

«Wie weit ist es noch bis zur Burg?», fragte sie ihn leise.

Bartlome schüttelte den Kopf.

«Weißt du vielleicht, wo Junker Moritz steckt?»

Wieder erntete sie nur Kopfschütteln, und beinah ärgerlich sagte sie: «Was soll das? Waren wir nicht immer gut Freund gewesen?»

Mit einem ängstlichen Blick nach vorn flüsterte Bartlome: «Ich soll nicht mit dir sprechen.»

Sofort beffzte Roderich sie an: «Haltets das Maul, ihr beiden. Oder soll ich's euch zubinden?»

Etwa eine Stunde später – es hatte bereits zu dämmern begonnen – kehrten sie in einem vornehmen Landgasthof ein. Eva taten von dem langen Ritt alle Knochen weh, als Bartlome ihr aus dem Sattel half.

«Los, ab in den Stall mit euch.» Der Alte schlug Bartlome grob gegen die Schulter. «Wenn du die Tiere versorgt hast, lass ich euch was zu essen bringen. Und vergiss nicht, dem Weib die Fußfesseln anzulegen. Nicht dass unser Goldtäubchen auf und davon fliegt.»

Eine halbe Stunde später kauerte Eva auf einer Strohschütte, Hand- und Fußgelenke gefesselt, während sich Bartlome neben ihr ausstreckte.

«Es tut mir leid, das alles», murmelte er. «Wie heißt du eigentlich? Als Weib, mein ich.»

«Eva.»

Sie schwiegen. Schließlich fragte sie: «Warst du schon mal auf der Burg?»

Bartlome nickte. «Die klebt hoch oben auf einer Felsnadel, mit doppelter Ringmauer und Graben und einem einzigen Tor, das mit Zugbrücke und Fallgitter gesichert ist. Da kommst du so schnell nicht wieder raus, falls man dich gefänglich einlegt.»

«Sind dort oft solche – solche gemeinen Weiber?»

«Schon. Und es geht ihnen nicht schlecht, glaub ich. Aber warum fragst du? Was hast du mit diesen Huren am Hut?»

«Bist du so tumb, oder tust du nur so? Warum werd ich wohl in Fesseln auf die Burg geschleift?»

«Weil über dich Gericht gehalten wird, dachte ich.»

Die Stalltür schwang auf, und Hartmann von Zabern stapfte herein.

«Was ratschst du da wie ein altes Waschweib? Ist dir nicht verboten, mit der Gefangenen zu sprechen?»

«Ja, Herr. Verzeiht.»

«Hier, nimm. Wasser, Brot und ein Stückerl Schwarzwurst. Das muss reichen bis morgen früh. Wie viel du dem Weib abgibst, überlass ich dir. Aber ich warne dich: Halt deine dreckigen Pfoten im Zaum, sonst quetsch ich dir die Eier zu Mus. Und morgen bei Sonnenaufgang sind die Pferde gesattelt, verstanden?»

«Ja, Herr.»

Nachdem der Hofmeister verschwunden war, behielt Bartlome die Tür noch eine Zeitlang im Blick, dann zog er aus seiner Tasche ein mehrfach gefaltetes Papier.

«Hör zu, Eva. Als der junge Herr heut Morgen vom Hof geritten ist, hat er mir das hier für dich gegeben. Der Alte darf es aber niemals erfahren, sonst komm ich in Teufels Küche.»

Eva starrte mit stockendem Atem auf den Zettel in Bartlomes Hand, als enthielte er ein tödliches Gift.

«Tu das weg», flüsterte sie schließlich kaum hörbar.

«Aber ich muss es dir geben. Auf Leben und Tod, hat der junge Herr mir gesagt,»

«Tu das weg, hab ich gesagt.» Jetzt brüllte Eva voller Wut und schlug dem Knecht das Papier aus der Hand. «Verflucht sei dein junger Herr! In der Hölle soll er schmoren für das, was er mir angetan hat!»

Bartlome sah sie nur aus runden Augen an, dann zuckte er die Schultern und klaubte den Zettel zwischen den Strohhalmen heraus.

«Schlaf jetzt. Wir haben morgen noch ein gutes Stück zu reiten.»

Eva hätte nicht sagen können, ob sie wahrhaftig geschlafen hatte, als sich etwas an ihren Fußfesseln zu schaffen machte. Ratten!, war ihr erster Gedanke, und sie zog mit einem Ruck ihre Füße heran. Da erkannte sie in der Dunkelheit die Umrisse eines Mannes vor sich.

«Bartlome?»

Die Gestalt richtete sich auf. Zu Evas Erleichterung war es wirklich der Mauerknecht.

«Es geht», flüsterte der. «Es geht tatsächlich. Dass ich nicht früher draufgekommen bin.»

«Was meinst du?»

«Ich hab die ganze Zeit drüber nachgedacht, wie ich deine Fesseln aufkriege, so ohne Messer. Da hab ich deine Schneiderschere aus dem Werkzeugsack genommen. Jetzt halt still, der Strick ist gleich durch.»

Kurz darauf waren auch Evas Hände befreit. Ihre Augen füllten sich mit Tränen der Dankbarkeit. Wie grundfalsch hatte sie doch den Knecht eingeschätzt.

«Hör zu, Eva: Am besten verschwindest du in Richtung Süden, immer weiter, bis du auf Regensburger Gebiet kommst.

Ich glaub nicht, dass der Ährenfelser so weit weg nach dir suchen lässt.»

«Aber es ist stockdunkel draußen.»

«Es wird schon gehen. Außerdem sieht dich dann ja auch keiner. Erinnerst du dich an die große Schleifmühle, eine halbe Wegstunde von hier?»

«Ja.»

«Der Fluss heißt Schwarze Laber. Eine Holzbrücke führt darüber, danach nimm den Pfad bis zu der großen Handelsstraße von Nürnberg nach Regensburg. Der folgst du einfach flussabwärts. Du kannst den Weg gar nicht verfehlen.»

Er reichte ihr den Beutel. «Vergiss dein Werkzeug nicht.»

«Aber – was wird der Alte mit dir machen? Bestimmt wird er dich auspeitschen!»

«So schlimm wird's schon nicht. Ich sag ihm einfach, du hättst mich in der Nacht niedergeschlagen, mit deinen zusammengebundenen Fäusten. Stark genug bist ja.» Er grinste. «Vielleicht schnapp ich mir eins der Maultiere und mach mich aus dem Staub. Ich wollt mir eh einen neuen Dienstherrn suchen.»

Eva umarmte ihn.

«Ich danke dir!»

«Jetzt lauf los. Und viel Glück!»

Der Halbmond spähte hin und wieder zwischen den Wolken hindurch und gab ihr ausreichend Licht, um Mühle und Holzsteg zu finden. Als bald darauf die Nürnberger Handelsstraße, die sich hier auf halber Höhe an die Berge schmiegte, vor ihr auftauchte, menschenleer und gottverlassen, suchte sie Schutz hinter dichtem Buschwerk und überdachte ihre Lage.

Nun war sie wieder Frau, trug ein hübsches, ja kostbares Kleid auf dem Leib, viel zu dünn allerdings für den einbrechenden Herbst, dazu zierliche Lederschuhe, die einem nach kurzem

Fußmarsch schon Blasen bescherten. Ihr war klar: In diesem Aufzug würde sie keinen Tag unbehelligt über die Landstraße ziehen können. Wenigstens hatte sie immer noch ihr Werkzeug, ihren kostbarsten Besitz. Um damit ihr Brot verdienen zu können, brauchte sie aber schleunigst wieder Männerkleidung, und sie besaß keinen einzigen Heller mehr. Beides, ihre alten Kleider wie das Geld, das ihr der Kämmerer zum Lohn ausbezahlt hatte, lagen gut verwahrt in einer der Truhen im Jagdhaus, zusammen mit dem schönen Jagdmesser von Moritz, das ihr so viele gute Dienste geleistet hatte. Es war alles so sinnlos!

Sie kauerte sich zusammen und kämpfte gegen die feuchte Kälte kurz vor Morgengrauen an. Noch war keine Menschenseele zu sehen, weder in Richtung Regensburg noch nach Nürnberg hin. Nichts wie weg wollte sie aus dieser vermaledeiten Gegend, in der sie nun schon seit Jahren kreuz und quer herumirrte wie ein Brummkreisel. Möglichst weit weg, nach Süden oder nach Westen, ganz gleich, wohin. Denn wer kein Zuhause hatte, konnte überall hingehen.

Diesen letzten Satz murmelte Eva immer wieder und tastete nach dem Amulett an ihrem Hals. «Keine Angst, Igelchen», sagte sie plötzlich laut in die Stille hinein. «Ich geb nicht auf.»

Sie lehnte den Kopf gegen ihren Ledersack und wartete auf den ersten wärmenden Sonnenstrahl.

32

Das fahle Grün der Laubbäume, das hier und da bereits in Gelb und Gold überging, verriet den nahen Herbst. Die Felder im Flusstal waren zwar längst abgeerntet, dafür boten die Bauerngärten in den Dörfern noch üppige Kost, mit Kohl und Rüben aller Art, mit Mangold und Gartenmelde, mit den letzten Zuckererbsen und dem ersten Knollensellerie. Am verlockendsten aber boten sich die rotwangigen Äpfel und die letzten tiefblauen Zwetschgen dem Blick des Wanderers dar und warteten darauf, endlich gepflückt zu werden.

Es war allein der Hunger, der Eva gegen Mittag in das nächste Dorf trieb. Mit dem ersten Sonnenstrahl des Morgens war sie aus ihrem Versteck am Waldrand gekrochen und seither marschiert, Schritt für Schritt, dicht am Straßengraben entlang, ohne Rast und ohne einen Bissen zu essen. Immerfort war Moritz' Gesicht vor ihren Augen aufgetaucht, und jedes Mal aufs Neue hatte sie leise zu schluchzen begonnen. Wie hatte sie sich nur derart täuschen lassen können?

Wenn dann einer der Leute auf der Straße sie voller Neugier oder auch Mitleid anstarrte, hatte sie ihr Schultertuch über Kopf und Gesicht gezogen, bis nur noch ein schmaler Schlitz über den Augen frei blieb. Jeder, der sie ansprechen würde, so schwor sie sich, würde eine Maulschelle verpasst bekommen.

Als ihr knurrender Magen sie schließlich auf den Abzweig in Richtung des Dorfes trieb, war sie nicht die Einzige: Bald jeder, der zu Fuß unterwegs war, stapfte den steilen Wiesenweg hinauf, und kurz darauf vernahm Eva das quäkende Gedudel von Sackpfeifen, sah die Blumengirlanden, die den Palisadenzaun schmückten. Ganz offensichtlich feierte man hier eine Kirbe zum Erntedank.

Bei diesen Menschenmassen rundum konnte sie es sich aus dem Kopf schlagen, sich unbemerkt in die Gärten zu schleichen. Aber gut – dann würde sie eben um ein Almosen bitten. Sie wischte sich die Tränen aus dem Gesicht. Vielleicht zeigten sich an Erntedank die Bauersleut großzügiger als sonst. Zumal wenn man eine halbwegs hübsche Jungfer war und ein demutsvolles Lächeln aufsetzte, wie sie es jetzt, als sie im Gedränge das Holztor passierte, beinahe trotzig tat.

Vorwärtsgeschoben von einem steten Menschenstrom, gelangte sie auf den Kirchplatz, wo im Schatten einer mächtigen Linde Tanzboden und buntgeschmückte Buden und Bänke aufgebaut waren. Überall roch es köstlich nach Bratwürsten und in Zucker gerösteten Mandeln, dazu wurde Gewürzwein und Bier ausgeschenkt – es war kaum auszuhalten. Weit mehr noch als der Hunger aber quälte sie der Anblick der jungen Leute, die sich zur Musik der Fiedler und Sackpfeifer in ausgelassenen Sprüngen miteinander vergnügten. Vor allem ein hochgewachsener, fescher Bursche zog sie in seinen Bann: Er schien sein Mädchen mit Blicken zu verschlingen, umwarb und umgarnte es im Takt der Musik, bis er es schließlich blitzschnell neben das Podest der Spielleute zog und hingebungsvoll küsste. Ob er sie morgen auch noch lieben würde?

«Da magst neidisch werden, was?»

Ein nicht mehr ganz so junger Kerl mit fleckigem Gesicht und blondem Bart lachte Eva an.

«Auf! Gemma tanzen!»

Er fasste sie bei beiden Händen und versuchte, sie die Stufen zum Tanzboden hinaufzuziehen.

«Nein, lass mich.»

Sie wollte ihn abschütteln.

«Magst lieber ein Krüglein Wein? Auch recht.»

Jetzt legte ihr der Bärtige vertrauensvoll den Arm um die Schultern und berührte dabei wie absichtslos ihre Brust.

«Hast du Dreck in den Ohren?» So laut schrie sie jetzt, dass die Umstehenden sie angafften. «Ihr Kerle seid doch alle gleich. Lass mich in Ruh, hab ich gesagt.»

«Blöde Zicke», hörte Eva ihn noch fluchen, dann schulterte sie ihren Beutel und zwängte sich durch die Menge hindurch bis an den Rand des Platzes. Hier, wo ein breiter Kiesweg zum Kirchenportal hinaufführte, war es schon bedeutend ruhiger.

Eva betrachtete die mächtige Erntekrone aus Blumen und Getreideähren, die über dem Portal aufgehängt war.

«Hübsch ist sie gworden, unsre Erntekrone, gei?» In einem Gärtchen, direkt neben dem Kirchhof, stand eine junge, ordentlich gekleidete Frau und lächelte sie freundlich über den niedrigen Zaun hinweg an.

«Ja», erwiderte Eva. Sie hatte plötzlich nur noch Augen für den Korb voller Äpfel, den die Frau neben sich im Gras stehen hatte.

«Ist's dir auch zu eng gworden, drunten am Tanzboden?»

Eva nickte.

«Weißt, ich kann da nimmer hin.» Die junge Frau berührte ihren Bauch, der sich prall und rund unter dem Stoff wölbte. Dabei strahlte ihr rosiges Gesicht voller Glück. «Ich bin doch guter Hoffnung.»

«Das freut mich für Euch. Ist es das Erste?»

«Ja. Und die Hebamm sagt, in acht Wochen ist's so weit. Magst einen Apfel?»

«O ja! Sehr gern.» Eva nahm den rotgelben Apfel entgegen, biss hinein und kaute so gierig, dass ihr der süße Saft das Kinn herabrann.

«Mei, bist du hungrig! Hast schon lang nix mehr ghabt?»

«Seit gestern.»

«Warum holst dir keine Bratwürstl? Magst die net?»

«Ich hab kein Geld. Ein Beutelschneider hat mir im Gewühl die Geldkatze abgeschnitten.»

«Du Ärmste! Und jetzt?»

«Weiß nicht – wenn ich vielleicht noch zwei, drei Äpfel haben könnt? Das wär schon was.»

«Komm doch einfach rein zu mir. Du schüttelst den Baum und liest auf, und wir machen halbpart! Mir fällt das Auflesen eh zu schwer.»

Kein Paternoster später hatte Eva ihr Schultertuch zu einem prallgefüllten Beutel geknotet.

«Was hast denn in dem andern Sack?», fragte die junge Frau neugierig.

«Werkzeug und Garne für meinen Vetter. Der ist Schneiderknecht, drunten bei Regensburg.»

«Du, ich könnt eine Nähnadel brauchen. Und Hefteln. Und ein wengerl Garn. Verkaufst mir was? Dann hättest a Geld für heut und morgen.»

«Das wär wunderbar! Hier, schaut!»

Eva öffnete den Lederbeutel und zog das Stoffsäckchen mit den Garnen heraus. Dabei wäre fast das kleine Jagdhütchen, das Moritz ihr geschenkt hatte, mit herausgefallen. Gott weiß, wie es zu den Werkzeugen geraten war.

«Oh! Was für ein hübscher, zierlicher Hut! Für den würd ich dir sonst was geben! Ich müsst nur warten, bis mein Mann zurück ist. Der ist der Schultes hier.»

Einen kurzen Moment lang zögerte Eva: Den samtweichen, mit Perlen bestickten Hut hatte Moritz ihr manchmal beim Liebesspiel aufgesetzt und sie dann zärtlich Prinzessin genannt. Andererseits würde er gewiss ein kleines Vermögen einbringen, und sie musste dann eine schmerzhafte Erinnerung weniger mit sich herumschleppen.

«Und? Was ist? Mein Mann würd ihn dir ganz sicher abkaufen. Er liebt so zierlichen Putz an mir.»

Eva sah in Gedanken einen fettwanstigen Dorfschultes vor sich, der mit geiferndem Blick seine herausgeputzte junge Frau begrabschte.

«Nein, der ist nicht zu verkaufen», sagte sie entschieden und stopfte die Samtmütze zuunterst in den Ledersack. Anschließend schlug sie zehn Kreuzer für die Nadeln und die Hölzchen mit schwarzem und blauem Garn heraus. Das war viel zu viel, und der Schultes würde lauthals schelten über diesen Kuhhandel, aber darum konnte sie sich jetzt nicht kümmern.

«Gibt es hier in der Nähe eine einfache Herberge?»

Die Frau nickte. «Das *Rössl*, eine Wegstunde von hier an der Nürnberger Straße. Musst aber früh dran sein. Da prügeln sich die Leut derzeit um einen Schlafplatz, seitdem drüben in Velburg das große Unheil ist.» Sie senkte Stimme und Blick. «Da ist nämlich die Pest ausbrochen, ganz schlimm! Jeden Dritten hat's schon erwischt.»

Eva ließ sich noch den kürzesten Weg zur Handelsstraße erklären, dann bedankte sie sich mit einem reichlich schlechten Gewissen und beeilte sich, wegzukommen von der braven Frau. Die Sonne versteckte sich hinter dichten grauen Wolkenbergen, als sie talwärts hastete, und der kühle Wind ließ sie frösteln. So aß sie kurzerhand einen Apfel nach dem anderen auf, bis es ihr im Magen rumpelte, dann wickelte sie sich das wollene Tuch um Hals und Schultern.

Das *Rössl* befand sich, als einsamer Landgasthof, direkt an der Straße. Obwohl erst Nachmittag war, wimmelte es zwischen Stall, Scheuer und Herberge bereits von Fahrzeugen und Karren aller Art. Dabei wirkte das Anwesen ziemlich schäbig und heruntergekommen.

Als sie den überfüllten Schankraum betrat, entdeckte sie am Tresen den Wirt, wie er mit einer Gruppe vornehmer Kaufleute herumzankte.

«Dann macht Euch doch vom Acker, wenn es Euch nicht passt! Von wegen eigene Schlafkammer! Andre Leut wollen auch hier übernachten.»

«So ist's!», blökte ein dürrer, langer Kerl mit verfilztem Haar und speckigem Umhang. «Meine Söhne und ich waren zudem vorher da!»

Jeder konnte dem Rösslwirt ansehen, wie er sich innerlich

341

die Hände rieb angesichts des guten Geschäfts, das ihm der Schwarze Tod nur einen halben Tagesmarsch von hier bescherte. Eva drängte sich nach vorn.

«Ist noch ein einzelnes Plätzchen vakant?», fragte sie.

Der Lange neben ihr grinste frech. «Darfst mit auf meinen Strohsack, das kost dich nix!»

Eva beachtete ihn nicht. «Also, was ist? Ich zahl sofort.»

«Acht Kreuzer der Strohsack. Zehn Kreuzer unterm Fenster. Mit dabei ein Bier am Abend und das Morgenessen.»

Ihr blieb der Mund offen stehen. Das war mehr als Wucher! Doch sie wollte weder feilschen noch streiten, sondern sich so unauffällig wie möglich verhalten, damit sich später ja keiner an sie erinnern würde. Angesichts des Gewimmels und des Durcheinanders hier im *Rössl* war ihr nämlich ein hervorragender Einfall gekommen – und für den hätte sie selbst ihre sämtlichen zwölf Kreuzer ausgegeben.

Am nächsten Morgen gehörte sie mit zu den Ersten, die auf den Beinen waren und sich am Ausschank einen lächerlichen Klecks Gerstenmus abholten. Sie hatte höchstens zwei, drei Stunden geschlafen, und die waren zerrissen gewesen von bösen Träumen und dem angstvollen Hoffen, dass alles gut würde.

Von oben, aus den Schlafkammern, war seit einigen Minuten lautstarker Tumult zu hören, Flüche, Schmäh- und Schimpftiraden und übles Geschrei. Eva schulterte ihr Gepäck – den Ledersack und ein gutgefülltes Wolltuch – und verließ mit einem freundlichen Gruß zur Wirtin hin die Schankstube. So ruhig wie möglich marschierte sie hinüber zur Handelsstraße, die sich rasch füllte, und überreichte einer Zeitlerin ihre letzten beiden Kreuzer dafür, dass sie ihre schweren Taschen zu den Bienenkörben auf den Karren laden durfte.

Heilfroh war Eva über die Maulfaulheit der Alten und überließ sich einem dumpfen Dämmerzustand, einer Mischung aus Müdigkeit und Niedergeschlagenheit, in der sie neben dem Karren hertrottete. Ansonsten hätte sie vielleicht ein Auge gehabt für die wilde Schönheit von Gottes Schöpfung ringsum: Mit ihrem dunkel schimmernden Wasser schlängelte sich die Schwarze Laber unterhalb der Straße durch ihr Tal, vorbei an verwitterten Felsgebilden und üppig bewachsenen Uferwiesen. Die Strömung trieb unzählige Mühlräder an, schmucke Kirchlein und Kapellen säumten den Weg. Immer wieder thronten kleine, aber wehrhafte Burgen der unterschiedlichsten Adelsgeschlechter auf den Felsen – das waren denn auch die einzigen Momente, wo Eva aus ihrer Schwermut auffuhr. Mit rauer Stimme erkundigte sie sich dann jedes Mal bei den Leuten rundum, wer die Herren dieser oder jener Burg seien. Dabei fielen Namen wie Hadamer von Laber und Ulrich der Zenger, sie hörte vom Geschlecht der Kamerauer und der Reisacher, der Wolfsteiner und Rosenbuschs, und nicht wenige von ihnen wurden als übelste Raubritter und Wegelagerer verflucht. Der Name Ährenfels fiel, zu ihrer großen Erleichterung, kein einziges Mal.

Wo die Strömung des Flusses nicht allzu stark war, setzten Fähren den Wanderer über, und auch Eva und ihre Begleiterin mussten sich einige Male samt ihrem Karren auf solch schwankende Planken wagen. Ein gutes Stück wollte sie schon noch weg sein vom *Rössl* und sich dann ein stilles Plätzchen im Wald suchen, um ihre Beute bei helllichtem Tage zu begutachten. Ihre größte Sorge war inzwischen, ob das Zeug ihr auch passen würde. Zwar hatte sie sich am Vorabend gleich als Erste, noch im Zwielicht der Dämmerung, auf ihren Schlafplatz in der Fensterreihe gelegt, um von dort die zumeist männlichen Schlafgäste, die nach und nach eintrafen, genauer in Augenschein zu nehmen. Doch leider kamen die meisten erst, nach-

343

dem der Wirt das Licht längst gelöscht hatte und damit kaum mehr als Umrisse zu erkennen waren. Sie hatte nicht die Kirbe im nahen Dorf bedacht, wo viele den Abend verbracht hatten. Dafür war die Mehrzahl der Männer reichlich betrunken – was wiederum Evas Absichten zum Vorteil gereicht hatte.

So hatte sie sich, obgleich sie todmüde war, gezwungen, wach zu bleiben. Gegen Mitternacht endlich war der Raum erfüllt gewesen von lautem Schnarchen, Gegrunze und Gefurze, der eine redete im Schlaf, der andere wälzte sich schwer hin und her, alle aber schienen fest zu schlafen. Da hatte sich Eva wie eine Raubkatze durch die Dunkelheit geschlichen, um sich das Nötige zusammenzusuchen: hier eine Hose samt Strümpfen, dort ein Paar Schuhe, hier ein Wams, dort ein Hemd, zuletzt sogar noch einen Hut.

All das war unbemerkt vonstatten gegangen. Erwartungs-gemäß hatte es am nächsten Morgen seine Zeit gebraucht, bis die Bestohlenen ihre Verluste bemerkten – und sich zunächst einmal gegenseitig beschuldigten. Eva selbst lief kaum Gefahr, als Täterin erkannt zu werden. Sie war als anständig gekleidete junge Bürgersfrau gekommen und als ebensolche wieder ge-gangen.

Gegen Nachmittag schien Eva der Abstand zum *Rössl* weit genug, um sich das bunte Kleidergemisch überzuziehen und damit ein zweites Mal ihr Leben als der Schneidergesell Adam in die Hand zu nehmen. Sie zerrte ihr Gepäck vom Karren der Zeitlerin und schlug sich in ein Tannenwäldchen, das sich wie eine schwarze Zunge in die Heidelandschaft schob. Ent-schlossenen Schrittes und mit zusammengebissenen Zähnen schritt sie bergwärts voran, bis sie eine verlassene Köhlerhütte erreichte. Dort vollzog sie ihre erneute Verwandlung, ohne Zögern zunächst und ohne über ihre weitere Zukunft nach-zudenken. Die halbhohen Lederschuhe waren natürlich zu groß für ihre schmalen Füße, sie würde sie mit Lumpen ausstopfen müssen. Der Rest passte so einigermaßen, auch wenn die hellblaue Strumpfhose mit den breiten knallroten Strumpfbändern vollkommen lächerlich aussah und farblich so gar nicht mit der gelb-grün gestreiften kurzen Pluderhose zusammenging. Ebenso lächerlich wirkte der hohe braune Filzhut mit seinen abgefressenen Federn. Richtig hübsch war eigentlich nur das langärmlige dunkelblaue Wams mit den Holzknöpfen. Der weiche Wollstoff würde an kühlen Tagen gut warm geben, und die gepolsterten Schultern verliehen ihr eine überaus männliche Gestalt.

Sorgfältig legte sie ihre Frauenkleidung zusammen und wickelte sie in dem wollenen Schultertuch zu einem Bündel. Im nächsten Marktflecken würde sie das alles zu Geld machen. Und zwar zu gutem Geld! Sie stieß ein raues Lachen aus. Zwei Gulden wollte sie dafür schon herausschlagen. Wenigstens etwas sollten diese Judasbrüder, diese Bluthunde von Ährenfels, für ihren widerwärtigen Frevel bezahlen!

Zuletzt zog sie aus dem Werkzeugbeutel die Schere heraus. Kurz und schnurgerade schnitt sie ihr Haar, ganz wie es neuerdings in den Städten Mode war. Als sie damit fertig war, holte sie tief Luft. Ein plötzlicher Schwindel überkam sie. Sie ließ die Schere sinken und starrte auf die Haarbüschel zu ihren Füßen. Ein fescher junger Handwerksbursche war sie nun wieder, das wusste sie auch ohne Spiegel. War wieder ein Kerl, der auf eigenen Beinen stand. O nein, sie brauchte weder einen Geliebten noch einen Beschützer, weder Eltern noch Geschwister – sie brauchte überhaupt keinen Menschen. Und einen Mann schon gar nicht!

Die Wut überfiel sie ganz plötzlich und ließ sie mit der Faust gegen die Bretter der Köhlerhütte schlagen. Laut fluchte sie, während sie ein zweites, ein drittes Mal dagegenschlug, bis sie schließlich mit beiden Fäusten gegen das Holz trommelte, dass es schmerzte. Warum musste Gott sie so hart prüfen? Endlich einmal hatte das Schicksal ihr seine sonnigste Seite gezeigt, hatte sich eine Aussicht aufgetan, die schöner nicht hätte sein können: die Aussicht auf ein unfassbares Glück, auf eine Liebe, wie man sie gemeinhin nur aus Liedern kannte. Aber ihr war einfach kein Glück vergönnt, nicht mal das kleinste Quäntchen! Stattdessen hatte das Schicksal ein bitterböses Schelmenspiel mit ihr getrieben. Hatte ihr etwas vorgegaukelt hinter falscher Maske, wie ein begnadeter Possenreißer auf dem Jahrmarkt, nur um sie am Ende mit Hohngelächter in die schmutzige Welt der Wirklichkeit zurückzuschleudern. Und in dieser Welt – dumpf schlug ihre Stirn gegen die Hüttenwand, wieder und wieder – war sie nichts als die kleine, kreuzdumme Eva Barbiererin aus Glatz, die sich, genau wie ihre ebenso dumme Schwester, vom erstbesten Mannsbild das Herz hatte stehlen lassen. Die sich hatte verführen lassen, in einer so unglaublichen Einfalt, dass es bestraft gehörte.

Die Tränen, die ihr über die Wangen liefen, vermischten sich mit dem Blut ihrer aufgeschlagenen Stirn, als sie schließlich zu Boden sank. Dort krümmte sie sich zusammen, das Gesicht in den Händen verborgen, und gab sich ihrer Erschöpfung hin. Was für eine Erlösung wäre es jetzt, einfach sterben zu dürfen!

33

Sie erwachte im Morgengrauen von einem Rascheln, dicht vor ihrer Nase. Als sie den Kopf hob, blickte sie in die großen, runden Augen eines jungen Rehbocks. Ruhig und erstaunt betrachtete das Tier sie, dann wandte es sich ab und trabte elegant und schwerelos davon, ohne Angst und ohne Eile.

Verwirrt sah Eva ihm nach. Plötzlich wusste sie, es war ihr
Los, immer wieder auf die Beine zu kommen. Hatte sich das
nicht schon zahllose Male bewiesen? Solange sie nur bei klarem
Verstand blieb und die Stärken und Fähigkeiten nutzte, die
Gott ihr geschenkt hatte, würde ihr auch das Schicksal gnädig
bleiben. Wie hatte sie sich nur solch damischen Hirngespinsten,
solch honigsüßen Phantastereien hingeben können, ihr Platz
wäre an der Seite eines jungen Edelmanns?

Sie bestastete vorsichtig ihre zerschrammte Stirn. Dem Himmel sei Dank – alles war noch da, auch ihr Beutel mit dem
Werkzeug, nichts war gestohlen. Sie hatte wahrhaftig wie ein
Stein geschlafen, den ganzen Abend und die ganze Nacht hindurch, hier auf dem blanken Waldboden, im Windschatten
der Hütte. Sie durfte gar nicht daran denken, was ihr in dieser
Einöde hätte zustoßen können, so gänzlich wehrlos und allein.
Zeigte das nicht einmal mehr, was für ein mächtiger Schutz-
engel über sie wachte?

Sie streckte ihre durchgefrorenen Glieder und stand auf. Wieder würde sie über die Dörfer ziehen und dabei ihr Brot verdienen, ganz so, wie es sich bewährt hatte. Vielleicht kam ja so viel
zusammen, dass es für eine Schiffspassage bis nach Ulm reichte.
Von dort sollte es gar nicht mehr so weit bis nach dem berühmten Straßburg sein, hatte sie gehört. Und in dieser Stadt wollte
sie ihr gänzlich neues Leben beginnen. Eines wusste sie dabei
sicher: Ein Mann sollte darin nie wieder eine Rolle spielen!

Am Nachmittag, gerade als der Feierabend eingeläutet wurde,
erreichte sie einen Marktflecken, der sich etwas abseits des Flusses in die mit Wacholder und Heidekraut bewachsenen Hügel
schmiegte. Hier wollte sie ihre Kleider an den Mann bringen
und dafür neue Nadeln und Garne, Borten und Schleifen erstehen.

Während sie durch die Gassen schlenderte, hielt sie nach

möglichen Käufern Ausschau. Dabei kam sie am Tor eines Badhauses vorbei. Für gewöhnlich wäre sie achtlos daran vorübergegangen, hätte nicht ein Pulk von Neugierigen ihr den Weg versperrt.

«Nur herein, ihr Leut!», brüllte ein barfüßiger, hemdsärmliger Mann, offenbar der Badknecht, der breitbeinig im offenen Tor stand. «Nur herein! Dank der wundersamen Errettung der Frau unsres Meisters vor dem sicheren Tod gibt's heut, zur Feier des Tages, warme und kalte Wannenbäder um Gotteslohn, das Schwitzbad um einen Kreuzer! Nur herein also! Schröpfen und Purgieren, Aderlass und Haarschnitt, Zugpflaster und Klistiere – alles heut zum halben Preis! Herein, herein, das Feuer ist geschürt.»

«Gibt's die schöne Resi auch zum halben Preis?», rief einer. Die Umstehenden lachten und klatschten in die Hände.

«Ich werd dir gleich die Zähn' ausbrechen, du Pustelgesicht!», hörte Eva eine Frauenstimme. Hinter dem Badknecht erschien ein junges Weib, kräftig, hoch gewachsen, mit rosigen Wangen und tiefblauen Augen, die jetzt herausfordernd in die Runde blickten. Von dem hellblonden, unter der Leinenhaube hochgesteckten Haar fielen ihr zwei lockige Strähnen keck in die Stirn.

«Bevor du dein Maul so aufreißt», fuhr das Mädchen fort, «solltest lieber ein heißes Bad nehmen. Du stinkst nämlich wie Ochsenpisse.»

Jetzt wurde das Gelächter noch lauter, und die ersten Männer kramten in ihren Beuteln, um den Eintritt zu begleichen. Der Tag für das verlockende Angebot war geschickt gewählt: Am heutigen Samstag hatten viele Dienstboten von ihrer Herrschaft ein Badgeld erhalten, und auch die Handwerker pflegten sich samstagabends zu waschen, um dann reine Kleidung anzuziehen.

Nachdem sich die Gasse geleert hatte, stand Eva noch immer unschlüssig vor dem Badhaus. Sie hatte nicht bedacht, dass morgen Sonntag war. Da würde sie nirgendwo ihre Kleider loswerden. Warum es also nicht gleich hier versuchen? Da hatte sie einen ganzen Haufen an möglicher Kundschaft beisammen. Vielleicht würden ja auch die Badersfrau und die Magd Gefallen an ihren Sachen finden?

Als sie die Treppe hinunterstieg, schlug ihr dampfige Wärme entgegen. Dazu roch es ganz wunderbar nach Rosmarin, Liebstöckel und Kamille. Sie überlegte, wann sie das letzte Mal ein warmes Bad genommen hatte. Es musste Jahre über Jahre her sein.

Auf der untersten Stufe blieb sie stehen. Für ein einfaches Badhaus war das Ganze überraschend geräumig: Mindestens zwanzig Schritt in beide Richtungen maß der mit Backsteinen gefliese Raum, an dessen Ende sich ein riesiger Badofen mit Warmwasserkessel erhob. Dahinter ging es in das Vorbad, wo sich die Gäste waschen oder sich mit kalten Güssen erfrischen konnten, wenn sie aus dem Schwitzbad kamen, das sich hinter einem Holzverschlag befand. Den meisten Platz aber nahmen drei riesige, ovale Holzzuber ein, in denen ein halbes Dutzend Menschen zugleich baden konnten. Über zweien schwebte dichter Dampf, der die Gesichter und Körper der Badenden nur erahnen ließ, zumal die wenigen Wandleuchter ohnehin nur spärliches Licht spendeten. Die dritte Wanne enthielt offenbar kaltes Wasser und war bislang noch leer. Rechts der Badstube zweigten mehrere Räume ab, deren Türen zumeist offen standen. In einem davon sah Eva zwei Männer, halb nackt auf einer Liege ausgestreckt, mit Schröpfköpfen auf den Schultern, in einem anderen zogen sich einige Gäste gerade ihre Badehren über, kurze, leichte Hemdchen, die kaum über den Hintern reichten.

Während ein Spielmann die Gäste mit den Klängen seiner Zwerchpfeife unterhielt, brachte ein halbnackter Knabe Becher und Krüge mit Wein und verteilte sie auf den Borden, die quer über die Zuber gelegt waren.

«Dampfbad oder Wannenbad?», fragte er Eva.

«Keins von beiden. Ist die Meistersfrau zu sprechen?»

Resi, die blonde Jungfer von eben, trat zwischen sie und musterte Eva von oben bis unten.

«Ich hab dich doch vorher auf der Gass stehn sehen. Was willst du von meiner Mutter?»

Eva streckte den Rücken durch, straffte die Schultern, setzte ihr bewährtes jungenhaftes Lächeln auf und wies auf das Bündel in ihrer Hand. «Ich hätt da was Schönes feilzubieten.»

Es wirkte noch immer: Sie hatte nichts verlernt von der Rolle des liebenswerten jungen Burschen. Augenblicklich verzog das Mädchen den hübschen Mund zu einem Lachen, das zwei lustige Grübchen in ihre Wangen zauberte. An irgendjemanden erinnerte Eva dieses Lächeln.

«Und was wär das?», fragte Resi.

«Ein edles Kleid mit abknöpfbaren Ärmeln, dazu Strümpfe, zierliche Schuhe und ein Schultertuch. Alles aus bestem Stoff und Tuch. Vielleicht mag sich deine Frau Mutter ja was gönnen, jetzt, wo sie wieder gesund ist.»

«Hm – der Medicus ist noch bei ihr. Gib mir dir Sachen doch in Verwahrung und nimm erst mal ein warmes Bad. Hast ja gehört: Heut ist es fast umsonst. Und nötig hättest es auch. Schaust ja aus, als hättst die letzten Nächte im Wald bei den Wildsauen verbracht!»

Dabei strahlten ihre blauen Augen, als wäre dies die schönste Schmeichelei. Eben stürmte eine Handvoll Männer und Frauen aus dem Dampfbad an ihnen vorbei und stürzte sich unter schrillem Gekreisch in das kalte Wasser. Sie trugen keinen

Lappen am Leib, nicht einmal einen Badfleck, jenes Tüchlein, das als Schurz zwischen den Beinen hindurchgeschlungen und seitlich zusammengebunden wurde und mehr recht als schlecht den Unterleib verhüllte. Diese Leute scherten sich offenbar einen Kehricht um die Vorschriften der heiligen Kirche, die seit geraumer Zeit gegen die Sittenlosigkeit allerorten wetterte und verbot, ohne Badhemd in die Wanne zu steigen.

«Nein, nein.» Eva wehrte erschrocken ab. «Ich denk, ich komm später nochmal vorbei.»

Jetzt lachte Resi lauthals. «Ich seh schon, du hast nicht den lumpigsten Heller bei dir. Wahrscheinlich sind das die Sachen deiner eignen Schwester, die du verscherbelst. Wie heißt du?»

«Adam. Adam Auer.» Gerade noch rechtzeitig war ihr eingefallen, dass ein neuer Name hermusste, falls der alte Ährenfelser nach ihr suchte. Und Auer hießen hier in der Gegend viele.

«Hör zu, Adam. Ich verlang gar nichts von dir. Lass es dir hier gutgehen, ich verwöhn dich ein bisserl, mit Haarewaschen und Kämmen und so, und danach stell ich dich der Mutter vor. Wenn sie die Sachen nicht will, kannst sie immer noch an die Badgäste hier verscheppern.»

Eva zögerte. Wie gern hätte sie dieses Angebot angenommen – sich von Kopf bis Fuß in warmem, nach Kräutern duftendem Wasser zu reinigen. Sich hernach in eines dieser weichen Wolltücher zu hüllen und nahe dem Ofen auf einer der Bänke auszustrecken, bis man wieder trocken war. Aber warum eigentlich nicht? Für einen Neuanfang wär ein solches Bad genau das Richtige! Und hier im Badhaus, mit einem Hemd verhüllt, lief sie weitaus weniger Gefahr, entdeckt zu werden, als auf dem Lande, wo die Menschen splitterfasernackt in Flusse und Seen tauchten.

«Gut. Ich nehm dein Angebot an.»

«Brauchst eine Badehr?»

Eva schüttelte den Kopf. «Ich nehm mein eignes Hemd.»

«Brauchst aber auch gar nix nehmen, so jung und fesch, wie du bist.»

Eva spürte, wie sie rot anlief, und schüttelte wiederum den Kopf. «Das wär gegen die Kirche gehandelt.»

«Päpstlicher als der Papst!» Resi grinste. «Es ist schon jammerschade. Die faltigsten Männerärsche krieg ich hier zu sehen, und dann schneit ein fescher Kerl wie du herein und gibt sich wie eine gschamige Jungfer. Jetzet komm, ich zeig dir, wo du dich ausziehen kannst.»

Unbefangen nahm Resi sie bei der Hand und führte sie in einen der Nebenräume. Sie wandte den Blick keine Minute ab, während Eva sich Schuhe, Pluderhose und Wams abstreifte und schließlich die langen Strümpfe vom Bändel der kurzen Unterhose löste.

«Vornehm, vornehm», kicherte Resi. «Trägst eine Hose drunter wie die feinen Herren.»

«Bist wohl nur deshalb mitgekommen – um zu gaffen?», schoss Eva zurück und zog ihr Hemd so weit wie möglich über die Hüften. Wenn die Badmagd keck wurde, konnte sie das auch. Dabei war sie heilfroh um dieses neumodische Kleidungsstück, das sie im Schritt zum Zeichen ihrer Männlichkeit mit Leinen ausgestopft hatte.

«Wirklich jammerschade», murmelte Resi erneut. Dann sagte sie laut: «Komm jetzt, ich wasch dir die Haare.»

Als Eva kurz darauf ihre Füße auf der Sitzbank im fast heißen Wasser ausstreckte, schloss sie die Augen. So herrlich hatte sie es gar nicht mehr in Erinnerung gehabt. Sie spürte Resis kräftige Hände in ihrem nassen Haar wühlen, und ein wohliger Schauer durchfuhr ihren ganzen Körper. Jetzt einfach für immer hierbleiben und nichts mehr denken müssen – das wäre so etwas wie Glück.

«Magst hernach, dass ich dein Gesicht mit Kleiewasser reinige?», flüsterte Resi ihr ins Ohr. «Dazu ein bisserl Loröl auf deine verschrammte Stirn? Barbieren muss man dich ja nicht, so glatt, wie deine Haut ist.» Eva spürte, wie die Finger der Magd sanft über ihre Wangen strichen. «Ich könnt dich auch hie und da durchwalken – mach ich dir alles umsonst.»

«Jetzt schaut euch die Resi an!», polterte das dürre, rotgesichtige Männlein neben Eva los. «Mecht oamoi erlebn, dass die mit mir so turtelt.»

«Die nimmt halt nur junge Kerle», schnaufte eins der dicken Weiber, die gegenübersaßen. «Nicht so einen kastrierten Bock wie dich!»

Der Rotgesichtige griff Eva in den Schritt ihrer Unterhose. «Was bist du überhaupt für oaner? Hat dir das der Pfaff anglegt?»

«Tu deine Krallen weg!»

«I moan ja nur – wegen uns kannst diesen lächerlichen Wickel ausziehen, wir gucken dir nix weg. Oder hast noch gar nix Rechts?»

«Halt die Goschn, Bepperl», zischte Resi, «oder ich setz dich vor die Tür.»

Der Alte gurgelte etwas Unverständliches, und Eva musterte ihn verächtlich: «Dass Ihr nicht mehr im Saft steht, sieht ein Blinder. Sonst wüsstet Ihr, wie schnell's zu einer Badschwangerschaft kommen kann, wenn man sich als junger Bursche nicht schützt.»

«Hä?»

«Meinem besten Freund ist das passiert. In so einem warmen Bad wie hier. Dem ist der Same abgegangen, und das schlache Weib neben ihm wurd schwanger. Dafür musst er die Alte dann heiraten.»

Der Alte starrte ängstlich zwischen seine krummen Haxen,

353

dann auf die beiden gickelnden Frauen vor ihm und kletterte schließlich wortlos aus dem Zuber.

«Das hast gut gemacht, Adam.»

Lachend begann Resi, ihr Nacken und Schultern zu kneten, doch das wohlige Gefühl von eben war wie weggeblasen.

«Ich geh dann mal raus», sagte Eva und erhob sich.

«Warte.» Resi holte ein duftendes, frisches Tuch und legte es ihr um die Schultern. Dann rieb sie sie trocken, wobei sie keinen Teil ihres Körpers ausließ. Eva hielt den Atem an. Gütiger Himmel, hoffentlich merkte die Magd nichts. Worauf hatte sie sich da nur eingelassen?

Resi wies auf die Ruhebänke beim Ofen. «Die sind alle besetzt. Komm mit.»

«Wohin gehen wir?»

«Die Treppe rauf gibt's eine gemütliche Kammer. Da haben wir unsre Ruh vor diesen schiefmäuligen Alten.»

Der kleine Raum, in den Resi sie führte, war gut gewärmt durch den Kaminschacht, der sich in der Ecke befand. Ein richtiges Bett stand hier, daneben ein Tischchen mit Waschschüssel und einer Karaffe Wein nebst zwei Bechern.

«Hier kannst bleiben, bis du ganz trocken bist.»

Eva legte sich auf das Bett. Sie war mit einem Mal hundemüde.

«Danke», sagte sie. «Und du willst wirklich kein Geld dafür?»

«Aber nein.»

Resi schenkte sich und Eva von dem Wein ein.

«Du bist kein Hiasieger, oder?»

Eva nickte und nahm einen tiefen Schluck. Der Wein war süß und schwer.

«Ich bin aus Linz und will weiter nach Straßburg. Zu meinem Bruder.»

«Dann bist ein reisender Scholar?»

«Nein. Ein Schneidergesell.»

Eva betrachtete sie. Plötzlich wusste sie, an wen das Mädchen sie erinnerte: an Josefina. Sofort legte sich das Bild ihrer Schwester wie ein schwarzer Schatten über ihre Seele.

Resi setzte sich auf den Bettrand und griff nach ihrer Hand. «Dabei hätt ich mein Hemd verwetten können, dass du Scholar bist. Du schaust so – so gelehrt aus. Und wie jemand, der keine Heimat kennt. Schon auf der Gass vorher hast so verloren ausgesehen.»

Eva spürte, wie ihr die Augen zu brennen begannen.

«Warum bist du so traurig?», fragte Resi leise. Da begann Eva zu weinen.

Zärtlich zog das Mädchen sie an sich, strich ihr beruhigend über den Rücken und durchs Haar und murmelte dabei ein ums andre Mal, wie eine Mutter zu ihrem kleinen Kind: «Nicht weinen, nicht mehr weinen. Es ist doch alles gut.»

Doch das machte es nur noch schlimmer. Bald zitterte Eva am ganzen Körper, sie wusste gar nicht, woher all die Tränen kamen.

«Es ist alles gut», wiederholte Resi, während sie sich der Länge nach neben ihr ausstreckte und sie in die Arme nahm. «Du kannst heut Nacht auch bei mir bleiben.»

Eva fühlte durch das Tuch hindurch die tröstliche Nähe dieses festen, warmen Körpers, der sich bald enger und enger an sie schmiegte, sie spürte die Hand, die unter dem Tuch auf ihrer nackten Haut den Rücken hinunterwanderte, spürte die Lippen auf ihren Wangen, die ihr die Tränen wegküssten, und dann, plötzlich, wie Resis Zunge fordernd und zärtlich zugleich Einlass zwischen ihren Lippen suchte und auch fand. Eva stöhnte leise auf, dann stieß sie Resi von sich. Ihr Herz raste.

«Lass das!»

Das Mädchen starrte sie mit aufgerissenen Augen an. «Spinnst jetzt?»

«Du – du kannst nichts dafür», stammelte Eva. Sie sprang aus dem Bett, rannte zur Tür, die Treppe hinunter, mitten hindurch durch die halbnackten Badegäste, zerrte ihre Sachen aus dem Wandregal, kleidete sich in fieberhafter Eile an, rannte die Treppe mit ihren beiden Bündeln unterm Arm wieder hinauf – und prallte im Eingangstor mit Resi zusammen.

«Da verreck!», flüsterte das Mädchen, «du bist gar kein Kerl, Adam und Eva! Du bist ein elender Zwitter!»

«Geh mir aus dem Weg!»

Als Eva draußen auf der Gasse stand, dunkelte es bereits. Nur wenige Menschen waren unterwegs. Ihr Herz schlug noch immer bis zum Hals, ihre Lippen brannten. Was war das nur gewesen? Wie hatte sie das geschehen lassen können?

«Geh zum Stadellman, gleich neben der Kirche», hörte sie Resi hinter sich rufen. «Der kauft dir deine Kleider ab. Mit einem Gruß von mir.»

34

Der kräftige, kalte Wind bewies, dass der Herbst endgültig Einzug gehalten hatte. Eva folgte dem gewundenen Bachlauf in Richtung der kleinen Mühle, in deren Schutz sie ihre erste Rast einlegen wollte. Vielleicht bekam sie dort ja auch etwas Brot und Milch. Danach wollte sie sich wieder in den Strom der Reisenden auf der Nürnberger Straße einreihen, die hier hoch über dem Flusstal verlief.

Bei besagtem Stadellman, einem mürrischen Krämer, war sie ihre Kleider tatsächlich losgeworden – zu einem miserablen Preis allerdings. Dafür hatte sie im Haus des Mannes, auf einer

Strohschütte unter der Treppe, übernachten dürfen. Doch die meiste Zeit der Nacht hatte sie wach gelegen. So war sie schließlich noch vor Sonnenaufgang aufgestanden und losmarschiert. Um das Badhaus hatte sie einen großen Bogen gemacht und war erleichtert, als der Marktflecken endlich außer Sichtweite war.

Obwohl sie erst ein, zwei Stunden gegangen war, ließen die Anstrengungen der letzten Tage ihr die Beine schwer wie Blei werden. Zu ihrer Enttäuschung war die Mühle verlassen, Haustür und Fenster hatte man mit Brettern vernagelt. Dennoch hörte sie Stimmen. Sie folgte dem Gemurmel und fand auf der Rückseite des Hauses, auf einer verwitterten Gartenbank, zwei Wandergesellen mittleren Alters. Dass sie auch zünftig waren, verrieten ihre Ohrringe.

Eva schwankte, ob sie sich nicht besser still und heimlich aus dem Staub machen sollte, denn fürs Erste hatte sie genug von irgendwelchen Bekanntschaften. Aber es war zu spät, der Kleinere der beiden hatte sie entdeckt.

«Nur herangetreten, junger Freund. Wir beißen nicht, und wir schießen nicht.»

Sie wunderte sich zwar über die gestelzte Sprechweise, ansonsten aber wirkte der Mann mit dem von aschblondem Haar fast zugewachsenen Gesicht vertrauenerweckend. Vielleicht lag das an dem klaren Blick aus seinen hellen, freundlichen Augen. Trotzdem wollte sie auf der Hut sein und nicht mehr von sich preisgeben als nötig.

«Gott zum Gruße», sagte sie. Mit knurrendem Magen sah sie auf die Brotzeit, die die beiden zwischen sich auf der Bank ausgebreitet hatten. «Habt ihr vielleicht einen Bissen übrig?»

«Ein Stückerl Brot in der Not sollst du spenden auch dem Fremden.» Der Bärtige lachte. «Aber sag uns erst, wer du bist.»

«Adam Auer aus Linz, Schneiderknecht auf der Stör.»

«Aha, ein Handwerker wie wir.» Er reichte ihr sein Messer, und Eva schnitt sich Brot und Käse ab, ohne indessen ihre beiden Gastgeber aus dem Augenwinkel zu verlieren.

«Der hier» – der Bärtige wies mit großer Geste auf seinen Banknachbarn – «ist mein Freund und Spießgeselle Peter Gerngroß, Schuster aus Nürnberg, und meine Wenigkeit nennt sich Lorenz Leichtermut.»

Gerngroß und Leichtermut – das klang nun doch verdächtig nach hergelaufenen Possentreibern. Aber was soll's?, dachte Eva. Sie selbst war ja um keinen Deut besser.

«Und was für ein Gewerbe betreibst du?», fragte sie.

«Ich bin meines Handwerks ein Xylograph.»

«Xylo-was?»

«Auch Formschneider genannt. Ich fertige Druckmodeln.»

«Das verstehe ich nicht», gab Eva ehrlich zu.

«Dann erklär ich dir's. Ich schneide das, was der Vorzeichner gefertigt hat, zu einer Druckform aus: zum Beispiel Verzierungen, Notenzeichen, menschliche Figuren, sogar ganze Zeichnungen.»

«Er ist wirklich ein Meister seiner Kunst, ich sag's dir!» Peter Gerngroß kicherte, indem sein Oberkörper vor und zurück wippte, was ziemlich kindisch wirkte. Überhaupt schien dieser Bursche um einiges einfältiger als sein Freund.

«Hier, schau!» Der Bärtige kramte in seinem Beutel. «Messerchen, Stichel und Meißel, Knieeisen und Stechbeitel: Ich hab alles bei mir. Und das hier» – er zog eine Holzplatte hervor, auf der hübsche Ornamente eingeritzt waren – «ist mein Werkstück. Aus ganz weichem Lindenholz.»

«Und für was werden deine Formen dann verwendet?»

«Für alles, was eben so ansteht: für die Stoffmuster der Kattundrucker, für den Druck von Spielkarten, Büchern und Flugschriften. Die Arbeit geht mir nicht aus, schon gar nicht jetzt, wo allerorten dieses Glaubens- und Mönchsgezänk herrscht! Du glaubst gar nicht, welche Unmengen solcher Flugblätter in den großen Städten täglich gedruckt werden! Meist wandere ich zwischen Augsburg, Nürnberg und Regensburg hin und her, dort blüht nämlich der Bilder- und Buchdruck. Ja, ja» – er stopfte wieder alles zurück in den Beutel –, «ich komm viel herum. Schließlich bin ich ein freier Handwerker, als Xylograph untersteh ich keiner Zunft und kann meinen Lohn selbst bestimmen.»

«Aber – du trägst einen Ohrring?»

«Nun ja, mitunter, wenn ich auf meinen Reisen Kost und Unterkunft brauche, bin ich eben meines Zeichens Buchbinder aus der ehrwürdigen Schilderzunft zu Dinkelsbühl.»

«Wie das?»

Wieder begann Peter Gerngroß zu kichern. «Manchmal fertigt er auch, was er gar nicht soll! Falsche Papiere und so.»

«Halts Maul, Gerngroß!» Leichtermut, oder wie immer der Mann hieß, tat ärgerlich, dabei leuchteten seine Augen voller Stolz. Evas Neugier war geweckt.

«Heißt das», hakte sie nach, «du könntest aus mir einen – sagen wir mal – Goldschmied machen?»

«Ja mei – wenn du das willst! Auf dem Papier halt. Was du dann selber draus machst, liegt an deinem eignen Geschick.»

«Bloß – warum sollte ich Goldschmied werden, wenn ich nicht mit dem Lötrohr umgehen kann? Es wäre doch dumm, sich mit dem falschen Handwerk zu brüsten.»

«Das wär's in der Tat. Ich sag immer: Schuster, bleib bei deinen Leisten. Nicht wahr, Gerngroß? Natürlich geht es um was ganz andres. Hast du vom geschenkten Handwerk gehört?»

«Ja,»

«Dann weißt ja auch, dass zünftige Gesellen in jeder Stadt aufgenommen werden. Sie müssen nur ihre jeweilige Zunftherberge aufsuchen und bekommen sogar einen Zehrpfennig für die Weiterreise. Vorausgesetzt, sie können beweisen, dass sie dieser Zunft auch angehören.»

Jetzt hatte Eva begriffen. Diese Gauner nutzten die Tatsache, dass Zünfte und Bruderschaften den wandernden Gesellen halfen, und zogen mit ihren gefälschten Papieren von einer Stadt zur anderen. Auf ihren Wanderungen hatte sie immer wieder davon gehört. Auch, dass solche Papiere leicht zu kaufen waren, allerdings für ein Schweinegeld. Sie selbst hatte dergleichen bisher nie in Erwägung gezogen, weil mit den mächtigen Zünften nicht zu spaßen war und aus der kleinen Gaunerei schnell ein lebensgefährlicher Betrug wurde.

«Ein bisserl Begabung gehört selbstredend auch dazu», fuhr Lorenz Leichtermut fort. «Du solltest ein freundliches Wesen haben, musst den Leuten Honig ums Maul schmieren und dir die unglaublichsten Geschichten ausdenken können. Das rettet dir mitunter nämlich den Hals, wenn du verstehst, was ich meine.»

Letzteres verstand Eva, schließlich waren auch ihr selbst diese Begabungen oft genug zugutegekommen.

«Und du könntest mir solcherlei Dokumente verschaffen?»

«Verschaffen – pah! Ich hab selbst alles, was es dazu braucht. Der Schlüssel zum Einlass in die warme Stube der Zünfte ist das hier.»

Er zog einen ganzen Stapel dünner Heftchen aus einem Stoffbeutel.

«In diesem Heft steht alles über deine Lehrzeit und deine Lossprechung und vor allem, und das ist das Wichtigste, das letzte Zeugnis. Für dich etwa könnte es folgendermaßen lauten» – mit einem Lächeln schlug er eines der Hefte auf –: «Wir Geschworene, Meister des Handwerks der Gewandschneider allhier in der Reichsstadt Ulm, bescheinigen hiermit und tun kund, dass gegenwärtiger Schneidergesell namens Adam Auer, zu Linz gebürtig, achtzehn Jahre alt und von Statur» – er sah auf –, «von Statur klein, gedrungen, dabei von zarten Gliedmaßen, mit dunkelbraunem Lockenhaar und dunkelblauen Augen, fast zu hübsch für einen rechten Kerl» – jetzt grinste er breit –, «bei uns allhier ein Jahr in Arbeit gestanden und sich in solcher Zeit über getreu, fleißig, friedsam und ehrlich, wie es einem zünftigen Handwerksgesellen gebührt, verhalten hat, welches wir in dieser Weis attestieren und deshalben unseren sämtlichen Mitmeistern diesen Gesellen nach Handwerks Gebrauch überall zu fördern geziemend ersuchen wollen. Ulm, auf Sankt Georgi anno 1564.»

Eva stand der Mund offen.

«Dass du so was kannst! Hat das – hat das noch nie jemand durchschaut?»

«Nicht dass ich wüsst! Ich schwör dir, damit musst du nie wieder im Schafstall oder auf dem freien Feld übernachten, so wie jetzt, als armseliger Wanderschneider.»

Gebannt lauschte Eva die nächste halbe Stunde den Schilderungen des Xylographen: wie gut es einem in den Zunfthäusern ergehe, sobald man sich als zünftiger Gesell auszuweisen vermochte. Umsorgt und beköstigt werde man, wie Hänschen im Schlaraffenland, und nach drei Tagen ziehe man mit vollem Bauch und einem Zehrpfennig im Sack von dannen. Zum Überwintern, und daran müsse man beizeiten denken, biete sich im Übrigen das Schwabenland an. Da lägen die Städte so dicht beieinander wie die Eier im Nest, und man erreiche bequem in einem einzigen Tagesmarsch das nächste Städtlein.

«Einen Meister, der dich in Lohn und Brot nimmt», schloss der Xylograph, «kannst dir natürlich auch suchen – falls du wahrhaftig arbeiten willst.»

Mochte dieser Lorenz Leichtermut auch ein schwatzhafter Prahlhans sein – ein wenig glich dieses Heftchen, das er in den

Händen hielt, dem Schlüssel zum Paradies. Gewiss war die Gefahr, entdeckt zu werden, nicht zu unterschätzen – aber was hatte sie schon zu verlieren? War Wagemut nicht längst zu einem Teil ihres Wesens geworden, die Gefahr zu ihrem täglichen Begleiter? Plötzlich hatte Eva ihr Ziel vor Augen: Den Herbst und Winter über wollte sie als zünftiger Gewandschneider mit gefälschten Papieren in die Städte ziehen, um bei Meistern zu arbeiten, und würde damit richtig gutes Geld verdienen, nicht solche Elendsgroschen wie bisher. Im Frühjahr hätte sie dann ganz sicher so viel beisammen, dass es für eine Schiffspassage bis nach Straßburg reichte. Dort würde sie ihren Bruder wiedersehen und sich nach den Frauenzünften im welschen Frankreich erkundigen.

«Wie viel verlangst du für solche Papiere auf meinen Namen?»

«Weil mir deine Art gefällt, sagen wir mal: einen lächerlichen halben Gulden. Nochmal fünf Batzen drauf, und ich schlag dir sogar einen Ring durchs Ohr.»

Noch am selben Abend gelangte Eva mit taufrischem Lehr- und Gesellenbrief in der Tasche und Ring im Ohr vor das untere Tor von Velburg, das auf halbem Wege zwischen Nürnberg und Regensburg lag. Wieder einmal war sie ohne jeden Heller und Pfennig unterwegs, da sie nahezu ihr gesamtes Vermögen dem geschäftstüchtigen Formenschneider abgedrückt hatte. Aber für diesmal war das Geld zweifelsohne gut angelegt: Ganz wie Lorenz Leichtermut es prophezeit hatte, wurde sie allerfreundlichst eingelassen und überall mit offenen Armen empfangen. «Geh nach Velburg, da sind seit gestern die Tore wieder offen», hatte Leichtermut ihr geraten. «Kein Mensch schaut dort jetzt auf Papier und Siegel.» Und damit lag er ganz richtig.

Nur wenige Tage nämlich war es her, dass die letzten Pesttoten in der Grube verschwunden, die Häuser und Ställe mit allerlei Räucherwerk gereinigt worden waren und dass der Stadtarzt die Seuche für gebannt und besiegt erklärt hatte. Viel zu langsam füllte sich die Stadt jetzt wieder mit Leben, und jeder, der gesund und zur Arbeit fähig war, wurde herzlich willkommen geheißen.

Der Torwart hatte ihr den Weg zur Zunftherberge gewiesen, einem schmalen Steinbau gleich hinter dem neuerbauten Rathaus. Ihr Herz klopfte bis zum Hals, als der Herbergsvater ihr öffnete und sie ihn mit der Formel begrüßte, die Leichtermut ihr eingeschärft hatte: «Glück herein, Herr Vater, Gott ehre unser Handwerk!»

Der hagere Mann antwortete ihr in derselben Weise, dann führte er sie in die Trinkstube, wo an groben Tischen einige Männer vor ihren Tonkrügen hockten. Die Männer nickten ihr zu, während der Herbergsvater sie der Obhut des Altgesellen übergab, um wieder in seiner rauchigen kleinen Küche zu verschwinden. Von dort duftete es verführerisch nach gebratenen Eiern und Speck.

Kurz entschlossen zog Eva ihr Heft mit dem Gesellenbrief aus der Tasche und legte es auf die Tischplatte. Der Altgesell, ein Mann, dessen pockennarbiges Gesicht aussah, als habe der Teufel Erbsen darauf gedroschen, warf nur einen flüchtigen Blick darauf.

«Suchst du Arbeit, oder ziehst du weiter?», fragte er.

«Arbeit», entgegnete Eva. «Für zwei, drei Wochen vielleicht. Dann will ich weiter.»

«Hm.» Der Mann schien nachzudenken. Noch bevor er wieder das Wort ergriff, brachte der Herbergsvater zwei Krüge Bier und eine Platte mit Speckeiern und Brot. Eva konnte es kaum fassen: Einem zünftigen Gesellen stand wahrhaftig das Schlaraffenland offen!

«Morgen früh bring ich dich zu Meister Weigl.» Der Altgeselle wischte sich das Bratfett aus dem Mundwinkel. «Dem ist während der Seuch' sein Lehrknecht auf und davon. Bis er einen neuen hat, wird er dich gut brauchen können.»

So wohnte und arbeitete Eva die nächsten zwei Wochen bei Meister Weigl in der Kirchgasse, schlief auf der Bank in der Stube, die zugleich als Werkstatt diente, und erhielt acht Kreuzer auf die Woche. Als Weigl schließlich seinen neuen Lehrknecht unter Vertrag nahm, zog sie weiter. Alle kleineren und größeren Städte der Umgegend klapperte sie nach und nach ab, und kam es vor, dass sie als Fremdgeselle einmal keinen Meister fand, ließ sie es sich für ein, zwei Tage und Nächte bei den Zünften gutgehen und versuchte es anderswo.

Wie angenehm, dass ihr überall Tür und Tor geöffnet waren! Dem warmen und trockenen Sommer nämlich war ein feuchtkalter, stürmischer Herbst gefolgt, der einem das Wandern von Dorf zu Dorf so recht zur Qual gemacht hätte. Eva hingegen musste sich nur noch auf den Weg machen, wenn es gar nicht anders ging. Die allermeiste Zeit hatte sie ein Dach über dem Kopf und stand in Lohn und Brot. Mal wohnte sie beim Meister selbst, mal in den Gesellenherbergen, immer aber hatte sie es trocken und warm in dieser ungemütlichen Jahreszeit, und die tägliche Kost war üppig wie nie. Einzig die strengen Regelwerke, denen sie fürderhin unterworfen war, stießen ihr mitunter sauer auf. Schlimmer noch als der gestrenge Meister spielten sich oftmals die Altgesellen auf, die sich in den Zunftherbergen als Wächter und Wärter fühlten, als Hüter von Zucht und Ordnung. Ums Haar wäre Eva einmal wegen eines herzhaften Fluches ihr Wochenlohn abgenommen worden.

Aber alles in allem konnte sie nicht klagen. Die Stunden und Tage vergingen mit zumeist angenehmer Arbeit, nur selten

musste sie Handlangerdienste leisten, wie sonst die Fremdge-
sellen, die schon froh waren, wenn sie maßnehmen oder vor-
stechen durften, statt immerfort die Stube zu kehren. Nein,
sie wurde, da die Meister rasch ihre Begabung erkannten, auch
an die ehrenvolle Aufgabe des Zuschneidens gelassen. An die
edelsten Stoffe durfte sie Hand anlegen: an Samtgewebe aus
Venedig, Damast aus Damaskus, Baldachin aus Bagdad. Dazu
Wollstoffe aus den Niederlanden, in teurem Scharlachrot oder
mit Gold und Perlen bestickt. Und sie lernte eine Menge hinzu
an Schneiderkunst und Warenkunde. Eigentlich hätte sie sich
rundum glücklich schätzen können – wären da nicht die Erinnerungen an Moritz gewesen, die sie Nacht für Nacht quälten.

Mitte November schließlich landete sie in Sinzing, einem
Flecken zwischen Hopfen- und Weingärten, dort, wo die
Schwarze Laber in den Donaustrom mündet und es nur noch
ein Steinwurf bis nach Regensburg ist. Jetzt schon war Evas
Geldkatze prall genug gefüllt, um damit eine Schiffsreise bis
Ulm zu begleichen. Der Gedanke, in dieser größten der freien
Reichsstädte den Winter zu verbringen, war um einiges ver-
lockender, als im kalten Nordgau von Stadt zu Stadt zu ziehen
und bei einer Zunftstube nach der anderen anzuklopfen.

Ganz gewiss hätte sie ihr Ziel noch vor Monatsende erreicht,
hätte nicht im letzten Moment dieser Mensch ihren Weg ge-
kreuzt, der ihr schon damals, vor langer Zeit, zutiefst verdächtig
gewesen war.

35

He, du Rabenaas, ich war vor dir da!» – «Halts Maul oder ich
hau dir die Nase platt!»

An der Lände vor dem Fährhaus zu Sinzing herrschte ein

Gedränge und Geschiebe, dass es einem angst werden konnte. Ein Trupp böhmischer Krämer versuchte nicht eben zimperlich, mitsamt vollbepackten Rückenkraxen und Handkarren noch an Bord der Donaufähre zu gelangen, zugleich mit einem Pferdegespann, unter dem die rutschigen Planken des Bootes gefährlich zu schwanken begannen. In Gedanken sah Eva das schwere Fuhrwerk schon im Wasser liegen.

Wütendes Gebrüll ließ sie zusammenzucken.

«Zurück!» Drohend hob der Fährmann seine Lederpeitsche. «Zurück jetzt, Grutzefix! Hinter den Schlagbaum mit euch!»

Da pfiff die Peitschenschnur auch schon über ihre Köpfe hinweg, nicht ohne dem einen oder anderen den Hut vom Kopf zu fegen. Fluchend wichen die Böhmischen zurück, endlich konnte die Fähre ablegen.

Dieses Sinzing wäre wahrscheinlich ein ruhiges, friedliches Dörfchen von Fischern und Bauern, würde hier nicht die Nürnberger Handelsstraße vom Donaustrom unterbrochen. Wer immer also von der berühmten Messe- und Handelsstadt nach Regensburg oder weiter nach Passau oder Wien wollte, musste hier übersetzen, was für ein halbes Dutzend Fährleute eine wahre Goldgrube bedeutete.

Eva hatte sich längst aus dem Getümmel zurückgezogen und wartete hinter der hölzernen Absperrung auf die nächste Fähre, die sich schon zum Anlegen bereit machte. Ihr war es gleich, ob sie nun eine halbe Stunde früher oder später über den Strom kam. Es war zwar ein kühler, trüber Tag, aber endlich regnete es einmal nicht.

«Geschieht ihnen recht, diesen kreuzdummen Hinterwäldlern», hörte sie eine Männerstimme neben sich. «Jetzt müssen sie wieder hinten anstehen.»

Eva drehte den Kopf zur Seite – und erschrak bis ins Mark. Neben ihr an der Brüstung lehnte in lässiger Pose der Bettelmönch Anselm! Das heißt, für diesmal war der Bursche nicht in eine zerlumpte Kutte gehüllt, sondern wie ein reisender Schüler ausstaffiert, das Lederränzlein mit den Büchern auf den Rücken geschnallt. Eines davon lugte oben halb heraus, mit dem seltsamen Titel *Ein kurzweilig Lesen von Tyl Ulenspiegel, geboren aus dem Lande zu Brunßwick.* Auch wenn das einst glattgescherte Gesicht jetzt ein Ziegenbärtchen schmückte: Die kleinen, eng beieinanderstehenden Augen unter den buschigen Brauen ließen Eva kein Amen lang daran zweifeln, dass es dieser falsche Kuttenbrunzer war, der da neben ihr auf das nächste Boot wartete.

«Komm, trinken wir einen Schluck, bis es weitergeht.»

Er hielt ihr ein Fläschchen mit Branntwein unter die Nase. Ganz ruhig bleiben, dachte Eva und zwang sich, tief durchzuatmen. Nur keinen Verdacht erregen. Dann nahm sie beherzt einen tiefen Schluck.

«Danke!», sagte sie und wandte sich ab. So unauffällig wie möglich hob sie ihr Gepäck vom Boden auf und versuchte, sich nach hinten in die wartende Menge hinein zurückzuziehen.

«Willst du auch ins schöne Regensburg?» Die Hand des Mannes hielt ihren Oberarm wie eine Eisenschelle umklammert.

«Was soll das?» Wütend funkelte ihn Eva an. «Lass mich los, du tust mir weh.»

«Oh, Verzeihung.» Er ließ los, und das bekannte breite Grinsen trat auf sein Gesicht. «Ich wusste nicht, dass Gesellen so zart beieinander sind. Du bist doch Geselle, oder?»

Eva nickte düster und zog sich den Hut tiefer in die Stirn. Ihr schwante, dass sie diesen Anselm nicht so schnell würde abschütteln können. Nun gut, bis zum Regensburger Schiffsanleger würde sie ihn ertragen müssen, danach war sie ihn los.

«Gestatten, Anselm Fischbein, Studiosus der Hohen Schule zu Ingolstadt. Und wie heißt du?»

«Adam», murmelte Eva. «Adam Auer. Schneidergesell.»

«Fein, Adam.» Er stieß sie freundschaftlich in die Seite, und sie musste einen weiteren Schluck nehmen. «Dann können wir ja den letzten Rest gemeinsam wandern. Sag mal – kenn ich dich nicht von irgendwoher?»

«Blödsinn. War noch nie in Ingolstadt.»

«Dann aus Kelheim. Oder aus Straubing?»

Zu ihrem Glück legte in diesem Moment die Fähre an, ein ziemlich kleines Boot diesmal, und die Drängelei begann von neuem. Eva ergatterte einen Platz gleich neben dem Steuermann, vom Bug her winkte ihr Anselm fröhlich zu. Sie wandte den Blick ab und starrte auf das felsige Steilufer, das rasch näher kam. Das Beste war, den tumben, maulfaulen Schneiderknecht zu spielen, bis es Anselm zu blöd wurde an ihrer Seite. Wenn da nur nicht diese Kopfschmerzen wären! Sie vertrug einfach keinen Branntwein.

Keine halbe Wegstunde später wich der mächtige Bergrücken rechts der Straße zurück und gab den Blick frei auf eine weitläufige Auenlandschaft, aus deren Dunst sich die Mauern und Türme der freien Reichsstadt erhoben. Da hing Anselm noch immer wie eine Klette an ihren Fersen und plapperte auf sie ein, ohne sich daran zu stören, dass sein Gegenüber immer wortkarger wurde. Denn je näher sie dem Stadttor kamen, umso gebannter war Eva von dem Anblick, der sich ihr bot. Sie hatte davon gehört, dass Regensburg einstmals eine der reichsten und bedeutsamsten Städte im deutschen Land gewesen sei und dass sich die dortigen Patrizier gleich dem gottlosen Volk zu Babel Wohntürme bis weit hinauf in den Himmel bauten. Eine solche Vielzahl von Türmen und Kirchengiebeln, von solch gewaltiger Höhe, hatte sie denn doch nicht erwartet. Da konnte nicht einmal die mächtige Bischofsstadt Passau mithalten. Gab es hier nicht auch die größte und berühmteste Brücke des Abendlandes? In Augenblicken wie diesen durchfuhr Eva ein Glücksgefühl, dass sie so viel von der Welt sehen durfte.

Anselm musste ihren staunenden Blick bemerkt haben, und als habe er ihre Gedanken gelesen, sagte er: «Wenn du von Norden her kommst, sieht das Ganze noch viel großartiger aus. Allein die Donaubrücke: ein steinernes Wunderwerk, das in sechzehn Bögen, mit drei Brückentürmen obendrauf, den Donaustrom überspannt.»

Er stutzte und legte den Kopf schief. «Und ich hab dich doch schon mal gesehen, ganz bestimmt. He, warte, bleib stehen.»

Grob drückte Eva die Mägde vor sich zur Seite, die wie alle hier in Richtung Zugbrücke strömten, stolperte, schlug gegen Anselms Arm, der längst wieder neben ihr war und sie fest-zuhalten versuchte, trat gegen dessen Schienbein und blieb schließlich stehen. «Geh zum Teufel, du falscher Scholar!», brüllte sie ihn an.

Verblüfft riss Anselm die Augen auf: «Potztausend Sack voll Enten! Das arme Waisenmädchen von den Jakobspilgern!»

Im selben Atemzug hatte er ihr den Arm auf den Rücken gedreht.

«Wo hast denn den kleinen Rotzbengel gelassen?», hauchte er Eva ins Ohr. «Unterwegs verloren? Oder hast ihn nicht mehr brauchen können, so als zünftiges Schneiderlein? Da fällt mir ein: Hatte man damals nicht nach dir gesucht, weil du deinen eignen Vater abgestochen hattest?»

Mit einem Ruck verdrehte er ihr den Arm so schmerzhaft, dass ihr die Tränen in die Augen schossen. Für einen Moment hielten die Menschen um sie herum inne, mit besorgtem Blick, dann eilte jeder wieder seiner Wege, wohl in der Ansicht, dass es sich hier um einen Streit zwischen zwei jungen Raufbolden handelte.

«Was krieg ich, damit ich dich nicht verrate, hier vor aller Welt?»

«Dreckskerl», zischte Eva nur.

«Gut, gut.» Seine freie Hand griff nach ihrem Hosenbund. «Dann werden wir mal die Wahrheit ans Licht bringen. Runter mit der Hose!»

«Zu Hilfe!» In ihrer Not begann Eva laut zu schreien. Schleuderte dabei den Kopf in den Nacken, wieder und wieder, verdrehte die Augen und schäumte in bewährter Weise den Speichel im Mund auf, bis er ihr aus den Mundwinkeln rann. Jetzt musste sie nur noch die Muskeln anspannen, und schon bäumte sich ihr Körper und bog sich, und die Füße trommelten auf die Erde, als sei Sankt Vitus selber hineingefahren. Sie stampfte mit den Füßen, bis es in ihrem Kopf zu schwindeln begann und ihr Schreien in heiseres Krächzen und Spucken überging.

Heiß und kalt wurde ihr mit einem Mal, und das Schwindelgefühl wurde unerträglich. Aus dem Augenwinkel sah sie die erschreckten Gesichter der Menschen rundum, bleich glänzend wie runde Monde, sah auch Anselm, der zur Seite gesprungen war, als habe er sich die Hände an ihr verbrannt, und nach kurzem Zögern das Weite suchte. «Fort mit dir, fort mit dir», brüllte sie ihm hinterher, zappelte mit Armen und Beinen, ohne dass sie es wollte. Längst war sie zu Boden gesunken, kam nicht mehr hoch, ein kalter, schlammiger Grund, der sie festhielt wie eben noch Anselm, der an ihr saugte und zog, dass ihr die Luft wegblieb.

«Der Ärmste! Die Tanzwut!», «Dem ist der Dämon eingefahren!», «Holt den Priester!», «Falscher Bettler!», «Ins Narrenhäusl mit dem Gecken!» – die Satzfetzen quollen aus den Mondgesichtern, die sich zu ihr niederbeugten und wieder entfernten, immer zu zweit, denn plötzlich sah sie alles zweifach. Sie wollte antworten und vermochte doch nur unverständliches

Zeug zu brabbeln, mit verzerrten Lippen. Als hätte sie ein zweites Paar Augen im Himmel, sah sie sich selbst jetzt im Dreck liegen, mit zuckenden Gliedern und einer hässlichen Grimasse auf dem Gesicht, über ihr schwankten die Quadermauern und Geschlechtertürme dieser Stadt. Warum nur kam ihr keiner zu Hilfe? Da, endlich – einer beugte sich über sie. Sie schrie auf vor Entsetzen, es war der Stiefvater! Ihr Schreien half, es kam die Hoblerin, die Gute!, und zog den Stiefvater weg, und auch der Bantelhans und der Wenzel Edelman kamen und zwei todtraurige Frauen, ihre Mutter und ihre Muhme, beide Arm in Arm, und eine strahlende Josefina dann mit einem Neugeborenen auf dem Arm und Niklas, als stattlicher, stolzer Jüngling. Alle waren sie gekommen, um bei ihr niederzuknien und sie zu trösten. Jetzt endlich durfte sie ihr Gaukelspiel beenden, jetzt war sie in Sicherheit. Jetzt konnte sie sich unbesorgt dem tiefen, dunklen Grund überlassen, den sie nun schon kannte. Ganz kurz noch, in einem hellen Lichtschein, erkannte sie Moritz, der die Arme nach ihr ausstreckte. Ein Seufzer kam über ihre Lippen, und das Nichts umfing sie als eine Erlösung.

36

Als Eva zum ersten Mal die Augen öffnete, lag sie in einem breiten, weichen Bett, dessen Weißzeug stark nach Kampfer roch, hoch über sich eine dunkle Holzbalkendecke. Sie wandte den Kopf zur Seite und blickte geradewegs in ein mildes, liebes Gesicht, das jetzt zu lächeln begann.

«Mutter!» Eva schluchzte auf, sank zurück in ihr Kissen und damit wieder in tiefen, traumlosen Schlaf.

Als sie das zweite Mal erwachte, zeigte sich ihr Bett längst nicht mehr so kommod. Mit einem ausgemergelten Greis muss-

te sie den Platz teilen, der gotterbärmlich nach Schweiß stank
und nach den ekligsten Winden, die einer nur von sich geben
konnte. Dabei stöhnte und jammerte er in einem fort, wie arg
ihn seine Gedärme schmerzten.

«Wo bin ich?», flüsterte Eva. «Wo ist meine Mutter?»

Eine Frau mit hellblauer Leinenhaube beugte sich über sie
und strich ihr über die Wange.

«Du bist im Katharinenspital. Und wo deine liebe Mutter
ist, kann ich dir leider nicht sagen. Ich bin hier nur die Spitalmutter.»

«Meine Mutter – ist tot.» Eva schloss erschöpft die Augen.
Wenn Gott sie nur wieder zurückführen würde in das tröstliche Dunkel. Hier, in diesem Spital, mit diesem stinkenden
Alten in einem Bett, wollte sie nicht bleiben. Und dann dieser
Kopfschmerz und dieser brennende Durst! Sie leckte sich die
gesprungenen Lippen. Und warum nur waren ihre Hände und
ihre Stirn dick verbunden?

«Warte, ich helf dir.»

Die Spitalmutter schob ihr den linken Arm unter den Kopf
und führte mit der Rechten einen Becher mit Kräutersud an
ihren Mund.

«Trink das! Langsam und in kleinen Schlucken.»

Eva verzog das Gesicht ob des bitteren Geschmacks.

«Schmeckt scheußlich, was? Sind aber allerbeste Kräuter.
Wegerich gegen den Kopfschmerz, Salbei gegen den rauen Hals.
Und noch ein paar Mittelchen gegen deinen Anfall.»

«Was …» Das Sprechen fiel ihr schwer. «Was … ist … mit
mir?»

«Du bist sehr krank, noch immer! Du warst bewusstlos und
hattest dir alles aufgeschlagen, als sie dich vom Jakobstor her-
geschleppt hatten. Ich werd jetzt den Herrn Pfarrer rufen lassen,
zum gemeinsamen Gebet und auch, damit er dir die Beichte

abnimmt und wir mit der Behandlung beginnen können. Aber zuvor sag mir noch eins: Hast du was eingenommen? Eine Arznei gegen Schmerzen etwa? Grad die Wanderärzte sind da oft rechte Quacksalber. Wenn die bei Herzleiden zu viel Fingerhut oder zu viel Tollkirsche gegen Bauchkrampf verabreichen, dann kann einer schon mal in solcherlei Tanzwut ausbrechen wie du vor drei Tagen.»

«Vor drei Tagen?», hauchte Eva.

«Hm.» Die Spitalmutter nickte. «Also – warst du bei solch einem Scharlatan?»

«Nein.»

«Oder hat man dir heimlich Bilsensamen ins Bier getan?»

«Bilsen?»

«Das beste Mittel, um ein Madl gefügig zu machen. Oder einen Burschen außer Gefecht zu setzen und ihn dann auszurauben. Hast du davon nie gehört?»

«Nein.» Eva fror und schwitzte gleichzeitig und hatte nur den einzigen Wunsch, wieder einzuschlafen.

«Kein Bilsen», flüsterte sie noch, dachte an die zwei Schlückchen Branntwein, die Anselm ihr aufgedrängt hatte, dann hatte sie es geschafft und war wieder eingeschlafen.

Die nächsten Tage vergingen zwischen fiebrigem, unruhigem Schlaf und kurzen Phasen, in denen sie mehr oder weniger wach lag und nassgeschwitzt darauf wartete, dass ihr jemand zu trinken gab.

Sie war jedes Mal heilfroh, wenn statt des Siechenknechts die Spitalmutter nach ihr sah. Die hieß, wie Eva bald erfuhr, Kathrin Barreiterin und war eine ledige Frau von bereits um die dreißig. Gerade dieser Altersunterschied war es, der es Eva angetan hatte: Die Barreiterin umsorgte sie in einer so sanften, mütterlichen Art, dass es Eva vor Dankbarkeit fast die Tränen in die Augen trieb und sie sich bald selbst wie ein kleines Kind vorkam. Kein Wunder, dass sie die Frau im Fieberwahn für ihre eigene Mutter gehalten hatte!

Hin und wieder erwachte Eva davon, dass die Frau in ihrem schlichten braunen Gewand und der stets blitzsauberen Schürze an ihrem Bettrand saß, ihre Hände umschlossen hielt und leise betete. Meist bat sie um Fürsprache der Heiligen, rief Sankt Vitus an oder Elisabeth von Thüringen und verriet damit, dass sie dem alten Glauben anhing. Wenn Eva dann die Augen aufschlug, forderte sie sie mit einem Lächeln auf, ins Gebet mit einzustimmen. Ohne göttliche Barmherzigkeit gebe es keine Heilung, waren ihre Worte, und auch, dass Christus selbst der höchste aller Heilkundigen sei.

Als Spitalmutter war die Barreiterin hier im Siechenhaus die rechte Hand des Spitalmeisters Heinrich Winklmair, der mit Hilfe einer Schar von Taglöhnern, Knechten und Mägden, von Müller und Bäcker, Bader und Schreiber, Küster und Braumeister die alltäglichen Geschäfte des Spitals besorgte. Trotz dieser Aufgabenfülle ließ es sich Heinrich Winklmair nicht nehmen, jeden Morgen bei den Kranken hereinzuschauen. Ganz im Gegensatz zu den Herren Spitalräten, die man in der Krankenhalle kaum je zu Gesicht bekam – genauso wenig im Übrigen wie einen städtischen Wundarzt oder gar gelehrten Physikus. Dafür schneite immer wieder der Bader herein, ein quirliges Männchen mit langem, schütterem Grauhaar und einer durchdringend hohen Stimme. Sixtus Hasplbeck stand im Ruf, ein heimlicher Apotheker und wahrer Hexenmeister in der Herstellung von Heilmitteln zu sein. Neben seinen Schröpfköpfen und dem Gläschen mit frischen Blutegeln, die er in den Donauauen einsammelte, hatte er immer allerlei widerliches Zeug dabei: gepulverte Hechtzähne und Wolfskrallen, gedörrte Kröten, Schlangen und Augen von Flusskrebsen, kostbare ägyptische

Mumia oder Geiersalbe aus den Innereien des Aasgeiers. Gegen Nierensteine empfahl er Maulwurfsasche, Bocksblut gegen Wechselfieber und frischen Schafsmagen gegen Scharbock.

Wenn Eva ihn nur schon von weitem hörte, verkroch sie sich, obgleich ihr Kopf und Glieder noch so sehr schmerzten, unter ihrer Decke und betete, dass dieser Mann unverrichteter Dinge an ihrem Bett vorübergehen möge. Dafür traf es hin und wieder den Greis an ihrer Seite. Dem hatte Meister Hasplbeck einmal in Bier gekochte Regenwürmer eingeflößt, mit dem Ergebnis, dass der Alte den ekligen Glitsch postwendend wieder ausspuckte und damit im gesamten Bett verteilte. Ihre sämtlichen Decken und Kopfkissen mussten ausgewechselt werden, und Eva konnte von Glück sagen, dass ihr Hemd nichts abbekommen hatte. Sonst wäre womöglich ihr größter Alb wahr geworden: dass man sie ausgezogen und ihren Betrug entdeckt hätte!

Eines Morgens hörte sie, wie der Bader sich an ihrem Bett mit der Barreiterin unterhielt, und stellte sich wohlweislich schlafend.

«Was also, liebe Barreiterin, glaubt Ihr? Werden sich diese Anfälle wiederholen?» Hasplbecks Stimme klang schmeichelnd, fast so, als habe der Alte ein Auge auf die Spitalmutter geworfen.

«Ich weiß nicht recht. Anfangs dachte ich ja, es sei ein exemplarisches Beispiel von Chorea Sankt Viti oder auch der fallende Wehtag. Zumal seine Glieder die ersten beiden Nächte nicht zur Ruhe kamen. Dazu hatte er solch wirre Geschichten erzählt, dass mir angst und bange wurde.»

«Wollt Ihr meine Meinung hören? Dieser Adam ist einer dieser jungen Burschen, deren Blut in Wallung gerät und die sich nicht im Zaum haben, weil ihnen der nötige Glauben abgeht. So wie der Kerl hier ankam, war er eindeutig von einem Dämon besessen!»

«Nein, nein, das glaub ich fei nicht. Das Fieber ist herunter, und seit gestern schläft er viel ruhiger. Das zeigt doch, dass meine Behandlung nach Paracelsus anspricht.»

«Ach, Barreiterin, Ihr immer mit Euren neumodischen Rezepturen! Dieser Paracelsus war doch ein Scharlatan, ein Zahnbrecher und Hodenschneider, der sein Wissen von Henkern, alten Weibern und Schwarzkünstlern hatte.» Der Bader schnaubte verächtlich. «Diese Veitstänzer, diese vom Tanzteufel Besessenen, kann nur die Kirche wirklich heilen. Ihr seid noch zu jung, um Euch zu erinnern. Aber einstmals, als die Stadtväter noch dem alten Glauben anhingen, hat man solche Leute vor die Stadt bringen lassen, zur Kirche Sankt Vitus, draußen bei der Kartaus. Dort wurden ihre Füße mit Weihwasser besprengt, und sie mussten in roten Schuhen, worauf oben und unten mit Chrisam ein Kreuz gemacht war, um den Altar tanzen.»

«Alles verlorne Liebesmüh», hörte Eva jetzt neben sich den Greis knurren. «Das muss gehn wie in meiner Heimatstadt: Zur Musik von Sackpfeifern lässt man diese depperten Gecken so lang tanzen, bis es sie vor Erschöpfung umhaut. Treibt das den Dämon nicht ausi, geht's ab zum Exorzismus in die Kirch. Aber wennst mich fragst: Das einzig Wahre ist der Scheiterhaufen. Nur so lässt sich dem Satan die Seele entreißen!»

«Dich fragt aber keiner», fuhr ihm die Barreiterin scharf über den Mund.

Als nach zwei Wochen ganz allmählich ihre Kräfte wieder zurückkehrten, wuchs auch Evas Ungeduld. Längst sah sie sich nicht mehr als hilflose Kranke und hielt es kaum noch aus zwischen all den armen Siechen, die von früh bis spät jammerten und stöhnten. Ertrug schier nicht mehr den Anblick von diesen mit Pusteln und stinkenden Schorfkrusten bedeckten Körpern, von verdrehten Gliedern, schwarzbrandigen Zehen und Fingern, zugequollenen blutroten Augenlidern, von mit grünlichem Auswurf oder Erbrochenem befleckten Hemden. Einer, gleich im Bett nebenan, behauptete steif und fest, seine eigene Frau habe ihm diese großen schwarzen Blattern ans Bein gehext, die er nun Tag für Tag aufs Neue aufkratzte, bis ihm die Barreiterin die Hände zusammenband. Und dann gab es welche, die die ganze Nacht auf dem Abtritt hockten, einem Holzstuhl mit ausgesägter Öffnung, der sich hinter einem löchrigen Vorhang befand, um von dort aus mit ihrem Gefurze und Geschiss die Nachtruhe zu stören und die Luft zu verpesten.

Keinen Deut besser war der Alte in Evas Bett: Nachts, wenn ihn sein Bauch besonders plagte, wälzte er sich schlaflos unter der Decke und plärrte den heiligen Erasmus um Hilfe an. Seitdem der Knecht ihm mehrmals täglich von hinten Einläufe und von oben salzigen Kräutersud verabreichte, verbrachte der Mann allerdings mehr Zeit auf dem Abtritt als im Bett.

«Bitte, Spitalmutter», bettelte Eva eines Morgens, als der Greis in Richtung Latrine geschlurft war, «könnt Ihr diesen stinkenden Alten nicht verlegen?»

«Hätt ich ein Bett vakant, würd ich's dir zuliebe tun.» Die Spitalmutter setzte sich zu ihr an den Bettrand. «Schau, Adam, er ist grad der Einzige, der mit Sicherheit nichts Ansteckendes hat. Oder willst etwa bei dem Krämer mit dem italischen Fieber liegen, der sich Tag und Nacht die Lunge aus dem Leib hustet? Oder bei dem armen Kerl mit dem Blutsturz? Ich will dich doch wieder gesundkriegen!»

Bei diesen Worten strich sie ihr zärtlich das Haar aus der Stirn, und nicht zum ersten Mal fiel Eva auf, wie ihre hellbraunen Augen sie anstrahlten.

«Aber ich versprech dir was: Noch ein, zwei Tage, und du bist den Alten los. Der hat nämlich nichts andres als die Würmer im Leib, und das Wurmkraut und die Klistiere werden bald ihre Wirkung tun.»

Einmal mehr bewunderte Eva die Spitalmutter um ihr Wissen und um ihre Fähigkeiten, als am nächsten Morgen tatsächlich die Würmer abgingen. So ekelerregend sich diese Prozedur auch darstellte – ein Exemplar von zehn Fuß Länge wurde ausgeschieden, und zwar nicht in den Aborteimer, sondern geradewegs zwischen ihre Zudecken! –, so war Eva ihren Bettgenossen danach doch wenigstens los. Sie wartete noch, bis die Barreiterin mit dem Siechenknecht und der Magd zum Mittagsmahl verschwunden war, dann erhob sie sich mühselig aus ihrem Bett, um sich die Beine zu vertreten und herauszufinden, wo sie sich überhaupt befand. Bis auf die paar Schritte hinüber zur Latrine hatte sie hier nämlich noch keinen Fuß auf die Erde gesetzt, und sie war fest entschlossen, am nächsten Tag, nach einer hoffentlich ruhigen Nacht und einem stärkenden Morgenessen, das Siechenhaus auf immer zu verlassen. Dieses hässliche Kratzen im Hals würde bis dahin hoffentlich vorübergehen.

Eva hielt sich am Bettrand fest und blickte sich um. In zwei Reihen waren die Betten aufgestellt und bis auf das von Eva allesamt zweifach belegt. Mit den Fußenden voraus säumten sie rechts und links einen breiten Durchgang, an dessen hinterem Ende ein hölzernes Podest für die Krankenwache errichtet war. Jetzt, zur Mittagszeit, war die Bank darauf leer. Keine gute Zeit also, um zu sterben, fuhr es Eva durch den Kopf. Ihr Blick ging in die andere Richtung, vorbei an den beiden offenen Kaminen zur Eingangstür, über der ein schwarzgebeiztes Kruzifix hing. Der ganze Siechensaal erinnerte an eine schmucklose lutherische Dorfkirche, mit seiner hohen Decke, den weißgetünchten Wänden und den hoch angesetzten Fenstern, die keinen Blick nach draußen erlaubten.

Ihr schwindelte plötzlich, als sie sich bückte und unter das Bettgestell sah. In einer Art offenen Kiste lagen ihr Wams, ihr Umhang, ihre Pluderhose samt Strumpfhose und Schuhe –

alles ordentlich gefaltet, dafür von ihrem Werkzeug und ihrer Geldkatze keine Spur! Man hatte sie bestohlen! Irgendwer in diesem stinkenden Schelmenspital hatte sie beklaut, irgendwer von diesen halbtoten, zerlumpten Gestalten rundum! Oder gar einer von den Knechten oder Mägden hier. Sie musste sofort die Barreiterin aufsuchen.

Vorsichtig richtete sie sich wieder auf und wartete, bis die Funken vor ihren Augen zu tanzen aufgehört hatten. Dann tappte sie barfuß über den eiskalten Steinboden zur Tür, öffnete mit Mühe einen schmalen Spalt und schlüpfte hinaus, in eine große, zugige Vorhalle. Von hier aus führte eine Holztreppe in die oberen Stockwerke. Dort musste der Schlafsaal der armen Leut sein, jener bedürftigen Seelen, die kein Dach über dem Kopf und kein Brot im Säckel hatten und für eine Nacht hier Kost und Unterkunft gewährt bekamen. Jetzt allerdings war es totenstill dort oben.

Entschlossen trat Eva an das zweiflügelige Eingangsportal und drückte die schwere Klinke nach unten. Nichts! Sie rüttelte mit beiden Händen daran, zerrte und drückte, aber vergeblich. Die Tür war verriegelt und verschlossen! Man hatte sie also eingesperrt wie die Malefikanten im Turm! Nicht einen Tag länger, schwor sie sich, würde sie hier im Spital bleiben, nicht einen Tag! Sie musste nur noch herausfinden, wo ihre Sachen geblieben waren, und dann – nichts wie weg aus Regensburg. Wenn nur die Barreiterin endlich käme! Es war so bitterkalt hier in der Zugluft, barfuß, wie sie war, und nur im dünnen, knielangen Leinenhemd.

Da entdeckte sie eine Luke im linken Türflügel. Wenigstens sie ließ sich öffnen. Doch als sie den Kopf hinausstreckte, blieb ihr fast der Atem stehen: Unter ihr, zu Füßen des Altans mit seiner ausladenden Steintreppe, lag die ganze Welt in frostiger Kälte erstarrt! Weißer Raureif umschlang das kahle Geäst der

Kastanien, hatte sich auf die Dächer und Mauern rundum gelegt und das Holz des mächtigen Mühlrads zu ihrer Linken und selbst das bucklige Kopfsteinpflaster zwischen Siechenhaus und Wehrmauer überzuckert. Der Mühlbach, der hier unter dem Siechenhaus verschwand, war zu Eis erstarrt, alles schimmerte weiß, sogar der milchig trübe Himmel. Es bestand kein Zweifel: Der Winter war eingebrochen. Ob der Donaustrom auch gefroren war?

Mit ihren vor Kälte gefühllosen Fingern schaffte sie es nicht, die Luke wieder zu schließen, ja nicht einmal, die Tür zum Siechensaal aufzustoßen. Kraftlos sank sie zu Boden, ihre Zähne klapperten ohne Unterlass und ließen es nicht zu, dass sie um Hilfe rief. Vergeblich versuchte sie sich aufzurappeln, doch ihre Muskeln wurden nach und nach taub, wie tot hingen die Glieder an ihr, und um ihre Schläfen presste sich eine riesige Hand. Warum kam ihr denn niemand zu Hilfe? Durfte es sein, dass sie mitten in einem Spital, vor der Tür zum Krankensaal, zu Tode erfror? Eva verzog den Mund. Fast hätte sie gelacht, wäre das möglich gewesen mit ihren eisigen Lippen.

Endlich erbarmte sich Gott ihrer und sandte einen Engel. Die Mauern taten sich auf, und aus gleißender Helle schwebte ein himmlisches Wesen auf sie zu, das sanfte Gesicht in hellblauem Schein, umfing sie mit seinen Flügeln und trug sie mit sich hinfort.

«Wo bin ich?» Eva zog die Nase hoch, aus der es wie von einem schmelzenden Eiszapfen rann. «Es ist so kalt hier! Und wer hat …»

Der Rest ihrer Worte ging in ein mehrfaches Niesen über.

«Du bist bei mir, kleiner Adam, bei deiner Spitalmutter. Und da bleibst du vorerst auch.» Wie einem Kind putzte die Barreiterin ihr die Nase. «Warte, ich leg dir das Lammfell unter – mei, was bist du mager –, und eine Haube aus Schafwolle hab ich dir auch ergattert.» Vorsichtig hob sie Evas Nacken an und streifte ihr die wärmende Haube über. «Hab halt leider keinen Ofen hier. Aber so kalt ist's gar nicht, von der Küche unter uns kommt's warm herauf. Hast du Durst?»

«Ja. Was war das, Spitalmutter? Ist wieder der Veitstanz über mich gekommen?»

«Nein, mein lieber Junge. Du hattest einen Schwächeanfall. Wie konntest du aber auch in der Gegend herumspazieren, so ganz ohne Begleitung und dazu bei dieser Kälte? Hast mir einen ordentlichen Schrecken eingejagt, wie du da halb totgefroren auf der Schwelle lagst! Zur Strafe hast dir jetzt einen schönen Katarrh geholt.»

Die Spitalmutter führte einen Becher mit Salbeiaufguss an ihre Lippen, den Eva kaum herunterbrachte, so sehr schmerzte ihr jetzt der Hals bei jedem Schluck. Mit einem Ruck wandte sie den Kopf zur Seite.

«Ich kann selber trinken. Bin schließlich kein Kleinkind. Und die Nase kann ich mir auch putzen, stellt Euch nur vor!»

Tränen der Wut und der Enttäuschung standen Eva jetzt in den Augen. Wieder lag sie ans Bett gefesselt und würde wahrscheinlich bis zum Frühjahr warten müssen, bis sie von hier wegkam.

Trotz Evas harscher Worte lächelte die Barreiterin und stellte den Becher auf dem Holzschemel ab, der neben dem Bett stand. «Wennst meinst. Ich muss wieder runter, nach den Kranken sehen. Wenn's dir schlecht geht, läut einfach die Glocke hinter dir an der Wand.»

«Nein, wartet – es tut mir leid. Ihr seid so gut zu mir, wie eine leibliche Mutter. Danke!»

«Ach was, schon recht. Das ist mein Dienst an Gott und an den Menschen.» Ihr Gesicht wurde ernst. «Vielleicht ist's aber auch, weil du mich an meinen jüngeren Bruder erinnerst, an meinen Lieblingsbruder. Und der hieß sogar Adam, genau wie du.»

«Hieß?»

«Er ist an der Roten Ruhr gestorben, als er zehn war – Gott hab ihn selig.»

«Das war sicher schlimm für Euch», murmelte Eva.

«Gewiss. Aber in allem Übel steckt auch der Keim zum Guten, man muss ihn nur finden. Ich hab meinen Bruder bis zum Tod gepflegt und dabei meine Bestimmung gefunden, nämlich den Kranken und Siechen zu helfen. Diesen Entschluss hab ich niemals bereut.» Sie lachte herzlich. «Sonst wär ich heut noch bei den Dominikanerinnen im Heilig Kreuz.»

«Ihr wart in einem Kloster?»

«Ja. Aber die strenge Klausur und das harte Regiment nach der Augustinusregel waren nichts für mich. Als mein Noviziat zu Ende ging und ich vor der feierlichen Profess stand, mit der ich mich auf ewig der Ordensgemeinschaft übergeben hätt, hab ich das Kloster verlassen. Dank der gütigen Mutter Priorin fand ich die Anstellung hier als Spitalmutter. Schon meine Vorväter waren in diesem Spital als Bereiter tätig, wie mein Name noch verrät. Aber genug geratscht, meine Pflicht ruft unten im Saal.»

«Bitte – da ist noch was: Meine ganze Habe ist verschwunden.»

«Keine Sorge, Adam! Ich hab alles sicher verwahrt. Auch unter Todkranken gibt's schließlich Langfinger, und außerdem: Der Spitalmeister muss ja nicht wissen, was für ein prallgefülltes Geldsackerl du da mit dir rumschleppst. Das hätt sich nämlich schnell geleert, für die langen Tage hier im Siechenhaus. Aber keine Angst – ich hab das Geld nicht angerührt, und es ist wohl versteckt. Und jetzt schlaf, bis ich wiederkomm. Ich bring auch was zu essen mit.»

Eva sah ihr nach, wie sie energischen Schrittes das Zimmer verließ, dann sank sie zurück auf ihr Kissen. Die Barreiterin bewohnte im Dach der Schar, wie man das Siechenhaus hier nannte, eine geräumige Kammer, in das ein winziges Fenster nur spärlich Licht einließ. Ebenso spärlich war die Einrichtung: Außer Bett und Schemel gab es da nur noch eine grobgezimmerte Kleiderkiste und ein Waschtischchen und als einzigen Schmuck ein Kruzifix an der Wand. Eine zweite Schlafstatt konnte Eva nicht entdecken. Siedend heiß durchfuhr sie die Erkenntnis, dass sie mit der Spitalmutter in einem Bett würde schlafen müssen! Niemals konnte das hier länger gutgehen, nur zu genau erinnerte sie sich an die unheilvolle Begegnung mit der Badmagd. Das Beste würde sein, dieser lieben, sanftmütigen Frau die Wahrheit zu gestehen und sie flehentlich zu bitten, Stillschweigen zu bewahren. Zumindest bis sie gesund war und sich auf den Weg nach Ulm machen konnte.

Lag es an der Krankheit, dass sie mit einem Mal unter der Anspannung, entdeckt zu werden, litt wie noch nie? Wie lange noch würde sie ihre Rolle als junger Mann, dieses Gaukelspiel, das ihr einstmals der Teufel selbst eingegeben haben musste, noch spielen können? Aber viel schlimmer war es ja für sie, Frau zu sein! Sie wusste bald selbst nicht mehr, was für ein Wesen sie war.

Eva schreckte aus unruhigem Schlaf auf und musste sogleich heftig niesen. Im Dämmerlicht des Abends erkannte sie die Spitalmutter, die einen dampfenden Krug und eine Holzschale mit Mus auf dem Schemel abstellte.

«Fein, dass du geschlafen hast. Jetzt musst ein bisserl was essen.» Die Frau wandte sich in Richtung Tür, wo eben der Knecht mit einem Strohsack auf dem Rücken eintrat. «Leg es hier an die Wand, Hannes, die Decke hol ich hernach selber.»

Immer noch schlaftrunken, blieb Eva der Mund offen stehen.

«Wir schlafen also nicht im selben Bett?»

«Sag bloß, du hättst das gern!» Die Barreiterin lachte schallend. «Nein, nein, so etwas! Da könnt ich fast deine Mutter sein, und du machst mir ein solches Angebot. Brauchst nicht rot werden, Adam.» Sie zog Eva am Ohr. «Um ehrlich zu sein: Ich tät sofort mit dir in einem Bett schlafen, so jung und ansehnlich, wie du bist. Aber, ach, ich bin halt doch eine ehrbare Frau und dazu im strengen Glauben aufgewachsen.»

Sie reichte ihr Löffel und Musschüssel und setzte sich auf den Bettrand. Der Schalk blitzte ihr jetzt aus den hellbraunen Augen.

«Fändest du mich denn gar nicht zu alt für einen wie dich?»

«Aber nein, nicht unbedingt», stotterte Eva, und das war nicht mal gelogen. Auf den zweiten Blick nämlich wirkte die Barreiterin wesentlich jünger als die dreißig Jahre, die sie zählte. Das lag daran, dass sie so oft und gern lachte, und an ihren klaren, schönen Augen.

«Wart Ihr denn nie verheiratet?» Vorsichtig schluckte Eva das lauwarme Mus hinunter.

«Schon. Aber nur kurz, vor vielen Jahren. Jetzt bin ich Witwe und kreuzfroh, dass dieser Kelch an mir vorüber ist. Weißt, wir Frauen gehören immer irgendwem: als Kinder dem Vater, als Eheweib dem Mann, als Nonne der Kirche. Nur als Witwe kann man ein Stückerl weit selbst bestimmen. Aber das verstehst du nicht.»

Dabei verstand Eva nur zu gut! Plötzlich spürte sie, wie sehr sie die Spitalmutter in der kurzen Zeit ins Herz geschlossen hatte.

«Heilige Anna – was fasel ich da rum, als wärst meine beste Freundin und nicht ein blutjunger Kerl! Man könnt meinen, ich sei geck geworden!» Die Barreiterin sprang auf. «Wenn du gegessen hast, wechsel ich dir das Hemd, damit wir deines waschen können. Es wird allerhöchste Zeit.»

«Nein!»

«Was heißt nein? Nur weil wir uns eben Schmeicheleien unter die Nase geschmiert haben, brauchst dich jetzt nicht so anstellen. Das, was ich vorher gesagt hab, war eh nur ein Scherz. Kranke sind Kranke, da schau ich nicht auf die Männlichkeit.»

«Ich mein ja nur – ich kann mich selbst umziehen. So krank bin ich schließlich auch nicht.»

Die Barreiterin zuckte die Schultern. «Wennst meinst. Aber glaub mir, ich hab schon mehr kranke Männer aus- und wieder angezogen, als du Hosen geschneidert hast.»

Eva gab ihr die leere Schale zurück und schnäuzte sich die triefende Nase. Krampfhaft dachte sie nach, wie sie diese gefährliche Klippe würde umschiffen können.

Die Barreiterin verließ das Zimmer und kehrte wenig später mit einer Wolldecke unter dem einen und einem sauberen Leinenhemd unter dem anderen Arm zurück. Sie legte alles auf den Schemel, dann schlug sie Evas Deckbett zurück. Augenblicklich täuschte Eva heftiges Zittern vor und begann erbarmungswürdig mit den Zähnen zu klappern.

«Mir ist so kalt», stammelte sie, zog die Decke wieder bis unters Kinn und entledigte sich, geschützt vor den Blicken der anderen, ihres Hemdes. Die Brustbinde hatte sie wohlweislich zuvor schon abgelegt, zusammengewickelt und in ihre Unterhose gestopft. Hoffentlich geht alles gut, betete sie innerlich, als sie die Hand nach dem frischen Hemd ausstreckte und es sich in Blitzesschnelle, der Barreiterin den Rücken zugewandt, überstreifte.

Die lächelte belustigt. «So gschamig hätt ich dich gar nicht eingeschätzt. Eher als Weiberheld, so wie du immer im Schlaf daherredest.»

«Ich red im Schlaf?», fragte Eva erschrocken.

«O ja, ganz wirres Zeug, und etliche Frauen kommen da vor. Zumeist Josefina und Eva. Sag bloß – hast du gleich zwei Schatzerl?»

«Josefina ist meine Schwester. Und Eva – Eva auch.»

Eva krümmte sich unter ihrer Decke zusammen. Jetzt fror sie tatsächlich, und der Kopf schmerzte auch.

«Warum bin ich eigentlich nicht unten in der Krankenstube?», fragte sie erschöpft.

«Weil dein Bett besetzt ist. Eine Kindbetterin ist reingekommen, grad als du zusammengebrochen bist. Wenn Gott seine schützende Hand über sie hält, wird sie heut Nacht noch entbinden.»

«Dann kann ich morgen also wieder runter?»

«Schmarrn. Nur lose Weiber oder fremde Bettlerinnen werden gleich nach der Niederkunft weitergeschickt. Die hier bleibt, bis sie wieder bei Kräften ist.»

Josefina, dachte Eva sofort, und ihr Herz krampfte sich zusammen. «Nehmt Ihr also jede Frau auf, die guter Hoffnung ist?»

«Nur wenn sie kurz vor der Niederkunft steht. Dann gilt das Gebot der Barmherzigkeit. Für mich zumindest. Der Spitalmeister war da schon manches Mal andrer Meinung. Aber warum fragst?»

«Weil …» Eva kämpfte mit sich. «Weil meine Schwester schwanger war. Man hatte sie aus der Stadt verwiesen, und seither ist sie verschwunden. Zwei Jahre ist das schon her, und ich weiß nicht mal, ob Josefina noch lebt.»

«In Unehren empfangen, ich versteh.» Die Barreiterin nickte, voller Mitgefühl, wie es schien. «Das ein hartes Los. Immer wieder klopfen solch arme Seelen bei uns an.» Dann stutzte sie. «Vor zwei Jahren? Josefina? In Passau der Stadt verwiesen?»

In Evas Kopf begann sich alles zu drehen, als sie jetzt aus dem Mund der Spitalmutter das schier Unglaubliche erfuhr. Dass ihre Schwester vor ziemlich genau zwei Jahren in höchster Not hier um Hilfe gefleht habe und tatsächlich um Gottes willen aufgenommen worden sei. Nach einer schweren und langwierigen Geburt sei schließlich ein strammer, gesunder Junge zur Welt gekommen und vom Spitalkaplan auf den Namen Nikolaus getauft worden, da es der Gedenktag des Heiligen von Myra war. Nachdem die Hebamme erfahren hatte, dass der heimliche Kindsvater ein Herrensöhnchen aus Passau sei, und dies der Obrigkeit pflichtgemäß meldete, habe man Mutter und Kind anderntags schon vor die Stadt gebracht, auf dass sie dem hiesigen Armenkasten nicht zur Last falle.

«Ich erinnere mich genau, denn an diesem Tag Anfang Dezember war ganz plötzlich der Winter eingebrochen. Glaub mir, es tat mir in der Seele weh, die beiden gehen zu lassen. Einen kräftigen Mundvorrat und ein zweites wollenes Tuch für den Kleinen gab ich ihr noch mit, mehr konnte ich nicht tun. Aber, Adam – jetzt beruhig dich doch! Mein Junge!»

Hilflos sah sie auf Eva, die in Schluchzen ausgebrochen war.

Nach so langer Zeit endlich wusste sie um Josefinas Schicksal, nur wirklich begreifen konnte sie es nicht. Immer wieder von neuem begann sie zu weinen, ihre Brust schmerzte schon, Augen und Hals brannten. Längst war es stockfinster geworden in der Kammer. Irgendwann spürte sie, dass sich die Barreiterin neben sie gelegt hatte, den Arm um ihre Schultern, die warme Hand auf ihrer tränennassen Wange. In dieser tröstlichen Umarmung weinte sich Eva schließlich in den Schlaf.

Auch am nächsten Tag konnte es Eva kaum fassen, dass Josefina hier, an diesem Ort, ihr Kind zur Welt gebracht hatte. Sie löcherte die Spitalmutter mit Fragen zu ihrer Schwester und dem Neugeborenen, der den Namen des geliebten Bruders trug, wollte jede kleine Einzelheit wissen über die zwei Tage, die Josefina im Spital verbracht hatte. Doch je mehr sie erfuhr, desto heftiger sorgte sie sich letztlich um die beiden.

«So wirst nie gsund», schalt die Barreiterin irgendwann. «Du isst zu wenig, du schläfst zu wenig, du bist nur noch Haut und Knochen! Das hilft doch deiner Schwester keinen Deut weiter. Vielleicht hat sie ja meinen Rat befolgt und ist zu den frommen Schwestern der Beginen gezogen, in die freie Reichsstadt Ulm.»

«So eine weite Reise, und das mit einem Neugeborenen! Ihr habt doch selbst gesagt, sie war ganz schwach nach der Geburt.»

«Körperlich ja. Aber das Madl hat einen starken Willen, das hab ich damals gleich gemerkt. Und großes Gottvertrauen.»

Mit Evas Genesung ging es wahrhaftig nur langsam voran. Der Niesreiz wurde von einem trockenen Husten abgelöst, hartnäckige Kopf- und Gliederschmerzen zwangen sie zur Bettruhe. Die Spitalmutter kümmerte sich um sie weitaus mehr als um alle anderen. Sie brachte ihr mehrmals täglich zu essen und frischen Kräuteraufguss. Als Schlaftrunk gab es einen besonders großen Krug mit nahrhaftem Spitalbier oder von dem gesüßten Roten, der auf den spitaleigenen Weinbergen gedieh. Dass sie weiterhin auf ihrem Strohlager nächtigen musste, schien der Barreiterin nichts auszumachen.

Nach zwei Wochen endlich hatte Eva den Katarrh überstanden, nur der lästige Husten hatte sich festgesetzt. Zum Kummer der Spitalmutter und zu ihrer eigenen Erleichterung musste sie eine Bettstatt im Schlafsaal der armen Leut beziehen, da der

Spitalmeister nicht länger duldete, dass Eva und die Barreiterin in einem Raum nächtigten. Am Arm der Barreiterin machte sie ihre ersten kurzen Spaziergänge, bald tappte sie allein im Haus herum, in ihren unförmigen Filzschuhen und dem wollenen Überwurf, den die Barreiterin ihr besorgt hatte.

«Wie ein Mönch», neckte die sie jedes Mal, «fehlt nur noch die Tonsur.»

Doch das Scherzen verging ihr, als der Bader Eva für gesund erklärte. Bis spätestens zum Christfest habe der Schneidergesell das Spitalgelände zu verlassen und sich beim Zunftvorgeher der Regensburger Schneider einzufinden. Der sei für alles Weitere zuständig.

«Aber, Meister Hasplbeck! Das ist ja schon nächste Woche!» Die Spitalmutter legte ihm ihre Hand auf das dürre Ärmchen und sah ihn flehentlich an. «Der arme Junge! Mit so einem Husten können wir ihn nicht gehn lassen. Schaut doch nur raus, diese Schneestürme!»

«Die gehen vorbei, und Husten hat zu dieser Jahreszeit bald jeder. Das ist kein Grund, sich auf Kosten des Spitals ein faules Leben zu machen. «

«So ein Schmarrn! Überall macht sich Adam neuerdings nützlich, für keine Arbeit ist er sich zu schade.»

Das stimmte. Sowohl im Siechenhaus als auch drüben im Pfründnerstock kümmerte sich Eva um die Feuerstellen, säuberte die Abtritte, half in den Küchen aus, in der Spitalpfisterei und vor allem im Siechensaal, der sich füllte und leerte und wieder füllte. In ihrer zupackenden Art war Eva überall gern gesehen – nur dem Bader begegnete sie besser nicht. Dem nämlich ging Evas Freundschaft mit Kathrin Barreiterin gehörig gegen den Strich, weil er selbst, so krampfhaft wie vergeblich, um die Gunst der Spitalmutter buhlte.

So verwunderte es Eva nicht, dass er sich an diesem stürmischen Wintermorgen durch nichts umstimmen ließ, auch nicht durch die schmachtenden Blicke seiner Angebeteten.

«Der Bursche ist gesund, da gibt's nichts zu rütteln. Er hat im Siechenhaus nichts mehr verloren. Im Übrigen ist das nicht meine Entscheidung, ich hatte nur das fachliche Gutachten auszustellen. Geht Euch also beim Spitalmeister beschweren, liebe Barreiterin. Ohnehin begreif ich nicht, wieso Ihr Euch für diesen Habenichts solchermaßen einsetzt. Fühlt Ihr Euch etwa durch dieses halbe Kind geschmeichelt? Das ist doch lächerlich!»

Mit einem verächtlichen Schnauben ließ er die beiden stehen.

Als Eva an diesem Abend zu Bett ging, lag sie noch lange wach auf ihrem harten Strohsack. Auch wenn es ihr längst zu eng geworden war in diesem von Mauern umschlossenen Spitalgelände – der Abschied von der Barreiterin würde ihr schwerfallen. Kathrin – wie sie sie inzwischen nannte – war ihr zu einer Mutter und einer großen Schwester zugleich geworden. Und zur ersten Freundin ihres Lebens; einer Freundin, mit der man über Gott und die Welt schwatzen, aber auch schweigen oder herzhaft lachen konnte. Und klug war diese Kathrin, so klug, wie sie es noch bei keiner Frau erlebt hatte! Sogar lesen und schreiben konnte sie, und das besser als die meisten Männer. Als Eva noch bei ihr in der Kammer geschlafen hatte, hatte Kathrin beim Schein der Tranlampe oft stundenlang in einem wunderschönen alten Buch gelesen, dem *Feldbuch der Wundartzney*, das ein gewisser Hans von Gersdorff verfasst hatte.

«Der war Medicus im weitberühmten Antoniterspital in Straßburg», hatte sie ihr erklärt, und Eva hatte schwören müssen, niemandem zu verraten, dass sich die Spitalmutter heimlich Bücher aus der Bibliothek im Pfaffenstock holte.

Ein andermal hatte Eva sie gefragt, mit welcherlei Mitteln sie sie von dieser furchtbaren Tanzwut geheilt habe.

«Mit Gottes Hilfe und den Rezepturen des großen Paracelsus.»

«Paracelsus?» Da war er wieder, dieser Name, den sie aus Kathrins Mund schon so oft gehört hatte.

Sie hatte eifrig genickt. «Von ihm gibt's eine Schrift, die da heißt: *Über die Krankheiten, die die Vernunft rauben.* Drei Rezepturen gegen Veitstanz sind drin enthalten. Was ich bei dir angewendet hab, ist ein Mittel mit Alraune und Baldrian. Aber vielleicht hat dir ja auch dein Talisman geholfen», setzte sie verschmitzt hinzu.

Anschließend hatte sie Eva einen schwärmerischen Vortrag gehalten über diesen Theophrastus Bombastus von Hohenheim, wie der Feld- und Wundarzt in Wirklichkeit hieß. Zu Lebzeiten sei er von aller Welt geschmäht und angefeindet worden, nur weil er dort gelernt und gewirkt hatte, wo die Kränksten der Kranken sich einfanden: in den Feldlazaretten und Spitälern. Noch als «Doctor beider Arzneyen», den er sich auf der Fakultät zu Ferrara erworben hatte, sei er sich nicht zu schade gewesen, den Badern und sogar den Henkern über die Schulter zu schauen. Auch hier im Regensburger Spital habe er einige Zeit gewirkt. Und jedes neue Heilmittel habe er zuerst an sich selbst versucht.

«Paracelsus sagt: ‹Alle Dinge sind Gift, und nichts ist ohne Gift. Allein die Dosis macht, dass ein Ding kein Gift ist!› Es heißt» – sie senkte die Stimme –, «er habe sich auch der Schwarzkunst verschrieben und ein Elixier gegen alle Krankheiten besessen, das Elixier Theophrasti.»

Solcherart Gespräche hatten sie viele geführt, während der Arbeit, auf dem Weg zum Gottesdienst in der Spitalkirche, abends, bevor sie zu Bett gingen, oder auch während Kathrins seltenen freien Stunden. Zumeist machten sie dann bei Wind und Wetter einen Spaziergang kreuz und quer über das weitläu-

fige Gelände, wobei sie Pfaffenstock und das vornehme Haus
des Spitalmeisters in wohlweislich großem Abstand umgingen.
Meist schlenderten sie an Pfründnerhaus und Pilgerhaus vorbei über den hübschen Kirchplatz bis zum Wirtschaftshof mit
seinen Stallungen und Vorratsspeichern, von dort die Runde
weiter am windschiefen Häuschen des Spitalschreibers entlang
und über den Hof des Brauhauses hinunter zum Spitalanger,
wo sich auch Bad- und Waschhaus befanden.

Vom nördlichen Donauufer aus hatte man einen herrlichen
Blick auf die Türme und Mauern der freien Reichsstadt und
ihre im ganzen Reich berühmte Steinbrücke, und hier durchfuhr Eva jedes Mal eine zutiefst widersprüchliche Regung: Zum
einen fühlte sie eine unbestimmte Angst vor der Unberechenbarkeit der Welt da draußen, einer Welt, die ihr oft genug ihre
grausamsten Fratzen gezeigt hatte, zum anderen packte sie heftiges Fernweh.

Das alles ging Eva durch den Kopf, als sie an diesem letzten
Abend vergeblich einzuschlafen versuchte. Es würde ihr schwerfallen, die kleine, schutzhafte Welt des Regensburger Spitals zu
verlassen. Und trotzdem hatte sie die Weisung des Baders, sich
anderswo ein Unterkommen zu suchen, nahezu erleichtert hin-
genommen. Inzwischen stand für sie nämlich außer Zweifel,
dass Kathrin Barreiterin ihr Herz an Adam Auer, den jungen
Schneiderburschen, verloren hatte, und es war allerhöchste Zeit
zu gehen.

37

Eva trat durch die Schöne Pforte, die vom Spital her unmittelbar auf das nördliche Ende der Donaubrücke führte, und hörte
hinter sich die schwere Holztür ins Schloss fallen. Einen letzten

Blick warf sie noch auf das reichverzierte Doppelportal, dann wischte sie sich verstohlen über die Augen und machte sich auf den Weg.

Zum ersten Mal verließ Eva das schützende Geviert des Spitals, zum ersten Mal betrat sie diese endlos lange, jahrhundertealte Steinbrücke, die Regensburg im Süden mit Stadt am Hof im Norden verband, oder besser: voneinander trennte. Der nördliche Brückenkopf nämlich ragte einer Trutzburg gleich mitten hinein in das kleine Marktstädtchen. Zu einem wehrhaften Kastell war er ausgebaut, mit Schießscharten in der Festungsmauer und umlaufendem Graben, mit zwei kleineren vorspringenden Rundtürmen und einem hohen Wach- und Torturm. Diese starke Bewehrung schien den Regensburgern deshalb notwendig, weil hier die Grenze zum nicht eben freundschaftlich gesinnten Herzogtum Baiern verlief. Man könnte sagen, die Regensburger und die Leute aus Stadt am Hof waren sich in herzlicher Feindschaft zugetan.

So hatte es denn auch mit dem Regensburger Spital eine äußerst seltsame Bewandtnis: Es lag nicht innerhalb der Mauern der freien Reichsstadt Regensburg, sondern auf der anderen, der nördlichen Donauseite – eben im bairischen Stadt am Hof, erbaut in alten Zeiten, als in Regensburg noch die Baiernherzöge residierten und Stadt am Hof seine Vorstadt war. Die Donaubrücke allein hielt nun zusammen, was durch die herrschenden Mächte getrennt war. Aus diesem Grund gelangte man auch von der Schönen Pforte ohne weitere Umstände auf die Regensburger Brücke und umgekehrt von der Brücke hinein ins Spital. Wer hingegen von hier ins Bairische wollte, musste an den vier geharnischten und bewaffneten Wächtern vorbei über die Zugbrücke am Schwarzen Turm.

All das wusste Eva selbstredend von Kathrin Barreiterin, und es versetzte ihr einen Stich, nur an sie zu denken. An diese gütige Frau, die trotz allen Ernstes, mit dem sie sich ihren Aufgaben widmete, immer auch ein herzhaftes Lachen parat hatte. Wie schwer musste ihr der Abschied gefallen sein, dass sie sich an diesem Morgen irgendwo im hintersten Winkel versteckt hatte! Jedenfalls hatte Eva sie im ganzen Siechenhaus und auch an ihrem Lieblingsplatz, dem Badanger, vergeblich gesucht. So war es der Spitalknecht gewesen, der sie zum Portal gebracht und mit einem freundlichen «Pfiad di, Adam!» hinausgelassen hatte.

Ihr war, als würde der Boden unter ihren Füßen schwanken, grad wie auf hoher See. Das musste der böige Wind sein, der an diesem trüben, nasskalten Dezembertag durch die Ebene pfiff. In schmutzigem Grau zeigte sich heute die Donau und schickte ihr Wasser in gischtigen Streifen gegen die Ufer der Donauinseln. Kaum wagte Eva einen Blick über die Brüstung zu werfen, wo tief drunten, unter den Brückenbögen, die starke Strömung schäumende Strudel gegen die Pfeilerinseln schlug. Sie atmete einige Male tief durch, dann hatte sie den Schwindel in ihrem Kopf besiegt.

Der Torwächter am südlichen Brückenturm ließ sie ohne weitere Fragen in die Stadt, nachdem er ihr den Weg zum Zunfthaus der Schneider gewiesen hatte. Hinter der Grieb, wo ein Arm des Stadtbachs verlief, erhob sich das schmale, dreistöckige Giebelhaus, das sich schmucklos und schlicht gab und einen neuen Anstrich gut vertragen hätte.

Umso gefälliger präsentierte sich die Zunftstube, in die der Zunftknecht sie führte: Die Wände waren mit Bildern, allerlei Zierrat und Schnitzereien geschmückt, ebenso die gewölbte Holzbalkendecke. Die beiden Stubenschilde über der Tür verrieten, dass sich Schneider und Kürschner die Stätte teilten.

Offenbar hatte der Spitalmeister sie angekündigt, denn der Zunftmeister und zwei Geschworene erwarteten sie bereits. Die

Aufnahmeprozedur war Eva jedes Mal aufs Neue ein Graus. Respektvoll verneigte sie sich vor dem Zunftmeister und überreichte ihm ihren Lehrbrief: «Glück herein, Gott ehre unser Handwerk!»

«Gott ehre unser Handwerk.» Der weißhaarige Mann warf einen flüchtigen Blick auf die beiden Männer, die rechts und links der prächtigen, kunstvoll bemalten Zunftlade standen, dann hielt er ihre Papiere dicht vor die Augen und prüfte sie eingehend.

Eva lief es heiß und kalt zugleich den Rücken hinunter. «Missfällt Euch etwas?», fragte sie mit rauer Stimme.

«Diese Unterschriften hier – die Ulmer unterzeichnen sonst immer zu dritt, und hier stehen nur zwei.»

Eva zuckte die Achseln, versuchte, ruhig zu bleiben und ihrer Stimme wieder einen festen Klang zu verleihen.

«Vielleicht war ja einer krank?»

«Vielleicht. Unterschriften kann man aber auch fälschen. Ganze Briefe und Dokumente lassen sich fälschen. Haben wir alles schon gehabt.»

Er blickte auf und musterte Eva, mindestens ein Ave-Maria lang, wie ihr schien. Endlich breitete sich ein Lächeln auf dem faltigen, ernsten Gesicht aus.

«Nein, nein, du siehst mir nicht aus wie ein Spitzbube. Zumal ja unser verehrter Spitalmeister Winklmair auch recht angetan von dir war. Nebenbei, lieber Adam Auer: Ich hoffe doch, du bist wieder ganz und gar genesen? Nicht dass du uns hier irgendeine Pestilenz einschleppst!»

«Habt keine Sorge, ehrwürdiger Meister. Man hat mich» – sie räusperte sich – «allergründlichst untersucht und für gesund befunden.»

«Gut, gut. Als zünftiger Geselle weißt du ja, was bei uns Usus ist. In unserer Herberge unterm Dach findest du ein Bett und eine Kiste für deine Habe. Suche dir also Arbeit bei einem Meister oder ziehe weiter. Oder möchtest du hier gar das Mutjahr abdienen und dein Meisterstück machen?» Die beiden Männer im Hintergrund traten ungeduldig von einem Bein aufs andere, und der Zunftmeister beeilte sich fortzufahren. «Dann müsste ich dir nämlich einen Meister finden, und das dürfte in diesen Zeiten schwierig sein.»

«O nein, dazu fehlt mir der nötige Mutgroschen ganz und gar.»

Der Alte nickte. «Verstehe. Alles Weitere erklärt dir der Herbergsvater.»

Damit führte er Eva durch den Flur in eine weitere Stube und verabschiedete sie mit einem Kopfnicken. Vor dem Ausschank des Herbergsvaters standen nur die üblichen grobgezimmerten Tische und Bänke. Durch das einzige Fenster zum Hinterhof fiel kaum Licht, und so erkannte Eva auch jetzt, am helllichten Tag, kaum mehr als die Umrisse der Männer im Raum. Umso besser, dachte sie. In solch düsteren Höhlen hatte noch nie einer Verdacht geschöpft, was ihr wahres Geschlecht betraf.

«Glück herein, Herr Vater», murmelte Eva ihren Gruß in Richtung des Mannes, der herbeigeschlurft kam. «Adam Auer ist mein Name.»

Der andere gab sich nicht einmal die Mühe, ihren Gruß zu erwidern. Stattdessen leierte er, während er Eva die steile Stiege hinaufführte, seinen Sermon herunter: Morgenessen zum Sonnenaufgang, Mittagessen zum Mittagsläuten von der Neupfarrkirch, Abendessen zur fünften Nachmittagsstunde. Wer zu spät komme, gehe leer aus. Gebetet werde vor jeder Mahlzeit, und zwar laut und vernehmlich, nach der Abendmahlzeit sei gemeinsam aus dem Evangelium zu lesen. Das Licht werde winters zur neunten Nachmittagsstunde gelöscht, der gemeinsame Kirchgang sei Pflicht.

«Jedweder Verstoß gegen Zucht und Ehre, gegen Sitte und Brauch kommt vor das Zunftgericht. Hier, das ist dein Bett. Noch Fragen? Nein? Auch gut.»

Noch nie hatte Eva in einer so riesigen Stadt wie Regensburg haltgemacht. Die Zunfthäuser oder auch Wirtsstuben der kleinen Städtchen, wo sich die Gesellen trafen, hatten sich immer als ein gemütlicher, meist feuchtfröhlicher Treffpunkt gezeigt. In kleiner Runde schwatzte jeder mit jedem, niemand wurde ausgeschlossen. In dieser Trinkstube indessen kamen zum Essen und Saufen mindestens dreißig Männer zusammen, es ging laut zu, aber sie als Neuling wurde schlichtweg nicht beachtet – von misstrauischen Blicken einmal abgesehen. Verbannt an ein winziges Ecktischchen, musste sie bei jedem Bröckelchen Fleisch oder Stück Brot aufstehen und sich durch die dichte Reihe der Männerrücken hindurchquetschen. Nicht selten wurde ihr dabei scheinbar unabsichtlich der Arm weggeschlagen, wenn sie nach dem Essen griff.

Als Eva an diesem Abend ihr Bier austrank, um als Erste von allen zu Bett zu gehen, wusste sie, dass sie ihren Vorsatz nicht durchhalten würde, nämlich Kathrin Barreiterin bis zu ihrer Abreise im Frühjahr nicht wiederzusehen.

Wenige Tage später, am Morgen nach Weihnachten, hatte sie mit Hilfe des Altgesellen in einem kleinen, schäbigen Haus eine winzige Kammer gefunden, die aber hell genug war für das, was sie vorhatte. Das unverputzte Ziegelhaus lag in der Lederergasse der westlichen Vorstadt, einem einfachen Viertel der Gerber und Leinenweber, wo es nach den geschabten Häuten stank, die überall auf den Dachböden und hölzernen Galerien zum Trocknen aufgehängt waren und wo in den engen Kammern oft ganze Familien lebten.

Eva hatte sich gar nicht erst die Mühe gemacht, in der Werkstatt eines Meisters unterzukommen. Sehr schnell hatte sie herausgefunden, dass hier, in der Kaufmanns- und Patrizierstadt, die Glocken anders schlugen: Hier hatten die Zünfte längst nicht den Einfluss und die Bedeutung wie anderswo, hier sagte der Handelsmann, wo es längsging, und nicht der Schlossermeister.

Hilflos mussten die hiesigen Meister mit ansehen, wie bald jeder zweite Handwerker auf eigene Hand, gegen Taglohn oder Kost und Logis, einem Verleger zuarbeitete. Ganz besonders dort, wo es um die Herstellung von Kleidung, Tuchen und Garnen ging. Auch in anderen Städten gab es hier und da neben dem zünftigen Handwerk diese sogenannten Stückwerker, die sich in Verlag nehmen ließen von Kaufleuten. Als alleinige Auftraggeber stellten die dann die nötigen Stoffe, Materialien und Werkzeuge oder streckten das Geld hierfür vor.

Mit all ihrer Macht gingen die Zünfte andernorts gegen diese Störer und Pfuscher in ihren Reihen vor. Hier hingegen war der Zunftzwang durchlöchert wie ein Küchensieb. Verbot die Zunftordnung beispielsweise, auf Vorrat herzustellen, so tat ein Stückwerker eben nichts anderes: Er schneiderte ein Wams am andern und scherte sich dabei nicht um die vorgeschriebenen Arbeitszeiten. Zuletzt beschaute nicht mehr der Schaumeister die fertige Ware, sondern der Kaufmann, und der konnte damit machen, was ihm beliebte. Selbst die Kontrolle über Anstand und Sitte war den Zünften verlorengegangen: In Regensburg durfte ein Geselle entgegen dem alten Brauch heiraten, ohne seinen Meister gemacht zu haben.

All das stellte sich Eva als eine Gelegenheit dar, die sie beim Schopf packen wollte. Ungestört und unbehelligt wollte sie die nächsten Monate arbeiten, auf eigene Hand und mit eigenem Rauch – in den eigenen vier Wänden also. Natürlich wusste sie auch, dass dabei manch einer die Seele dem Teufel anvertraute:

In immer kürzerer Zeit sollte man immer mehr Warenstücke liefern, und am Ende wurde schlecht gelöhnt. Und wagte einer, das Maul aufzumachen und sich zu beschweren, wurde ihm der Auftrag ganz schnell entzogen. Die Verleger hatten nämlich freie Auswahl bei dem gewaltigen Zustrom von jungen Männern und ledigen Frauen aus den Dörfern rundum. Aber die meisten der Burschen hatten nichts gelernt, die Frauen konnten allenfalls ein wenig nähen und spinnen. Kaum einer konnte sich dessen rühmen, was Eva anzubieten hatte: das Zuschneiden kostbarster Stoffe. Daran wagte sich schon allein deshalb keiner, weil der Verschnitt vom Stücklohn abgezogen wurde.

Heute Mittag noch, dachte sie, während sie ihre Habseligkeiten in der Kleiderkiste ihres neuen Zuhauses verstaute, werde ich dem Bruder des Spitalmeisters einen Besuch abstatten. Seinetwegen war sie überhaupt erst auf diesen Gedanken gekommen. Wenige Tage vor Evas Abschied aus dem Spital war das gewesen, als dieser Bruder, ein Regensburger Tuchhändler namens Alfons Winklmair, zu Besuch im Pfründnerhaus weilte und sich vor Evas Augen den seidenen Puffärmel am Türriegel aufgerissen hatte. Laut geflucht hatte er, und Eva hatte ihm umgehend angeboten, den Schaden zu beheben. Während der gute Mann im kurzen Hemdchen mit seinem Bruder im Spitalmeisterhaus bei einem Krug Roten wartete, hatte sich Eva an die Arbeit gemacht, die gar nicht so leicht zu bewerkstelligen war: Der Riss war zwar klein und unter der Achselhöhle verborgen, dafür aber alles andere als glatt. Sie würde ein Stückchen Stoff herausschneiden müssen, bevor sie ihre Naht setzte, und dasselbe zudem am anderen Ärmel, damit sie am Ende gleich aussahen.

Nach zwei Stunden hatte sie es geschafft und war höchst zufrieden mit dem Ergebnis. Nur – was würde Alfons Winklmair dazu sagen, dass sie ihm auch den zweiten Ärmel aufgeschnitten hatte, ohne ihn zu fragen? «Sein Bruder wird dich ins Spitalsloch stecken, du dummer Junge!», hatte Kathrin Barreiterin immerzu gejammert. Stattdessen hatte der Kaufmann wortlos genickt und ihr anerkennend auf die Schulter geschlagen. Das war nicht viel, aber immerhin genug, um in Eva die Hoffnung zu wecken, mit seiner Hilfe an einen ersten Auftrag zu kommen.

Spazierte man durch das Gewirr der Regensburger Gassen, präsentierte sich die freie Reichsstadt bei weitem nicht mehr so glanzvoll wie aus der Ferne gesehen. Die Pracht bröckelte allerorten: Auf den einst kunstvoll gepflasterten Plätzen stand der Schlamm in den Löchern, von den zierlichen Giebelhäusern, ja selbst von den Patrizierburgen mit ihren himmelwärts strebenden Türmen blätterten Farbe und Putz. Der Dom Sankt Peter zeigte am augenscheinlichsten, dass die Blütezeit dieser Stadt wohl endgültig vorüber war: Als gewaltiger Klotz mit zwei halbfertigen Türmen versuchte er sich mit letzter Kraft, wie es schien, über die anderen Gotteshäuser zu erheben. Seit Jahrzehnten nun schon fehlte das Geld, um weiterzubauen.

Die Türkeneinfälle, die Entdeckung der Neuen Welt und zuletzt die heftigen Querelen mit den Baiernherzögen hatten Regensburg abseits des Welthandels gedrängt, und für die hiesigen Handelsherren schien das goldene Zeitalter unwiderruflich dahin zu sein. Das Spital hatte inzwischen mehr Besitzungen als die Stadt selbst: Nur ein schmaler Streifen um die Stadtmauer war Regensburg als Burgmeile geblieben – im Süden ein paar unbewohnte Wiesen- und Feldstücke, im Norden die Wöhrd-Inseln. Der Rest war an die Baiern gegangen.

Solchermaßen hatte Eva jedenfalls den Tuchhändler Alfons Winklmair jammern hören. Und dass man vor fünfzig Jahren die Juden zum Teufel gejagt habe, habe rein gar nichts genutzt, im Gegenteil, ihr Geld fehle nun an allen Ecken und Enden.

Alles sei dahin, nur wenn der Kaiser hier seinen Reichstag abhalte, erwache die Stadt zu neuem, zu altem Glanz.

In ehrerbietiger Aufmerksamkeit hatte Eva ihm gelauscht, dabei war es ihr herzlich gleichgültig, ob dieser Bischofsdom, dessen Portal dem einfachen Mann ohnehin verschlossen war, nun fertig war oder nicht oder ob die Baiern der freien Reichsstadt mit ihren Zöllen die Luft abschnürten. Sie war bester Stimmung, und als sie nach dem Gespräch auf die Kramgasse hinaustrat, bemerkte sie, dass heute erstmals seit langem wieder die Sonne an einem wolkenlosen Himmel schien. Ihre Hoffnung hatte nicht getrogen, einmal mehr hatte sich erfüllt, was sie sich in den Kopf gesetzt hatte: Der Tuchhändler höchstselbst wollte sie verlegen! Gleich am nächsten Tag solle sie probehalber ein Wams aus einfachstem Stoff zuschneiden und dazu nur sorgfältig ihr Werkzeug durchgehen. Was sie noch benötige, werde er ihr beschaffen.

In ihrer kleinen Kammer holte sie alles, was sie an Werkzeug und Utensilien besaß, aus ihrem Ledersack und breitete es auf dem Bett aus. Zuletzt zog sie aus dem untersten Grund des Beutels etwas, das sie längst aus ihrer Erinnerung gebannt hatte: das zierliche Jagdhütchen von Moritz! Als ob einer in eine vergessene Glut geblasen hätte, loderte es plötzlich in ihrem Herzen auf, das alte Feuer der Liebe und zugleich der qualvollen Enttäuschung. Mit zittrigen Händen legte sie den Hut in die offene Holztruhe. Was sollte sie nur damit anfangen? Ihn wegzuwerfen, brachte sie nicht übers Herz, dazu war er zu kostbar. Aber verkaufen mochte sie ihn auch nicht. Sie hätte ihn Kathrin zum Abschied schenken sollen!

Wütend warf sie ein altes Tuch darüber. Sie wollte nicht mehr erinnert werden an diesen Schelm von Moritz, an diesen Spitzbuben, der sie so niederträchtig hintergangen hatte. Allein dieser Brief, den er dem alten Ährenfelser geschrieben hatte –

Eva hatte die demütigenden Worte noch genau vor Augen: «Sie stellt sich in Liebesdingen wahrlich nicht ungeschickt an.» Darunter der Name des von ihr so geliebten Mannes in schwungvoller Schrift.

Und dann, ganz plötzlich, sah sie den alten Regensburger Zunftmeister vor sich, wie er ihre Papiere geprüft hatte, und ein einziger Satz hallte in ihren Ohren wie die Saite einer Fiedel, die immer wieder aufs Neue angeschlagen wird: «Ganze Briefe lassen sich fälschen!»

Am nächsten Morgen erwachte sie mit schmerzendem Kopf. Die halbe Nacht hatte der Gedanke sie wachgehalten, dass der alte Ährenfelser diesen unsäglichen Brief selbst geschrieben haben könnte. Dass das Ganze nichts als ein teuflischer Betrug gewesen war, nicht nur an ihr, sondern auch an Moritz. Warum aber hatte Moritz dann nichts unternommen, sie aus den Fängen seines Vaters und dessen Hofmeister zu retten?

Verwirrt marschierte sie hinüber in das Kaufmannsviertel. Die Winklmairs gehörten nicht zu den zwei, drei Handvoll Patrizierfamilien, die rund um den Haidplatz ihren unermesslichen Reichtum mit zinnenbewehrten Türmen und Palästen kundtaten. Das Anwesen des Tuchhändlers hielt sich bescheiden im Hintergrund, war aber dennoch stattlicher und ansehnlicher als jedes Haus, das sie je betreten hatte – vom Herrenhaus der Ährenfelser einmal abgesehen. Es stand am Ende der schmalen Kramgasse, wo einst auch Barbara Blomberg gelebt hatte, die heimliche Geliebte Kaiser Karls. Erst nach dessen Tod vor wenigen Jahren hatte die Welt erfahren, dass er der Gürtlerstochter einen Sohn gezeugt hatte, der gleich nach der Geburt seiner Mutter entrissen und in ein geheimes Versteck nach Spanien gebracht worden war.

Ob Kaiser, Edelmann oder Kaufmannssohn, dachte Eva jetzt,

als sie durch die Kramgasse ging – es ist dasselbe: Das Weib ist dem Mann nichts als ein hübsches Spielzeug zur Zerstreuung, das man nach Belieben benutzen oder in die Ecke werfen darf. Moritz von Ährenfels war keinen Deut besser. Was sie sich da in der vergangenen Nacht zurechtgesponnen hatte, war nichtig und dumm!

Ein Hausdiener ließ sie ein und führte sie in das Kontor von Alfons Winklmair. Der Hausherr selbst war unterwegs, sein Secretarius aber wusste Bescheid: Er notierte sich, was Eva an Material und Werkzeug noch benötigte, und überreichte ihr einen in braunes Papier eingeschlagenen Packen. Darin seien zehn Ellen grobes Baumwolltuch sowie ein fertiges Wams als Muster, erläuterte er ohne eine Spur von Freundlichkeit. Der Empfang desselben sei hier auf dieser Quittung zu bestätigen – sofern sie denn des Schreibens mächtig wäre. Übermorgen um dieselbe Zeit solle sie wiederkommen.

Eva setzte mit schwungvollen Buchstaben ihr *Adam Auer* auf das Papier, nicht ohne dem Mann einen triumphierenden Seitenblick zuzuwerfen, dann machte sie sich auf den Heimweg.

Vor dem Rathaus begegnete sie dem Bader.

«Da ist ja unser kleiner Veitstänzer.» Meister Hasplbeck grinste schief und wies auf das Paket unter Evas Arm. «Scheinst dich ja in unserem schönen Regensburg festsetzen zu wollen.»

Statt einer Antwort zuckte Eva die Schultern. Der Mann war ihr inzwischen von Herzen zuwider.

«Die Spitalmutter hat ja einen schieren Narren an dir gefressen!», fuhr der Bader fort. «Na ja, jetzt kümmert sie sich wenigstens wieder um die andren Siechen, wurde auch Zeit.»

«Pfiad's Euch Gott», murmelte Eva und beeilte sich weiterzukommen.

Es war wahrhaftig kein Hexenwerk, was der Tuchschneider von ihr verlangte. Schon drei Tage später war sie dabei, ein kostbares Wams aus gewirkter Seide zuzuschneiden. Die Arbeit machte ihr Spaß, auch wenn der Stücklohn geradezu lächerlich war. Aber das kümmerte Eva wenig, sie war sich sicher, schon bald mehr verlangen zu können. Dann nämlich, wenn Alfons Winklmair von der Qualität ihrer Arbeit überzeugt war und sie nicht mehr würde missen wollen.

So waren ihre Tage angefüllt mit Arbeit, nur unterbrochen von kurzen, hastigen Mahlzeiten in der Gesellentrinkstube. Von Anfang an machte sie es sich zur Gewohnheit, sich nach Feierabend, wenn ihr der Rücken schmerzte, die Beine zu vertreten. Von ihrem Haus zur Stadtmauer längs der Donau war es ein Katzensprung. Durch das Lederertörle hindurch erreichte sie in wenigen Minuten die Donaulände mit ihren Lagerhäusern und Stadeln. Dort stand sie dann am Ufer und sah zu, wie die letzten Kähne entladen und die Flöße vertäut wurden, und am Ende schweifte ihr Blick über den mächtigen Strom hinweg, hinüber zur Oberen Wöhrd, dieser langgestreckten Insel mit ihren Mühlen und armseligen Fischerhütten. An schönen Tagen konnte sie dahinter die Türme von Stadt am Hof im Abendlicht schimmern sehen, erahnte linker Hand die Mauern des Spitals.

Eine tiefe Sehnsucht nach Kathrin Barreiterin erfasste sie dann jedes Mal, und es graute ihr vor dem Alleinsein der bevorstehenden Nacht. Vor allem vor den Albträumen, die sie längst wieder quälten.

38

Am ersten Sonntag im neuen Jahr klopfte es morgens gegen Evas Tür. Sie hatte sich eben für den Kirchgang fertig angekleidet. Hastig glättete sie ihr Haar, während sie rief: «Wer da?»

«Ich bin's. Die Kathrin Barreiterin.»

Als Eva diese Worte vernahm, öffnete sie zunächst zögerlich die Tür, doch als sie die Spitalmutter dann vor sich sah, in ihrem grünen Sonntagskleid, die Schürze und hellblaue Haube makellos sauber wie immer, die Wangen von der Kälte gerötet und die hellbraunen Augen groß und strahlend vor Wiedersehensfreude – da konnte sie nicht anders, als diese Frau zu umarmen.

«Dann freust dich also?», hörte sie Kathrin murmeln.

«Ja!»

«Ich auch!»

Verlegen ließ Eva sie los und trat einen Schritt zurück.

Kathrin zog sich den Umhang fester um die Schultern. «Es war so trist und still ohne dich. Dann hab ich vom Spitalmeister erfahren, dass du seinem Bruder zuarbeitest.» Sie stockte. «Ich musste dich einfach wiedersehen.»

«Dann – dann komm doch rein. Ich richte mich grad zum Kirchgang.»

Neugierig sah sich die Spitalmutter in der Kammer um, die inzwischen mehr einer Schneiderwerkstatt glich als einer Schlafkammer. Überall lagen Stoffteile und Papierstreifen herum, die Strohmatratze hatte Eva auf den Boden verfrachtet, das Bett unter dem Fenster zum Schneidetisch zweckentfremdet.

«Wenn du nichts dagegen hast, Adam, begleit ich dich in die Neupfarrkirche.»

«Gern! Nur – ich dachte, du würdest dem alten Glauben anhängen?»

Kathrin lachte fröhlich. «Der Herrgott wird es mir schon nachsehen.»

Im Kirchenschiff hatte jede Zunft ihren angestammten Bereich, wobei den Meistern mit ihren Söhnen die vorderen Bänke vorbehalten waren, die Gesellen dahinter Platz nehmen und die Lehrknechte stehen mussten. Als Eva sich der Gruppe der Schneider und Schuster näherte, von denen sie die meisten aus der Zunftherberge kannte, klebten deren Blicke an ihr und ihrer Begleiterin.

«Bis nachher dann», flüsterte Kathrin und gesellte sich auf die Seite der Frauen. Eva ertappte sich dabei, wie ihr das Getuschel und Gegaffe der Leute peinlich wurde und sie sich ärgerte, dass Kathrin mitgekommen war. Im selben Augenblick schalt sie sich eine dumme Gans. Schließlich war sie doch selbst eine Frau!

«Der Reingschmeckte hat mit der Spitalmutter obandlt», hörte sie alsbald hinter sich jemanden raunen. Und von anderer Seite: «Der soll sich ja auch bei den Pfeffersäcken einschleimen. Beim Winklmair geht er schon ein und aus.»

«Wär Gott nicht mit uns diese Zeit, wir hätten musst verzagen», sang Eva lauthals mit, um das Geschwätz rundum nicht mit anhören zu müssen. Sie war froh, als der Gottesdienst ein Ende hatte und sie und die Barreiterin diesen Maulaffen entfliehen konnten.

«Gehen wir ein Stückerl?», fragte Kathrin.

«Gern.»

Eva kannte noch nicht allzu viel von der Stadt. Als die Spitalmutter sie nun durch enge Gässchen und über weitläufige Plätze führte, vorbei an Kirchen und Klöstern, Kaufherrenhöfen und Stadtpalästen, am Bischofssitz und an der herzoglichen Pfalz und schließlich an den Mauerresten der allerersten Stadtherren, den Römischen, da lauschte Eva begierig ihren Erklärungen.

«Wärst du ein Mann, wärst du ganz sicher ein Gelehrter», sagte sie irgendwann.

«Niemals!», wehrte Kathrin ab, doch es war ihr anzusehen, wie sehr diese Anerkennung sie freute.

An diesem Nachmittag erfuhr Eva auch, dass in der Stadtwaage zwei berühmte Männer namens Philipp Melanchthon

406

und Johannes Eck nach einem Ausgleich zwischen den verfeindeten Glaubensrichtungen gesucht hatten. Der Kaiser selbst hatte diesen wochenlangen Disput in die Wege geleitet, an dem alle Welt Anteil genommen und in dessen Folge sich die Regensburger Stadtväter zu Luther bekannt hatten, der hier unter den Bürgern schon immer großen Widerhall gefunden hatte.

«Das war eine recht wagemutige Entscheidung, musst du wissen», erläuterte Kathrin. «Schließlich haben wir rundum die katholischen Baiern, mittendrin den Bischof. Und der Kaiser, dem wir als Reichsstadt alleinig unterstehen, ist ja erst recht altgläubig.»

Sie waren auf der Haid angelangt, diesem weitläufigen, sorgsam begrünten Platz, auf dem früher berühmte Ritterturniere stattgefunden hatten.

«Vor ein paar Jahren dann, ich wurd grad zur Spitalmutter berufen, fand man eine wunderbare Lösung. Kein Kloster wurde aufgelöst, kein Kirchenbesitz angerührt, jeder in der Stadt, der irgendwie dem Herzog oder dem Bischof diente, durfte seinem Glauben treu bleiben. Deshalb also leben in dieser lutherischen Stadt bald grad so viel Altgläubige wie Lutheraner. Und jeder hat sein eigenes Kirchenoberhaupt: wir unseren Bischof, ihr Lutherische den Stadtrat. Wir leben und arbeiten miteinander, ohne jede Feindseligkeit.»

«So wie wir beide.» Eva stieß ihre Freundin in die Seite. «Gehst mit mir sogar in einen lutherischen Gottesdienst.»

Kathrin nickte beinahe ernst. «Genau so sollte es sein.»

«Und wie haltet ihr es dann drüben im Spital?»

«So wie mit der Schule, dem Armenkasten oder der Gerichtsbarkeit: Es ist alles irgendwie zweifach vorhanden. Genau weiß ich das nur für unser Spital: Die acht Herren des Spitalrats sind zur Hälfte geistliche Vertreter des Bischofs, zur Hälfte Patrizier und damit lutherisch. Der Spitalmeister auch, während ich ja altgläubig bin. Bei allen anderen geht es bunt durcheinander, je nachdem, bei wem wir in Lohn und Brot stehen.»

Eva fand diese Einigung durchaus weise. Wie viel mehr Frieden im Land gäbe es, würde allerorten so gehandelt!

Als das Abendläuten die Bürger daran erinnerte, dass die Tore bald geschlossen würden, brachte Eva ihre Freundin zur Brücke. Es war ein herrlicher Tag gewesen, fast so wie früher, wenn sie des Sonntags mit Josefina zusammen gewesen war.

«Sehen wir uns nächsten Sonntag wieder?», fragte Kathrin und strahlte sie erwartungsvoll an.

Eva wurde mit einem Mal unsicher. Sie hatte das Gefühl, sich auf dünnem Eis zu bewegen, womöglich auf etwas zuzusteuern, was sie nicht mehr im Griff hatte.

«Ich weiß nicht – ich hab sehr viel Arbeit.»

«Dann vielleicht nur auf eine Stunde, nach dem Kirchgang?»

Eva kämpfte mit sich. Sie dachte an ihre Kammer, in der sie tagaus, tagein ihre Stunden allein verbrachte, an ihre hastigen Mahlzeiten bei den Gesellen, wo sie noch immer eine Fremde war. Endlich nickte sie.

«Gut. Bis nächsten Sonntag also.»

Sie vereinbarten, sich zur elften Stunde auf dem Krauterermarkt zu treffen.

Verwirrt sah Eva ihr nach, wie sie wenig später unter dem Bogen des Brückentors verschwand. Und spürte dabei noch immer den scheuen Kuss, den Kathrin ihr zum Abschied auf den Mund gedrückt hatte.

Von nun an trafen sie sich jeden Sonntag, bei Wind und Wetter, am neuen Brunnen vom Krauterermarkt. Hier, im Schatten des Doms, wurden unter der Woche die Feld- und Gartenfrüchte aus der Gegend angeboten, jetzt im Spätwinter allerdings wenig mehr als Kohl und Rettiche. Manchmal kehrten sie hernach in eine Wirtschaft ein, um sich aufzuwärmen und gemeinsam etwas zu essen.

Kathrin zuliebe gingen sie oftmals zur Donaulände, wo sich links und rechts der steinernen Brücke ein Stadel an den anderen reihte. Sonntags, wenn bei den Schiffern und Bootsleuten gemeinhin nicht gearbeitet wurde, ging es hier, am Fuß der Stadtmauer, recht geruhsam zu; die Spaziergänger konnten die langen Schiffszüge, die Zillen und Plätten begutachten, ohne den Lastenträgern im Weg zu stehen.

«Wie schön wär es, einmal auf dem Schiff zu fahren», sagte Kathrin dann jedes Mal. «Bis nach Wien oder Ungarn oder ans Schwarze Meer.»

Eva hatte anfangs kaum glauben können, dass ihre Freundin nie weiter als bis auf eine Meile aus der Stadt gekommen war. Überhaupt erfuhr sie nach und nach so einiges aus ihrem Leben. Ähnlich wie sie selbst hatte Kathrin Barreiterin es nicht leicht gehabt. Schon sehr früh zur Waise geworden, hatten sie und ihr jüngerer Bruder zunächst Aufnahme im Spital gefunden, bis eine Kaufmannsfamilie, denen der Kindersegen verwehrt geblieben war, sie beide an Kindes statt angenommen hatte. Dann allerdings, noch als ganz junges Mädchen, hätte sie den Bruder ihres Ziehvaters heiraten sollen und war davor ins Kloster geflohen. Anfangs hatte sie sich dort durchaus wohlgefühlt, doch nach und nach hatte die Enge der klösterlichen Gemeinschaft ihr die Luft zum Atmen genommen. Als dann eines Tages die Rote Ruhr ihren Bruder dahinraffte, stand ihr Entschluss fest: Nicht beten und ein nach innen gekehrtes Leben wollte sie fürderhin führen, sondern den Armen und Siechen helfen.

Nachdem sie einige Zeit als Spitalmutter gearbeitet hatte, hatte der Apotheker, der auch das Spital belieferte, um ihre Hand angehalten. Sie hatte den stillen, verschlossenen Mann gemocht, doch schon nach wenigen Monaten ihrer Ehe hatte sich sein schwarzgalliges Gemüt gezeigt und obendrein eine krankhafte Eifersucht. Scherzte oder lachte sie in seinem Beisein mit einem anderen Mann, so schlug er ihr hinterher das Gesicht grün und blau oder schloss sie zur Strafe in der Schlafkammer ein. Das Übelste aber war, dass sie die körperliche Liebe mit ihm nie anders als mit Gewalt erlebt hatte. Als er im zweiten Jahr ihrer Ehe von jetzt auf nachher am Schlagfluss verstarb, war ihr das nicht anders als eine Erlösung erschienen.

Dies alles hatte sie Eva ohne jegliches Selbstmitleid oder Jammern berichtet.

«So, wie es gekommen ist, ist es gut. Ich bin zufrieden mit Gottes Fügung.»

«Und – was ist heut mit den Männern? Mit einer eigenen Familie?», wagte Eva einmal zu fragen.

«Ich hab doch dich», hatte sie entgegnet und ihr einen übermütigen Kuss auf die Wange gedrückt.

Überhaupt wurde das Leben jetzt recht behaglich. Sonntags trafen sie sich in der Stadt, an Feiertagen besuchte Eva die Freundin im Spital, wo sie bald ein und aus ging, als gehöre sie dazu. Der Einzige, der sich zunehmend giftiger gebärdete, war Meister Hasplbeck. Der Bader hatte doch tatsächlich um Kathrins Hand angehalten und selbstredend einen Korb geerntet.

Dann kamen die ersten warmen Tage, und sie genossen die Sonnenstrahlen vor der Schenkstatt der Spitalbrauerei, wo man Bänke und Tische aufgestellt hatte. Zu diesem Zeitpunkt dachte Eva zum ersten Mal daran, in Regensburg zu bleiben. War nicht das Leben hier, wo sie jeder als Adam Auer kannte, bei weitem sicherer als auf ihren Reisen? Drohte ihr Spiel durch den steten Wechsel von Orten und Menschen nicht viel eher entdeckt zu werden? Und würde sie jemals wieder auf einen solch liebenswerten Menschen treffen wie die Spitalmutter Ka-

thrin Barreiterin, die sie umsorgte und verwöhnte und treu war
wie ein allerbester Freund?

Zu Beginn des Frühjahrs schon verdiente Eva mehr als gutes
Geld. Ihre Rechnung war aufgegangen: Sie hatte eines Tages
einen höheren Stücklohn verlangt, den Alfons Winklmair wie
erwartet verweigerte, woraufhin sie ihm, freiweg und mit einem
freundlichen Lächeln, gesagt hatte, er möge sich dann doch
wen anderen suchen. Beim nächsten fertigen Wams lagen zwei
Batzen mehr in ihrer Hand.

An diesem Tag beschloss Eva, einen Brief aufzusetzen, um
herauszufinden, ob ihre Schwester tatsächlich nach Ulm gegangen war. Dazu musste zum einen ein zuverlässiger Mann als
Bote gefunden, zum anderen ein wahres Vermögen hingelegt
werden – und das ohne jegliche Sicherheit, ob das Schreiben
jemals an sein Ziel gelangte.

Über Alfons Winklmair hatte Eva bald einen Schiffsmann
ausgemacht, der die Strecke zwischen Ulm und Linz zu fahren
pflegte, mit Fellen und Häuten nach Linz, mit Wein stromaufwärts zurück. Dem wollte sie, sobald er Regensburg passierte,
ihre zwei Schreiben mitgeben: das eine an den ehrwürdigen
Rat der freien Reichsstadt Ulm, mit der Frage, ob eine gewisse
Josefina Barbiererin bei den Beginen von der Ulmer Sammlung Obdach gefunden habe, zusammen mit ihrem kleinen
Sohn Nikolaus. Der andere Brief war für Niklas in Straubing
bestimmt. Darin schrieb sie, dass es ihr sehr gutgehe und sie
ihr Auskommen habe und stets an ihn denke. Auch dass sie
von ganzem Herzen hoffe, dass er seinen Weg erfolgreich gehe
und sie sich eines Tages wiedersehen würden. Mehr wagte sie
nicht zu schreiben, aus Furcht, Niklas könne auf den Gedanken
kommen, sie hier in Regensburg aufzusuchen. Schließlich war
es für einen Kaufmannssohn, der er ja nun war, eine Kleinigkeit, von Straubing nach Regensburg zu reisen.

Es war Mitte März, als besagter Schiffsmeister auf seiner Fahrt nach Ulm in Regensburg anlegte. Am Morgen hatte Eva über Winklmairs Hausdiener davon erfahren und alle Arbeit liegen und stehen gelassen, um sogleich zur Weinlände zu laufen, wo der Schiffszug vertäut lag. Ein Bär von einem Mann beaufsichtigte breitbeinig, wie eine Ladung Fässer von einem seiner Boote gehievt wurde.

«Meister Fuchs?»

Der Mann nickte. «Hhm. Bist du der Bursche, für den ich den Boten spielen soll?»

«Ja, Meister. Ich kann Euch gar nicht sagen, wie dankbar ich bin, dass Ihr …»

«Hast du das Geld dabei?», unterbrach er sie unwirsch.

«Aber ja. Hier, Ihr könnt nachzählen.»

Es war der gesamte Lohn einer Woche, den Eva ihm in einem Stoffbeutel überreichte.

«Das werd ich auch, kannst mir glauben. Aber nicht hier vor aller Welt. Und sollte ein Kreuzerchen fehlen, werfe ich deine Briefe gradwegs in die Donau.»

Erste Zweifel begannen in ihr zu keimen, ob sie das Richtige tat. Dieser Schiffsmann wirkte kein bisschen vertrauenerweckend.

«Hier sind die Briefe, Meister. Glaubt mir, es ist äußerst wichtig, dass sie in die richtigen Hände gelangen.»

«Wichtig ist der Tod. Und jetzt lass mich weiterarbeiten.»

«Eines noch: Wann werdet Ihr voraussichtlich in Ulm ankommen?»

«Fünf, sechs Wochen wird es wohl dauern, stromaufwärts.»

«Und legt Ihr auf dem Rückweg wieder hier an? Falls die Ulmer Euch eine Antwort mitgeben?»

«Himmel, ja!» Der Mann wurde ungeduldig. «Und jetzt geh mir aus dem Weg.»

Eva spürte, wie ihr die Knie weich wurden, als sie in ihre Kammer zurückkehrte. Sie war hin und her gerissen: Einerseits hatte sie Angst, einem rechten Schlitzohr aufgesessen zu sein, andererseits empfand sie eine freudige Aufgeregtheit, vielleicht schon bald mehr über Josefina zu erfahren. Gegen Abend hielt es Eva nicht mehr aus, und sie suchte, obwohl es mitten in der Woche war, die Barreiterin auf.

«Bau nur auf unseren Herrgott, lieber Adam», versuchte Kathrin ihr Mut zu machen, während sie mit Evas Hilfe ein frisches Bettlaken über eine Strohmatratze zog. Eine Stunde zuvor war hier eine alte Frau verschieden. «Wenn deine Schwester tatsächlich nach Ulm gegangen ist, wirst du es auch herausfinden. Und jetzt gehst mit mir zum Abendessen und trinkst einen guten Schluck von unsrem Roten. Das wird dich beruhigen.»

Bei dem einen Schluck blieb es nicht an diesem Abend. Kathrin musste Eva mit ihren kräftigen Armen stützen, als sie durch die Abenddämmerung in Richtung Schöne Pforte gingen.

«Mir ist so elend», stöhnte Eva. «Mein Bauch! Und mein Schädel!»

«Heilige Elisabeth – ich glaub fast, du bist betrunken.» Die Barreiterin kicherte leise. Auch ihr schien der kräftige Spitalwein zu Kopf gestiegen.

«Weißt, was, mein kleiner Adam? Du bleibst heut Nacht bei mir. Nicht dass du noch in die Donau fällst! Komm jetzt, sei schön leise. Muss ja keiner wissen, dass ich dich heut als Kranken aufnehm.»

Eva wehrte sich kaum, als ihre Freundin sie wieder zurück in Richtung Siechenhaus, dort die Stiege hinauf bis unters Dach und geradewegs in ihr Bett schleppte. Sie spürte noch, wie Kathrin ihr die Schuhe von den Füßen zog, dann sackte sie weg in einen bleischweren Schlaf.

39

Als sie am nächsten Morgen erwachte, erschrak sie bis ins Mark: Mit dem Rücken zu ihr, leise schnaufend, lag Kathrin Barreiterin! Gütiger Herr im Himmel, was war da geschehen? Wie war sie, in all ihren Kleidern, ins Bett der Spitalmutter geraten?

Unter heftigem Kopfschmerz versuchte sie ihre Gedanken zu ordnen. Es musste früh am Morgen sein, der Nachthimmel vor dem Fenster färbte sich eben rosa. Gestern hatte sie dem Schiffsmeister die beiden Briefe mitgegeben, danach war sie irgendwann im Spital gelandet, hatte Kathrin bei der Arbeit geholfen, um hernach mit ihr im Speiseraum zu Abend zu essen. Aber was war dann geschehen? Warum war sie nicht bei sich zu Hause? Oh, dieser vermaledeite Rotwein – sie hätte es wissen müssen! Wo sie doch keinen Schluck zu viel vertrug.

Ein zweites Mal durchfuhr es sie siedend heiß: Was, wenn die Barreiterin ihr Geheimnis entdeckt hatte?

«Adam?»

Mit einem verschlafenen Grunzen wandte sich Kathrin zu ihr um und öffnete die Augen.

«Dann hab ich nicht geträumt, dass du bei mir bist! Wie schön.» Sie lachte ein wenig verlegen. «Dass das nur niemand erfährt. Die alte Spitalmutter mit dem jungen Adam in einem Bett! Nein, so was.»

Kathrin schien sich darüber eher zu belustigen.

«War ich so betrunken?»

«Sturzbetrunken, würd ich sagen.»

Mit einem Satz war Eva aus dem Bett. «Wo sind meine Schuhe? Ich muss los!»

«So warte doch! Du kannst jetzt nicht so mir nichts, dir nichts hier rausmarschieren. Bleib hier, bis ich dich holen komm. Wenn der Torhüter sein Morgenessen nimmt, kann ich dich unbemerkt rauslassen. Ich hab nämlich den Schlüssel für die kleine Seitenpforte am Tor.»

«Heut Nacht – was haben wir – hast du …?»

«A geh – wo denkst du hin? Ich hab nur deine Hand gehalten, bis ich eingeschlafen bin. Das war sehr schön.»

Am folgenden Sonntag erschien Eva nicht an ihrem Treffpunkt am Krauterermarkt. Zu tief steckte ihr der Schrecken über jene Nacht noch in den Knochen, obwohl ganz offensichtlich gar nichts geschehen war. Außerdem litt sie, nach längerer Pause, an der weiblichen Gerechtigkeit, mit heftigeren Schmerzen und Bauchkrämpfen als gewöhnlich. Drei Tage später aber schon, einem Feiertag, hielt sie es nicht mehr aus, weil sie sich so einsam fühlte. Bei strömendem Regen machte sie sich am Vormittag auf den Weg ins Spital.

Müde und blass sah Kathrin aus, als Eva sie in der Küche des Pfründnerstocks schließlich fand, ausgerechnet zusammen mit Meister Hasplbeck. Sie standen beide am Herd, wo in einem großen Kessel ein Kräutersud seinen bitteren Duft verbreitete.

«Guten Morgen», murmelte Eva.

«Guten Morgen!» Kathrin sah auf, und sofort erschien ein Leuchten auf ihrem Gesicht.

«Aha, der Herr Gewandschneider gibt sich mal wieder die Ehre», keckerte der Bader los. «Nur muss ich dich enttäuschen: Unsere liebe Barreiterin hat heut leider gar keine Zeit für dich. Gleich kommt der Stadtarzt, zur Siechenschau nämlich.»

«Siechenschau?»

«Aber ja. Zwei Sondersieche liegen druben. Nimm lieber die Beine in die Hand, wenn du dir keine Beulen und Pusteln in dein hübsches Gesicht holen willst.»

«Ach was, Adam. Es ist noch gar nicht gewiss, ob es sich um

den Aussatz handelt. Aber ich hab leider wirklich keine Zeit. Komm, ich bring dich zum Tor zurück, dann kannst mir erzählen, was es Neues gibt.»

Als sie außer Reichweite des Baders waren, sagte Kathrin: «Es tut mir leid, wenn ich dich an jenem Abend überrumpelt hab, aber ich wollt dich wirklich nicht allein gehn lassen. Du hattst halt einen gehörigen Rausch – und warst dabei so drollig und rührend!»

«Ich versprech dir, Kathrin: Nie wieder werd ich so viel trinken.»

Sie waren am Tor angelangt. Der Regen lief Kathrin über die Wangen, und sie zitterte vor Kälte. Wie gern hätte Eva sie jetzt fest in die Arme genommen.

«Geh wieder zurück ins Haus. Sonst wirst du selber noch krank», sagte sie stattdessen nur.

Kathrin nickte und sah zu Boden. «Du solltest noch was wissen. Glaub ja nicht, dass ich jeden Mann so des Nachts mit in mein Bett nehme. Nie und nimmer! Ich weiß auch nicht genau, was es ist – aber mit dir ist's so anders als mit den Männern sonst. Mit dir kann ich lachen und ratschen, und umgekehrt redest du mit mir über ernsthafte Dinge, wie es sonst kaum ein Mann mit Frauen tut. Vor allem aber hab ich bei dir keine Angst. Du würdest mir nie was tun, was ich nicht auch will.»

«Nein – natürlich nicht – niemals», stotterte Eva verwirrt.

«Sehen wir uns dann wieder, am nächsten Sonntag?»

«Ja. Ganz bestimmt!»

Von nun an schien das Eis zwischen ihnen gebrochen. Die Tage bis zum Sonntag vergingen Eva immer viel zu langsam, voller Ungeduld fieberte sie auf die wenigen Stunden hin, die sie dann mit ihrer Freundin zusammen war. Irgendwann verbrachte sie wieder eine Nacht bei ihr im Spital, in aller Heimlichkeit, dann zwei Wochen später erneut, dann ein weiteres Mal, bis so gar nichts Seltsames mehr dabei war.

Im Grunde hatte Kathrin noch immer etwas von der Jungfer im Kloster an sich, die sie einmal war. Immer wenn das Licht gelöscht war, zog sie sich bis auf Leibchen und Unterrock aus, wobei sich Eva, obwohl es stockdunkel war, züchtig zur Wand drehen musste, bis die Freundin unter der Bettdecke verschwunden war. Dann streifte Eva alles ab, bis auf ihr Hemd und ihre kurze Unterhose. Hand in Hand lagen sie dann dicht beieinander und redeten, bis der Schlaf sie einholte.

So gar nichts Zweideutiges hatte Kathrins Verhalten – hatte sie sich deren verliebte Blicke also nur eingebildet? Für Eva jedenfalls waren das die schönsten Tage, wenn sie abends nicht zurück in ihre enge, muffige Kammer im Gerberviertel musste. An Kathrins Seite fühlte sie sich geborgen, bei ihr quälten sie nachts keine bösen Träume. Oftmals umarmten sie sich in aller Herzlichkeit, und wenn sie sich nach einer gemeinsamen Nacht noch vor Sonnenaufgang zur Pforte schlichen, Kathrin mit ihrem großen Schlüssel in der Hand, gickelten und alberten sie wie kleine Mädchen. Die schreckliche Enttäuschung mit Moritz erschien ihr ferner denn je, und irgendwann würde sie ihn einfach vergessen, ganz gewiss.

Auch mit ihren Aufträgen seitens des Tuchhändlers lief alles hervorragend. Dass sie inzwischen erheblichen Ärger mit der Zunft hatte, bekümmerte sie nicht wirklich. Man ermahnte und rügte sie wegen ihrer unzünftigen Zuarbeit, und im Gottesdienst durfte sie nicht mehr auf der Gesellenbank Platz nehmen. Einzig hart traf sie, dass ihr eines Tages der Zutritt zur Trinkstube verwehrt wurde; zum einen, weil sie von den Knechten und Lernknechten endlich als eine der Ihren aufgenommen war, zum anderen, weil sie dort nun nicht mehr speisen durfte. Das sehr viel teurere und schlechtere Essen in einer der Garküchen an der Stadtmauer riss jedes Mal ein kleines Loch in ihre Geldkatze.

Dann, Anfang Mai, überschlugen sich die Ereignisse. Den Beginn machte eine Begegnung mit Meister Hasplbeck. Eva kam gerade aus der Wurstkuchl beim Salzstadel, wo sie sich nachdrücklich über die verbrannten Bratwürste beschwert hatte, als ihr ausgerechnet der Bader über den Weg lief. Sie tat, als habe sie ihn nicht gesehen, doch das Männlein packte sie mit einer erstaunlichen Kraft beim Arm.

«Das schau ich mir nicht länger mit an!», keifte der. «Die Spitalmutter vor aller Welt zur Hure machen.»

«Lasst mich in Ruh!» Sie schüttelte seinen Arm ab. «Sonst zeig ich Euch an wegen verleumderischer Rede.»

«Das werden wir ja sehen, Adam Auer!»

Mit eisigem Gesicht ließ Eva ihn stehen, innerlich aber zitterte sie. Nicht um sich selbst sorgte sie sich, sondern um Kathrins Ruf und Ehre. Künftig würden sie sich besser nur noch außerhalb der Spitalmauern treffen.

Als sie in ihre Gasse einbog, traute sie ihren Augen nicht: An der Tür zu ihrem Haus wartete Kathrin, halb vermummt, nur Augen und Nase lugten aus dem Schultertuch hervor. Dennoch hatte Eva sie sofort erkannt, und ein ungutes Gefühl beschlich sie. Noch nie war sie an einem gewöhnlichen Wochentag zu ihr herausgekommen.

Rasch zog sie die Freundin in den Hausgang.

«Was ist los?»

«Der Spitalmeister hat mich ins Gebet genommen.» Um Kathrins Mundwinkel zuckte es. Sie schien den Tränen nah. «Das würd sich nicht schicken, dass du bei mir ein und aus gehst. Nicht nur um meine Ehre würd es dabei gehen, sondern auch um den Ruf des Spitals. Wenn das nicht sofort aufhöre, müsste er mich vor den Spitalrat bringen.»

Jetzt kamen ihr doch die Tränen. «Ach, Adam, stell dir vor: Irgendwer hat uns beobachtet, wie wir frühmorgens zum Tor geschlichen sind.»

«Der Bader! Dieser elende Schelm!»

«Es war so demütigend! Der Spitalmeister hat sogar gedroht, mit seinem Bruder zu reden, damit er dir keine Arbeit mehr gibt. Dabei haben wir doch nie was Unrechtes getan!»

«Jetzt weine nicht.» Eva wischte ihr die Tränen von den Wangen. «Ich komm halt erst mal nicht mehr ins Spital, das ist alles. Dass wir hier sonntags spazieren gehen, kann uns keiner verbieten. Und wenn der Brei erst mal abgedampft ist, sehen wir weiter.»

«Dann treffen wir uns also übermorgen?»

«Ja. Am besten auf der Haid. Im Patrizierviertel kennt uns keiner.»

Eine gute Woche später, es war der Samstag auf Sankt Gotthard, klopfte ein Botenjunge gegen Evas Zimmertür.

«Adam Auer?»

«Ja, der bin ich.»

«Ich hab hier ein Schreiben aus Ulm.»

Auffordernd streckte der Junge ihr die offene Hand entgegen. Eva fiel die Münze aus der Hand, die sie schon aus ihrem Beutel gekramt hatte – so sehr zitterten ihr die Finger. Der Junge bückte sich nach dem Heller, legte ihr das Schreiben vor die Füße und verschwand grußlos.

Eva stand da wie Lots Weib. Starrte auf das hellbraune Papier mit dem feuerroten Siegel und rührte sich nicht. Von Heilig Kreuz her hörte sie die Glocke zur Vesper rufen. Wie gern hätte sie jetzt Kathrin bei sich gehabt! Falls das Schreiben eine Enttäuschung enthielt, hätte niemand so gut wie sie sie trösten können!

419

Mit geschlossenen Augen brach sie endlich das Siegel und entrollte das Papier. Ihre Augen überflogen die üblichen Höflichkeitsfloskeln, bis sie an den letzten Absatz gelangten.

… bescheinigen hiermit und tun kund, dass erwähnte Josefina Barbiererin aus Passau, gebürtig zu Glatz, Mutter des Nikolaus Barbierer, bei uns allhier in der freien Reichsstadt Ulm bei den frommen Schwestern zur Ulmer Sammlung in Rechtschaffenheit lebt und arbeitet. Ulm, auf Sankt Quirinus anno etc. 1565.

Im nächsten Augenblick verschwammen die Buchstaben hinter einem Schleier von Tränen. Eva schluchzte und lachte zugleich, sprang in ihrem Kämmerchen herum, warf die Arme in die Luft und rief immer wieder: «Sie lebt! Sie lebt!»

Dann schlüpfte sie in ihre Schuhe, eilte die Treppe hinunter, immer zwei Stufen auf einmal nehmend, hinaus auf die noch warme Gasse, rannte den ganzen Weg bis hinüber zur Brücke, dann über den träge dahinfließenden Donaustrom, bis sie völlig außer Atem vor der Schönen Pforte anlangte. Mit beiden Fäusten hämmerte sie gegen das Tor.

«Du schon wieder?» Der Torwärter sah sie durch die Luke hindurch vorwurfsvoll an. «Ich darf dich nicht reinlassen, das weißt doch.»

«Musst du auch nicht, Melcher, musst du auch nicht. Ich bitt dich nur: Hol mir die Barreiterin her. Es ist so dringend wie nie!»

Die Luke klappte wieder zu, und eine Viertelstunde später trat Kathrin heraus.

«Josefina ist in Ulm! Sie ist bei den Beginen! Sie lebt!»

Eva hüpfte um ihre Freundin herum wie ein Derwisch, zog sie schließlich von dem glotzenden Melcher weg auf die Brücke hinaus.

«Danke, gütiger Herrgott!» Sie streckte die gefalteten Hände zum Himmel, der sich nach Straubing zu rot zu verfärben begann. «Und danke dir, du liebe, liebe Kathrin!»

Auch Kathrin lachte und strahlte vor Freude. Eva zog sie in die Arme und wirbelte mit ihr im Kreis, tanzte einen immer schneller werdenden Dreher mitten auf der uralten Brücke, die sicher schon vieles erlebt hatte, aber wohl noch keine unter dem Abendhimmel tanzenden Freundinnen.

Erst als ein Fuhrmann sie mit der Peitsche aus dem Weg trieb, hielten sie inne, schwitzend, lachend und mit roten Gesichtern.

Plötzlich wurde Kathrin ernst. Sie umfasste Evas Hände.

«Willst du mich vor Gott, dem Herrn, zum Weib nehmen?»

Eva wusste auch nicht, welcher Teufel sie ritt, als sie das eine winzige Wort aussprach:

«Ja!»

40

Zum Tag der Hochzeit wurde der 1. August bestimmt.

Eva fragte sich später noch oft, warum sie nicht wenigstens am nächsten Tag alles zurückgenommen hatte. Warum sie ihr Leben und Kathrins Leben einfach so auf diesen Abgrund hatte zuschlittern lassen. Vielleicht lag es daran, dass sie an jenem Abend so außer sich gewesen war vor Freude, vielleicht auch, dass sie an ihre zweite Haut als Mann bereits so gewöhnt war, dass ihr eine Heirat mit einer Frau gar nicht so absonderlich erschien, vielmehr als Lösung für ihre verzwickte Lage. Und auf ihre Art liebte sie Kathrin ja tatsächlich.

Ganz sicher aber hatte sie sich von der Glückseligkeit ihrer Freundin anstecken lassen. Kathrin hatte sogleich eine ganz genaue Vorstellung, wie alles vor sich gehen sollte. Sie würde mit dem Kaplan sprechen und ihm ihre offizielle Heiratsabrede anzeigen, mit der Bitte, für die Hochzeit alles in die Wege zu leiten. Keiner würde sich nun mehr das Maul zerreißen über sie beide, sie würden zusammen sein können, wie und wann sie wollten.

«Bestimmt kannst du bald das Bürgerrecht erwerben, wenn das Geld erst mal für Haus und Grund reicht», hatte sie ihr gesagt. «Dann bist nicht länger Beisasse hier, ohne jegliche Rechte. Und die Zunft kann dir den Buckel runterrutschen.»

Dass sie beide verschiedenen Glaubensrichtungen angehörten, war noch das Geringste. Da Kathrin als Spitalmutter besondere Rücksichten nehmen musste auf den Bischof und das Domkapitel, hätte sie sich niemals, wie die anderen Bürger und Beisassen der Stadt, zu den Lehren Luthers bekennen dürfen. So wechselte Eva, der solche Dinge einerlei waren, die Konfession. Der Kaplan der Spitalkirche freute sich sichtlich, wieder ein Schäfchen für seine Herde gewonnen zu haben, und drückte fortan beide Augen zu, wenn Eva im Spital ein und aus spazierte. Schließlich waren sie nun vor aller Welt einander versprochen.

Zum Verlöbnis bekam Eva von ihrer Freundin ein Goldstück, als Anlage für Haus und Grund, sie selbst schenkte ihr einen zierlichen silbernen Ring und das Jagdhütchen. In einem mit Seidenpapier ausgeschlagenen Kästchen überreichte sie es ihr nach dem Abendessen.

«Das ist doch viel zu schön für mich einfaches Weib», sagte Kathrin und strich lächelnd über den roten Samtbesatz, an dem der golddurchwirkte Schleier befestigt war.

«Aber du musst es tragen, versprich es mir.»

«Ja.» Kathrin klappte das Kästchen wieder zu. «Am Tag unserer Hochzeit.»

Letztlich beruhigte sich Eva damit, dass es bis dahin noch eine lange Zeit sei – Zeit genug, um ihrer Freundin die Wahrheit zu gestehen, in der Hoffnung, sie würde sie verstehen und sie dank ihrer Liebe nicht verraten. Sie verschloss an dem Abend ihres Verlöbnisses schlichtweg die Augen davor, dass etwas schiefgehen könnte. Und betrank sich zum zweiten Mal in ihrem Leben. Längst war sie nicht mehr Herr ihrer Sinne, als Kathrin ihr zu später Stunde einen Gutenachtkuss gab, der sich in einen innigen Kuss wie zwischen Mann und Frau verwandelte.

Das Letzte, was sie beim Einschlafen dachte, war: Nie wieder darf das geschehen!

Fortan verbrachte Kathrin die Nacht von Samstag auf Sonntag in der Ledergasse und Eva die Nacht von Sonntag auf Montag im Spital. Es kam tatsächlich zu keiner Annäherung mehr, dafür sorgte Eva, indem sie hin und wieder in scherzhafter Weise die Freundin ermahnte, anständig und tugendhaft zu bleiben. Es war wieder wie früher, wenn sie wie zwei alberne Mädchen schwatzten und gackerten, um dann Arm in Arm oder Hand in Hand einzuschlafen.

Dann kündigte sich der Sommer mit seinen kürzeren Nächten und den ersten schwülen Tagen an. Eines Abends gingen sie in Kathrins Zimmer zu Bett, nachdem sie stundenlang über Meister Hasplbeck hergezogen hatten, der inzwischen wie ein Hündchen der Küchenmagd hinterherscharwenzelte. Wie immer drehte sich Eva zur Wand, während Kathrin sich für die Nacht fertig machte.

«Du kannst dich umdrehen.»

Eva blieb der Mund offen stehen. Wie Gott sie geschaffen hatte, stand ihre Freundin im fahlen Abendlicht, ihre großen, festen Brüste glänzten, ihre Wangen glühten.

«Was ist mit dir?» Kathrin versuchte zu lächeln. «Hast etwa noch nie eine nackte Frau gesehen?»

Eva blieb stumm.

«Oder gefall ich dir nicht?»

«Doch – schon. Du bist wunderschön.»

«Dann komm!» Sie streckte ihr die Hand entgegen.

Evas Herz begann zu rasen. «Warte – ich find, es ist noch zu früh ... Wir sind doch noch nicht verheiratet.» Sie schluckte. «Vielleicht sollt ich besser gehen.»

«Bitte geh nicht!», flüsterte Kathrin. Dann fing sie an zu weinen. Hastig zog sie sich wieder ihr Hemd über den Kopf und kroch unter die Bettdecke. «Ich bin so dumm. Wie eine käufliche Metze hab ich mich benommen», schluchzte sie.

«Aber nein.»

Eva setzte sich zu ihr an den Bettrand und strich ihr übers Haar.

«Es ist nicht deine Schuld, Kathrin. Ich ... ich sollte dir ...» Eva brach ab. Es ging nicht. Sie brachte es nicht übers Herz. Noch nicht.

Dieses Erlebnis lastete fortan wie eine dunkle Wolke über ihnen. Die unbekümmerte Vertrautheit kehrte nicht wieder zurück. Dabei spürte Eva mehr denn je, wie sehr sie an Kathrin hing, so sehr, dass sie selbst nicht mehr wusste, was es für eine Bewandtnis mit ihr hatte. Nie wieder machte Kathrin Anstalten, sie zu verführen, nur einmal nachts war Eva aus dem Tiefschlaf erwacht, weil Kathrin ihre Hand genommen und unter ihr Leibchen geführt hatte. Noch ganz benommen spürte Eva die samtweiche Haut über den prallen Brüsten, es war ein schönes Gefühl – dann war sie hellwach! Sie zog ihre Hand weg, drehte sich auf die andere Seite und gab unter leisem Schnarchen vor zu schlafen.

In Wirklichkeit lag sie fast die ganze Nacht hindurch wach und dachte darüber nach, wie sie jetzt wohl noch unbeschadet den Hals aus der Schlinge ziehen konnte. Oder zumindest der Sache ein Ende bereiten, ohne die Freundin zu verletzen und zu verlieren. Doch die einzige Lösung, auf die sie immer wieder stieß, schien ihr zu sein: stillhalten und abwarten.

Aber ihre Verlobte machte ihr einen Strich durch die Art Rechnung. Als sie sich am nächsten Morgen verabschiedete, drehte sich Kathrin im Türrahmen noch einmal um. Ihr Gesichtsausdruck hatte etwas Trotziges, was Eva noch nie an ihr gesehen hatte.

«Warum», fragte Kathrin, «ziehst du niemals zum Schlafen dein Hemd aus, nicht mal jetzt, wo es nachts so warm ist? Ist irgendetwas mit deiner Männlichkeit? Gibt's was, wofür du dich schämst? Oder» – ihre Stimme wurde leiser – «oder bereust du dein Eheversprechen schon?»

«Nein, nein!»

Eva schüttelte den Kopf, so heftig, als wolle sie damit diese plumpe Lüge aus dem Kopf haben. Denn nichts bereute sie mehr, als dieser besten aller Freundinnen etwas gelobt zu haben, was sie niemals würde einlösen können. Aus reinem Eigennutz, nur auf die eigenen Vorteile bedacht, hatte sie Kathrin betrogen und stolperte jetzt von einer Lüge in die nächste. Was war sie nur für ein schlechter Mensch!

«Dann hast du mich also noch immer lieb?»

«Aber ja, Kathrin! Es ist nur – es kam doch alles recht schnell, weißt du. Gib mir einfach ein bisserl Zeit.» Eva spürte, wie sich ihr die Kehle zuschnürte. «Bitte glaub mir eins: Ganz gleich, was geschieht – ich hab dich sehr lieb!»

Unter der Anspannung dieser Lebenslüge ging es Eva zunehmend schlechter. Immer häufiger krampfte sich ihr Magen urplötzlich zusammen, Kopfschmerzen quälten sie, und bei der Arbeit wurde sie immer fahriger. Einmal verschnitt sie ein kostbares Stück Seide, was ihr prompt einen Abzug vom Lohn einbrachte. Die gemeinsame Zeit mit Kathrin vermochte sie kein Quäntchen mehr zu genießen, schließlich begann sie nach Ausflüchten zu suchen, warum sie sich nicht mehr so häufig treffen konnten.

Es war Ende Juni, wenige Tage nach Johanni, als das Unwetter vollends über sie hereinbrach. An diesem drückend heißen Tag, an dem einem jede Bewegung zu viel wurde, brachte ihr ein Knabe ein zerknittertes, mit Dreck- und Fettflecken übersätes Schreiben. Eva stieß mit ihm im Hauseingang zusammen, als sie eben auf dem Weg ins Spital war. Seit vorgestern lag Kathrin dort nun selbst als Kranke danieder. Sie hatte einen heftigen Sommerkatarrh, und Eva wollte nach ihr sehen. Dafür hatte sie eigens früher Feierabend gemacht.

«Von wem ist das?», fragte sie den rotznäsigen, barfüßigen Jungen und drückte ihm einen Pfennig in die Hand.

«Meister Fuchs hat es aus Straubing mitgebracht.»

Eva unterdrückte einen Jubelschrei: Dann musste das ein Brief von Niklas sein! Das Zweite, was sie in diesem Moment dachte, war: Ich hab dem Schiffsmann Unrecht getan, er ist doch eine ehrliche Haut. Und das Dritte: Woher weiß Niklas, dass ich in Regensburg als Adam Auer lebe? Davon hatte sie ihm nämlich wohlweislich kein Wort verraten.

An Ort und Stelle, mitten im Hauseingang, riss sie den mit Wachs versiegelten Umschlag auf.

Straubing, auf Sankt Vitus, den 15. Tag Junii anno etc. 1565
Meine geliebte Schwester!
Da staunst du, nicht wahr? Vor sechs Wochen habe ich durch Meister Fuchs deine Nachricht erhalten, und in den nächsten Tagen wird er auf dem Rückweg von Linz hier anlegen und meine Antwort an dich mitnehmen. Dieser Schiffsmeister fährt übrigens

auch in unserem Auftrag Waren nach Linz. Ich hab ihm gesagt, du seist ein guter Freund von mir.

Es war so einfach herauszufinden, wo du steckst: Ich musste nur bei Meister Fuchs nachfragen, wer ihm das Schreiben übergeben habe – und schon wusste ich, dass du selber das warst! Ein sehr junger, dunkelhaariger, recht kleiner Schneidergeselle namens Adam Auer! Adam wie unser großer Bruder – du bist und bleibst verrückt, geliebte Schwester!

Jetzt also lebst du in Regensburg! Wie ich dich kenne, hast du dein gutes Auskommen, und wie ich dich ebenfalls kenne, wirst du nicht an diesem einen Ort bleiben. Aber ich flehe dich an: Bleibe wenigstens bis zum Erntemonat! Dann nämlich komme ich mit dem Oheim nach Regensburg, geschäftehalber. Ich hatte so lange gebettelt, bis er einwilligte, mich mitzunehmen.

Keine Angst: Wir können uns ganz heimlich treffen, du als Adam Auer – ich würde dich niemals verraten. Hauptsache, wir sehen uns endlich wieder. Aber ein bisserl Hoffnung hab ich schon, dich zu überreden, heimzukommen nach Straubing. Der Muhme geht es nämlich gar nicht gut. Sie wird immer schwächlicher und kränklicher, du wärst ihr eine große Hilfe.

Mir selbst geht es allerbestens: Die Deutsche Schule ist ein Kinderspiel, und der Oheim überträgt mir schon sehr viele eigene Aufgaben. Ich habe es wunderbar getroffen, dank dir, liebe Schwester. Noch nie habe ich dir gedankt, dass du mich hierhergebracht hast. Das tue ich hiermit von Herzen!

Jetzt will ich schließen, denn wir sehen uns ja bald wieder. Trägst du noch den Marderzahn, den ich dir geschenkt habe? Er soll gut auf dich achtgeben!

In großer Liebe, dein gar nicht mehr so kleiner Bruder Niklas.

Postskriptum: Spürst du, dass ich bei dir bin, wenn sich ein Regenbogen übers Land spannt? Ich hab das nicht vergessen.

Eilig faltete sie den Brief zusammen und machte sich auf den Weg in Richtung Donaubrücke. Die Hitze hing schwer in den Gassen, dennoch wurde Evas Schritt immer schneller, bis sie schließlich im Laufschritt die Donau überquerte. Sie musste einfach ihre Freude mit Kathrin teilen. Warum sollte sie auch nicht von Niklas erzählen – schließlich brauchte sie ihr ja nicht gleich auf die Nase zu binden, dass er nach Regensburg kommen wollte.

Melcher, der Torwart, grüßte sie freundlich und bestellte gute Besserung an die Kranke. Im Schatten der Hofkastanie faltete Eva nochmals den Brief auseinander und las ihn ein zweites, dann ein drittes Mal durch. Sie konnte es immer noch nicht fassen: Der kleine, zarte Niklas, den sie einst huckepack durch die Gassen getragen hatte, mauserte sich zum erfolgreichen Kaufmannsgehilfen! Wie sehr sie ihm das gönnte!

Sie faltete das Papier zu einem winzigen Viereck, steckte es in den Gürtel und ging statt ins Siechenhaus hinüber in den Garten. Dort suchte sie ihren Lieblingsrosenstrauch, den in zartem Rosa, und schnitt mit einem Messerchen, das sie stets am Gürtel trug, eine Knospe für Kathrin ab. Nicht ohne sich vorher nach allen Seiten umgeschaut zu haben, denn oftmals streifte hier der Bader durch die Reihen, auf der Suche nach Kräutern, Schnecken oder irgendwelchem Gewürm.

Seit ihrer Genesung befiel Eva jedes Mal, wenn sie das Siechenhaus betrat, ein Gefühl der Beklemmung. Zu deutlich stand hier der Geruch nach Tod und bitterer Armut im Raum, hinzu kamen das Stöhnen und die Schmerzensschreie der Siechen. Kathrin hatte ein Bett für sich, gleich unter dem Fenster, der frischen Luft wegen. Man hatte sie in den Saal geholt, um sie besser im Blick zu haben, denn seit dem Vortag hatte sie hohes Fieber.

«Schläft sie?», fragte sie den Spitalknecht voller Angst, der sogleich auf sie zugekommen war.

«Ja. Und ich bitt dich, Adam: Weck sie nicht auf. Ich hab ihr einen Schlaftrunk gegeben, weil sie so starke Schmerzen auf der Lunge hat.»

Der Anblick der Freundin zog Eva das Herz zusammen: Sie lag wie aufgebahrt auf dem Rücken, das totenbleiche Gesicht leicht zur Seite geneigt, umrahmt von ihrem offenen, aschblonden, sanftgewellten Haar. Die Lippen waren geöffnet und hatten alle Farbe und Frische verloren. Nur das Flattern ihrer geröteten Augenlider verriet, dass Leben in ihr war.

«Wird sie wieder gesund?»

«Aber gewiss doch. Mach dir um deine Braut keine Sorgen, sie ist bei uns in besten Händen. Und wie sich erst Meister Hasplbeck kümmert!»

Ein Pfeil der Eifersucht durchfuhr sie. Dieser Pustelstecher, dieser Quacksalber – der sollte bloß seine gichtigen Finger von Kathrin lassen! Sie legte ihr die Knospe neben das Kopfkissen.

«Sag ihr, dass die Blume von mir ist», bat sie den Knecht. «Und dass ich morgen wiederkomm.»

«Mach ich.»

Als Eva wieder draußen stand, wischte sie sich den Schweiß von der Stirn. Würde sich diese Hitze heute überhaupt noch einmal legen? Am liebsten würde sie ein erfrischendes Bad in der Donau nehmen, wie die Mägde, Knechte und Kinder, deren ausgelassenes Johlen vom Badanger herüberschallte. Aber solcherlei Vergnügen blieben ihr nun einmal verwehrt.

«Hast du nicht was verloren, lieber Adam?»

Eva schrak zusammen. Vom Spitalgarten her kam Meister Hasplbeck auf sie zugewackelt.

«Dir ist da was aus dem Gürtel gefallen, vorher, als du die Blume gestohlen hast.»

«Gestohlen – von wegen! Die Knospe hilft einer Kranken bei der Genesung, genau wie die Kräuter dort.»

Dann stutzte sie, und ein eisiger Schrecken durchfuhr sie: Der Bader streckte ihr in seiner offenen Hand Niklas' Brief entgegen. Das durfte nicht sein – wenn er ihn nun gelesen hatte?

Doch der Blick des Männleins war kalt und undurchdringlich. «Dein Wort in Gottes Ohr, junger Mann. Eine gesegnete Nachtruhe denn auch.»

Hastig nahm sie das Papier an sich, das auf eben die winzige Art zusammengefaltet war wie zuvor, und ging ohne ein weiteres Wort zur Schönen Pforte, wo Melcher sie hinausließ. Hörte sie die beiden Männer hinter der Mauer nicht miteinander flüstern? Und war das nicht das hämische Lachen des Baders?

Als sie zur Nacht auf ihrem Strohsack lag und sich hin und her wälzte, fand sie keinen Schlaf. Sie schob es auf die Hitze, die hier, unterm Dach, nicht weichen wollte. Ihre Beine und Arme zuckten, als seien sie eigenständige Wesen, ihr Rücken war so verspannt, dass er schmerzte. Schließlich stand sie auf und schenkte sich im schwachen Mondlicht einen Schluck Wasser ein.

Im selben Augenblick krachte es gegen die Tür. «Aufmachen, Adam Auer! Sofort!»

Eva setzte den Becher ab, holte tief Luft und rief: «Ja, ich komme.»

Einen letzten Blick ließ sie durch das Zimmer schweifen, doch sie fand nichts, was sie vermissen würde. Sie schlüpfte in ihre Schuhe, zog das Wams über das Hemd und öffnete die Tür.

«Gehen wir», sagte sie zu den beiden Steckenknechten, die sie, wie es ihr schien, voller Unglauben angafften. So hatte es irgendwann kommen müssen, und darüber wurde sie vollkommen ruhig.

Im Schein der Fackeln durchquerten sie die engen, düsteren Gassen der Handwerkervorstadt, ohne einer einzigen Menschenseele zu begegnen. Rechts und links hatten die Steckenknechte sie beim Arm gepackt, die Knüppel kampfbereit in der freien Hand.

Erst als sie auf dem Platz vor dem Rathaus standen, durchbrach der Jüngere die Stille.

«Ist es wahr, dass du ein Weib bist?»

«Als solches hat Gott mich geschaffen, ja!»

Sie vermochte nicht mehr, mit unverstellter Stimme zu sprechen, und fast hätte sie darüber gelacht.

«Potzsackerment! Was für ein Schelmenstück!» Der Ältere leuchtete ihr ins Gesicht. «Ich glaub es einfach nicht!»

«Habt ihr noch alle beinand, hier Plauderstunde zu halten?», polterte es aus dem stockdunklen Laubengang unter dem Festsaal. «Sofort bringt ihr die Gefangene her.»

Die Büttel zogen sie an den jetzt leeren Bänken der Bäcker und Fleischhauer vorbei bis vor eine schmale Seitentür, wo ein Gerichtsdiener sie erwartete.

«Los, vorwärts! Rein mit dir!»

Unsanft stieß der Gerichtsdiener Eva einige Stufen hinunter in einen schmalen, dunklen Gang.

«Was habt Ihr vor?», fragte sie. Ihre Stimme war nur mehr ein raues Flüstern.

«Wirst schon sehen. Morgen bring ich dich zur Befragung.»

Und so landete sie in jener Nacht, wie es allen Übeltätern und Spitzbuben dieser Stadt geschah, im Loch unter dem Rathaus. Blieb allein in der kleinen Kammer, im Stockdunklen, angekettet auf einem schmutzigen Haufen Stroh.

41

Über vier Wochen verbrachte sie insgesamt in ihrem Gefängnis gleich unter dem Prunksaal, wo nicht nur die Regensburger Stadtherren, sondern die Mächtigen des ganzen Reiches Versammlung zu halten und der Kaiser seine Mitteilungen zu machen pflegten – unter ebenjenem Prunksaal, wo Kaiser Karl einst die neue Halsgerichtsordnung verkündet hatte, nach deren klaren Regeln seither gütlich und peinlich examiniert wurde, Urteile gefällt und Strafen vollzogen wurden. Und nach der auch Eva verurteilt werden würde.

Doch zunächst geschah gar nichts. Angekettet kauerte sie auf ihrer Strohschütte, dreimal am Tag brachte ihr ein Wärter, der nicht mit ihr sprechen durfte, Wasser und Brot, zu Mittag auch mal ein Rädchen Wurst. Es gab kein Fenster, nur einen schmalen Lichtschacht, durch den wie aus weiter Ferne die Geräusche der Stadt drangen.

Dann, auf den Samstag hin, wurden Stroh und Aborteimer ausgewechselt, Eva durfte sich frischmachen und wurde nach nebenan in die Fragstatt gebracht, einen hohen, fensterlosen Raum.

Hatte sie die Tages- und Nachtstunden bislang in einer Art immer gleichen Dämmerzustand verbracht, wurde sie nun hellwach angesichts dessen, was ihr das Licht der Deckenlampe an den Wänden ringsum präsentierte: Schrauben und Zangen aller Art, dazu Streckleiter, Spanischer Bock und die Seilwinde eines Aufzugs. Der Wärter ließ ihr ausreichend Zeit, all diese grausamen Instrumente der peinlichen Befragung zu betrachten, zerrte sie gewaltsam an jedem einzelnen Ding vorbei, aber Eva hielt die Augen längst krampfhaft verschlossen – auch wenn dies nichts nutzte gegen die nackte Angst, die sie fast ersticken ließ.

Doch nichts von alldem sollte zum Einsatz kommen. Wozu

auch? Eva leugnete nichts, was der Kämmerer und die Herren Stadträte kurze Zeit später ihr in kalten Worten vorwarfen, die gütliche Befragung reichte völlig zur Klärung. Alles gab Eva zu, ihren ganzen schändlichen Betrug an der armen Barreiterin, an der Schneiderzunft, nicht zuletzt an der freien Reichsstadt Regensburg, und die Feder des Schreiberlings kratzte nur so über das Papier. Die städtische Hebamme, die mit den Herren erschienen war und sie hinter einem Vorhang in erniedrigender Weise auf ihr Geschlecht untersucht hatte, wäre im Grunde gar nicht vonnöten gewesen. Jetzt glaubte man ihr alles.

Am Ende konnte sich Eva kaum noch auf den Beinen halten. Demutsvoll und mit zitternder Stimme bat sie nur noch um Antwort auf eine einzige Frage: wer sie bei der Obrigkeit angezeigt habe.

Der Kämmerer warf einen fragenden Blick auf die beiden Stadträte, die gnädig nickten.

«Das war der ehrenwerte Bürger und Badermeister Hasplbeck. Er hatte dich schon länger unter Verdacht, hatte dich wohl auch einmal des Nachts im Spitalgarten beobachtet, beim Wasserlassen auf Weiberart. Zuletzt dann war ihm ein Brief in die Hände gefallen, in dem du als liebe Schwester angesprochen wurdest. Den zweiten Zeugen zu finden, den unser Kaiserliches Gesetz vorschreibt, war ein Leichtes: die betrogene Bürgerin und Spitalmutter Kathrin Barreiterin.»

«Kathrin», murmelte Eva.

«Auf Fürbitte dieser Frau werden dir fortan die Ketten erlassen. Du solltest der Barreiterin also …»

Die restlichen Worte hörte Eva nicht mehr, da ihr schwarz vor Augen wurde und sie zu Boden sank.

Bis Lorenzi hielt man sie in dem feuchten Loch unter dem Rathaus gefangen, ohne dass sie einen anderen Menschen als den

Wärter zu Gesicht bekommen hätte. Und der gehörte zu jener Sorte Büttel und Diener, die in schon fast hündischer Weise ihren Gehorsam an den Tag legten: Er redete kein Wort zu viel mit Eva, geschweige denn, dass er ihr mal einen Bissen mehr zugesteckt hätte, und zeigte ihr dabei unverhohlen seine Verachtung.

Nur einmal gab er sich ungewohnt gesprächig, als er ihr nämlich verkündete, dass bald schon das Urteil gefällt werde.

«Eine wie dich sollte man verbrennen», hatte er gegeifert. «Ich hab von einem Fall im Norden des Reiches gehört: Da hat ein Weib sich Hans Lose genannt und eine Frau geehelicht – grad so wie du! Durch die widerwärtigste Beiwohnung ist das arme Weib um Gesundheit und Verstand gebracht worden. Aber der Hosenteufel hat wenigstens seine gerechte Straf gekriegt: Verbrannt ist er worden, bei lebendigem Leib!»

In diesen langen Wochen hatte Eva nur eines im Überfluss gehabt: Zeit zum Nachdenken. Ihr ganzes bisheriges Leben lief wieder und wieder vor ihrem inneren Auge ab, und doch kam sie jedes Mal nur zu derselben Erkenntnis: Es hatte alles irgendwie keinen Sinn mehr. Sie hatte mit dem Feuer gespielt und sich dabei gehörig verbrannt! Was ihr als Strafe blühte, konnte sie sich denken: zehn, zwölf Rutenstreiche oder Schlimmeres, um danach vom Pöbel am Pranger bespuckt oder wie Josefina mit der Schandgeige über den Markt geführt zu werden. Wenn sie nur irgendwie heil aus dieser Sache herauskäme, würde sie zu Niklas nach Straubing zurückkehren, um dort beim Oheim um Gnade zu flehen.

Als man sie endlich holen kam, wäre sie am liebsten liegen geblieben, so geschwächt fühlte sie sich von der kargen Kost. Man brachte ihr Holzpantinen und den einfachen Kittel einer Magd, und sie musste sich vor den Augen des Gerichtsdieners und des hämisch grinsenden Wärters umkleiden. Der Platz vor dem Rathaus lag noch im Schatten an diesem frühen Sommermorgen, und Eva fröstelte es. Sie mühte sich gar nicht erst, in der gaffenden Menge einzelne Gesichter zu erkennen. Vor allem Kathrin hätte sie nicht unter den Zuschauern wissen wollen – ein Blick nur von ihr, und sie wäre vor Scham einmal mehr in Ohnmacht gefallen.

Von der Rathaustreppe herab verlas der Kämmerer das Urteil des ehrsamen Rates. Sie vermochte den verqueren Worten kaum zu folgen. Hatte sie das alles nicht schon einmal mit anhören müssen? Sie vernahm Worte wie «Verdorbenheit» und «schändlicher Betrug», aber auch «Milde» und «Gnade angesichts ihres kranken Gemützustandes». Dann folgte das Urteil:

«Nach solchem Bekennen ist die Malefikantin Eva Barbiererin der Ehrenstraf halber und nach geschehener Fürbitte einzulegen ins Narrenhäusl auf drei Stunden, hernach für immer aus unserer Stadt und der Stadt Burgfrieden sowie auf zehn Meilen Weges ferner hindan zu verweisen.»

Nachdem Eva mit heiserer Stimme ihre Urfehde geleistet hatte, schwankte sie die wenigen Schritte hinüber zum Narrenhäusl, jenem luftigen Verschlag, hinter dessen Lattenrost man den Blicken der Menge ungeschützt ausgesetzt war. Dort kauerte sie sich auf den kalten Steinboden, den Kopf unter den Armen verborgen. Dennoch drang das Getuschel und Geraune der Leute schmerzhaft klar an ihre Ohren; auch ohne aufzusehen, ahnte sie, wie man sich vor dem Gatter drängte, als sei sie ein Monster mit zwei Köpfen, das man auf dem Jahrmarkt ausstellte.

«Ist das wirklich ein Weib?» – «A geh – a rechte Missgeburt is dös!» – «Soll sie halt die Duddln rausholen, dann wiss'mas.» – «Da steckt doch der Gottseibeiuns selber dahinter.» Und immer wieder Gelächter, mal höhnisch, mal zweifelnd. Ein Ei zerplatzte an ihrer Schulter, ein Stein krachte gegen das Holz. Eine

Stimme brüllte ganz dicht an ihrem Ohr: «Und wie hast die Barreiterin gepudert? Mit einem Stecken?» Eine tiefe Männerstimme daraufhin: «Lebendig in einen Sack und dann ab in die Donau!»

«Haltets die Goschn und lasst mich durch!», rief jemand, dessen Stimme Eva kannte. Zugleich spürte sie etwas Kühles, Hartes an ihrem Unterarm. Sie blinzelte. Es war der Hals eines Weinschlauchs, den eine Hand ihr zwischen den Latten hindurchschob.

«Nimm das, Adam.»

Melcher, der Torhüter von der Schönen Pforte, betrachtete sie voller Mitgefühl. Hinter seinem Rücken erkannte sie auch einen der Spitalknechte. Der drehte sich jetzt der Menge zu.

«Lasst sie in Ruh. Die Eva hat nie wem was getan. Im Gegenteil. Etliche hat sie damals im Spital gesund gepflegt.»

«Und der beste Gewandschneider von Regensburg ist sie obendrein!»

Dieser letzten Bemerkung folgte wiederum Gelächter, jetzt allerdings weitaus weniger feindselig, und Eva wagte, den Kopf zu heben. Zwar drängte sich noch immer alles, was zwei Beine hatte, vor ihrem Gatter, doch manch einer winkte oder lächelte ihr zu, hier entdeckte sie einen Gesellen aus der Trinkstube, dort den Botenjungen von der Schiffslände. Eine alte Frau, die im Nachbarhaus wohnte, reichte ihr sogar die knotige Hand durchs Gitter und murmelte ein ums andere Mal: «Mein armer Junge!»

Eva holte tief Luft, dann entkorkte sie die Flasche. Der Wein war stark und gut gesüßt.

«Danke», flüsterte sie und gab Melcher die Flasche zurück.

«Nein, trink nur. Ist alles für dich. Sollst doch zu Kräften kommen. Hier, noch ein Batzerl Wurst.»

Eva traten die Tränen in die Augen. «Wie geht es Kathrin?»

Melcher zuckte die Schultern. «Net grad gut. Sie war's auch, die das Gnadengsuch eingreicht hat.»

«Ist sie hier?»

«Na. Sie will di nimmer sehn. Aber ich soll dir sagen, dass sie dir verzeiht. Und das soll ich dir geben.» Er reichte ihr einen kleinen Stoffbeutel. «Ein Zehrpfennig ist da drin.»

Eva band den Beutel an ihren Kittel, dann ließ sie den Kopf wieder sinken. Sie schämte sich, wie sie sich noch nie in ihrem Leben geschämt hatte. Nur noch eines wünschte sie sich: hier herauszukommen, allein zu sein, weit weg von diesem Ort.

Eine Stunde später war es so weit. Zwei Stadtknechte, kräftige, vollbärtige Gesellen, banden ihr mit einem Strick die Handgelenke auf den Rücken, fassten sie rechts und links beim Arm und führten sie quer durch die Stadt. Bis zum Ostentor folgte die Menschenmenge, viele versuchten sie zu berühren, wie um sich zu vergewissern, dass dieser Adam wahrhaftig ein Weib aus Fleisch und Blut war. Am Stadttor brauchte es die Hilfe der Torwächter, um die Menschen zurückzudrängen. Nicht wenige riefen ihr Abschiedsworte zu, wünschten ihr Glück und hatten sogar Tränen in den Augen.

Als sie schon den Graben überschritten hatten, drehte sich Eva ein letztes Mal um. Ihr war, als habe jemand ihren Namen gerufen. Sie traute ihren Augen nicht, als Kathrin auf sie zugerannt kam.

«Wartet», rief die Spitalmutter außer Atem. Unwillig blieben ihre beiden Bewacher stehen.

«Das hier» – sie hielt einen vergilbten Fetzen Papier in der Hand, den sie mit zitternden Fingern in Evas Schürzenbeutel stopfte – «ist vielleicht wichtig für dich. Es war im Futter des Jagdhütchens gesteckt.» Ihre Stimme ging in Schluchzen über. «Gott schütze dich!»

Es sah aus, als wollte sie Eva umarmen, doch die Stadtknechte drängten sie zurück. Eva spürte einen schmerzhaften Stoß in ihrem Rücken.

«Vorwärts!» Der jüngere der beiden Männer spuckte voller Verachtung vor ihr aus. «Dreckertes Weibsbild!»

Eine gute halbe Stunde marschierten sie in Richtung Morgen, und schon trieb ihnen die brütende Hitze, die sich wie ein Schild über den Donaubruch gelegt hatte, den Schweiß aus allen Poren. Eva hatte Zeit genug in Männerkleidern verbracht – Seit an Seit mit anderen Männern –, um die brünstigen Blicke und unflätigen Sprüche dieser beiden Stadtknechte richtig zu deuten. Ihr Verstand war hellwach, jede Faser ihrer Muskeln angespannt: Die zwei würden, sobald es die Gelegenheit zuließ, sich ihren Lohn für diesen Marsch durch die Sommerhitze holen, das war so sicher wie der Glockenschlag der Kirche. Nur einen Atemzug lang hatte Eva gedacht, dass die Gewalt, die ihr drohte, die gerechte Strafe Gottes für ihren Frevel sein würde – dann siegte ihr Kampfeswille. Niemals!, pochte es gegen ihre Schläfen, niemals!

So war ihre ganze Aufmerksamkeit nur noch auf eines ausgerichtet: die Fessel um ihre Hände unbemerkt zu lösen. Viel Zeit blieb ihr nicht mehr, denn der Feldweg, der sich in einigem Abstand längs der Handelsstraße entlangzog, mündete geradewegs in einen Auwald.

«Da vorne im Wald lassen wir sie laufen», sagte der Ältere und nickte seinem Genossen zu. Ein gieriger Zug spielte um seine Lippen, und seine Augen begannen zu glänzen. Im selben Moment hatte Eva ihre Fessel gelöst. Ihre rechte Faust krachte mitten auf die Nase des Mannes, der einen Schrei wie ein Tier ausstieß, dann schnellte ihr Knie in das Geschlecht des anderen, und sie rannte los. Quer durch ein sumpfiges Wiesenstück rannte sie, strauchelte mehrmals und rappelte sich wieder auf, bis sie den Damm der Straße nach Straubing erreicht hatte und sich mit schmerzender Lunge einer Gruppe Krämer anschloss. Da erst wagte sie, sich umzudrehen: Von den beiden Stadtknechten war nichts mehr zu sehen.

Bis zu einer Reiseherberge marschierte sie noch, dann war sie am Ende ihrer Kraft. Den Silberpfennig, den sie von Kathrin hatte, gab sie dem Wirt, für einen Schlafplatz und eine kräftige Mahlzeit. Als der ihr einen Krug Starkbier brachte, faltete sie mit klopfendem Herzen das Papier auseinander, das sie vor sich auf den Tisch gelegt hatte. Kaum wagte sie es, die Buchstaben aus verblichener Tinte zu entziffern, denn die Unterschrift hatte sie sofort erkannt: Der Brief war von Moritz!

«Ist dir nicht wohl?», fragte der Wirt und stellte die Schüssel mit dem Krautfleisch vor ihr ab.

«Das ist nur der Hunger», murmelte Eva. Dann gab sie sich einen Ruck und begann zu lesen.

Liebste Eva! Meine Prinzessin! Es zerreißt mir das Herz, dich so allein im Jagdhaus zu wissen. Es ist zu unserem großen Unglück alles anders gekommen, als ich erhofft hatte. Aber glaub mir, unsere Trennung wird nur von kurzer Dauer sein – so gewiss unser beider Liebe zueinander ist, so gewiss wird sich ein Ausweg finden! Ich weiß, dass du stark bist! Auch wenn ich im Augenblick noch ein Gefangener meines eigenen Vaters bin: Vor der verriegelten Tür meiner Kammer steht einer seiner Trabanten, unterm Fenster ein anderer, und beide sind sie schwer bewaffnet. Sie werden mich ins Schwäbische bringen, ins Nördlinger Land, zum Grafen von Oettingen zu Oettingen im Ries, in dessen Dienste ich treten soll. In einer Stunde schon brechen wir auf. Leider hab ich meinen Vater und unsere Luge restlos verkannt. Als ich ihm verkündete, wer du seist und dass ich dir die Ehe versprochen hätte, blieb er so erstaunlich ruhig, als habe er etwas geahnt. Sein einziges Wort war: niemals! Dann begleitete er mich in meine Kammer, verriegelte die Tür und befahl

*mir, meine Sachen zu packen – er werde mich zu jenem Oettinger
bringen, dem ich vor vielen Jahren bereits als Page gedient hätte.
Als ich mich weigerte, zog er das Schwert. Er habe keine Hem-
mung, den Ungehorsam seines Sohnes mit dem Schwert zu sühnen.
Herzliebste Eva, ich will dir Einzelheiten ersparen. Um nicht dein
und mein Leben zu gefährden, habe ich mich scheinbar gefügt,
werde also ins Schwäbische reiten, um erst einmal außer Reichweite dieses Mannes zu sein, den Vater zu nennen ich mich fortan
weigere. Aber du musst fliehen, und ich bin gottfroh, dass niemand
um unser Versteck im Jagdhaus weiß! Geh ins nahe Ingolstadt, zu
meiner jüngsten Schwester Isolde, die mir in vielem sehr nahe ist
und immer auf meiner Seite stand. Ihr zeige dieses Brieflein: Sie
möge dich kommod unterbringen, mit dem Nötigsten, auch Geld,
versehen. Ich werd versuchen, mir alsbald einen kurzen Urlaub
zu erbitten – der Oettinger ist kein schlechter Kerl –, und dich in
Ingolstadt aufsuchen. Dann sehen wir weiter. Dieses Brieflein gebe
ich dem Bartlome mit, ein braver Bursche, auf den ich mich auf
Leben und Tod verlassen kann, auch wenn er manchmal ein wenig
einfältig erscheint. In immerwährender Liebe, dein Moritz.*

Es dauerte eine Zeitlang, bis Eva begriff, dass der Brief in ihren
Händen bald ein Jahr alt war und dass der treue Bartlome ihn
dereinst in das Futter ihres Jagdhutes gesteckt hatte, wo ihn erst
Kathrin Barreiterin hatte finden sollen.

42

Durch die unbarmherzige Augusthitze schleppte sich Eva
Meile für Meile voran, ohne sich Rast noch Pause zu gönnen,
ernährte sich von Waldbeeren, geklautem Obst und erbettel-
tem Brot. Des Nachts oder wenn die Mittagshitze unerträglich

wurde, suchte sie sich irgendeinen Unterschlupf abseits der Straßen. Nicht mehr Straubing war ihr Ziel, sondern das Ries um Nördlingen, und längst trug sie wieder Hose, Kittel und Mütze, die sie einem badenden Bauernjungen vom Ufer weg gestohlen hatte.

Zunächst hatte sie einen riesigen Umweg machen müssen, war kreuz und quer durchs Land geirrt, denn sie wagte nicht, der Stadt Regensburg zu nahe zu kommen. Sie litt Hunger und Durst, und die Füße schmerzten in den viel zu engen Holzpantinen, bis sie sie schließlich einem kleinen Mädchen schenkte und barfuß weiterlief. Ein mitleidiger Schwabacher Eisenkrämer mit dem vielsagenden Namen Konrad Reysenleiter hatte ihr am fünften Tag den richtigen Weg gewiesen. Zurück ins Donautal solle sie, nur immer stromaufwärts bis Donauwörth. Von dort sei es nordwärts nicht mehr weit bis ins Ries. Nördlingen solle sie linker Hand liegen lassen und weiterziehen auf Nürnberg zu. Dann lande sie unfehlbar in Oettingen.

Dieser Eisenkrämer war es auch gewesen, der ihr in diesen Tagen und Wochen die einzige richtige Mahlzeit verschafft hatte, indem er sie des Abends mit in ein Gasthaus nahm.

Sie hatte sich ihm als Student und Sohn eines Passauer Ratsherrn ausgegeben, den drei Wegelagerer bis aufs Hemd ausgeraubt und gewiss auch gemeuchelt hätten, wäre nicht ein Fuhrmann dazwischengekommen. Mit zitternder Stimme und Tränen in den Augen hatte sie ihm ihr Unglück geschildert, um anschließend einen ihrer Schwächeanfälle zu erleiden, von denen sie inzwischen manchmal selbst nicht mehr wusste, wann sie sie vortäuschte, wann tatsächlich erlitt.

So hatte der gute Mann sie eingeladen, mit ihm zu speisen. Nach dem dritten Krug Bier war dann tatsächlich alles über ihr zusammengebrochen, die ganze Anspannung, all ihre Ängste der letzten Wochen. Warum nur hatte sie damals das Vertrauen in Moritz so gänzlich verloren, hatte geglaubt, dass er sie so schändlich hintergehen würde? Warum hatte sie ihrerseits Kathrin derart belogen und betrogen? Solcherlei quälende Gedanken brachen an jenem Abend über sie herein, ganz ohne Vorwarnung, bis sie schließlich vor den Augen des erschrockenen Eisenkrämers in Tränen ausgebrochen war.

«Du armer Kerl, wie hat man dir übel mitgespielt», waren dessen Worte gewesen, als er ihr mitleidig übers Haar strich, wobei Eva nur noch mehr schluchzte. Nach dem Essen dann hatte er ihr angeboten, auf seinem Karren zu übernachten. Zum Dank dafür hatte sie ihm ein paar Schuhe aus feinem, weichem Kalbsleder vom Wagen gestohlen und sich in der Stille der Nacht aus dem Staub gemacht.

Erst zwei Tage später hatte sie sich auf die große Handelsstraße im Donautal gewagt. Ein heftiges Gewitter hatte der Hitze ein Ende gemacht, doch in ihrem Innern wollte keine Ruhe einkehren. Immer wieder sagte sie sich, dass sie bald am Ziel sei, dass sie Moritz wiedersehen und damit alles gut werde. Doch ihre Zweifel wuchsen mit jeder Meile, die sie sich vorwärtsquälte. Wer sagte ihr, dass Moritz noch immer bei diesem Oettinger weilte? Und wer, dass er nicht längst eine neue Liebe gefunden hatte, eine standesgemäße dazu? Sie kam nicht mehr an gegen diese tiefe, innere Müdigkeit, die nichts zu tun hatte mit der täglichen Erschöpfung des Wanderns. Sie war müde ihres ganzen bisherigen Lebens, das aus nichts anderem zu bestehen schien als aus Possenspiel und Gaunereien, aus Diebstahl und Betrug.

So erschien es ihr im Nachhinein wie eine gerechte Fügung des Schicksals, dass sie, noch im Donautal, auf Bartel von Pfäfflingen traf. Dieser Bartel war nicht viel älter als sie, reiste ebenfalls allein und war seines Zeichens ein Schneiderknecht, gerade so wie sie. Vor allem aber hatte er ein offenes, verschmitztes

Wesen, das ihr von Beginn an gefiel. Sie waren rasch ins Gespräch gekommen, und Bartel hatte alsbald bemerkt, dass sie etwas von der Schneiderkunst verstand. Kurzerhand erzählte Eva ihm dieselbe mitleiderregende Geschichte wie dem Schwabacher Eisenkrämer, mit dem Unterschied nur, dass sie sich nun wahrheitsgemäß als Schneidergeselle ausgab.

«Alles haben sie mir geraubt, dieses Pack, dieses Schelmendiebsgesindel! Nur meine guten Schuhe konnt ich retten.»

Bartel nickte zustimmend. «Ja, das Leben auf der Landstraße ist hart und gefährlich. Man darf heutigentags keiner Menschenseel mehr trauen.»

Dann fragte er sie, ob sie nicht bis Nördlingen gemeinsam wandern wollten, und sie konnte nicht anders als zustimmen.

«Was willst du eigentlich in Oettingen? Dort sagen sich Fuchs und Has gut Nacht. Außer, du willst an den Grafenhof. Aber da kommt so ein Lumpenvagabund wie du erst gar nicht bis zur Pforte. Geh doch mit mir nach Nördlingen. Da treffen sich zu den Messen Kaufherren aus aller Welt, und das Handwerk hat noch goldenen Boden.»

«Vielleicht ergibt sich's ein andermal. Ich muss tatsächlich zum Grafen, ob du's glaubst oder nicht. Als Bote.»

«Als gräflicher Bote – soso!» Bartel musterte von oben bis unten ihre armselige Aufmachung, dann brach er in schallendes Gelächter aus.

Sie kamen an diesem Tag bis in die Gegend von Donauwörth, wo das Tal der Wörnitz nordwärts in Richtung Ries abzweigte. Dieser Bartel hatte es tatsächlich geschafft, sie auf andere Gedanken zu bringen, mit seinen spaßigen Anekdoten, die er eine nach der anderen aus dem Ärmel schüttelte. Gerade noch rechtzeitig zur Nacht fanden sie Unterschlupf im Kuhstall eines freundlichen Bauern. Hundemüde drückte Eva sich ins Heu und war von einer Sekunde zur anderen eingeschlafen.

In dieser Nacht träumte sie von Moritz und Josefina. Sie war spät in der Nacht vor das Tor einer wehrhaften Stadt gelangt, und ein freundlicher Torhüter hatte sie bei der Hand genommen. Sie werde bereits erwartet, waren seine Worte. Dann führte er sie durch die dunklen, menschenleeren Gassen zu einem halbverfallenen Gebäude. Dort, hinter einem der Fenster, schimmerte ein tröstliches Licht. Der Wächter öffnete mit seinem riesigen Schlüssel ein Tor, sie trat ein und folgte dem Lichtschein. Er kam von oben, drei Treppen musste sie hinaufsteigen, bis sie in einem langgestreckten Raum stand, in dem es warm und hell war. Ganz am anderen Ende, vor einem flackernden Kaminfeuer, warteten Moritz und ihre Schwester, beide mit ausgebreiteten Armen. «Komm, Eva», riefen sie. «Komm zu uns. Es sind nur noch ein paar Schritte.»

Dann war sie erwacht. Nein, sie würde nicht aufgeben. Nicht jetzt, so kurz vor dem Ziel.

Als sich ihre Augen an das Halbdunkel des frühen Morgens gewöhnt hatten, erkannte sie, dass der Platz neben ihr leer war. Bartel war verschwunden, und mit ihm das gute Paar Lederschuhe! Ihr lauter Fluch ließ die Kühe zusammenzucken, dann begann sie zu lachen. Sie lachte so lange, bis ihr die Tränen kamen.

Je weiter Regensburg hinter ihr lag, desto mehr verblasste die Erinnerung an alles, was sie dort erlebt hatte. Sie kam zwar nur langsam voran, aber immerhin unbehelligt von den Menschen, die mit ihr unterwegs waren. Diesen zerlumpten, halbverhungerten Bauernburschen schien keiner zu beachten. Nicht mal die zahlreichen Wanderbettler, die noch dem Elendesten ihre schäbigen Amulette und falschen Heilkräuter andrehen wollten, hatten Augen für sie.

Nur ein einziges Mal gab es einen Vorfall, der Eva in Schrecken versetzte: Sie war schon eine halbe Meile hinter Nördlingen, als sie eine verfallene Bauernkate zum Übernachten aufsuchte. Eben hatte sie sich in der halbdunklen Hütte hinter einen Holzverschlag gezwängt, wo jemand ein Lager aus Laub und Reisig aufgeschüttet hatte, als sie von draußen schwere Schritte und Männerstimmen hörte. Ihr blieb fast das Herz stehen, als die Männer die Kate betraten und sich nur wenige Schritte von ihr in der Finsternis niederließen.

«He, Schelle, gib schon von dem Wässerchen rüber.»

«Eine Watschn kannst haben, sonst nix. Hast alles vermasselt mit dem Nürnberger Fuhrmann. Lässt dir von einem wie dem die Feuerbüchse abnehmen!»

«Konnt ich was dafür?» Das war wieder die Stimme des Ersten. «Dieses verdammte Weibsstück ist schuld! Der schlitz ich den Leib auf, wenn ich sie erwisch, und nagel ihr Gedärm an den nächsten Baum!»

«Hab ja gleich gesagt, dass Weiber bei so was Unglück bringen. Wir malochen und machen die Drecksarbeit, und das Rabenaas haut ab mit der Beute.»

«Wer sich kreuzblöd angestellt hat, warst du! Wenn Eichel dem Alten nicht eins über die Rübe gezogen hätt, hätt man uns alle geschnappt.»

Eva wagte kaum noch zu atmen. Ausgerechnet eine Rotte Wegelagerer hatte sich hier eingenistet! Dass das keine harmlosen Diebe waren, verrieten allein schon ihre seltsamen Namen. Wenn man sie entdeckte, wäre es aus mit ihr. Immer stärker stieg ihr jetzt ein widerlicher Geruch in die Nase, und unter ihrem rechten Hosenbein spürte sie etwas Ekles, Feuchtes. Hier hatte nicht nur jemand genächtigt, sondern auch gleich noch seine Notdurft hinterlassen!

Ganz plötzlich und so deutlich, als sei es gestern gewesen, hatte sie jenen grässlichen Anblick wieder vor Augen: Da war sie wieder, die schmale Landstraße im Naabtal. Im blutgetränkten Sand krümmten sich die vier Leichname mit ihren abgeschlagenen Gliedern, sie und Niklas mittendrin. Sie sah den vor Entsetzen zitternden kleinen Bruder vor sich, sah sich selbst, wie sie sich zu einem der armen Opfer niederbeugte und ihm die Geldkatze vom Gürtel schnitt und sich damit in die Bande der Meuchelmörder einreihte. Das Bild verschwamm, und dann war sie es, die im Dreck lag, ihr Arm in der noch warmen Blutlache des Bauernjungen, dem der Kopf abgeschlagen war, nicht weit von ihm das halbnackte Mädchen, mit geschändetem Schoß und zertrümmertem Schädel.

Während Eva mit einem heftigen Würgereiz kämpfte, kehrte drüben bei den Männern für kurze Zeit Ruhe ein. Nur noch Schmatzen und Schlucken war zu hören. Ganz offensichtlich machte jetzt der Branntwein die Runde.

«Wo treffen wir eigentlich die andern Rottgesellen?» Diese Stimme klang noch sehr jung.

«Beim Geißenwirt, wie immer. Ich sag euch, der Obrister wird uns durch die Spieß jagen, wenn wir mit leeren Pfoten kommen.»

«Dann nehmen wir halt 'nen andern Fisch aus. Hier springen ja genug Nördlinger Pfeffersäcke rum, was, Fünfer? Kannst dann mal beweisen, ob du zu uns gehörst. Bei dem Fuhrmann hast dir ja schier ins Hemd geschissen!»

«So stinkt's hier, ehrlich gesagt, auch! Nach Pisse und Scheiße!»

In diesem Augenblick krabbelte eine fette Ratte über Evas nackten Unterarm. Fast hätte sie aufgeschrien, und ihr Arm schnellte in die Höhe.

«Verdammt, was war das?», brüllte der, den die anderen Schelle nannten. «Zünd den Kienspan an, hier ist wer.»

«Damit man uns entdeckt, du Hornochse? Da, da hast du's –

eine Ratte, nix weiter. Jetzt gib den andern Schlauch her, der hier ist leer.»

Quälend langsam verging die Zeit, bis die Männer endlich lautstark zu schnarchen begannen. So leise wie möglich kroch Eva aus ihrem Versteck, die Beine und Arme schmerzten vom reglosen Liegen, das Blut pochte ihr in den Schläfen. Mit unsicheren Schritten durchquerte sie den kleinen Raum, bemüht, keinen der massigen Leiber, die da auf dem Boden lagen wie Leichen, zu berühren. Dann hatte sie es geschafft. Ein klarer Sternenhimmel empfing sie draußen vor der Kate, der silberne Mond wies ihr den Weg zu einem nahen Eichenholz, wo sie sich für den Rest der Nacht im Dickicht zusammenkauerte, zitternd und mit nasser, stinkender Hose.

In diesen letzten Tagen ihrer Wanderung nach Oettingen durchlebte sie ein Wechselbad der Gefühle: Ihre Sehnsucht nach Moritz war so stark, dass es schmerzte, aber ebenso groß war die Angst vor dem Augenblick, wo sie sich gegenüberstehen würden. Oftmals hielt sie beim Gehen inne, weil ihr die Luft wegblieb. Dann hätte sie am liebsten jedes Mal kehrtgemacht.

Es war gegen Mittag, als die Ringmauer des Städtchens Oettingen aus dem Dunst auftauchte. Sie hatte noch keinerlei Gedanken darauf verwendet, auf welche Weise sie in das Grafenschloss gelangen sollte. Eines war jedoch klar: So verdreckt, wie sie war, würde nicht mal die gutmütigste Seele sie einlassen. Und Moritz wollte sie so schon gar nicht gegenübertreten.

Mutlos kauerte sie sich an den Wegesrand. Eine Handvoll Knechte und Mägde, die gerade bei der Erntearbeit waren, glotzte misstrauisch zu ihr herüber. Augenblicklich befielen sie wieder diese elenden Kopfschmerzen, und ihr Magen fühlte sich an, als sei er ein ausgetrockneter Wasserschlauch. Da sah sie

in einer Staubwolke fünf Reiter herantraben, der vorderste mit
einer Standarte in der Faust. «Die Männer des Grafen», rief einer der Bauern, und sofort verneigten sich alle bis zum Boden.
Eva sprang auf die Füße und rannte, ohne eine Sekunde nachzudenken, den Reitern mitten in den Weg.

«Aus dem Weg, Kerl!»

Doch Eva blieb stehen wie festgewurzelt und schloss die Augen, in der sicheren Erwartung, im nächsten Moment zu Boden
getrampelt zu werden.

Deutlich spürte sie das Schnauben des Pferdes, das vor ihr
scheute, dann einen Schlag gegen ihre Schulter.

«Bist du des Teufels?», brüllte der Bannerträger sie an.

Sie öffnete die Augen. Unruhig tänzelten die Pferde vor ihr
hin und her, die geharnischten Reiter sahen sie böse an. Moritz
war nicht darunter.

«Verzeiht vieltausendmal, edle Herren», brachte sie in mü-
hevollem Krächzen hervor. «Gehört Ihr zum Grafen von Oettingen?»

«Was geht dich das an, du grindiger Flohbeutel?»

«Ich suche den Landjunker Moritz von Ährenfels.»

«Der Vagantenlump sucht unseren Landjunker – habt ihr
das gehört, Männer?», blaffte der Standartenträger in Richtung
der anderen. «Hör zu: Ich zähl bis drei, und wenn du dann
nicht weg bist, trampelt dich mein Ross zu Matsch.»

«Ich hab eine Nachricht von seiner Schwester Isolde aus
Ingolstadt.» Blitzschnell war Eva dieser Gedanke gekommen,
und tatsächlich trat so etwas wie Unsicherheit auf das hoffärtige
Gesicht des Reiters. Der, der hinter ihm geritten war, trieb sein
Pferd zu Eva.

«Junker Moritz hat tatsächlich eine Schwester namens Isolde», sagte er zu dem Anführer. «Lassen wir ihn reden.»

«Ich hab eine Nachricht von seiner Schwester», wiederholte

Eva, nun mit fester Stimme. «Aber ich darf sie nur dem Junker höchstselbst übergeben.»

«Gib uns die verdammte Nachricht und verschwinde! Der Junker ist unterwegs.»

Sie schüttelte den Kopf. «Dann komme ich, wenn er zurück ist.»

«Jetzt seht euch den kleinen Rappelkopf an. Mumm hat er ja!» Der Anführer stieß einen anerkennenden Pfiff aus. «Da wirst du dich zwei Wochen gedulden müssen. Er ist mit dem Grafen nach Landshut geritten.»

«In zwei Wochen ist er zurück?»

«Ja.»

«Hier in Oettingen?»

«Ja, verdammt! Und jetzt weg mit dir, du stiehlst uns die Zeit.»

«Sehr wohl. Nur sagt ihm bitte, dass ich hier war. Im Auftrag der Prinzessin.»

Der Anführer lachte verächtlich. «Soll das eine Losung sein oder was?»

Sie hielt seinem Blick stand. «Ganz genau. Junker Moritz wird sie verstehen.»

Mit einem Gefühl, als habe sie eben die Welt erobert, trat sie zur Seite und sah den Reitern nach, wie sie davongaloppierten. Ihr Herz tat einen Sprung. Jetzt wusste sie, was zu tun war.

Einen Tag später stand sie unter dem in Sandstein gehauenen, buntbemalten Wappen mit dem Nördlinger Reichsadler und bat um Einlass in die Stadt. Zuvor hatte sie sich an einem Bach sorgfältig gewaschen und brachte nun mit neuerwachtem Selbstbewusstsein ihre Bitte vor: Man möge ihr den Weg weisen zum Zunfthaus der Schneider, sie sei überfallen worden und brauche Schutz und Hilfe. Dabei deutete sie auf die Wunde an ihrer Stirn, die sie sich beim Sturz am Bachufer zugezogen hatte.

«Ein Zunfthaus haben die Schneider nicht», gab der Torhüter bereitwillig Auskunft, «aber geh nur in den *Sternen*, dort versammeln sich die Schneider und Tuchscherer. Um diese Zeit ist der Vorgeher mit den Geschworenen sicher noch beim Mittagstisch.»

Eva bedankte sich und wanderte mitten hinein in die von Zwingermauern, starken Türmen und tiefen Gräben umfasste Reichsstadt. Zunächst irrte sie kreuz und quer durch die Gassen, bis sie wieder den majestätisch in den Himmel ragenden Kirchturm vor Augen hatte. Sankt Georg mit seinem hohen Turm sei der Mittelpunkt der Stadt, hatte der Torhüter gesagt, insofern könne sich hier kein Mensch verirren.

Dieser Haderlump von Bartel hatte nicht übertrieben, wenn er Nördlingen als eine der gefälligsten und angenehmsten Städte im südlichen Reich gepriesen hatte – wiewohl die Bürger hier weit weniger protzten als die Regensburger mit ihren Patrizierburgen. Alles wirkte gediegener, gemütlicher, die Gassen waren breit und gepflastert, die Häuser frisch verputzt, einige gar völlig neu errichtet. Die zahllosen großen und kleinen Marktplätze, die Messehäuser mit ihren weitläufigen Laubengängen, die Wein- und Salzlager verwiesen auf die Bedeutsamkeit Nördlingens als Messe- und Handelsstadt. Jetzt, zur Mittagszeit, ging alles sehr geruhsam einher. Die Handwerker saßen mit ihren Knechten und Frauen vor den offenen Läden ihrer Werkstätten und genossen den warmen Spätsommertag.

Eva passierte eine Reihe riesiger Kornschrannen, die in einer Stadt wie dieser sicher bis obenhin gefüllt waren, und gelangte vor die mächtige Pfarrkirche Sankt Georg. Auf einem Rübenmarkt vor der Chorseite packten die Krauterinnen eben ihre Körbe zusammen. Sie erfrischte sich am Brunnen, dann fragte sie eines der Marktweiber nach dem weiteren Weg zum *Sternen*.

«Mei, wie schaust du verhungert aus», murmelte die Frau und reichte Eva ein Stück Semmelbrot aus ihrem Schürzenbeutel. «Du gehst da vorn über den großen Markt, noch am Rathaus vorbei, und dann bist schon in der Baldinger Gass.»

Eva bedankte sich gerührt. Wie freundlich die Menschen hier waren!

Auch der Vorgeher der Schneiderzunft, ein hochgewachsener Mann um die vierzig mit Namen Bernhard Sick, lud sie gleich zu sich und seinen beiden Begleitern an den Tisch. Eva hatte sich ihm als Schneiderknecht Adam Portner, Sohn angesehener Eltern, vorgestellt, dem das Schicksal übel mitgespielt habe. Nun bitte sie die Zunft demütigst um christliches Mitleid und um Hilfe, einen ausgemachten Schelmen zu finden.

Mit einem Wink bedeutete der Vorgeher dem Wirt, etwas zu essen und zu trinken aufzutragen.

«Und nun erzähl, mein Junge.»

Eva nahm einen Schluck Bier, dann begann sie zu berichten, was sie sich zurechtgelegt hatte. «Bei einem Meister in Nürnberg war ich zuletzt in Arbeit. Vergangenen Sonntag bin ich von dort weg, mit einem Zunftgenossen, dem Schneidergesellen Bartel aus Pfäfflingen. Wir wollten zusammen auf Wanderschaft, mit Nördlingen als Ziel. Dieser Bartel hatte mir vorgeschwärmt, welch guten Lohn man hier bei Euch zahlt. Aber bei Schwabach dann hat der Kerl mich ins Gehölz geführt, um zu rasten. Dort» – ihre Stimme wurde kraftloser – «ist er über mich hergefallen, hat mich mit den Fäusten bearbeitet, ohne allen Grund, und ich musste ihm alles Geld und Kleidung geben. Splitternackt war ich, nicht mal meinen Lehrbrief hat er mir gelassen.»

Sie presste sich eine Träne aus den Augen.

«Danach hat er mich gefesselt und wollt mich eben in eine Grube werfen. Da hab ich gebrüllt, was ich konnte, bis ein Fuhrmann vorbeikam. Der hat mich befreit und den Bartel verjagt.»

Einer der Tischgenossen nickte. «Ich denk, der Junge erzählt die Wahrheit. Von diesem Bartel hab ich gehört. Der hat schon mehr als einmal mit seinen Bübereien von sich reden gemacht.»

«Wisst Ihr denn, ob er hier in der Stadt ist?»

«Ich denke, nicht. Davon hätten wir schon Wind bekommen. Aber nun iss erst mal, du siehst fürwahr erbärmlich aus.»

Evas Magen krampfte sich vor Hunger zusammen, als der Wirt ihr eine Schüssel mit Eiersuppe und fetter Wurst vor die Nase stellte. Fast war sie dem Schicksal nun dankbar für die Begegnung mit Bartel.

Nachdem sie den letzten Rest vom Boden gekratzt hatte, fragte Bernhard Sick:

«Und wie ging es weiter?»

«Der Fuhrmann hatte mir ein altes Hemd übergeworfen und mich ins nächste Dorf mitgenommen. Dort, vor einer Herberge, bin ich einem reichen Kaufmann, einem Eisenkrämer aus Schwabach, begegnet. Was für ein herzensguter Mann! Ich war ja noch ganz schwach, da hat er mich verköstigt und für die Nacht beherbergt. Die Mütze hier und die Schuhe hat er mir obendrein geschenkt! Na, und dann bin ich über Oettingen mit letzter Kraft hierhergekommen – auch in der Hoffnung, diesen Diebsgesellen aufzuspüren. Ohne meine Papiere bin ich doch nichts wert in einer fremden Stadt.»

Verzweifelt sah sie den Vorgeher an.

«Nun, du wirst schon anderweitig beweisen können, wer und was du bist. Jetzt sollst du erst mal zu Kräften kommen.»

Bei diesen letzten Worten fühlte Eva tatsächlich so etwas wie kaltes Fieber durch ihre Glieder fahren. Schwindel erfasste sie, und ihre Hände begannen zu zittern.

«Wenn Ihr mir vielleicht für eine Nacht Obdach geben könntet? Dann will ich schon weiterziehen.»

Der Vorgeher warf einen fragenden Blick auf seine beiden Begleiter. «Der Junge braucht dringend Bettruhe. Aber hier im *Sternen* ist kein Plätzchen mehr vakant.»

«Vielleicht beim Bröcklinhans, im *Goldenen Rad*. Schicken wir doch den Knecht hinüber.»

Sick nickte und rief einen alten Mann heran, der reglos auf der Bank beim Eingang gesessen hatte.

«Geh hinüber zu den Metzgern und frag nach, ob sie für einen unserer Schneiderknechte noch ein Bett haben.»

So kam es, dass Eva keine zwei Stunden später mit gefülltem Magen und vom Wein leicht benebeltem Kopf in einem richtigen Bett lag, mit frischem, sauberem Bettzeug. Der Zunftknecht, der sie begleitet hatte, brachte ihr noch einen Krug frisches Wasser, dann ließ er sie allein in dem kleinen Schlafsaal, in dem sich noch fünf weitere Betten befanden.

Erschöpft zog sich Eva das Deckbett über den Kopf, denn es war noch helllichter Mittag, und bedachte ihre Lage: Dass sie so freundlich aufgenommen wurde, hätte sie niemals erwartet. Der Zunft würde sie schon beweisen, dass sie schneidern konnte; sie würde gegen Kost und Unterkunft arbeiten. Zwei Wochen hatte sie Zeit, um wieder auf die Beine zu kommen, dann wollte sie sich Frauenkleider besorgen und Moritz aufsuchen. Allein der Gedanke, dass er bald zurück sein würde, nur einen Tagesmarsch von hier entfernt, ließ sie vor Glück fast weinen. Sie dankte Gott für seine Güte, dann fiel sie in einen tiefen und traumlosen Schlaf bis zum nächsten Morgen.

43

Als Eva erwachte, blickte sie in eine ganze Schar neugieriger Gesichter.

«Wo bin ich?», murmelte sie.

Ein junger Bursche grinste. «In der Herberge der Metzger und Gürtler. Und was bist du für ein seltsames Kuckucksei? Hast nicht mal gehört, wie wir gestern in die Betten gestolpert sind.»

«Ich bin Adam Portner aus Regensburg», erwiderte sie schlaftrunken.

Ein kleiner, dicker Mann mit Schweißperlen auf der Glatze drängte die Männer beiseite. «Verschwindet jetzt, an die Arbeit mit euch!», schnaufte er und setzte sich auf den Holzschemel neben Evas Bett. Auf der Nase trug er ein paar Augengläser, was ihm trotz der groben Gesichtszüge etwas Gelehrtes verlieh. Umständlich öffnete er seine Tasche und zog ein Schwämmchen heraus, das er mit einer widerlich stinkenden Flüssigkeit tränkte. Damit tupfte er Evas zerschrammte Stirn ab.

Sie zuckte zusammen, vor Schmerz und vor Schreck.

«Seid Ihr Arzt?»

«Stadtarzt von Nördlingen, ja.» Jetzt kramte er einen hölzernen Spatel hervor. «Wollen mal sehen, ob du uns keine Pestilenz einschleppst.»

«Nein, nein, ich bin völlig gesund», stotterte sie. «Nur müde und schwach. Und dann diese Kopfschmerzen.»

«Jetzt sperr schon den Mund auf.»

Nachdem der Medicus ihr Rachen, Ohren und Augen examiniert hatte, legte er ihr die Hand auf die Stirn, ließ sie husten und klopfte ihr dabei den Rücken ab.

«Kein Fieber, keine Schwellungen, nur leicht gerötete Augen», konstatierte er missmutig. «Wusste ich's doch – Meister

Sick hat wieder maßlos übertrieben in seiner Fürsorge. Wie alt bist du?»

«Siebzehn Jahre», antwortete sie, wie immer auf diese Frage.

«Hm. Ein wenig klein und schwach erscheinst du mir schon für dein Alter. Der Überfall neulich hat dir wohl gehörig zugesetzt?»

Eva nickte heftig.

«Ich komm morgen wieder. Bis dahin bleibst du im Bett und ruhst dich aus.» Er erhob sich schwerfällig und stellte ein Tränklein nebst zwei Tiegeln auf dem Schemel ab. «Von dem Trank alle Stunde zehn Tropfen auf die Zunge. Die gelbe Salbe ist für Brust und Nacken, die braune für die Schläfen, gegen das Kopfweh.»

Ohne ein weiteres Wort verließ er den Raum.

Der Stadtarzt war nicht der einzige Besucher an diesem Morgen. Gleich nach ihm erschien eine Magd und brachte ihr etwas zu essen, kurz darauf Meister Sick.

«Na, geht es dem Kranken wieder besser?»

«Ja, Meister. Ich weiß gar nicht, wie ich Euch danken soll.»

Sick lächelte. «Wart's ab. Wirst die teure Arznei schon noch abarbeiten. Morgen musst du übrigens mit aufs Rathaus, deine Geschichte dem Bürgermeister vorbringen. Der Knecht kommt nachher noch und bringt dir Schuhe und einen Satz anständiger Kleider. Bis morgen früh also.»

Eva traute ihren Augen nicht, als der Zunftknecht wie angekündigt ein nagelneues Leinenhemd samt ärmellosem Wams, zwilcher Pluderhose und flachen Schuhen vorbeibrachte. Lange Strümpfe und eine kurze Schecke für kühlere Tage waren oben drein dabei.

Gerade noch rechtzeitig hatte sich Eva alles übergestreift, als schon wieder die Tür aufsprang. Nach und nach marschierten sämtliche Schneider Nördlingens herein. Die meisten trieb die Neugier, das war ihnen anzusehen, und Eva musste immer wieder aufs Neue ihren Überfall schildern. Immer abenteuerlicher wurde die Geschichte, zumal sie von ihren Gästen reichlich mit Rotwein versorgt wurde. Am Ende übertrieb sie maßlos: Halb tot hatte der Bartel sie geschlagen, die Grube wurde zu einem Brunnenschacht, und aus ihrem Vater machte sie einen angesehenen Regensburger Ratsherrn. Irgendwann schwirrte ihr selbst der Kopf, und sie musste achtgeben, sich nicht in Widersprüche zu verwickeln.

Auch in dieser zweiten Nacht schlief Eva wie ein Stein – zum einen, weil die letzten Wochen erheblich an ihren Kräften gezehrt hatten, und zum anderen, weil sie entgegen des ärztlichen Ratschlags kein Vaterunser lang zur Ruhe gekommen war.

«Ich fasse zusammen: Du heißt also Adam Portner, bist zünftiger Schneiderknecht und stammst aus Regensburg?»

Eva rutschte auf ihrem Schemel hin und her. Der Amtsbürgermeister, ein Lodenhändler namens Johann Wörlin, war im Gegensatz zu Meister Sick ein zutiefst misstrauischer Mensch. Jetzt zupfte er an seiner pelzbesetzten Schaube und warf ihr einen durchdringenden Blick zu.

«Ja, Herr. Es ist, wie ich sag. Man hat mich überfallen und ausgeraubt. Nur deshalb trag ich keinen Brief bei mir.»

«Dann sag mir, bitt schön, wie dieser Schwabacher Krämer heißt, der dich gerettet hat.»

«Reysenleiter, Herr Bürgermeister. Konrad Reysenleiter.»

«Und dein Vater soll ein berühmter Regensburger Ratsherr sein? Da scheint es mir ein wenig seltsam, dass du als Schneidergeselle durch die Gegend ziehst.»

«Nun …» Eva lief rot an. Hätte sie sich nur mehr im Zaum gehalten mit ihren Phantastereien vor den Schneidern gestern.

«Die Wahrheit ist: Ich sollte zu einem Meister, der mir nicht angenehm war. Da bin ich weg von zu Haus.»

«Das kommt doch alle Tage vor, Herr Bürgermeister», versuchte Sick zu vermitteln. «Junges Blut, versteht Ihr? Das will nicht immer so wie wir Alten.»

«Mag sein. Es ist ja lobenswert, wie Ihr dem Jungen das Wort redet, aber was, wenn er uns am Narrenseil herumführt? Wenn er nun ein Schalk ist, ein Junker Ärmlich, der sich bei Euch ins gemachte Nest setzen will?»

«Er wird uns beweisen, dass er Schneider ist. Gleich morgen nehm ich ihn mit.»

«Ich dank Euch, Meister Sick.» Eva atmete auf. «Ihr werdet sehen: Selbst geschlitzte und gepuffte Ärmel kann ich Euch zuschneiden. So wahr ich hier sitze.»

Der Bürgermeister schien nachzudenken, dann nickte er.

«Wie heißt dein Vater?»

«Hans Portner, Herr.»

«Gut. Machen wir doch Nägel mit Köpfen.» Er wandte sich an den Stadtschreiber, der an seinem Pult alle Angaben notiert hatte.

«Ihr bleibt hernach noch bei mir, Eiberspacher, und setzt zwei Schreiben auf: eins an diesen Reysenleiter, eins an den Ratsherrn. Damit schicken wir einen Boten nach Schwabach und nach Regensburg. Am besten den Kratzer, der ist schnell und zuverlässig.»

«Mit Verlaub …» Der Schreiber legte die Feder beiseite. «Wilhelm Kratzer wird erst Ende der Woche aus Ulm zurückerwartet.»

«Auf die paar Tage kommt's nicht an. Und du, Adam Portner, bleibst so lange in der Stadt, die Zunft soll ein Aug drauf halten.»

Eva war zunächst vor Schreck wie gelähmt. Doch dann be-

ruhigte sie sich: Sie brauchte ja nur einen Aufschub, bis Moritz
zurück war. Sollten die doch ihren Boten schicken! Den Schwabacher Eisenkrämer gab es ja tatsächlich, er würde sich schon
an sie erinnern, auch wenn ihre Geschichte ein wenig abwich
von dem, was wirklich geschehen war. Und einen Regensburger
Ratsherrn namens Hans Portner würde der Bote erst gar nicht
finden. Eine stimmige Ausrede hierzu würde sie sich noch ausdenken – wenn sie bis dahin noch nicht längst bei Moritz war.

Nachdem diese unangenehme Unterredung überstanden
war, brachte der Zunftvorgeher Eva in ihre Herberge zurück.
Sie musste ihm versprechen, keinen Schritt vor die Stadt zu
tun.

«Vielleicht kann dein Vater dem Boten ja Geld mitschicken,
unserer Auslagen wegen.»

«Bestimmt wird er das tun», antwortete sie mit dünner Stimme.

Väterlich legte Sick ihr den Arm um die Schultern. «Du
siehst noch immer ganz blass aus. Vielleicht solltest du dich
doch noch ein paar Tage schonen.»

«Nein, es geht schon. Morgen will ich wieder arbeiten.»

Die nächsten Tage erging es Eva wie im Paradies auf Erden.
Die teure Arznei rührte sie nicht an, lieber hielt sie sich an den
guten Roten und an das herzhafte Essen, das sie in fröhlicher
Runde genoss. Alles schien von einer Leichtigkeit, wie sie es
lange nicht mehr erlebt hatte – zumindest in der ersten Woche
ihrer Nördlinger Zeit. Der Zunftvorgeher selbst dingte sie in
seiner Werkstatt, wo er noch zwei Gesellen und einen Lehr-
jungen beschäftigte. Eva bekam die Aufgabe übertragen, Umhänge zuzuschneiden und die Stoffe und Werkzeuge ordentlich
zu halten. Auch wenn ihr das wie Kinderkram vorkam, hätte
sie niemals zu murren gewagt, denn Sick wie auch seine Frau

und die beiden Töchter begegneten ihr nie anders als in fürsorglicher Freundlichkeit. Und mit den altgedienten Gesellen wollte sie es sich schon gar nicht verderben, für die kurze Zeit, die sie hier war.

Die Mahlzeiten nahm sie bei den Schneidern und Tuchscherern im *Sternen* ein, zum Übernachten ging sie weiterhin ins *Goldene Rad*. Dort hockte sie bis spät abends mit ihren Herbergsgenossen und einem stets gefüllten Weinschlauch zusammen, Schwänke und Witze machten die Runde, vor allem von Evas Seite aus, bis irgendwann der Altgeselle ein Machtwort donnerte und alle ins Bett scheuchte.

Sonn- und feiertags besuchte man gemeinsam die Pfarrkirche, wo seit vielen Jahren schon das Sakrament in beiderlei Gestalt gereicht wurde, in Wein und in Brot, und der Pfarrer das neue, reine Evangelium predigte. Danach schlenderten sie in kleinen Gruppen durch die Gassen oder kehrten in einer Schenke ein; jeder, der ihnen begegnete, grüßte Eva, alle schienen sie zu mögen. Bald kannte sie jeden Winkel in dieser lebhaften Stadt, die sich kreisrund um Kirche und Rathaus zog. Wie die Strahlen eines Sterns gingen von hier die fünf Straßen durch die fünf Tore in alle Himmelsrichtungen hinaus, führten als bedeutsame Handelswege nach Ulm, Augsburg und Nürnberg, in die Junge Pfalz und hinüber ins Wirtembergische.

Der einzige Wermutstropfen war, dass sie nicht mit hinausdurfte, in die Nachbardörfer, an die Ufer von Eger und Kornlach, wo sich Jung und Alt zum kalten Bad trafen, oder in die Obstwiesen, wo die ersten saftigen Birnen lockten. Aber letztlich war ihr das gleichgültig, bald würde sie ohnehin auf immer die Stadt verlassen. Von Beginn an hatte sie die Tage gezählt, die sie von ihrem Wiedersehen mit Moritz trennten. Dazu ritzte sie mit ihrem Brotmesser heimlich Striche in die Diele unter ihrem Bett.

Die Zeit verging wie im Flug mit diesem Wechsel aus Arbeit und freien Stunden, aus geselligen Mahlzeiten und langen, weinseligen Abenden in der Herberge. Je mehr Striche sich allerdings unter ihrem Bett ansammelten, desto unruhiger wurde Eva. Um keinen Preis nämlich wollte sie in Oettingen als Schneiderknecht auftauchen, das hatte sie sich geschworen. Doch die Zunftherren hielten sich an ihre Abmachung, ihr keinen Lohn auszubezahlen, und so besaß sie keinen einzigen Heller, um Weibskleider zu erstehen. Dabei blieb ihr nicht mehr viel Zeit, bald schon würde der Bote von seiner Reise zurück sein.

An einem Samstag Anfang September beschloss Eva, aus Nördlingen zu verschwinden. Seit einigen Tagen schon lastete auf ihr eine böse Vorahnung: Mit der Rückkehr des Stadtboten würde sich über ihr ein Unwetter zusammenbrauen, dem sie nicht gewachsen sein würde. Sie war nicht allzu abergläubisch, aber seit Tagen sammelten sich auf dem Dach ihrer Herberge mehr und mehr schwarze Rabenvögel, und sie hatte schon drei Mal in der Dämmerung Fledermäuse aufgestöbert. Dann, an jenem Samstagmorgen, fiel es ihr wie Schuppen von den Augen: Sie hatte bei der Schilderung ihres Überfalls schlichtweg übersehen, dass sie diesem Eisenkrämer ein Paar Schuhe gestohlen hatte! Da würde keine Ausrede etwas nutzen, schon gar nicht vor diesem strengen Amtsbürgermeister. Wie kreuzdumm war sie gewesen! Jetzt blieb ihr nur noch die Hoffnung, dass Moritz zurück in Oettingen war, sonst war ihr Ende als gemeine Diebin besiegelt.

Ungewohnt schweigsam nahm sie an diesem Morgen ihren Milchbrei zu sich.

«Was ist?», fragte Hannes, einer der Schneiderknechte, mit dem sie sich ein wenig angefreundet hatte. «Machst ausgerechnet heut schlapp?»

«Was meinst du damit?»

«Weil wir doch heut freihaben. Badetag! Hast das vergessen?»

Daran hatte sie nicht mehr gedacht.

«Ach ja», sagte sie lahm. «Wann gehen wir los?»

«Gleich nach dem Morgenessen.»

Eva dachte fieberhaft nach. Das war vielleicht nicht die schlechteste Gelegenheit, sich aus dem Staub zu machen. Bekanntermaßen arteten die Badhausbesuche der Handwerker jedes Mal in ein rechtes Saufgelage aus. Da würde es, fürs Erste jedenfalls, nicht auffallen, wenn sie verschwand.

«Geht ihr nur schon vor», sagte sie zu Hannes, nachdem der Altgeselle das Badgeld verteilt hatte. «Ich kenn ja den Weg.»

«Ist gut. Bis später dann.»

Als es im Schankraum still wurde, lieh sie sich von Bröcklin, dem Herbergsvater, Papier und Federkiel und schrieb eine kurze Nachricht: In herzlichen Worten bedankte sie sich bei Bröcklin und Meister Sick für die Gastfreundschaft, aber nun müsse sie überraschend fort. Das Blatt faltete sie rasch zusammen, ehe der neugierige Wirt ihr über die Schulter schauen konnte, und hastete hinauf in die Schlafkammer. Dort legte sie den Brief auf ihr Bett. Jetzt war nur noch eines wichtig: Sie musste die Ruhe bewahren.

Um vom *Goldenen Rad* zum Straußbad am Weinmarkt zu gelangen, musste sie die halbe Stadt durchqueren. Der Morgen war kühl, dichte Wolken deuteten auf Regen hin. Eva fröstelte. Von weitem schon sah sie die Rauchsäule aus den beiden Kaminen quellen, die beiden Torflügel waren einladend geöffnet. Der Gedanke, sich im warmen Wasser aufzuwärmen, war verlockend. Andererseits würde sie die zwei Pfennige Badgeld unterwegs gut brauchen können.

Unschlüssig betrat sie den Vorraum. Durch die halboffene Tür zu ihrer Linken konnte man in eine Trinkstube sehen, in der man sich nach dem Bad zum Essen und Zechen einfand. Jetzt war der Raum allerdings noch gähnend leer. Durch den Rundbogen geradeaus kam man treppabwärts in das eigentliche Badhaus. Eva hörte das ausgelassene Johlen und Lachen ihrer Zunftgenossen, als ihr Blick auf die Bank neben der Treppe fiel: Ordentlich nebeneinander lagen dort ein buntgestreiftes Kopf- und Schultertuch und ein langer Frauenumhang. Im Saum des Umhangs befand sich ein hässlicher Riss.

Die Badhüterin kam die Treppe herauf.

«Du musst der Adam Portner sein», begrüßte sie ihn.

«Woher wisst Ihr?»

«Weil du doch bekannt bist wie ein bunter Hund. Hier, das müsst dir passen.»

Sie zog ein Badhemd vom Stapel.

«Ist das da Euer Umhang?»

«Ja, warum fragst?»

«Ich könnte ihn Euch nähen, übers Wochenende.»

«Das wär nett von dir. Dafür erlass ich dir deinen Obolus. Aber verrat's nicht weiter.» Sie zwinkerte ihm zu.

In diesem Augenblick brüllte es von unten: «Ja, Grutzefix, was soll das? Das Badwasser ist ja hundekalt!»

«Himmel, dieser Schürknecht. Zum Teufel sollte man den jagen.» Die Badhüterin reichte ihr das Hemd. «Zieh dich schon mal um, in der Kammer gleich unten links.»

Sie hastete wieder die Treppe hinunter. Eva zögerte keinen Augenblick. Kopftuch und Umhang waren besser als gar nichts. Achtlos warf sie das Hemd zurück auf den Stapel, packte die Kleider der Badhüterin und stürzte nach draußen. Mit ihrem Bündel unter dem Arm durchquerte sie die Stadt, musste sich mit aller Macht zwingen, langsam zu gehen, um keinen Verdacht zu erregen. Endlich erreichte sie das Löpsinger Tor, von wo es gegen Nürnberg ging und damit zu Moritz nach Oettingen.

462

Im Schutz einer Hofeinfahrt wartete Eva, bis ein Fuhrwerk Einlass in die Stadt begehrte und die beiden Torhüter damit beschäftigt waren, die Ladung zu inspizieren. Die Bretter der Zugbrücke knarrten unter ihren Füßen, als sie gemessenen Schrittes an den Männern vorbeimarschierte. Sie grüßte mit einem freundlichen Nicken, dann hatte sie die steinerne Brücke, die den Graben überspannte, hinter sich gelassen.

Eva atmete tief durch. Sie hatte es geschafft. Vor ihr lagen die verdorrten Wiesen der städtischen Bleiche, dahinter verlor sich die Straße in der Weite des Ries. Wenn sie sich beeilte, würde sie noch vor dem Abendläuten Oettingen erreichen.

Sie war keine halbe Stunde gewandert, als sie hinter sich Hufgetrappel hörte. Mit gesenktem Kopf schritt sie voran, wandte sich auch nicht um, als die beiden Pferde an ihr vorbeipreschten und direkt vor ihr auf dem Weg die Beine in den Boden stemmten. Eh sie sich's versah, waren die Reiter abgesprungen und packten sie grob beim Arm.

«Adam Portner! Haben wir das Vögelchen also erwischt», donnerte der eine und stieß mit dem Fuß gegen das Kleiderbündel, das ihr aus dem Arm gefallen war. «Erst die Badhüterin beklauen und dann den Abflug machen.»

«Es ist nicht, wie Ihr denkt», stotterte Eva. Ihr wurde abwechselnd heiß und kalt. Die beiden Männer waren städtische Grabenreiter, das erkannte sie auf einen Blick. «Ich wollt nur spazieren gehen. Einmal nur raus aus der Stadt.»

Sie sah die beiden flehentlich an. «Ich weiß, ich dürft die Stadt nicht verlassen. Ich komm auch jetzt gleich mit euch zurück.»

«Worauf du dich verlassen kannst. Und jetzt halt deine Sau goschn. Den Rest kannst den Richtern erzählen. Zum Beispiel, warum du auf deinem Spaziergang die Sachen der Badhüterin brauchst.»

«Ich wollt den Umhang gleich nachher noch nähen, deshalb hab ich ihn bei mir, das wird Euch die Frau bestätigen.»

«Halts Maul, sag ich!» Der andere hob drohend den Arm. «Und jetzt Abmarsch.»

An einem Strick um die Fußgelenke stolperte Eva den beiden Stadtreitern hinterher, vorbei an den hämischen Blicken der Torhüter, dann an den ungläubigen Bürgern, die die Gassen säumten. Statt in ihre Herberge wurde sie zu ihrem Entsetzen in den Strafturm gebracht. Dort stieß der Wärter sie auf eine Schütte Stroh und ließ die Tür krachend hinter ihr ins Schloss fallen.

Reglos lag sie da, lauschte wie betäubt den Rufen von draußen, dem Prasseln des Regens, der mit einem Schlag eingesetzt hatte. Sie richtete sich auf. Nein, noch war nicht alles verloren. Sick hielt große Stücke auf sie und auch all die anderen aus der Zunft. Die würden ihr schon glauben, dass sie nichts Unrechtes im Sinn gehabt hatte. Hatte sie nicht bislang immer ihren Hals aus der Schlinge ziehen können?

Gegen Mittag öffnete sich die Tür ihres Gefängnisses, und Meister Sick und die Badhüterin traten in Begleitung des Nördlinger Stadtammanns ein, was nichts Gutes verhieß.

«Was machst du nur für Sachen, Adam?»

Kopfschüttelnd betrachtete der Zunftvorgeher sie. In seinem Blick entdeckte Eva Mitleid, aber auch maßlose Enttäuschung.

«Sag mir ehrlich und ohne Ausflüchte: Was wolltest du vor der Stadt?»

«Mir war mit einem Mal nicht wohl in der Badstub. Da dachte ich, frischer Wind draußen in den Feldern würd mir guttun – ein, zwei Stündchen nur, dann wollt ich zurück sein.»

«Und der Umhang? Das Schultertuch?»

«Den Umhang wollt ich ausbessern, gleich nach dem Spaziergang wollt ich mit Nähen anfangen. Das hatt ich Euch doch versprochen», wandte Eva sich nun an die Frau, «und Ihr hattet gesagt: Ist recht, nimm ihn nur mit. Erinnert Ihr Euch nicht?»

«Nein», entgegnete die Badhüterin. «Oder vielleicht doch? Ihr müsst wissen», wandte sie sich an den Ratsherrn, «dass ich in Eile war. Mit dem Badofen war was nicht in Ordnung.»

«Dann erinnert Ihr Euch also? Warum sollte ich schließlich Euren Umhang stehlen? Einen Weiberumhang – was soll ich damit anfangen? Und das Schultertuch, das hab ich völlig gedankenlos mit dazugenommen. Verzeiht mir.»

Für einen Augenblick herrschte Stille. Der Stadtammann räusperte sich. «Na ja – das ist wohl wahr. Was solltest du mit Weiberkleidern wollen?»

Sick lächelte erleichtert. «Ich denke, wir sollten dem Adam glauben. Außerdem hat er sich niemals was zuschulden kommen lassen. Im Gegenteil: Immer hat er sich hilfsbereit gezeigt und guten Willens.»

«Dann – kann ich jetzt gehen?»

Der Ammann schüttelte den Kopf. «Du wirst dich gedulden müssen. Bürgermeister Wörlin hat angewiesen, dich hierzubehalten, bis der Bote zurück ist.»

44

*D*rei Tage und drei Nächte verbrachte Eva in ihrer winzigen Kammer im Nördlinger Feilturm, ohne zu wissen, was mit ihr geschehen würde. Sie war die einzige Gefangene hier, wo sonst säumige Schuldner, Ruhestörer oder Saufbolde ihre Strafe absaßen. Zu ihrem Glück war der Wärter ein Vetter des Zunftknechts aus dem *Sternen* und begegnete ihr daher mit großem Wohlwollen. Täglich aufs Neue richtete er ihr Grüße von den

Zunftgenossen aus, füllte ihren Napf mehr als reichlich mit Gerstenbrei und leerte ihren Aborteimer sogar zweimal am Tag. Abends dann setzte er sich zu ihr aufs Stroh, was selbstredend streng verboten war, und teilte einen Krug Wein mit ihr. Der Mann war ein Lästermaul und zog über alles in Nördlingen her, was zwei Beine hatte, und Eva musste als Gegengabe für seine Gefälligkeiten von ihren Reisen erzählen – so schwer ihr das in ihrer Lage auch fiel. Wenn er sich dann verabschiedete, sagte er jedes Mal denselben Satz: «Wirst sehen, bald bist wieder ein freier Mann.» Dann starrte Eva in die Dunkelheit und klammerte sich an ihre letzte Hoffnung: dass der Stadtbote diesen Schwabacher Eisenkrämer nicht würde ausfindig machen können.

Am vierten Tag erschien der Wächter nicht allein. Der Stadtammann, von dem Eva inzwischen wusste, dass er Ulrich Herpfer hieß und dem Nördlinger Blutgericht vorstand, und der Bürgermeister betraten mit eisigem Gesicht die Zelle.

«Aufstehen», befahl Herpfer. In seiner Hand hielt er ein Papier.

Eva begann am ganzen Körper zu zittern, als sie sich von ihrem Strohlager aufrappelte.

«Von wegen Spaziergang!» Der Ammann begann vor ihr auf und ab zu gehen. Dabei fuchtelte er mit dem Papier unablässig vor ihrer Nase herum. «Nichts als Lügen! Das hier ist dein Abschiedsschreiben an Sick und Bröcklin. Dir war wohl der Boden unter den Füßen heiß geworden.»

Eva spürte, wie ihr die Knie weich wurden. Auch das hatte sie nicht bedacht – warum nur hatte sie überhaupt diesen verräterischen Brief geschrieben? Fehler über Fehler hatte sie in letzter Zeit gemacht, grad so, als sei sie nicht mehr bei klarem Verstand.

«Ich hatte Heimweh», flüsterte sie. «Heimweh nach meinem

Elternhaus. Nur deshalb wollt ich weg. Ist – ist der Bote aus Schwabach zurück?»

«Ha!», donnerte der Bürgermeister so laut, dass selbst der Wächter hinter ihm zusammenzuckte. «Das ist der nächste Punkt. Kratzer war noch gar nicht in Schwabach. Was er in Regensburg erfahren hat, ist nämlich ungleich dringlicher. Wir wissen nun, dass es gar keinen Regensburger Ratsherrn mit Namen Hans Portner gibt, der angeblich dein Vater ist. Wohl aber» – jetzt blieb er dicht vor ihr stehen und packte sie beim Kinn –, «wohl aber einen Regensburger Ratsherrn mit Namen Christoph Portner. Das hättest du nicht gedacht, du Lügenbeutel, was?»

Vergeblich versuchte sie etwas zu erwidern, doch die Worte blieben ihr im Halse stecken.

«Und jetzt rate mal, was unser Bote von diesem braven Mann erfahren hat!»

Er ließ ihr Gesicht los, und sie schloss die Augen. Voller Angst schüttelte sie den Kopf, als könne sie damit abwehren, was nun unweigerlich folgen würde.

«Dieser Portner sagte, das könne nur Betrug sein, er habe keinen Sohn, der Schneiderknecht sei. Als Kratzer aber dein Aussehen beschrieben hatte, da war dem Ratsherrn ganz schnell ein Licht aufgegangen.» Seine Stimme wurde schneidend. «Solchermaßen hätte auch dieser Erzschelm ausgesehen, der sich vor einiger Zeit in Regensburg herumgetrieben und Adam Auer genannt habe, Sohn eines Ratsherrn zu Linz. Der habe der Spitalmutter öffentlich die Ehe angetragen, schließlich aber sei herausgekommen, dass er ein Weibsbild war, und man habe das Luder aus der Stadt gejagt!»

Es war aus mit ihr, endgültig. Sie hörte Herpfer noch sagen: «Lassen wir die Hebamme rufen!», dann sank sie zu Boden.

467

Die städtische Hebamme konnte es augenscheinlich nicht fassen, was da unter Hemd und Hose zum Vorschein gekommen war.

«Ein Weib wie ich selbst, nur bestens geschnürt», murmelte sie, während Eva sich wieder ankleidete, und rief nach dem Wärter. Auch der schien vollkommen verwirrt.

«Bei allen drei heiligen Madln! Bist du nun ein Weib oder ein Monster?»

Eva antwortete nicht.

«Was wartest noch?», fuhr die Hebamme den Mann an. «Hast doch gehört, was der Bürgermeister befohlen hat. Los, setz dich in Bewegung und gib dem Ratsweibel Bescheid, dass er sie holen lässt.»

Das Verlies unter dem Rathaus, in das zwei schwerbewaffnete Büttel sie brachten, war ein kaltes, schmutziges Gewölbe. Dagegen war die Zelle im Strafturm fast so annehmlich wie eine Herbergskammer gewesen, mit ihrem sauberen Stroh und der Fensterluke unter der Decke.

«Was geschieht nun mit mir?», fragte sie den Wärter, einen alten, buckligen Mann, der ihr einen Becher Wasser brachte.

Der zuckte die Schultern. «Ich denk mal, der Geheime Rat wird kommen und dich befragen. Gütlich oder peinlich, wie auch immer.»

Am selben Tag noch wurde sie nach nebenan ins Wägloch geführt, einen fensterlosen Raum, der ähnlich der Regensburger Fragstatt mit furchterregenden Geräten und Instrumenten bestückt war.

Eine ganze Abordnung von hohen Herren empfing sie dort, hinter einem langen Holztisch aufgereiht wie die Jünger des letzten Abendmahls. Im Schein der Tranlampe erkannte Eva Stadtamman Herpfer, Bürgermeister Wörlin und Kanzleischreiber Eiberspacher. Die anderen sechs Ratsherren waren ihr fremd. Alle starrten sie jetzt erwartungsvoll an.

«Beginnen wir», durchbrach Herpfer die Stille und nickte dem Schreiber zu. Der verlas mit eifriger Stimme den Bericht des Stadtboten Wilhelm Kratzer. Eva selbst klang alles so unerhört in den Ohren, als ob sie der Geschichte einer wildfremden Person lausche.

«Haben dann besagtes Weib zur öffentlichen Ausstellung auf drei Stunden ins Narrenhäuslein gelegt und auf ewig und immer der Reichsstadt Regensburg verwiesen», beschloss Eiberspacher seinen Bericht.

Herpfer räusperte sich. «Bist du also jenes Weib?»

«Ja, Ihr Herren.»

«Lauter!»

«Ja!»

Der Ammann wandte sich zur Seite. «Die ganze Wahrheit ans Licht zu bringen ist nun Eure gewichtige Aufgabe, Joachim Flanser und Hans Heidenreich.» Die Angesprochenen nickten ernst. «Wächter, zeig ihr die Instrumente. Sollte sich die Delinquentin weiterhin in ihren Lügengeschichten verstricken, steht der Weg frei für die peinliche Befragung.»

Nun folgte, was Eva bereits aus der Regensburger Fragstatt kannte. Letztlich aber war die Beschau der Foltergeräte völlig unnötig, denn wenn Eva eines wusste, dann, dass sie vor diesen Herren nichts als die Wahrheit sagen wollte. Nur so sah sie noch eine letzte Möglichkeit, mit einer Ehrenstrafe wie in Regensburg davonzukommen. Ein Narrenhäuslein gab es auch hier, gleich unter dem Söller der Rathaustreppe.

Nachdem ihr endlich das Wort erteilt worden war, begann sie, ohne Punkt und Pause zu reden:

Sie heiße Eva Barbiererin, sei siebzehn Jahre alt und die leibliche Tochter des Schneidermeisters Hans Portner und angenommene Tochter des Baders Gallus Barbierer. Geboren sei sie im böhmischen Glatz, dann mit dem Ziehvater und den Geschwistern über Wien nach Passau gekommen. Als der Ziehvater sie mit seinem Vetter habe verheiraten wollen und sich auch sonst ganz widerwärtiglich gezeigt habe, sei sie von zu Hause weggelaufen. Sie habe die Welt sehen wollen, vor allem die berühmten Städte Regensburg, Ulm und Straßburg. Am Anfang habe sie mehr recht als schlecht vom Vorsingen und von Gelegenheitsarbeiten gelebt. Dann habe sie längere Zeit für einen Wanderschneider gearbeitet, denn sie habe bereits als Kind das Nähen und Zuschneiden gelernt.

An dieser Stelle unterbrach sie Hans Heidenreich, einer der beiden Untersuchungsrichter: «Hattest du da schon dein schändliches Gaukelspiel betrieben?»

«Wie meint Ihr?»

«Ob du als Mann gegangen bist, will ich wissen!»

Eva dachte nach. Der gute Wenzel Edelman! Sollte sie ihn erwähnen? Nein, besser war es, keine Namen zu nennen. Auch Niklas und Josefina wollte sie vor Nachstellungen schützen. Sie schüttelte den Kopf.

«Nein, zu dieser Zeit noch nicht.»

«Das heißt, du hast als Vagantin auf der Straße gelebt. Hast zu diesen Störzern, diesem umschweifenden Gesindel gehört, das unsere Landstraßen unsicher macht.»

«Was blieb mir übrig? Nach Haus zurück konnt ich nicht.»

«Und auf der Straße? Was für böse Stücke hast du dort begangen? Hast du gebettelt, gestohlen – gehurt?»

«Aber nein! Niemals!»

Heidenreich sah sie voller Verachtung an: «*Das Weib gehört ins Haus wie der Nagel in die Wand*, sagt unser Doctor Luther! Wie recht er damit hat, sehen wir an einer Kreatur wie dir leider in aller Deutlichkeit. Weiter jetzt!»

Eva schluckte und fuhr fort: Danach sei sie nach Straubing gelangt, wo sie das kalte Fieber erwischt habe und sie viele Wochen lang krank bei einer Verwandten gelegen habe. Dort habe man sie aber nicht haben wollen, und so sei sie weiter auf Wanderschaft gegangen. Da sie aber die Erfahrung gemacht habe, dass das Leben auf der Landstraße und in den Herbergen für eine Frau zu gefährlich war, habe sie sich Mannskleider gekauft und sei als Schneiderknecht gegangen.

«Was meist du mit ‹gefährlich›?»

«Nun – ich wollt meine Ehre bewahren. Ein junges Weib ohne Schutz und Begleitung ist doch Freiwild für jeden bösen Schelm, das hab ich mehr als einmal erleben müssen.»

«Aha! Dann bist du also gar keine Jungfrau mehr!» Heidenreich sah sie mit seinem hageren, kantigen Gesicht lauernd an.

«Nein, nein, so meint ich das nicht. Aber ich musst mich oft genug gegen Zudringlichkeiten wehren. Das hatte ich gründlich satt.»

Jetzt mischte sich zum ersten Mal Joachim Flanser ein. Selbst im Sitzen war er um einen Kopf kleiner als sein Kollege. Mit seinem dicken, bartlosen Gesicht sah er gutmütig aus wie ein Schaf und zugleich wie einer, der den Freuden des Lebens nicht abgeneigt war. An ihn würde sie sich halten müssen, dachte Eva verzweifelt.

«Sag mir nun: Wie lange geht das schon mit diesem Mummenschanz?»

«Ich weiß nicht – ein gutes Jahr vielleicht? Mein Leben war am Ende ein solches Durcheinander, ich vermag’s gar nicht zu sagen.»

«Ein gutes Jahr vielleicht – hm. Und da ist bis Regensburg dein Possenspiel niemals aufgeflogen? Bist niemals entdeckt worden?»

«Nein. Ihr glaubt gar nicht, wie einfach das war. Schneidern konnt ich ja, und wie ein Geselle sich vor der Zunft mit Rede und Antwort halten soll, hatte ich zuvor in Erfahrung gebracht. Noch viel einfacher ist's, als Mann durchzugehen: Da braucht's nur abgeschnittenes Haar, Hut und Hose. Selbst in den Badhäusern, wo man nur ein Badhemd trägt, hat niemand was gemerkt.»

«Das glaub ich nicht!»

«Aber ja. Einmal wollte sogar eine Badmagd eine Liebschaft mit mir anfangen – das war ganz seltsam, dass grad die Frauen immer …» Sie biss sich auf die Lippen.

Heidenreichs hagerer Oberkörper schnellte vor, wie ein Raubvogel, der sich seine Beute krallt. «Sag schon – was war mit den Frauen? Hast du diese Badmagd geküsst? Wie ein Mann eine Frau küsst?»

«Ich weiß nicht mehr – vielleicht –, aber dann bin ich weggelaufen.»

«Aber in Regensburg bist du nicht weggelaufen?», schnauzte Heidenreich. «Da hast du eine durch und durch ehrenwerte Bürgerin aufs schändlichste und abscheulichste betrogen! Welcher Teufel hat dir eingeflüstert, Gott und die heilige Institution der Ehe zu verspotten? Dich als Mann auszugeben und an unbescholtene Frauen heranzumachen? Das allein ist wider alle Natur und muss mit jeglicher Härte bestraft werden!»

Er ließ die Faust auf die Tischplatte krachen. «Ein Weib soll nicht Mannssachen tragen, und ein Mann soll nicht Weibskleider antun, steht bei Moses geschrieben. Denn wer das tut, der ist dem HERRN, seinem Gott, ein Gräuel!»

«Ich – ich weiß doch selbst nicht», stotterte Eva, «was es manchmal für eine seltsame Bewandtnis mit mir hat. Ich hab das einfach geschehen lassen. Die Barreiterin selber hatte ja ein Aug auf mich geworfen. Damals im Spital, als sie mich gesund gepflegt hatte. Nachdem ich einen starken Anfall gehabt hatte.»

«Einen Anfall?», fragte Flanser.

«Ja, die Wehtage, die Fallsucht. Das kommt manchmal so über mich.»

Ihr entging nicht, wie die Ratsherren vielsagende Blicke austauschten.

«Das hatt ich schon als Kind, und schon damals hatt ich Hosen anlegen müssen. Weil ich mich doch sonst freigestrampelt und vor aller Welt entblößt hätte – vor allem vor den alten, geifernden Männern», sagte sie leise und spürte, wie der vertraute Schwindel sie erfasste. «Der Wehtag kommt, wenn mich meine Kraft verlässt.»

«Vielleicht kommt das aber auch über dich, wenn du ein Almosen erschleichen willst?», unterbrach sie Heidenreich. «Erzähl endlich weiter von Regensburg.»

Nur mit Mühe brachte Eva, die sich kaum noch aufrecht halten konnte, die Schilderung der Monate mit Kathrin Barreiterin hinter sich. Jetzt, wo sie alles in Worte fasste, ging ihr wieder auf, was sie dieser Frau angetan hatte, und bat innerlich Gott und alle Heiligen um Verzeihung.

«Ich hatte vorgehabt, ihr die Wahrheit zu sagen, weil ich sie nämlich wirklich lieb gewonnen hatte – aber da war's zu spät. Ein arglistiger Mensch hatte mir nachgestellt und alles bei der Obrigkeit angezeigt. Den Rest, wie ich vom Bartel beraubt wurde und hierherkam, wisst Ihr ja.»

Von Sankt Georg her läutete die Glocke den Feierabend ein. Ulrich Herpfer erhob sich.

«Ich denke, für heut ist's genug. Wir wissen nun, dass die Delinquentin in leichtfertiger Weise in Mannskleidern gegangen und alle Welt mit dieser Schalkheit betrogen hat. Vielleicht steckt aber noch mehr dahinter. Wärter, bring sie zurück.»

45

Nachdem sie nun zumindest des Betrugs überführt worden war, hatte das Gericht angewiesen, sie bis zur Urteilsfindung bei Wasser, Suppe und Brot im Ratsgefängnis zu behalten. Das erfuhr sie von den beiden Wärtern, die sie Tag und Nacht bewachten – auch, dass der Stadtbote erneut losgeschickt worden war. Dass das nichts Gutes verhieß, ahnte Eva. Offenbar glaubte man ihr überhaupt nichts mehr.

Sie verbrachte die Tage zwischen unruhigem Schlaf und Stunden bangen Wachseins, in denen sie auf die Geräusche von außen lauschte, auf Schritte und Stimmen, war hin und her gerissen zwischen Hoffen und Angst, dass man sie holen kam. Die mehr als karge Kost ließ sie stehen, nahm nur ab und an einen Schluck Wasser zu sich und starrte ansonsten in die Dunkelheit ihrer Zelle, bis ihr bekannte Gesichter und Gestalten erschienen, die sie wie in einem Reigen umtanzten – nur Moritz zeigte sich nie. Als sie schließlich sogar Stimmen vernahm, fürchtete sie um ihren Verstand. Sie bat die Wärter, ihr wenigstens ein Licht zu gönnen, was ihr aber von den Gerichtsherren verwehrt wurde.

Irgendwann brachte ihr Michel, der ältere der beiden Wärter, einen Armvoll Kleider.

«Hier, zieh das an. Sollst nicht mehr als Mannsbild vor Gericht erscheinen, hat's geheißen.»

Verwundert betrachtete Eva im Schein der Lampe das schlichte, aber nagelneue Kleid aus dunkelgrauem Wollstoff und das blaue Schultertuch.

«Da staunst du, was? Von den Schneidern gestiftet. Die wollen nicht, dass du in Lumpen vor die hohen Herren trittst.»

«Wird denn heut das Urteil verkündet?», fragte sie leise.

«Nein. Ich soll dich gleich rüber ins Wägloch bringen, der

Bote aus Schwabach ist zurück.» Michel sah sie voller Mitleid an. «Zieh dich also rasch um.»

Als Eva, in ihrem sauberen Kleid und mit gebundenen Händen, das Wägloch betrat, wartete man bereits. Hinter der langen Holztafel saßen die beiden Inquisitoren, der Ammann und der Gerichtsschreiber, am Kopfende ein weiterer Ratsherr. Erst auf den zweiten Blick entdeckte Eva den Mann, der da im Halbdunkel in der Ecke stand: Das gelbe Wams über dem nackten, muskulösen Oberkörper und der Lederschurz ließen den Nachrichter erkennen. Mit einer Handbewegung eröffnete Herpfer die Sitzung, und in Evas Ohren begann es zu rauschen. Sie verstand kaum die Worte, die Hans Heidenreich nun mit eisiger Stimme an sie richtete.

«Nun, Eva Barbiererin – auch deinen Wohltäter Konrad Reysenleiter hast du belogen und betrogen. Hör zu, was unser Bote aus Schwabach berichtet hat, und dann sage, ob sich dem so verhält.»

Hatte dieser Eiberspacher schon immer eine solch hohe, bissige Stimme gehabt? Wie berstendes Glas klangen seine Worte über einen gewissen Adam Portner, der sich als Student und Sohn eines Passauer Ratsherrn ausgegeben und den braven Eisenkrämer in seinem Werk christlicher Nächstenliebe und Barmherzigkeit auf schändliche Weise ausgenutzt habe. Ein grandioses Narrenspiel habe der Junge vor dem frommen Mann aufgeführt, indem er unter erbärmlichem Zittern von dem Überfall durch drei Wegelagerer erzählt habe, die ihm alles genommen hätten. Ihm, einem Sohn aus bester und vornehmster Passauer Familie, der auf dem Weg zum Bruder an die Fakultät von Straßburg sei, um dort die welsche Sprache zu lernen. Daraufhin habe sich dieser Adam von ihm aushalten lassen, nur um ihn hernach zum Dank zu bestehlen. Sogar die Fallsucht habe dieser Betrüger vorgetäuscht, um sein Mitleid zu erregen, und man müsse annehmen, dass auch der Überfall erstunken und erlogen sei.

«Genauso erstunken und erlogen», donnerte nun Heidenreich, «wie der Raub durch jenen Bartel von Pfäfflingen!»

«Das ist nicht wahr», presste Eva hervor. «Bartel hat mir meine Schuhe gestohlen, in einem Kuhstall nicht weit von Donauwörth.»

«Nichts als Lügen gibst du von dir, und somit hat das Gericht beschlossen, dich mit Ernst und im Beisein des Nachrichters zu befragen.»

Heidenreich nickte dem Mann im gelben Wams zu. Der trat auf Eva zu, mit zwei verschraubten Eisenplatten, die an der Innenseite mit Nieten versehen waren.

«Bitte nicht!» Eva sank auf die Knie. «Ich will Euch alles sagen, die ganze Wahrheit.»

«Das wirst du», höhnte Heidenreich. «Worauf du dich verlassen kannst. Hände auf den Tisch!»

Im nächsten Augenblick schon hatte der Nachrichter ihre Handgelenke gepackt und die Daumen zwischen die Eisen gelegt. Allein der erste Druck auf ihre Fingernägel ließ ihr die Tränen in die Augen schießen.

«Nicht die Tortur», flehte sie. «Verschont mich, ich – ich bin guter Hoffnung.»

«Was bist du?»

«Die Büttel – die mich aus Regensburg geführt haben – diese Männer – sie haben mich mit Gewalt genommen ...»

«Glaubst wohl», unterbrach Heidenreich sie, «du kommst mit dieser neuerlichen Lüge davon? Und selbst wenn: Für den ersten Grad der Tortur ist eine Schwangerschaft ohne Belang. Gesteh endlich, dass diese Überfälle erfunden sind. Und dass du den Eisenkrämer bestohlen hast. Gestehe!»

«Bitte – nicht – nein!»

Die nächste Umdrehung quetschte ihr die Daumennägel ins Fleisch, und sie stieß einen gellenden Schrei aus.

Joachim Flanser hob den Arm, und der grauenhafte Schmerz ließ nach.

«Jetzt sprich, Eva.» Flansers Stimme klang sanft wie die einer Mutter.

«Es ist – alles so wirr in meinem Kopf», keuchte sie. «Bitte lasst mich gehen. Ich wollte niemandem was Böses. Auch der Barreiterin nicht. Vielleicht hab ich ja mal die Unwahrheit gesagt, in der Verzweiflung. Ich weiß manchmal selbst nicht mehr, was ich rede …»

«Sie ist verstockt», hörte sie Heidenreich sagen. «Meister Endris, macht weiter.»

Wie mit glühenden Eisen stach ihr der Schmerz jetzt in die Finger, und sie verlor fast die Besinnung. Ihr Kopf hob und senkte sich, sie wollte etwas sagen, doch aus ihrem geöffneten Mund kam nur ein Röcheln.

Der Daumenstock wurde entfernt, und Eva starrte erst auf die blutige Masse ihrer gequetschten Daumen, dann auf die beiden Männer vor ihr. Flanser nickte ihr aufmunternd zu.

«Ich hab Schuhe gestohlen», flüsterte sie, «vom Wagen des Eisenkrämers.»

«Weiter!» Das war Heidenreich, dessen Augen sie wie Pfeile durchbohrten. «Was noch?»

«Obst, aus den Gärten. Und alte Semmeln vom Karrenbäcker am Markt. Einem Bauernjungen Hemd und Hose.»

«Na also. Es geht doch. Weiter!»

«Einmal auch ein Damasttuch von der Bleiche. Dem Löwenwirt in Calmunz hab ich zehn Kreuzer vom Zahlbrett genommen. Und aus einer Herberge nahe Straubing einige Ellen Leinen, und dann – ich glaub, noch ein paar alte Schuhe, einem Nürnberger Schuster.»

«So gibst du also zu, eine Diebin zu sein?»

«Nichts Wertvolles, Ihr Herren.» Ihre Kehle brannte, und jedes Wort tat weh. «Immer aus der Not. Aus Hunger. Wenn das Betteln und Vorsingen nichts half.»

«Also hast du auch gebettelt?»

Sie nickte entkräftet. Das alles hier sollte ein Ende haben. «Aber nur, wenn der fallende Wehtag wieder kam, diese Schwächeanfälle, die kommen und gehen. Auch jetzt – mir ist ganz dünn und seltsam im Kopf.»

Flanser erhob sich. «Ich denke, das genügt vorerst. Was meint Ihr als Schiedsherr, Vogelmann?»

Der Mann am Kopfende, der bislang geschwiegen hatte, nickte.

«Zwei Punkte zumindest scheinen klar zu sein: Die Malefikantin ist eine Diebin, und sie hat sich in betrügerischer Weise männliche Vorrechte zu eigen gemacht, ja, hat als Beweis ihrer Verdorbenheit sogar einer Frau die Ehe versprochen. Statten wir dem Rat erst mal Bericht ab und klären das mit der angeblichen Schwangerschaft.»

Behutsam wechselte Michel ihr den Verband, den der Scharfrichter nach dem Verhör angelegt hatte. Fünf Tage waren seither vergangen, die Eva in einer Art Dämmerzustand verbracht hatte.

«Du musst richtig essen», sagte er beinahe vorwurfsvoll. «Sonst stehst du das nie und nimmer durch. Weißt, was ich gehört hab? Dieser Flanser glaubt, dass nur der Hunger und die Not dich vom rechten Weg abgebracht haben und dass man dir nur Mundraub und kleine Diebstähle vorwerfen könne, nichts weiter.»

«Sie sollen mich endlich richten», erwiderte sie leise. «Ich mag nicht mehr, ich hab keine Kraft mehr.»

«So ein Schmarrn. Du darfst nicht aufgeben. Die Schneider und etliche andre Bürger mehr haben Fürbitte eingereicht. Das kann deine Strafe mildern. Vor allem der Meister Sick setzt sich für dich ein. Weil du doch noch so jung bist.»

Eva schwieg. Schließlich fragte sie:

«Was für ein Tag ist heut?»

«Morgen ist Michaelis.»

Eva sah erstaunt auf. Ende September schon – dann lag sie bereits seit drei Wochen gefangen! Moritz musste längst zurück sein aus Landshut, und das bedeutete nichts anderes, als dass ihm die Reiter die Nachricht niemals ausgerichtet hatten. Er konnte nicht einmal ahnen, dass sie nur wenige Meilen von ihm entfernt im Verlies lag.

«Ich hab keine Kraft mehr», wiederholte sie und ließ sich auf ihr Strohlager sinken.

Drei Tage später wurde sie erneut vorgeführt. Sie sah den Scharfrichter, sah die ernsten Gesichter der Herren Vogelmann, Herpfer, Flanser und Heidenreich und wusste sofort, dass die Tortur fortgesetzt würde.

«Du bleibst also dabei, dass du mehrfach gestohlen hast?», eröffnete Heidenreich das Verhör.

«Ja», antwortete sie matt.

«Gestehst du ebenso, dass du die gesamte Nördlinger Schneiderzunft sowie den Schwabacher Eisenkrämer getäuscht und betrogen hast?»

«Ja.»

«Gut. Dennoch wissen wir, dass du beim letzten Mal erneut gelogen hast: Die Hebamme hat ausgesagt, du seist keineswegs schwanger. Ein Grund mehr für uns, zu vermuten, dass du uns nicht die ganze Wahrheit gesagt hast. Zufällig haben unsere Nachforschungen ergeben, dass nicht weit von Velburg in einer Reiseherberge etliche Schlafgäste bestohlen wurden. Ein junges Weib, auf das deine Beschreibung passt, hatte ihnen in der Nacht Kleider und Schuhe entwendet.»

«Aber ich hatte doch alles bezahlt, von meinem Ersparten – fragt nur den Rösslwirt!» Sie biss sich auf die Lippen und schwieg.

«Aufziehen!»

Meister Endris band ihr die Hände auf den Rücken und zerrte sie unter einen Holzrahmen mit Seilwinde, die durch ein mächtiges Rad bewegt wurde. Dort hakte er ihre gebundenen Hände am Seilaufzug fest und stellte sich neben das Rad. Indem er zu drehen begann, hoben sich ihre Handgelenke durch den Zug des Seils langsam in die Höhe, immer weiter über den Kopf, bis sich ihre Füße vom Boden lösten. Ein Feuerwerk von Schmerzen durchglühte ihren Körper, als ihr die Arme aus den Schultergelenken zu springen drohten, und sie brüllte wie ein Tier.

«Herunter!»

Das Rad drehte sich quietschend zurück, Eva kam wieder zu Boden. Ihr Atem ging stoßweise, und mühsam brachte sie hervor: «Hab jedem nur ein kleines Ding gestohlen, wollt keinem zu sehr schaden. Ich brauchte doch die Kleider, um als Schneiderknecht zu gehen. Ich war auf der Flucht, weil dieser Ritter mich entführt hatte, dieser böse Alte. Hatte mich in sein Hurenhaus bringen wollen.»

Erschöpft verstummte sie. Ihr war, als würde sie in einem dichten, schwarzen Nebel stehen.

«Entführung, Hurenhaus: Du hättest dir auf Jahrmärkten dein Brot verdienen sollen mit deinen Schauergeschichten», spottete Heidenreich. «Aber erzähl nur weiter, Eva Barbiererin.»

Die Erinnerungen schlugen plötzlich wie sturmgepeitschte Wellen über ihr zusammen. «Von diesem Mordbrenner hab ich nur gehört – von dem, der eine Feuerspur gelegt hat vom Elsass bis ins Schwäbische», stammelte sie. «Bin ihm selber nie begegnet, das schwör ich. Tät auch niemals helfen, Feuer einzulegen. Und von diesem Gartknecht, diesem Meuchelmörder, wollt ich nicht einen Heller fürs Schmierestehen, ich wollt nichts als fliehen, aber ganz plötzlich waren sie tot, die Jungfer und der Knabe. Mausetot. Genau wie die vier Fuhrleute auf der Landstraße. Immer sind welche tot, wenn ich komme. Das ist, wie wenn Gott mich strafen wollte. Dabei wollt ich immer nur meinen kleinen Bruder schützen, den Niklas ...»

«Halt!», unterbrach sie Heidenreich. «Was faselst du da von Fuhrleuten? Ist da nicht im Sommer ein Fuhrmann von einer Handvoll Straßenräuber überfallen worden, hier bei Nördlingen? Und war nicht sogar ein Weib dabei?» Er pfiff durch die Zähne. «Jetzt bist du uns in die Falle gegangen!»

«Nein, nein!» Eva schüttelte heftig den Kopf. «Es waren vier Händler, nicht einer. Und die Geldtasche hab ich nur genommen, weil die doch schon tot waren. Die Räuber waren da längst weg.»

«Aufziehen, Meister Endris – drei Vaterunser lang!»

Ungleich schneller und höher als beim ersten Mal riss die Seilwinde sie in die Luft. Sie hörte es krachen in ihren verdrehten Gelenken, dann erst brach der Schmerz über sie herein. Er war so gewaltig, dass es ihr schon beim ersten Brüllen die Luft nahm. Ihre Beine strampelten und zuckten, ihr Kehlkopf hüpfte vor und zurück, bis sie endlich zwei, drei Worte herauspressen konnte:

«Lasst mich – ich gesteh alles!»

Sie krachte zu Boden, mit verrenkten Gliedern. Der Scharfrichter half ihr auf die Beine und drehte ihr dabei mit erfahrenem Griff die Arme zurück in die Schulterpfannen.

Die Männer mussten sich über die Tischplatte beugen, um

ihre heiseren Worte überhaupt zu verstehen. Ja, sie habe drei Wegelagerer getroffen, in einer verlassenen Bauernkate. Seltsame Namen hätten die gehabt, wie aus einem Kartenspiel: Eichel und Schelle und so. Man habe ihr einen Teil der Beute versprochen, wenn sie den Fuhrmann zum Halten bringen würde, aber der Mann habe sich gewehrt und sie am Ende alle in die Flucht geschlagen. Sie aber habe die Geldkatze des Fuhrmanns an sich reißen können und damit eine Schiffspassage nach Regensburg bezahlt. Das alles sei nicht weit von Regensburg geschehen.

«Mit Verlaub, Ihr Herren», ergriff Flanser das Wort, «der uns bekannte Überfall war auf der Nürnberger Straße nicht weit von Nördlingen und nicht bei Regensburg.»

«Sie will uns in die Irre führen», unterbrach ihn Heidenreich. «Ich schlage vor: aufziehen mit Gewichten.»

«Nein!» Evas Stimme war nur noch ein Krächzen. «Was ich gesagt hab, ist wahr. Wenn ihr mir nur keine Schmerzen mehr zufügt – lieber will ich sterben.»

«Da habt Ihr's!» Flansers Stimme klang ärgerlich. «Alles würde das Mädchen zugeben, aus Angst vor der Tortur!»

«Ach – seh ich da etwa falsches Mitleid in Euren Augen? Habt Ihr heut Euren schwächlichen Tag, Flanser? Was für ein Affengeschwätz! Allein die Tortur vermag es, die Verstocktheit solcher Übeltäter aufzubrechen. Je jämmerlicher sie winseln, desto näher kommen wir der Wahrheit. Und Ihr wisst genau wie ich, dass nur mit einem allumfassenden Geständnis dem Satan die Seele entrissen werden kann.»

«Das Gegenteil ist wahr! Der Schmerz der Folter bricht noch jeden freien Willen des Menschen, selbst meinen und Euren! Eva Barbiererin mag betrogen und gestohlen haben, aber wie heißt es so wahr? Not bricht das Gesetz. Dem Mädchen wäre mehr geholfen, gäbe man ihr Gelegenheit, wieder zu einem sinnvollen und gottgefälligen Leben zurückzufinden.»

Mit gesenktem Kopf und wie aus weiter Ferne hörte Eva die beiden Männer streiten, bis Vogelmann, in seiner Eigenschaft als Einunger, dem ein Ende machte: Man solle es hierbei belassen und sie nach angemessener Erholungsfrist nochmals befragen.

Als Mattis, der jüngere der beiden Gefängniswärter, sie grob beim Arm packte, um sie wegzuführen, hob sie den Kopf:

«Ich flehe Euch an: Schickt jemanden ins Schloss zu Oettingen und fragt nach Junker Moritz von Ährenfels. Ich bitte Euch!»

Unter dem Gelächter der Männer wurde sie hinausgeführt.

46

Auch drei Wochen später bestätigte Eva ihre letzte Aussage, und so sah man von einer weiteren Tortur ab, beschloss aber, noch einmal den Stadtboten Wilhelm Kratzer auszuschicken. Rund um Nördlingen und Regensburg solle er nachforschen, wo überall die Delinquentin ihre Übeltaten begangen habe, dann wolle man das Urteil fällen.

Seitdem man Eva der Straßenräuberei überführt zu haben glaubte, worauf für Weibspersonen der Tod durch Ertränken stand, erfuhr sie in ihrer Haft eine Reihe von Erleichterungen. Tagsüber wurde eine Tranlampe unter die Decke gehängt, samstags durfte sie sich waschen, und abends gab es einen Krug schweren, süßen Rotwein, den sie sich mit Michel teilte.

«Es ist eine Schande, dieser Prozess! Gewiss hast du viele dumme Sachen getan, aber ein so junges Ding wie du hätte Gnade verdient. Glaub mir, ich bet jeden Tag für dich, dass die Herren Richter sich nochmal besinnen.»

«Ach, Michel, ich hab keine Angst mehr vor dem Tod. Nur vor dem Sterben ein bisserl. Man mag mich endlich richten und mir das Leben nehmen – ich begehr nicht länger zu leben. Nicht mal ein Zuhause hab ich, es würd alles nur immer so weitergehen. Und dazu hab ich keine Kraft mehr.»

Zu diesem Zeitpunkt erwartete Eva längst keine Wunder mehr. Anfangs hatte sie noch zu jeder Stunde gebetet, hatte kreuz und quer sämtliche Gebete aus ihrer Kindheit aufgesagt, das Ave-Maria, das Glaubensbekenntnis, das deutsche Vaterunser nach Doctor Luther, das Paternoster auf Latein. Zu Gott und Jesus Christus hatte sie gebetet, zu Maria, den Engeln und allen Heiligen, und immer wieder zu Sankt Leonhard, dem Schutzpatron der Gefangenen, der manch einen durch ein Gnadenwunder von den Ketten befreit hatte. Hatte gehofft auf solch ein Wunder: dass eines Morgens der Riegel aufspringen und sich die Tür in die Freiheit öffnen, ja selbst, dass Gott ein Erdbeben oder eine Flut schicken würde, die sie aus ihrem Gefängnis befreite. Nicht zuletzt aber hatte sie auf Moritz gehofft, darauf, dass irgendeiner der Ratsherren doch nach ihm geschickt hatte und er mit einer Schar Reiter hier eintreffen würde, um sie zu holen. Was für ein kindischer Irrglaube!

Irgendwann dann war der letzte Funken Hoffnung in ihr erloschen, und das Warten in ihrem elenden Loch wurde zu einer größeren Qual, als es die Tortur gewesen war. Wie lange schon hatte sie keine Amsel mehr in den Bäumen zwitschern gehört, wie lange keinen Sonnenstrahl, keinen Windhauch mehr gespürt? Dass es Herbst geworden war und es auf den Winter zuging, verriet ihr nur die Kälte, die sie nachts kaum mehr schlafen ließ, und dass es einen Wechsel zwischen Tag und Nacht gab, nur die kleine Lampe an der Decke.

Sie begann, sich mehr und mehr mit dem Tod zu beschäftigen. Würde sie, wenn sie beim Jüngsten Gericht vor Gott trat, Gnade erfahren, nach allem, was sie getan hatte? Oder würden ihre Sünden so schwer wiegen, dass ihr der Weg in Gottes ewiges

Reich auf immer verwehrt blieb? Oder behielten doch die Lutheraner recht, wenn sie sagten, Gottes Gnade gelte allen Gläubigen, ganz gleich, was sie sich auf Erden hatten zuschulden kommen lassen? Sie selbst jedenfalls bereute ihre Fehler zutiefst und ersehnte nichts mehr, als einzugehen in jenes Reich des Lichts, als endlich befreit zu sein von diesem Leib, der ihr auf unerklärliche Weise so viel Unglück und Leid gebracht hatte, von Kindheit an.

Anfang November erfuhr Eva von ihren Wärtern, dass der Stadtbote von seiner Erkundungsreise zurück sei, und sie wappnete sich innerlich für das nun folgende Verhör. Sie würde alles daransetzen, dass es das letzte wäre und es zu keiner weiteren Tortur mehr käme.

Einige Tage später war es so weit. Trotz der verbesserten Kost der letzten Wochen konnte Eva kaum noch aufrecht stehen, als sie im Wägloch den Gerichtsherren vorgeführt wurde. Dieses Mal war auch wieder der Amtsbürgermeister anwesend, der das Verhör beinahe feierlich eröffnete.

Eva schwankte von einem Bein aufs andere, während der Schreiber den Bericht verlas. Sie vermochte den Ausführungen nur mit Mühe zu folgen, manches kam ihr vertraut vor, anderes ganz und gar fremd. So habe sie einem Ingolstädter Schiffsmann einen Rock gestohlen. Einen Herbergswirt, dem Leinwand geraubt worden sei, gebe es hingegen in der ganzen Straubinger Gegend nicht. Der Löwenwirt in Calmunz sei zwar nicht bestohlen worden, dafür habe er von einem ungeheuerlichen Zechbetrug durch eine junge Frau und einen Knaben berichtet. Und rund um Velburg habe man von den Zünften erfahren, wie ein Schneiderknecht namens Adam Auer Brauch und Ordnung der ehrwürdigen Handwerke schamlos ausgenutzt und sich Zehrpfennig und Unterkunft erschlichen habe. In Velburg selbst schließlich sei man auf einen der Nördlinger Wegelagerer gestoßen, den Peter Messelseder, der dort gefänglich einliege und alles gestanden habe.

Solchermaßen ging es weiter. Namen und Orte flogen ihr um die Ohren, bis sie schließlich gar nichts mehr verstand. Sie schreckte erst auf, als Heidenreich mit donnernder Stimme das Wort an sie richtete.

«Gestehst du, den Calmunzer Löwenwirt um eine beträchtliche Zeche geprellt zu haben?»

«Ich hatte Hunger», flüsterte sie.

«Ob du gestehst, will ich wissen?»

«Ja.»

«Gestehst du, dem Ingolstädter Schiffsmann einen Rock gestohlen zu haben?»

«Ja.»

So ging es immer fort, und Eva antwortete auf jede Frage mit Ja.

«Kommen wir jetzt zum wichtigsten Punkt der Anklage zurück – der Straßenräuberei.» Heidenreich wandte sich an die anderen Ratsherren. «Dieser Peter Messelseder hat umfassend gestanden – darunter die beiden Überfälle, die unsere Malefikantin erwähnt hat. Den bei Nördlingen beschrieb er haarscharf so, wie ihn auch die Barbiererin geschildert hat. Zwar sei weder eine Eva beteiligt gewesen noch ein Schneiderknecht namens Adam – nur eine Landstörzerin, die Liesel genannt. Die sei mit der Beute auf und davon. Zudem hat er den Meuchelmord an vier Krämern gestanden, eine Meile vor Regensburg – er leugnet allerdings, dass da ein Weib dabei gewesen sei. Ganz offensichtlich will er die Barbiererin schützen, aber durch ihr Wissen um die Einzelheiten können wir mit Sicherheit davon ausgehen, dass die Delinquentin beide Male an diesen schändlichen Verbrechen beteiligt war und somit den Tod durchs Wasser verdient hat.» Er beugte sich über den Tisch. «Gibst du also zu, dass du zu dieser Rotte von Straßenräubern und Mördern gehörst und arglose Kaufleute überfallen hast?»

Eva sah verwundert auf. «Überfallen? Rotte?»

Auf einen Wink Heidenreichs hin trat der Scharfrichter zu ihr, und Eva schrie auf: «Wartet! Fragt mich gütlich – fragt mich alles, was Ihr zu wissen wünscht.»

Damit wiederholte sich die Vernehmung wie zuvor, nur dass es sich nun um die Einzelheiten zu den beiden Straßenrauben drehte. Auf jede Aussage Heidenreichs, auf jede Kleinigkeit musste sie antworten, und sie tat dies, ohne den Sinn der Frage zu verstehen, ein jedes Mal mit leisem «Ja». Am Ende schien der Inquisitor vollkommen erschöpft, und während er sich den Schweiß von der Stirn wischte, musste Eva feierlich und vor Gott versichern, dass all die Dinge so stünden, wie es geschildert worden war.

«Mein Kind» – Flanser sah sie voller Mitgefühl an –, «gibt es noch etwas, was du dir von der Seele reden möchtest?»

Müde schüttelte sie den Kopf, doch Flanser wandte den Blick nicht von ihr ab, und so murmelte sie: «Es tut mir alles von Herzen leid. Ich hab den Tod wohl verdient, nichts ist mehr an seinem Platz in meinem Leben, alles ist von hier nach da gerückt, ich find mich doch selbst nicht mehr zurecht!» Ihre Stimme festigte sich. «Viel Falsch, Betrug und bestimmt auch böse Schelmenstücke hab ich mit den Menschen getrieben, seitdem ich von zu Haus weg bin. Ohne es immer zu wollen, hab ich so viel Unheil gestiftet, dass sich mir schon alles im Kopf dreht. Und ich wär froh, endlich vor den Höchsten Richter zu treten. Trotzdem flehe ich Euch an, einsamer und weiser Rat: Mit Morden, Rauben und Brennen hab ich nie zu tun gehabt, und so bitt ich das hohe Gericht um einen gnädigen und schnellen Tod.»

47

Der Wind, der durch die Ritzen und Winkel pfiff, verriet, dass es draußen stürmte, das spärliche Licht der Tranlampe, dass es Tag war. Eva war gerade erwacht, als sie eine Gestalt durch den niedrigen Türrahmen kommen sah, die sich an die Wand lehnte. Es war nicht die gebeugte, knorrige Gestalt von Michel, auch nicht die feiste, untersetzte des anderen Wärters, des Mattis. Der hier war hoch gewachsen und schlank und atmete schwer, während er sie jetzt zu betrachten schien.

Sie richtetet sich auf: «Meister Sick?»

«Gütiger Herr im Himmel», flüsterte der Mann.

Eva glaubte zu träumen. Was sie gehört hatte, war die Stimme von Moritz! Sie schloss die Augen und ließ sich auf ihr Strohlager zurückfallen. Da fühlte sie eine kühle Hand über ihren Arm streichen, hörte immer wieder ihren Namen, spürte ein tränennasses Gesicht in ihrer Handfläche. Als sie die Augen aufschlug, kauerte Moritz neben ihr im Stroh und weinte.

«So hat dir also endlich jemand Bescheid gegeben», flüsterte sie.

«Nein.» Moritz sah sie erstaunt an. Sein Gesicht war aschfahl. «Ich war immer wieder unterwegs, bis ich vor einigen Tagen von diesem Prozess erfuhr. Von einem falschen Schneiderknecht namens Adam Portner, der eine Frau ist.» Sie verstand ihn kaum, so leise sprach er. «Ich hab gebetet, dass du es nicht bist, die hier im Kerker sitzt, und es doch von ganzem Herzen erhofft, weil ich schon geglaubt hatte, dich nie wiederzusehen. Gütiger Herrgott» – jetzt begann er wieder zu schluchzen –, «was haben sie mit dir gemacht?»

Ganz licht und klar war sie mit einem Mal und begriff, dass er wahrhaftig bei ihr war: Moritz, ihr Geliebter, saß hier bei ihr in ihrem Verlies. Sie war nicht mehr allein.

«Jetzt wird alles gut», murmelte sie.

«Ja!» Er zog sie in seine Arme und hielt sie fest umschlungen.

Dann hörte sie ihn erzählen, wie er, nachdem er gewaltsam nach Oettingen verschleppt worden war, sie überall hatte suchen lassen, von seinen besten Männern, selbst durch Regensburg seien sie gekommen.

«Aber nirgends war ein Schneider namens Adam Portner oder eine junge Frau mit Namen Eva zu finden.»

«Die gab es auch nicht mehr», sagte sie leise und bat ihn weiterzuerzählen.

Wochen später habe er sich schließlich einen Urlaub ausgebeten und sich selbst auf den Weg gemacht. Als Allererstes habe er das alte Jagdhaus aufgesucht: Es war bis auf die Grundmauern niedergebrannt!

«Danach bin ich zur Burg geritten und hab dort meinen Vater zur Rede gestellt. Ich hätt ihn fast meuchlings gemordet, nur um etwas über dich herauszufinden. Aber er hat nur höhnisch gelacht und mir geraten, doch im Jagdhaus nach deiner Asche zu suchen.» Er schloss für einen Moment die Augen, und seine Lippen zogen sich vor Schmerz zusammen. «Da bin ich wieder zurück nach Oettingen und habe mich beim Grafen freiwillig für einen Feldzug nach Italien gemeldet, in der festen Absicht, auf dem Schlachtfeld zu sterben. Aber Gott hat es anders gewollt. Im blutigsten Getümmel hab ich nicht mal einen Kratzer abbekommen!»

Eva lächelte. «Dafür will ich Gott danken.»

«Aber ich bin zu spät gekommen! Warum hab ich dich nicht früher finden dürfen? Warum hier, in diesem elenden Loch?»

«Du bist nicht zu spät. Ich habe mich mit allem abgefunden, was kommen mag. Dass du jetzt hier bist, ist das Schönste, was mir noch geschehen konnte!»

Zärtlich strich sie über sein schmales Gesicht, seine Narbe an der Wange, über den geschwungenen, schönen Mund, küsste ihm die Tränen von den Augen, wie um ihn in seinem Leid zu trösten. Dann fanden sich ihre Lippen. Vorsichtig, sacht und schließlich voller Verzweiflung küssten sie sich, bis von der Tür her ein lautes Räuspern zu vernehmen war.

«Ihr müsst gehen, Herr. Sonst bekomm ich Ärger.»

Es war Michel, der unsicher den Kopf hereinstreckte.

Widerstrebend löste sich Moritz von ihr, und sie standen auf.

«Ich hab noch einen Wunsch», sagte sie. «Meine Schwester Josefina ist in Ulm, bei den Beginen. Lass sie wissen, dass unser kleiner Bruder in Straubing ist, bei unserem Oheim Endress Wolff. Dass es ihm gutgeht und sie sich nicht sorgen muss. Sag ihr, dass ich sie liebe und sie für mich beten soll.»

«Bitte, Eva, sprich nicht so!» Moritz' Blick war verzweifelt. «Du wirst nicht sterben. Ich hol dich hier raus.»

«Du kannst nichts mehr tun», sagte sie ruhig. «Ich weiß das.»

«Aber es gibt einen alten Brauch: amor vincit omnia, Liebe wiegt stärker als alles. Ich werde dich losheiraten. Ich werde beim Rat der Stadt um deine Heirat bitten, werde alle Freunde, die mir noch geblieben sind, als deine Fürsprecher aufbieten, und dann ziehen wir weit weg von hier.»

Eva sah ihn nur stumm an, während Michel ungeduldig mit seinem Schlüsselbund klapperte. Da beugte sich Moritz noch einmal zu ihr und flüsterte ihr ins Ohr: «Ich liebe dich, Eva. Ich habe nie aufgehört, dich zu lieben.»

Moritz hatte ihr versprochen, bald wiederzukommen und sie dann als seine Braut mit sich zu nehmen. Ersteres glaubte sie fest, das Zweite, wusste sie, würde niemals geschehen. Derweil hielten über ihr, im altehrwürdigen Nördlinger Rathaus, die Herren der Stadt über sie Gericht.

Eine Woche nachdem Moritz bei ihr gewesen war, wurde sie ein letztes Mal vorgeführt. In fünfundzwanzig einzelnen Punkten waren ihre Straftaten aufgelistet, und Eva bestätigte jeden einzelnen davon. Als sie einen letzten Wunsch äußern durfte, bat sie um die Gnade, wie ein Mann hinausgeführt und als Mann mit dem Schwert gerichtet zu werden. Dann durfte sie zurück in ihr Loch, wo sie schon am nächsten Morgen von Michel erfuhr, dass ihr Urteil gefällt sei: Die Vielzahl ihrer Verbrechen und die Tatsache, dass sie eine Frau sei und auch wie eine Frau gerichtet werden müsse, ließe keine andere Sühne zu als den Tod durch Ertränken.

«Übermorgen soll es geschehen.» Dem alten Mann liefen die Tränen übers Gesicht. «Dabei hat die halbe Stadt Fürbitte für dich eingelegt. Allen voran der Sick und sogar der Flanser. Aber dieser Heidenreich ist ein solcher Bluthund, und der Bürgermeister ist auch nicht besser.»

«Weine nicht, Michel.» Sie nahm von dem Becher Rotwein, den der Wärter ihr für dieses Mal schon zum Morgen gebracht hatte. Er schmeckte süß und schwer. «Ich warte auf den Tod wie auf einen guten Freund. Auch wenn ich mir das Sterben weniger qualvoll gewünscht hätte», fügte sie hinzu. «Und jetzt lass mich bitte allein. Ich bin so furchtbar müde.»

Bis zum angekündigten Hinrichtungstag blieb sie auf ihrem Lager liegen, schlief die meiste Zeit, aß nichts und trank nur hin und wieder einen Schluck von dem abgestandenen Wasser, das Mattis ihr gebracht hatte. Der junge Wärter war ein grober Kerl, der aus seiner Verachtung für Eva nie einen Hehl gemacht hatte. So war auch jetzt, als an besagtem Tag niemand erschien, um sie zu holen, nichts aus ihm herauszubringen. Wie immer, wenn er Wachdienst hatte, schob er den Becher unter dem breiten Spalt der Tür hindurch, ohne sich die Mühe zu machen, sie zu öffnen. Auf ihre Fragen gab er keine Antwort, doch zum Abschied sagte er: «Draußen beim Bleichgumpen hat der Werkmeister schon eine Brücke errichten lassen. Da wirst du in den Sack gebunden und runtergelassen.»

Am nächsten Tag endlich öffnete sich knarrend die Tür, und jemand trat ein. Eva hob den Kopf.

«Moritz!»

Mühsam erhob sie sich und klopfte das Stroh von ihrem schmutzigen Kleid. Er hatte es also wahr gemacht und war noch einmal gekommen, ein letztes Mal. Nun würde sie sich von ihm verabschieden können. Doch Moritz war nicht allein. Im ersten Augenblick glaubte Eva, es sei ein Mönch, der da unschlüssig hinter ihm verharrte. Dann erkannte sie eine Frau in der graubraunen Tracht der frommen Schwestern – eine Frau, auf deren zartem, blassem Gesicht die Zeit ihre Spuren hinterlassen hatte. Es war Josefina.

Wortlos umarmten sich die beiden Schwestern.

«Danke», stammelte Eva und drückte Moritz' Hand. Alle drei setzten sie sich auf die Strohschütte, die Michel an diesem Morgen ausgewechselt hatte, als habe er von dem Besuch gewusst. Keiner sprach ein Wort, stumm hockten sie da und weinten und hielten einander im Arm, bis endlich Josefina zu sprechen anfing.

«Ich bin so froh, dich zu sehen – meine kleine, närrische, tapfere Schwester!» Sie begann erneut zu weinen.

Eva streichelte ihre Hand. «Wie geht es deinem Jungen?»

«Er ist gestorben, schon im ersten Jahr. Friedlich und still ist er eingeschlafen und nicht mehr erwacht. Gott hat es so gewollt.»

Eva nickte. «Wirst du für mich beten, wenn es so weit ist?»

Da schrie Moritz auf. «Du darfst nicht gehen, Eva! Jetzt, wo ich dich gefunden habe! Wie kann Gott das zulassen? Warum hat er mir nicht geholfen, dich hier rauszuholen?»

Dann erzählte er stockend und immer wieder von Schluchzern unterbrochen, wie er beim Rat der Stadt um Gnade gefleht hatte. Ein gutes Dutzend Edelleute habe er beisammengehabt, alle hätten sie Fürsprache eingelegt, selbst der Reiter, dem sich Eva so frech in den Weg gestellt hatte.

«Und dann – über den alten Brauch des Losheiratens, über meinen Willen, dich zu heiraten, hat dieser elende Bürgermeister nur dreckig gelacht! Ich bin schuld, ich allein bin schuld! Warum nur habe ich dich damals im Jagdhaus alleingelassen?»

Sein ganzer Körper bebte, als er jetzt seinen Kopf in Evas Schoß legte.

Eva wartete, bis er sich beruhigt hatte, dann sagte sie: «Gott hat gefügt, dass wir heute zusammen sind. Einen größeren Wunsch hätte er mir nicht erfüllen können.»

Ernst betrachtete Josefina ihre jüngere Schwester. «Vertraust du ganz auf Gott?»

«Ja.»

«Dann kann dir auch nichts zustoßen.»

«Das Einzige, was mich manchmal zweifeln lässt», sagte Eva nach einem Augenblick des Schweigens, «ist, dass ich so wenig Gutes getan habe. Dass mein Leben alles andre als gottgefällig war.»

«So darfst du nicht denken, Eva! Gott sieht hinter die Dinge. Wie viele Menschen tun wohlgefällige Werke nur aus Selbstsucht, zum Heil der eigenen Seele, und nicht um der Caritas willen. Du aber hast so vieles aus wirklicher Nächstenliebe getan – für mich, aber vor allem für unseren kleinen Bruder. Für ihn hast du auf so vieles verzichtet. Zweifle nicht mehr und vertraue auf die Gnade Gottes. Versprichst du mir das?»

«Ich versprech es dir. Und ich weiß auch, dass ihr alle für mich beten werdet.»

Dann bat sie Josefina, zu erzählen, wie es ihr in den letzten Jahren ergangen war. In klaren, einfachen Worten berichtete die Schwester, wie sie hochschwanger durch die Lande geirrt war, erzählte ohne jede Bitterkeit von ihren Entbehrungen und Enttäuschungen, ihren Ängsten und Nöten und der schrecklichen Einsamkeit, schließlich von der Geburt ihres Sohnes und dessen Tod. Erst bei den frommen Schwestern der Beginen habe sie erfahren, was ein erfülltes Leben ausmache: einen festen Halt zu haben in der Gemeinschaft und darin die Freiheit, zu handeln und zu helfen.

Danach war die Reihe an Eva, zu sprechen. Während ihre Hände in denen ihrer Schwester ruhten, ihr Kopf an Moritz' Schulter, erinnerte sie sich plötzlich an so viele helle, glückliche Stunden, an so viele Menschen, die ihr geholfen oder ihr in Liebe und Fürsorge begegnet waren, dass es sie selbst erstaunte. War ihr Leben nicht auch wunderbar gewesen?

Bis zum Abendläuten ließ der alte Wärter sie beisammen, ohne zu stören. Dann nahmen sie Abschied. Eva löste den Knoten ihres Lederbandes und legte Moritz den Talisman um den Hals.

«Du sollst ihn tragen. Er ist von Niklas und hat mir immer Kraft gegeben. Jetzt brauch ich ihn nicht mehr.»

Moritz' Lippen zitterten. «Ich will mit dir in den Tod gehen.»

«Nein, Moritz, niemals! Du musst für mich beten, verstehst du nicht? Außerdem: Nun hab ich alle Zeit der Welt, um auf dich zu warten.»

Am Tag nach Sankt Nikolaus, Anno Domini 1565, wurde Eva am frühen Morgen aus ihrem Gefängnis hinausgeführt.

Schwarz bewölkt war der Himmel, in der Ferne zuckten Blitze. Aus schwarzem Loden waren auch Evas Hose und Wams, die ihr die Nördlinger Schneider eigens für diesen Tag und auf eigene Rechnung gefertigt hatten.

Von der Rathaustreppe herab verlas man nach altem Brauch öffentlich das Urteil, bevor der Stab über der Delinquentin brechen sollte. In das leise Gemurmel der Menschenmenge, die sich auf dem Markt drängte, in deren neugierige, aber auch mitleidsvolle Blicke hinein schleuderte der Kanzleischreiber mit seiner schneidenden Stimme die Worte:

«Auf beschehene Inquisition und auf die hier verlesenen Fälle von Diebstahl und Raub, ferner von vielfältig Falsch, Betrug und Misshandlung, worin keine Besserung oder Nachlassung bei der Malefikantin zu verhoffen ist, darauf ist heute durch den Ehrsamen und Weisen Rat dieser Stadt Nördlingen nach der Kaiserlichen und Heiligen Reichs Halsgerichtsordnung als Recht erkannt, dass erwähnte Eva Barbiererin derenthalben durch den Nachrichter vom Leben zum Tode gestraft und gerichtet werden soll ...»

«Indessen» – eine kunstvolle Pause ließ die Zuhörer augenblicklich verstummen –, «indessen sei ihr, Gott zu Gefallen, durch das hohe Gericht Milde und Gnade gewährt, aufgrund ihrer Jugend und ihres kränklichen Zustands und insbesondere der mannigfachen Fürsprache etlicher unserer Bürger: allen voran der ehrwürdigen Handelsherren Hans Husel und Jeronimus Frickinger nebst den Zunftmeistern der Stadt sowie zahlreicher Edelleute der Umgegend, allen voran der Edle und Feste Moritz von Ährenfels. So wird denn Eva Barbiererin hiermit und endlich vom Wasser zum Schwert begnadigt.»

Etlichen Frauen und selbst Männern rannen vor Erleichterung die Tränen übers Gesicht. So auch der frommen Schwester in graubrauner Tracht und dem jungen Edelmann, die einander fest bei der Hand hielten und sich jetzt in den endlosen Strom hinaus zur Hinrichtungsstätte einreihten.

Fast lautlos bewegte sich der Zug zur Stadt hinaus, durch das Reimlinger Tor hin zum Rabenstein, gleich an der Straße nach Augsburg. Kein Kreischen, kein Grölen war zu hören, wie sonst bei solchen Spektakeln. Im Gegenteil: Gemessenen Schrittes, wie bei einer feierlichen Prozession, begleitete man die Delinquentin auf ihrem letzten Weg, und nicht wenige murmelten leise ein Gebet.

Als Eva den Rabenstein, die mannshohe, kreisrunde, aus Stein gemauerte Richtstatt, bestieg, erwartete sie oben bereits Meister Endris Franck, Henker zu Nördlingen, das Schwert in beiden Händen. Sie kniete nieder. Suchend schweiften ihre Augen über die Menge, bis sie Josefina und Moritz fand, in vorderster Reihe, gleich neben den Ratsherren. In diesem Augenblick riss der regenverhangene Himmel auf, die Sonne brach durch das dunkle Grau, und ein Regenbogen ließ seine Farben leuchten. Sein mächtiges Halbrund schien die ganze Welt zu umspannen, und Eva begann zu lächeln. Jetzt bist auch du bei mir, kleiner Bruder, dachte sie. Sitzt dort oben und begleitest mich auf meiner letzten Reise.

Als das Richtschwert sich hob, sah Eva, wie Josefina die Hände zum Gebet faltete und Moritz zu ihr aufschaute, dann versank ihr Blick für immer in den dunkelgrünen, weit aufgerissenen Augen des Geliebten.

Nachtrag der Autorin

Das Motiv des als Mann verkleideten Weibes war und ist ein beliebtes Thema der Literatur. Doch auch in der historischen Realität, gerade in der Epoche der Frühen Neuzeit, trifft man immer wieder auf Frauen, die sich Männerkleider überstreiften, um ein freieres Leben führen zu können. Manche hielten dieses Leben über Jahre hinweg durch, und auch die historische Eva Barbiererin schaffte dies über eine lange Zeit, bis ihr «Possenspiel» schließlich entdeckt wurde. Oftmals wurde ein solcher Betrug, selbst bei einer vollzogenen Heirat, «nur» mit einer sogenannten Ehrenstrafe geahndet (etwa mit dem Pranger und anschließendem Stadt- bzw. Landesverweis), zumindest nach den offiziellen Prozessordnungen. Grund für diese vermeintliche Milde: Da der Frau eine eigene Sexualität gar nicht zugestanden wurde, vermuteten die Richter dahinter keineswegs eine sexuelle Verfehlung (selbst erotische Zärtlichkeiten unter Frauen wurden schlichtweg ignoriert), wohl aber einen Beweis der Verdorbenheit und vor allem: eine schändliche Täuschung und Arglist. Schließlich stand der Mann über der Frau, und Frauen, die sich als Männer ausgaben, machten sich in betrügerischer Weise männliche Vorrechte zu eigen.

Aus diesem Grund versuchten die Richter nicht selten, solchen Frauen weitaus schlimmere Delikte nachzuweisen, wie auch im Fall der Eva Barbiererin. Die lange Kerkerhaft, die Verhöre und schließlich die Folter hatten sie so zermürbt, dass sie sich schließlich nur noch in Widersprüche verwickelte und am

Ende alles Mögliche zugab. So auch Straßenräuberei, worauf für Frauen Tod durch Ertränken stand. Außergewöhnlich in ihrem Fall ist allerdings, dass sie aufgrund zahlreicher Fürbitten zu dem sehr viel gnädigeren und ehrenvolleren Tod durch das Schwert verurteilt wurde.

Der Prozess sowie zahlreiche Fakten zu ihrem Leben sind im Nördlinger Stadtarchiv erstaunlich gut dokumentiert, zumal durch die detailreiche Aufarbeitung des Historikers und Stadtarchivars Dr. Gustav Wulz. Ich folge dabei seiner Einschätzung, dass Eva die ihr zur Last gelegten Gewaltverbrechen niemals begangen, sondern nur unter dem Druck der Folter gestanden hatte – tatsächlich nämlich konnte ihr zweifelsfrei nichts anderes nachgewiesen werden, als dass sie ein «unehrenhaftes Leben» geführt hatte.

Eines schimmert durch sämtliche historischen Fakten immer wieder hindurch: dass Eva eine außergewöhnliche, sehr selbständige und auch gewitzte junge Frau war, die sich jahrelang erfolgreich über Wasser gehalten hatte – mit ihrem Geschick im Schneiderhandwerk einerseits, mit kleinen Tricks und Betrügereien andererseits.

Dazu gehörte auch die damals unter Bettlern häufig angewandte Vortäuschung eines Veitstanzes, einer Art epileptischen Anfalls. Ob Eva nun tatsächlich an solchen (Schwäche-)Anfällen litt oder sie nur vorgab, ist ungewiss. Sicher aber ist, dass sie aus einem unglücklichen Elternhaus floh und sich auf eigene Faust vom böhmischen Glatz bis ins schwäbische Nördlingen durchgeschlagen hatte.

Ähnlich wie schon in meinem ersten Roman, «Die Hexe von Freiburg», habe ich versucht, die Fakten, die aus dem Prozess bekannt sind, mit Leben zu füllen, habe versucht, mich in die Beweggründe dieser jungen Frau einzufühlen, die dazu geführt haben mochten, dass sie jahrelang durch die Welt gewandert ist, sich allein und schutzlos den Gefahren der Landstraße ausgesetzt hat, bis sie zuletzt als Mann verkleidet weiterzog.

Einiges in meinem Roman mag den Lesern unwahrscheinlich vorkommen, doch gerade die unwahrscheinlichsten Vorkommnisse sind historisch belegt: so etwa, dass ihre Verkleidung nicht einmal während ihrer Krankheit im Spital oder im Badhaus durchschaut wurde und eine Bademagd sie gar verführen wollte; dass sie als Handwerksbursche in den Zunfthäusern, dieser Bastion männlichen Berufslebens, ein und aus ging; und dass sie offiziell verlobt war mit der Regensburger Spitalmutter, einer angesehenen, schon etwas älteren Bürgersfrau. Auch bei der Darstellung von Evas Kerkerhaft in Nördlingen, den Verhören, der Folter, der Urteilsverkündung und schließlich der Hinrichtung habe ich mich an den historischen Fakten orientiert.

Anderes hingegen habe ich meiner Phantasie überlassen, angeregt von den zahlreichen, teils auch widersprüchlichen Aussagen, die sie selbst zu ihrem Leben gemacht hatte. Auch die historische Eva ist als halbes Kind aus dem Elternhaus und vor einer Zwangsheirat geflohen – bei mir kommen noch die sexuellen Übergriffe des Stiefvaters hinzu. Mit der zunehmenden Rechtlosigkeit und Ausgrenzung von Frauen zu Beginn der Frühen Neuzeit nämlich (im Mittelalter hatten sie innerhalb ihres Standes weitaus mehr Freiheiten), mit der aufkommenden Sexualfeindlichkeit voller Heuchelei und Bigotterie sind Fälle brutalen Inzests und Vergewaltigungen Minderjähriger in den Gerichtsakten des 16. Jahrhunderts gehäuft verzeichnet.

Erfunden ist ebenfalls die Liebe zu Moritz. Aber auch hierzu haben mich historische Hinweise angeregt: Etliche Gnadengesuche von Adligen, denen Eva gut bekannt gewesen sein musste, hatten sie vor dem qualvollen Tod des Ertränkens bewahrt. Darüber hinaus war der Kontakt zwischen dem einfachen Landadel und der Landbevölkerung vielerorts recht eng, man unterschied sich kaum in Alltagskultur und Sprache. Eine Liebesbeziehung zwischen Landjunkern und Bauernmädchen kam daher vor.

War Eva Barbiererins «Possenspiel» nun eine einzigartige Ausnahme? War ihre Art von Leben tatsächlich so unerhört, wie es den Bewohnern der kleinen süddeutschen Handelsstadt Nördlingen erschien? Nein, sicherlich nicht. Unerhört war, dass man einen solchen Fall bestaunen durfte. Man kannte die zahlreichen Heiligenviten, etwa der heiligen Wilgefortis, der sogar ein Bart gewachsen war, oder man hatte von solchen «Hosenteufeln» aus den weitverbreiteten Flugschriften gehört. Zahlreiche Geschichten und Lieder kursierten hierüber im Volk.

Allein in den Niederlanden sind zwischen 1550 und 1839 über 120 Frauen in Männerkleidern historisch belegt, viele davon aus Deutschland. Fast kann man schon von einer Art Tradition sprechen: die Verkleidung als bekanntes Mittel, schwierigen Lebenslagen zu entkommen. Meist waren es junge Frauen, die zerrütteten Elternhäusern entstammten, Waisen oder Halbwaisen waren. Manche verdingten sich sogar als Soldaten oder Seeleute, es gab die legendäre Piratin Mary Read oder Maria van Antwerpen, die ihre Verkleidung als Soldat dreizehn Jahre lang aufrechtzuerhalten vermochte. Anderen wiederum erschien eine Heirat als letzte Konsequenz, um Argwohn zu vermeiden. Erleichtert wurde dieses Verkleidungsspiel durch die zunehmende Prüderie jener Zeit: Nacktheit und erotische Offenherzigkeit waren zunehmend tabuisiert. Dennoch brauchte es starke Nerven, Schlauheit und Schauspieltalent – Eigenschaften, die Eva ganz offensichtlich besaß.

Nur in den wenigsten Fällen kann die Forschung als Ursache für einen solchen «Mummenschanz» eine sexuelle Orientierung ausmachen. Weitaus häufiger waren die pragmatischen Gründe: Flucht vor dem Elternhaus oder einer ungewollten Heirat, die Aufnahme einer Arbeit, die Männern vorbehalten war, oder aber einfach das Überleben auf der Landstraße, unbehelligt von sexuellen Übergriffen. Bei Eva Barbiererin trafen wohl alle Gründe zu.

«Starb also kecklich und mannlich» – mutig und mannhaft, heißt es im Gerichtsprotokoll voller Anerkennung am Schluss. Doch Eva nutzte diese Anerkennung nichts mehr: Was ihr als einziger Ausweg erschien, nämlich ein von der Männerwelt geborgtes, falsches Leben, das ihr zunächst Sicherheit und ungeahnte Freiheiten, Anerkennung und auch materiellen Erfolg gewährte, wurde ihr zum Verhängnis.

Hinrichtung der Eva Barbiererin, 1565

Glossar

Alraune – giftige Heilpflanze, die seit der Antike auch als Zaubermittel gilt. Die Wurzel erinnert an eine menschliche Gestalt, daher auch Alraunmännlein.

altgläubig – katholisch

Ammann – süddt.: hoher Verwaltungsbeamter einer Stadt

Antoniusfeuer – Vergiftung durch ein von Mutterkorn befallenes Getreide; mit Absterben der Gliedmaßen, Durchfall, Wahnvorstellungen. Früher meist tödlich.

Atzung – Nahrung

Aufwarter – (Hof-)Bedienstete

Augustinusregel – Ordensregel der Augustinermönche

Aussatz – Lepra. Die Aussätzigen wurden in Leprosenhäusern isoliert.

Bader – Betreiber einer Badstube, auch medizinische Betreuung wie Schröpfen, Aderlass, Zahn- und Wundbehandlung; Arzt der kleinen Leute

Banner – Fahne mit Hoheitszeichen oder Wappen, auch: Aushangschild von Wirtshäusern

Barchent – Mischgewebe aus Baumwolle

Beginen – religiöse Frauengemeinschaft, die keinem Orden angehörte; stark karitativ orientiert

Beisasse – (auch: Inwohner) Bewohner einer Stadt, die kein Bürgerrecht besaßen

Beispannkosten – (auch: Vorspann) Kosten für zusätzliche Zugtiere für Fuhrwerke an Steigungen

Bengel – süddt.: Stock

Bereiter hier: Kontrolleur zu Pferde, der Ländereien, Forste, Stadtmauern abreitet

Bettelstab, Bettelschelle – von der städtischen Obrigkeit an einheimische Arme als Legitimation zum Betteln verliehen; mancherorts auch Blechzeichen, das «heilige Blechle»

Beutelschneider – Taschendiebe

Blutfluss – (auch: Blutlauf) Darminfekt mit blutigem Durchfall

Blutscherge – (auch: Scherge, Häscher, Büttel) niederer Gerichtsdiener, meist als unehrlich angesehen

böser Grind – infektiöse Hautkrankheit

bresthaft – gebrechlich, altersschwach, körperlich oder geistig behindert

Bube, Bubenpack, Spitzbube – böses Schimpfwort

Buckelkraxe – Rückentrage

Buhle, Buhlschaft – Liebhaber

Burse – Kollegienhaus mit Kost und Unterkunft für mittellose Studenten

Büttel – wie Scherge oder Häscher: verhaftet und/oder straft Delinquenten; meist als «unehrlicher», d. h. von bestimmten Rechten ausgeschlossener Beruf angesehen, da direkt dem Henker unterstellt

Chorea Sankt Viti – siehe Veitstanz

Chrisam – geweihtes Öl

Damaszenerstahl – hochwertiger Stahl für Waffen

Dult – bair.: Kirchenfest, Jahrmarkt

Edelfreier – Angehöriger des Niederadels

Ehrenstrafe – Gegensatz zu Leibes- und Todesstrafe: richtete sich gegen die Ehre des Delinquenten, bis hin zum Ausschluss aus der Gemeinschaft; z. B. Verbot, Waffen zu tragen, öffentliche Züchtigung, Stadtverweis

Einunger – hier: Schiedsrichter beim Gericht

Elixier – Auszug aus Heilpflanzen; oft synonym mit Heiltrank, Zaubertrank

Evangelium, lauteres Evangelium, neue Lehre – hier: Sammelbegriff für christliche Glaubensinhalte der Reformatoren/Lutheraner

Fakultät – Wissenschaftsgebiet einer Universität. Im Mittelalter waren dies die Philosophie, Medizin, Jurisprudenz und Theologie.

Fallsucht, fallendes Weh, fallender Wehtag – Epilepsie

Fatzwerk – Scherz, Posse, Narrenspiel

Floßlände – Anlegeplatz, einfacher Hafen (analog: Schiffslände)

Flurschütz, Feldschütz – Feldhüter, Flurwächter

Fragstatt – Folterkeller in Regensburg

Franzosenkrankheit – Syphilis

Fron, Fronherr, Fronhof – Unter Fron versteht man Dienst oder Abgabe der Abhängigen an den Grundherrn.

Frörer – Schüttelfrost, Wechselfieber

Fürbitte – neben religiösem Bittgebet hier auch Gnadengesuch bei Gericht

Garküchen – einfache Stände an der Straße, wo gekochte/gebratene Speisen verkauft werden

Gartknechte – beurlaubte Landsknechte, die durchs Land vagabundierten

Gäuboden – Donauebene in Niederbaiern. Fruchtbare, baumarme Ebene

Geck, Geckin – Narr, Verrückte(r)

gefänglich einlegen – in Arrest/Kerkerhaft nehmen

Geschlechtertürme – mächtige Wohntürme einflussreicher Patrizierfamilien in Regensburg; ursprünglich in Italien verbreitet (San Gimignano)

geurlaubt – kurzzeitig von der Arbeit/vom Dienst befreit

Glump – bair.: wertloser Kram

Grabenreiter – Grenzreiter, berittene Stadtwache

Grundholde – auch: Hintersassen; vom Grundherrn Abhängige, denen gegen Fron und Abgaben Land zur Nutzung überlassen ist

gütlich – ohne Gewalt; im Gegensatz zu peinlich = gewaltsam, unter Folter

Habsburger – altes Adelsgeschlecht, das in der Frühen Neuzeit die Kaiser stellte

Haderlumpen – zerfetztes Kleidungsstück; auch Lumpensammler und Schimpfwort

Hafen – süddt.: Schüssel, Topf

Halsgericht – auch Hochgericht, Blutgericht: bei Lebens- und Körperstrafen; Gegensatz: Niedergericht für geringere Vergehen

Handsalve – Schmiergeld

Häscher – siehe Büttel

Häusler – Dorfbewohner ohne Grund und Boden

Hefteln – Stecknadeln

Heiligsblechl – scherzhaft für Bettelzeichen, das die hauseigenen, anerkannten Bettler auswies

Heiratsabrede – offizielle Verlobung

Hellebarde – bis zwei Meter lange Hieb- und Stoßwaffe

Helmbarte – Hellebarde

Hofmark – in Baiern: kleinere Grundherrschaft mit Recht auf niedere Gerichtsbarkeit

Hofmeister – hier: Hofbeamter mit Leitung der Hauswirtschaft, Verwalter eines Gutes

Höker – Kleinhändler, Trödler

Hübschlerin – Hure

Hudelvolk – Lumpenvolk

Inquisitor – hier: Untersuchungsrichter

Italisches Fieber – damalige Bezeichnung für Virusgrippe mit hohem Fieber, starkem Husten, oft tödlichem Ausgang

item – häufiges Adverb der frühen Kanzleisprache, im Sinne von: ebenso, ferner, desgleichen

Johannis der Täufer – als Datumsangabe: 24. Juni

Junge Pfalz – Pfälzer Herrschaftsgebiet nach dem Landshuter Erbfolgekrieg (1504/05) im heutigen Niederbaiern (Oberpfalz)

Junker – junge Edelleute ohne sonstige Titel

kaltes Fieber – Froststadium des Wechselfiebers

Kämmerer – (Hof-)Beamter für die Finanzverwaltung

Kattundrucker – bedruckt Kattunstoffe = gewebte Baumwollstoffe

Katzbalger – Kurzschwert; auch Draufgänger im Sinne von Haudegen

Kienspan – billigstes und meistverbreitetes Beleuchtungsmittel aus harzreichen Holzstücken

Kindbetterin – Frau im Kindbett

Kirbe – süddt.: Kirchweih, Kirmes

Kleinadel – Niederadel, Adel ohne sonstige Titel

Kornschrannen – hier: Kornspeicher (siehe auch Schranne)

Körpersäfte – aus der Viersäftelehre der Antike; war bestimmend für die Medizin des Mittelalters: Krankheiten entstehen, wenn die vier Säfte Blut, Schleim, schwarze und gelbe Galle nicht mehr in ausgewogenem Verhältnis stehen.

Kraxe, Rückenkraxe – Tragegestell

Küster – auch Kirchner, Mesmer, Sakristan: Pfarrei- und Kirchendiener

lädschad, lätschert – bair.: langweilig

Lände – (Boots-)Anlegestelle

Landjunker – junger Landadliger

Landstörzer – Landstreicher

Langwehr – langer Spieß

Leibesblödigkeit – Krankheit

Leibesstrafe – Züchtigung, Strafen an Haut und Haar, Verstümmelung

Lernknecht – Lehrling im zünftigen Handwerk

Lorenzi – als Datumsangabe: 10. August

Loröl – Lorbeeröl

Malefikant – veraltet für: Missetäter, Delinquent

Malefiz – wörtlich: Missetat; Schwerverbrechen gegen Leib und Leben, das vom Malefizgericht (Hochgericht) geahndet wird

Malefizglocke – Glocke des Malefizgerichts, die das Urteil verkündet

Mariä Geburt – als Datumsangabe: 8. September

Mariä Himmelfahrt – als Datumsangabe: 15. August

Mariä Lichtmess – als Datumsangabe: 2. Februar

Martini – als Datumsangabe: 11. November

Matula – kolbenförmiges Gefäß zur Harnuntersuchung/Urinschau

Meier – Verwalter eines Fronhofs

Michaelis – als Datumsangabe: 29. September

Ministeriale – ursprünglich Unfreie, durch ihre Dienste/Ämter an Fürsten- oder Königshöfen in den freien Stand des Dienstadels erhoben

Mordbrenner – Brandstifter in Verbindung mit Raubmord

Muhme – alte Verwandtschaftsbezeichnung, zumeist Tante oder Base

Mumia – angebliches Heilmittel mit magischen Kräften aus zermahlenen ägyptischen Mumien

Mutjahr – Zeitraum, in dem der Geselle sein Meisterstück erarbeitet

Mutgroschen, Mutgeld – Gebühr an die Zunft für die Erlangung der Meisterwürde

Nachrichter – Scharfrichter, Henker

Nachtmahr – Albtraum

Narrenhäuslein – Käfig oder Verschlag zur öffentlichen Aus- und Bloßstellung eines Missetäters

Nestelkittel – einfacher (Bauern-)Kittel, der mit Schnürriemen (Nesteln) verschlossen wird

Niedergericht – Gerichtsbarkeit, die für geringe Vergehen zuständig ist; Gegensatz: Hochgericht, Blutgericht, Malefizgericht

Nordwald – alte Bez. für Bairischer Wald

Nordgau – alter Name des bairischen Stammesgebiets nördlich der Donau (Oberpfalz)

Noviziat – Ausbildung von Novizen im Kloster vor der endgültigen Aufnahme in den Orden

Obrister – alte Bezeichnung für Oberst; hier: Bandenchef

Ordinarischiff – Führungsschiff eines Schiffszugs auf Flüssen

papistisch, Papisten – abschätzig für: katholisch

peinlich – schmerzhaft. Peinliche Befragung bedeutete nichts anderes als Folter, im Gegensatz zu gütlicher.

Pestilenz – alte Bezeichnung für ansteckende Krankheiten

Pfaffenstock – Pfarrhaus

Pfeffersäcke – abschätzig für: reiche Handelsherren

Pfisterei – süddt. für: Bäckerei

Pfründnerstock – Pfründnerhaus; Heim für Alte und Kranke, in das man sich einkaufen konnte

Physikus – andere Bezeichnung für Medicus, studierter Arzt

Plätte – kielloses, kastenförmiges Arbeitsboot

Prädikant – evangelischer (Hilfs-)Prediger

Prior(in) – Vertreter des Abts, Klostervorsteher(in)

Profess – Ordensgelübde nach dem Noviziat

purgieren – alte medizinische Behandlungsmethode: Entgiftung des Körpers über den Darm (Einläufe, Abführmittel)

Quasimodo – als Datumsangabe: 7. April

Ratschkatln – bair.: Tratschweiber

Ratsweibel – Amtsbote, Gerichtsdiener

Remise – Gebäude für Fahrzeuge, Geräte

Rote Ruhr – Durchfallerkrankung mit blutigem Stuhlgang

Rottgesellen – Mitglieder einer Räuberbande

Rutenstreiche – Stockschläge (als öffentliche Leibesstrafe)

Sackmann machen – Gaunersprache für: plündern, überfallen

Sackpfeifer – Dudelsackspieler

Sankt Gotthard – als Datumsangabe: 5. Mai

Sankt Quirinus – als Datumsangabe: 30. April

Säumer – Wanderkaufleute, die ihre Waren mittels Lasttieren auf schmalen Säumerpfaden transportieren (berühmt war der Böhmweg zwischen Baiern und Böhmen)

Savoyer – Bewohner des französischsprachigen Alpenraums; früher oft synonym für Franzosen oder allgemein für Fremde benutzt (siehe auch Welsche)

Schalk – wie Schelm: Schimpfwort

Schamkapsel – Herrenmode im 15. und 16. Jh.: beutelartiger Vorderlatz, der mit langen Strümpfen verbunden war; zum Teil übertrieben ausgestopft

Schandgeige, Halsgeige – aufklappbares Holzgestell, in das der Hals eines Verurteilten und die vor den Körper ausgestreckten Handgelenke gespannt wurden; darin Zurschaustellung auf Marktplätzen oder beim Gang durch die Stadt (sog. Ehrenstrafe)

Scharfrichter – Nachrichter, Henker

Scharwache, Scharwächter – städtischer Wachtrupp

Schaube – 15. bis 17. Jh.: weite, mantelartige Jacke, als Amtstracht meist mit Pelzbesatz

Schaumeister – auch Beschaumeister: amtlicher oder zünftiger Prüfer, der die Ware bei anstandslosem Befund mit Gütesiegel kennzeichnet

Schecke – Männermode der Frühen Neuzeit: kurze Jacke, Überrock

Schelm – wie Schalk: Schimpfwort

Schelmerei – Betrug, Übeltat

Schergen – siehe Büttel

Scheuer – süddt.: Scheune

schiach – bair.: hässlich

Schlagfluss – Schlaganfall

Schnapphähne – Wegelagerer, Räuber

Schragentisch – hier: zusammenklappbarer Tisch

Schranne, Schrannentisch – Verkaufsstand, Bude

Schultheiß, Schultes – landesherrlicher Amtsträger, Gemeindevorsteher (Stadt, Dorf) mit Gerichtsgewalt

Schürknecht – Knecht, der für die Feuerstellen verantwortlich ist

schurigeln – schikanieren, plagen, quälen

Schwabentuch – Barchent (Baumwollstoff) aus Schwaben

schwarzgallig – melancholisch, pessimistisch, von düsterem Gemüt

Siechenhaus – Krankenhaus; für Lepra- und Pestkranke außerhalb der Stadtmauern

Siechenschau – Untersuchung von Kranken auf Aussatz, ansteckende Krankheiten

Sondersieche – Aussätzige, an ansteckender Krankheit Leidende

Spanischer Bock – Foltergerät: keilförmiger Holzbock zum Aufsitzen, oben mit Metallzacken versehen. Den meist weiblichen Opfern konnten noch Gewichte an die Beine gehängt werden.

splendid – großzügig

Stadel – Scheune; auch: Vorrats- und Lagerhaus

Ständetag – Versammlung der einzelnen Stände wie Ritter, Stadtbürgertum, Territorialherrscher

Staupenschläge – Rutenschläge

Steckenknecht – mit Stock bewaffneter Büttel

Stör, auf der Stör – Wanderhandwerker

Störzer – Landstreicher

Strohkranz – Attribut einer typischen Schandstrafe: Einer der Unzucht überführten Frau wurde öffentlich der Strohkranz aufgesetzt.

Stückwerker – nichtzünftige Handwerker, die in Heimarbeit für einen Verleger (Auftraggeber) arbeiteten

Tändler – Trödler, Krämer

Tanzwut – siehe Veitstanz. Ursache für die stundenlangen Verrenkungen konnten auch halluzinogene Drogen sein.

Tollhäusler – Geisteskranker

Trabant – Leibwächter

Treidelweg, Treidelpfad – Pfad längs von Flüssen, von wo aus die Schiffe stromaufwärts gezogen wurden

Tuchscherer – brachten das gewalkte, rohe Tuch in Form und scherten es glatt

Umschweifer(in) – Vagant(in), Landfahrer(in)

Unehrliche – durch bestimmte Berufe (Henker, Abdecker, Totengräber) oder Gruppenzugehörigkeit (Spielleute, Bettler, Prostituierte) aus der Gesellschaft ausgegrenzte Personengruppen; von zahlreichen Rechten ausgeschlossen

Unholde – Hexen, Zauberer

Urfehde – Eid des Delinquenten nach der Urteilsverkündung, keine Rache zu nehmen

Vaganten – Wohnsitzlose, Landstreicher; ursprünglich wandernde Studenten, die ihr Brot durch den Vortrag von Vagantenliedern verdienten

vakant – frei, unbesetzt

Vasallen – Gefolgsleute eines (Lehns-)Herrn. Um in dessen Schutz zu stehen, schwor man Treue und Gehorsam, leistete Kriegsdienst.

Veitstanz – alte Bezeichnung für die krampfartigen Zuckungen eines Nervenkranken oder durch Mutterkorn Vergifteten oder Epileptikers

Verleger – im weiteren Sinn als heute: Auftraggeber, der dem Stückwerker (Heimarbeiter) mit Vorlage von Geld und/oder Rohstoffen die Warenproduktion ermöglichte

Vesper – kirchliches Abendgebet

Vorgeher – hier: Zunftmeister, Zunftvorstand

Vorspann(kosten) – siehe Beispannkosten

Wägloch – Folterkeller in Nördlingen

Waldgebirg, Waldberge – alte Bezeichnung für Bairischer Wald

Walpurgis – als Datumsangabe: 30. April

Wehmutter – Hebamme

Wehtage – Krampfanfälle der Fallsucht (Epilepsie)

Welsche – alte Bezeichnung für romanische Völker

weibliche Gerechtigkeit – Monatsblutungen

Winkelbordell – heimliches Bordell

Wittelsbacher – eines der ältesten dt. Adelsgeschlechter, das bairische und pfälzische Herrscher hervorbrachte

Wundarzt – Lehrberuf, niederer Heilberuf, der, im Gegensatz zum studierten Medicus Physikus, die praktische Behandlung der Patienten übernahm

Zehrpfennig – Wegegeld für wandernde Gesellen, Boten und entlassene Söldner

Zeitlerin – Imkerin

Ziehvater – Pflegevater, Stiefvater

Zille – flaches hölzernes Arbeitsboot, auch «Ulmer Schachteln»

Zuber – Holzwanne

Zuchtel – Hure, «leichtes Mädchen»

Zunftlade – prachtvoll gearbeitete Truhe, die Zunftsiegel, Zunftkasse, Artikelbücher und sonstige Urkunden und Attribute des Zunftkultes enthielt

Zunftvorgeher – Zunftmeister, Zunftvorstand

Zwerchpfeife – kleine Querflöte

Zwilch, Zwillich – derbes Gewebe

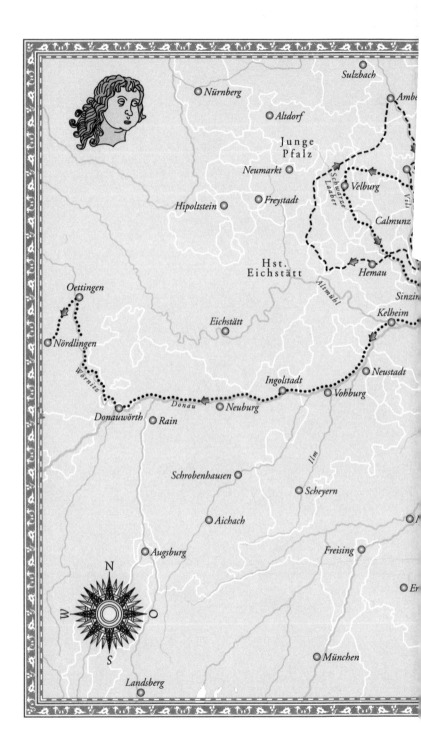